DIE FLIEGERINNEN

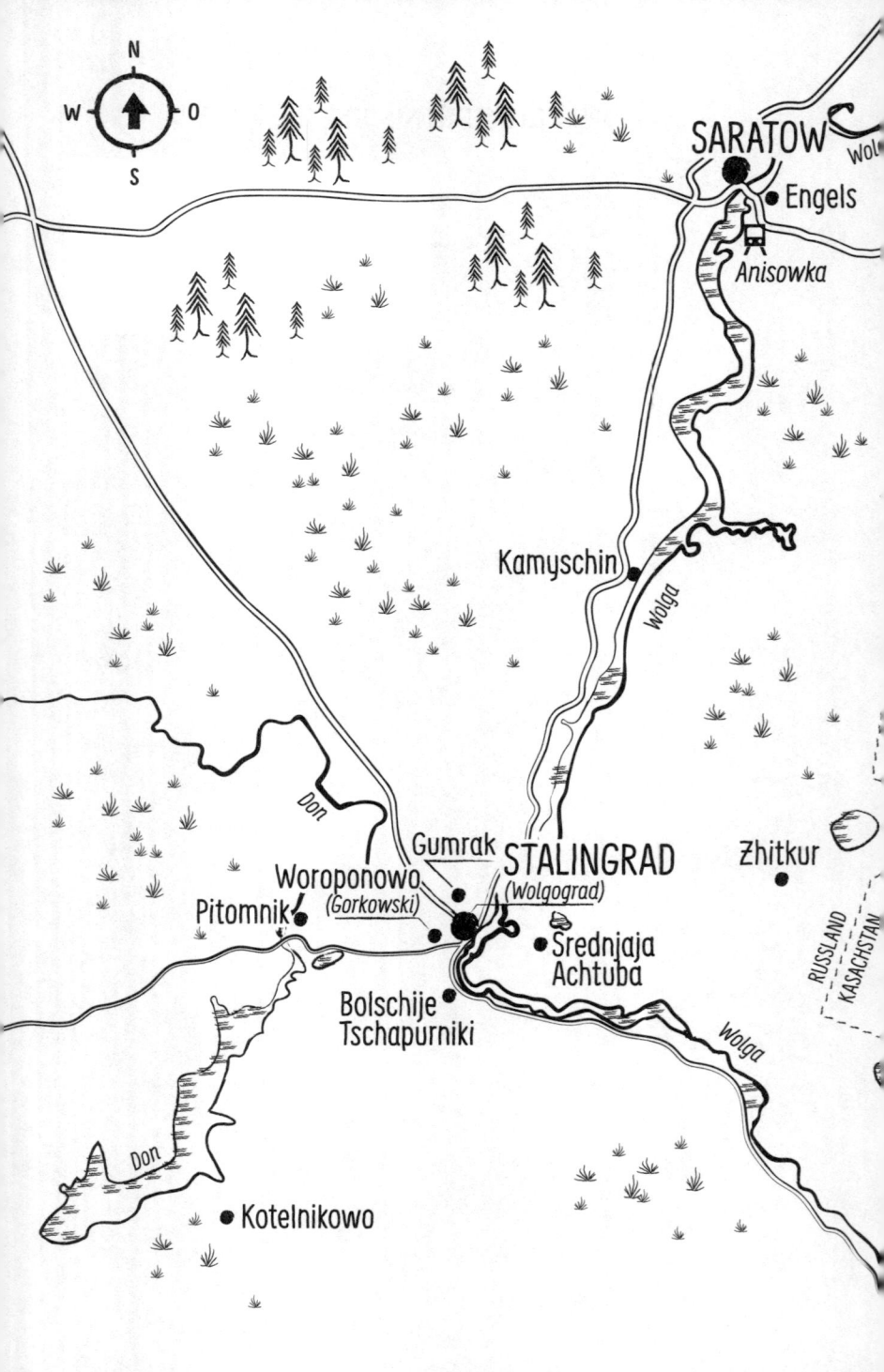

JEANETTE LIMBECK

DIE FLIEGERINNEN

ROMAN

Dieses Buch ist ein Roman. Dennoch sind einige Personen nicht frei erfunden, sondern existierten wirklich. Ihre Handlungen beruhen auf einem historischen Hintergrund. Erläuterungen dazu sowie ein Glossar finden sich ab S. 387. Darüber hinaus beinhaltet der Text sensible Themen, die Auswirkungen auf Betroffene haben können: Krieg, Tod von Freunden und Angehörigen, Gewalt, Verhaftungen, Blut, Verwundungen, Nadeln, Gebrauch von Schusswaffen, Läuse, Hunger, Gefängnis, Zwangsarbeit, Essstörungen, Alkoholmissbrauch, Gewalt gegen ethnische Minderheiten, Antisemitismus, Massenerschießung, Massengräber, Tötung von Kindern und Holocaust.

Bibliografische Information der Deutschen Nationalbibliothek
Die Deutsche Nationalbibliothek verzeichnet diese Publikation in der Deutschen Nationalbibliografie; detaillierte bibliografische Daten sind im Internet über http://dnb.d-nb.de abrufbar.

© 2022 by GRAFIT in der Emons Verlag GmbH
Cäcilienstraße 48, D-50667 Köln
Internet: http://www.grafit.de
E-Mail: info@grafit.de
Alle Rechte vorbehalten
Dieser Roman wurde vermittelt durch die
Literaturagentur Beate Riess, Freiburg
Umschlaggestaltung: Nele Schütz Design unter Verwendung von Shutterstock/Ivan Kurmyshov (Flusslandschaft); AdobeStock/nigdaw (Flugzeug); akg-images/ClassicStock (Fliegerin)
Karte S. 2: dedesigned elisabeth deger
Gestaltung Innenteil: DÜDE Satz und Grafik, Odenthal
Lektorat: Dr. Marion Heister
Druck und Bindearbeiten: CPI – Clausen & Bosse, Leck
ISBN 978-3-89425-793-4
1. Auflage 2022

Für meine Eltern

Ich müsste tot sein.
 Ein vertrauter Ruck geht durch meinen Körper, als sich der Fallschirm öffnet. Ich meine, Feuer zu sehen, Rauch und etwas Blitzendes. Dann sind die Wolken da. Das Licht wird kalt und grau. Feuchtigkeit hüllt mich ein, nimmt mir die Sicht. Durch das Geräusch der wirbelnden Luftmassen versuche ich zu lauschen. Auf die Kämpfe, die ohne mich weitergehen.
 Was ich getan habe, überlebt man nicht. Jeder weiß das. Und noch ist es nicht vorbei. Ich könnte immer noch getroffen werden, mein Fallschirm von Kugeln zerfetzt, ihren oder unseren, wer kann das schon sagen in einer Luftschlacht? Doch das Dröhnen der Flugzeugmotoren ist auf einmal verstummt. Keine Sirenen, keine pfeifenden Kugeln.
 Das bedeutet, ich bin allein – vielleicht schon weit weg von der Schlacht. Mit beiden Händen umklammere ich die Leinen des Fallschirms, als könnte ich ihn so zwingen, mich in Sicherheit zu bringen, weg von den feindlichen Linien. Wenn ich sie nicht längst überflogen habe. Ohne etwas zu sehen, kann ich nicht feststellen, ob der Wind mich abtreibt.
 Mit einem Mal reißt die Wolkendecke unter mir auf und gibt den Blick frei auf weites, offenes Land. Brachland zumeist, hin und wieder ein Wäldchen. Der Fallwind schiebt Wassertropfen von meiner Fliegerbrille.
 Ich sehe nach unten. Ein Wasserlauf wie ein mattsilbernes, sich schlängelndes Band. Felder, die nicht bestellt worden sind. Die abgebrannte Ernte vom letzten Jahr oder vom Jahr davor. Nichts davon ähnelt irgendetwas, das ich von der Karte her kenne. Kann ich in so kurzer Zeit so weit nach Westen gedriftet sein?
 Ich halte Ausschau nach einer Ortschaft, nach irgendeinem Orientierungspunkt. Doch da ist nichts. Schwarze Felder, wie

mit nasser Asche bestreut. Kahle Sträucher, in ihrem Windschatten vereinzelte weiße Streifen: Schneewehen.

Was, wenn ich wirklich die Front überflogen habe? In welche Richtung muss ich gehen, immer vorausgesetzt, ich breche mir bei der Landung nicht die Beine? Das Feld unter mir scheint sich auszudehnen, als ich tiefer sinke, dunkel wie ein Grab.

Der Aufprall drängt die Luft aus meinen Lungen. Ich stolpere über den Boden, stürze, lande auf Händen und Knien. Der Fallschirm legt sich wie ein Leichentuch über mich. Einen Moment lang höre ich nichts als meinen keuchenden Atem.

Ich müsste tot sein.

EINS

Moskau, 15. Oktober 1941, 529 Tage zuvor

Katja

»Sokolowa, Jekaterina Pawlowna.«
Ich drehe mich um, die Hand am Haltegriff des Waggons. Wer hat da gesprochen? Der Mann hinter mir in der Reihe stößt gegen mich und flucht ungehalten. Ohne mich um ihn zu kümmern, suche ich mit den Augen den Bahnsteig ab. Ein unglaubliches Gedränge herrscht hier. Wer irgendwie kann, versucht, Moskau zu verlassen. Die Menschen stoßen sich gegenseitig beiseite, heben Kinder und Gepäck durch die Fenster der Waggons, sogar ein Vogelkäfig ist darunter.

Jemand hat gerade meinen Namen genannt, ich habe es genau gehört. Doch es ist unmöglich, diese Stimme zwischen all den anderen herauszukennen. Raue Rufe der Erwachsenen mischen sich mit dem Weinen von Kindern. Dazwischen ertönt über Lautsprecher die Ansage des Kasaner Bahnhofs, sodass man erst recht nichts versteht.

»Nur für Fabrikarbeiter!«

Ich sehe erschrocken auf. Der Abteilungsleiter steht neben mir. Er greift an mir vorbei nach einem Mann, der nicht zur Belegschaft gehört, und stößt ihn zurück auf den Bahnsteig.

»Nur für unsere Arbeiter!«

Wütendes Geschrei erhebt sich. Mein Blick zuckt durch die Reihen. All diese Menschen mit ihren Winterkleidern, ihren blassen, verhärmten Gesichtern, ihren Koffern und Kopfkissenbezügen, in denen sie alles Wertvolle, das sie besitzen, mitschleppen – sie alle wollen nur weg aus der Stadt, raus aus der Gefahr durch die vorrückende Wehrmacht. Nicht für alle wird es einen Platz in einem der Züge geben.

Ich hingegen bin als Mitarbeiterin eines Rüstungsbetriebes wertvoll genug, weggebracht zu werden, zusammen mit den

Maschinen und der restlichen Belegschaft. Dorthin, wo wir sicher sind, irgendwo noch hinter dem Ural, heißt es.

Ich packe den Haltegriff fester. Niemand hat meinen Namen genannt. Das war Einbildung.

Da dringt ein Satzfetzen an mein Ohr.

»... keine Zeit, hier jetzt noch nach jemandem zu suchen!«

Die erregte Stimme gehört einer Frau in der Uniform des Bahnhofspersonals; sie unterstreicht ihre Worte mit wütenden Gesten. Ich stelle mich auf die Zehenspitzen, doch ich kann nicht erkennen, mit wem sie spricht. Die Menge wogt wie das Meer bei Sturm.

»Los!«, ruft der Abteilungsleiter, als wüsste er nicht, wie lange er die verzweifelten Menschen davon abhalten kann, unseren Zug zu stürmen. Unter seinem Blick ziehe ich mich am Haltegriff hoch und zeige einer Frau vom Bahnhofspersonal meinen Inlandspass und meinen Evakuierungsbescheid vor. Ich verdränge alle Gründe, warum gerade ich gesucht werden sollte. Meinen kleinen Lederkoffer fest in der Hand, betrete ich das Abteil.

Im Inneren des Waggons riecht es nach Schweiß, Kohlsuppe und nasser Wolle. Ich stoße mit dem Koffer gegen jemandes Knie, höre ärgerliches Fluchen. Eine Entschuldigung murmelnd quetsche ich mich auf die Holzbank. Neben mir sitzt ein kleines Mädchen mit mehr Schleife als Haar auf dem Kopf, die Tochter eines der Arbeiter. Der Anblick ihrer Hand, die in der viel größeren des Vaters verschwindet, gibt mir einen Stich.

Ich stelle den Koffer zwischen meine Füße, darin das einzige Buch, das ich aus unserer Wohnung mitnehmen konnte. Der Gedanke durchdringt mich wie eine Nadelspitze: Wenn ich jetzt gehe, wie sollen meine Eltern mich denn jemals wiederfinden, wenn sie nach Moskau zurückkommen dürfen?

Die beiden Frauen auf der Bank gegenüber, die in der großen Werkshalle die Stanzmaschinen bedient haben, sehen mich so neugierig an, als hätte ich laut gesprochen. Ich weiß noch, wie schwer es mir zu Anfang fiel, mir die Namen und Gesichter meiner Arbeitskollegen zu merken. Selbst jetzt, ein Jahr später, kenne ich nicht alle von ihnen mit Namen. Was persönliche Kontakte angeht, bin ich aus gutem Grund zurückhaltend geworden ...

Ein dumpfer Knall gegen die Fensterscheibe lässt mich aufschrecken. Mein Atem stockt. Vor dem Fenster, mitten in der Menge der Wartenden, steht eine junge Frau mit kornblumenblauen Augen in einem Gesicht mit breiten Wangenknochen und heller Haut, auf der sich ein paar kleine Leberflecke verteilen. Natascha! Ihr kastanienbraunes Haar ist zu einem Kranz um ihren Kopf gewunden. Sie lächelt, sagt etwas, das ich durch die Scheibe nicht hören kann, doch die Handbewegung ist unmissverständlich. *Komm. Komm raus zu mir.*

Als ich mich nicht rühre, hebt sie die Hand. Ich soll warten, wo ich bin, verstehe ich. Sie sagt etwas, nickt und deutet auf den Eingang des Waggons. Dann ist sie weg, so schnell verschwunden, als hätte ich nur geträumt.

Natascha, denke ich verschwommen. Das war wirklich Natascha.

»Ihren Bescheid«, tönt es fast im gleichen Moment hinter mir. Ich drehe mich um, sehe die Bahnhofsvorsteherin im Eingang stehen, wie sie Natascha den Weg versperrt. Die entdeckt mich, lächelt, winkt.

»He, was drängelst du dich hier vor?« Jemand hinter ihr greift nach Nataschas Ellbogen. Sie schüttelt ihn unwirsch ab.

»Ohne Evakuierungsbescheid können Sie hier nicht –«

»Hab ich gesagt, dass ich evakuiert werden will?« Zum ersten Mal nach anderthalb Jahren höre ich Nataschas Stimme. »Ich muss hier jemanden abholen, darf ich mal durch?«

Mein Puls beschleunigt sich. Natascha schlängelt sich zwischen den Leuten durch, fast ohne jemanden anzurempeln.

»Endlich!« Sie geht neben mir in die Hocke und wirft die Arme um mich. »Ich hab dich überall gesucht!«

»Mich?«

Sie lässt mich los. »Ich war sogar in der Fabrik, aber da hieß es, die wäre evakuiert worden. Ich dachte schon, ich hätte dich verpasst.«

»Wir sind schon gestern –«
»Na, ist ja auch egal.« Sie wippt auf den Fußballen zurück und richtet sich auf, geschmeidig wie eine Tänzerin. »Ich hab mir schon gedacht, dass du noch nichts gehört hast, wo du ja nicht mehr im Komsomol bist –«
»Wovon redest du eigentlich?«, unterbreche ich sie mit einem heißen Gefühl im Magen, ehe sie noch mehr sagen kann. Mein Ausschluss aus dem Komsomol ist nichts, was ich in der Öffentlichkeit auswalzen möchte.
Ein breites Grinsen erscheint auf ihrem Gesicht. »Von den neuen Regimentern nur für Frauen. Jetzt lassen sie uns doch noch fliegen, Katja.«
Uns? Für einen Moment bin ich sprachlos, doch bevor ich reagieren kann, spricht sie schon weiter. »Drei Regimenter soll es geben. Zwei Bomber- und ein Jagdfliegerregiment. Die Auswahlgespräche in der Akademie der Luftfahrt laufen noch, aber schon morgen früh soll Abreise sein. Darum bin ich hergekommen, so schnell ich konnte.« Ein rascher Blick zu Boden. »Ist das dein Koffer?«
»Ja, wieso?« Verblüfft sehe ich zu, wie sie danach greift und ihrerseits ein überraschtes Gesicht macht, als er ihr entgegenfliegt.
»Du liebes bisschen, ist da überhaupt was drin?«
Langsam erhebe ich mich von meinem Platz. So langsam, dass Natascha mich am Arm packt und auf die Füße zieht.
»Hast du nicht verstanden? Die lassen uns an die Front, endlich! Seit Juni haben wir es versucht, jetzt ist es so weit. Nun mach schon, beeil dich!«
»Aber auf mich hat da wohl kaum jemand gewartet.«
»Jetzt komm!« Sie packt meine Hand und zieht mich von der Sitzbank weg. Erst jetzt merke ich mit einem flauen Gefühl im Magen, dass wir die ungeteilte Aufmerksamkeit des gesamten Abteils haben. Die Leute haben aufgehört, ihre Mützen und Mäntel abzulegen und ihr Gepäck zu verstauen. Sie beobachten uns argwöhnisch. Die beiden Frauen auf meiner Bank flüstern miteinander. Mit gesenktem Blick nehme ich meinen Koffer wieder an mich.

Der Abteilungsleiter baut sich vor Natascha auf und stemmt die Hände in die Hüften. »Was soll das hier? Das ist eine unserer Arbeiterinnen.«

»Die muss mit uns mit«, sagt eine Frau mit Pelzmütze neben ihm.

»Irrtum«, sagt Natascha und streckt angriffslustig den Kopf vor. »Die kommt mit mir.«

»Natascha, das geht nicht«, wende ich ein und stelle den Koffer ab. »Ich hab den Bescheid erhalten. Meine Fabrik, die ganze Arbeiterschaft, wir werden alle evakuiert.«

Natascha zuckt die Achseln. »Von mir aus die Fabrik, aber du kommst mit zur Akademie der Luftfahrt.«

»Wovon reden Sie da eigentlich, junge Frau?«

»Dass wir jetzt gehen. Los, Katja!«

Die Vorsteherin stellt sich ihr in den Weg. »Einen Moment. Sie können hier niemanden mitnehmen. Die Leitung hat klare Anweisungen gegeben, wer evakuiert wird.«

»Genau«, sagt der Abteilungsleiter. »Hier kann nicht jeder einfach machen, was er will.«

Ringsum nicken die Leute.

Natascha zieht ein Blatt Papier aus ihrem Fliegeranzug. »Und ich habe Anweisung, das Mädchen hier zu unserem Regiment zu bringen. Wenn ich ohne sie zurückkomme, werde ich leider melden müssen, dass Sie eine Soldatin der Roten Armee bei der Ausübung ihrer Pflicht behindert haben.« Sie hält der Vorsteherin das Blatt unter die Nase. Ich starre ebenfalls darauf. Zu gern wüsste ich, was dort steht.

Meine Kollegen wechseln unsichere Blicke, doch der Abteilungsleiter will noch nicht nachgeben. Schließlich wird man ihn zur Verantwortung ziehen, wenn eine seiner Arbeiterinnen fehlt.

»Was für ein Regiment?«, fragt er. »Was soll sie da?«

»Fliegen«, sagt Natascha.

Niemand sagt etwas, doch alle im Waggon haben plötzlich aufgehört mit dem, was sie gerade getan haben. Obwohl ich versuche, den Blicken ringsum auszuweichen, fange ich doch ein paar auf. Sie sind neugierig, argwöhnisch, einige wirken sogar ein bisschen ehrfürchtig.

»Noch nie die Kunstflieger am Ersten Mai gesehen?«, fragt Natascha in die Runde. »Sie war dabei.«

Stille. Schließlich meldet sich die Vorsteherin säuerlich zu Wort. »Nehmen Sie Ihre Sachen, Genossin.«

Das Wort echot in meinem Kopf. Genossin – so hat mich schon lange niemand mehr genannt. Ich greife nach meinem Gepäck.

»Ist das alles?«, fragt Natascha.

Ich nicke, bringe noch immer kein Wort heraus.

»Na, dann Abmarsch.« Sie macht auf dem Absatz kehrt. Den Koffer an mich gedrückt, folge ich ihr, bemüht, niemanden anzustoßen.

Da geht es doch noch los. Das Getuschel.

»Hast dich drücken wollen, wie? Das haben wir gern!«

»Ruhe!«, befiehlt die Vorsteherin, doch es ist zu spät.

»Wer drückt sich hier?«, fährt Natascha auf. »Wer haut denn ab und lässt die Stadt im Stich? Schau mal in den Spiegel!«

Empörte Rufe werden laut, der Angesprochene lässt eine Kanonade unflätiger Schimpfwörter vom Stapel. Zwischen all dem Geschrei dringt jedoch eine leise Stimme von ganz hinten im Abteil an mein Ohr, kaum mehr als ein Wispern.

»Lukina.«

Offenbar hat jemand Natascha als die erkannt, die sie ist: Landesmeisterin im Segelfliegen und Mitglied der Kunstfliegerstaffel von Tuschino. Sie hat es gehört und schickt ein zielloses, aber zufriedenes Lächeln durch den Waggon.

»Früchtchen. Kaum ausgewachsen und will uns schon die Welt erklären«, spuckt ein älterer Mann aus.

»So ist es. Geht ihr mal schön Moskau hinterm Ural verteidigen«, spottet Natascha im Abgang.

»Jetzt reicht es aber!«, entfährt es der Vorsteherin.

»Ganz meine Meinung.« Natascha dreht sich zu mir um, sieht, dass ich noch immer zögere. »Was ist denn, Katja?« Sie bringt ihr Gesicht nahe an meines heran und flüstert: »Du willst doch nicht wirklich mit denen wegfahren.« Sie mustert mich mit gerunzelter Stirn. »Was soll ich denn Sascha sagen? Dass du lieber abgehauen bist, als uns hier zu helfen?«

»Sascha ... weiß Bescheid?«

»Was dachtest du, wer mich geschickt hat?«

Dann war das Schreiben also von Sascha, denke ich. Aber hätte sich die Vorsteherin wirklich so von der Unterschrift Alexandra Beljajewas, Fluglehrerin, Leiterin der Kunstfliegerstaffel Tuschino, beeindrucken lassen? Ich will Natascha noch einmal nach dem Dokument fragen, doch sie ist bereits aus der Tür.

Als wir aus dem Kasaner Bahnhof kommen, betreten wir eine fremde Stadt. Tarnnetze auf den Dächern der Gebäude ringsum. Tücher und Pappe vor den Fenstern zur Verdunkelung. Manche Straßen sind mit Sandsäcken gesperrt, ohne dass erkennbar wäre, warum. Über dem Komsomolskaja-Platz schweben riesige Sperrballons, die die deutschen Bomber fernhalten sollen.

»Gehen wir nicht zur Straßenbahn?«, frage ich, als Natascha Anstalten macht, den Platz zu überqueren.

»Fährt nicht mehr«, sagt sie, »wir müssen zu Fuß gehen.« Die Metro erwähnt sie gar nicht erst. In den Schächten schlafen seit Wochen die Ausgebombten.

Moskau ist seit Ende September unter Beschuss. Zuletzt haben sich die Gerüchte über den Vormarsch der Deutschen täglich geändert. *Sie sind bei Moszhajsk. Sie sind bei Tutschkowo. Sie sind bei Naro-Fominsk.* Diese letzte Nachricht kam heute Morgen, und sie bedeutet, dass die Deutschen bis auf fünfzig Kilometer an die Stadtgrenze herangekommen sind. So schnell, wie war das möglich? Nicht einmal vier Monate sind vergangen seit dem Überfall.

Es kann nur Verrat gewesen sein, glauben einige, begangen von den Trotzkisten, den Saboteuren, den Spekulanten. Die Kulaken in den Grenzgebieten haben den Faschisten sicher geholfen. Das sind Volksfeinde, denen ist sowieso alles zuzutrauen.

Vielleicht stimmt es. Zwar hat mein Vater davon gesprochen, dass die Kulaken als Klasse vernichtet seien, aber inzwischen weiß ich nicht mehr, wie viel von dem, was er mir erzählt hat, überhaupt die Wahrheit war. Ich schüttle den Gedanken ab.

In der Nacht ist Schnee gefallen, doch jetzt liegt er zertrampelt und zerfahren in den Straßen. An einer Straßenecke stapeln sich Zeitungen, die niemand ausgeliefert hat. Ein dunkler Wagen fährt uns fast um, als wir eine Straße überqueren. Mit quietschenden Reifen biegt er um die Kurve. Ich kann die blasse, verbissene Miene des Fahrers sehen. Vermutlich versucht auch er, die Stadt zu verlassen.

Aus einem Fenster regnet es Papier. Im Innenhof des Gebäudes brennt Feuer in einer Tonne. Zwei Männer stopfen Papiere hinein. Das Zerspringen von Glas lässt mich den Kopf in die andere Richtung drehen. Jemand hat ein Schaufenster eingeworfen. Eine Gruppe Männer und Frauen drängt in das Geschäft und kommt mit Brot und Konserven wieder heraus. Jemand greift nach der Beute eines anderen und bekommt einen Ellbogen mitten ins Gesicht.

»Die Miliz –«, sage ich.

Natascha verzieht das Gesicht. »Sind wohl auch schon geflohen.«

Am Ende der Straße hat sich eine lange Schlange gebildet. Decken werden ausgegeben. Ein Dreikäsehoch am Rockzipfel seiner Mutter betrachtet uns aufmerksam, vier Finger seiner Hand im Mund.

Natascha bleibt einen Moment stehen, um sich eine Zigarette anzuzünden. Nach dem ersten Zug hält sie inne, die Hand vor dem Kinn. »Warum schaust du mich so an?«

Ich sehe weg, wie ertappt. »Von wem kam nun eigentlich die Anweisung, mich da hinzubringen?«

»Das erklärt dir alles Sascha.«

»Hat sie das einfach unterschrieben?« Ich deute mit dem Kinn auf die Knopfleiste von Nataschas Fliegeranzug, hinter der das Schreiben wieder verschwunden ist.

Natascha holt das Dokument hervor und gibt es mir. Ich

überfliege den kurzen Text und betrachte die Unterschrift. Kapitan A. S. Mukijenko. Zwei verwischte Stempel. »Wojenno-Wozduschnyje Sily SSSR«, kann ich entziffern.
»Wer ist das?«
Natascha zuckt die Achseln.
»Jemand von der WWS, ja?«
Natascha dreht den Kopf beiseite und bläst ihren Zigarettenrauch weg. »Warum ist das wichtig? Es gibt einen offiziellen Schrieb, also darfst du wieder fliegen. Alles wie früher.« Sie hält inne. »Nur dass eben Krieg ist.« Sie zieht eine Augenbraue hoch. »Oder willst du kneifen?«

Den Rest des Weges legen wir schweigend zurück, durchqueren den verschneiten Petrowski-Park, bis die rot-weißen Backsteinmauern des Palastes in Sicht kommen. Ein kleines Stück gehen wir den Leningradski-Prospekt entlang. Verrußte Schneewehen bedecken den Gehsteig. Auf der Straße fahren vereinzelte Lastwagen, meist Armeefahrzeuge. Unter den Planen sind die Gesichter junger Männer zu erkennen. Freiwilligeneinheiten, die an die Front gebracht werden. Auf der anderen Straßenseite kann ich das Chodynka-Flugfeld sehen.

Stahligel sind als Panzersperren vor dem schmiedeeisernen Tor des Petrowski-Palastes aufgestellt, wo die Akademie der Luftfahrt untergebracht ist. Das Kuppeldach ist mit Tarnnetzen überzogen. Der Pförtner winkt uns durch. Im Innenhof steht Artillerie auf dem völlig zertrampelten Rasen. Eine Gruppe Soldaten lädt Munition nach und richtet die Zielrohre aus. Wir überqueren den Hof, gehen die Treppen zum Eingang hinauf und zwischen den dickbauchigen, weißen Säulen hindurch. Kaum dass Natascha die Klinke der Glastür heruntergedrückt hat, schlagen uns ohrenbetäubender Lärm und warme, abgestandene Luft entgegen.

Ich glaube, ich habe noch nie so viele Fliegerinnen auf einem Haufen gesehen. Sie stehen in Gruppen herum, redend und rauchend, kommen und gehen durch eine Vielzahl von Türen links und rechts des Eingangsbereichs, sitzen oder liegen auf ihrem Gepäck. Die meisten von ihnen sind jung und tragen die Anzüge der verschiedenen Moskauer Fliegerklubs. Doch dazwischen laufen auch ein paar Ältere in Armeeuniformen herum.

Drei Mädchen in Fliegeranzügen kommen auf die Tür zu. Ich trete beiseite, um ihnen Platz zu machen. Natascha bleibt stehen.

»Habt ihr Sascha gesehen?«

»Versuch's auf der Treppe«, meint eine im Hinausgehen.

Natascha wendet sich nach links, hält auf einen Durchgang mit rundem Bogen ohne Tür zu.

Ich bin ein paarmal zu Schulungen an der Akademie gewesen. Damals war alles voll von Männern, kaum ein weibliches Gesicht. Wo sind die Männer hin, die hier das Sagen haben?, frage ich mich. Verstecken sie sich im Keller, verdrängt von dieser weiblichen Invasion?

Zwei Mädchen in Komsomoluniform kommen uns entgegen. Eine scheint kurz davor, in Tränen auszubrechen, doch als sie sich mit dem Handrücken über die Augen fährt, sieht das eher wütend aus als traurig.

»Das können die vergessen!«, sagt sie. Die andere erwidert leise etwas darauf. »Na und?«, meint die Erste. »Ich will fliegen! Ich denke gar nicht dran, irgendwas anderes zu tun!«

»Sie nehmen nicht alle«, sagt Natascha. »Nicht als Pilotinnen jedenfalls. Ständig flennt irgendwer deswegen. Aber so ein Regiment braucht ja auch Mechanikerinnen und vor allem Navigatorinnen. Navigieren können nicht so viele.«

»Und wonach entscheiden die das?«

»Flugstunden, hauptsächlich.«

»Dann brauche ich da ja gar nicht erst reinzugehen.«

»Wann bist du denn so ein Angsthase geworden? Du hast doch genügend Stunden.«

Von vor zwei Jahren, denke ich. Der Raum, in den wir gehen, ist mit grünem Teppich ausgelegt. Eine kleine, gewundene Treppe führt ins obere Stockwerk. Auch hier alles voller Mädchen. Jeden Moment, denke ich, wird eine von ihnen aufspringen, mit dem Finger auf mich zeigen und schreien: *Du! Wer hat dich denn hier reingelassen?* Doch es nimmt kaum jemand Notiz von mir, von ein paar neugierigen oder gleichgültigen Blicken einmal abgesehen.

Vor der Treppe steht eine Gruppe Fliegerinnen ins Gespräch vertieft. Und in ihrer Mitte – genauso groß und aufrecht, wie ich es in Erinnerung habe – steht Sascha, das blonde Haar nachlässig im Nacken zusammengebunden. Sie bemerkt uns nicht, hört aufmerksam einem der anderen Mädchen zu.

Ich könnte hingehen und einfach Hallo sagen, als hätten wir uns erst gestern gesehen. Aber ich bleibe stehen und beobachte sie, genau wie an dem Tag, als ich ihr zum ersten Mal begegnet bin.

Damals war sie jünger als ich jetzt. In meiner Kindheit ging einfach jeder zu Flugschauen, und so hatte auch ich schon die eine oder andere gesehen. Doch ich hätte mir nie träumen lassen, dass ich einmal Fliegerin werden würde, an jenem Frühlingstag, als drei Piloten für einen Vortrag zu uns in die Mittelschule kamen – zwei Männer und ein Mädchen mit im Nacken zusammengebundenem, goldenem Haar. Die Männer sprachen von Motoren und Flugzeugtypen, von Berufsfeldern im Luftfahrtbereich und davon, dass jeder von uns das lernen könnte, vorausgesetzt, unsere Augen seien in Ordnung.

Das Mädchen erzählte uns etwas anderes: Figuren, die sie fliegen gelernt hatte – Loopings, Drehungen im Looping, verschiedene Formationen, die sie mit ihrer Staffel gerade für die Maiparade einstudierte. Ihr Flugzeug, fuhr Sascha fort, stamme aus dem Büro des Konstrukteurs Jakowlew, kompakt und wendig sei es, wie geschaffen für den Kunstflug. Ihr Vertrauen in die Technik dieser kleinen Maschine sei absolut, in die Konstrukteure, die unser großartiger Sowjetstaat hervorgebracht habe, nur darum sei sie überhaupt imstande, sich aus zweitausend Höhenmetern im Sturzflug fallen zu lassen. Sie bedaure nur, fügte sie hinzu, während wir mucksmäuschenstill dasaßen, dass sie die Zuschauer an dieser Stelle nie schreien hören könne. In einem Cockpit sei es nämlich sehr laut.

Zu Hause stand ich im Badezimmer vorm Spiegel. Fliegerin,

dachte ich. Sah so eine aus, die es packen konnte? Ich fing an, im Kopf zu überschlagen: Ich war fast sechzehn. Wenn ich sofort mit dem Training begann, konnte ich in drei Jahren so sein wie sie. Loopings und Sturzflüge vollführen.

Und so kam es auch – bis es plötzlich vorbei war, von einem Tag auf den anderen.

Ein schriller Pfiff direkt neben mir reißt mich aus meinen Gedanken. Ich wende den Kopf und sehe Natascha noch die Finger aus dem Mund nehmen. Alle im Raum drehen sich nach uns um, auch Sascha, die bei unserem Anblick den Mädchen um sie herum etwas zumurmelt und dann mit ausgreifenden Schritten zu uns herüberkommt.

»Gut gemacht«, sagt sie zu Natascha.

»Stell dir vor, sie war schon im Zug«, erzählt Natascha.

Mit einem Lächeln wendet sich Sascha an mich. »Überrascht?«, fragt sie.

Ich nicke. »Ich weiß nur nicht, ob –«

Sascha wirft einen Blick über die Schulter und hebt die Hand, um mich am Weitersprechen zu hindern. »Komm, wir gehen kurz raus.« Sie macht eine Kopfbewegung in die Richtung, aus der wir eben gekommen sind. Natascha bleibt zurück.

Auf der Treppe vor dem Palast zieht Sascha ein zerdrücktes Päckchen Tabak aus ihrer Hosentasche. Die Soldaten, die die Artillerie bedienen, kümmern sich nicht um uns. Sascha dreht sich eine Zigarette und sieht mich fragend an. Ich schüttle den Kopf.

Zigarettenqualm mischt sich mit dem Geruch von nassem Laub und Schnee. Sascha raucht, und ich sehe ihr zu. Ich würde es nie laut sagen, aber mit ihrem Gesicht passt sie in einen Palast wie diesen. Nur ihre Hände verraten, dass sie schwere Arbeit gewohnt ist. Sie sind groß und breit, fast schon grob. Wenn sie beim Rauchen die Hand vor den Mund hält, fällt das noch mehr auf als sonst.

»Du musst dir wirklich keine Sorgen machen«, versichert sie.

»Wieso? Es wissen doch alle, dass ...« Ich beiße mir auf die Lippen.

Sascha runzelt die Stirn. »Die Geschichte von damals«, sagt sie, ohne mich anzusehen, »die spielt jetzt überhaupt keine Rolle mehr.«

»Du verstehst nicht«, sage ich und schüttle den Kopf. »Sie sind ... Ich darf ihnen nicht mal schreiben.«

Sascha dreht sich um. »Davon spricht man nicht«, sagt sie. »Also weiß es da drinnen auch keiner.«

»Du weißt es«, beharre ich. »Natascha und Leysan wissen es. Und wahrscheinlich noch eine Menge anderer Flieger.« Diese Art Neuigkeiten verbreiten sich wie ein Lauffeuer.

»Gerüchte vielleicht«, wiegelt Sascha ab. Ich will etwas entgegnen, doch sie lässt mich nicht, redet einfach weiter. »Aber das ist egal. Wenn du das hier gut machst, wenn du ein feindliches Flugzeug abschießt und einen Orden bekommst – glaubst du, irgendjemand interessiert sich dann noch für deine Eltern? Jetzt kannst du beweisen, dass ...« Sie bricht ab.

Ich ahne, was sie sagen will. *Dass du anders bist als sie.*

»Dass du deinen Beitrag zum Sieg über die Faschisten leisten willst«, beendet Sascha den Satz. »Das ist doch wichtiger, als von wem du zufällig abstammst.« Für einen kurzen Moment gleitet ein seltsam bedrückter Ausdruck über ihr Gesicht, flüchtig wie ein Schatten. Das Dämmerlicht des Herbstnachmittags macht ihre grünen Augen grau.

»Ich weiß nicht mal, ob ich es noch kann«, sage ich.

»Ich aber. Du kannst es. Du gehörst zu meiner Staffel. Ich will euch alle an der Front dabeihaben. Und wir sind es unserem Vaterland schuldig, oder nicht? Wo sonst können Frauen Kampfflugzeuge fliegen?«

Sascha tritt ihre Zigarette aus und sieht mich an. »Ewig Zeit haben wir nicht, Katja. Du musst dich jetzt entscheiden. Willst du dabei sein oder nicht?«

Natürlich will ich. Ich wünschte, es würde nur von mir abhängen. Ich nicke.

Sascha entspannt sich sichtlich. »Gut.« Sie lächelt. »Ich hätte auch nicht gewusst, was ich Marina Raskowa sagen soll, nachdem ich dich schon angekündigt habe.«

Ich sehe sie scharf an, als sie diesen Namen so beiläufig erwähnt. Doch sie bedeutet mir nur mit einer knappen Kopfbewegung, ihr zu folgen, und geht durch die Eingangstür. Wir durchqueren das Foyer und den Raum mit dem grünen Teppich.

»Diese Regimenter sind einzigartig«, sagt Sascha, während wir eine gewundene Treppe mit Früchten und Blumen aus Stuck an den Wänden hinaufgehen. »Das komplette Personal besteht aus Frauen: Fliegerinnen, Mechanikerinnen, Navigatorinnen.«

»Na und?«, bringe ich hervor, während ich versuche, mit ihr Schritt zu halten.

Sie lacht. »Hast du eine Ahnung, wie lange es gedauert hat, bis wir die Erlaubnis hatten? Es gibt ja nicht mal genug Maschinen für die Männer. Ich wollte mich schon im Juni freiwillig melden, aber da hieß es noch, ich solle besser Sanitäterin werden.«

»Und warum erlauben sie es jetzt doch?«, frage ich. Sind etwa so viele gefallen, dass sie jetzt uns Mädchen brauchen?

»Weil Marina Raskowa zum Genossen Stalin gegangen ist und ihn überzeugt hat, dass wir fliegen müssen.«

Mir bleibt der Mund offen stehen. »Ich soll in ein Regiment eintreten, das Genosse Stalin persönlich bewilligt hat?«

Einen Moment lang wird mir schwindlig. Ich strecke die Hand nach der Wand des Treppenhauses aus. Als ich wieder klar sehen kann, blickt Sascha mich besorgt an. »Wann hast du zuletzt was gegessen?«

Ich überlege. »Am Bahnhof. Gestern Abend.«

»Dann bringst du jetzt das Auswahlgespräch schnell hinter dich, und ich treibe inzwischen was zu essen auf.«

Oben angekommen, nimmt Sascha mir den Mantel ab. Ich betrachte nervös die Flügeltür, vor der wir stehen.

»Die füllen nur einen Fragebogen aus«, sagt sie. »Erzähl ihnen von Tuschino, von den Flugfiguren, die du gelernt hast.«

Mein Herz hämmert. Vor zwei Tagen habe ich noch in einer Fabrikhalle Eisenspäne zusammengefegt, und heute soll ich mich über Flugfiguren unterhalten.

Als ich bereits die Hand hebe, um anzuklopfen, beugt Sascha sich zu mir herüber. »Und sag auf keinen Fall, dass du Navigieren gelernt hast.«

»Herein!«, dringt es als Antwort auf mein Klopfen durch die Tür. Ich betrete ein kleines Kabinett mit Mahagonimöbeln. Hinter einem Schreibtisch sitzt eine Frau in Armeeuniform mit einem dunklen Haarknoten und weichen Gesichtszügen, flankiert von einer vierschrötigen Blonden in Uniform und einem älteren Mann in Zivil. Alle drei sehen mich an. In meinem verschossenen Rock und der dicken Strickjacke, die Haare mit zwei Kämmen zurückgesteckt, mache ich wohl keinen sehr überzeugenden Eindruck.

»Deine Papiere bitte«, sagt die Dunkelhaarige. Ich überreiche meinen Inlandspass. »Sokolowa, Jekaterina Pawlowna, geboren am 21. Juni 1921 in Moskau?«

»Ja.« Katja, Tochter von Pawel, dem zu fünfzehn Jahren verurteilten trotzkistischen Spion und Saboteur, derzeitiger Aufenthaltsort unbekannt.

»Setz dich.«

Ich gehorche. Hinter der Troika kann ich durch das Fenster auf den Hof sehen, auf die Geschütze, die ihre Kanonenrohre trotzig gen Himmel richten.

»So-ko-lo-wa«, murmelt die Blonde Silbe für Silbe beim Schreiben. Ich meine, ein Lächeln in ihren Mundwinkeln zu sehen, und warte auf den hundert Mal gehörten Scherz, dass jemand, dessen Name »Falke« bedeutet, ja Pilotin werden müsse. Doch als sie den Kopf hebt, ist ihre Miene völlig ungerührt.

Die Dunkelhaarige hingegen betrachtet mich wohlwollend. »Du bist eine von Sascha Beljajewas Kunstfliegerinnen, richtig?«

Ich nicke.

»Dann ist das hier eigentlich reine Formsache.«

Bei diesen Worten begreife ich endlich, wer ich vor mir habe. Major Marina Raskowa, Heldin der Sowjetunion. Ich war bei der Parade, als sie von ihrem Rekordflug in den Fernen Osten zurückkam. Drei Frauen ganz allein. 5908,61 Kilometer in sechsundzwanzig Stunden und neunundzwanzig Minuten. Ich kann das immer noch auswendig herbeten, genau wie die meisten anderen Mädchen hier, da bin ich sicher.

Raskowa blickt auf das Formular, das die Blonde vor sich liegen hat. »Zivile Luftfahrt«, diktiert sie. »Tuschino. Seit?«, fragt sie mit einem Blick auf mich.

»Juni 1937.«

Die ersten Flüge. Tuschino von oben, die Baustelle des Moskwa-Wolga-Kanals. Staubig grüner Wald westlich der Stadt, die feinen Spitzen der Nadelbäume, das hellere Grün und Braun der Wiesen und Äcker dazwischen. Das Geräusch des Motors, in meiner Erinnerung ein sanftes Brummen, nicht das laute Dröhnen, das es in Wirklichkeit war.

»Anzahl der Flugstunden?«

»Sechshundertachtundsechzig.« Meine Stimme klingt jetzt fester. Vereinszugehörigkeit und Stundenzahl sind korrekt – wie lange beide zurückliegen, brauche ich ja nicht zu erwähnen.

»Fallschirmspringerschein?«

»Ja.«

»Ausbilderschein?«

»Ja.«

Die Blonde vermerkt alles auf dem Formular, ohne eine Miene zu verziehen.

»Navigationsschein?«

»N-nein.« Vor dieser Frage hat Sascha mich gewarnt.

»Schützenausbildung?«

»Ja.«

Meine Antwort ist kaum zu hören, weil in diesem Moment ein vertrautes schrilles Heulen alles übertönt: ein deutscher Bomber im Sturzflug. Gleich darauf erschüttert ein gewaltiger Schlag das Gebäude. Wir blicken alle gleichzeitig auf. Putz rieselt von der Decke, obwohl der Einschlag kilometerweit entfernt gewesen sein muss.

Ich begegne Raskowas Blick, stelle fest, dass sie mich beobachtet hat. »Ist das eine Fehlkonstruktion?«, frage ich. »Dieses Geräusch, das die beim Angriff machen?«

Ihre Gesichtszüge verhärten sich fast unmerklich. »Nein, das ist Absicht. Sie haben ihren Stukas Sirenen eingebaut, die losgehen, sobald der Pilot den Sturzflug einleitet.« Nach einem kurzen Augenblick des Schweigens fügt sie hinzu: »Das soll uns Angst machen.«

Es funktioniert, denke ich, als in der Ferne weitere Sirenen aufheulen. Sie jagen mir Angst ein, diese Geräusche und Erschütterungen. Doch jetzt kann ich etwas dagegen tun.

Ich kann kämpfen.

»Wann ist dein Sehvermögen zuletzt getestet worden?«, fragt Raskowa.

»Ich –«

»Das scheint länger her zu sein. Melde dich bei Genossin Mitrewskaja. Sie stellt einen allgemeinen Befund aus. Wenn der in Ordnung ist, tragen wir dich für die Militärpilotenausbildung ein.«

So einfach geht das. Ein paar Fragen, ein paar Antworten, und ich bin wieder Pilotin. Wenn Marina Raskowa mich für geeignet hält, dann bin ich es. Ich lächle vorsichtig, den Blick zu Boden gerichtet.

»Ich bin nicht überzeugt«, meint der alte Knacker, der bisher noch gar nichts gesagt hat, über meinen Kopf hinweg. Ich starre ihn an. Er betrachtet mich abschätzig, während er sich mit der Hand über den Stoppelbart fährt.

»Kunstflug, Fallschirmspringen, alles schön und gut«, sagt er, »aber bringt sie wirklich mit, was für einen Luftkampf nötig ist?« Er verschränkt die Arme vor der Brust.

Marina Raskowa wirkt belustigt. »Die Testflüge werden es zeigen.«

»Das meine ich nicht«, gibt der alte Knacker unwirsch zurück. »Hier geht es um Charakter, und dieses Pflänzchen da, mal ehrlich …« Er schweigt einen langen Moment, dann herrscht er mich an: »Kannst du kämpfen, Mädchen?«

Der Gedanke ist so klar und kalt, dass er jede Zurückhaltung verdrängt: Ich lasse mir das hier nicht wegnehmen. Ich beuge mich vor. »Soll ich es Ihnen vorführen?«

Wir starren einander an. Der Blonden entweicht ein bellendes Lachen, dann stiert sie wieder ausdruckslos vor sich hin.

»Das wird wohl nicht nötig sein«, sagt Raskowa. Um ihre Augen haben sich kleine Fältchen gebildet. Mit einem vielsagenden Blick schiebt sie ihrem Beisitzer das Dokument zum Unterzeichnen hin. Er grunzt und setzt seinen Namen darunter. Raskowa macht mir ein Zeichen, dass das Gespräch beendet ist. Meine Wangen glühen, als ich aufstehe und rasch zur Tür gehe.

»Einen Augenblick noch, Katja.«

Ich drehe mich um. Raskowa ist aufgestanden und deutet auf eine Tür rechts von mir. »Da ist noch jemand, der mit dir sprechen will.«

Der Raum hinter der Tür ist strahlend weiß, wie frisch gestrichen, und auf den ersten Blick vollkommen leer. Auf den zweiten sehe ich einen Mann auf der Fensterbank sitzen. Wie eine Fliege in Milch hebt er sich mit seinem dunklen Uniformmantel gegen das ganze Weiß ab, das uns umgibt. Mein Atem stockt, während mein Blick von seinem Gesicht zu den Abzeichen an seinen Schultern zuckt.

Seit Kriegsausbruch war alles ruhig, sodass ich angefangen hatte, mich in Sicherheit zu wiegen. Aber natürlich haben sie mich nicht vergessen. Noch bevor er den Mund aufmacht, weiß ich, was er mir sagen wird.

»Ich bin Kapitan Anatoli Sergejewitsch Mukijenko, Sonderabteilung des NKWD.«

Dann ist er also A. S. Mukijenko? Der Name auf Nataschas Dokument hat ein Gesicht bekommen. Und das Gesicht – bleich unter seinen schwarzen Locken, mit ausgeprägten Wangenknochen, leicht gerötet von der Kälte – hat nach all dieser Zeit auch einen Namen.

Hat er sich damals vorgestellt, am Morgen nach der Verhaftung meiner Eltern, als er im Wohnzimmer stand und das Bild mit dem Feuervogel betrachtete, während seine Leute die Sofapolster aufschlitzten?

Immerhin ist es nun kein Rätsel mehr, wie ich hierhergelangt bin. Ich erinnere mich nur zu gut an diesen schlanken, hoch aufgeschossenen Offizier. Keiner von uns bricht die Stille. Er sieht mich an und gleichzeitig an mir vorbei. Ist es mein Haar, das seinen Blick anzieht? Nur mit Mühe schaffe ich es, nicht daran herumzuzupfen. Wie an jenem Morgen. Ich erinnere mich an diesen Blick, er war … traurig.

Doch als er mir in die Augen sieht, ist davon nichts mehr zu spüren. »Wenn du dich bedanken möchtest, wäre jetzt wohl der passende Augenblick.« Er wirkt fast heiter.

Ich denke an den zweiten verwischten Stempel auf dem Dokument, den zu entziffern mir nicht gelang. Sonderabteilung. Bisher war es immer die politische Polizei.

»Und was soll ich zum Dank tun?«

Er streckt die langen Beine mit gekreuzten Knöcheln von sich und stützt die Handflächen aufs Fensterbrett. »Das Übliche. Halt ein wenig die Ohren offen, ein paar Gespräche, ein paar Berichte. Du kennst das ja.«

Es ist kalt hier drinnen. Mit Mühe widerstehe ich der Versuchung, die Arme um mich selbst zu schlingen. »Was bedeutet ›Sonderabteilung‹?«

»Spionageabwehr.«

»Und die Spione vermuten Sie hier bei uns Mädchen?«

Er hebt die Schultern. »Das ist reine Routine. Wenn in unserem Rücken Kräfte wirken, die unsere Armee schwächen, dann müssen wir das wissen. Wenn also jemand Zweifel äußert, wenn sich jemand beklagt oder Sympathien für die Deutschen bekundet –«

»Als ob das jemand tun würde!«

»Umso besser, wenn nicht.« Er zieht ein Bein an und schließt die verschränkten Finger seiner Hände um das Knie. »Wenn alle Mädchen gute kleine Rotarmisten sind, die niemals an der Leitung oder der gerechten Sache zweifeln, die den Feind aufrichtig hassen und die Partei lieben …« Seine Augen funkeln, verraten ein unterdrücktes Lachen. »Tu, was du ohne uns auch getan hättest. Sei ihre Freundin, ihre Vertraute, vor der sie ohne Bedenken sprechen. Im Gegenzug werden wir deine Freunde sein. Du verstehst mich doch, Jekaterina Pawlowna? Denn es geht auch anders, das weißt du ja.«

Ich antworte nicht, umklammere nur das Handgelenk der einen Hand mit der anderen so fest, dass die Haut weiß wird.

Mukijenko betrachtet mich aufmerksam. »Es wäre doch nicht das erste Mal, dass du so etwas tust. Gute Arbeit, steht hier übrigens.« Er weist auf eine flache Mappe neben ihm auf der Fensterbank. »Nur deswegen bekommst du diese Chance, vergiss das nicht.«

Wahrscheinlich muss ich nicht einmal ein neues Papier unterschreiben. Meine erste Unterschrift, im Sommer 1940 in der Lubjanka einem anderen Mann in Uniform gegeben, gilt bestimmt noch. Hinter seinem Schreibtisch konnte ich den Dzerzhinski-Platz sehen, die wenigen Menschen, die darübergingen, winzig klein. Ich reibe die Hände aneinander wie unter fließendem Wasser. Für diese Unterschrift bekam ich Arbeit in der Fabrik und einen Schlafplatz im Wohnheim. Und um sie zu behalten, führte ich Gespräche – auf dem Hof, in der Werkshalle, beim Bäcker, in der Straßenbahn – und berichtete darüber. In der Mappe steht nicht, dass ich um ein Haar zur Trinkerin geworden wäre wegen dieser Gespräche, wegen dieser Berichte. Aber damals war ich allein.

»Das ist jetzt etwas anderes«, sage ich leise.

»Wirklich?« Mukijenko zieht die Augenbrauen hoch.

Ich schweige. Im Grunde weiß ich, wie das hier ausgehen wird. Diese Spitzeldienste sind der Preis dafür, dass ich wieder fliegen darf. Wäre ich mitgekommen, wenn ich gewusst hätte, was mich hier erwartet? Ich beiße auf meine Unterlippe. Ich weiß es nicht, aber Sascha und Natascha hätten mich auf keinen Fall geholt, wenn sie von meiner Verbindung zum NKWD wüssten.

Sie vertrauen mir. Obwohl ich das Kind von Verrätern bin. Ich kann ihnen nicht auf diese Art in den Rücken fallen.

»Es tut mir leid«, sage ich und schüttle ganz leicht den Kopf. Dabei weiß ich genau: Mit meiner Unterschrift von damals habe ich das Recht, mich zu weigern, verwirkt.

Mukijenko sagt erst einmal gar nichts. Als er schließlich spricht, ist seine Stimme leise und beherrscht, aber das ängstigt mich mehr, als wenn er schreien würde.

»Du traust dich was, das muss ich schon sagen.« Er steht auf und kommt auf mich zu, langsam. Ich merke erst jetzt, wie groß er ist.

»Geht es um deine sogenannten Freundinnen? Hast du Angst, dass sie etwas sagen oder tun könnten, das du melden musst?« Er legt den Kopf schief. Ein verächtliches Lächeln spielt um seinen Mund. »Du meinst, deshalb kannst du deine Verpflichtung uns gegenüber vernachlässigen?«

Ich zittere. Meine Knie, meine Hände. Doch ich beiße die Zähne zusammen, zwinge mich, seinem Blick nicht auszuweichen.

Mukijenko tritt noch näher, ohne mich aus den Augen zu lassen. »Bist du sicher, dass diese Mädchen das verdienen?«

Er kommt vor mir zum Stehen, sieht auf mich herunter. Er überragt mich um Haupteslänge. »Weißt du, was mit deinen Freundinnen passiert ist, nachdem du weg warst?«

Ich weiche ein wenig zurück. Schreck durchrieselt mich. Daran habe ich bisher keinen Gedanken verschwendet.

»Nichts.« Seine Mundwinkel verziehen sich. »Für keine von ihnen hatte es irgendwelche Konsequenzen, dass sie mit der Tochter von Volksfeinden geflogen sind. Keine musste sich verantworten, keine ist auch nur zum Verhör geholt worden.« Er führt mich an etwas heran, an einen Abgrund, will mich unbedingt dort hineinblicken lassen.

»Kannst du dir den Grund nicht denken?« Er neigt den Kopf und bringt seine Wange so dicht an meine, dass ich seine Wärme spüren kann, ohne dass wir uns berühren. Er riecht nach Zigaretten und Seife.

Dann spricht er mir ins Ohr: »Es ist natürlich deine Entscheidung, ob du hier im Regiment bleiben und für uns arbeiten willst, aber ... Ich an deiner Stelle würde wissen wollen, welche meiner Freundinnen meine Eltern angezeigt hat.«

»Wo warst du denn?« Sascha stößt sich von der Wand ab, als ich zurück auf den Flur trete.

»Auswahlgespräch, weißt du doch.« Meine Lippen sind wie ausgetrocknet.

»Das dauert zehn Minuten.«

Alles stürmt gleichzeitig auf mich ein: der Lärmpegel hier draußen, die vielen Stimmen, das Gedränge. Jemand hat die Flügeltür zu Raskowas Büro geöffnet. Immer mehr Mädchen kommen die Treppe herauf und drängen an uns vorbei in den kleinen Raum.

Ich kann jetzt nicht reden. Ich weiche Saschas Blick aus und laufe zur Treppe. Sie ruft mir nach. Ich muss raus. Weg von alldem, aber auf der Treppe ist kein Durchkommen. Sascha folgt mir, packt mich am Handgelenk.

»Wohin willst du denn?« Sie mustert mich besorgt und, wie ich mir einbilde, etwas argwöhnisch.

Wir stehen an die Wand gepresst. Ein paar der anderen grüßen Sascha im Vorbeigehen, und sie grüßt zerstreut zurück.

Ihre Frage hallt in mir nach. Wohin kann ich schon wollen? Meine Fabrik ist evakuiert. Ich bin keine Arbeiterin mehr, sondern Teil der Streitkräfte. Mehr noch, ich bin im Auftrag der Sonderabteilung hier. Und zum Schluss hat Mukijenko noch gesagt: »Vielleicht lässt sich etwas tun für deine Eltern.«

»Nirgendwohin.«

Wir stehen auf dem Treppenabsatz.

Sascha tritt näher, zwei winzige Falten über ihrer Nasenwurzel. »Haben die dich was gefragt wegen ...«

Sie bricht ab.

Und wenn sie es nun war? Das könnte ich nicht ertragen. Ich bewege unwirsch den Kopf, doch der Gedanke lässt sich nicht abschütteln, er klebt an mir wie altes Motoröl.

Mukijenko hat mir den Namen der Denunziantin nicht nennen wollen. Noch nicht. »Erst musst du deine Zuverlässigkeit beweisen«, hat er gesagt. Vielleicht arbeitet diejenige noch immer für ihn.

Aber er könnte sich das alles auch ausgedacht haben, denke

ich mit aufkeimender Hoffnung. Vielleicht war es nur eine Lüge, um mein Vertrauen in Sascha und die anderen zu untergraben, damit ich tue, was er will.

»Wie war das eigentlich?«, frage ich leise. »Nachdem ich weg war. Ich meine, wie ging es für euch weiter?«

Sascha runzelt die Stirn. »Was meinst du?«

»Ihr habt doch bestimmt Schwierigkeiten gehabt, weil wir in einer Staffel waren? Seid ihr ... Seid ihr nicht verhört worden?«

Ihr Blick forscht in meinem Gesicht, als könnte sie so den Sinn dieser Frage entschlüsseln. Dann schüttelt sie den Kopf. »Nein, wir ... Wieso? Wie kommst du jetzt darauf?«

Mukijenko hatte also recht. Niemand hat sie auch nur befragt. Eine von ihnen muss der Spitzel gewesen sein und konnte für die anderen bürgen.

»Du bist aufgenommen, oder nicht?«, fragt Sascha.

Ich wende mich ab, leicht zur Wand hin. Die Blumen und Früchte aus Stuck sind zum Teil beschädigt, sehe ich jetzt.

»Die können dich nicht abgelehnt haben.«

Ich sehe Sascha scharf an. Und wieso nicht? Weil sie weiß, dass ein NKWD-Offizier alles arrangiert hat? Ich hätte sie vorher fragen sollen, was sie über die Unterschrift auf dem Dokument weiß, jetzt ist es zu spät. Meine eigene Verbindung zum NKWD darf auf keinen Fall bekannt werden, hat Mukijenko mir eingeschärft. Bei Zuwiderhandlung hätte ich mit »Konsequenzen« zu rechnen.

»Ich bin aufgenommen«, sage ich. »Alles in Ordnung.«

Sascha nickt, lächelt leicht. Doch ihre Augen bleiben wachsam, selbst als sie mir ein Stück Brot und Käse in die Hand drückt. Obwohl mein Magen bei diesem Anblick zu knurren beginnt, weiß ich, dass ich jetzt nichts essen kann.

Ich wende den Blick ab und fahre zusammen. Am Fuß der Treppe steht Natascha, meinen Mantel über dem Arm, und blickt zu uns auf. Und neben ihr – in tadellos gebügelter Komsomoluniform – Leysan.

Immer noch so ein Püppchen, denke ich beim Anblick ihres

herzförmigen, von schwarzen Zöpfen umrahmten Gesichts. Wie die äußere Erscheinung doch manchmal täuschen kann.

Unvermittelt schießt sie auf uns zu, als hätte sie nur auf eine Lücke zwischen den anderen Mädchen gewartet. Ich mache einen Schritt zurück, doch es ist Sascha, die sie am Arm packt.

»War das deine Idee?« Leysans Ton ähnelt dem Zischen einer Peitsche.

Sascha nickt.

»Bist du noch zu retten?« Leysan schafft es kaum, ihre Stimme zu dämpfen. »Du kannst sie doch nicht einfach herbringen! Wenn das jemand herausfindet.«

»Die wissen es schon.« Sascha scheint ganz ruhig. »Denkst du wirklich, ich hätte sie ohne Genehmigung hergeholt?«

Nein, sie hatte schließlich das Dokument mit Mukijenkos Unterschrift. Wenn das Ganze seine Idee war, muss er sie kontaktiert haben, also kennen sich die beiden. Nein, Natascha hatte das Schreiben, aber Sascha hat sie beauftragt, mich zu finden, also –

»Iss«, sagt Sascha zu mir mit einem Blick auf das Brot, das ich immer noch in der Hand halte. Ich beiße jetzt doch hinein, rein aus Verlegenheit. Es schmeckt erdig, ist wahrscheinlich mit irgendetwas gestreckt. Widerwillig kaue ich.

Leysan durchbohrt mich mit einem Blick, bevor sie sich wieder Sascha zuwendet. »Warum sollte jemand das genehmigen?«

»Warum denn nicht?«, fragt Natascha, die ebenfalls heraufgekommen ist.

Da stehen sie, alle zusammen. Schwarz, blond, kastanienbraun. Dieser früher so alltägliche Anblick schnürt mir die Kehle zu. Ich würde mich so freuen, wenn ich nicht an das letzte Mal denken müsste, als wir alle zusammen waren.

Auf der Datscha. Mit meinen Eltern und mir am Esstisch. Bläuliche Dämmerung. Windlichter. Es wurde spät an dem Abend. Sie mussten den letzten Bus nehmen. *Kommt gut heim.* In der Nacht darauf kam das NKWD.

»Verstehst du denn nicht?« Leysan verschränkt die Arme

und sieht Sascha an. »Jetzt geht alles von vorn los. Alle werden mit dem Finger auf uns zeigen.«

Was für nette Mädchen, hat meine Mutter damals gesagt. Als mein Vater verhaftet wurde, war sie überzeugt, einer seiner Kollegen müsse ihn verleumdet haben. Einer, der neidisch war auf seinen Posten als leitender Ingenieur des Moskwa-Wolga-Kanals und verschiedener anderer Bauprojekte. Worüber haben wir gesprochen an diesem Abend auf der Datscha? Was hat mein Vater gesagt, was meine Mutter?

»Vielleicht sollten wir das nicht jetzt besprechen«, erwidert Sascha. »Die Versammlung fängt gleich an.«

Der Treppenaufgang leert sich allmählich. Stimmen hallen aus einem Raum links des kleinen Zimmers, in dem die Auswahlgespräche stattgefunden haben.

»Wie ist es denn gelaufen?«, wendet sich Natascha plötzlich an mich.

Ich habe Mühe, mich zu konzentrieren. »Was?«

»Das Gespräch.« Ihr Blick ist abwägend, aber auch wohlwollend.

Das scheint mir plötzlich so weit weg. »Ich soll an der Pilotenausbildung teilnehmen.«

»Schaffst du doch nie«, sagt Leysan, die schwarzen Augen unverwandt auf mich gerichtet.

Natascha lächelt breit, bevor sie sich zum Gehen wendet. »Na dann, gratuliere.« Sie geht die Treppe hinunter.

»Wohin willst du?«, fragt Sascha.

Natascha dreht sich um, die Hände in den Hosentaschen. »Mich verabschieden. Weiß ja niemand, wann wir zurückkommen.«

Sascha runzelt die Stirn. »Gibt's jetzt wirklich nichts Wichtigeres als deinen Kerl?«

»Nein. Verpasse ich hier vielleicht was?«

»Nur Marina Raskowas Ansprache. Ach ja, und Sperrstunde ist auch bald.«

»Eben.« Natascha dreht sich schwungvoll um, als wäre sie auf der Tanzfläche, und winkt uns von der letzten Treppenstufe noch einmal zu, ehe sie verschwindet. Ich kann ein vorsichtiges Lächeln nicht unterdrücken bei dem vertrauten Geplänkel.

»Du kannst ihr so was nicht dauernd durchgehen lassen«, sagt Leysan mit einem tadelnden Blick zu Sascha.

Die ignoriert sie und wendet sich mir zu. »Dass es drei verschiedene Regimenter gibt, hast du mitbekommen?«

Ich nicke.

»Natascha, Leysan und ich sind auch den Piloten zugeteilt worden«, sagt Sascha. »Aber das ist nur eine Vorauswahl. Durch Testflüge entscheidet sich dann, ob wir Bomber oder Jäger fliegen werden.«

»Oder ob einige von uns vielleicht gar nicht fliegen werden«, wirft Leysan ein.

»Wir werden es schon alle in dieses Jagdfliegerregiment schaffen«, sagt Sascha, ohne auf sie zu achten.

Auf die drei anderen mag das zutreffen. Kunstflieger bringen alles mit, was auch für Jagdfliegerei benötigt wird: Schnelligkeit, Reaktionsfähigkeit, Improvisationsvermögen. Ob ich nach der langen Pause noch irgendwas davon besitze, wird sich zeigen.

»Wir schlafen heute Nacht hier«, sagt Sascha. »Morgen brechen wir auf.«

»Wohin?«, frage ich.

»Das haben sie uns noch nicht gesagt.«

Allmählich dämmert mir, was das bedeutet. »Wir bleiben also nicht in Moskau?«

»Die Stadt wird bombardiert, falls es dir noch nicht aufgefallen ist«, sagt Leysan. »Natürlich bringen die uns weg.«

»Die Fliegerklubs sind schon alle evakuiert worden«, ergänzt Sascha. »Wir wären mitgegangen, wenn nicht der Aufruf von Marina Raskowa gekommen wäre.«

Ich sehe Leysan neugierig an. »Und wo ist Ilnur jetzt?«, frage ich. Ihr vergötterter großer Bruder, der mit uns in Tuschino war, kann eigentlich nur als Jagdflieger an der Front sein.

»Er ist gefallen«, sagt Leysan, wendet sich ab und verschwindet durch die Flügeltür.

Wir sind beinahe die Letzten, die das kleine Kabinett und einen Saal voller Spiegel durchqueren. Wir gelangen in einen noch größeren Saal mit strahlend weißen Wänden, Stuckverzierungen und einem hohen Kuppeldach.

Der Saal ist voll, trotz seiner Ausmaße. Dreihundert, vielleicht vierhundert Mädchen und junge Frauen haben sich hier versammelt. Unter Gepolter schiebt jemand einen Tisch durch den Saal, bis er unter dem Marmorkonterfei eines bärtigen alten Zaren zum Stehen kommt.

Marina Raskowa steigt hinauf. Stille sinkt über die Menge. Raskowas Blick schweift durch den Saal, von einem Ende zum anderen. Ein winziges Lächeln spielt um ihre Lippen.

»Ich wusste, dass es so sein würde«, sagt sie. »Dass ihr alle nur auf diesen Aufruf gewartet habt.«

Leises Lachen, vereinzelter Applaus.

Raskowa hebt das Kinn. Ihr Blick wird ernst. »Man wird euch sagen, das hier sei etwas Neues – Frauen, die Dienst an der Waffe tun. Als ob nicht ein Blick in die Geschichtsbücher zeigen würde, dass unsere Frauen immer gekämpft haben. Als ob nicht in diesem Moment Tausende von uns in der Roten Armee und in Freiwilligeneinheiten dienten! Und nun ist auch für euch der Augenblick gekommen, in die Schlacht zu ziehen.«

Ich kann die Aufregung spüren, die in Wellen durch die Menge der Mädchen läuft. Auch mein Herz schlägt schneller.

»Das ist die sowjetische Frau!«, ruft Raskowa. »Sie bedient Maschinen. Sie fährt Lastwagen und Traktoren. Sie fliegt Flugzeuge. Sie ist Hunderttausende, die jederzeit zu den Waffen greifen können, wenn das Vaterland bedroht ist!«

Jubel brandet auf. Einen winzigen Moment lang sieht Marina Raskowa in meine Richtung, so kurz, dass ich es mir eingebildet haben könnte, doch es genügt. Was sie sagt, gilt auch mir. Und wenn sie mich für würdig befindet, wird auch niemand sonst sagen: *Du aber nicht, nur die politisch Zuverlässigen.*

»Liebe Schwestern!«, ruft Raskowa. »Die Zeit ist gekommen, Vergeltung zu üben für den feigen Überfall auf unsere Heimat! Nehmt euren Platz ein unter den Verteidigern der Freiheit!«

Um mich herum jubeln die Mädchen erneut, doch ich habe plötzlich einen bitteren Geschmack im Mund. Schwestern, denke ich. Sind wir das? Die meisten hier mögen so empfinden, aber ich, mit meinem Auftrag vom NKWD? Und sie, wer immer sie ist, die meine Eltern denunziert hat? Bespitzelt man seine Schwestern vielleicht, gibt man weiter, was sie reden? Zeigt man ihre Familie an?

Für all das – die Verhaftung meiner Eltern, meine Arbeit für das NKWD, meine Abmachung mit Mukijenko – ist eine meiner engsten Freundinnen verantwortlich.

Mein liebes Kind, verzeih mir.

Die Stimme meines Vaters. Seine Hand, die mir übers Haar strich. Als er in dieser Nacht ins Zimmer kam und sich auf meine Bettkante setzte, habe ich so getan, als würde ich schlafen. Dabei waren sie im Haus, rissen die Schränke auf und warfen die Bücher stapelweise aus den Regalen. Ich konnte sie hören und wusste ganz genau, dass von nun an nichts mehr so sein würde wie vorher.

Ich dachte, irgendetwas muss dran sein, wenn die beiden verhaftet werden. Dann sind meine Eltern also Verräter, genau wie so viele andere. Dann bin ich jetzt diejenige, die ausgeschlossen wird. Doch vielleicht hatte mein Vater ja nur sagen wollen, dass er sich Vorwürfe macht, wegen all dem, was seine Verhaftung für mich bedeuten würde.

Applaus brandet auf, auch ich fange an zu klatschen. Die Rede ist zu Ende.

Ich sehe mich nach Sascha und Leysan um, die ebenfalls applaudieren. Leysan beugt sich zu Sascha hinüber, sagt etwas, das mit einem Nicken quittiert wird.

Sascha dreht sich zu mir um und lächelt mir zu. Wenn ihr auffällt, dass ich nasse Augen habe, schiebt sie es sicher auf Raskowas Worte, auf meine Freude, mit dabei zu sein.

Mukijenko

Die Morgendämmerung greift mit bleichen, kühlen Fingern nach der Stadt, zupft an der Verdunkelung, späht in die Zimmer, als wollte sie prüfen, wer noch da ist und wer nicht. Wieder eine Nacht vorbei, in der das Ende nicht gekommen ist, denkt er, als er unter verschneiten, tief herabhängenden Baumästen zwischen den Grabreihen des Wagankowoer Friedhofs entlanggeht. Die Front ist nicht zu hören, die Angriffe haben noch nicht wieder begonnen. Er fröstelt, schlägt den Kragen hoch. Er will das hier erledigt haben. Dann wird er zurück in die Lubjanka gehen, zurück zu den Korridoren und Zimmern voller Männer mit geröteten Augen, die ihre Archive vernichten und ihre Gefangenen »verlegen«, wie es im NKWD-Jargon heißt, zurück zu Angstschweiß und Zigarettenrauch. Fünfzig Kilometer, denken sie bei allem, was sie tun, ohne es laut auszusprechen. Fünfzig Kilometer noch, und die Deutschen sind da.

Im Gehen zählt er die Grabreihen. Auch seine Hände zittern, doch das schiebt er auf den Schlafmangel.

Panik ist die gefährlichste Seuche, die in solch einer Lage ausbrechen kann. Bis vor drei Tagen haben sie noch jedem mit standrechtlicher Erschießung gedroht, der vor einem bevorstehenden Angriff auf Moskau warnte. Doch die Menschen glauben ihnen nicht mehr und sie sich selbst auch nicht. Wenn die Moskauer Kassen und Lagerhäuser plündern, Bahnhöfe stürmen und sich gegenseitig totschlagen, um in einen der Züge nach Osten zu gelangen – wie soll es da ihnen gehen, die sie ein viel genaueres Bild von der Lage haben? Fällt die Stadt, werden die Mitarbeiter der Organe als Erste sterben.

Doch gerade deshalb brennt in der Lubjanka weiter die ganze Nacht hindurch das Licht, und wenn sie Todesängste ausstehen, dann zeigen sie es nicht – nicht einmal einander. Stalin harrt aus, Mukijenkos Vorgesetzter Abakumow harrt aus, und so bleibt auch er selbst auf seinem Posten – es sei denn, sie schicken ihn an die Front, zu seinen Fliegern. Für diesen Fall ist er hier.

Nicht um sich zu verabschieden, sondern um ein Versprechen zu erneuern, dessen Erfüllung näher rückt.

Ein leichter Wind kommt auf, als er das Grab endlich findet. Die Kälte kriecht durch seine Kleidung. Er bleibt an der schmiedeeisernen Umzäunung stehen. Dahinter ein schlichter Grabstein, auch auf ihm liegt Schnee. Ein eingraviertes Kreuz mit drei Balken, ihre Mutter hat darauf bestanden. »1936«, liest er. Schon fünf Jahre her. Eigentlich noch länger, denn es ist ja im Frühling passiert. Beim Begräbnis waren alle Bäume grün. Eine Beisetzung in aller Stille. Dann kam der erste Winter. Er erinnert sich, wie es fror, wie die ersten Schneeflocken fielen. Wie er immerzu daran denken musste, wie eisig es nun in der Erde sein musste. Es ließ ihm keine Ruhe. Er denkt auch jetzt daran. Wie kalt es dort unten sein muss.

Immerhin fallen hier keine Bomben, sagt er sich. Ist je ein Friedhof im Krieg unter Beschuss geraten? Hier wird nichts geschehen. Er dreht sich um und geht.

Der Sonnenaufgang ist eine Totgeburt. Vergebens sucht er den Himmel nach einem rötlichen Schimmer ab. Am Friedhofseingang sind Lastwagen vorgefahren. Sie bringen die Toten der letzten Luftangriffe. Gelber Putz blättert von der Auferstehungskirche ab. Ein Pope mit langem, ergrautem Bart beobachtet ihn, den einsamen Besucher zu dieser frühen Stunde, als witterte er eine gequälte Seele. Mukijenko nickt ihm ironisch zu, ehe er durch das Eingangstor auf die Malaja-Dekabrskaja-Straße hinaus zu seinem Wagen geht.

Als er ins Auto steigt und die Zündung startet, fallen die ersten Schneeflocken aus den tief hängenden, stahlgrauen Wolken.

Er fährt die Bjegowaja entlang, biegt auf den Leningradski-Prospekt. Und da sieht er sie plötzlich. Die Mädchen, wie sie die Straße heraufkommen, unterwegs zum Kasaner Bahnhof. Er hält an, steigt aus dem Wagen und bleibt hinter der geöffneten Tür stehen. Aus der Entfernung sieht er zu, wie sie vorbeigehen. Von Marschieren kann keine Rede sein. Sie können es noch nicht, wissen überhaupt nicht, wie das geht, in Reih und Glied laufen. Sie schlendern. Sie trippeln. Sie schlurfen. Bei ihrem

Anblick verspürt er eine Mischung aus Stolz, Verzweiflung und Belustigung. Mädchen, die Soldaten sein wollen.
Sie singen.
Es schneit heftiger. Große, schwere Flocken beeinträchtigen seine Sicht. Trotzdem ist Katja in der Masse nicht schwer auszumachen, ihr rötlich blondes Haar, das unter der Mütze herausschaut, leuchtet wie eine Fackel. Nicht schwer zu erraten, warum ihre Eltern ein Bild des Feuervogels in ihrer Wohnung hängen hatten.
»Dann sind meine Eltern also unschuldig?«, hat sie gefragt. Wie niedlich. So muss sie als Kind ihren Vater angeschaut haben, wenn sie ein Märchen hören wollte.
»Wie kommst du denn darauf?«, hat er geantwortet. »Glaubst du, der Staat würde einen Fehler machen?«
Schuld oder Unschuld, darum geht es nicht. Wenn Katja ihre Familie rehabilitiert sehen möchte, muss sie sich bewähren. Das zumindest ist nicht gelogen.
Sie geht am Schluss, Seite an Seite mit ihren Freundinnen, die ihr offenbar so wichtig sind. Wie die anderen versinkt sie in der Männeruniform, die man ihr gegeben hat. Ihrem Tritt ist allerdings nicht anzumerken, dass die Stiefel ebenfalls viel zu groß sein müssen.
Er hat unterschiedliche Ansichten zu den Frauenregimentern gehört, für die er nun zuständig ist. Ein Witz sei das. Eine unerklärliche Laune Stalins. Ein Zugeständnis an Marina Raskowa für treue Dienste. Ein Propagandamittel.
Er sieht das anders. Er hat lange Jahre Fliegerklubs betreut und weiß, was diese Mädchen können. Zum Teil fliegen sie schon seit Jahren. Ein Witz ist eher, dass man sie so lange hierbehalten hat, damit sie Jungen ausbilden, die dann mit ein paar Wochen Training gegen die deutschen Messerschmitts ins Feld geschickt werden.
Sein Blick schweift durch die Reihen, in dem kurzen Moment, als Katja und ihre Freundinnen direkt auf seiner Höhe sind.
Sascha Beljajewa, die das Erste Geschwader des Jagdfliegerregiments leiten wird, das ist beschlossene Sache.

Leysan Mansurowa, die zukünftige Komsomolorganisatorin des Regiments, auch das steht bereits fest.

Natascha Lukina. Höchstens ein Genickbruch könnte sie davon abhalten, sich zu qualifizieren.

Eine fehlt noch. Das Mädchen, das Katjas Platz in der Staffel eingenommen hat, als sie ausgeschlossen wurde. Auch bei dieser jungen Frau müsste es mit dem Teufel zugehen, wenn sie nicht am Ende in einem Cockpit sitzen würde.

Und Katja selbst wird es auf jeden Fall schaffen, daran hat er keinen Zweifel. Sonst hätte er nicht Himmel und Hölle in Bewegung gesetzt, um sie in Raskowas Luftfahrtgruppe einzuschleusen. Wer für Flugvorführungen vor dem Genossen Stalin gut genug war, der kann auch Kampfeinsätze fliegen.

Davon wissen die Moskauer nichts, die am Straßenrand stehen und die Mädchen stumm verabschieden. Wieder welche, die an die Front ziehen. Was empfinden die Menschen bei der Vorstellung, dass junge Frauen sie verteidigen werden? Sind sie stolz, oder raubt es ihnen die letzte Hoffnung? Ist ein Volk, das seine Mädchen in den Kampf schickt, nicht dem Untergang geweiht, wie Bauern, die ihr Saatgut verzehren müssen?

Eine Alte mit Kopftuch macht das Kreuzzeichen über ihnen. Wie lange hat sich das niemand mehr öffentlich getraut?, überlegt er. Aber wenn die Menschen sich mit Märchen trösten müssen, um durchzuhalten, dann soll es so sein.

Er denkt an das Grab, das er besucht hat, an den eisigen Boden, die Stille, so viele Winter schon. So wie die Dinge nun einmal sind, braucht er kein Märchen, keinen Trost.

Er hat, so sagt er sich, die schwerste Prüfung schon bestanden.

ZWEI
Moskau – Engels, Oktober 1941

Katja

Mit einem Surren erglühen die Lampen des Kasaner Bahnhofs. Blasses Licht ergießt sich über den Bahnsteig, über den abnehmenden Stapel von Strohmatratzen, die Kisten und Säcke mit Proviant, unsere Taschen und Rucksäcke, die auf einem Haufen liegen. Mit Einladen beschäftigt, habe ich nicht bemerkt, wie der Tag verstrichen ist.
»Los, weiter!«, sagt Sascha.
Zusammen wuchten wir die nächste Matratze hoch. Natascha und Leysan ziehen sie in die *tepluschka*, den Waggon, in dem wir reisen werden. Drinnen verteilen andere Mädchen die Matratzen auf die zweistöckigen Schlafpritschen. Es gibt einen Kohleofen, auf dem wir uns *kascha* und Tee kochen können, und sonst nichts.
Ich stütze die Hände ins Kreuz, ehe ich mich nach der letzten Matratze bücke. Wir mögen in einem Palast übernachtet haben, aber es war doch nur eine dünne Decke, die uns vom ausgetretenen Parkett trennte. Ich habe schlecht geschlafen, außerdem hat mich ein böser Traum geweckt.
Ich ging durch den Garten hinter unserer Datscha bei Ussowo. Es war Spätwinter, die Bäume waren kahl. Alles sah ganz anders aus, als ich es in Erinnerung hatte. Ich ging zum Ufer der Moskwa, doch es war kein Wasser im Fluss. Das tiefe, trockene Flussbett war aufgerissen wie eine Wunde …
»Was ist?« Saschas Frage reißt mich aus meinen Gedanken. Natascha hat die letzte Matratze sinken lassen und deutet mit dem Kinn auf etwas hinter uns. Ich drehe mich um.
Etwas entfernt von uns steht ein Mädchen im Mantel, das mir irgendwoher bekannt vorkommt. Sie scheint etwa mein Alter zu haben, ist aber deutlich kleiner. Ich kann nur ihr Profil sehen.

Himmelfahrtsnase und unter einer Wollmütze hervorquellende dunkle Locken.

Sie winkt jemandem zu. Auf dem Bahnsteig gegenüber steht eine Familie. Großvater, Mutter und vier kleine Jungen in unterschiedlichen Größen. Die Mutter lächelt und winkt zurück. Doch sogar aus der Entfernung habe ich den Eindruck, dass sie die Tränen hinunterschluckt. Ein Zug fährt ein. Der Großvater nickt dem Mädchen zu und reckt kämpferisch die geballte Faust. Auch das Mädchen macht eine Faust. Dann kommt der Zug quietschend zum Stehen, und die Familie ist nicht mehr zu sehen.

Das Mädchen dreht sich zu uns um, mit gesenktem Kopf. Ihre Unterlippe scheint zu zittern, doch als sie uns ansieht, glänzen nur ihre Augen noch ein wenig. Sie zieht die Nase hoch und kommt auf uns zu.

»Da seid ihr ja endlich!«

»Was heißt hier ›wir‹, wo warst du denn, Intschik?«, fragt Natascha.

Intschik. Das muss Inna Gelfmann sein, die mich in der Kunstflugstaffel ersetzt hat. Ich kenne sie nur aus der Zeitung, vom letzten Mai, als über die Parade auf dem Roten Platz berichtet wurde. Vier Mädchen in Fliegerinnenmontur, ausgestreckt im Gras. Eine davon hätte ich sein sollen, aber es war dieser Spreißel von einem Mädchen, dessen blaue Augen funkeln, als sie zu Natascha hinaufruft: »Ich hab schon gedacht, ich bin am falschen Bahnhof, und ihr kommt gar nicht mehr oder seid längst weg, und ich muss hierbleiben und werde noch alles verpassen!«

»Hast du dich bei der Regimentsleitung gemeldet?«, fragt Sascha und stützt eine Hand in ihre Seite.

»Nee. Muss man das?«

»Selbstverständlich. Du hast ja noch nicht mal eine Uniform.«

Inna blickt skeptisch auf die viel zu großen Männeruniformen. Dabei bleibt ihr Blick an mir hängen.

»Dich kenn ich doch?«

Das ist so ungefähr das Letzte, was ich zu hören erwartet habe.
»Das ist Katja«, sagt Natascha.
»Eure Katja?« Inna wirft ihr einen raschen Blick zu. »Katja Sokolowa?« Sie dreht sich wieder zu mir um. »Und? Bist du auch als Pilotin eingeteilt?«
Ich nicke.
Inna sieht mich beifällig an. »Du musst echt gut sein, wenn du nach der ganzen Zeit –«
»Das wissen wir eben nicht«, sagt Leysan.
Ein Mädchen, das hinter ihr in den Zug steigen will, dreht den Kopf in unsere Richtung und sieht mich an. Ich fange ein wenig an zu frösteln. Vom Matratzenwuchten steht Schweiß auf meiner Haut, der jetzt unangenehm kühlt.
»Passt bitte auf, was ihr redet«, mahnt Sascha. »Es muss nicht jeder gleich Bescheid wissen, dass Katja ausgesetzt hat und warum.«
Wir stehen etwas betreten beieinander.
»Seid ihr noch nicht fertig?« Kapitan Iwakina, die vierschrötige Blonde von meinem Auswahlgespräch, taucht neben Sascha auf. Hinter ihr sehe ich Marina Raskowa mit einer Gruppe weiblicher Offiziere.
»Das ist die letzte, Genosse Kapitan«, sagt Sascha. Wir heben die Matratze wieder hoch. Auch Inna packt sofort mit an.
»Beeilt euch und dann holt euer persönliches Gepäck und steigt ein.« Iwakinas Blick fällt auf Inna. »Wer bist du, und warum zum Teufel bist du in Zivil?«, schnauzt sie.
Inna reckt sich zu ihrer vollen Größe und öffnet den Mund, als Sascha schnell sagt: »Verzeihung, Genosse Kapitan. Gelfmann hatte Major Raskowas Erlaubnis, ihre Familie zum Zug zu bringen und dann direkt hierherzukommen.«
Iwakina wirft auch ihr einen unfreundlichen Blick zu. »Mitkommen«, herrscht sie Inna an und macht auf dem Absatz kehrt. Inna streckt ihr hinter ihrem Rücken die Zunge heraus, beeilt sich jedoch, auf einen kleinen Schubs von Sascha hin, Iwakina zu folgen.

Entlang des Bahnsteigs werden die letzten Kisten verladen. Inzwischen haben alle mitbekommen, dass wir einsteigen sollen, und drängen sich um den Haufen mit unseren Taschen. Natürlich ist Natascha diejenige, die sich durchquetscht und mir meinen Koffer über die Köpfe der anderen hinweg reicht.

»Gleich einsteigen.« Sascha schiebt mich mit einer Hand in Richtung unseres Waggons.

An der Tür angekommen, stelle ich den Koffer auf den Holzboden im Waggoninneren und ziehe mich hoch. Einige waren schneller als ich. Doch am Kopfende des Waggons winkt mich eine kleine Gestalt zu sich.

»Da ist besetzt. Da auch.« Inna hat fünf Pritschen für uns frei gehalten und verscheucht resolut jede andere, die eine davon belegen will. Die Uniform hat sie zwar erhalten, jedoch achtlos auf einem der Betten abgelegt. Sie betrachtet sie mit einer Grimasse. »Da pass ich ja wohl dreimal rein.«

Ich setze mich auf den Platz ihr gegenüber. In der Matratze knistert leise das Stroh.

Auf einer der Pritschen neben unseren sitzen zwei Mädchen und schauen herüber, als erst Natascha und dann Sascha und Leysan hereinkommen. Die eine lehnt sich vor, um ihrer Freundin etwas ins Ohr zu flüstern. Sicher haben sie die Kunstfliegerstaffel von Tuschino erkannt.

Inna schlägt die Klappe ihres Tornisters zurück und hebt vorsichtig ein Päckchen heraus, das ganz obenauf lag.

»Von meiner Mutter«, sagt sie und enthüllt vier dicke goldene Piroggen. »Mit Kohl und Kartoffeln.«

Augenblicklich hängt mir der Magen in den Kniekehlen. Wir haben morgens *kascha* und später etwas Hering und Graubrot bekommen, und das war's. Aber es sind nur vier Piroggen. Inna scheint das auch aufzufallen. Sie blickt etwas verlegen drein, verteilt dann kurzerhand drei an Sascha, Leysan und Natascha und bricht die letzte in der Mitte durch.

»Lasst's euch schmecken.«

Sie gibt mir die eine Hälfte und beißt sofort in die andere. Ich halte die Pirogge an meine Nase und atme tief ein. Als hätten wir uns abgesprochen, drehen wir uns alle leicht in Richtung der Wand, während wir die Piroggen verschlingen, um den anderen im Zug nichts vorzuessen.

»Ist deine Familie evakuiert worden?«, frage ich Inna und wische mir die Finger ab.

Inna nickt. »Nach Ufa. Da sind sie sicher.« Sie lächelt schwach. »Und dein Mann?«, fragt sie kauend, den Blick auf Sascha gerichtet. »Wo ist er?«

»Bei Wolchow. Jedenfalls kam von da der letzte Brief. Aber das ist nun auch schon ein paar Wochen her.«

Natascha zieht die Brauen hoch. »Und wenn er nach Moskau zurückkommt, bist du nicht mehr da.«

Sascha runzelt die Stirn. »Er kann sich denken, was ich mache.« Viel hat Sascha nie über ihren Mann gesprochen, der als Berufssoldat bereits vor dem Überfall der Deutschen stets irgendwo stationiert war.

»Habt ihr eigentlich schon gehört, wohin unsere Reise geht?« Nataschas Grinsen lässt nichts Gutes ahnen.

»Sag schon.« Leysan beugt sich vor.

»Schon mal das beschauliche Engels im Winter besucht?«

Sascha und Leysan zucken beide zurück, als hätten sie sich verbrannt.

»Engels«, echot Leysan. »Woher hast du das?«

»Ich hab's gelesen. Auf den Frachtpapieren.«

Ich überlege noch, wo genau sich diese Stadt befindet, die nach dem Weggefährten von Karl Marx benannt ist, als Inna schon herausplatzt: »Wo ist das denn?«

»An der Wolga, bei Saratow«, sagt Leysan. »Ziemlich weit im Süden.«

Sascha lässt sich langsam auf die Pritsche sinken, einen ungläubigen Ausdruck auf dem Gesicht.

»Wolltest du die?«, fragt Inna. »Ich kann die obere nehmen.«

»Was?« Sascha hebt den Kopf und starrt sie einen Moment verständnislos an. »Nein«, sagt sie dann und steht auf. »Ich geh rauf.« Sie sieht Natascha scharf an. »Bist du sicher, dass das stimmt?«

»Das ist am Ende der Welt«, sagt Leysan kopfschüttelnd.
Die Leberflecke in Nataschas Gesicht verschieben sich hierhin und dorthin, als sie breit grinst. »Wie man hört, ist es noch ein wenig hinter dem Ende der Welt.«

»Deswegen haben sie es vermutlich ausgewählt«, sagt Sascha und wirft ihren Rucksack auf die obere Pritsche. »Da fallen uns während des Trainings keine Bomben auf den Kopf.«

Von draußen ertönt ein schriller Pfiff, gefolgt von ein paar unverständlichen Rufen. Dann geht ein Ruck durch den Zug, und er setzt sich ächzend in Bewegung.

Ein unwirkliches Gefühl ergreift mich, während die anderen zum Fenster drängen, um einen letzten Blick auf die Stadt zu erhaschen. Wir sind unterwegs. Jetzt ist es nicht mehr rückgängig zu machen. Langsam stehe ich auf und stelle mich zu den anderen. Mittlerweile ist eine bläuliche Finsternis eingezogen, und die Verdunkelung bewirkt, dass wir fast nichts von unserer Stadt erkennen können, als wir sie zurücklassen. Vielleicht fällt sie morgen, und wir werden nicht hier sein.

»Auf bald, Lieblingsstadt.«

Es ist Inna, die das sagt, mit einer Mischung aus Wärme und Trotz in der Stimme, aber Natascha greift es auf und stimmt mit ihrer Mundharmonika die ersten Töne des gleichnamigen Liedes an. Ich ertappe mich bei dem Gedanken, dass Inna überhaupt nicht dabei war, als wir vier den Film, zu dem es gehört, im Kino gesehen haben. Doch dann fällt eine nach der anderen ein. Wir alle wissen den Text auswendig, denn alle Flieger der Sowjetunion kennen dieses Lied. Es erfüllt den ganzen Waggon, und vielleicht hören sie es auch in den benachbarten Wagen, sodass es nach und nach den gesamten Zug ergreift. Derweil entschwindet Moskau, das in dem Text nicht beim Namen genannt wird, aber zumindest im Lied ruhig schlafen kann, weil die tapferen Piloten am Himmel über der Stadt ihren Dienst tun.

Leysan

»*In einem gewissen Zarentume, in einem gewissen Reiche, da lebte einmal ein Zar mit seiner Zarin ...*«

Ich sehe von meinem Tagebuch auf. Nach vier Tagen in diesem Zug macht sich eine seltsame Gereiztheit in mir breit. Wenn gerade einmal niemand singt oder Musik macht, liest jemand vor. Wenn es wenigstens Literatur wäre, aber Katja hat aus irgendeinem Grund ein Märchenbuch dabei.

Zu allem Überfluss steht unser Zug. Wir haben an irgendeiner Station in der Einöde angehalten, um einen Zug mit Frontsoldaten vorbeizulassen, und dürfen nicht einmal aussteigen, weil es gleich weitergehen sollte. Vor zwei Stunden war das übrigens.

Als ich das Tagebuch zuklappe, streifen meine Finger den Brief, der zwischen den Seiten steckt. Mein schlechtes Gewissen überschwemmt mich förmlich. Ich bin eine gute Tochter. Aber diesen Brief habe ich nicht zu Ende schreiben, geschweige denn abschicken können. Nicht, nachdem Ilnur ... Wenn unsere Eltern wüssten, dass auch ich auf dem Weg an die Front bin, würden sie versuchen, mich davon abzuhalten.

Und das geht nicht.

»*Wir reisen zum Fluss Smorodina, zur Holunderbrücke; ich habe gehört, dass dort mehr als ein Tschudo-Judo haust. Oja, Wanjuschka! Das tut not; denn diese Ungeheuer haben alle gefangen genommen, alles zerstört und sind auch über die benachbarten Zarentümer gekommen ...*«

Manche Dinge sind einfach wichtiger als Gehorsam gegenüber den Eltern. Es ist unser Land, das überfallen wurde. Es ist unsere Partei, die vernichtet werden soll. Man muss seine Pflicht tun, auch ... nein, gerade dann, wenn es schwerfällt.

Das kommt davon, wenn man eine Tochter wie einen Jungen erzieht, würden die Nachbarn sagen. Dabei stimmt das nicht. Die Eltern hätten nie erlaubt, dass ich Flugstunden nehme. Ilnur hat damals die Einverständniserklärung unterschrieben. Den Eltern haben wir es erst später gesagt. Dass am selben Tag in der Militärflugschule nebenan eine Rekrutin mit ihrem Flugzeug abgestürzt war, haben wir natürlich nicht erwähnt. Sechzehn, genauso alt wie ich. Es war so schrecklich, dass niemand darüber sprechen wollte.

Katscha taucht vor mir auf, die Steilküsten, dahinter das Meer im Mai, türkisfarben und dunkelblau. Anfangs wollte ich Ilnur nicht glauben, dass es ebenso tödlich ausgehen würde wie an Land, wenn man darüber abstürzte ...

Das Märchen ist zu Ende. Auf den unteren Pritschen reden sie leise miteinander.

»Nein«, höre ich Sascha sagen. »Ich finde es nur lustig, dass du ausgerechnet ein Kinderbuch mit an die Front nimmst.«

»Ich habe nur noch das hier«, gibt Katja zurück. »Ist ja nicht so, als hätten meine Freundinnen die letzten Jahre Schlange gestanden, um mir Bücher zu leihen ...«

Unglaublich.

»Hast du das gehört?«, sage ich zu Sascha, als wäre Katja Luft. »Eigentlich müsste sie froh sein, dass du sie geholt hast, aber nein!«

»Erzähl du mir nicht, was ich müsste.« Das Gerumpel des Zuges übertönt Katjas Stimme fast.

»Das hörst du wohl nicht gern«, ich beuge mich nach unten, damit sie auch jedes meiner Worte verstehen kann, »aber hast du dir mal überlegt, was das für uns bedeutet, dass wir dich dabeihaben müssen?«

»Leysan«, sagt Sascha scharf.

»Was?« Jemand muss es einmal aussprechen.

»Weil ihr so viel mitgemacht habt im Vergleich zu mir.« Katjas Stimme trieft vor Hohn, doch ihre Hände, die das Märchenbuch halten, zittern unverkennbar. »Was denkt ihr euch eigentlich?«, fragt sie, an uns alle gewandt. »Dass ich so tue, als wäre nichts gewesen?«

»Ja, reiß dich einfach mal zusammen«, platze ich heraus. »Wenn du nicht mal das kannst, was willst du dann an der Front? Wenn überhaupt, kannst du dich bei deinen Eltern bedanken. Hat sie ja schließlich niemand gezwungen, das Vaterland zu verraten!«

Inna zieht scharf die Luft ein. Ich habe im Zorn gesprochen, doch das macht es nicht weniger wahr. Verräter denunzieren ist eine Pflicht für jeden von uns. Weswegen beschwert Katja sich also? Genau genommen hätte sie ihre Eltern selbst anzeigen müssen, wenn sie davon gewusst hätte.

Katja lächelt mich an. »Zu sabotieren«, belehrt sie mich mit übertriebener Freundlichkeit. »Sabotage war die Anklage, Artikel 58, Absatz 7. Hochverrat wäre Absatz 1. Und außerdem ist das egal, weil das Ganze sowieso ein Irrtum war.«

»Ein Irrtum?«, fragt Inna.

»Ganz genau. Meine Eltern sind unschuldig, und ich werde das richtigstellen.«

Ich lache entgeistert auf. Sie will es nicht wahrhaben, was ihre Eltern sind! Genau das ist der Grund, warum die Kinder von Volksfeinden in der Armee nichts zu suchen haben. Ihre Sentimentalität gegenüber ihren Familien macht sie ungeeignet zum Dienst am Vaterland.

»Warum?«, fragt Natascha.

»Warum was?«, schnappt Katja.

»Warum richtigstellen?«

Befremdet sehe ich Natascha an. Das ist doch offensichtlich, selbst für mich.

»Damit bringst du dich bloß in Schwierigkeiten«, fährt Natascha fort, »und herauskommen wird wahrscheinlich gar nichts, also was soll's?«

»Ich soll einfach so vergessen, dass man sie weggesperrt hat für fünfzehn Jahre, ohne das Recht auf Briefverkehr?«

Ein Film aus Eis überzieht meine Haut bei diesen Worten. Ich wusste das natürlich, aber es zu hören …

Auch Natascha scheint aus dem Tritt gebracht, doch nur einen Moment lang. »Kann ja sein«, sagt sie, »aber du bist hier, du darfst sogar wieder fliegen. Willst du das jetzt vergeigen? Wer sagt denn, dass deine Eltern wirklich nichts verbrochen hatten?«

»Sucht euch mal ein anderes Gesprächsthema.« Sascha beugt sich zu den beiden hinüber, doch die achten nicht auf sie.

»Ich weiß es!« Katja wird einen Moment lang laut. »Und nicht nur ihnen ist Unrecht widerfahren, auch alles, was man mir angetan hat, war falsch.«

»Dann war es eben falsch.« Natascha verdreht die Augen. »Aber bedeutet das, dass du dir die Zukunft auch noch versauen musst?«

»Themenwechsel.« Sascha legt eine Hand auf Katjas Arm und greift mit der anderen nach Natascha. »Habt ihr nicht gehört?«

»Entschuldige«, ertönt wie aufs Stichwort eine fremde, leicht nervöse Stimme neben uns, »bist du Sascha Beljajewa?«

Die Geschwindigkeit, mit der Sascha sich nach der Sprecherin umdreht, wäre komisch unter anderen Umständen. Niemand von uns hat die beiden Mädchen kommen sehen.

Eigentlich dachte ich, nun wäre jede mindestens einmal hier gewesen, um Ihrer Exzellenz Sascha Beljajewa ihre Aufwartung zu machen. Man könnte meinen, es gäbe in der ganzen Sowjetunion nur eine einzige Kunstfliegerin, und sie würde grundsätzlich allein auftreten.

Das wäre mir ja wirklich vollkommen egal, wenn wir Katja nicht dabeihätten. Die Mädchen kommen her, weil sie Sascha sehen und mit ihr reden wollen, vielleicht reden sie auch ein bisschen mit uns, und es braucht nur jemand Katja zu fragen: *Und du? Warst du auch Teil der Staffel?* Und Katja antwortet: *Aber sicher. So lange, bis sie meine Eltern verhaftet haben.* Je schneller wir Engels erreichen, diese Testflüge absolvieren und sie wieder loswerden, desto besser. Warum bewegt dieser Zug sich keinen Millimeter?

»Stimmt es, dass du eines der Jagdgeschwader leiten wirst?«, fragt eines der fremden Mädchen.

»Davon weiß ich nichts.« Sascha klingt amüsiert. Dabei wäre es mehr als möglich, dass Raskowa sie dafür in Erwägung zieht, und das muss Sascha auch klar sein.

Für einen Menschen, der nichts gelernt hat und nichts kann außer Fliegen, hat Sascha ihre Sache in Tuschino gut gemacht. Aber das war Kunstflug, Militär ist etwas ganz anderes. Und sie ist nicht in der Partei. Das wird man bei der Entscheidung berücksichtigen, wer Geschwaderkommandantin werden soll. Sie hat natürlich den Vorteil, dass sie Russin ist. Egal, was man uns immer erzählt, das macht einen Unterschied. – Schluss damit, befehle ich mir, wie immer, wenn meine Gedanken diese Wendung zu nehmen drohen.

Ich schiebe das Tagebuch unter mein Kopfkissen. In Engels werde ich ein besseres Versteck dafür finden müssen.

Innas Lockenkopf taucht am Fußende meiner Pritsche auf. Sie schwingt sich zu mir herauf und setzt sich neben mich. »Ist die Autogrammstunde vorbei?«, frage ich, die Hand auf dem Strohkissen, unter dem das Tagebuch liegt.

»Ich kann's verstehen«, meint Inna. »Ich glaube, ich hätte damals so ziemlich alles getan, um mit Sascha fliegen zu können.«

»Mit Sascha?«, frage ich spöttisch. »Nicht mit uns allen?«

Inna lacht und will etwas sagen.

»Aaachtung!«, schallt es quer durch den Waggon, sodass die Melodie von Nataschas Mundharmonika jäh in die oberen Tonlagen segelt und dann abbricht. Ein unreifer Scherz. Ich verdrehe die Augen. Viele der Mädchen sind wirklich noch halbe Kinder.

Doch als ich mich vorbeuge, stehen zwei Frauen in Uniform da. Kapitan Iwakina, die große Blonde, die mit Raskowa die Auswahlgespräche geführt hat, und eine schmale Dunkelhaarige mit einem schönen, fein ziselierten Gesicht. Sie trägt eine gut sitzende Uniform, eine, die wirklich für Frauen gedacht ist, unter einem langen Ledermantel. Ihre Züge sind unbewegt, doch die angespannte Haltung verrät Wut.

»Stillgestanden!«, bellt Iwakina.

Eine verblüffte Starre befällt uns. Auch ich kann mich nicht rühren. Ich komme mir vor wie in ein Theaterstück versetzt. Die Mädchen stehen in Grüppchen oder sitzen auf den Bänken. Alle Gespräche sind verstummt. Ein Papierflieger segelt der Dunkelhaarigen vor die Füße. Wir alle starren auf diesen Flieger. Irgendjemand kichert nervös.

»Ich bin Major Tatjana Alexandrowna Kasarowa.« Die Dunkelhaarige spricht nicht laut, doch überartikuliert. »Leiterin des 586. Jagdfliegerregiments der Roten Armee.« Kasarowa durchschreitet den Waggon. Die Mädchen weichen zurück. Unsere Habseligkeiten sind überall verstreut. Das Mädchen, dem ich meinen Majakowski geliehen habe, hat ihn fallen lassen. Kasarowa tritt mit dem Stiefel darauf. Ich zucke zusammen, als ich mir vorstelle, was das mit dem Buchrücken macht.

Am Ende des Abteils angekommen, dreht sie sich zu uns um. »Von Rekruten ist man ja einiges gewohnt. Eine solche Disziplinlosigkeit ist mir allerdings noch nie untergekommen.« Diesmal ist sie es, die das Kommando gibt. »Stillgestanden!« Das Wort knallt in unser angespanntes Schweigen wie ein Schuss.

Sascha erhebt sich von ihrem Platz. Die Mädchen neben ihr tun es ihr gleich. Auch Inna und ich klettern hinunter und stellen uns aufrecht in den Korridor, gegenüber von Katja und Natascha. Schließlich steht das komplette Abteil Spalier zwischen Major Kasarowa und der blonden Soldatin am anderen Ende des Flures.

Katja

Alles. Ich habe es deutlich gehört. »So ziemlich alles« hätte Inna getan, um mit Sascha fliegen zu können.

Was heißt »alles«? Dass sie eine andere aus der Staffel verdrängt hätte, um selbst deren Platz einnehmen zu können? Und wie hätte sie das getan? Mit einer Anzeige gegen deren Eltern? Mir wird heiß wie von Fieber.

Sie stehen mir gegenüber, Inna und Leysan. Inna kämpft mit einem Lachanfall, weil sie in einem Zug strammstehen muss. Ihre Augen funkeln vor mühsam unterdrückter Heiterkeit, als sie meinen Blick auffängt. Das Hitzegefühl verwandelt sich in einen kalten Schauer.

Und wenn ich mich verhört habe? Würde Inna so etwas gedankenlos vor mir ausplaudern, wenn sie wirklich –

»Ihr meint wohl, ihr wärt hier auf Klassenfahrt. Als Soldaten der Roten Armee habt ihr jederzeit –«

Mit einem Ruck fährt der Zug an. Ich fliege vorwärts, als ob mir jemand einen Schubs gegeben hätte. Mein Kopf prallt gegen ein Hindernis. Der Schmerz ist durchdringend und betäubend zugleich. Blut läuft mir ins Auge, rinnt warm über meine Finger. Sascha versucht, meine Hand wegzuziehen.

»Bleib weg von ihr!«, höre ich Kasarowa sagen.

Blinzelnd schaue ich auf meine rote Hand hinunter und lege sie wieder übers Auge. Es war eines der Holzgestelle mit den Pritschen, gegen das ich gestoßen bin. Mit dem unverletzten Auge kann ich die erschrockenen Gesichter der anderen Mädchen erkennen, dazwischen die strengen Mienen von Kasarowa und Iwakina.

Alle starren sie mich an. Bis auf Kasarowa. Die scheint sich nur für Sascha zu interessieren, die neben mir steht. »Meinst du, in einem Feuergefecht kannst du jedes Mal umdrehen, wenn eine von euch sich den Fingernagel abbricht?«

Alles ist rosa. Es dauert einen Moment, bis ich begreife, dass es die untergehende Sonne sein muss, deren Licht durch die Fensterluke in unser Abteil fällt. Saschas Haar leuchtet von ihr angestrahlt. Kasarowa steht im Schatten, doch der missbilligende Zug um ihren Mund ist genau zu erkennen.

»Los, einreihen! Beide!«

Ich stolpere zurück auf meinen Platz, die Hand über dem Auge.

Pechschwarze Nacht und strömender Regen heißen uns an unserem Bestimmungsort willkommen. Auf dem Bahnsteig gibt es kein Ortsschild. Ich höre Marina Raskowa und ihren Stab darüber diskutieren, ob wir hier überhaupt richtig sind. Natürlich holen sie uns aus dem Zug und lassen uns dann eine halbe Stunde draußen stehen, bis klar ist, dass dies in der Tat Engels ist. Etwas dringt aus der Ferne an mein Ohr, schwillt auf und ab – ein hoher, lang gezogener Ton.

Das Heulen eines Hundes.

Mit unserem Gepäck stapfen wir über den Stützpunkt. Ich habe Mühe, die Augen offen zu halten. Die Prellung über meinem Auge schmerzt. Von einem Flugfeld ist nichts zu erkennen, aber ich kann spüren, dass uns freie Fläche in einem weiten Radius umgibt. Es geht ein heftiger Wind.

Wir sind in einer Art Turnhalle einquartiert. Doppelstöckige Feldbetten reihen sich aneinander. Nackte Glühbirnen hängen von der Decke. Auf jeder der Pritschen befinden sich eine Strohmatratze und eine Flanelldecke.

»Angetreten!«, ruft Raskowa, noch bevor wir Zeit hatten, uns die Haare zu trocknen. Wir laufen durcheinander, als wir Folge leisten. Stoßen gegen die Pritschen, gegeneinander.

»Stillgestanden!« Ein Hauch von Unwillen ist in Raskowas Gesicht zu lesen. »Das muss schneller gehen.«

Mit knappen Worten setzt sie uns ins Bild, dass bereits aus Moskau die Anweisung mit den offiziellen Benennungen unserer drei Regimenter eingegangen ist: »Das 586. Jagdregiment unter Leitung von Major Tatjana Kasarowa«, zählt sie auf, und ich sehe Sascha und Natascha einen schnellen Blick tauschen, »das 587. Bomberregiment, das ich selbst leiten werde, und das 588. Nachtbomberregiment, geleitet von Major Jewdokija Berschanskaja. In den nächsten Tagen werden wir euch diesen Regimentern zuweisen, anschließend beginnt ihr alle gemeinsam die Grundausbildung. Dazu zählen Leibesübungen, Marschieren, Schießen, Mechanik und politische Bildung. Die unter euch, die für das Flugtraining vorgemerkt sind, werden besondere Zielübungen absolvieren, außerdem Manöver, zunächst im Zweisitzer. In ein paar Wochen kommen Zielübungen in der Luft hinzu.«

Das gehört zu den Dingen, die ich noch nie trainiert habe. Ich habe Schießen gelernt, auf Zielscheiben. Aber in einem Luftkampf bewegt man sich, und das Ziel bewegt sich auch.

»Euer gesamtes Training hier in Engels ist eine Bewährungsprobe«, fährt Raskowa fort, »vergesst das nicht. Wir werden niemanden in Kämpfe schicken, der seiner Aufgabe nicht gewachsen ist.«

Leysan wirft mir einen kurzen Blick zu, als hätte dieser letzte Satz nur mir persönlich zu gelten.

Raskowa macht eine kurze Pause. »Ich bin mir darüber im Klaren, dass viele von euch Jagdpilotinnen werden wollen. Ein paar von euch müssen aber auch Bomber und Nachtbomber fliegen. Deshalb beginnen wir gleich morgen mit den Testflügen.«

Plötzlich bin ich kein bisschen mehr müde. Morgen ist es so weit. Morgen werde ich in einem Flugzeug sitzen.

Noch lange nach dem Lichtlöschen, als wir auf unseren Pritschen liegen, nimmt das Gerede und Getuschel kein Ende.

»Ich bin gar nicht sicher, ob ich unbedingt Jagdfliegerin werden will. Wenn man dann von dieser Kasarowa Befehle entgegennehmen muss …«

»Ja, nicht wahr? Ich kann immer noch nicht glauben, dass sie das gesagt hat. Also, ich helfe meinen Freunden.«

»Ich wäre auch mit den Bombern zufrieden, die leitet immerhin Raskowa selbst.« Zustimmendes Gemurmel brandet auf.

»Seid ihr bekloppt?«, ereifert sich eine. »Die Suchoj ist das grottigste Flugzeug der ganzen Armee. ›Fliegende Särge‹ sagen sie zu denen.«

»Schluss jetzt!« Chefnavigatorin Sejd-Ametowa, eine hagere Dunkelhaarige mit gelblichem Teint, steht in der Tür. »Ihr habt morgen einen sehr anstrengenden Tag vor euch.«

Das beeindruckt niemanden. Es hilft auch nicht, dass Sejd-Ametowa kaum älter ist als die ältesten von uns Mädchen.

»Kasarowa soll aber eine sehr gute Fliegerin sein«, geht es sofort weiter, kaum dass sich die Tür hinter Sejd-Ametowa geschlossen hat. »Die erste Frau an der Militärakademie und überhaupt.«

»Also, ihre Schüler sagen was anderes. Ich hab da schon Sachen gehört …«

»Eine Schülerin von ihr soll sich sogar umgebracht haben.«

»Quatsch, das war ein Unfall.«

»Auf jeden Fall war sie tot hinterher!«

»Hört nicht auf jedes Geschwätz! Kasarowa ist Militärfliegerin, nicht bloß Navigatorin wie Raskowa.«
»Was heißt denn hier ›bloß‹?«, empört sich eine. »Raskowa ist schließlich –«
»Sie ist keine Militärpilotin, meine ich. Von Kasarowa können wir viel mehr lernen!«
»Wenn Kasarowa wirklich so gut ist, warum leitet sie dann ein Frauenregiment?«
»Na, hör mal!«
»Ist doch wahr, bestimmt hat sich keiner von den männlichen Offizieren dazu bereitgefunden, da haben sie es ihr aufs Auge gedrückt.«
Sascha setzt sich auf. »Niemand hat uns irgendwem ›aufs Auge gedrückt‹. Es ist eine Ehre, in diesem Regiment zu sein. Man gibt uns diese Chance zu beweisen, dass auch Frauen Kampfflieger sein können. Da brauchen wir keine männlichen Vorgesetzten. Wir können alles selbst machen.«
»Bis auf die Ausbilder. Das sind Männer.«
Sascha überlegt einen Moment. »Das geht in Ordnung. Die werden wir ja nicht ewig brauchen.«
»Ich sehe nicht, wozu wir überhaupt –«
»Wenn nicht auf der Stelle Ruhe einkehrt, könnt ihr draußen Runden laufen bis zum Morgengrauen!« Sejd-Ametowa ist zurück.
Lachen brandet auf. Niemand nimmt das ernst. Die Tür fliegt wieder zu. Doch wir sind nun wirklich zu müde, um sie noch ein drittes Mal auf den Plan zu rufen.
»Schöne Ansprache«, höre ich Natascha leise sagen.
»Danke.« Saschas Stimme ist ein unterdrücktes Gähnen anzuhören. »Jetzt schlaf, morgen müssen wir uns qualifizieren.«
»Zum Glück«, murmelt Natascha. »Wenn es nicht bald losgeht, ist der ganze Krieg vorbei, und wir haben ihn verpasst.«

Mukijenko

Die Luft im Raum gleicht einer grauen Wand. Mehr Zigarettenrauch als Sauerstoff. Er grüßt und nimmt seinen Platz am Tisch ein. Schüttelt mit einer Hand die Eiskristalle aus seinem Haar. Wenn der Ort ihres Treffens nicht wäre, könnte man dies für eine ganz gewöhnliche Sitzung halten. Jemand hat sogar das Kalenderblatt abgerissen.
29. Oktober 1941.
Die Männer am Tisch sehen sich an. Sie sind noch da. Die Stadt, die sich seit zehn Tagen offiziell im Belagerungszustand befindet, hält den Attacken des Feindes weiter stand, hat ihn sogar einige Kilometer zurückgeworfen. Und bald kommt die Kälte, der russische Winter, der bereits Napoleon in die Knie gezwungen hat. Das gibt verhaltenen Grund zum Optimismus, ehe der nächste Bombenalarm alle daran erinnert, warum sie in einem Luftschutzkeller sitzen und nicht in ihren komfortablen Büros in Regierungsgebäuden, Militäradministration und dem NKWD-Hauptquartier.

Er beobachtet die Männer am Tisch, Vertreter eines Teils der Streitkräfte, von dem bis Kriegsausbruch mit besonderem Stolz gesprochen wurde, galt er doch als unbesiegbar. Leider saß der Großteil der Luftstreitkräfte zum Zeitpunkt des deutschen Überfalls noch auf veralteten Maschinen – und diejenigen, die bereits neue Ausrüstung hatten, konnten noch nicht richtig mit ihr umgehen.

Da er innerhalb der Sonderabteilung für den geflügelten Teil der Armee zuständig ist, hat er an vielen solcher Sitzungen teilgenommen, und es ist immer dasselbe. *Wie hoch sind unsere Verluste? Wie viele Flugzeuge haben wir noch? Was ist mit dem Nachschub, den wir angefordert hatten?*

»Wir müssen hoffen, dass in Saratow rechtzeitig die ersten Maschinen vom Band gehen«, sagt jemand.

Ein frommer Wunsch. Niemand wäre je auf die Idee gekommen, das modernste Flugzeug der Flotte in einer ehemaligen Mähdrescherfabrik bauen zu lassen, wenn die Deutschen sie nicht aller anderen Optionen beraubt hätten. So wird das eine sowjetische Modell, das es zumindest in der Theorie mit einer Messerschmitt aufnehmen kann, in einem Nest an der Wolga produziert: die Jak-1, mit der seine Mädchen später fliegen sollen.

Katja und ihre Freundinnen werden hier im Vorteil sein. In Tuschino wurde ein Vorgänger dieser Militärmaschine bereits seit 1940 für den Kunstflug verwendet. Inzwischen sind sie an ihrem Bestimmungsort, in einem noch kleineren Nest am anderen Wolgaufer, angekommen ...

»... ist das korrekt, Anatoli Sergejewitsch?«

Verdammt, alle sehen sie ihn an. Was war das Thema? Flugzeugproduktion? Er spult seinen üblichen Text ab.

»Wir werden dafür Sorge tragen, dass jegliche Sabotageversuche vereitelt und die Saboteure bestraft werden. Es wird keine Verzögerung in der Produktion durch Feinde des Vaterlandes geben.«

Das scheint zu passen. Zumindest heimst er keine irritierten Blicke ein. Auch hier ist es immer das Gleiche. *Wir beobachten euch.* Das ist es, was er in Wirklichkeit sagt, was die Mitarbeiter der Sonderabteilung in allen Einheiten der Armee sagen. *Wenn wir verlieren, dann hat das nichts mit einem blauäugig geschlossenen Pakt mit Hitler zu tun und auch nichts damit, dass die Männer, die jetzt eigentlich das Heft in der Hand haben sollten, in Massengräbern in den Wäldern um Moskau vermodern. Es kann immer nur Verrat sein.*

»Entschuldigt die Verspätung, Genossen.«

Ein hochgewachsener Mann mit Schnurrbart und Generalsuniform betritt den Raum. Die Militärs unter ihnen erheben sich. Er selbst und die anderen NKWD-Mitarbeiter behalten Platz. Er hat nicht damit gerechnet, General Kasarow heute hier zu sehen. Es hieß, er sei im Kreml.

Kasarow macht dem Redner ein Zeichen, dass er fortfahren soll. Der Mann räuspert sich. »Saratow unterliegt höchster Geheimhaltung, sonst ist damit zu rechnen, dass die Deutschen Anstrengungen unternehmen werden, die Flugzeugproduktion zu unterbinden.«

Elegant ausgedrückt. Auf eine Wiederauflage der Flugfeldbombardements, mit denen die Deutschen bei Kriegsausbruch ganz gezielt die Flugzeuge vernichtet haben, können sie alle verzichten.

»Wenn Saratow bombardiert wird, verlieren wir diesen Krieg«, sagt Kasarow schlicht.

Nun, das ist ausgemachter Blödsinn, doch er wird sich hüten, seinen Gedanken laut auszusprechen. Kriege werden am Boden entschieden, Luftschlachten haben noch nie den Ausschlag gegeben. Kasarow jedoch ist General der Luftstreitkräfte. Alle wissen, seine Tochter ist in diesem Augenblick dort unten an der Wolga und bildet ein Frauenregiment aus, das die meisten in der STAWKA für einen Witz halten. Falls Kasarow ähnlich darüber denkt, behält er es für sich. Blut ist schließlich dicker als Wasser.

»Wenn es deutschen Agenten gelingt, die Produktion zu stoppen, verlieren wir. Alles hängt davon ab, ob wir die Jaks rechtzeitig in Serie unseren besten Piloten zur Verfügung stellen können. An Menschen mangelt es uns schließlich nicht.«

Er hat Major Kasarowa, die Tochter des Generals, bislang nur einmal persönlich getroffen, doch die Familienähnlichkeit ist nicht zu übersehen. Beide haben schneeweiße Haut und stechende dunkle Augen. Und beide haben diese unterkühlte Art zu sprechen, diese scharfen Konsonanten.

»Aber die Flugzeuge«, sagt Kasarow mit Nachdruck, »sind ihr Gewicht in Gold wert. Wer eines davon fluguntauglich macht, sollte sich besser gleich die Kugel geben.«

Er zuckt zusammen.

Er zuckt nie zusammen. Es überrascht ihn selbst.

Kasarow bemerkt es. »Ja, Mukijenko? Sehen Sie das anders?«

Die Blicke der anderen richten sich erneut auf ihn. Er holt tief Luft. »Nein, Genosse General. Sie haben das hervorragend auf den Punkt gebracht.«

Katja

Hier ist der Sommer noch nicht so lange vorbei wie in Moskau. Die Stirn an die Fensterscheibe gelehnt, betrachte ich die Steppe, die den Stützpunkt Engels umgibt. Noch hat es nicht geschneit. Gelb und staubiges Braun sind die vorherrschenden Farben. Flaches Land, so weit das Auge reicht, wie ein einziges Flugfeld, auf dem wir starten und landen können, ohne Gefahr zu laufen, gegen ein Hindernis zu prallen.
»Wie hier wohl der Winter wird?«, überlege ich laut.
»Hart«, sagt Sascha, den Blick auf ein paar Bäume gerichtet. »Die Blätter sind schon ab.«
Ich sehe sie an. »Vielleicht ist das hier einfach so.«
In Tuschino habe ich gelernt, ihren Wettervorhersagen zu vertrauen. Aber hier im Süden? Und dann gleich für eine ganze Jahreszeit?
Hinter uns ertönen aufgeregte Stimmen. Ich drehe mich um. Um neun Uhr früh an unserem ersten Tag ist das Frisurengemetzel in vollem Gange.
»Nicht so viel!«
»Ich will sie wenigstens noch hinter die Ohren stecken können.«
»Warum muss das denn sein? Ich kann sie doch auch zusammenbinden.« Einige sind den Tränen nahe.
Natascha zieht an einer von Innas Locken. »Die sind ja wohl noch viel zu lang.«
»Lass dich erst mal selbst scheren!« Intschik hält ihr verbliebenes Haar fest. Dabei steht ihr als einer der wenigen der Kurzhaarschnitt. Die dunklen Locken schmiegen sich um ihr Gesicht wie winzige Flämmchen.
Leysan schnalzt ärgerlich mit der Zunge. »Ihr wollt fürs Vaterland sterben und jammert wegen eurer Haare.« Sie erntet böse Blicke von einigen der Mädchen, die in der Warteschlange stehen.
»Sterben fürs Vaterland, meinetwegen. Von einer hässlichen Frisur war nicht die Rede.« Natascha schwingt sich mit einem

theatralischen Seufzer auf den Friseurstuhl. Kastanienbraune Strähnen gesellen sich zu den goldenen und lackschwarzen, die bereits am Boden liegen.

»Gehen wir mal die Flugzeuge angucken?«, wispert Inna. Ich nicke, die Hand im Nacken trete ich aus dem Badehaus. An dieses Gefühl kurzer Haare werde ich mich gewöhnen müssen. Leysan und eine Handvoll anderer Mädchen aus Raskowas Gruppe schließen sich uns an.

Draußen umfängt uns das Grundrauschen eines betriebsamen Flugfelds. Tief atme ich im Gehen die vertrauten Gerüche von Treibstoff und Motoröl ein. Inna packt mich am Arm und deutet mit ausgestrecktem Zeigefinger nach oben. Hinter dem Hauptgebäude hebt soeben ein kleines Flugzeug ab, ein grün lackierter Doppeldecker mit einem roten Stern am Heck. Mit charakteristisch lautem Tuckern, wie von den Stichen einer übergroßen Nähmaschine, gleitet die U-2 über unsere Köpfe hinweg.

Am Rand des Flugfelds sind viele ihrer Schwestern aufgereiht. Eine zweite rollt bereits mit sich drehendem Propeller die Startbahn entlang, die anderen werden von einer Gruppe Mechaniker startklar gemacht. Ich lasse den Blick schweifen. Sicher gibt es größere Flugfelder als dieses hier, aber es ist ein echter Militärflughafen. Ich habe immer noch das Gefühl, mich kneifen zu müssen.

Vielleicht, nur vielleicht geht ja durch irgendein Wunder alles gut bei diesen Testflügen heute Nachmittag.

»Ah, die Todesschwadron!«

Wir drehen uns um. Eine Gruppe junger Piloten kommt auf uns zu, die meisten feixend bei unserem Anblick.

»Wie bitte?« Leysans Ton ist eisig.

»Hat sich rumgesprochen, dass ihr Mädchen kommt.« Ihr Anführer tippt sich an die Braue und sieht mich an. »Schon die erste Kriegsverletzung, was?«

Die Jungen brechen in Gelächter aus. Ich spüre, wie ich rot werde. Nicht genug, dass ich mit geschorenem Haar in einer unkleidsamen Uniform stecke, ich trage auch noch diesen peinlichen Verband, der von einem Missgeschick herrührt.

Dem Piloten, der gesprochen hat, passt seine Uniform natürlich wie angegossen. Und auch sonst sieht er sehr gut aus. Weizenblondes Haar, graue Augen, rote Wangen. Wie von einem der »Njet!«-Plakate gegen Alkoholkonsum. Seine Kameraden sind lange nicht so hübsch, aber auch sie recken voller Selbstbewusstsein das Kinn.

»Kannst du überhaupt aus dem Cockpit gucken?«, fragt einer von ihnen an Inna gewandt.

»Kannst du überhaupt landen mit den Segelohren?«, schießt sie zurück. Die Jungs und ein paar der Mädchen brechen in Gelächter aus.

Leysan blickt von den Jungs zu den Doppeldeckern und wieder zurück. »Fliegt ihr mit denen?«

»Selbstverständlich nicht.« Der Blonde macht einen Schritt auf sie zu. »*Das* sind unsere.« Er deutet in Richtung einer weiter entfernten Startbahn. Ich kann den Flugzeugtyp nicht erkennen, doch es scheinen Jäger zu sein. Einsitzer. Geschlossenes Cockpit.

»Gestatten«, sagt der Blonde, die Augen auf Leysan gerichtet. »Mladschij Lejtenant Juri Gordejew vom 147. Jagdfliegerregiment. Und mit wem habe ich das Vergnügen?«

»Mansurowa.«

»Und der Vorname?«, lächelt er sie an, als ob er sie gleich zum Tanzen auffordern wollte.

»Komsomolorganisatorin Mansurowa.«

Sein Lächeln wird kaum merklich blasser.

»Wenn ihr uns jetzt entschuldigt«, fährt Leysan an die Gruppe gewandt fort. »Wir haben Testflüge vorzubereiten.«

»Testflüge? Ihr wollt es wirklich riskieren?«

»Passt das den Herren vielleicht nicht?«

»Im Gegenteil. Das wollen wir keinesfalls versäumen!«

Segelohr stößt Inna kameradschaftlich mit dem Ellbogen an. »Ich mach dann Räuberleiter, wenn's ans Einsteigen geht, ja?« Inna tritt drohend auf ihn zu. Gespielt ängstlich hebt er beide Hände. Die Jungs fangen erneut an zu wiehern und ziehen schließlich Leine.

»Ist doch überall dasselbe«, murmelt Inna, und ein paar andere pflichten ihr bei.

»Ich hab eine Idee!« Natascha taucht hinter uns auf und schlingt je einen Arm um Inna und mich. »Die Haare sind ab, und Testflüge sind erst heute Nachmittag. Das merkt doch keiner, wenn wir uns mal die Stadt ansehen.«

»Bist du verrückt?«, fragt Leysan. »Das ist unerlaubte Abwesenheit oder so was.«

»Nur, wenn wir erwischt werden«, beharrt Natascha unlogisch.

Von der Stadt ist hier draußen nichts zu sehen. Es muss ein längerer Fußmarsch nach Engels sein. Nataschas Einfall kommt wie gerufen, um die anderen für eine Weile abzulenken.

»Ich kann nicht«, sage ich rasch und zeige auf das Pflaster über meinem Auge. »Muss noch mal zum Sehtest.« Das ist nicht einmal gelogen.

»Kannst du doch später machen.«

»Nein, lass sie das gleich erledigen.« Sascha kommt zu uns herüber. »Vor den ersten Flügen muss das geklärt sein.«

Natascha sagt: »Schön, dann kommst du aber mit.«

Im Weggehen bekomme ich Saschas gemurmelte Antwort nicht mit, höre nur Inna sagen: »Ach komm, Sasch'. Willst du nur auf dem Stützpunkt herumsitzen?«

Die Regimentsleitung ist in einem einstöckigen Gebäude schräg gegenüber von unserer Turnhalle untergebracht. Dort befindet sich auch das Büro von Politkommissarin Kulikowa, bei der ich mich laut Mukijenkos Anweisung nach der Ankunft in Engels einzufinden habe, um meinen ersten Bericht abzuliefern. Ich klopfe.

»Herein!«, singt eine weibliche Stimme.

»Mein Name ist Sokolowa –«, fange ich an, die Türklinke noch in der Hand.

»Ich weiß, wer du bist.« Kulikowa ist eine kleine, mollige Rothaarige. Bei meinem Eintreten versucht sie erfolglos, einen Karton auf das oberste Regalbrett zu hieven. Sie stellt ihre Last auf den Boden und stemmt die Fäuste in die Hüften. »Genosse Mukijenko hat dich angekündigt.« Sie mustert mich prüfend. »Ich hab gehört, dass sich eins der Mädchen bei einem Appell verletzt hat. Dann warst du das also.« Sie deutet auf ihre eigene Braue. »Alles in Ordnung?«

»Doch, doch.« Beim Gedanken an den bevorstehenden Sehtest bricht mir der Schweiß aus.

»Wie schön. Dann hilf mir mal!«

Auch ich muss mich strecken, um den Karton hinaufzuheben, doch es gelingt. Kulikowa grinst zufrieden. Als diejenige, die im Namen der Partei für unsere geistige und sittliche Reife zu sorgen hat, müsste sie jemandem mit meiner Biografie mit Strenge und Zurückhaltung begegnen. Doch bislang ist nichts davon zu spüren.

Sie streckt ein knubbeliges Händchen aus. »Dein Bericht.«

»Schreiben konnte ich ihn nicht. Es waren ununterbrochen Leute um mich rum.«

»Immer schriftlich!«, sagt sie missbilligend. »Einen mündlichen Bericht kann ich Genosse Mukijenko nicht weiterleiten.« Sie zieht Papier aus einem Stapel und legt einen Füller dazu. »Schreib ihn jetzt.«

Ich setze mich an den Tisch. Genau das habe ich gehofft, vorerst zu vermeiden. Ich kenne das vom letzten Mal. Es fühlt sich anders an, wenn die Namen erst mal auf dem Papier stehen. Ich drehe den Füller zwischen den Fingern. Es hilft nichts. Das hier ist mein Teil der Abmachung mit Mukijenko. Aber wenn nun jemand bestraft wird wegen dieses Schreibens? Kulikowa beobachtet mich aufmerksam. Ich beuge mich über das Blatt.

»Grinkowa hat Familie hinter feindlichen Linien«, schreibe ich. »Antonowa hat Neugier auf die deutschen Flugzeuge kundgetan. Mehrere Regimentsmitglieder haben die Vermutung geäußert, dass die Deutschen unserer Armee schwere Verluste beigebracht haben, darunter Akimowa, Jurdina, Wolkowskaja. Kritisch über die Versorgung haben sich geäußert: Rodionowa, Sejd-Ametowa, Schaposchnikowa ...« Ich zögere, doch dann gebe ich mir einen Ruck. Es würde auffallen, wenn ich meine

Freundinnen komplett außen vor lasse – und wenn ich schon eine auswählen muss, dann Leysan.«Mansurowa hat in einer kleinen Gruppe die Möglichkeit angedeutet, dass Moskau fallen könnte.«

So. Da steht es. Ich lege den Füller weg. An der Innenseite meines Mittelfingers klebt schwarze Tinte. Ich reibe mit dem Daumen darüber, auch mit dem der anderen Hand. Der Fleck wird etwas blasser, doch er bleibt.

Die Kulikowa greift nach dem Blatt, überfliegt es und nickt zufrieden. »Das«, sagt sie und deutet auf die Zeile, in der es um Dunja Grinkowas Familie geht, »ist überaus wichtig. Natürlich arbeitet nicht jeder, der hinter feindlichen Linien geblieben ist, für die Deutschen. Aber ein paar tun es, aus Hass auf die Sowjetmacht. Achte in Zukunft auf genau solche Informationen.« Sie deutet auf den Abschnitt, in dem es um die Verluste unserer Truppen geht. »Und versuch bei Gesprächen wie diesen, noch etwas genauer festzuhalten, wer jeweils anwesend ist und nicht widerspricht.«

Das könnte ich tun. Ich könnte auch schreiben, dass alle energisch widersprochen haben. Etwas von meinen Gedanken zeigt sich wohl auf meinem Gesicht.

»Du hast hier im Regiment eine sehr wichtige Aufgabe«, sagt Kulikowa, »durch die du dich in den Augen des Staates rehabilitieren kannst. Genosse Mukijenko und ich werden am Ende deiner Dienstzeit einen Bericht verfassen mit einer Empfehlung, wie mit dir weiter verfahren werden soll. Gut möglich, dass du in deinen alten Klub zurückkehren darfst, vielleicht sogar an die Pädagogische Hochschule.«

Ich nicke. Von meiner Absprache mit Mukijenko weiß sie offenbar nichts. *Vielleicht lässt sich etwas tun für deine Eltern.*

Sie lächelt. »Ich weiß, dass du es nicht aus Eigeninteresse tust, sondern für den Sieg über die Faschisten. Den werden wir aber nur erringen, wenn wir die Verräter in unseren eigenen Reihen aufspüren. Dann können du und die anderen tapferen Mädchen Dienst tun, ohne befürchten zu müssen, dass ihnen jemand in den Rücken fällt. Auch deine Kameradinnen haben schließlich ein Interesse daran, dass Verräter möglichst schnell entlarvt und entfernt werden. Du tust das zu ihrem Besten.«

Ich reibe wieder an der Tinte an meiner Hand herum. »Wie soll ich das denn von jetzt ab machen?«

»Schreib die Berichte als Briefe«, schlägt sie vor. »Wenn alle anderen auch welche schreiben. Übrigens, es wäre gut, wenn du auch ein Auge auf die Briefe und Tagebücher der anderen hättest.«

»Ihre *Tagebücher*?« Sicher habe ich mich verhört.

»Ja. Im Gespräch könnten sie Dinge verheimlichen, die sie ihren Aufzeichnungen anvertrauen.«

Ob das, worin ich Leysan im Zug habe kritzeln sehen, ein Tagebuch war? Sie hat es hinterher unter ihrem Kissen versteckt.

Sie könnte natürlich auch etwas ganz anderes notiert haben. Als Komsomolorganisatorin wird womöglich von ihr erwartet, dass sie Kulikowa über die Stimmung im Regiment auf dem Laufenden hält ...

Kulikowa reckt das Kinn in meine Richtung. »Brauchst du sonst noch etwas?«

Ich schüttle den Kopf. Sie tätschelt mir den Arm.

»Komm zu mir, wenn sich das ändern sollte.«

»11–3–9–8–37–12–5.« Wenn das hier nicht richtig ist, bin ich erledigt.

»Jetzt das andere Auge zuhalten.«

Das Blatt wechselt. Unruhig rutsche ich auf dem Stuhl herum. Eine Fliegerin, die nicht mehr hundertprozentig sieht – die setzen mich in den nächsten Zug zurück nach Moskau.

»M–R–S–P–E–F–T.« Oder wenn ich Glück habe, komme ich zu den Waffentechnikerinnen – wie man hört, die härteste Arbeit im Regiment.

»Noch einmal.«

Die Zahlen werden noch kleiner. »2–55–19–6–4–20–8.« Wahrscheinlich werden nicht mal die Waffentechnikerinnen eine wollen, die nicht richtig sieht.

»Und noch mal das andere Auge.« Die Ärztin Mitrewskaja

ist eine kleine, bis auf die geröteten Wangen mausgraue Person. Sie trägt eine Brille mit dicken Gläsern. Werde ich so etwas in Zukunft etwa auch brauchen?

»K–S–T–G–N–R–O.«

»Sehr schön.« Mitrewskaja leuchtet mir ins Gesicht und überprüft die Reaktion meiner Pupillen. Sie fragt mich nach Kopfschmerzen und Schwindelgefühlen. Ich strahle sie an und bestreite beides. Zu guter Letzt bestätigt sie meine Tauglichkeit.

Gerettet. Ich salutiere und stürze förmlich zur Tür, als diese von selbst aufschwingt. Natascha tritt ins Zimmer, gefolgt von Sascha und Leysan. Sascha bewegt sich ohne ihre gewohnte Energie. Auf ihrer Haut steht ein feiner Schweißfilm. Natascha schiebt ihr einen Stuhl hin und nötigt sie, sich zu setzen.

»Macht nicht so ein Theater«, murmelt Sascha, stützt jedoch die Stirn in die hohle Hand.

»Was ist passiert?«, frage ich.

Leysan zuckt die Achseln. »Ihr ist in Engels plötzlich schlecht geworden, und dann kam noch Fieber dazu.«

Sascha soll schlecht geworden sein? Das ist absurd. Sascha wird nicht schlecht. Jeder in Tuschino weiß das. Die Sonne geht im Osten auf, der Tag der Luftfahrt ist am 18. August, und Sascha Beljajewa wird nicht schlecht, wie viele Überschläge in Folge auch immer.

Fast verträumt hebt sie den Kopf und sieht mich an. »Und was machst du hier?«

»Sehtest, weißt du doch.«

»War der nicht heute Morgen?«

Mitrewskaja schickt uns hinaus, ehe ich antworten kann. Das war knapp.

»Die nimmt aber auch ganz gern mal einen zur Brust«, meint Natascha und schließt die Tür hinter uns.

Ich denke an die geröteten Wangen und Augen der Ärztin. »Kann schon sein.«

»Dieses Engels ist übrigens wirklich ein trauriges Nest.« Natascha zündet sich eine Zigarette an. »Ein Haufen schiefer Backsteinhäuser und ein paar Läden mit nix drin.«

Leysan wedelt den Rauch weg, der in ihre Richtung treibt. »Was wolltest du denn kaufen, neue Lockenwickler? Wir sind im Krieg.«

Natascha lacht. »Deswegen sind wir doch nicht tot. Und die Männer hier ganz sicher auch nicht.« Sie bläst ihren Rauch zu Leysan hinüber. »Ein bisschen Wimperntusche wäre also nicht verkehrt.«

Zwei Frauen treten vor uns in den Korridor. Major Kasarowa ist nicht zu verwechseln in ihrem langen Ledermantel, den sie sogar hier drinnen trägt.

»Das fängt gut an«, höre ich sie sagen.

Iwakina macht eine wegwerfende Handbewegung. »Was wir brauchen, sind Eichen, und die schicken uns Aprikosenbäume. Der hat man doch gleich angesehen, dass der erste Windhauch sie umwirft. Na ja, wenn sie glaubt, dass sie sich deswegen auf die faule Haut legen kann, hat sie sich getäuscht.«

Leysan und ich erstarren bei diesen Worten. Natascha lässt die Zigarette sinken.

»Hier legt sich niemand auf die faule Haut«, sagt sie. »Sascha hat hohes Fieber, also geht sie zum Arzt.« Sie verstummt. »Genosse Major«, fügt sie dann hinzu.

Stille senkt sich über den Korridor. Iwakina hält sich mit Mühe zurück, ihre Augen sind dunkel vor Zorn. Offenbar möchte sie Kasarowa das Reden überlassen, doch diese schweigt, den Blick auf das Pflaster in meinem Gesicht gerichtet. Keine Frage, sie erinnert sich, wie ich mir diese Verletzung zugezogen habe. Als sie schließlich spricht, habe ich das Gefühl, sie müsse ihre verkrampften Kiefer langsam voneinander lösen.

»Vielleicht hat man es euch verhätschelten Paradefliegern nie beigebracht, aber Piloten müssen über eine eiserne Gesundheit verfügen.« Sie geht an uns vorbei mit sehr gerader Haltung. Hinter ihrem Rücken umfasst sie mit einer Hand das Gelenk der anderen. »Wer sich verletzt, gilt als fluguntauglich und muss das Regiment verlassen. Dasselbe gilt für die mit einer … zarten Konstitution.« Als sie den Kopf wendet, treten ihre Backenknochen hervor, als würde sie die Zähne zusammenbeißen.

Jäh fährt sie zu uns herum und mustert uns ungehalten.
»Meldet euch bei Starschina Kudrijawzew. Er wird euch eine Strafaufgabe zuweisen.«
»Strafe wofür, Genosse Major?«, bringe ich mühsam heraus.
»Dafür.« Ihre Augen verraten keinerlei Regung. »Diese ständigen Widerworte. Das Versäumnis zu grüßen. Das Vermissenlassen jeder Disziplin. Ihr Tuschino-Mädchen betrachtet das Militär wohl als unter eurer Würde, aber das werde ich euch austreiben. Da sind noch ein paar Patronenkisten abzuladen, bei denen der Starschina sicher eure Hilfe gebrauchen kann.«
Iwakina beobachtet uns mit kaum verhohlenem Feixen.
»Patronenkisten?«
»Ganz recht.«
Ich kann nicht verstehen, was Kasarowa gegen uns hat. Sind wir nicht ihre Fliegerinnen? Auch sie scheint ganz selbstverständlich davon auszugehen, dass wir in ihrem Jagdfliegerregiment landen werden. Aber warum macht sie uns dann Schwierigkeiten?
Leysan muckt noch einmal auf. »Das ist nicht die Aufgabe von Piloten, Genosse Major.«
»Noch seid ihr keine.«
»Ja, eben. Die Testflüge finden ...«
»... ohne euch statt, wenn ihr nicht umgehend gehorcht.« Ihre Stimme klingt leise und höhnisch. »Für Befehlsverweigerer ist nämlich eine andere Strafe vorgesehen.«
Beinahe kann ich Nataschas Gedanken lesen, als sie den Mund öffnet: dass wir ja nicht ihrem Befehl unterstehen, solange wir noch keine Piloten sind. Ich trete mit meinem Stiefel auf ihren und lehne mich mit meinem ganzen Gewicht darauf.
»Wegtreten!«, befiehlt Kasarowa.
»Kennst du die Baba Jaga?«, flüstert Natascha mir zu, kaum dass wir außer Hörweite sind. »Das war sie gerade.«

Natürlich kommen wir zu spät. Die Augen abwechselnd auf den unebenen Boden und auf die kleine Maschine am Himmel gerichtet, hasten wir zum Flugfeld. Meine Hände sind voller Spreißel vom Kistenschleppen, und ich habe keinen Zweifel, dass es Leysan und Natascha nicht besser geht. Es ist bereits nach zwei Uhr. Die Testflüge haben begonnen.

Ich überlege, ob wir uns zur Stelle melden müssen, doch niemand nimmt Notiz von uns. Die gesamte Luftfahrtgruppe ist angetreten, alle drei zukünftigen Regimenter, und obwohl alle Soldatinnen die gleiche Uniform tragen, ist zu erkennen, wer wer ist: die Funkerinnen, Mechanikerinnen und Waffentechnikerinnen halten sich im Hintergrund, während die Pilotinnen ganz vorn stehen, jede darauf wartend, dass sie aufgerufen wird. An einem Tisch sitzen Marina Raskowa und ihr Stab. Außer Kasarowa kann ich Kulikowa, Iwakina und Major Berschanskaja dort sehen. Aller Aufmerksamkeit ist auf die Geschehnisse über uns gerichtet.

Die kleine Maschine schraubt sich in den Himmel. Eine Umdrehung. Zwei Umdrehungen. Drei. Vier. Die Mädchen fangen an zu johlen. Ich muss lächeln. Eine von Saschas Lieblingsfiguren. Dabei ging es ihr vorhin noch so schlecht.

Aber der Anblick gibt mir auch einen Stich. Niemals werde ich etwas Vergleichbares abliefern. Dabei wäre das früher meine leichteste Übung gewesen. Jetzt muss ich froh sein, wenn ich überhaupt vom Boden wegkomme, denke ich und wische meine schweißnassen Hände an der Uniformhose ab.

»Eine Jak-7 UTI«, flüstert Leysan aufgeregt, als die Maschine zur Landung ansetzt.

Ich recke den Hals. Das sind gute Nachrichten. Unser Schulflugzeug ist also fast eine Zwillingsschwester der Maschine, mit der wir in Tuschino geflogen sind, nur dass sie zwei Sitze und ein Doppelsteuer hat: vorn der Schüler, hinten der Fluglehrer.

Das Flugzeug ist gelandet. Ein winziger Pilot steigt aus und zieht sich die Fliegerhaube vom Kopf. Strubbelige dunkle Locken kommen zum Vorschein. Verblüfft ziehe ich den Atem ein. Es ist überhaupt nicht Sascha.

Es ist Inna.

Ich kann kaum glauben, dass ich Saschas Fliegersignatur mit einer anderen verwechselt habe. Inna grinst breit, als wir wie wild applaudieren, und verneigt sich, als hätte sie im Aerodrom von Tuschino eine Vorstellung abgeliefert. Der Mann, der hinter ihr aus dem Flugzeug geklettert ist, beugt sich zu ihr herunter, um ihr etwas ins Ohr zu brüllen, woraufhin sie hektisch strammsteht und salutiert.

»Das war das Klügste, das ich je getan habe«, sagt jemand neben mir. »Sie in die Staffel aufzunehmen.«

Ich drehe mich um. Sascha. Ein Hauch von Fieber liegt noch immer auf ihren Wangen.

Leysan nimmt mir die Worte aus dem Mund: »Du willst doch nicht wirklich antreten.«

»Für Schwächlinge, die Krankheiten vorschützen, ist kein Platz im Regiment, hat man mir gesagt«, gibt Sascha zurück. Ich folge ihrem Blick zu dem Tisch, an dem Kasarowa und Iwakina sitzen.

Inna kommt im Laufschritt herüber und fällt Sascha um den Hals. »Ich hab's geschafft!« Grinsend lässt sie sich von uns auf die Schulter klopfen.

»Beljajewa!«

Sascha tritt vor. Selbst der militärische Gruß scheint sie anzustrengen. Raskowa mustert sie. »Ich habe dich für klüger gehalten. Du kannst dich doch kaum auf den Beinen halten.«

»Muss ich ja auch nicht beim Fliegen, Genosse Major«, murmelt Sascha.

Raskowa legt die Hand auf ihre Stirn und zieht die Augenbrauen zusammen. »Das wäre kein schöner Tod – und ein überflüssiger obendrein.« Sie dreht sich zu Iwakina um. »Beljajewa zu den Jagdfliegern. Und jetzt leg dich wieder hin«, sagt sie zu Sascha. »Jemand soll dir kalte Kompressen machen.«

Inna stellt sich neben Sascha und salutiert. Raskowa bedeutet ihnen mit einer Geste das Wegtreten, ehe sie sich wieder über die Liste beugt.

»Sokolowa!«

Ein Stromstoß scheint durch meinen Körper zu gehen. Mit weichen Knien setze ich mich in Bewegung. Nach ein paar Schritten fällt mir ein, dass ich vergessen habe zu salutieren. Ich bleibe stehen und hole mit glühendem Gesicht den militärischen Gruß nach. Erst als ich rechtsum kehrtmache und auf die wartende Maschine zugehe, erkenne ich den Mann, der die Testflüge überwacht.

Es ist der alte Knacker von meinem Auswahlgespräch.

Wie alles andere, was wir bekommen haben, seit wir in der Armee sind, hat auch der Fallschirm nicht die optimale Größe. Der mürrisch wirkende ältere Mann, der sich als Kapitan Pankratow vorgestellt hat, hilft mir, meinen anzulegen. Falls er sich an mich erinnert, lässt er sich nichts anmerken. Ein klein wenig zittern meine Hände, als ich über den Flügel ins Cockpit der Maschine klettere und mich anschnalle.

Mit einem tiefen Atemzug betrachte ich die Armaturen vor mir. Das ist mein Flugzeug, sage ich mir. Jak ist Jak – egal, wie viele Sitze sie hat. Ich bin sie zwar nur ein paar Monate geflogen, ehe ich Tuschino verlassen musste, aber ich erinnere mich, wo sich was befindet. Höhenmesser und Fahrtmesser links, Ladedruck und Drehzahlmesser rechts, Kompass und Wendezeiger in der Mitte hinter dem Steuerknüppel. »Treibstoffanzeige. Öldruck. Kühlwassertemperatur.« Ich murmle vor mich hin, berühre mit der Hand die Anzeigen.

Alles bestens, sage ich mir und schließe die eine Hand ums Steuer, die andere um den Leistungshebel. Das ist beinahe eins zu eins das Cockpit der Maschine, mit der ich zuletzt in Tuschino geflogen bin. Das flatternde Gefühl in meinem Magen geht jedoch nicht weg.

»Bist du so weit?« Es gibt keine Sprechverbindung über Kopfhörer zu Pankratow, der hinten eingestiegen ist. Doch durch ein Rohr kann ich seine Stimme hören.

»Jawohl.« Seit meiner Ausbildung in Tuschino habe ich in keinem Zweisitzer mehr gesessen. Widerwille steigt in mir auf, dass ich mir bei meinem ersten Flug nach anderthalb Jahren von jemandem über die Schulter schauen lassen muss – und dann auch noch von Pankratow.

»Anrollen. Als ob du starten wolltest, aber nicht abheben, verstanden?« Seine Stimme klingt blechern.

»Verstanden.«

Ich mache den Technikern ein Zeichen, und sie treten zurück. Den Kopf schief gelegt, damit ich an der Nase des Flugzeugs vorbei den Boden sehen kann, rolle ich an. Es staubt, die Startbahn ist nicht betoniert. Es macht ein schepperndes Geräusch, als ich das Cockpit zuziehe.

»Abbremsen«, befiehlt Pankratow durch die Röhre, als wir uns noch weit unter der Entscheidungsgeschwindigkeit befinden.

Ich will nicht bremsen. Ich möchte sie fliegen. Aber natürlich tue ich, was er sagt. Ich wende sie, und wir ruckeln langsam ans Kopfende der Startbahn zurück, wo ich sie erneut wende.

Raskowa nickt mir zu und macht ein Zeichen mit der Hand.

»Dasselbe noch mal, mit Abheben«, höre ich Pankratow sagen. Wieder habe ich dieses flatternde Gefühl in der Magengrube. »Geradeausflug, Platzrunde, Landung. Lass das Fahrwerk ausgefahren, wenn wir oben sind.«

Oben. Ich atme tief ein und betätige den Leistungshebel. Erneut rumpeln wir los, werden schneller, viel schneller als beim vorigen Mal.

Schmetterlinge.

Jetzt weiß ich es.

Was ich im Bauch habe, sind Schmetterlinge.

Mit den Seitenruderpedalen halte ich das Flugzeug gerade auf der Bahn. Das Heck der Maschine hebt sich langsam.

Und dann gibt es kein Zurück mehr. Eine vertraute Kraft presst mich in den Sitz, als das Fahrwerk sich von der Startbahn löst. Der Himmel füllt mein ganzes Sichtfeld. Engels ist verschwunden und taucht erst wieder auf, als ich die Maschine ausbalanciere, weit unter uns. Der Druck lässt langsam nach. Der Motor dröhnt zufrieden.

Ich könnte laut lachen, aber mein Gesicht verzieht sich nur zu einem Lächeln. Wie unfassbar laut es ist! Das hatte ich vergessen. Atemlos sehe ich mich um. Ein Bilderbuchstart. Weswegen habe ich mir eigentlich Sorgen gemacht? Wir sind auf knapp siebenhundert Metern und steigen. Ich kann Saratow und die sich schlängelnde Wolga sehen. Ich könnte jetzt das Fahrwerk einziehen und weiter steigen, aber das sollen wir ja nicht.

Da neigt sich der Horizont plötzlich nach links. Das Flugzeug beginnt, nach rechts zu rollen.

Ich halte dagegen, ohne zu überlegen, drücke den Steuerknüppel nach links. Das kann nicht wahr sein. Das kann nicht mir passieren, nicht heute.

»Du musst –«, höre ich Pankratow sagen. Ich ziehe das Höhenruder an mich, gebe Schub, doch die Maschine zieht weiter abwärts, weiter nach rechts.

Was muss ich?, will ich fragen.

Egal. Darum kann ich mich jetzt nicht kümmern.

Wir sinken. Die Maschine geht von allein in die Kurve, was bedeutet, dass der Boden noch schneller näher kommt. Wir sind unter fünfhundert Metern.

Einen Moment lang durchfährt mich Panik. Ich habe das Gefühl, rechts keinen Auftrieb mehr zu haben. Nachdem ich das Rollen und Sinken einigermaßen im Griff habe, giert die Jak nun um die Hochachse stark nach rechts und schiebt durch die Luft. Tragfläche, Außenverkleidung, Schrauben, schießt es mir durch den Kopf. Ich sehe zum rechten Flügel hinüber. Doch die Tragfläche scheint völlig in Ordnung. Was ist dann das Problem? Ich reiße den Blick mit Mühe von meinem Flügel los.

Ich muss sie landen. Der Rechtsdrall macht es schwer abzuschätzen, wo wir herunterkommen werden. Mit einem Tritt ins linke Seitenruderpedal gelingt es mir, das Flugzeug wieder aufzurichten und einigermaßen gerade zu halten.

Vielleicht ist es die Verkleidung, die sich gelockert hat. Eine der Sperrholztafeln, die die Tragfläche ummanteln. An einer Stelle, die ich vom Cockpit aus nicht sehen kann. Das war eine der Horrorgeschichten, die die Flieger in Tuschino untereinander tauschten – lachend, weil sie noch da waren, um davon zu berichten.

Wenn sie vollends abreißt ... Dann werden wir fallen wie ein Stein ...

Ich versuche, mein Flugzeug zu erspüren. Herauszufinden, was es tun wird. Dreihundert Meter.

Die Jak will weiter nach rechts. Nur mit großer Mühe kann ich dagegenhalten. Zum Glück ist hier weit und breit nichts. Engels liegt hinter uns. Vor uns nur die Steppe.

Hundert Meter. Es geht schnell nach unten, aber noch fallen wir nicht. Die Hand, mit der ich das Steuer umklammere, schmerzt, doch ich lasse nicht locker. Trete weiter ins Seitenruder, obwohl ich mein linkes Knie zu spüren beginne.

Fast unten. Das Fahrwerk ist noch ausgefahren, das erspart uns eine Bauchlandung. Vielleicht. Die letzten dreißig Meter. Bin ich jemals so schnell irgendwo runtergekommen?

Wenn die Räder dran glauben müssen, dann auch die Kühlung am Unterbauch. Irgendwie gelingt mir etwas, das einem Abfangbogen ähnelt. Ich ziehe in den Leerlauf. Die Landeklappen lassen sich anstandslos ausfahren, kurz bevor wir unsanft aufsetzen.

Das Ganze hat gefühlt keine Minute gedauert.

Das Fahrwerk trägt uns. Es schüttelt mich im Sitz hin und her. Wir holpern über die Grasnarbe und werden dabei immer langsamer. Dann stehen wir. Irgendwo auf einem Feld außerhalb von Engels. Ich hänge in den Gurten, Kinn auf der Brust, und atme ein paarmal tief durch, ehe ich den Kopf heben kann.

Steppe, so weit das Auge reicht. Unvermittelt schießen mir Tränen in die Augen. Ich habe es verpatzt. Schlimmer als verpatzt; ich habe ein Flugzeug kaputt gemacht. Den Mund zusammengepresst, atme ich durch die Nase ein und aus. Die Maschine war voll funktionstüchtig, bis ich mich ins Cockpit gesetzt habe.

Und das, wo wir doch viel weniger Flugzeuge als Piloten haben! Mein Atem kommt stoßweise. Das Schulflugzeug für ein ganzes Regiment!

Jemand klopft gegen das Cockpit. Pankratow. Er ist bereits ausgestiegen und hat seinen Fallschirm abgelegt. Hinter ihm sehe ich ein Fahrzeug näher kommen. Ich ziehe die Nase hoch, löse die Sitzgurte und öffne die Cockpithaube. Kühle streicht über meinen schweißnassen Rücken, als ich aufstehe. Ich steige mit wackligen Beinen über den Flügel aus.

Pankratow hilft mir, den Fallschirm abzunehmen. Obwohl sein Blick ein paarmal meinem begegnet, sagt er nichts. Was ist die Strafe für so ein Vergehen? Ich kann wohl von Glück sagen, wenn ich nicht auch verhaftet werde.

Brummend fährt ein kleiner Wagen heran und hält neben dem Flugzeug. Ein paar Techniker steigen aus.

»Was zum Henker …?«

Ich weiche ihren Blicken aus. Das ausgedörrte Gras verschwimmt vor meinen Augen. Ich habe alle enttäuscht, auch Marina Raskowa.

Einer der Männer überprüft das Fahrwerk, die anderen machen sich bereits an dem bewussten Flügel zu schaffen. Einer von ihnen fährt mit der Hand unter die gelöste Sperrholzbeplankung der Tragfläche. Ich starre sprachlos darauf.

»Bringt sie erst mal zurück«, knurrt Pankratow einen der Mechaniker an und nickt mir zu, dass ich ihm folgen soll. Ohne ein Wort zu wechseln, setzen wir uns in Bewegung. Wie betäubt trotte ich neben ihm her. Ich kann mir nicht vorstellen, was als Nächstes passieren wird.

»In einer Luftschlacht«, sagt er schließlich, »ist es die ganze Zeit so. Es passiert was, und du musst reagieren. Sehr viel schneller als da eben. Aber das lernst du schon.«

Ich sehe ihn von der Seite an, doch er schweigt, bis wir den Flugplatz erreicht haben und vor Raskowas Tisch stehen.

»Sokolowa!«, bellt Iwakina mich an. »Was war da los?« Sie ist aufgestanden.

Kasarowas Miene ist nichts zu entnehmen. Raskowa blickt neugierig, aber nicht unzufrieden.

»Ein Teil der Verkleidung an der Unterseite der rechten Tragfläche hat sich gleich nach dem Start gelöst«, antwortet Pankratow an meiner statt. »Materialfehler. Wahrscheinlich ist Feuchtigkeit ins Holz eingedrungen. Die Tragfläche selbst ist aber intakt.«

Materialfehler, echot es in meinem Kopf.

»Das hätte ins Auge gehen können, wenn das Mädel nicht so eine Blitzreaktion hingelegt hätte.« Pankratow schlägt mir so kräftig auf den Rücken, dass ich einen Schritt vorwärts machen muss.

Für einen Moment rührt sich niemand. Dann fängt Raskowa an zu klatschen, und die Mädchen fallen ein. Erst allmählich dämmert mir, dass niemand mir die Schuld für den Zwischenfall gibt. Im Gegenteil.

»Wo lernt man so was?«, ruft eine.

»Tuschino!«, ruft Natascha zurück, als wäre damit alles gesagt. Sie grinst breit, Leysan sieht mich mit unbewegtem Gesicht an.

Raskowa hebt die Hand. Ruhe kehrt ein. »Ihr habt es alle gesehen. Eine Jagdpilotin muss in der Lage sein, in Sekundenschnelle Entscheidungen zu treffen. Das erfordert nicht nur herausragende Reflexe, sondern auch Mut. Ihr seid allein im Cockpit und müsst euch selbst helfen.« Sie deutet in Richtung der Jak draußen auf dem Flugfeld. »Diese Maschinen sind das Wertvollste, was man euch je anvertrauen wird. Ihr habt sie unter allen Umständen zu schützen!«

Raskowa lächelt mich an. »Guter Einstand, Sokolowa.«

Sie nickt dann Iwakina zu, die mich kalt ansieht und neben meinem Namen die Nummer 586 vermerkt.

»Die haben dich durchgewinkt«, raunt Leysan mir zu, als ich mich einreihe. »Sie werden schon noch merken, wie viel Training dir fehlt. Vielleicht ersparst du dir lieber die Blamage und gehst freiwillig.«

»Nein, mach ich nicht«, sage ich leise. Ich fühle mich so wach und gespannt, als ob ich etwas von dem Vibrieren im Cockpit noch im ganzen Körper spüren könnte. »Wenn du es so unerträglich findest, mit mir zu fliegen, dann geh du doch!«

Leysans Kopf zuckt zu mir herum. Natascha entschlüpft ein Lachen, das sie rasch in ein Husten verwandelt. Ich sehe ungerührt geradeaus, den Kopf hocherhoben. Wie es sich für eine Soldatin der Roten Armee gehört.

DREI
Engels, Februar 1942

Katja

Die Nasen im Pelz, stapfen wir bereits durch den Schnee zu unseren Maschinen, als mir auffällt, dass ich mein Brot in der Kantine habe liegen lassen. Wenn ich etwas gelernt habe in den vier Monaten, die wir in Engels sind, dann, dass ich es jetzt wohl abschreiben kann. Wir alle haben ständig Hunger. Trotzdem, die nächste Mahlzeit gibt es erst in acht Stunden. Ich gehe zurück.

Als ich mich umdrehe, nimmt mir der Biss des Windes einen Moment lang den Atem. Er ist nicht mehr so stark wie gestern, als das Sprungtraining abgebrochen werden musste, nachdem es ein paar samt Fallschirm über die spiegelglatte, vereiste Landefläche davongetrieben hat. Dennoch peitscht er mir trockenes Eis ins Gesicht, tausend feine Nadeln, während ich zum Hauptgebäude hinübereile.

Ich grüße den Diensthabenden und ziehe die schwere Eingangstür auf. Im Gegensatz zu draußen ist es hier drinnen unangenehm überheizt. Ein Gähnen unterdrückend, schlage ich den Weg zur Kantine ein. Dank der Extraschulung ist es gestern Abend spät geworden. Aber der Weckruf kommt eigentlich immer zu früh in diesem Winter, der die kältesten Temperaturen verzeichnet, die in Engels seit fünfzig Jahren gemessen wurden. Schon die Decke zurückzuschlagen kostet Überwindung, wenn wir uns um sechs Uhr in der Finsternis von den Strohsäcken hochquälen. Wir ziehen drei Schichten Kleidung über die lange Unterwäsche, in der wir schlafen, ehe wir uns nach draußen trauen: unsere Fliegeranzüge, die Winteruniformen mit ihren Pelzkrägen und wattierte Steppjacken. Bevor wir in unsere Stiefel schlüpfen, umwickeln wir die Füße mit Fußlappen, die während der Nacht über dem Radiator getrocknet sind.

Die Kantine ist leer bis auf Sascha und Leysan, die noch an unserem Tisch sitzen. Ich bleibe in der Tür stehen.

»Leysan, ernsthaft«, höre ich Sascha sagen. Sie klingt besorgt und verärgert. »Soll das jetzt immer so weitergehen?«

»Das ist eine Komsomolangelegenheit. Halt dich da raus.«

»Wenn eine von euch am Steuer einschläft wegen dieser Nachtschichten, ist es keine Komsomolangelegenheit mehr, das verspreche ich dir!«

»Ich weiß nicht, was du hast!«, ruft Leysan. »*Du* hast Katja doch den Floh ins Ohr gesetzt, dass sie sich rehabilitieren kann. Von mir aus, aber dazu gehört auch politische Zuverlässigkeit – und dafür bin *ich* zuständig.«

Auf Zehenspitzen husche ich hinaus. Keine Sekunde zu früh. Ich kann hören, wie sie die Stühle beim Aufstehen zurückschieben und Leysan fragt: »Was ist jetzt eigentlich mit deinem Antrag auf Parteimitgliedschaft? Kulikowa fragt mich dauernd danach.«

Über den verschneiten Appellplatz haste ich denselben Weg zurück, den ich gekommen bin. Ich weiß es zu schätzen, dass Sascha mir helfen will, aber in dieser Sache sitzt Leysan am längeren Hebel.

Noch vor den beiden bin ich bei unseren Flugzeugen. Der Wind hat nachgelassen. Über uns erstreckt sich ein blassblauer Himmel mit vereinzelten Wolkenschlieren. Nachdem das Flugwetter ab Mitte Dezember endgültig vorbei war, können wir nun wieder täglich starten.

Pankratow gibt Anweisungen für die Zielübungen: »Lukina, die Drei! Gelfmann, die Zwei!« Es gibt nicht genug Maschinen mit MG und Fadenkreuz, als dass wir alle gleichzeitig in der Luft trainieren könnten. Chefmechanikerin Aksjonowa treibt ihre Schülerinnen zur Eile an. Die Mechanikerinnen sind noch früher als wir auf den Beinen, um unsere Flugzeuge neu zu betanken und für das Training vorzubereiten.

»Sokolowa, die Eins!«, ruft Pankratow.

Das bedeutet, ich fliege mit ihm.

»Jawohl!«, rufe ich zurück und gehe hinüber zu der Maschine, um den Mechanikerinnen mit den letzten Vorbereitungen zu helfen. Das ist eigentlich nicht vorgesehen, aber ich mag es nicht, andere die ganze Knochenarbeit machen zu lassen, damit ich fliegen kann. Als Lohn für ihre Mühen bekommen die Mechanikerinnen auch noch kleinere Rationen und schlechtere Unterkünfte.

Außerdem kann ich so unauffällig über die Außenverkleidung der Flügel streichen, für den Fall, dass sie sich aus irgendeinem Grund von der Holzkonstruktion darunter gelöst hat. So etwas wie beim Testflug passiert mir nicht noch mal.

»Deins, oder?«

Ich hebe den Kopf. Sascha hält mir mein Brot hin. Hinter ihr kann ich Leysan in ihren Fallschirm steigen sehen. Ich bedanke mich und lasse das Brot in meiner Tasche verschwinden.

»Es heißt, die Langstreckenbomber bekommen ganz neue Maschinen«, sagt Natascha, während sie ihren Fallschirm überstreift und die Gurte straff zieht.

Inna horcht auf. »Dann dürfen die bestimmt bald an die Front.« Wir schielen auf die anderen Frauenregimenter, genauso wie sie auf uns.

Sascha schüttelt den Kopf. »Die Nachtbomber werden als Erste an die Front gehen. Ihr Training ist weniger komplex als unseres. Aber neue Maschinen können die sich abschminken.«

Das Nachtbomberregiment fliegt die kleinen U-2-Holzkisten, von denen es heißt, dass sie sehr leicht Feuer fangen, aber völlig lautlos durch die Nacht segeln, sobald man den Motor abstellt. Außerdem können Pilot und Navigator zu zweit darin sitzen. Bei uns Jagdfliegern hingegen gibt es keine Navigatoren und keine Bordschützen. Wir müssen alles allein bewerkstelligen: Fliegen, Schießen, Navigieren mit der Karte vor uns auf dem Schoß. »Jede von euch ist eine Mannschaft«, sagt Pankratow immer.

»Sagt er dir eigentlich, wann du zu feuern hast, wenn du mit ihm fliegst?« Leysan steht neben mir.

Ich sehe sie an. »Was ist das denn für eine dumme Frage?« Wir haben Treffergleichstand. Das wurmt sie wohl. Kurz nach

Neujahr war Sascha noch die Einzige, die in der Luft bewegliche Ziele treffen konnte, doch inzwischen haben wir anderen aufgeholt.

»Er hat dir doch auch bei dem Testflug das Händchen gehalten, oder willst du ernsthaft behaupten, du hättest das allein hingekriegt?«

Ich antworte nicht. Den Testflug hat sie lange nicht mehr ins Feld geführt. Nach meinem Landemanöver war ich für kurze Zeit die Heldin des Stützpunkts. Dann wurde es schwieriger, mit den anderen mitzuhalten, aber ich habe es geschafft. Ich habe den Fahneneid abgelegt, die theoretischen und praktischen Prüfungen gemacht. Meine Trefferquote ist ordentlich. Pankratow ist zufrieden. Sascha ist zufrieden. In der Luft läuft alles wie am Schnürchen.

Meine Probleme sind am Boden versammelt. Die letzten Monate habe ich mich oft gefragt, ob es klug war, Leysan dermaßen den Fehdehandschuh hinzuwerfen.

Sascha sieht aus, als ob sie sich nur mit Mühe das Lachen verbeißen könnte. »Ich glaube nicht, dass Pankratow irgendwem das Händchen halten würde.«

Natascha, die gerade in ihr Cockpit steigen will, hält inne und muss sich vor Lachen auf die Bande stützen. »Könnt ihr euch das vorstellen, wie Pankratow die Gorkistraße unsicher macht und den Mädels schmachtende Blicke zuwirft?«

Nein, nicht wirklich. Ich vergewissere mich rasch, dass er zu weit weg ist, um das zu hören.

Leysan runzelt die Stirn. »Ich muss doch sehr bitten.«

Doch Natascha ist nicht zu bremsen. »Und jetzt sitzt er hier in der Provinz und denkt: Wie konnte ich Moskau je verlassen?«

»Wieso? Pankratow ist von hier«, sagt Inna.

Sascha blickt auf. »Aus Engels, meinst du? Das glaube ich nicht.«

Natascha schüttelt den Kopf. »Niemand *ist* von hier, habt ihr das noch nicht gemerkt?«

Keine geht darauf ein. In Engels leben auffallend viele Zugezogene, Flüchtlinge aus anderen Regionen. Als wäre die Stadt halb leer gewesen vor dem Krieg. Als hätte irgendetwas die Bewohner von Engels erschreckt und einen Teil von ihnen Reißaus nehmen lassen. Wohin und weswegen, keine Ahnung. Das ist ein Thema, an das wir nur ganz selten rühren.

»Pankratow schon«, beharrt Inna. »Er ist als Junge zur Armee gegangen, und dann war er in Sibirien und dann wieder hier.«

»War ja nicht gerade eine Karriere«, wirft Natascha ein.

»Woher weißt du denn das alles?«, fragt Sascha.

Inna dreht die Handflächen nach oben. »Ich hab ihn gefragt.«

Meine Maschine ist startbereit. Leysan beobachtet mit ausdrucksloser Miene, wie ich ins Cockpit klettere.

»Ihr fliegt euch ein, wie gewohnt«, sagt Pankratow, bevor er hinter mir in die Jak steigt. In der Hand hält er das Klemmbrett für die Notizen, die er sich während des Trainings macht. »Aufwärtskurve, Rollen, Loopings. *Pojechali!*«

Wir rollen auf die Startbahn. Kurz bevor ich das Cockpit schließe, sehe ich etwas, das mich innehalten lässt. Eine einsame Gestalt im schwarzen Ledermantel ist aus dem Hauptgebäude getreten, den Blick auf den Himmel gerichtet, wo Inna und Natascha eben mit den Figuren beginnen.

Schwindendes Tageslicht setzt wie gewöhnlich unserem Training ein Ende. Doch mit jedem neuen Tag gewinnen wir ein wenig Flugzeit hinzu. Wir überlassen die Maschinen den Mechanikerinnen und gehen zurück zum Hauptgebäude. In der Eingangshalle winden wir uns aus unseren wattierten Jacken.

»Hat sie heute jemand gesehen?«, fragt eine der anderen Fliegerinnen.

»Ja, sie war da«, sage ich.

Wir tauschen Blicke.

Mit einem kurzen Kommando geht Sascha uns voran in den Besprechungsraum. *In dieser Hütte lebte die Baba Jaga; sie ließ niemanden zu sich und fraß die Menschen wie die Hühnchen.*

»Aaaachtung!«

Kasarowa sitzt in ihrem Ledermantel am Schreibtisch. Vor

ihr ausgebreitet liegen die Tabellen, in die Pankratow unsere heutigen Leistungen eingetragen hat. Er steht neben ihr und deutet mit dem Finger auf eines der Dokumente. Die Wand hinter Kasarowa nimmt eine große Karte der Sowjetunion ein, auf der der Frontverlauf jedoch nicht eingezeichnet ist.

Wir wissen nur, dass die Unseren es über den Winter geschafft haben, Moskau zu verteidigen und die Deutschen etwa hundertfünfzig Kilometer zurückzuwerfen. In letzter Zeit war bei den Politschulungen häufig die Rede von Gefechten bei Rzhew und Wjasma, von strategischen Neugruppierungen in der Ukraine. Sewastopol, heißt es, ist eingeschlossen. Das bedeutet, dass die Krim besetzt wurde, hat Sascha uns in kleiner Runde erklärt. Sie würden das nicht so schreiben, aber darauf laufe es hinaus.

Genauer wissen wir jedoch nicht, was vor sich geht.

Wir stehen in Reih und Glied. Die Minuten verstreichen. Einer in der Reihe hinter mir knurrt laut der Magen. Auch ich verspüre ein bohrendes Hungergefühl.

»Rühren.«

Fast habe ich nicht mehr damit gerechnet, dass Kasarowa das Kommando noch geben wird. Sie spricht so leise, dass das Wort nur deshalb zu hören ist, weil alle anderen mucksmäuschenstill sind. Ein paar weitere Minuten vergehen, ehe sie schließlich den Kopf hebt und Sascha und Leysan als Erste aufruft.

»Beljajewa – passabel«, meint Kasarowa mit Blick auf die Papiere vor ihr. Dann hebt sie den Kopf und sagt zu Leysan: »So zaghaft, wie du fliegst, kann man das kaum als Angriff bezeichnen. Kein Wunder, dass du nicht an ihr vorbeikommst.«

Leysan presst die Lippen aufeinander und sieht niemanden an, als sie an ihren Platz zurückgeht. Natascha ist die Nächste.

»Du drehst viel zu spät ab«, bescheidet Kasarowa ihr. »Geschwindigkeit und Zielen sind nicht koordiniert.«

Natascha sieht Kasarowa gespielt arglos an. »Was ist verkehrt mit *taran*, Genosse Major?«

Neben mir schnappt jemand nach Luft. Eine andere kichert nervös.

Kasarowa mustert Natascha kühl. »Glaub nicht jedes Märchen, das du hörst, Lukina. Gelfmann!«
Inna tritt vor.
»Du bist tot.«
»G-Genosse Major?«
»Du bist tot.« Die Zumutung, einer Soldatin etwas erklären zu müssen, steht ihr ins Gesicht geschrieben. Sie blickt zu Pankratow.
Dieser räuspert sich und tritt vor. »Bei einem Renversement am Scheitelpunkt steht die Maschine sekundenlang bewegungslos in der Luft. In einer Schlacht gibst du so das perfekte Ziel ab.«
Gegen mich hat es funktioniert. Nachdem sie den ersten Schuss auf den Luftsack abgegeben hatte, ist sie im Steilflug auf und davon. Die Sonne stand auf ihrem höchsten Punkt, sodass ich von ihr geblendet wurde. Bis ich sehen konnte, was Inna da machte, war sie schon wieder zurück und gab den nächsten Schuss ab.
Inna öffnet den Mund, schließt ihn wieder. Falten erscheinen über ihrer Nasenwurzel.
Kasarowa fixiert sie. »Du hast etwas zu sagen, Gelfmann?«
»Ja, Genosse Major, also ... Ich hätte einen Flügelmann in der Schlacht, oder nicht?«
Ich sehe Kasarowa an. Als wir im Herbst mit dem Training begonnen haben, hat man uns beigebracht, in Zügen zu dritt zu fliegen. Eine voraus, die anderen seitlich versetzt hinterher. Seit Anfang Januar trainieren wir jedoch das Fliegen zu zweit. Eine greift an und gibt gleichzeitig die Richtung vor, die andere folgt und hält der Angreiferin den Rücken frei.
Kasarowa betrachtet Inna voller Missbilligung. »Du kannst nicht erwarten, dass andere für dich ihren Kopf hinhalten.«
Inna zuckt zurück. Pankratow scheint etwas sagen zu wollen, überlegt es sich dann jedoch anders. Ich würde gern das mit der Sonne erklären, aber nun bin ich bereits an der Reihe.
»Sokolowa!« Hastig trete ich vor und nehme Haltung an.
»Soll das eine Verteidigung gewesen sein?« Kasarowa sieht

mich unzufrieden an. »Du hast sie dreimal in Folge durchkommen lassen. Sei gefälligst nicht so träge.«

Vorschläge zur Verbesserung macht sie keine, aber das habe ich auch nicht erwartet. Pankratow wird sich morgen mit mir darüber unterhalten. Auch über meinen Angriff hat sie nichts verlauten lassen. Natascha hat es gemerkt und zwinkert mir zu, als ich mich wieder einreihe.

So geht das noch eine Weile. Ein »passabel«, Kasarowas höchstes Lob, vergleichbar mit dem Rotbannerorden, heimst heute niemand mehr ein. Schließlich steht sie auf, mustert uns unter zusammengezogenen Brauen und sagt: »Eine Jagdpilotin muss nicht nur angreifen, sondern auch abfangen können. Ihr werdet euch die nächsten Wochen ausschließlich damit beschäftigen. Der heutige Tag hat eure Defizite deutlich genug aufgezeigt.«

Wochen, hat sie gesagt. Wir haben es alle gehört. Vier Monate sind wir nun hier, und es gibt keine Anzeichen, dass wir bald aktiviert werden oder wenigstens jede ein eigenes Flugzeug bekommt.

Kasarowa ruft die Geschwaderkommandantinnen zu sich: »Beljajewa. Antonowa. Wir erstellen die Trainingspläne für morgen. Alle anderen – wegtreten.«

Der Aufguss zischt, als er auf den heißen Stein trifft. Sofort scheint es noch um ein paar Grad heißer zu werden. Wir ringen nach Atem. Wasser perlt von der Haut. Wohlige Seufzer fliegen durch die Banja, wo sich zwanzig junge Frauen auf Holzbänke verteilt haben. Für die Fliegerinnen beider Geschwader des 586. Jagdregiments ist heute Badetag.

Ich liege auf dem Rücken, hartes Holz unter meinem Hinterkopf. Fast habe ich damit gerechnet, dass Leysan eine weitere ihrer Schulungen für den Abend anberaumt. Aber den Badeabend, der nur alle zwei Wochen stattfindet, will auch sie sich nicht entgehen lassen.

»Ich bin so dünn geworden. Kein Kerl würde mich noch angucken!«, stöhnt Natascha und fährt mit den Händen über ihre

Seiten. Ein paar geben mitfühlende oder zustimmende Laute von sich, andere schütteln den Kopf.

»Das sollte deine geringste Sorge sein«, sagt Leysan, die mit angezogenen Beinen an die Holzwand gelehnt sitzt.

Das Regiment ist gespalten in dieser Sache. Die einen sind der Meinung, dass bis zum Sieg alles andere zurückzustehen hat. Wer sich trotzdem hübsch machen und mit Männern treffen will, sollte die Konsequenzen spüren. Leysan hat einen Artikel dazu für die Wandzeitung des Komsomol verfasst, nachdem zwei der Mädchen Latrinendienst aufgebrummt bekamen, weil sie sich in Engels eine Dauerwelle hatten machen lassen.

Die anderen wollen nicht auf den Sieg warten, bis sie wieder Spaß haben dürfen. Sie veranstalten Grammophonabende, schminken sich und vergleichen ganz offen die Vorzüge der verschiedenen Männer auf dem Stützpunkt.

Der Vorhang bewegt sich, als die Tür dahinter sich kurz öffnet und etwas von dem fast unerträglich heißen Dampf entweicht. Sascha tritt hinter dem Vorhang hervor und bleibt einen Moment neben dem Ofen stehen.

»Der tolle Juri schon wieder?«, spottet sie, als sie etwas von unseren Gesprächen mitbekommt. »Also, wenn er nur halb so gut fliegt, wie er tanzen kann ...«

In der Hitze der Banja kann ich nicht mit Sicherheit sagen, ob ein paar rot werden bei diesen Worten.

»Er kann beides sehr viel weniger gut, als er denkt«, lacht Natascha. Sie sollte das beurteilen können nach unserem letzten heimlichen Tanzvergnügen mit Grammophon, das so lange dauerte, bis Kulikowa in die Turnhalle gestürmt kam und wissen wollte, was uns denn einfalle.

Sascha durchquert den Raum und setzt sich neben mich auf die Bank. Das Haar fällt ihr in die Stirn. Seit Oktober haben sie keinen weiteren Versuch unternommen, uns die Haare zu schneiden, und nun werden sie allmählich länger.

»Ihr werdet euch einen anderen Tänzer suchen müssen«, sagt Sascha. »Das 147. geht an die Front.«

Die enttäuschten, fast schon ungehaltenen Ausrufe, die diese

Ankündigung nach sich zieht, haben weniger mit Juri Gordejew zu tun als mit der Ungeduld, es ihm nachtun zu dürfen.

»Das war zu erwarten«, schiebt Sascha beschwichtigend hinterher. »Die haben schon vor Wochen ihre Flugzeuge bekommen.«

»Ich hab's satt, dass ständig irgendwelche Männer an die Front dürfen, sogar wenn sie später angefangen haben als wir«, sagt eine.

»Ja, habt ihr die mal beim Training gesehen?«, fragt eine andere. »Ich kann nicht sehen, was die besser machen.«

»Und was sagt die Majorette dazu?«, fragt Natascha und erntet ein paar Lacher. »Hast du sie gefragt, wann unsere Flugzeuge kommen?«

Sascha, die sich abgewöhnt hat, darauf hinzuweisen, dass dies kein angemessener Name für unsere Regimentsleiterin ist, massiert sich mit der Hand den Nacken. »Habe ich. Antwort wie üblich.«

»Das interessiert die ja auch nicht«, sagt Natascha. »Oder meint ihr, die wird sich in eins davon setzen und mitfliegen? Die kritisiert lieber am Boden, als selbst mal zu zeigen, was sie kann.«

Zustimmendes Gemurmel. Inzwischen haben wir die Hoffnung aufgegeben, dass wir überhaupt einmal Kasarowas Signatur als Fliegerin zu Gesicht bekommen werden, auf die wir so neugierig waren. In den beiden anderen Frauenregimentern ist das anders. Jewdokija Berschanskaja war Frachtpilotin vor dem Krieg. Sie fliegt die hauchzarte U-2 zusammen mit ihrem Nachtbomberregiment. Marina Raskowa ist eigentlich Navigatorin, doch um die Sturzkampfbomber zu führen, hat sie die Petljakow fliegen gelernt – die Maschine, die innerhalb der Luftstreitkräfte als am schwersten zu beherrschen gilt.

Sascha starrt vor sich hin. »Das hab ich mir irgendwie auch anders vorgestellt, eine Befehlshaberin, die selbst Kampfeinsätze geflogen ist.«

Einige lachen über dieses Äußerste an Kritik, zu dem sie bereit ist.

Meine Gedanken schweifen ab. Nichts von alldem kann ich für meinen wöchentlichen Bericht verwenden. Wenn wir unter uns sind, sprechen die Mädchen freimütiger, und Kasarowa ist häufig die Zielscheibe ihres Unmuts. Nicht unverdient, könnte man sagen, aber ich will auf keinen Fall, dass Mukijenko etwas davon erfährt. Er würde es an Kasarowa weitergeben, und – ganz egal, wie wir uns hier äußern – keine von uns will Ärger mit ihr riskieren.

Mit Ausnahme von Natascha vielleicht.

»Natasch', was hat's auf sich mit diesem *taran*? Hat das wirklich schon mal jemand gemacht?«, frage ich.

Alle Gespräche um uns herum verstummen schlagartig. Nur Natascha zeigt sich unbeeindruckt.

»Du liebe Güte, manchmal vergesse ich, dass unsere Katjuscha bis vor Kurzem noch hinterm Mond gelebt hat.« Sie streckt eine Hand aus und zerzaust mein dampfnasses Haar. Ich drehe den Kopf weg.

»Hör auf mit dem Unfug«, geht Sascha dazwischen und wendet sich dann mir zu. »Ja, das gibt es. Gesehen hab ich es natürlich auch noch nie, aber in den ersten Kriegstagen haben wohl einige unserer Piloten, wenn ihnen im Gefecht mit den Faschisten die Munition ausging, ihre Maschinen als Geschosse benutzt.«

Stille senkt sich über die Banja. Die ersten Kriegstage. Niemand hat es uns je gesagt, aber allen ist klar, dass sie eine Katastrophe für die Luftstreitkräfte waren und dass hier der Grund zu suchen ist für den oft gehörten Satz, dass wir genug Piloten haben, aber nicht genug Flugzeuge.

»Es gibt wohl zwei Möglichkeiten, wie es ausgehen kann, wenn man ein anderes Flugzeug rammt«, fährt Sascha fort. »Man ist sofort tot, oder man stürzt mit der Maschine ab.«

»Möglichkeit Nummer drei«, sagt Natascha. »Man steigt aus.«

»Das sind Märchen«, winkt Sascha ab. »Ein Flugzeug, das mit einer Geschwindigkeit von fünfhundert Sachen oder mehr gegen ein anderes fliegt, das genauso schnell unterwegs ist, womöglich noch frontal – da kommt niemand mehr raus.« Sie starrt vor sich hin. »Das ist das allerletzte Mittel.«

»Zumal das Flugzeug dabei zerstört wird«, sagt Leysan. »Wer so etwas macht, opfert nicht einfach sich selbst, sondern schwächt unsere –«

»Und worauf hält man zu?«, unterbricht Inna, unverhohlene Neugier in der Stimme. »Auf die Triebwerke?«

Sascha überlegt. »Ich denke, das ist egal. Vielleicht auf die Flügel. Man rotiert um neunzig Grad und hält mit dem Flügel auf den des Gegners zu.« Sie hält die gekreuzten Handflächen vor sich, als wollte sie die eine mit der anderen zerschneiden.

»Wir sollten das wohl besser nicht erörtern«, sagt Leysan.

»Nein, aber lasst uns doch mal mit Pankratow reden, ob wir das nicht in den Lehrplan aufnehmen können«, spottet Natascha.

Leysan dreht sich heftig nach ihr um. »Ganz sicher nicht. Diese Flugzeuge gehören nicht uns. Sie gehören dem Staat. Wir können uns selbst opfern, aber nicht die Maschine. Sie muss von jedem Einsatz zurückgebracht werden.«

»Nicht ganz«, sage ich. »Wenn man sie in Feindgebiet notlanden muss und sie nicht weggebracht oder repariert werden kann, muss sie zerstört werden.« Die Faschisten sollen unsere Flugzeuge nicht studieren und mögliche Schwachpunkte herausfinden können.

Leysans Augen glitzern verärgert im Dämmerlicht der Banja, doch sie hat keine Erwiderung.

»Das ist das Schlimmste«, sagt jemand leise.

»Das Flugzeug anzünden?«, fragt Natascha.

»Ja, oder mit dem Fallschirm abspringen. Und dann ist man ganz allein da draußen und … und die Deutschen kommen.«

»Ich würde mich niemals von den Deutschen gefangen nehmen lassen. Dann schon lieber tot.«

»Dafür hat man seine Pistole.«

Einen Moment schaudert es mich bei diesen Worten trotz der Hitze. Stalins Befehl 270 haben sie uns verlesen, kaum dass wir den Fahneneid abgelegt hatten. Offiziere der Roten Armee dürfen sich weder zurückziehen noch gefangen nehmen lassen. Derzeit fliegen wir natürlich noch keine Handfeuerwaffen spazieren, aber wenn wir aktiven Dienst tun, werden wir sie so selbstverständlich dabeihaben wie Kompass oder die auf ein Brett gespannte Karte. Zur Verteidigung.

»Falls wirklich mal etwas passiert«, hat Pankratow gesagt, ohne darauf einzugehen, worin dieses »etwas« besteht.

Ich weiß nicht, ob ich das könnte: eine Waffe gegen mich selbst richten. Die Gespräche der anderen sind verstummt, als ob sich jede schon vor einem brennenden Flugzeugwrack irgendwo im Niemandsland stehen sähe, die Pistole in der Hand.

»Nein«, sagt Sascha schließlich. »Zurückkommen ist die oberste Pflicht. Alles andere wäre Desertion. Die Armee muss wissen, was passiert ist.« Sie schweigt einen Moment. »Und eure Familien auch. Außerdem«, fügt sie hinzu, und selbst bei der spärlichen Beleuchtung kann ich sehen, dass sie schief lächelt, »kann man so einen Abschuss doch nicht auf sich sitzen lassen, oder?«

»Unsere tapferen Helden werfen sich den Messerschmitts aus der Kurve heraus entgegen. In der Luft heulen die Motoren. Die Maschinengewehre rattern.« Und im Schulungsraum könnte man eine Stecknadel fallen hören. *»Der Kampf gewinnt an Heftigkeit. Gekonnt erteilen unsere Piloten dem Feind Schlag um Schlag! Der Feind ist vernichtet! Eines nach dem anderen stürzen vier gegnerische Flugzeuge zur Erde.«*

Wir applaudieren, können endlich wieder atmen. Ein paar sind aufgesprungen, einige jubeln. Inna und ich haben uns an den Händen gefasst.

Kulikowa lässt mit einem Lächeln die Prawda sinken. »Nehmt euch ein Beispiel daran«, sagt sie, während wir auf unsere Plätze im Klassenraum zurückkehren. »Das erwarten wir auch von euch, wenn ihr an der Front seid. Es gibt keinen Grund, warum ihr Mädchen nicht auch solche Heldentaten vollbringen solltet.«

Natascha seufzt laut. »Das würde ich ja, aber bis wir an die Front dürfen, ist der Krieg vorbei.«

Ich werfe einen Blick auf die Karte an der Wand. Noch immer wissen wir von der Front nur, dass sie weit weg von Engels verläuft und dass sich dort solche Dinge zutragen, wie Kulikowa sie uns eben vorgelesen hat.

Die Politkommissarin ist meinem Blick gefolgt. Ein Anflug von Unbehagen huscht über ihre Züge, so flüchtig, dass ich es mir genauso gut eingebildet haben kann. »Eine Ausbildung wie eure dauert normalerweise drei Jahre«, gibt sie zu bedenken. »Ihr müsst Geduld haben.«

»Die Männer, die zeitgleich mit uns angefangen haben, sind aber schon an der Front«, wirft eines der Mädchen vom Zweiten Geschwader ein.

Eine andere schließt sich an: »Ja, ein paar haben sogar später angefangen als wir.«

»Ich bin sicher, die Leitung hat ihre Gründe, warum sie euch so lange trainieren lässt. Schließlich wisst ihr nicht, wo ihr später eingesetzt werden sollt.«

»Wo schon? An vorderster Front, will ich doch hoffen.«

»Moskau!«, ruft Natascha in die Runde und erntet Applaus damit. Inna hingegen ist still geworden.

Ich betrachte die Karte. Hinter der unsichtbaren Front passieren auch andere Dinge. Vor dem Einschlafen, wenn wir im Schein der Funzeln auf unseren Pritschen lagen, haben wir sie uns erzählt, im Flüsterton, den ganzen Winter hindurch.

Sie haben sie alle zusammengetrieben und in der Dorfkirche eingesperrt. Dann haben sie Feuer an die Kirche gelegt, niemand kam mehr raus. Sie haben ihnen die Kleider abgenommen, sie ohne Schuhe in den Schnee hinausgejagt. Sie hatten acht Tage nichts gegessen, Erfrierungen. Die Frauen, an den Haaren ... Erst achtzehn, ihre Leiche wurde ... In einer Schlucht bei Kiew, nein, bei Charkow, habe ich gehört, es heißt, sie haben sie alle ...

Einiges davon stand auch im Roten Stern oder in der Prawda, doch das meiste haben wir aus Briefen erfahren, von den Neuen, die unser Regiment Anfang des Jahres verstärkt haben, und natürlich gibt es Gerüchte, von denen niemand sagen kann, woher sie kommen. Jedes einzelne ein Grund, hier keine Sekunde länger herumsitzen zu wollen.

»Wenn ihr mich fragt, sind wir längst so weit.« Natascha setzt sich verkehrt herum auf einen Stuhl und verschränkt die Arme über der Lehne.

»Major Kasarowa findet immer noch ziemlich viele Fehler bei euch«, sagt Kulikowa bestimmt.

Inna dreht sich heftig um. »Fragt sich nur, ob Major Kasarowa das überhaupt beurteilen kann.«

Kulikowa sieht sie verdattert an. »Was redest du denn da?«, fragt sie, die Stirn in Falten gelegt. »Major Kasarowa ist eine überaus erfahrene Militärpilotin.«

»Bis jetzt habe ich sie noch nicht fliegen sehen«, gibt Inna zurück und wirft einen Blick in die Runde. »Ihr vielleicht?«

Verneinendes Gemurmel.

»Eben. Am Ende sagt sie uns was Falsches, weil sie es nicht besser weiß.«

Die Wendung, die das Gespräch genommen hat, erschreckt mich. Auch einige andere schauen fassungslos. Mein Blick huscht durch die Reihen. Wenn nun jemand Kasarowa hiervon erzählt? Da Sascha nicht hier ist, mache ich hinter Kulikowas Rücken eine abwehrende Handbewegung zu Inna hin.

Kulikowa schnalzt ärgerlich mit der Zunge. »Und du weißt es besser deiner Meinung nach? Was hast du denn bisher geleistet, Fräuleinchen? Anstatt deine Vorgesetzte zu kritisieren, solltest du lieber überlegen, was du tun kannst, um eine bessere Soldatin und eine bessere Fliegerin zu werden.«

Inna beißt sich auf die Lippen und blickt zu Boden, doch ich habe den Eindruck, dass sie beides nicht aus Verlegenheit tut, sondern um ihren Zorn zu verbergen. Ein kaum wahrnehmbares Zittern geht durch ihre kleine Gestalt.

»So, Katja, hilf mir mal.« Die Politschulung ist beendet. Kulikowa drückt mir einen Stapel Unterlagen in die Hände und geht mir voran zu ihrem Büro. Kaum hat sie die Tür hinter uns

geschlossen, schießt sie auf mich zu.« »Hat Gelfmann zuvor schon solche Reden geführt?«
»Nicht mir gegenüber«, lüge ich und lege die Unterlagen ab.
»Beobachte das und erstatte Meldung«, weist sie mich an.
Ich hole den Bericht hervor, den ich gestern Abend nach der Banja fertig geschrieben habe.
Kulikowa hebt ablehnend die Hand. »Das ist heute nicht nötig. Genosse Mukijenko will dich persönlich treffen. In Saratow.«
Ich versuche, ruhig zu bleiben. Hat Genosse Mukijenko wirklich gar keine Vorstellung vom Leben auf einem Stützpunkt? Oder lässt er sich so was einfallen, nur um mir Schwierigkeiten zu machen? Er muss doch wissen, dass man hier nichts geheim halten kann. Wie soll ich das bitte irgendwem erklären, warum ich plötzlich nach Saratow muss?
»Du kannst mit Chefmechanikerin Aksjonowa fahren, die braucht jemanden, der ihr hilft, die Ersatzteile zu verladen und herzubringen.«
Offenbar hat er doch besser mitgedacht als angenommen. Trotzdem will ich hier nicht weg. Ich werde Training verpassen, und es zieht nur unnötig Aufmerksamkeit auf mich. »Ist Genosse Mukijenko unzufrieden mit meinen Berichten?«
»Ich glaube nicht.«
»Warum muss ich dann persönlich antreten? Ist er sauer wegen irgendwas?«
Kulikowa reißt die Augen auf. »Hat er Grund dazu?«
»Nein …«
In jedem Brief habe ich ihn darum gebeten, meinen Eltern eine Nachricht zukommen zu lassen. Sie sollen wissen, dass ich in der Armee bin. Dass ich alles tun werde, um sie freizubekommen. Habe ich damit den Bogen überspannt?
Kulikowa sieht nachdenklich drein. »Gibt dir Komsomolorganisatorin Mansurowa auch weiterhin Unterricht?«
»Ja.« Leider.
»Sehr gut.« Kulikowa nickt beifällig. »Das kann dir nur von Nutzen sein. Du willst dich schließlich rehabilitieren. Sie ist

eine vorbildliche Kommunistin, überaus vertrauenswürdig. Du weißt es hoffentlich zu schätzen, dass sie ihre Aufgabe so ernst nimmt, und sprichst ihr deinen Dank aus.« Mein Gesichtsausdruck sagt offenbar alles, denn sie fügt hinzu: »Du musst dich eben mehr anstrengen als andere. Das weißt du doch. Das mag dir jetzt wie eine zusätzliche Belastung vorkommen, aber wenn deine Wiederaufnahme in den Komsomol zur Debatte steht, wird das den richtigen Eindruck machen.«

Es wäre mir lieber, wenn dann ein Besuch bei meinen Eltern zur Debatte stünde, aber es wäre sicher nicht klug, das zu sagen.

Sie nickt auffordernd in Richtung Tür. »Jetzt mach hin, sonst kommst du noch zu spät.«

Sascha

»Herein!«

Die Hand schon an der Türklinke, beuge ich mich noch einmal zu Inna hinüber und frage mit gesenkter Stimme: »Du weißt wirklich nicht, worum es geht?«

»Nein!«, zischt sie mit weit aufgerissenen Augen. »Sonst würde ich es doch sagen.« Sie trippelt von einem Fuß auf den anderen und zupft an ihrer Uniform herum.

Ich unterdrücke ein Seufzen. Dann müssen wir uns eben kalt erwischen lassen. Es hat nie etwas Gutes zu bedeuten, wenn eine meiner Fliegerinnen hier persönlich antreten muss.

Major Kasarowa ist allein in ihrem Büro. Ihre sonst allgegenwärtige Iwakina scheint anderes zu tun zu haben. Als wir vor ihr strammstehen, blickt sie von den Dokumenten vor ihr auf dem Tisch auf. Sie sieht Inna an.

»Wiederhole, was du heute gesagt hast.«

»Was jetzt genau, Genosse Major?« Inna hält ihrem Blick stand, reckt sogar ein wenig die Himmelfahrtsnase.

»Deine Behauptung, dass meine Manöverkritik schädlich sei.«

Reflexartig drehe ich den Kopf zu Inna herum. Na toll.

Während ich noch überlege, wie wir es am besten abstreiten, macht Inna meine Hoffnung zunichte.

»Ich habe gesagt: Ich weiß nicht, ob Ihre Kritik wirklich hilft, weil Sie ja nicht selbst fliegen. Sie können zum Beispiel nicht beurteilen, wie viele Sekunden die Jak für ein Renversement braucht, wenn ich beim Steilflug vom Gas gehe.«

Darum geht es hier also. Kasarowa hat sie deswegen in der Luft zerrissen. Das hat offensichtlich an Inna genagt.

Kasarowa lehnt sich in ihrem Stuhl zurück. »Kann ich das nicht?«

»Nicht so gut wie Sascha.«

»Inna«, bedeute ich ihr zu schweigen.

Sie wirft mir einen Blick zu, einen blauen Blitz. »Ist doch wahr, so was muss ich mir nicht –«

»Ruhe.«

Aus irgendeinem Grund ist Kasarowas leiser Tonfall sehr viel wirkungsvoller als etwa Pankratows Gepolter, wenn ihm etwas nicht passt. Ihre dunklen Augen sind auf Inna gerichtet.

»Du hast bis auf Weiteres Startverbot.« Sie wendet sich den Papieren zu, die vor ihr auf dem Tisch liegen. »Wegtreten, Gelfmann.«

Startverbot. Mitten in der Ausbildung. Das ist verrückt. Inna läuft krebsrot an. Bevor sie Kasarowa die Meinung geigen kann, trete ich rasch dazwischen.

»Du überlässt jetzt mir das Reden!«, flüstere ich und schiebe sie in Richtung der Tür.

Als sie draußen ist – nicht ohne mir noch einen bösen Blick zuzuwerfen –, überlege ich fieberhaft, was ich jetzt sagen oder tun kann. Bitten liegt mir nicht. Aber Vernunftgründen wird Kasarowa sich vielleicht zugänglich zeigen.

»Für wie lange soll dieses Startverbot gelten, Genosse Major?« Kann sie Inna den Pilotenstatus ganz entziehen? Wegen Kritik?

»Bis ich den Eindruck gewinne, dass sie etwas aus ihrer Strafe wegen Insubordination gelernt hat.«

»Genosse Major, wenn sie zu viel Training verpasst, wird das nicht nur sie unnötig zurückwerfen, sondern auch das Geschwader als Ganzes.«

»Was nötig ist oder nicht, entscheide ich.«

»Sie ist mein bester Pilot«, sage ich und bereue es sofort. Im Gespräch mit Kasarowa habe ich immer das Gefühl, jeder Satz ist eine vereiste Pfütze – und schwupp, hat es mich mal wieder hingelegt.

Kasarowas Mund wird noch ein wenig schmaler. »Ich weiß, dass du sie irgendwann mal ausgebildet hast, aber sie ist nicht *dein* Pilot. Sie ist *mein* Pilot, und als meinen besten würde ich dieses unbeherrschte Element auch nicht bezeichnen.«

»Gelfmann mag ein wenig hitzköpfig sein, aber ihre ganze Sorge gilt der Verteidigung des Vaterlandes. Sie hat außerdem sehr persönliche Gründe, die –«

»Hast du gerade gesagt: ›persönlich‹?«

Ich verstumme. Ich könnte ihr erzählen, dass Innas Vater seit der Schlacht von Smolensk vermisst wird. Aber darüber spricht Inna ja nicht mal mit ihren engsten Freundinnen.

Kasarowa schüttelt langsam den Kopf. »Mir scheint, es war ein Fehler, euch Kunstfliegerinnen alle demselben Geschwader zuzuweisen. Vielleicht nehmen wir ein paar personelle Veränderungen vor.« Sie genießt das hier. »Als ihre Kommandantin bist du für die Einstellung deiner Fliegerinnen verantwortlich. Einige von ihnen brauchen offenbar eine feste Hand und nicht jemanden, der sich ständig absetzt und irgendwelche Spaziergänge macht.«

Mir war nicht klar, dass das jemand bemerkt hat.

Kasarowa schweigt. Sie scheint darauf zu warten, dass ich mich rechtfertige, mich auch noch in die Nesseln setze, aber das ist so eine dumme Auseinandersetzung nicht wert. Es ist auch nicht das erste Mal, dass sie unterschwellig damit droht, mich meines Kommandos zu entheben. Dass meine Ernennung Raskowas Idee war und nicht ihre, war von Anfang an deutlich.

Sie betrachtet mich mit diesem speziellen Blick, bei dem sich ihre unteren Augenlider leicht nach oben schieben. »Vielleicht braucht es ja doch jemanden mit Parteimitgliedschaft für den Posten«, überlegt sie laut.

Ohne zu blinzeln, halte ich ihren Blick. Sie wird nicht vorschlagen, dass ich mich darum bewerbe. Inzwischen hat sie begriffen, dass ich es nicht tun werde. Sie muss sich fragen, was der Grund dafür ist.

Kasarowa wendet sich den Dokumenten vor ihr auf dem Tisch zu. »Wegtreten, Beljajewa«, sagt sie schließlich.

Ich salutiere und trete hinaus auf den Korridor, wo Inna nervös auf und ab tigert.

»War das jetzt schlau?«, frage ich.

Da Kasarowa nicht mehr in Reichweite ist, ergießt sich ihr ganzer Ärger über mich. »Ich hab recht, und das weißt du auch. Kasarowa ist inkompetent. Es wäre für uns alle besser, wenn du –«

Ich bedeute ihr zu schweigen. Das fehlte noch, dass jemand so etwas mithört und es Kasarowa zuträgt. »Du hättest das auf keinen Fall sagen dürfen«, flüstere ich ihr zu. »Jetzt wird sie nach einem Vorwand suchen, um mir das Kommando zu entziehen.«

Inna sackt in sich zusammen. »Meinst du?« Ihre Stimme ist auf einmal ganz kleinlaut.

Ich ärgere mich über mich selbst. »Lass das mal meine Sorge sein. Komm, raus hier.« Weniger Lauscher. Außerdem will ich rauchen.

»Und das Startverbot?«, fragt Inna, als wir etwas Abstand zu den Gebäuden gewonnen haben.

»Nichts zu machen. Sie wollte mir nicht mal sagen, wie lange es gilt.« Zigarette. Jetzt. Ich unterdrücke einen Fluch, als ich in meiner Tasche nichts finde. Mein Tabak liegt in unserer *izba* auf meinem Bett.

Inna sieht mich bittend an. »Kannst du nicht mit Raskowa deswegen reden?«

»Nein«, sage ich. »Wir können nicht bei allem, was schiefläuft, zu Raskowa rennen. Sie ist für ein anderes Regiment verantwortlich. Außerdem steht sie im Rang nicht über Kasarowa. Wir müssen unsere Probleme selbst lösen.« Wenn ich bloß wüsste, wie.

Inna nagt an ihrer Unterlippe. Ihr Blick huscht hierhin und dahin, als überlegte sie angestrengt, wie sie doch noch aus dieser Zwickmühle herauskommen kann. Es nutzt nichts, denke ich. Kasarowa hat genau begriffen, womit sie uns treffen kann.

»Ich kann nicht einfach nichts tun«, platzt Inna jäh heraus. Sie bleibt stehen und sieht mich an. »Alle geben ihr Bestes, unsere Flieger vollbringen eine Heldentat nach der anderen, und … und dieses Mädel! Die war jünger als ich!«

Meint sie die Partisanin Zoja Kosmodemjanskaja, die von den Faschisten zu Tode gefoltert wurde? Kulikowa hat uns das vor ein paar Wochen aus der Prawda vorgelesen. Spätestens da wäre jede von uns am liebsten geradewegs an die Front geflogen, um diesen Mord zu rächen.

Inna schüttelt den Kopf. »Ich sitze hier bequem im Hinterland, bis der Krieg vorbei ist, und hinterher wird's dann heißen, ich hätte mich gedrückt und die anderen den Kopf hinhalten lassen.«

»Wie kommst du denn auf so was?« Es sieht nicht aus, als wäre der Krieg bald vorbei, und warum gerade Inna irgendwer Vorwürfe machen sollte, leuchtet mir auch nicht ein. Obwohl mir etwas daran vertraut vorkommt. Ich überlege. »Hast du von deiner Familie Nachricht?«

Sie errötet. »Ja. Sie sind wieder in Moskau.«

»Wieso das denn?«

Inna weicht meinem Blick aus. »Ihnen wurde gesagt, dass … dass unsere Sorte natürlich die Ersten sind, die kneifen. Und dass das sowieso bloß eine Erfindung wäre, dass die Deutschen es auf uns Juden abgesehen haben.«

Jetzt bin ich diejenige, die sie nicht ansehen kann. Soweit ich weiß, ist es keine Erfindung. Ende letzten Jahres stand es sogar in der Prawda, dass die jüdischen Einwohner von Kiew erschossen wurden, nachdem es den Deutschen in die Hände gefallen war.

Inna zieht die Nase hoch. »Deshalb halte ich das hier einfach

nicht mehr länger aus und die Majorette am allerwenigsten.« Sie holt tief Luft. »Ich muss unbedingt kämpfen, verstehst du?«
Ich verstehe. Es gibt nur leider nichts, was ich tun kann.
»Und ihr nervt mich auch«, sagt Inna plötzlich. »Ihr seid so mit eurer Geschichte da von früher beschäftigt ...«
»Was meinst du?«
»Na, was schon! Katja und Leysan und diese ständigen Nachtsitzungen. Leysan sagt, Katja muss sich von ihren Eltern distanzieren, aber wie soll sie das eigentlich, wenn ihr die ollen Kamellen immer wieder unter die Nase gerieben werden?«
»Leysan tut das ja nicht, um es ihr unter die Nase zu reiben«, sage ich, obwohl ich mir da manchmal nicht so sicher bin. »Wenn Katja diese Geschichte jemals loswerden will, dann ist jetzt der Zeitpunkt, sich darum zu kümmern.«
»Katja glaubt aber, dass ihre Eltern unschuldig sind«, erinnert mich Inna. »Hat sie selbst gesagt, weißt du noch?«
Ich nicke. Was soll sie auch sonst glauben?
»Wenn das Ganze ein Irrtum war, gibt's keinen Grund, warum Katja irgendwas beweisen müsste«, sagt Inna.
»Gerade dann«, sage ich. »Nur einer vorbildlichen Kommunistin wird man glauben, dass es ein Irrtum war.«
Inna betrachtet mich mit einem Anflug von Neugier. Ich bin selbst keine vorbildliche Kommunistin mit meinem fehlenden Parteibuch. Leysan hatte überhaupt keine Schwierigkeiten, mich abzubügeln, als ich versucht habe, ihr wegen Katja ins Gewissen zu reden. Dabei können wir uns keine Konflikte untereinander leisten. Im Ernstfall muss jede von uns mit jeder fliegen können.
Wir überqueren den Appellplatz. Mein Blick schweift über den Stützpunkt, die Holzdächer von Engels in der Ferne wie ein unterbrochenes dunkles Band am Horizont.
Inna träumt. Es ist egal, ob ich mehr von der Jak verstehe als Kasarowa. Niemand würde mir ein Regiment geben. Niemand würde mir ein Parteibuch geben, wenn ich meine Biografie offenlege, wie es dafür nun mal erforderlich ist, bis zu den Namen und der Klassenzugehörigkeit meiner Großeltern.

Was ich stattdessen bekommen würde ... Tja, darüber denke ich nicht so gern nach.

Katja

Mit einem Quietschen öffnet sich die rostige, schwere Tür zum Hangar.
Rasch werfe ich einen Blick über die Schulter, ob das Geräusch auch keine Aufmerksamkeit auf mich gelenkt hat, doch der verschneite Platz vor dem Hangar ist leer. Ich quetsche mich durch die Öffnung.
Es ist still hier. Das Hämmern und Schweißen in den angrenzenden Werkshallen dringt nur sehr gedämpft herein. Flugzeuge. Der ganze Hangar ist voller Flugzeuge, ordentlich zu beiden Seiten des Mittelgangs aufgereiht. Ich zähle mehr als dreißig, während ich zwischen den Reihen hindurchgehe. Und alle sind nigelnagelneu. Schneeweiß lackiert, der Jahreszeit angepasst. Nirgendwo ist der feinste Kratzer zu entdecken. Die Metallteile glänzen sogar hier in der düsteren Halle.
Ich bleibe vor einer der Maschinen stehen und strecke die Hand aus, um eines der Propellerblätter zu berühren. Behutsam, als hätte ich es mit einem scheuen Tier zu tun oder als könnte sie sich bei Berührung in Luft auflösen.
»Das sind eure.«
Meine Hand zuckt zurück. Ich habe ihn nicht kommen hören.
Er steht direkt hinter mir, die Hände in den Taschen seiner NKWD-Uniform, darüber ein dunkler Wintermantel. Unsere? Ich sehe ihn fragend an. Wir bekommen die neusten und schönsten Jaks, die das Werk in Saratow zu bieten hat?
Mukijenko verzieht den Mundwinkel zu einem schiefen Lächeln. »Dann verdien dir mal eins.«
Er führt mich in ein kleines Büro und lässt mich die Tür

schließen, während er hinter dem Schreibtisch Platz nimmt und sich dabei eine Zigarette anzündet.

Neue Flugzeuge kann eigentlich nur eines bedeuten. »Dann wird unser Regiment also an die Front versetzt?«

Er betrachtet mich mit Nachsicht. »Ich stelle hier die Fragen. Was hast du diese Woche für mich?«

Etwas stockend berichte ich von der allgemeinen Stimmung, von kleineren Regelverstößen, wer sich weggeschlichen hat, um sich mit einem von den Männern zu treffen. Mein Unbehagen wächst. Deswegen kann er mich unmöglich hergerufen haben.

»Gut«, sagt er gelangweilt. »Das ist sehr gut. Wie jede Woche. Ich erhalte jede Woche einen minutiösen Bericht von dir über alle möglichen Belanglosigkeiten. Nur eines vergisst du nie: mich darum zu bitten, deine Eltern zu benachrichtigen. Hast du dir die Zusammenarbeit so vorgestellt?«

Ich spüre, wie mir das Blut in die Wangen steigt.

»Lass mich eines klarstellen: Hier geht es nicht darum, dass ich etwas für dich tue. Du bist in keiner Position, irgendetwas zu verlangen – schon gar nicht einen so offensichtlichen Verstoß gegen die Haftbedingungen deiner Eltern.« Er macht eine Pause, bevor er fragt: »Was bedeutet deiner Meinung nach der Zusatz ›ohne Recht auf Briefverkehr‹?«

Die Hände in meinem Schoß verkrampfen sich. Ich weiß, dass sie keine Nachrichten erhalten oder verschicken dürfen. Aber ich musste es einfach versuchen.

Mukijenko betrachtet mich voller Missbilligung. »Ich habe dir die Möglichkeit gegeben, dich als vertrauenswürdig zu erweisen«, sagt er. »Jede andere in deiner Lage wäre dankbar, aber du denkst nur daran, wie der Staat deine persönlichen Probleme für dich lösen soll. Solche Mitarbeiter brauchen wir nicht.«

Ein Gefühl durchströmt mich, wie wenn die Maschine, in der ich sitze, plötzlich ins Trudeln gerät.

»Was kannst du mir über das Verhältnis von euch Mädchen zu Regimentsleiterin Kasarowa sagen?«

Ich hebe ruckartig den Kopf. Hat Kasarowa sich etwa über

uns beschwert? Wie kommt er sonst darauf?« »Es ist ...«, ich suche nach einem unverfänglichen Wort, »... normal.«

Seine Augen werden schmal. »Versuch nicht, mich für dumm zu verkaufen. Ich frage dich noch einmal: Was halten die Mädchen von Kasarowa?«

Er weiß es. Jemand muss ihm von unseren Problemen erzählt haben. Und wenn es nicht Kasarowa war, dann hat er mehr als einen Spitzel im Regiment.

Ich merke, wie ich langsam ärgerlich werde. Wozu braucht er mich dann? Die andere ist womöglich willfähriger. Oder ist es mehr als eine? Kulikowa erzählt ihm sicher einiges. Aber wieso hat sie, die meine Berichte immer als Erste liest, dann nie bemängelt, dass sie kaum Informationen über die Äußerungen der Mädchen zu Kasarowa enthalten?

»Sprich!«, fährt er mich an.

Ich setze mich aufrecht hin. Es gibt kein Ausweichen mehr. »Am Anfang dachten wir, es wäre ein Vorteil, dass Kasarowa selbst Militärpilotin ist, aber ... sie fliegt nicht. Niemand hat sie je in einer Maschine gesehen. Das nehmen ihr die meisten übel.«

»Warum fliegt sie nicht?« Er hört jetzt sehr aufmerksam zu, die Augen auf einen Punkt hinter mir gerichtet, sein Gesichtsausdruck wie blank gewischt. Asche fällt von seiner Zigarette zu Boden.

»Ich weiß es wirklich nicht«, sage ich wahrheitsgemäß. »Sie kennt den Flugzeugtyp nicht, mit dem wir trainieren. Das merkt man ziemlich deutlich. Ihre Manöverkritik ist immer oberflächlich, aber trotzdem sehr hart. Sie lobt grundsätzlich nie und erklärt auch nichts. Wer ihr widerspricht, den macht sie sofort zur Schnecke.«

Sein eisfarbener Blick kehrt zu mir zurück. »Du schaffst es einfach nicht, Namen zu nennen. Wer führt das große Wort dabei? Natascha?«

Ich nicke kaum merklich.

»Inna?«

Wieder Nicken.

»Leysan?«
»Ja.«
»Sascha?«
Ich halte inne. »Nein. Sie versucht eher, die Wogen zu glätten. Allerdings ...«
Er zieht die Augenbrauen hoch.
»Allerdings habe ich das Gefühl, dass Kasarowa genau das Gegenteil vermutet und sie deswegen auf dem Kieker hat.«
»Na also, war das jetzt so schwer?« Rauch steigt von seiner Zigarette auf. Den Ellbogen hat er lässig auf die Armlehne gestützt. »Du wirst einen Auftrag für mich erledigen.« Er schiebt die Mappe, die vor ihm auf dem Tisch liegt, zu mir herüber.
»Du wirst diese Papiere unter Major Kasarowas persönlichen Unterlagen platzieren – und zwar so, dass sie nicht von ihr gefunden werden, sondern von Politkommissarin Kulikowa.«
Ich schlage die Mappe auf.
Der Briefkopf enthält ein Hakenkreuz. Und die Schrift – überhaupt kein Zweifel, das ist Deutsch. Sogar die unleserliche Unterschrift eines Faschisten befindet sich darauf. Ich lasse die Mappe los, als ob ich mich daran verbrannt hätte.
»Was ist das?« Meine Stimme klingt ein wenig schrill.
»Sabotagepläne für Einheiten, die hinter der Front agieren.« Er klingt vollkommen gleichmütig, als wäre es die natürlichste Sache der Welt, dass NKWD-Mitarbeiter diese Art von Dokumenten spazieren tragen.
»Sind die echt? Woher haben Sie die?«
»Wenn du es genau wissen musst, Partisanen in Weißrussland haben sie uns zugespielt.«
»Wenn die bei Kasarowa gefunden werden, wird man denken, dass sie für die Deutschen arbeitet ...«
Er erwidert meinen Blick ausdruckslos. Als ob ihm das nicht klar wäre. Das ist ganz offensichtlich der Sinn der Sache.
»Und wenn sie bei mir gefunden werden?«
Er lächelt, nimmt einen Zug von seiner Zigarette. »Das sollten sie besser nicht.«
Ich versetze der Mappe einen Stoß, sodass sie über den Tisch

zu ihm zurückschlittert. »Nennen Sie mir einen Grund, warum ich bei so was mitmachen sollte!«

»Ich kann dir zwei nennen, und sie befinden sich in diesem Moment in der Obhut des Staates.«

Es war abzusehen, dass er meine Eltern ins Spiel bringen würde. Damit kann er den Druck auf mich nach Belieben erhöhen. Sekundenlang ist der Wunsch übermächtig, ein einziges Mal nur den Spieß umzudrehen ...

»Ich verstehe nicht«, sage ich ehrlich. »Warum will das NKWD mitten im Krieg die Leiterin irgendeines Jagdfliegerregiments loswerden?«

Er nimmt den nächsten Zug, ohne mich aus den Augen zu lassen. Bläst den Qualm zu mir herüber, sodass ich ihn einatmen muss. Ich unterdrücke den Hustenreiz.

Das ist kein Auftrag der Sonderabteilung. Das ist etwas Persönliches zwischen ihm und ihr. Ich starre ihn an, als würde ich ihn zum ersten Mal sehen. Was verbindet die beiden? Sie sind etwa im gleichen Alter. Hat sie ihm den Laufpass gegeben, und er kann das nicht auf sich sitzen lassen? Um die ehemalige Geliebte der Kollaboration mit den Deutschen zu beschuldigen, muss die Sache aber richtig übel ausgegangen sein. Und mal ehrlich, was würde ein attraktiver Mann wie er gerade von ihr wollen?

Er sieht mich amüsiert an. »Wenn man mit dir arbeitet, kann man jedes Handbuch verbrennen. Normalerweise kommen die moralischen Einwände vor den praktischen, aber du springst hin und her, wie es dir einfällt.« Er beugt sich vor. »Magst du Kasarowa so gern? Würde sie dir fehlen?«

Ganz gewiss nicht. Aber jemandem so etwas anzuhängen, und dann noch unter hohem Risiko für mich selbst ...

»Wenn sie weg ist, kann eine neue Regimentsleitung berufen werden. Jemand, der euch nicht noch zusätzliche Steine in den Weg legt. Vielleicht Beljajewa, wer weiß?«

Ich kneife die Augen zusammen. Dass das unser Wunsch ist, kann er eigentlich auch nur von jemandem aus dem Regiment haben. Ich habe das nie erwähnt.

Was würden die anderen wohl an meiner Stelle tun? Für Leysan käme es nicht infrage, bei so etwas mitzumachen. Für Sascha auch nicht, denke ich zumindest. Aber was Inna oder Natascha tun würden, kann ich beim besten Willen nicht sagen. Er seufzt theatralisch. »Dann tu's doch einfach für mich. Ich erzähle dir auch etwas über deine Freundin, die Denunziantin deiner Eltern.«

Er will mir sagen, wer es ist, wenn ich diesen Auftrag für ihn erledige? Ich sehe beiseite. Und wenn ich es weiß? Was werde ich mit dem Wissen anfangen?

»Die Familie«, murmelt er versonnen. »Sie ist der Quell allen Übels.«

Mag sein, aber ich will meine dennoch zurück.

Ich hole tief Luft. »Kann ich trotzdem einen Hinweis haben?«

Er steht auf, drückt die Zigarette auf der Tischplatte aus. »Das war er gerade.«

Bei Tageslicht sind die schneeweißen Flugzeuge noch schöner. Es ist ein strahlender, kalter Tag, als wir sie einfliegen. Die Schleifen der zugefrorenen Wolga schälen sich glitzernd aus all dem übrigen Weiß da unten heraus. Die neue Jak reagiert auf die leiseste Berührung des Steuers. Ein paarmal schleudert es mich fast aus dem Steilkreis.

Mein Flugzeug. Die Erkenntnis verdrängt alle anderen Gedanken, als ich später aus dem Cockpit klettere und aus Gewohnheit die Flügel der Jak überprüfe. Selbst durch den Handschuh meine ich, die Eiseskälte der ausgekühlten Tragfläche zu spüren.

»Na, kannst du dich nicht von ihr trennen?«, spottet Zoja gutmütig bei dem Anblick. Sie ist so alt wie ich und kommt aus Saratow. Mein Flugzeug, meine Mechanikerin, denke ich mit einem Lächeln.

»Du hast leicht reden«, sage ich. »Du darfst sie immer anfassen.«

»Und mir von ihr das Fleisch von den Fingern ziehen lassen

bei dieser Saukälte.« Sie hält ihre Hände hoch, sodass ich die feuerroten Stellen sehen kann, an denen die Haut fehlt. Mit Handschuhen kommt man nicht an all die filigranen Teile eines Flugzeugs heran, und bei diesen Temperaturen vereist das Metall.

Um mich herum landen auch die anderen und rollen die Maschinen an ihre Plätze. Genau wie ich bleiben die meisten andächtig vor ihnen stehen, berühren die Flügel, den roten Stern auf der Flanke. Die neue Jak hat einen größeren Tank und bringt es auf eine bis zu achtzig Kilometer pro Stunde höhere Geschwindigkeit.

Doch es gibt einen Wermutstropfen.

Ich sehe zum Eingang des Hauptgebäudes hinüber, wo Sascha mit Kasarowa und ihrem Stab steht. Sascha sieht besorgt aus, schüttelt den Kopf und deutet beim Sprechen auf unsere Jaks. Kasarowa scheint ihr ins Wort zu fallen.

Wieder einmal fällt mir auf, wie gerade sie sich hält, wie sparsam ihre Bewegungen sind. Ledermantel, Kurzhaarschnitt, strenge, ausdruckslose Miene – sie tut alles, um davon abzulenken, dass sie eine schöne Frau ist mit ihren fein geschnittenen Gesichtszügen und den dunklen, mandelförmigen Augen. Ich kann sie mir nicht in einem Sommerkleid vorstellen oder mit Lippenstift. Die Idee, dass sie und Mukijenko ein Liebespaar waren und sie ihn abserviert hat, kommt mir zunehmend abwegig vor.

Was aber hat sie ihm dann getan, dass er zu einem solchen Schlag gegen sie ausholt – gegen die Kommandantin eines Regiments, das in seinen eigenen Zuständigkeitsbereich fällt? Macht er sich keine Sorgen, dass ihre »Enttarnung« als deutsche Agentin ein miserables Licht auf ihn selbst werfen wird? Das nimmt er offenbar ebenso in Kauf, wie mich in Gefahr zu bringen. Ich muss mit diesen Papieren im Innenfutter meiner Jacke durch den Stützpunkt laufen, und der seltsame Hinweis auf die Verräterin meiner Eltern, den ich dafür bekommen habe, ist im Grunde keiner ...

Der Quell allen Übels. Was hat er damit gemeint?

»Und?«, ruft Inna, als Sascha zurückkommt. »Was hat sie gesagt?«

»Dass wir ohne Sender fliegen müssen. Das hat sie gesagt.« Enttäuschte Ausrufe und verärgertes Gemurmel. Zuerst dachten wir, in Saratow hätten sie nur versäumt, jeder von uns ein voll funktionstüchtiges Funkgerät einzubauen. Doch es ist offenbar Standard, dass nur der Geschwaderkommandant Funksprüche absetzen kann.

»Begründung?«, fragt Natascha.

Sascha bleibt gar nicht erst stehen, sondern schlägt den Weg zur Kantine ein. Wir schließen uns an.

Sie zählt auf: »Wir haben die neusten Flugzeuge der Flotte, es war schwierig, sie zu bekommen, wir können nicht schon wieder bevorzugt behandelt werden, die Männer hätten ja schließlich auch keine Sender und so weiter.«

»Hat noch jemand das Gefühl, dass die alte Hexe uns tot sehen will?«, fragt Natascha leichthin.

»Das ist doch aber keine Laune von uns«, begehrt Leysan auf. »Es schwächt unsere Kampfkraft, wenn wir uns nicht verständigen können. Hast du ihr das auch gesagt?«

Sascha nickt. »Habe ich. Daraufhin hieß es, ich maße mir Kompetenzen an, die ich nicht besitze, und ich solle mir abgewöhnen, so zu tun, als wüsste ich alles besser als meine Vorgesetzten.«

»Vor allen anderen hättest du das natürlich nicht zu ihr sagen dürfen«, sagt Leysan kopfschüttelnd. »Jetzt sind unsere Chancen, dass sie einlenkt, gleich null.«

»Wo soll ich eine Privataudienz bei Kasarowa beantragen, kannst du mir das sagen?«, fragt Sascha zunehmend gereizt.

Wir bleiben stehen. Leysan verschränkt die Arme.

»Bist du nun KomEska oder nicht? Wenn du nicht mal einen Termin bei deiner Vorgesetzten machen kannst, dann gib den Posten doch ab.«

Natascha horcht auf. »Damit sie dich berufen können, Fliegerass?«

»Schluss jetzt«, befiehlt Sascha.

»Und unser Marschbefehl?«, frage ich, während wir weitergehen. »Hat sie irgendwas dazu gesagt?«
»Das hätte ich euch doch gleich als Erstes erzählt, oder?«
Dass so ein Geheimnis um das Datum und unseren Bestimmungsort gemacht wird, zerrt an unseren Nerven. Unser Einsatz muss kurz bevorstehen, sonst hätten wir die Flugzeuge nicht bekommen. Wir stapfen durch den Schnee. Am saphirblauen Himmel zeigt sich ein einzelner Stern.

Mukijenko

Fliegen ist für die meisten Menschen eine ungewohnte Art der Fortbewegung, selbst für Regierungsmitarbeiter. Nicht wenige der Passagiere fühlen sich sichtlich unwohl, als die Transportmaschine vom Typ Tupolew beschleunigt und dann abhebt. Unter ihnen entschwinden Saratow und Engels sowie die Wolgaschleife, die beide Städte voneinander trennt. Angesichts der grünlich-blassen Gesichter um ihn herum macht er sich einen Spaß daraus, sich entspannt im Sitz zurückzulehnen und die Prawda zu lesen. Zumal diese heute in der Tat erfreuliche Nachrichten zu bieten hat.

Ein Kapitan Jerëmin und ein Starschyj Lejtenant Solomatin haben bei einem Luftkampf sieben feindliche Flugzeuge abgeschossen. Na also, es geht doch. Sieben auf einen Streich. Haben die Deutschen nicht ein Märchen, das so heißt? Das dürfte ihnen also bestens bekannt vorkommen.

Vor ein paar Wochen hat er noch den Konstrukteur Jakowlew zu einer Standpauke bei Stalin begleiten müssen, weil die Jaks im Kampf mit den Messerschmitts alles andere als gut abschnitten, doch jetzt dürfte der Generalissimus zufrieden sein. Außerdem wird er Abakumow vermelden können, dass im Flugzeugwerk Saratow mehrere Saboteure dank der sozialistischen Wachsamkeit der dortigen Belegschaft dingfest gemacht werden konnten.

Die neue Jak-Serie kann planmäßig ausgeliefert werden. Seine Mädchen haben ihre schon erhalten.
Und er selbst hat nun endlich Gelegenheit, sich um andere Dinge zu kümmern, den Faden wieder aufzunehmen. Der Zufall spielt ihm in die Hände. Kurz vor seinem Abflug ist noch eine Anzeige von Major Kasarowa gegen eine ihrer Fliegerinnen bei ihm eingegangen. Das deckt sich mit dem, was Katja vor ein paar Tagen berichtet hat. Kasarowa fürchtet die Beliebtheit und das Talent einer ihrer Geschwaderkommandantinnen. In seinem Schoß liegt ein Dossier, in dem er dieser Tage häufig blättert. Er schlägt die graue Papierhülle zurück und liest zum wiederholten Male, obwohl er Saschas Akte praktisch auswendig kennt.
Beljajewa, Alexandra Georgijewna. Lejtenant der WWS. Komandir Eskadrili. 586. Jagdfliegerregiment.
Er sieht in die klaren Augen der jungen Frau auf der Fotografie, die laut Personenbeschreibung grün sind.
Bist du der Grund, warum Kasarowa nicht fliegt?, denkt er. *Hat sie Angst, sich mit dir zu messen?*
Sein Blick streift die Einträge zum beruflichen Werdegang, die Auszeichnungen. Fluglehrerin im Zentralnyj-Fliegerklub, Tuschino. Zwei Landesrekorde im Segelfliegen, einer davon bislang ungebrochen. Leiterin der Kunstfliegerstaffel, drei Jahre in Folge an der Mai-Parade auf dem Roten Platz teilgenommen.
All diese Informationen sind auch Kasarowa zugänglich, wie er weiß. Sie hat ein identisches Dossier vorliegen in der Kartei sämtlicher Regimentsmitglieder. Ob sie zwischen den Zeilen zu lesen vermag, was es bedeutet, dass Beljajewas Ehe im April 1934 registriert wurde? Dass der Bräutigam sich gleich danach an seinen Stützpunkt begab, was Grazhdanka Beljajewa die alleinige Nutzung des ehelichen Kommunalka-Zimmers im Moskauer Stadtteil Chamowniki ermöglichte?
Eine von diesen Ehen eben. Mit der Einführung der Inlandspässe standen Tausende neuer Moskauer vor dem Problem, ihren Aufenthalt in der Hauptstadt irgendwie legitimieren zu müssen. Kulikowa, die alle Briefe, die an die Regimentsmitglieder gehen oder von ihnen versendet werden, erst einmal

aufdampft, gibt an, dass zwischen Sascha und ihrem Mann ein »intellektuelles Gefälle« besteht. Nun hat Beljajewa ja auch keine höhere Schule besucht, aus welchem Holz muss dann dieser *muzhik* geschnitzt sein?
Nichts gefunden, wird er Kasarowa auf ihre Anfrage antworten. Schließlich braucht er Beljajewa noch.
Dass die Akte keinerlei Informationen über die ersten achtzehn Jahre von Beljajewas Leben enthält, ist nichts Ungewöhnliches. Bei Menschen aus der Provinz haben sich häufig alle Spuren ihrer Anfänge zerstreut wie Getreidehalme im Wind. Das fehlende Parteibuch, das Kasarowa zu beschäftigen scheint, ist ja auch eine Rückversicherung für sie, dass Beljajewa niemals mehr als KomEska werden kann.
Fühlt Kasarowa sich zu Recht von der jungen Frau bedroht? Oder liegt Katja richtig, wenn sie glaubt, dass ihre Sascha zu loyal ist – nicht der Person Kasarowas, aber den Befehlsstrukturen der Armee gegenüber –, als dass sie gegen eine inkompetente Vorgesetzte meutern würde? Lässt Beljajewa am Ende die anderen Mädchen ihre eigenen Kämpfe ausfechten, und Kasarowa durchschaut diese Taktik als Einzige? Er lächelt. Dieses Regiment hat wirklich einiges an Unterhaltung zu bieten. Fast schade, dass es bald vorbei ist.
Denn sehr wahrscheinlich wird er Kasarowa gar keine Rückmeldung mehr geben. Es wird ernst, Majorette, denkt er, den Blick auf die watteweichen Wolken unter ihnen gerichtet, und schmunzelt über den Spitznamen, den die Mädchen ihr gegeben haben.
Er wippt mit dem Fuß bei dem Gedanken, voller Neugier darauf, wie sein kleines Komplott sich entspinnt. Wenn Töchterchen Kontakte zu den Deutschen nachgewiesen werden, kann auch Papa General nichts mehr ausrichten. Und ihn selbst wird niemand verdächtigen, dass er die Sache eingefädelt hat.
Was für einen Grund könnte er schließlich haben? Es gibt keinerlei Vorgeschichte zwischen Kasarowa und ihm. Gesehen hat er sie nur ein einziges Mal, im November 1937, als sie beide den Lenin-Orden verliehen bekamen. An den Schock, das saure

Brennen im Magen, als er verstand, wer sie war, erinnert er sich nur zu gut. Abakumow – noch lange kein Stellvertretender Volkskommissar damals, sondern ein kleines Licht – war wie so oft der Einzige, dem etwas auffiel. Ob sein Vorgesetzter sich an den Vorfall erinnern wird, wenn Kasarowa plötzlich stürzt?

Selbst wenn, wer wird ihm etwas nachweisen können? Seine Hände sind sauber, sein Kopf ist kühl, denkt er ironisch. Nur sein Herz ist heiß. Wie es sich für einen Tschekisten gehört.

Es ist ein gefährliches Spiel, das er spielt. Das weiß er selbst. Alle Optionen im Auge zu behalten, wird sich auszahlen. Auch die Möglichkeit, Sascha einen kleinen Aufstand gegen ihre ungeliebte Regimentsleiterin anführen zu lassen. Nur für den Fall, denkt er mit einem Lächeln, dass der Zeitzünder, den Katja für ihn legen soll, nicht die gewünschte Wirkung zeigt.

VIER
Engels, März/April 1942

Katja

»T. A. Kasarowa, Maj., 586. IAP« steht auf dem Schild neben der Tür. Ich ziehe die Tür hinter mir zu, taste nach dem Lichtschalter. Nach kurzem Flackern erhellt das Deckenlicht einen makellos aufgeräumten Schreibtisch.
Ich fluche leise.
Der Plan war, mir ein Dokument mit Kasarowas Unterschrift zu besorgen, das ich dann zusammen mit den deutschen Dokumenten in eine Mappe legen und in Kulikowas Büro platzieren sollte. Die hätte dann unter Kasarowas Papieren Dokumente mit einem Hakenkreuz entdeckt und sofort Mukijenko verständigt.
Als ich den Plan mit Mukijenko besprochen habe, sah ich darin eine Schwachstelle.
»Was macht Sie so sicher, dass Kulikowa da auch reinguckt?«, habe ich Mukijenko gefragt.
»Sie ist Politkommissarin«, meinte er nur. »Sie guckt.«
Nur liegt in diesem Büro nichts herum, keine Papiere, keine Mappen, rein gar nichts, was ich verwenden könnte. Kein Wunder, dass Kasarowa es nicht für nötig hält, ihr Büro abzuschließen.
Eine halbe Stunde bleibt mir, bis sie von ihrem Stabstreffen im kleinen Sitzungssaal zurückkommt. Ich gehe um den Schreibtisch herum und fasse nach den Schubladen. Verschlossen. Den Schlüssel trägt Kasarowa garantiert bei sich. Unmöglich, an eine Mappe zu kommen, von einem unterschriebenen Dokument ganz zu schweigen. In Gedanken gebe ich Mukijenko einen Tritt. Das hat ja großartig funktioniert. Unter meiner Uniformjacke knistern die deutschen Dokumente, als wollten sie mich verspotten.

Ich drehe mich nach den Schränken um. Vielleicht habe ich hier Glück. Doch bis auf ein einziges Fach sind auch sie alle verschlossen – und ausgerechnet dieses enthält keine Dokumente, sondern ein Register. Ich ziehe eine der Karten heraus.

Frolowa, Anna. Mladschij Lejtenant. Das ist eine der Fliegerinnen vom Zweiten. Ich sehe mir ein paar weitere Karten an. Es handelt sich um ein Verzeichnis aller Mitglieder des Regiments. Darin gibt es natürlich keine Unterschriften, weder von Kasarowa noch sonst wem. Die Zähne in die Unterlippe gegraben, starre ich darauf.

Der Quell allen Übels. Ich dachte erst, er hätte von meiner Familie gesprochen. Doch offenbar ging es um die der Verräterin. Ich weiß nicht gerade viel über die Familien der anderen. Seltsam, dass mir das nie zuvor aufgefallen ist. Habe ich es nur vergessen? Oder gab es einen Grund, warum sie nie etwas erzählt haben?

Mukijenkos Auftrag heute noch zu erledigen, kann ich vergessen. Ich sollte hier nicht länger als nötig verweilen. Ich sehe auf die Uhr. Sechzehn Uhr vierzig. Was, wenn Kasarowa aus irgendeinem Grund heute früher zurückkommt als sonst?

Trotzdem kann ich nicht anders, als die Karteikarten meiner drei Freundinnen aus Tuschino herauszusuchen. Wenn eine ihrer Familien der Bezeichnung »Quell allen Übels« gerecht wird, würden sie mir das niemals sagen, aber Besonderheiten die Herkunft betreffend sind in solchen Akten vermerkt.

Ich sehe noch mal auf die Uhr. Sechzehn Uhr zweiundvierzig. Kurz entschlossen ziehe ich das Register komplett heraus. Natascha ist die Erste, die ich herausfische. *Moldino, 18. November 1918.* Nie gehört, vermutlich ein kleines Nest. Gibt es östlich von Moskau nicht einen Ort, der so heißt? Ich überfliege die weiteren Informationen. *Fluglehrerin, Zentralnyj-Fliegerklub, Tuschino. Beruf des Vaters: Bauer. Beruf der Mutter: Bäuerin.*

Ich ziehe Leysans Kärtchen heraus. *6. April 1917.* Ebenso wie ihr Name klingt auch ihr Geburtsort nicht russisch. *Efendikoj.* Ich suche Kasan, die Hauptstadt der tatarischen ASSR, auf der

Karte hinter Kasarowas Schreibtisch. Kuibyschew weiter im Süden. Die umliegenden Ortschaften. Nichts. Vielleicht ist der Maßstab nicht groß genug. Aber Tataren gibt es so ziemlich überall. Dieses Efendikoj könnte sonst wo sein.

Ich sehe wieder auf das Karteikärtchen. *Studentin, Ingenieurwissenschaften, Wohnort Moskau. Beruf des Vaters: Arbeiter. Beruf der Mutter: Hausfrau.* Bruder Ilnur wird erwähnt, auch sein Heldentod bei Domodjedowo im August 1941. Den Quell irgendwelchen Übels kann ich nicht entdecken.

Und Nataschas Heimatort? Ich strecke mich, um mit dem Finger die Gegend um Moskau abzusuchen. Nein. Der Ort heißt Monino, nicht Moldino. Ich trete einen Schritt zurück und betrachte die Karte ratlos. *Groß und reich ist unser Land, aber an Ordnung fehlt es ihm.*

Sechzehn Uhr fünfundfünfzig. Sascha steht noch aus, aber ich bin mir ziemlich sicher, dass sie Moskauerin ist. Ich suche unter B. Da ist sie. *Beljajewa.* Ich ziehe das Kärtchen heraus.

9. Januar 1916, Saratow.

Sascha ist in Saratow geboren, das gegenüber von Engels am anderen Wolgaufer liegt? Das hat sie ja noch nie erzählt. Oder habe ich es nur nicht mitbekommen?

Beruf des Vaters: Arbeiter. Beruf der Mutter: Arbeiterin. Ich hätte auf eine bäuerliche Herkunft getippt, weil Sascha sich so gut mit Wetter auskennt. *Beruf des Ehemanns: Soldat.*

Auch hier nichts Auffälliges.

Zeit, den Rückzug anzutreten. Hastig stopfe ich ihr Kärtchen zurück in den Kasten und drehe mich um. Ihre Ordnungsliebe hat Kasarowa heute gerettet.

Ich spähe durch die Tür auf den erfreulich leeren Korridor. Rasch verlasse ich das Büro und biege um die Ecke, als ich stocksteif stehen bleibe.

An einem gekippten Fenster lehnt Marina Raskowa, den Blick nach draußen gerichtet, und zieht an einer Zigarette.

Die letzten Tage war ich jeden Abend zu dieser Uhrzeit im Hauptquartier und bin diesen Weg abgeschritten. Was macht Marina Raskowa ausgerechnet heute hier? Und seit wann raucht sie? Ich sehe über die Schulter zurück, ob ich unbemerkt stiften gehen kann, doch sie hat mich bereits bemerkt.

»Hallo, Katja«, begrüßt sie mich mit einem Lächeln.

Ich erröte vor Überraschung, dass sie sich an meinen Namen erinnert, und salutiere. Wir sehen sie nur noch selten, da sie mit ihrem eigenen Regiment, den Langstreckenbombern, beschäftigt ist. Sie hat abgenommen. Sascha hat erzählt, dass man sie mehr als einmal morgens in ihrer Uniform am Schreibtisch schlafend gefunden hat.

»Alles in Ordnung bei dir?«

»Ja, Genosse Major.«

Gleich wird sie mich fragen, was ich hier mache, denke ich. Doch da kommt eine dünne Braunhaarige, die in ihrem Stab arbeitet, aus einem der Büros.

»Marina Michailowna!«, sagt sie mit schockiertem Blick.

»Ich weiß.« Raskowa blickt leicht schuldbewusst auf die glimmende Zigarette in ihrer Hand hinunter. Sie macht eine vage Geste mit der anderen Hand. »Ich höre damit auf, sobald der Krieg aus ist.«

Sie bedeutet mir wegzutreten und folgt der Dünnen zurück in ihr Büro. Ich drehe mich um und will in Richtung Ausgang davongehen.

Iwakina und Kasarowa kommen mir entgegen. Schreck durchfährt mich. Ich versuche, mir nichts anmerken zu lassen, salutiere, während sie vorbeigehen. Kasarowas schmale Augen begegnen einen Moment lang meinen.

Und jetzt?

Um mich herum scheppert Blechgeschirr, während wir in der Schlange zur Essensausgabe weiter vorrücken. Ich könnte es morgen noch einmal versuchen, aber wenn Kasarowa ihren Schreibtisch stets so penibel in Ordnung hält, hat das wenig Sinn. Ich muss mir einen anderen Weg einfallen lassen, wie ich Kulikowa auf die Dokumente aufmerksam machen kann. Sascha erhält gelegentlich schriftliche Anweisungen von Kasarowa, aber ich will sie da nicht mit hineinziehen.

»Vier acht«, sagt Natascha, als wir uns an einem der Tische niederlassen, und blickt ausgesprochen selbstzufrieden drein.
Inna nickt. »Morgen vier neun.«
»Morgen fünf«, widerspricht Natascha. »Wobei, ein bisschen schummrig war mir schon.«
Die Rede ist von Tausenden Höhenmetern. Seit Pankratow uns innerhalb einer bestimmten Zone nach eigenem Gutdünken fliegen lässt, testen wir aus, was in den neuen Flugzeugen ohne Sauerstoff möglich ist.
Das Gespräch verstummt einen Moment, als Kulikowa sich unserem Tisch nähert, Leysan im Schlepptau. Am besten wäre es natürlich, Kulikowa würde die Dokumente in Kasarowas Büro finden, aber ich bin mit den Abläufen im Führungsstab nicht vertraut genug, um das so zu arrangieren, dass beispielsweise Iwakina nicht zuerst darüber stolpert. Sie würde das belastende Material sofort Kasarowa zeigen, und gemeinsam würden sie es verschwinden lassen.
Leysan setzt sich schwungvoll Sascha gegenüber und beugt sich mit einem breiten Lächeln zu ihr hin. »Hast du eine Liste mit Vorschlägen zur Belobigung eingereicht?«
Sascha nickt.
Inna und Natascha fragen gleichzeitig: »Steh ich drauf?«
Ich muss lachen. »Ist es nicht etwas früh für Belobigungen?«
Leysan sieht mich kalt an. »Du musst dir sowieso keine Hoffnungen machen, dass du eine erhältst.«
Das stimmt vermutlich, trotzdem versetzt es mir einen Stich.
Sascha schüttelt den Kopf. »Kulikowa hat mich gleich im Dezember, nachdem die Offizierslehrgänge abgeschlossen waren, um eine Liste gebeten. Das ist wohl so üblich. Dann habe ich im Februar noch mal eine an Kasarowa eingereicht und vor zwei Wochen auch noch mal.« Sie hebt die Hände. »Ich habe keine Ahnung, welche davon sie nun angenommen hat.«
»Geh das nächste Mal gleich über Kulikowa damit«, sagt Leysan, deren Miene sich bei Saschas Worten zunehmend verdüstert hat. »Sie muss die Liste sowieso absegnen und dann

die Urkunden unterschreiben, wenn Kasarowa sie abgenickt hat.«

Ich unterdrücke ein Seufzen. Ein Stapel Belobigungen wäre perfekt, um die deutschen Dokumente darin zu platzieren. Aber die hat Kasarowa todsicher in ihrem Schreibtisch eingeschlossen ...

»Isst du nichts?« Inna mustert mich leicht besorgt über den Tisch hinweg.

»Doch, doch.«

Ich beginne zu löffeln, schmecke aber kaum etwas. Können Leute wie ich eigentlich belobigt werden? Seltsam, dass ich nicht daran gedacht habe, meine eigene Karteikarte anzusehen. Dann wüsste ich immerhin, wie ein Vermerk bezüglich Familie aussieht. Mit einem Mal kommt es mir eigenartig vor, dass mir deshalb im Regiment nie jemand Schwierigkeiten gemacht hat. Bisher habe ich es geschafft, meine Vorgeschichte vor den anderen Mädchen der Truppe geheim zu halten, aber wissen unsere Vorgesetzten eigentlich davon?

»Wohin willst du?« Natascha zieht mich am Ärmel, als ich nach dem Essen den Weg zurück zu unserer *izba* einschlage.

»Vollversammlung!«, erinnert sie mich.

»Ach so, ja.«

Die ersten Sterne erscheinen an einem klaren dunkelblauen Himmel, als wir zum Hauptgebäude marschieren. Nachdem der Schnee tagsüber leicht angetaut ist, überfriert er wieder, nun, da die Sonne weg ist. Die dünne Eisschicht knirscht unter unseren Stiefeln.

Im Appellraum schlagen uns warme Heizungsluft und der Geruch von Schwarztee und Zigaretten entgegen. Wir treten in Reihen an. Neben Iwakina und den anderen Mitgliedern von Kasarowas Stab ist auch Pankratow anwesend. Kasarowa, die uns sonst so häufig warten lässt, sitzt bereits an ihrem Tisch vor der Karte der Sowjetunion, direkt unter dem Stalinporträt. Wie immer sucht mein Blick die unsichtbare Front auf der Karte, die Städte, von denen in den Nachrichten die Rede ist, in denen zuletzt gekämpft wurde. Doch heute sehe ich genauer hin als sonst. Moldino. Efendikoj. Ich will wissen, wo diese kleinen Ortschaften liegen, in denen Natascha und Leysan zur Welt gekommen sind.

»Gelfmann!«, ruft Pankratow.

Inna tritt vor.

»Wenn du ein deutscher Pilot wärst und Saratow bombardieren wolltest, wie würdest du vorgehen?«

»Äh ...«

»Woran würdest du dich orientieren?«

»An meiner Karte?«

»Was würdest du am Boden suchen?«

»Die Wolga«, flüstere ich mit fast bewegungslosen Lippen von meinem Platz in der Reihe schräg hinter ihr.

»Die Wolga«, sagt Inna.

Pankratow sieht mich an. »Sokolowa, wenn ich die Antwort von dir hören will, werde ich dich fragen.«

Ich erröte.

Er stellt eine Schautafel an die Wand. Darauf schlängelt sich der breite, irgendwie ausgefranst wirkende Fluss, der zwischen Engels und Saratow fließt. Südlich von Engels sind ein paar Ortschaften am Ufer der Wolga eingezeichnet. Bykowo und Nikolajewsk sind klein. Kamyschin ist etwas größer. Und am unteren Ende der Zeichnung die größte Stadt der Region.

Stalingrad.

»Ein feindlicher Pilot, der von Westen oder Südwesten kommt, trifft früher oder später auf die Wolga«, sagt Pankratow. »Ein wenig glitzert sie selbst bei Nacht. Das wissen natürlich auch die Deutschen. Also werdet ihr euch dieses Territorium einprägen, so lange, bis ihr blind euren Weg findet.«

Ich tausche einen Blick mit Natascha. Heißt das, wir werden *hier* aktiven Dienst tun, am Ende der bekannten Welt? Es gibt nur einen Ort, von dem wir pausenlos reden und träumen. *Nach Moskau, nach Moskau!* Wie die drei Schwestern bei Tschechow.

Pankratow redet weiter. »Von nun an werdet ihr täglich Übungsflüge unternehmen und lernen, euch zu orientieren. Wir fangen heute Nacht damit an.«

Langsam sickert die Bedeutung dieser Worte ein. Nachts sind wir bisher noch nie geflogen.

Sascha, die direkt vor mir steht, meldet sich. »Genosse Kapitan, darf ich sprechen?«

Er macht ihr ein Zeichen mit der Hand.

»Werden wir für die Nachtflüge am Anfang die Zweisitzer benutzen?«

Er zieht die Brauen hoch. »Wie kommst du darauf? Ihr habt doch jetzt jede ein eigenes Flugzeug.«

»Ja, Genosse Kapitan, aber kaum jemand im Regiment hat Erfahrung mit Nachtflügen.«

Kasarowa, die sich bisher völlig still verhalten hat, sagt: »Ihr habt schon vor Wochen theoretischen Unterricht erhalten, wie man sich bei Nacht orientiert. Ihr habt Aufklärungsfotos studiert, die bei Nacht aufgenommen wurden. Nun werdet ihr dieses Wissen anwenden.«

Sascha atmet hörbar ein. »Genosse Major, bitte um Erlaubnis zu sprechen.«

»Gewährt.«

»Wäre es nicht besser, die ersten Flüge mit einem erfahrenen Piloten auf dem Rücksitz durchzuführen? Die Risiken eines Nachtflugs werden leicht unterschätzt. Und dann können wir uns ja nicht untereinander verständigen.«

Kasarowas Mund verzieht sich zum Strich. »Wir sind eure Ausbilder«, sagt sie. »Aber wir werden euch nicht bei allem das Händchen halten. Wenn ihr Mädchen bei jeder Gelegenheit Ausnahmen erwartet, wird euch nie jemand ernst nehmen.«

»Genosse Major«, sagt Sascha. »Ich halte das für einen Fehler.«

Sekundenlang scheint Wut in Kasarowas dunklen Augen aufzublitzen, doch sie beherrscht sich. »Keine Angst, Beljajewa«, sagt sie mit einem Hauch von Häme. »Du wirst diesen Nachtflug nicht leiten.« Sie steht auf, gibt den Blick auf die südliche Ukraine frei.

»Mansurowa!«

»Jawohl!« Leysan tritt vor.

»Du führst den Zug an. Lass dir von Kapitan Sejd-Ametowa die Koordinaten für den Flug geben.«
In diesem Moment sehe ich es.
Efendikoj. Ein kleiner Ort in der Nähe von Sewastopol. Westlich davon erstreckt sich das Schwarze Meer. Efendikoj liegt auf der Krim.
Krimtataren, natürlich. Mein Puls beschleunigt sich.
Und die Krim ist –
»Sokolowa!«
Ich stehe stramm, reflexartig. Die ganzen militärischen Drills machen sich allmählich bemerkbar.
»Frolowa!«
Für einen Moment bin ich verwirrt. Wozu hat sie mich nun aufgerufen?
»Krawtschenko!« Die beiden gehören dem Zweiten Geschwader an. Was will sie von uns? Kasarowa sieht uns an und fährt nach einem Moment des Schweigens fort. »Ihr meldet euch um dreiundzwanzig Uhr fünfundvierzig bei Kapitan Pankratow. Alle – wegtreten!«
Offenbar bin ich soeben für den ersten Nachtflug des Regiments eingeteilt worden.

Null Uhr fünfzehn. Neumond. Bewölkung: zwei Ballen. Temperatur: minus acht. Windstärke: vier. Sichtweite: acht Kilometer.
Tiefe Nacht umgibt den Stützpunkt, nur die Rollbahn ist beleuchtet. Die Mechanikerinnen nutzen die Scheinwerfer der Jaks, um die Flugzeuge für den Start vorzubereiten.
»Leysan«, sagt Sascha und wartet kurz, bis sie deren volle Aufmerksamkeit hat. »Pass auf dieses Flugzeug auf.«
Als Anführerin bei diesem Nachtflug muss Leysan Funksprüche absetzen können. Da nur Saschas Maschine über einen Sender verfügt, hat sie ihr eigenes Flugzeug an ihre Stellvertreterin abtreten müssen.
Leysan nickt, doch sie scheint kaum zuzuhören. Ihr prüfender Blick ist auf »ihre« Fliegerinnen gerichtet, für die sie heute

Nacht die Verantwortung trägt. Für einen Moment hängt er an mir und scheint noch ein bisschen kritischer zu werden. Ich weiß genau, dass sie es nicht wird lassen können, mich noch wegen irgendetwas zu tadeln, ehe wir starten. Aber heute kann mir das nur recht sein.

Während die Flugzeuge startbereit gemacht werden, gibt Pankratow uns die Instruktionen. »Geht auf zweitausend Meter. Folgt dem Verlauf der Wolga bis kurz vor Kamyschin, dann macht ihr kehrt.« Pankratow beugt sich über die Karte. Zu viert stehen wir um ihn herum und sehen uns die Markierung an. Ich schließe den Kinnriemen meiner Fliegerhaube und unterdrücke dabei ein Gähnen. Wir durften uns zwar ein paar Stunden hinlegen, aber an Schlaf war nicht zu denken. Wieder und wieder habe ich den Gedanken an das kleine Städtchen an der Südküste der Krim im Kopf herumgewälzt.

Über die Karte hinweg betrachte ich Leysan, die Konzentration in ihrem Gesicht, die gespannte Energie, die sie ausstrahlt. Sie überschlägt sich fast, weil sie an Saschas Stelle diesen Nachtflug leiten darf.

Pankratows Finger fährt die Wolga entlang. »Haltet euch fern von ihrer Bergseite. Ihr wisst ja, das ist das einzige echte Flughindernis rund um Engels.« Er sieht uns an, eine nach der anderen. »Also dann. Viel Erfolg.«

Wir salutieren und gehen hinüber zu unseren vier nebeneinander aufgereihten Maschinen. Die Motoren laufen bereits.

»Genosse Kapitan«, höre ich Sascha sagen. »Im Westen steht eine Wolkenbank. Die Sichtverhältnisse werden nicht so bleiben –«

»Es reicht jetzt«, gibt Pankratow zurück.

Zoja klettert auf meiner Jak herum, steigt kurz ins Cockpit, um dort etwas zu richten, schwingt sich wieder hinaus. Sie salutiert mit einem angedeuteten Lächeln. Mein Flugzeug ist bereit.

Aus Gewohnheit lasse ich die Hand im Handschuh über die Flügel gleiten. Alles bestens. Als ich leicht entschuldigend Zojas Blick suche, zwinkert sie mir zu. Ich habe ihr die Geschichte meines Testflugs erzählt.

Leysan taucht hinter mir auf. »Gerade du hast es nötig, die Arbeit anderer in Zweifel zu ziehen.«

Auf Leysan ist eben Verlass. Ich drehe mich um. »Gerade ich?«, sage ich freundlich, als wüsste ich nicht genau, was sie meint. Vor plötzlicher Anspannung zittern mir die Hände. Ich peile die Lage. Zoja macht Meldung bei Chefmechanikerin Aksjonowa, und auch alle anderen sind zu beschäftigt, um sich um uns zu kümmern.

Leysan sieht mich geringschätzig an. »Misstraut den anderen und stammt selbst aus einer Familie von Volksfeinden«, sagt sie mit gedämpfter Stimme und will weitergehen.

Ich mache rasch einen Schritt auf sie zu und senke ebenfalls die Stimme. »Warum reden wir eigentlich immer über meine Familie? Wo ist deine denn?«

Sie zuckt zurück, die Augen geweitet, vielleicht vor Schreck.

»In Efendikoj?«, frage ich. Der Name des Dorfes fühlt sich fremdartig auf meiner Zunge an. »Dann sind sie ja jetzt unter deutscher Besatzung, nicht wahr?«

Ihr Gesicht ist fahl. Es könnte das Mondlicht sein oder der Schnee, der es reflektiert. Aber ich glaube, es liegt an dem, was ich gesagt habe. Sie fängt sich, wirft einen Blick um sich, doch ich habe darauf geachtet, dass wir außer Hörweite der anderen sind.

Denn natürlich bin ich noch nicht fertig. »Wie nennt man noch mal Leute, die lieber unter der Knute der Deutschen leben, als zu fliehen? Hilf mir auf die Sprünge.«

»Was weißt du denn schon?«, fährt Leysan mich an.

Es stimmt also. Wenn bekannt würde, dass ihre Familie in besetztem Gebiet lebt, würde man sie als nicht vertrauenswürdig einstufen. Dann könnte sie sich ihren Posten als KomsOrg an den Hut stecken.

Sie ist es, von der Mukijenko gesprochen hat.

Sie stößt einen kurzen Laut aus, als ich den Fellkragen ihrer Winteruniform zu packen bekomme und sie zu mir ziehe. »Was war mit meinen Eltern?«

»Spinnst du?« Sie greift nach meinem Handgelenk.

»Was hast du damals über sie erzählt?«
»Gar nichts habe ich!« Sie reißt sich los. Ihre schwarzen Augen funkeln vor Wut. »Was fällt dir überhaupt ein?«
Es ist nicht nur die Empörung über ihren Verrat, die aus mir herausbricht. Durch die Schikanen der letzten Monate hat sich einiges angestaut, wegen ihrer Selbstgerechtigkeit. So eine wie sie, die die Eltern ihrer Kameradin denunziert hat, will mir etwas darüber beibringen, wie sich aufrechte Kommunisten verhalten? Das Parteibuch verdient sie überhaupt nicht.
»Lüg mich nicht an! Ich weiß, dass du sie angezeigt hast!«
»Einen Dreck weißt du.« Selbst im fahlen Licht kann ich sehen, dass ihre Wangen sich gerötet haben. »Scher dich auf deinen Posten!«, faucht sie und versetzt mir einen Stoß. Trotz ihrer zierlichen Gestalt bringt er mich zum Taumeln. »Ich bin deine Befehlshaberin. Noch ein Mucks, und ich melde dich wegen Insubordination!«

Wir sind bereits ein paar Minuten in der Luft, als mein Puls sich beruhigt. Und wenn schon, denke ich. Sobald wir gelandet sind, knöpfe ich sie mir wieder vor. Sie hat die Anzeige zwar nicht zugegeben, aber wenn sie glaubt, dass das schon alles war, täuscht sie sich.

Winzige, pudrige Eiskristalle bilden sich in den Ecken der Cockpitscheiben. Durch das Brummen meines eigenen Motors meine ich, die der anderen drei Flugzeuge hören zu können. Eine weiße Hecklleuchte erkenne ich vor mir, eine rote und grüne Positionsleuchte hinter mir.

Immer wieder sehe ich zu Leysans Maschine an der Spitze unseres kleinen Zuges hin. Sie ist die Einzige, deren Familie ein Problem für sie darstellt, also muss Mukijenko sie gemeint haben. Ich kann mir sogar den Grund denken.

Statt der Nachtschwärze um mich her sehe ich das Wohnzimmer unserer Datscha vor mir: der reich gedeckte Tisch, die Kristallgläser, die Bücherwand, von der Leysan so beeindruckt war. Für dieses Abendessen hatte meine Mutter die Datscha besonders schön hergerichtet. War das zu viel? Die Wohnung in der Kleinen Kutschergasse, die Datscha bei Ussowo. Meine Eltern hatten sie sich verdient, sie waren treue Sowjetbürger und Genossen. Konnte jemand wie Leysan, die mit sieben anderen Mädchen ein winziges Zimmer im Studentenwohnheim behauste, uns das einfach nicht gönnen?

Es passt alles zusammen.

Seit wir hier sind, hat sie versucht, mich aus dem Regiment zu drängen. Als klar wurde, dass ich das Fliegen nicht verlernt habe, hat sie angefangen, mich mit ihren ideologischen Schulungen zu schikanieren. Mein Anblick muss sie ja ständig daran erinnern, was sie getan hat. Kein Wunder, dass sie mich verabscheut.

Wie werde ich es beweisen? Wenn ich ihr Tagebuch finden könnte ... Aber das hat sie zu gut versteckt. Wenn es sich wirklich um ein Tagebuch handelt. Ich tarne meine Berichte an Mukijenko ja auch als Briefe ...

Mein Blick haftet an der weißen Heckleuchte ihrer Maschine vor mir. Bilde ich es mir ein, oder wird es tatsächlich zunehmend dunkler? Bei Nacht ist die Welt eine andere. Engels und Saratow liegen weit von der Front entfernt, werden jedoch jede Nacht komplett abgedunkelt.

Nach kaum zehn Minuten ist die Schwärze um uns herum absolut. Ich spähe hinunter. Ohne die Wolga hätte ich überhaupt keine Ahnung, wo wir uns befinden. Ich vergewissere mich, dass die Leuchten der anderen noch da sind.

Den Flusslauf hinunter, in Richtung Kamyschin, scheint es noch dunkler zu sein. Und windiger. Mehrmals muss ich den Kurs angleichen. Die Sicht wird schlechter.

Einen Moment lang scheint alles miteinander zu verschwimmen. Dann kann ich Leysans Heckleuchte wieder sehen.

An ihrer Stelle würde ich jetzt einen Funkspruch abgeben, um uns wissen zu lassen, dass sie noch da ist, doch es passiert nichts. Sie nimmt das ernst, was man uns gesagt hat: Funkkontakt nur, wenn es absolut nötig ist. Ihrem Pflichtgefühl opfert sie sogar ihren gesunden Menschenverstand.

Ich stutze. Es muss nicht Neid gewesen sein, was sie zu der Anzeige verleitet hat.

Es könnte auch Pflichtgefühl dahinterstecken. Leysans übliche hundertfünf Prozent Linientreue.

Was, wenn sie nun aus irgendwelchen Gründen glaubte, dass mein Vater sich wirklich etwas hatte zuschulden kommen lassen? Mein Vater hatte einen Schreibtisch auf der Datscha. Was lag da herum, wo hätte Leysan die Nase hineinstecken können? Baupläne? Als angehende Ingenieurin hätte sie diese problemlos lesen können.

Eine Windbö erfasst meine Jak. Ich packe das Steuer fester.

Unter uns taucht etwas auf, das ich für Kamyschin halte, ähnlich verdunkelt wie Engels und Saratow und gerade noch zu erkennen. Zeit für die Kehrtwende. Keinen Moment zu früh, es wird wirklich ungemütlich.

Doch es kommt auch jetzt kein Funkspruch. Ich starre in die Dunkelheit vor mir. Leysans weiße Hecklleuchte ist nirgends zu sehen. Hat sie bereits umgedreht?

Ich wende die Maschine. Der Wind faucht ums Cockpit. Hinter mir entschwindet Kamyschin. Keine der Flugzeugleuchten ist zu sehen. Eben waren sie noch da, ich habe nur einen Moment nach unten geschaut!

Der Schreck hüllt meine Glieder in Eis. Ich bin allein. Bei Nacht. Bei minus acht Grad am Boden.

Ich habe den Anschluss an meinen Zug verloren. Ohne Sender bin ich außerstande, Kontakt zu ihnen aufzunehmen.

Und Leysan, die mich anfunken könnte, die doch gemerkt haben muss, dass ich nicht mehr da bin, meldet sich nicht.

Ein Uhr achtundvierzig. Mit dem Wind im Rücken traue ich mich nicht, zu stark zu beschleunigen. Was, wenn unvermittelt eines der Flugzeuge vor mir auftaucht?

Die Dunkelheit ist so total, als würde ich durch schwarzes Wasser fliegen. Nur am Boden kann ich hie und da etwas erkennen: den Flusslauf, den ich im Wechsel mit der Schwärze um mich herum beobachte.

Seltsam. Ich könnte schwören, dass ich die ganze Zeit der Wolga gefolgt bin wie abgemacht, aber dann müssten die anderen hier bei mir sein. Die Wolga macht eine Links-, dann eine Rechtskurve und eine lang gezogene Biegung nach links. Ich sehe mich immer wieder um. Womöglich sind sie ganz nah, und ich kann bloß nichts erkennen. Vielleicht sind ihre Leuchten ausgefallen – aber bei allen dreien auf einmal ist das unwahrscheinlich. Warum nur meldet sich Leysan nicht?

Zwanzig Minuten vergehen, die mir wie zwanzig Stunden vorkommen. Die Sicht scheint etwas besser zu werden. Aber der Windversatz ist so stark, dass ich den Kurs immer wieder ausgleichen muss, um die Wolga nicht zu verlieren. Dann ein heller Schimmer in der Ferne. Der Lichtschein der Landebahn. Endlich.

Das muss Engels sein. Es kann in diesem Gebiet kein zweites Flugfeld geben, wo man auf Piloten wartet, die von einem Nachtflug zurückkehren, und deshalb ein beleuchtetes T als Landebahn vorbereitet hat.

Mein nervöses Lachen übertönt für einen Augenblick den Lärm der Maschine. Ich bin am richtigen Ort. Ich bin zurück in Engels, genau zum berechneten Zeitpunkt. Als Einzige?

Ich beobachte den Boden, die Landebahn. Sind die anderen noch nicht zurück? Sind sie hinter mir? Ich drehe den Kopf nach allen Richtungen, suche durch die Glasscheiben des Cockpits den leeren schwarzen Himmel ab.

Und noch etwas ist seltsam. Es müsste längst ein Funkspruch der Bodenkontrolle eingegangen sein, der mir Landeerlaubnis erteilt. Ich wende mich wieder dem Boden zu, kreise einmal ums Flugfeld. Dort unten sind Menschen. Jemand breitet beide Arme aus und winkt. Ich lande ohne Schwierigkeiten auf dem Längsstrich des beleuchteten T und lasse die Jak auf den Skiern ausgleiten. Erst am Boden fangen die Lichter an, mich zu blenden.

Trotz der Kälte dort oben bin ich schweißgebadet unter meinem wattierten Fliegeranzug, als ich auf dem Flugfeld von Engels zum Stehen komme. Ein halbes Dutzend dick vermummter Gestalten kommt bereits über die Landebahn auf mich zugerannt, so schnell es der gefrorene Boden erlaubt.

Pankratow ist als Erster bei mir. Er steigt auf den Flügel meiner Jak und blafft mir ins Gesicht: »Wieso bist du allein?«
Sascha kommt neben ihm zum Stehen. »Hat Leysan eine Kursänderung durchgegeben?«, fragt sie. Ihr Atem verdampft in der Luft.
»Nichts gehört.« Ich schnalle mich los. »Plötzlich waren alle weg. Ich dachte, ich hätte mich verflogen.«
Pankratow stützt meinen Arm, als ich aus dem Cockpit klettere. Sascha hilft mir, den Fallschirm abzunehmen. Zoja hat bereits angefangen, die Maschine zu überprüfen. Die anderen haben die Köpfe in den Nacken gelegt und behalten den Himmel über uns im Auge. Ich erkenne Iwakinas kräftige Gestalt und die lange Nase von Chefnavigatorin Sejd-Ametowa unter einer der Kapuzen.
»Du hast keinen Funkspruch von Leysan erhalten?«, fragt Sascha.
»Nein.«
»Und warum hast du auf die Landeerlaubnis der Bodenkontrolle so spät reagiert?«, fragt Pankratow.
Ich starre ihn an. »Es gab keine Landeerlaubnis. Die haben mich gar nicht angefunkt.«
»Ich hab doch selbst –«
»Wartet, ich weiß«, sagt Zoja. Sie klettert behände ins Cockpit und lässt sich meine Haube mit den Kopfhörern geben. Sie werkelt kurz an den Armaturen herum und presst einen der Kopfhörer an ihr Ohr. »Kein Empfang!«, ruft sie. »Es liegt an der Funkanlage.«
Sascha sieht mich mit einem Stirnrunzeln an. »Dann hat Leysan den Kurs geändert, und du konntest als Einzige nichts hören.«
Trotz der eisigen Winde spüre ich mein Gesicht heiß werden. Ich habe nicht einmal versucht, den Kanal zu überprüfen. Weil ich dachte, dass Leysan mich mit Schweigen abstraft.
»Versucht es weiter!«, brüllt Pankratow in Richtung des flachen Gebäudes, in dem die Funkmannschaft untergebracht ist.

Es fängt an zu schneien. Ich starre auf die winzigen Flocken, dann in die Richtung, aus der ich gekommen bin, und begreife endlich, warum ich kaum die Hand vor Augen sehen konnte.

Wir schauen in den Nachthimmel. Kein Zeichen von unseren Verschollenen. Mir wird kalt hier draußen, aber ich möchte auch nicht vom Feld gehen, solange die anderen nicht zurück sind.

»Meint ihr nicht, dass sie vielleicht ... notgelandet sind?«, frage ich.

Das Schweigen ringsum ist wie ein Bollwerk gegen die Vermutung von etwas Entsetzlicherem. Ich kann die Anspannung in Saschas Gesicht sehen.

Olga Antonowa, die Kommandantin des Zweiten Geschwaders, sagt zu ihr: »Wenn meinen Mädchen wegen deiner Stellvertreterin etwas passiert ist, dann ...«

Ich fühle Übelkeit in mir aufsteigen, lege die Hand vor den Mund.

Sascha bemerkt es. »Geh dich ausruhen«, sagt sie und legt kurz die Hand um meinen Arm. »Du kannst hier im Moment sowieso nichts tun.«

»Sie geht nirgends hin«, sagt Sejd-Ametowa. »Major Kasarowa wird ihren Bericht wollen.«

In diesem Moment kommt eine Meldung von der Bodenkontrolle:

»Wir haben einen Funkspruch! Es ist Mansurowa!« Kurze Stille. Dann folgt: »Nur sie.«

Durch die Fenster des kleinen Sitzungssaals fällt die Sonne. Die Wolken der Nacht haben sich so völlig verzogen, als hätte es sie nie gegeben. Meine Augen fühlen sich an, als hätte jemand Sand hineingestreut.

»Wo sind deine Piloten?« Kasarowas Stimme hallt ungewohnt laut durch den kleinen Sitzungssaal. »Tot! Abgestürzt! Und wo warst du? Was tust du hier, wenn sie dort draußen liegen?«

Leysan steht umringt von unseren Vorgesetzten und Ausbildern und ist kreideweiß im Gesicht. Ihre Augen liegen in dunklen Höhlen.

»Ich wollte Sokolowa nicht zurücklassen«, versucht sie, ihren Fehler zu erklären. »Sie konnte ja nicht weit sein –«

Pankratow schießt auf sie zu wie eine gereizte Hornisse. »Wie oft haben wir euch eingebläut, was zu tun ist, wenn eine abhandenkommt! He?« Er sieht mich und Sascha an, dann wieder Leysan. »Ihr bringt den Zug ins Nest und macht Meldung. Wir suchen nach der Vermissten. Du hast sie alle umgebracht wegen einer Fliegerin!«

Mehrere Augenpaare richten sich auf mich. Ich kämpfe gegen das Würgen in meiner Kehle und zwinge mich, stur geradeaus zu sehen. Ein Teil von mir ist fassungslos, dass Leysan das für mich getan hat. Der andere ist wie betäubt, dass ich der Auslöser für das Geschehen gewesen sein soll.

Bei Sonnenaufgang wurde eine Suchaktion gestartet, die unsere Vermissten jedoch nur noch tot ausfindig machen konnte. Ich wollte dabei sein, aber das erlaubten sie nicht nach meinem Nachtflug. Inzwischen ist Mittag vorbei, und wir werden noch immer verhört.

»Ich habe Sokolowa immer wieder angefunkt«, sagt Leysan. »Aber sie schloss nicht zu uns auf. Also habe ich durchgegeben, dass wir noch mal in das Gebiet zurückkehren, in dem wir sie verloren haben.«

»Du bist vom vorgegebenen Kurs abgewichen!«, zischt Kasarowa.

»Entgegen jeder Regel!«, ruft Iwakina.

»Ist dir klar, was Piloten erwartet, die draußen im Feld ihre Befehle ignorieren?«, fragt Kasarowa.

Aus dem Augenwinkel kann ich Leysan heftig blinzeln sehen. Wie um einen Gefühlsausbruch zu vermeiden, reckt sie das Kinn ein paar Millimeter höher. Ich stehe neben ihr, bin aber bislang außen vor. Dass ein Empfänger versagt, kann immer mal passieren. Ich habe mich auf die Instrumente verlassen und bin sicher zurückgekommen. Aber was Leysan getan hat, ist ein Verstoß gegen das Regelwerk.

»Das wird Disziplinarmaßnahmen nach sich ziehen, Mansurowa«, sagt Kasarowa. Dann wendet sie sich mir zu. »Was war mit deinem Empfang, Sokolowa?«

»Ausgefallen, Genosse Major.«

»Wie konnte das passieren? Hat deine Maschine nicht die ordnungsgemäße Wartung vor dem Flug durchlaufen?«

»Doch, Genosse Major.« Bilder zucken vor meinen Augen auf. Meine Hand, die den Flügel der Jak entlangstreicht. Leysan, die plötzlich hinter mir steht. Ich wusste, dass ich in Ruhe mit ihr Streit anfangen konnte, weil Zoja Meldung über den Abschluss der Vorbereitungen machen gegangen war. Sonst war immer ich diejenige, die den Empfang geprüft hat, aber diesmal hatte Zoja es bereits getan. Hätte sie sonst bei Aksjonowa Meldung gemacht?

»Ich habe keine Erklärung, Genosse Major.«

Kasarowa verharrt regungslos, sieht mich nur weiter an, als ob sie mir Gelegenheit geben wollte, selbst festzustellen, dass das als Antwort nicht gut genug ist. Es funktioniert. Ich spüre den Drang, etwas zu sagen, mich zu rechtfertigen. Doch die Befürchtung, damit alles nur noch schlimmer zu machen, überwiegt.

Nach einer scheinbar langen Zeit wirft Kasarowa Pankratow einen kurzen Blick zu, ehe sie Leysan und mich erneut ins Visier nimmt.

»Hat eine von euch Interesse daran, den Hergang der Ereignisse vor einem Kriegsgericht wiederzugeben?«

Unwillkürlich stelle ich mich gerader hin, und ich kann spüren, wie Leysan sich neben mir ebenfalls aufrichtet.

»Nein, Genosse Major.«

»Nein, Genosse Major.«

Kasarowa beugt sich vor. »Dann rate ich euch dringend, alles offenzulegen.« Sie legt die Spitze des ausgestreckten Zeigefingers auf den Tisch. »Wir werden den Ablauf so lange durchgehen, bis ihr alles gesagt habt, was ihr wisst.«

Zu meinem Entsetzen ist genau das der Moment, in dem mein Magen anfängt zu knurren. Man hat uns irgendwann am

Morgen *kascha* gebracht, aber das ist einige Stunden her. Kasarowas wütender Blick durchbohrt mich geradezu.
»Los, noch einmal von vorn!«

»Das ist alles deine Schuld!«
Auf dem Korridor erwarten uns nicht nur Inna und Natascha, sondern auch ein Empfangskomitee vom Zweiten Geschwader, auf das wir hätten verzichten können. Olga hat rote Flecken im Gesicht, vor Aufregung und vielleicht auch vom Weinen.
»Was mit meinen Fliegerinnen passiert, ist ja egal«, sagt sie zu Leysan. »Hauptsache, deiner Freundin geht es gut. Ihr kommst du zu Hilfe, auch wenn es die anderen in Gefahr bringt.«
»Du redest Blech«, sagt Sascha. »Dasselbe hätte dir passieren können oder mir. Ohne Funkverbindung ist man völlig hilflos in so einer Lage. Wenn jemand die Verantwortung trägt, dann Kasarowa.«
»Das werde ich melden!«, keift eine andere vom Zweiten.
Sascha würdigt sie keiner Antwort. Mit einer Kopfbewegung bedeutet sie uns, ihr zu folgen.
»Ich muss eine Versammlung einberufen«, flüstert Leysan tonlos, als die anderen außer Hörweite sind. »Ich muss mich dem Komsomol erklären und Selbstkritik üben.«
»Du musst ins Bett«, sagt Sascha.
Leysan schüttelt schwach den Kopf, folgt ihr jedoch den Korridor hinunter. Nach ein paar Schritten bleibt sie stehen. Sie presst die Hände vors Gesicht. »Gott sei Dank wart ihr es nicht ...«
Sascha kehrt um und nimmt sie wortlos in den Arm. Leysans Haar hebt sich lackschwarz gegen Saschas dunkles Gold ab.
Sie könnten sterben. Jede Einzelne von ihnen. Dazu braucht es keine Front. Ich erinnere mich an genügend furchtbare Unfälle in Tuschino – Fliegen ist gefährlich.
»Tja, das wäre unser Billett an die Front gewesen«, sagt Natascha. »Nun wird uns die Alte noch ein paar Monate erzählen, dass wir nicht so weit sind.«

»Nicht jetzt«, erwidert Sascha leise über Leysans Kopf hinweg. Diese löst sich von ihr, das Gesicht tränenfleckig. Unsere Blicke treffen sich.

»Was?«, bellt sie mich unerwartet heftig an.

Ich zucke zurück.

»Willst du mir auch noch Vorwürfe machen? Das kannst du doch so gut!«

»Leysan, was soll das?«, sagt Sascha. »Du bist überreizt. Katja macht dir keine Vorwürfe –«

»Von wegen!« Leysan zeigt mit dem ausgestreckten Finger auf mich. »Sie hat mich vor dem Start beschuldigt, ich hätte ihre Eltern angezeigt!«

Sascha scheint einen Moment verwirrt, dann fährt ihr Kopf zu mir herum. »Hast du das?«, fragt sie mit plötzlich scharfkantiger Stimme.

Unwillkürlich mache ich einen Schritt zurück. Aus irgendeinem Grund habe ich mir nie überlegt, was Sascha zu meinem Verdacht sagen wird, wenn sie früher oder später davon erfährt.

»Natürlich hat sie, oder denkst du, ich lüge?« Leysans Stimme überschlägt sich.

»Ich will es von Katja hören«, sagt Sascha. »Du glaubst, eine von uns hat mit der Sache etwas zu tun? Die ganze Zeit schon?«

Ich bemühe mich um einen ruhigen Tonfall. »Nein, ich weiß es erst seit Kurzem.«

»Du weißt überhaupt nichts!«, schreit Leysan.

»Sie weiß, wie du sie die ganze Zeit behandelst«, sagt Natascha. »Das reicht wahrscheinlich.«

Leysan verschränkt die Arme. »Wie ich sie behandle?«, fährt sie Natascha an. »Wie behandle ich sie denn? Ich helfe ihr, dass sie wieder in den Komsomol aufgenommen wird. Das ist meine Aufgabe als KomsOrg!«

»Du hackst ständig nur auf ihr rum«, sagt Natascha. »Kein Wunder, dass sie auf solche Ideen kommt!«

»Stimmt es denn?«, fragt Inna leise. »Das mit der Anzeige?«

Sascha will etwas sagen, doch Leysan explodiert: »Natürlich stimmt es nicht!« Sie zeigt mit dem Finger auf ihre Brust.

»Muss ich das wirklich sagen? Ich denunziere niemanden. Im Gegensatz zu der da!« Sie durchbohrt mich mit einem Blick.

»Wenn hier jemand die anderen bespitzelt, dann ja wohl du!«

Schwindel erfasst mich, ehe ich begreife, dass sie natürlich nicht meine Arbeit für Mukijenko meint, denn davon kann sie nichts wissen, sondern meinen Verdacht, dass eine von ihnen meine Eltern denunziert hat.

»Und mit welchem Recht eigentlich?«, fährt Leysan fort. »Deine Eltern wurden verurteilt, sie waren schuldig und haben genau das bekommen, was sie verdient haben!«

Das reißt mich aus meiner Starre. »Du hältst den Mund über meine Eltern, ist das klar?«

»Für das, was sie getan haben, hätte man sie besser erschießen sollen!«

Natascha hält mich am Arm zurück, als ich vorwärtsschnelle, um Leysan zu schlagen.

»Leysan!«, ruft Sascha gleichzeitig.

Leysan sieht sie an und zeigt auf mich. »Ich habe dir immer gesagt, dass auf sie kein Verlass ist, und ich hatte recht!«

»Genau das meine ich«, sagt Natascha, die Hand noch immer auf meiner Schulter. »Du wolltest sie von Anfang an nicht dabeihaben, und jetzt wunderst du dich –«

»Schluss!«, ruft Sascha laut. »Kein Wort mehr.« Sie sieht keine von uns an. Über ihrer Nasenwurzel stehen steile Falten. Sie streicht mit den Fingerspitzen darüber, als wollte sie sie wegbügeln. Niemand rührt sich. Irgendwo im Gebäude schlägt eine Tür zu.

»Leysan«, sagt Sascha schließlich, noch immer, ohne eine von uns anzusehen. »Du schreibst einen Bericht an Kulikowa, dass Katja sich hervorragend entwickelt und dass du ihre Wiederaufnahme in den Komsomol befürwortest.« Leysan öffnet den Mund, doch Sascha sieht ihr fest in die Augen und spricht rasch weiter. »Keine Schulungen mehr.«

Dann sieht sie mich an. »Ich kann verstehen, dass du glaubst, deine Eltern wären Opfer übler Nachrede geworden. Auch dass du sie rehabilitieren willst, finde ich normal. Aber dass du anfängst, uns zu verdächtigen – das geht nicht.« Hat sie eben noch mühsam beherrscht geklungen, schimmert jetzt die blanke Wut durch. »Katja, wir haben dich hierhergeholt. Ohne uns würdest du irgendwo hinter dem Ural Patronen polieren, und so dankst du es uns? Eins sage ich dir: Niemand braucht so eine Kameradin! Verstehst du mich? Wenn du jemals wieder so einen Verdacht gegen eine von uns aussprichst, sorge ich persönlich dafür, dass man dich aus dem Regiment wirft. Das ist mein voller Ernst!«

Da ist ein Rauschen in meinen Ohren. Es dauert einen Moment, bis ich begreife, dass es mein eigenes Blut ist. Ein hoher, sirrender Ton legt sich darüber, der alles andere in weite Ferne rücken lässt.

»Das gilt übrigens für alle«, höre ich Sascha wie durch Watte. »Kein Wort mehr davon! Wir können uns schon auf Kasarowa nicht verlassen. Wenn wir bald an die Front kommen und uns *aufeinander* nicht verlassen können, sind wir tot.«

Das letzte Wort hallt nach. Niemand rührt sich. Sascha sieht zwischen Leysan und mir hin und her.

»Jetzt gebt euch die Hand.«

Leysans Augen spiegeln meinen eigenen Widerwillen. Nur langsam heben wir beide die Hand, ohne einander aus den Augen zu lassen.

Sie ist umgedreht, um nach mir zu suchen. Das war ihr wichtiger als ihr Auftrag.

Ich habe niemandem von Efendikoj erzählt. Ich weiß zu gut, wie es ist, wenn die eigene Familie einen Kopf und Kragen kosten kann.

Trotzdem würde ich ihr am liebsten die Knochen brechen, und ich habe keinen Zweifel, dass es ihr ebenso geht. In dem Moment, als unsere Hände sich berühren – Leysans klein und überraschend weich –, nehme ich aus dem Augenwinkel eine Bewegung wahr. Kapitan Lopatkina, ein Mitglied von Kasarowas Stab, kommt aus einem der Büros und bleibt bei unserem Anblick stehen.

»Stimmt etwas nicht?« Sie beobachtet uns argwöhnisch.

»Nein, Genosse Kapitan«, sagt Sascha schnell. »Alles in Ordnung.«

Wir hatten Glück, denke ich, dass uns vorher niemand gehört hat.

»Worum ging es da?«, fragt Lopatkina.

»Sokolowa vermisste ihre Seife«, erklärt Natascha. »Aber die hat sich wieder gefunden.«

»Seife?« Lopatkina zieht die Nase kraus. »Nach allem, was passiert ist, zankt ihr euch wegen Seife?«

»Wir haben das geregelt«, sagt Sascha.

Lopatkina stößt ein unfrohes Lachen aus. »Ihr Mädchen. Wir sind hier wirklich nur noch mit Streitschlichten beschäftigt.«

Sascha wirft ihr ein verständnisinniges Lächeln zu, das von ihrem Gesicht gleitet, kaum dass Lopatkina wieder hinter der Tür verschwunden ist.

Erde fällt auf die schmucklosen Holzkisten, in denen unsere Kameradinnen liegen. Der Friedhof von Engels ist von einem Lattenzaun umgeben wie eine Pferdekoppel. Es ist ein nebliger Tag, noch kein Hauch von Frühling. Unser Atem steht in der Luft.

Erst nachdem wir den Schnee von einem Stück Erde gekratzt hatten, konnten wir ein Loch in den gefrorenen Grund graben. Kein einziger Baum steht hier. Im Sommer wird die Sonne erbarmungslos auf das Grab niederbrennen.

»Ballt euer Herz zur Faust«, hat Marina Raskowa in ihrer Trauerrede gesagt. So fühlt es sich auch an in meiner Brust, als hätte es sich dort zusammengezogen.

Leysan wurde degradiert. Den Posten als Komsomolorganisatorin des Regiments darf sie jedoch behalten. Natascha wurde zur stellvertretenden KomEska ernannt. »Wem ist das denn eingefallen?«, murmelte sie vor sich hin, als Kasarowa diese Neuordnung verlas. Laut sagte sie natürlich: »Ich diene der Sowjetunion.«

Jede aus dem Regiment wirft eine Handvoll Erde auf die toten Kameradinnen. Ich lasse die Brocken los, sehe zu, wie sie auf das Holz der Särge hinunterprasseln.

So schnell geht das. Vor zwei Tagen waren diese Mädchen noch lebendig. Hätte es diese Toten auch gegeben, wenn ich nicht vor dem Abflug mit Leysan Streit angefangen und mich stattdessen um meinen Empfänger gekümmert hätte? Wenn ich nicht meine persönlichen Wünsche über den Einsatz gestellt hätte? Was für eine Soldatin bin ich?

Ich trete zurück in die Reihen. Sascha steht links, Inna rechts von mir. Das nächste Mal könnten sie es sein, die dort in der eisigen Erde liegen.

Ich werde mich von jetzt an auf mein Training und auf meine Einsätze konzentrieren. Zum Teufel mit Mukijenko und seinen seltsamen Hinweisen. Ich wüsste auch nicht, wo ich weitersuchen soll.

Außer vielleicht … Das Dokument. Das Natascha am Kasaner Bahnhof dabeihatte. Wenn ich herausfinde, welcher von ihnen Mukijenko es gegeben hat, wäre klar, dass zumindest sie Kontakt zu ihm gehabt haben muss.

Unwillkürlich sehe ich wieder zu Sascha hin. Sie spürt meinen Blick, erwidert ihn mit einer leichten Kühle. Noch ist nicht wieder alles wie früher zwischen uns.

Dass wir fünf die ganze Zeit kein Wort miteinander wechseln, fällt in dem allgemeinen Schweigen nicht auf. Natascha ist die Erste, die es bricht, wenn auch mit verhaltener Stimme. »So, mir reicht's.« Sie wendet sich ab, schaudert theatralisch und reibt sich die Erde von den Händen. »Ich bin noch verabredet.«

»Das ist jetzt nicht dein Ernst«, sagt Sascha. »An einem Tag wie heute willst du –«

»Gerade heute. Mich hat es schließlich nicht erwischt. Morgen könnte ich schon da unten liegen.«

Während Raskowa das Zeichen zum Sammeln gibt und alle beginnen, sich in Reih und Glied zu formieren, geht Natascha zwischen den Gräbern davon.

»Ich dachte, ihr Kerl ist in Moskau«, sagt Inna leise. »Sie schreibt ihm doch immer. Hat sie hier etwa auch einen?«

»Das fällt dir jetzt erst auf?«, fragt Sascha.

»Geht doch nichts über Anstand und Moral«, murmelt Inna

sarkastisch. Wir sehen Natascha hinterher, wie sie durch den Zaun schlüpft. Gleich darauf gibt Raskowa den Befehl zum Aufbruch.

Auf dem Rückweg zum Stützpunkt werden wir verfolgt. Ein struppiger graubrauner Hund begleitet uns in einigem Abstand, winselt. Er läuft davon, verschwindet fast im Nebel. Schemenhaft kann ich die Gestalten weiterer Hunde erkennen. Engels ist voll von diesen Streunern. Man muss sich vor ihnen in Acht nehmen. Der Hunger macht sie aggressiv.

Herrenlose Hunde und leere Häuser. Warum ist dieser Ort bloß so eigenartig, denke ich nicht zum ersten Mal. Hoffentlich kommen wir bald hier weg. In gewisser Weise scheint hier immer Nebel zu sein, als ob ich etwas ganz Entscheidendes einfach nicht sähe und das Bild deshalb keinen Sinn ergäbe.

Es pfeift in meinen Ohren. Es knackt. Ein heulender Ton, so laut, dass ich am liebsten die Fliegerhaube mit den Kopfhörern abnehmen würde.

Ohne jede Vorankündigung wurden heute Morgen die neuen Sprechanlagen geliefert. Die Mechanikerinnen machten sich sofort daran, sie in unsere Jaks einzubauen. Dann wurden die Funkmannschaft und wir Fliegerinnen dazugeholt, um die Übertragung zu testen. Die Kabelverbindung am Hals ruft bei mir Erinnerungen an Tuschino wach, an das Training für die Parade zum Ersten Mai.

»Denkst du, wir dürfen uns jede ein Rufzeichen aussuchen?«, fragt Natascha aus der Maschine neben meiner.

Ich zucke die Achseln, darüber habe ich mir bisher noch keine Gedanken gemacht. Fest steht nur, dass bei Einsätzen keine Klarnamen verwendet werden dürfen.

»Hört mal her!«

Ich drehe den Kopf. Rechts von mir hat sich Sascha halb im Cockpit aufgerichtet und lässt den Blick durch die Reihen mit Flugzeugen schweifen.

»Wenn ihr einen Funkspruch durchgegeben habt, müsst ihr den Sendeknopf sofort loslassen!«, ruft sie. »Wenn ihr ihn aus

Versehen weiter gedrückt haltet, kann niemand mehr den Kanal benutzen.«

Natascha begegnet meinem Blick und zwinkert mir zu. Gleich darauf ist der Kanal frei, denn ich höre erneut Sascha, diesmal in meinem Kopfhörer: »Und vergesst nicht: Im Einsatz darf der Funk nur für Wichtiges benutzt werden. Wenn eine vom Kurs abkommt oder Sichtkontakt zum Feind hat.«

Kasarowa hat sich den ganzen Tag noch nicht blicken lassen. Ob Sascha sich wohl nach dem verhängnisvollen Nachtflug noch einmal wegen der Sprechanlagen an sie gewandt hat? Hat Kasarowa womöglich Kritik von oben einstecken müssen? Es fällt mir schwer zu glauben, dass sie von selbst ihren Fehler eingesehen hat.

Zoja reicht mir das Mikro. »So, hier. Versuch es mal.«

»Zoja Demtschenko?«

Eine Männerstimme. Drei Uniformierte stehen wie aus dem Boden gewachsen neben dem Propeller meiner Jak. Der Glatzkopf in der Mitte hat gesprochen. Er hält Zoja einen Ausweis hin, den er sofort wieder einsteckt.

»Mitkommen.«

»Wieso denn?«, fragt meine Mechanikerin und klemmt die Hände unter ihre Achseln.

»Wir stellen die Fragen«, sagt der Glatzkopf.

Rasch wende ich den Blick ab. Sonderabteilung. Um das zu erraten, brauche ich den Ausweis nicht selbst zu sehen.

»Aber ich habe überhaupt nichts getan!«, ruft Zoja, ihre Stimme ungewohnt schrill.

Jedes Gespräch verstummt. Jede Bewegung auf dem Abstellfeld erstarrt. Es ist, als ob man ein Bild betrachtet. Die Technikerinnen stehen oder kauern am Boden, ohne mit ihrer Arbeit fortzufahren. Die Fliegerinnen in ihren Cockpits rühren sich nicht.

In der Flugzeugreihe gegenüber begegnet Leysan als Einzige meinem Blick. Ich fahre zusammen. Augen wie zwei schwarze Nägel. Gibt sie mir die Schuld daran, dass sie hier sind? Glaubt sie, man wird auch sie verhaften?

Der Glatzköpfige steht neben mir. »Du bist geflogen, Genossin?«
Ich nicke. Meine Stimme finde ich nicht.
»Auch mitkommen«, fügt er hinzu.
Mein Blick huscht zu Leysan, doch sie sieht nicht länger in meine Richtung. Sie war es, die den Einsatz geleitet hat, doch vermutlich schützt sie ihr Posten als KomsOrg.
Mich dagegen schützt überhaupt nichts.

Die Männer, die Zoja und mich flankieren, sprechen kein Wort, während sie uns durch die Korridore des Hauptgebäudes führen. In meinem Kopf geht alles durcheinander. Der Empfang, den ich nicht geprüft habe. Leysans Degradierung. *Ich denunziere niemanden. Im Gegensatz zu der da ...* Kasarowas kalte Augen hinter ihrem Schreibtisch. *Hat eine von euch Interesse daran, den Hergang der Ereignisse vor einem Kriegsgericht wiederzugeben?*
Die Tür zum kleinen Sitzungssaal schwingt auf. Ein überraschter Laut entfährt mir. An der Fensterbank lehnt Mukijenko, in der Uniform eines Majors der Luftstreitkräfte. Ist er die Leiter raufgefallen, seit wir uns zuletzt gesehen haben?
Einer der Männer stößt mich weiter. Meine Benommenheit weicht. Ich bin Informantin der Sonderabteilung. Sollte Mukijenko da nicht achtgeben, dass mir nichts passiert?
Seine Miene verrät nichts, als er sich nun an den Tisch setzt und Zoja und mir bedeutet, ebenfalls Platz zu nehmen. Das Reden überlässt er einem seiner Männer, einem Kleinen mit überlauter Stimme.
»Diese Flugzeuge sind ihr Gewicht in Gold wert«, sagt der Kleine.
Garantiert hat er das irgendwo aufgeschnappt und auswendig gelernt und bringt es bei jeder Gelegenheit an, ob passend oder nicht. Ich wende den Blick ab, um den Funken der Rebellion, den seine Worte zünden, vor dem Kleinen zu verbergen, und fange Mukijenkos angedeutetes Lächeln auf.
»Sie sind wertvoller als jede Einzelne von euch«, macht der

Kleine sich weiter wichtig. »Menschen haben wir genug. Flieger gibt's wie Sand am Meer, aber eine solche Maschine herzustellen, kostet uns Wochen, Tausende Stunden Arbeitskraft! Ich weiß, dass ihr das wisst.« Er stolziert vor uns auf und ab und bleibt schließlich vor Zoja stehen. »Ihr seid eines von Marina Raskowas handverlesenen Frauenregimentern. Keine von euch wäre so nachlässig, einen kaputten Empfänger zu übersehen.« Er beugt sich zu ihr herunter. »In wessen Auftrag hast du gehandelt?«

Mein Atem stockt. Das können sie nicht ernst meinen.

Zoja hebt den Kopf. »Ich weiß nicht, warum der Empfänger kaputt war. Ich hatte vorher nichts bemerkt.«

»In wessen Auftrag hast du ihn beschädigt?«

»Ich hatte keinen Auftrag! Und ich würde nie ein Flugzeug beschädigen.«

»Der Empfänger war kaputt!« Er zeigt mit ausgestrecktem Arm auf mich. »Oder wollt ihr das jetzt abstreiten? Also ...«

»Nein«, sagt Zoja. »Wir ... wir lieben unsere Flugzeuge. Sie sind wie lebendige Wesen für uns.« Sie ringt die Hände.

»Was dieses Verbrechen umso schlimmer macht«, meldet sich Mukijenko ruhig zu Wort. Er schlägt eine Seite des Berichts um, der vor ihm liegt. »Du hast die anderen auf den Defekt aufmerksam gemacht, nachdem die Maschine gelandet war. Du hast gesagt: ›Wartet, ich weiß‹«, liest er vor und richtet dann den Blick seiner Eisaugen auf sie. »Was ist das, wenn nicht ein Geständnis?«

Zoja verstummt, die Augen angstvoll aufgerissen. Ja, das hat sie gesagt, noch bevor sie den Empfänger meiner Jak überprüft hat.

Wer hat das nun wieder weitergegeben? Wer war dort und konnte das hören? Pankratow, Sascha, Olga, Zoja selbst, ich natürlich ... War nicht auch Iwakina da?

»Du hast genau gewusst, was mit dem Empfänger ist, weil du ihn beschädigt hattest, stimmt es nicht?«, schießt sich der Kleine weiter auf Zoja ein.

Ich sehe Mukijenko an. Wenn sie Zoja nicht für schuldig

befinden, werden sie dann beschließen, dass ich es gewesen sein muss? Dass ich mein eigenes Flugzeug sabotiert habe?

Ist das alles hier als Warnung an mich gedacht? Schau her, was wir auch mit dir machen können, wenn uns danach ist?

Ein winziger wahrer Kern ist ja auch dran. Ich hätte genauso daran denken müssen, die Sprechanlage zu testen. Aber mein Streit mit Leysan war wichtiger.

Ihr Gewicht in Gold ...

Mukijenko sieht mich an. »Kannst du bestätigen, dass der Empfang beim Start funktioniert hat?«

Ich umklammere mit einer Hand das Gelenk der anderen. Ich kann es nicht. Ich war mit Leysan beschäftigt. Selbst als wir in der Luft waren, habe ich nicht darauf geachtet, ob anfangs ein Funkspruch kam.

»Nein.«

Der Kleine sieht hinüber zu Mukijenko, ich ebenso. Er hat hier das Sagen. Er muss Zoja jetzt gehen lassen und weitere Maßnahmen ergreifen. Mukijenko hebt den langen Zeigefinger der rechten Hand und bewegt ihn in Richtung Tür. Die beiden anderen greifen Zoja bei den Armen und zerren sie von ihrem Stuhl hoch. Ich sehe wie vom Donner gerührt zu, wie man sie aus dem Raum bringt. Wir bleiben allein zurück.

»Nicht zu fassen«, murmelt er und fährt sich durchs Haar. »Überprüfen die noch nicht mal ihren Funkkontakt vor dem Start. So soll man Hitler besiegen.« Er greift nach einem Stift und wirft ein paar Sätze auf ein Blatt Papier. Aus der Innentasche seiner Uniform fördert er einen Stempel und das zugehörige Kissen zutage.

»Was geschieht jetzt?« Ich sitze auf der Kante des Stuhls.

»Jetzt passen wir das Handbuch für Flugzeugwartung entsprechend an«, erwidert Mukijenko freundlich und schwenkt das soeben verfasste und abgestempelte Schreiben.

»Nein, mit Zoja!«

»Was kümmert dich das?«

Ich bin so verblüfft, dass jede Spannung aus meinem Gesicht weicht. Wie kann er mir so eine Frage stellen?

»Du bekommst einen anderen Mechaniker«, meint Mukijenko leichthin. »Häng dein Herz nicht an irgendwelche Leute, denen du hier über den Weg läufst. Sie können sich immer als Verräter herausstellen.«

»Sie hat eine kleine Tochter«, halte ich dagegen. »Mag sein, dass sie einen Fehler gemacht hat, aber es war keine böse Absicht. Können Sie nicht einmal ... nachsichtig sein?«

Es war die falsche Frage.

»Nachsichtig?« Seine Augen glitzern auf der anderen Seite des Tisches. »Mit den Feinden des Vaterlandes? Allein dafür müsste ich dich sofort festnehmen.«

Ich sitze wie erstarrt. Mukijenko steht auf und dreht sich zu der Karte an der Wand um, betrachtet sie, als könnte er dort den Verlauf der Front ablesen, den sie vor uns einfachen Soldaten verbergen.

»Was denkst du?«, sagt er, die Hände hinter dem Rücken. »Wie kann es sein, dass die beste Armee der Welt bislang nicht vermocht hat, die Eindringlinge aus ihrem Land zu jagen? Wir haben Verräter in den eigenen Reihen, die unsere Bemühungen sabotieren. Sei es, weil sie im Sold des Gegners stehen oder weil sie ihr sowjetisches Vaterland hassen. Und du forderst Nachsicht für diese Leute.« Mukijenko geht um den Tisch herum und tritt vor mich hin. »Aber nicht nur die sind ein Problem. Auch Leute, die ihre Arbeit nicht tun, die Anweisungen nicht ausführen oder sich ungebührlich lange damit aufhalten ...«

»Ich habe es ja versucht, aber an Kasarowas Unterschrift zu kommen, ist nicht so leicht –«

»Du dachtest, dass es leicht sein würde?« Er betrachtet mich amüsiert. »Was hast du denn bisher unternommen?«

Ich berichte von meinem Ausflug in Kasarowas Büro.

»Das passt zu ihr, nichts herumliegen zu lassen«, meint er. »Da wirst du dich wohl deiner Regimentsleitung annähern und auf eine bessere Gelegenheit warten müssen.«

»Annähern?«

»Du hast ihr etwas anzubieten, was ihr nutzen würde. Denk mal nach.«

Was sollte das sein? Restlos verwirrt starre ich ihn an.

»Kasarowa hat nicht gerade viele Freunde unter ihren Fliegerinnen, richtig?«, fragt er.

Ich schüttle den Kopf. Das kann man wirklich nicht behaupten.

»Sicher sucht sie Verbündete. Sie wird wissen wollen, wer hinter ihrem Rücken schlecht über sie redet, wer etwas plant gegen sie, ob Beljajewa bereits an ihrem Stuhl sägt ...«

»Ich soll Kasarowa verraten, was Sascha und die anderen über sie reden?« Nie im Leben.

Mukijenko dreht sich um und kehrt zu seinem Platz zurück, während er weiterspricht: »Wo wir gerade beim Thema Verrat sind: Bist du eigentlich weitergekommen mit dem Hinweis, den ich dir gegeben habe?« Seine Miene drückt nichts als freundliches Interesse aus, als er sich mir gegenübersetzt.

»Ich hatte einen Verdacht ... gegen Leysan. Aber der hat sich zerschlagen.« Zumindest hat sie es ziemlich überzeugend abgestritten.

»Leysan? Interessant.« Er lächelt. Interessant, weil es so abwegig ist oder weil ich den Verdacht habe fallen lassen?

»Was haben Sie gemeint mit ›Quell allen Übels‹?« frage ich.

Er hebt mahnend den Zeigefinger. »Ich bin dir entgegengekommen, wo ich konnte. Aber nun will ich etwas sehen von dir. Vorher sage ich dir gar nichts mehr über deine Eltern oder die Person, die sie angezeigt hat.«

»Das wird niemals funktionieren!«, platze ich heraus. »Kasarowa traut keiner Menschenseele! Eher wird sie denken, ich handle in Saschas Auftrag, als dass sie mir so einen Seitenwechsel abnimmt.«

Vertraulich neigt er sich zu mir herüber, als würde er ein Geheimrezept zur Handhabung misstrauischer Regimentsleiterinnen weitergeben. »Übertreib es einfach nicht. Zeig ein bisschen Fingerspitzengefühl.«

»Tun Sie mir das nicht an.« Ich höre selbst die Verzweiflung in meiner Stimme.

Er zieht belustigt die Stirn kraus. »Ich bin ja auch der Meinung, dass Kasarowa nicht gerade eine Stimmungskanone ist, aber deswegen gleich –«

»Kasarowa interessiert mich nicht die Bohne!«, falle ich ihm ins Wort. »Aber die anderen wissen, dass ich eine von ihnen verdächtigt habe. Da sind sie schon enttäuscht genug von mir. Wenn ich jetzt noch anfange, Kasarowas Nähe zu suchen, werden sie mir überhaupt nicht mehr vertrauen.«

»Das ist ergreifend.« Er nickt, die Ellbogen auf den Tisch gestützt, die schlanken Finger vor dem Kinn miteinander verschränkt. »Diese schweren Entscheidungen, vor denen wir so oft stehen. Ist mir der Dienst am Vaterland wichtiger, oder sind es persönliche Freundschaften? Die vielen Konsequenzen, die bedacht sein wollen …« Versonnen betrachtet er etwas über meinem Kopf. »Orte wie der, an dem sich deine Eltern derzeit befinden, sind ja bekannt dafür, dass nicht alle von dort wiederkommen.«

Ausnahmsweise raucht er heute einmal nicht. Der Aschenbecher auf dem Tisch vor ihm ist leer. Er sieht schwer aus. Wie gemacht, um ihn zu nehmen und ihn Mukijenko mit aller Kraft gegen die Schläfe –

»Hatte ich erwähnt, dass morgen euer Marschbefehl verlesen wird?«, fragt er.

Ich hebe hastig den Kopf.

»Ganz recht, ihr werdet verlegt. Nicht nach Moskau«, tritt er beiläufig nach. »Das könnt ihr euch abschminken.«

»Was soll das heißen?«

»Moskau ist nicht mehr das Primärziel der Deutschen. Warum, kann ich dir nicht sagen. Ich habe es aufgegeben, sie verstehen zu wollen.«

»Und wohin kommen wir dann?«

»Nur die Ruhe. Es wird auch dort genügend Fritzen zum Erschießen geben. Konzentriere du dich auf deinen Auftrag, der hat oberste Priorität.«

Sie schicken uns nach Anisowka. Gleich am nächsten Morgen verkündet Kasarowa dies völlig unbewegt beim Appell. Nach

einem Augenblick der allgemeinen Schockstarre rutscht einer heraus: »Anisowka bei Engels?«
Ich unterdrücke ein nervöses Lachen. Es muss einen anderen Ort geben, der so heißt. Die kleine Bahnstation und das zugehörige Flugfeld knapp sieben Kilometer Luftlinie vom Stützpunkt Engels entfernt können ja wohl nicht gemeint sein.
Doch Kasarowa sagt: »Ganz recht.«
Es kostet uns jede Unze militärischer Disziplin, um abzuwarten, bis sie die Versammlung aufhebt und wir aus dem Raum marschiert sind, ehe wir alle gleichzeitig anfangen zu reden.
»Der Krieg wird vorbei sein, ehe wir auch nur auf ein einziges deutsches Flugzeug treffen!«
»Haben sie uns dafür Jaks gegeben? Damit wir im Hinterland Patrouille fliegen?«
»Da muss ein Fehler passiert sein!«
»Nein, die wollen einfach nicht, dass Frauen Kampfeinsätze fliegen!«
»Kasarowa war noch nie scharf darauf, dass wir an die Front gehen und uns dort beweisen«, sagt Natascha. »Und siehe da, wir gehen nicht an die Front.«
»Ist doch klar«, sagt Inna. »Wir würden uns dort auszeichnen und sie nicht, weil sie nicht genug Mumm hat, selbst zu fliegen.«
Einige murmeln zustimmend.
»Für Kasarowa muss das auch eine Ohrfeige sein«, halte ich dagegen.
»Darauf würde ich mein Höhenruder nicht verwetten«, meint Natascha. »Im Hinterland lässt sich ihre Unfähigkeit viel besser verbergen als an der Front.«
Ich sehe mich um. Kopfschütteln, fassungslose Gesichter. Ein paar sind den Tränen nahe.
Sascha reicht es schließlich. »Niemand hat uns Fronteinsätze versprochen, als wir uns gemeldet haben«, erinnert sie uns. »Befehle ändern sich, das wird noch oft passieren.«
Wie geprügelte Hunde schleichen wir uns aus dem Hauptgebäude, um zusammenzupacken.
»Olga«, höre ich Sascha mit gesenkter Stimme sagen, als

ich hinter den anderen hinausgehe. »Du musst für Disziplin in deinem Geschwader sorgen. Jammern Soldaten, auf die das Vaterland stolz sein kann, so herum?«

Olga klingt feindselig. »Aber wie sie in deinem Geschwader über Major Kasarowa reden, das geht natürlich in Ordnung?«

Mich beschäftigt etwas anderes. Ein neuer Stützpunkt bedeutet neue Räumlichkeiten. Ich weiß nicht, was uns dort erwartet, aber alles wird anders sein. Meine Möglichkeiten, Mukijenkos Auftrag doch noch zu erledigen, ohne die anderen an Kasarowa zu verkaufen, schwinden rapide.

Der Tag vergeht wie im Flug. Ich helfe, Kochgeschirr zu verladen, Verbandsmaterial und zum Schluss mal wieder Patronenkisten. Eine vage Hoffnung, dass Kasarowa ihren Schreibtisch hat ausräumen müssen, sodass vielleicht Papierkram offen herumliegt, treibt mich gegen Abend ins Hauptgebäude zurück.

Auf dem Korridor mit den Stabsbüros herrscht ein ständiges Kommen und Gehen. Alle Türen stehen offen. Dreimal gehe ich an der Poststelle vorbei, doch hier bietet sich dasselbe Bild.

Eine einzige Tür ist verschlossen. Ich klopfe.

»Verdammt, ja«, tönt es von drinnen. Stiefelschritte nähern sich. Gleich darauf schwingt die Tür auf. »Ich hab doch gesagt, ich ... Ach, du bist es.« Das Hemd hängt ihm halb aus der Hose.

»Ich wollte mich verabschieden«, sage ich.

Pankratow grunzt unwirsch, deutet auf einen Stuhl. Ich setze mich. »Zufrieden?« Er steckt sich das Hemd zurück in die Hose. »Jetzt dürft ihr eigene Einsätze fliegen.«

»Na ja, wir hatten auf Moskau gehofft ...«

Er schüttelt den Kopf. »Alles, was ihr könnt, ist quengeln.«

»Das stimmt nicht. Ich bin froh, dass es losgeht.«

»Ja? Ich nicht. Ich hätte euch noch hierbehalten.«

Er schenkt Tee ein, ohne auf eine Antwort von mir zu warten, setzt sich mir gegenüber. Ich nehme den ersten Schluck. Er ist stark und bitter, legt sich wie ein Film über das Innere meines Mundes.

»Warum?«, frage ich.

Pankratow legt ein Bein auf dem anderen ab und klopft mit einer fertig gedrehten Zigarette auf seinen Oberschenkel. »Ich würde gar keine von euch da rauslassen, bevor sie nicht in der Lage ist, die ganze Schlacht zu sehen.« Wie zu sich selbst fügt er hinzu: »Eine dreijährige Ausbildung in knapp sechs Monate quetschen. Die haben Nerven da oben.«

»Wie meinen Sie das, ›die ganze Schlacht‹?«

Er schweigt, blickt an mir vorbei, als wäre ihm plötzlich bewusst, dass er unbedacht gesprochen hat. Mit der flachen Hand reibt er sich über die Bartstoppeln. »Erfahrene Piloten haben das ganze Bild einer Schlacht im Kopf«, sagt er schließlich. »Wer wo ist, in jedem Moment, und wie das alles ineinandergreift. Das musst du alles sehen in dem Moment, wenn du feuerst.«

»Und wie lernt man das?«

»Durch Übung. Deshalb steigen die Chancen eines Piloten, am Leben zu bleiben, mit jeder Schlacht, die er übersteht. Weil er immer besser erspüren kann, wie sich das Schlachtfeld zusammensetzt, wer wo ist und was macht, ob nun Freund oder Feind.«

Ich nehme noch einen Schluck Tee, überlege. »Ich weiß nicht, was Sie meinen. Flugzeuge bewegen sich, wie kann ich da wissen, wo sie gerade sind?«

»Wenn es so weit ist, verstehst du es. Oder weißt es wenigstens hinterher. Aber du darfst nicht denken dabei. Da geht es nur um Instinkt. Du weißt es einfach.«

Oder eben nicht. Ich sauge die Unterlippe ein. Ich kann auf nichts achten als auf mein Ziel und meine Instrumente, wenn ich fliege. Und da sind nicht einmal andere beteiligt. Wie kann ich »einfach wissen«, selbst ohne zu sehen, wo sie sind?

»Deine Freundin Sascha«, sagt Pankratow abrupt. »Die weiß das. Deshalb kann keine von euch sie in einem Übungskampf schlagen, nicht mal, wenn ihr zu zweit seid. Und die kleine Gelfmann ist auf dem Weg dahin.«

Ob ich sie damit verunsichere, wenn ich Sascha oder Inna danach frage? Es klingt wie etwas Unbewusstes, Flüchtiges ... eine besondere Gabe.

»War ihr Name eigentlich immer schon Beljajewa?«, fragt Pankratow.

»Sascha?« Ich überlege. »Ich glaube, es ist der Name ihres Mannes. Warum?«

»Nur so.«

Er macht eine Pause. Ich wärme mir die Finger an meiner Teetasse, während ich aus dem vergitterten Fenster sehe. Das Flugfeld, Wiesen, von denen der letzte Schnee schmilzt, irgendwo dahinter die Wolga. Wenn man ihr weit genug stromaufwärts folgt, berührt sie irgendwann unseren heimatlichen Fluss, vermischt ihr Wasser mit dem der Moskwa. Mein Vater hat das möglich gemacht.

In meinem ersten Sommer in Tuschino konnten wir noch sehen, wie der Moskwa-Wolga-Kanal gebaut wurde. Das riesige Kanalbett, die Gerüste. Die Menschen, klein wie Ameisen und genauso fleißig. Beim Fliegen hat mich der Gedanke immer stolz gemacht, dass mein Vater jetzt dort unten war und Anweisungen gab.

»Ist deine Familie in Moskau?«, fragt Pankratow, als ob er meine Gedanken gelesen hätte.

»Nein.« Ich habe schnell geantwortet, ohne mir zu überlegen, wie ich fortfahren will. Die Stille im Raum dehnt sich aus. Ich sitze plötzlich wie auf Nadeln. »Meine Eltern sind … Sie arbeiten.«

Das macht es nicht besser. Er versteht. Das winzige Zögern ist ihm nicht entgangen. Ich drehe mein Teeglas zwischen den Fingern. Ein neuer Gedanke schleicht sich ein.

»Waren Sie deshalb gegen mich?«, frage ich, jede Vorsicht in den Wind schlagend, jede Möglichkeit, dass er doch nicht erraten hat, wo meine Eltern in Wahrheit sind.

Er sieht mich überrascht an.

»Bei meinem Auswahlgespräch«, sage ich. »Weil Sie dachten: Dann ist die Tochter sicher genauso?« Bevor er antworten kann, füge ich hinzu: »Es war ein Irrtum. Sie hatten nichts getan.«

»Das denken alle, deren Verwandte abgeholt werden.« Pankratows Stimme ist sanft.

Ich hole tief Luft. »Manchmal stimmt es. Das Subversivste, was mein Vater je getan hat, war, mir Märchen vorzulesen, in denen Zaren und Prinzen vorkamen. Eine Zeit lang war ich überzeugt, auch eine verzauberte Prinzessin zu sein.«

»Nicht der Feuervogel?« Pankratow deutet mit dem Kinn auf mein Haar.

Ich muss lächeln. »Das war mein Lieblingsmärchen als Kind.« Doch er hat meine Frage noch nicht beantwortet. Ich sehe ihn ernst an. »Also?«

»Ich hatte damals Zweifel«, sagt er. »Ob du wirklich kämpfen willst, ob du kämpfen kannst. Wir können hier keine Leute gebrauchen, die nicht hinter der Sache stehen.«

»Ich stehe hinter der Sache.« Vertraute Bilder leuchten vor meinem inneren Auge auf. Meine Eltern, Sascha, Marina Raskowa. Die Bombenfeuer in Samoskworetschje, das Kind an der Hand seiner Mutter bei der Deckenausgabe, die Gesichter der Freiwilligen auf dem Weg an die Front. Das alles, denke ich, das ist »die Sache«.

»Das wissen wir«, sagt Pankratow. »Jemanden, der nicht dahintersteht, würde niemand zur Belobigung aufstellen.«

Er steht auf, tritt an seinen Schreibtisch und hebt etwas auf. Eine Mappe wie die, die ich Kulikowa unterschieben wollte.

»Hat ... Major Kasarowa die schon unterzeichnet?«, frage ich.

»Allesamt. Kapitan Iwakina hat sie mir vorhin gebracht.«

»Und ich bin dabei?« Ich zwinge mich zu einem Lächeln. Dass es ausgerechnet Pankratow sein muss, der mir davon erzählt.

»Schon möglich.« Er verzieht die Mundwinkel, als er auf die Mappe hinunterblickt. »Weißt du was?« Er hebt den Blick. »Jemand muss sie noch zum Abzeichnen zu Kulikowa bringen. Und wenn dieser Jemand unterwegs einen Blick hineinwirft, würde das ja keiner erfahren, nicht wahr?«

Er ist so freundlich, so arglos. Er meint es durch und durch gut mit mir, obwohl er von meinen Eltern weiß.

Meine Augen beginnen zu brennen, ich wende den Blick ab.

Diese schweren Entscheidungen, höre ich Mukijenko sagen. Wird Kasarowa noch dazu kommen, Nachforschungen anzustellen, wer die Belobigungen zuletzt in Händen hatte?

Ich stehe auf. Ein Rest Tee bleibt in meinem Glas zurück. »Danke. Ich bringe sie zu Kulikowa.«

FÜNF

Anisowka – Gumrak – Woroponowo, August 1942

Katja

Die Sonne steht tief über Anisowka, als wir zur Landung ansetzen. Tausend Meter unter uns sind Steppe und Kornfelder farblich kaum voneinander zu unterscheiden. Hecken trennen als feine, dunklere Linien die sandig gelblichen Platten voneinander ab. Die vorgelagerten Inseln in der Wolga sehen aus wie im Wasser treibende Algen, die man mit der Hand herausschöpfen könnte.

Unten angekommen, helfen Natascha und ich den Mechanikerinnen, Tarnnetze über unsere Jaks zu ziehen. Unsere Stiefel wirbeln Staub auf, als wir über die Rollbahn gehen. Erst gestern habe ich Lopatkina und Sejd-Ametowa darüber sprechen hören, wie schlammig diese Piste im Herbst werden würde. Im Herbst! Sie gehen davon aus, dass wir dann immer noch hier sein werden.

Natascha und ich gehen in die »Kantine« – ein paar Tische und Bänke unter den einzigen Bäumen weit und breit. Inna liegt rücklings im Gras und schaut so ernsthaft zu den Wolken hinauf, die sich am Himmel türmen, als versuchte sie, hinter das Geheimnis von Saschas Wettervorhersagen zu kommen.

»Steh auf«, sagt die im Vorbeigehen zu Inna. »Dienst ist Dienst.«

»Was für ein Dienst denn?«, murmelt Inna, erhebt sich jedoch und streicht sich die Grashalme vom Hosenboden.

Kein Schritt zurück. So lautet Stalins Befehl, der vor ein paar Tagen verlesen wurde. Der blanke Hohn, wenn man das Vaterland an der Anisowka-Front verteidigen muss. Wir bewachen eine Eisenbahnbrücke im Hinterland, während sich die Front immer weiter auf uns zufrisst. Von »strategischem Rückzug« ist längst keine Rede mehr in der Zeitung. Dafür ist die Liste der gefallenen Städte einfach zu lang: Charkow, Woronezh, Sewastopol, Rostow am Don …

Für Saratow hingegen interessiert sich niemand. Auf Patrouille erspähen wir hin und wieder deutsche Aufklärer, die jedoch abdrehen, ehe wir mit ihnen in Berührung kommen. Wir sehen sie allenfalls am Horizont, der stets dunkel ist, als ob anderswo ein Gewitter niederginge, das uns nie erreicht.

Natascha schöpft wässrige Suppe aus einem Topf, dazu gibt es Brot und jeweils einen Zipfel Wurst und Käse. Wir beginnen zu löffeln. Sascha steckt Brot und Käse ein und geht durch das hohe Gras der Wiesen davon. Als Einzige scheint sie nicht unzufrieden mit unserer Situation zu sein. Nie fragt sie, ob eine von uns sie auf ihren Spaziergängen begleiten möchte.

Das Kinn in die Hände gestützt, sehe ich ihr nach. In der Ferne ragt die Kühlhalle des Fleischkombinats auf, die Baracken der Arbeitersiedlung, umgeben von ein paar Gärtchen. Dahinter die Steppe, im Frühsommer von Blumen in allen Farben übersät und nun leer und ausgebrannt. Eine leichte Brise spielt mit meinem Haar. Dieser Ort hat eine einschläfernde Wirkung.

Die ersten Tage nach unserer Ankunft saß ich wie auf glühenden Kohlen wegen der untergeschobenen Papiere. Es war am Ende ein Klacks, sie zusammen mit den Belobigungen in einem unbeobachteten Moment in eine von Kulikowas gepackten Kisten zu stopfen. Wie vereinbart, habe ich in meinem nächsten Bericht an Mukijenko das Wort »Mond« irgendwo im Text platziert, zum Zeichen, dass ich die Dokumente los bin. Und dann – passierte nichts.

Es passierte einfach nichts.

Bei meinem Glück ist die bewusste Kiste vermutlich in Engels zurückgeblieben. Oder jemand anders hat die Unterlagen gefunden, eine von Kasarowas Speichelleckerinnen. Was mich nur wundert: dass Mukijenko mir nicht längst dafür den Kopf abgerissen hat, doch auch von ihm kein Lebenszeichen. Vielleicht ist er zu beschäftigt. An der Front ist sicher ein bisschen mehr los als hier, wo wir die meisten Tage ab zwei Uhr früh in voller Montur in einer Maschine herumsitzen, die nie startet.

»KomsOrg, kann ich dich kurz sprechen?« Meine neue Mechanikerin hat sich neben Leysan am Tisch aufgebaut. Edel

Shapiro ist die Jüngste im ganzen Regiment, und alles an ihr ist dünn. Dünne Glieder, eine lange, dünne Nase, dünne dunkle Zöpfe. Den Neuen hat man den Kurzhaarschnitt erspart. »Es geht um die Verpflegung.«

»Was ist damit?«, fragt Leysan.

»Die Piloten und die Offiziere bekommen Butter und Wurst. Wir Mechanikerinnen aber nicht.«

»Und?«

»Das ist ungerecht.«

Ich unterdrücke ein Seufzen. Haben die älteren Mechanikerinnen etwa Edel vorgeschickt?

»In der Roten Armee orientiert sich die Menge der Verpflegung bekanntlich an Rang und Leistung«, sagt Leysan und sieht Edel streng an. »Natürlich erhalten Offiziere andere Rationen als Gefreite.«

»Aber wir arbeiten viel härter als ihr!«, platzt es aus Edel heraus. Sie fängt meinen Blick auf und errötet. Schließlich setzt sie damit auch mich, »ihre« Pilotin, herab. Ich lächle ihr beruhigend zu, woraufhin sie sich wieder Leysan zuwendet und fortfährt: »Wir müssen viel schwerer heben, allein die Geschütze für die Flugzeuge! Und wir stehen früher auf!«

Ich an Leysans Stelle würde vermutlich sagen: Ich geb's weiter, iss deine Suppe, um meine Ruhe zu haben. Aber Leysan hat eine klare Meinung in dieser Angelegenheit.

»Die Verpflegung ist ausreichend«, sagt sie. »Zumal wir uns im Krieg befinden. Die Männer an der Front können auch nichts Besseres erwarten.«

Edel begreift, dass sie entlassen ist. Sie geht zurück an ihren Tisch. Ein paar Minuten löffeln wir alle schweigend.

»Findest du das wirklich?«, fragt Natascha plötzlich, ohne Leysan anzusehen. »Dass die, die nicht so viel leisten, weniger zu essen kriegen sollten?«

»Umgekehrt«, sage ich. »Wer mehr leistet, bekommt mehr.«

Natascha blinzelt. »Ja«, murmelt sie. »Natürlich umgekehrt.«

»Das ist die allgemeine Direktive für Soldaten und Arbeiter«, sagt Leysan. »Es geht nicht darum, was ich finde.«

Nach längerem Schweigen sagt Natascha: »Und wenn jemand gar nicht arbeitet oder nicht arbeiten kann – dann kriegt er gar nichts?«

Etwas an diesem Gespräch berührt mich auf einmal unangenehm. Als würde es auf etwas zusteuern, von dem wir uns unter allen Umständen fernhalten sollten. Doch Leysan muss diese Frage beantworten, sie ideologisch begründen.

Zu meiner Überraschung lenkt sie ein. »Wenn jemand nicht arbeiten kann, ist es natürlich etwas anderes. Aber es geht nicht, dass einige sich auf die faule Haut legen und dann vom Ergebnis der Arbeit der anderen profitieren. Außerdem ist das für alle ein Grund, sich mehr anzustrengen. Das wird überall so gemacht, in jedem Betrieb. Die Stoßarbeiter bekommen am meisten.«

»Ja«, sagt Natascha. »Ich weiß.« Etwas Dunkles ist in ihrem Blick. »Das ganze Land ist so.«

Schweigen senkt sich erneut über unsere Gruppe, diesmal eindeutig voller Unbehagen. Natascha, die sonst über ihr Essen herfällt, als gäbe es nie wieder eine Mahlzeit, dreht ihre letzte Brotkruste zwischen den Fingern und betrachtet sie, als könnte sie sich nicht entschließen, sie zu essen. Was für ein seltsames Gespräch, denke ich. Auf was für merkwürdige Ideen man kommt, wenn man nichts zu tun hat.

In diesem Moment taucht hinter der Bahnhofsstation ein schwarzes Personenfahrzeug auf, holpert über die Grasnarbe. Alle Blicke richten sich darauf. Eine nach der anderen verstummt.

Der schwarze Wagen parkt mit laufendem Motor vor unseren Unterständen. Zwei Männer in Uniform steigen aus, mit den hellblauen Schulterabzeichen des NKWD.

Mein Herz pocht plötzlich heftig. Ruhig, denke ich. Sie könnten aus allen möglichen Gründen hier sein. Sie verschwinden hinter den Unterständen. Angespannt wie Federn sitzen wir auf unseren Plätzen. Erst jetzt fällt mir auf, dass weder Kasarowa noch irgendwer aus ihrem Stab zum Essen erschienen ist.

Gleich darauf kommen die beiden NKWD-Offiziere zurück. Zwischen sich führen sie eine Frau in der Uniform der Luftstreitkräfte. Die Hand des einen Mannes liegt auf ihrer Schulter, als

er sie zu dem schwarzen Wagen führt und einsteigen lässt. Wie betäubt sehe ich zu. Mein Plan – Mukijenkos Plan – ist doch noch aufgegangen.
Nur dass es nicht Kasarowa ist, die abgeführt wird.
Sondern Iwakina.

Kulikowa trägt eine graue Mappe in den Händen, die mir sehr vertraut vorkommt. Eine Traube von Mädchen sammelt sich sogleich um sie und überschüttet sie mit Fragen.
»Warum wurde Kapitan Iwakina verhaftet?«
»Die Angelegenheit wird noch untersucht.«
»Hat sie spioniert für die Deutschen?«
»Die Angelegenheit wird untersucht«, wiederholt Kulikowa. Kasarowa und der Rest ihres Stabs lassen sich immer noch nicht blicken. Kulikowa zögert. Dann spricht sie sehr rasch und bestimmt weiter. »Es handelt sich um einen Verdachtsfall von Sabotage. Ich selbst habe Hinweise dafür gefunden.«
Er bringt mich um. Dokumente gefunden. Offizierin verhaftet, aber die falsche. Wie hat Kasarowa ihren Hals aus der Schlinge gezogen?
»Das ist unglaublich!«
Das ist es allerdings.
»Sozialistische Wachsamkeit!«, sagt Kulikowa und lässt den Blick ringsum schweifen. »Nicht umsonst halten wir euch immer dazu an.«
Sozialistische Wachsamkeit? Eine völlig unbeteiligte Person ist verhaftet worden. Für Kollaboration mit dem Feind bekommt man sicher das »Höchstmaß«, wie die Todesstrafe oft genannt wird. Das war es, was Mukijenko für Kasarowa geplant hatte, denke ich mit leisem Schaudern.
»Beljajewa!«
Sascha tritt mit überraschter Miene vor. Kulikowa hat die Mappe aufgeschlagen und eines der Papiere darin herausgefischt, das sie Sascha entgegenhält.
»Glückwunsch zur Belobigung.« Ein Raunen geht durch die Versammlung.

Sascha strafft den Rücken. »Ich diene der Sowjetunion.«
»Grinkowa!« Die Nächste tritt vor.
Soll uns das jetzt ablenken? Ich bin nicht überrascht, als ich ebenfalls aufgerufen werde. Für das Stück Papier habe ich nur einen flüchtigen Blick übrig, ich kenne es ja bereits. »Für Starschyj Serzhant Sokolowa, Jekaterina Pawlowna, für ausgezeichnete Leistungen während der Ausbildung zur …«

Kasarowa wird nun versuchen herauszufinden, wie die Belobigungen in Kulikowas Hände gelangt sind und wer eine Möglichkeit hatte, die deutschen Dokumente beizufügen. Pankratow hat alle Urkunden unterschrieben, ihn wird sie als Erstes fragen. Und er wird sagen müssen, dass ich die Mappe zu Kulikowa gebracht habe …

»Sabotage!«, flüstert eine aus dem Zweiten Geschwader. Das Wort lässt mich zusammenzucken. »Bestimmt ging es um Saratow, um die Flugzeugfabrik. Oder um Schienen, über die der Nachschub transportiert wird.«

»Bitte«, sagt Leysan. »Wie hätte sie allein so etwas bewerkstelligen wollen?«

»Sagt ja niemand, dass sie allein gearbeitet hat«, hält Natascha dagegen.

Leysan schüttelt den Kopf. »Es ging offensichtlich um unser Regiment, wahrscheinlich sollten die Flugzeuge sabotiert werden.«

Entsetztes Schweigen. Die Vorstellung, in gutem Glauben mit einem absichtlich beschädigten Flugzeug abzuheben, ist zu ungeheuerlich.

»Verräterin!«

»Wie konnte sie das bloß tun?«

»Aber wir sind heute geflogen«, gibt Inna zu bedenken. »Die Jaks waren in Ordnung.«

»Dann hat sie ihren Plan eben noch nicht ausführen können«, sagt Leysan. »So oder so muss nun jede Maschine überprüft werden.«

Ihr Blick bleibt an der Urkunde in meiner Hand hängen. Ihre Lippen werden zum Strich. Die positive Beurteilung, die Sascha nach unserem Streit von ihr verlangt hat, hat sie geschrieben. Kulikowa hat mir dazu gratuliert, kurz nachdem wir hier ankamen. Das heißt jedoch nicht, dass Leysan sich über eine Auszeichnung, die ich erhalten habe, ein Loch in den Bauch freut.

Natascha scheint etwas anderes zu beschäftigen. »Was sagt das eigentlich über Major Kasarowa aus, dass sie sich mit solchen Leuten umgibt?« Sie sieht sich fast ein wenig selbstzufrieden im Kreis um. »Iwakina gehörte zu ihrem Stab.«

»Lukina.«

Wir zucken alle gleichzeitig zusammen. Kasarowa ist unbemerkt hinter uns getreten. Natascha blickt betont gelangweilt.

»Sokolowa.«

Ich kann nicht umhin, Kasarowa anzustarren. Sie hat soeben einen Anschlag überstanden, aber ihre vertrauteste Person im Regiment verloren. Sie ist sehr blass, aber das ist sie ja immer. Genau genommen wirkt ihre Gesichtsfarbe sogar etwas rosiger als sonst. Doch das scheint mir kein Zeichen von Wohlbefinden zu sein. Ihre dunklen Augen haben einen schwachen, unbestimmt fiebrigen Glanz.

»In den Gefechtsstand«, sagt sie.

Ausnahmsweise entlockt diese hier in Anisowka völlig unpassende Bezeichnung niemandem ein Lachen.

Kasarowa

Die Plane, die den Gefechtsstand abdeckt, flattert leicht. Das Licht der tief stehenden Abendsonne sticht in ihre Augen wie ein Messer. Sie wendet den Blick ab, zwingt sich, ihre verkrampften Schultern zu entspannen. Die letzte Nacht war schlimm. Sie hat sich heute kaum bewegt, also ist es erträglich, aber der Körper weiß es noch. Mit einer Hand tastet sie nach ihren verspannten Nackenmuskeln, bohrt die Finger hinein, lässt jedoch sofort wieder los.

Sejd-Ametowa beobachtet sie. Ein prickelndes Gefühl breitet sich in Kasarowas Nacken aus. Sie macht sich nicht die Mühe, ihre neue Stabschefin niederzustarren. Das ist auch nicht nötig, Sejd-Ametowa senkt von allein rasch den Blick.

Ein Teil des Gepäcks war versehentlich in Engels zurückgeblieben und wurde erst vor ein paar Tagen nachgeliefert. Niemals hätte sie sich träumen lassen, welcher Sprengsatz sich in einer dieser unscheinbaren Kisten verbarg. Es war reines Glück, dass Iwakina die deutschen Papiere zuerst in der Hand hatte. Echte Papiere, Anweisungen für Sabotageaktionen im sowjetischen Hinterland, komplett mit Hakenkreuz-Briefköpfen und Stempeln. Sie hat schnell reagieren müssen.

Wo sind diese Papiere hergekommen?

Theoretisch hätte jeder die Gelegenheit gehabt, diese Dokumente in eine der Kisten zu schmuggeln, während sie unbewacht in Engels herumstanden ... Aber niemand dort hätte einen Stapel Feinddokumente einfach so herbeizaubern können. Jemand muss einen Auftrag erteilt haben.

Vertraute Gesichter erscheinen vor ihrem inneren Auge. Die Freunde-Feinde ihres Vaters aus dem Kreml. Die Militärs. General Zhukow, de facto Oberbefehlshaber der sowjetischen Streitkräfte. Die Generäle Ossipenko und Nowikow, die Konkurrenten ihres Vaters. Die Politiker. Das Krötengesicht Malenkow. Kalinin mit seinem Spitzbart. Der Ukrainer Chruschtschow. Und die ranghohen Vertreter der Organe. Der bebrillte Lawrentij Berija, Volkskommissar für Innere Angelegenheiten. Wiktor Abakumow, Mukijenkos noch junger Vorgesetzter, der die Spionageabwehr leitet.

Hat einer von ihnen ihrem Vater eins auswischen wollen, indem er sie zu belasten versucht hat?

Sie zwingt ihr Gesicht in die übliche Starre, während Lukina und Sokolowa unter die Plane treten und salutieren. Sie blickt auf. Nicht sofort, das tut sie nie. Untergebene können warten, sagt ihr Vater stets.

»Unser Regiment wird eine Eskorte für einen Flug von Saratow nach Stalingrad stellen«, sagt sie schließlich.

»Für wen?«, fragt Lukina vorlaut.

»Das hat euch nicht zu interessieren.«

Sicher hat er ihr einen Gefallen tun wollen, als er gerade ihre Fliegerinnen dafür angefordert hat. Womöglich denkt er, dass sie dringend Erfolge vorweisen muss, um doch noch mit ihrem Regiment an die Front versetzt zu werden. Denn das, denkt er, ist es, was sie will. Wenn die Mädchen sich auszeichnen, zeichnet das auch sie aus. Und dann kann auch er sich mit seiner Tochter, der Regimentsleiterin, schmücken.

Er darf auf keinen Fall erfahren, dass sie selbst ihr Regiment von der Front fernhält. Es wäre dort so unendlich viel schwerer, vor ihm geheim zu halten, dass sie nicht mehr fliegt. Er würde den Grund wissen wollen ...

Sie blinzelt. In letzter Zeit passiert es manchmal, dass ihre Gedanken abschweifen, selbst wenn jemand mit im selben Raum ist. Sie nickt Sejd-Ametowa zu. Diese tritt vor.

»Ihr überquert die Wolga«, erklärt sie den Mädchen, »und erwartet eine Tupolew in der Luft. Die Koordinaten bekommt ihr vor dem Flug von mir.«

Kasarowa spürt, wie sich ihr Magen beim Gedanken an die vertrauten Abläufe und Handgriffe vor einem Flug verkrampft. Sie ist für immer ausgeschlossen von dieser Welt, aber die Mädchen können an ihr teilhaben, ohne je einen Gedanken daran zu verlieren, dass es anders sein könnte. Wie ein Haarriss in einer mit größter Sorgfalt errichteten Mauer dringt der Gedanke durch: *Ich weiß nicht, wie lange ich das noch durchhalte ...*

»Abflug morgen um sechs Uhr«, sagt Sejd-Ametowa.

Sie stellt sich vor, wie sie in ihre Flugzeuge klettern, ausgeruht und voller Tatendrang. Für sie selbst wäre bereits das unmöglich. Nicht ohne Zittern und Schweißausbrüche und dann – müsste sie wahrscheinlich mitten in der Bewegung aufgeben und sich zurück auf den Boden sinken lassen. Das alles unter den mitleidlosen Augen dieser kleinen Mädchen, denen alles in den Schoß gefallen ist, was sie sich hart erkämpfen musste. Nur damit es ihr dann wieder genommen wurde.

Zumindest hofft sie, dass sie mitleidlos wären. Mitleid von diesen Gören wäre erst recht unerträglich.

»Bei so einer wichtigen Mission sollten Sie vielleicht das Kommando führen, Genosse Major.« Lukinas Stimme ist honigsüß. In Sejd-Ametowas letztem Bericht über Gespräche unter den Regimentsmitgliedern fand sich auch ein Zitat von ihr. »Wenn die alte Hexe abstürzen würde, wäre es doch nur um das Flugzeug schade«, soll sie gesagt haben.

»Überfordert dich die Aufgabe, Lukina?«

Die Augen der stellvertretenden KomEska sind offen und arglos, ein strahlendes Kornblumenblau. »Nein, Genosse Major. Aber –«

»Wegtreten.« Sie hat genug.

Während Sokolowa und Lukina salutieren und rechtsum kehrtmachen, lehnt sie sich in ihrem Stuhl zurück. Entgegen dem, was viele innerhalb der Luftstreitkräfte denken, hat sie ihren Vater nie bei irgendetwas um Hilfe gebeten. Seit sie denken kann, ist er mit wichtigen Aufgaben betraut, die ihm wenig Zeit für Privates lassen. Ihr Maßstab bei allem, womit sie ihn behelligt oder nicht, ist der Sohn, den er nie gehabt hat. Ein Sohn würde das Problem mit den deutschen Unterlagen lösen und dem Vater dann davon berichten.

Sie wird ihm von Iwakinas Verhaftung erzählen, aber nicht, dass eigentlich sie selbst hätte beseitigt werden sollen. Nein, für dieses Problem gibt es nur eine Adresse: den NKWD-Major, der nach dem Zwischenfall bei dem Nachtflug so schnell zur Stelle war. Sie wird Iwakinas Verhaftung nicht infrage stellen. Aber wenn Mukijenko das nächste Mal das Regiment aufsucht, wird sie ihn vorsichtig fragen, ob er eine andere Quelle dieser Unterlagen in Betracht zieht.

Mehr noch als sie hat schließlich er Interesse daran, Verräter in den eigenen Reihen zu überführen.

Katja

Acht Uhr zweiundzwanzig. Bewölkung: ein Ballen. Temperatur: vierundzwanzig Grad. Windstärke: eins. Sichtweite: mehr als zehn Kilometer.

Der Plan war, uns an die Maschine zu heften, wenn sie vorbeikommt. Doch nachdem wir etwa eine Stunde über der Wolga gekreist hatten, ohne dass eine Tupolew in Sicht gewesen wäre, gab die Bodenkontrolle Befehl zum Landen.

Während die Flugzeuge neu betankt werden, versucht die diensthabende Funkerin herauszufinden, was los ist. Natascha sitzt auf dem Flügel meiner Jak. Ich stehe vor ihr, den Rücken an ihre Knie gelehnt.

»Finger weg!«, sagt sie, als ich nach meinem Haar fassen will. Viel ist da noch nicht, was man flechten könnte. Aber Natascha weiß, was sie tut, beginnt mit der Stirnpartie, nimmt immer eine Strähne mehr dazu und bindet am Ende im Nacken ein Stück Schnur darum.

»Jetzt gucken.«

In dem kleinen Handspiegel, den sie mir hinhält, sehe ich unsere Gesichter nebeneinander – ihre breiten Wangenknochen, die Leberflecken und die kornblumenblauen Augen neben meinem Fischmund und den eingefallenen Wangen. Ich taste nach dem winzigen Zopf. Das sitzt. Keinen Millimeter verschenkt. Ich muss lächeln, als ich mir vorstelle, wie sie das gelernt hat, als kleines Mädchen, auf dem Boden irgendeines Bauernhauses, mit Händen, die gerade so über den Kopf reichten.

»Hast du noch Geschwister?«, frage ich.

Nataschas Lächeln flackert. Sie lässt den Spiegel sinken und blickt sich nach dem Tankwagen um.

»Benzinverschwendung«, sagt sie. »Können die nicht einfach durchgeben, wann sie in Saratow starten?«

Sejd-Ametowa lächelt freundlich. »Soll ich das Kommando jemand anderem geben, Lukina?«

Natascha strahlt sie an. »Wie könnten Sie, Genosse Kapitan? Major Kasarowa entscheidet doch darüber, wer fliegt.«

Wieder einmal wundere ich mich über Nataschas provokante Art. Wir wissen schließlich, dass Sejd-Ametowa alles, was sie hört und sieht, an Kasarowa weiterträgt.

Kulikowa geht dazwischen. »Ihr werdet euch die Zeit schon vertreiben, bis wir Nachricht erhalten«, sagt sie. »Soll ich euch ein bisschen aus der Zeitung vorlesen?«

Natascha starrt sie an. »Genosse Politkommissar, wenn heute was passiert und ich komme nicht wieder, glauben Sie, dann will ich dabei an den neusten Beschluss des Politbüros denken?«

Die Kulikowa spitzt die Lippen und schüttelt den Kopf wie eine empörte Gouvernante.

Nataschas Worte hallen in mir nach. Wenn heute etwas passiert, wenn ihr etwas zustößt ... Sie war die Einzige, die für meinen Verdacht gegen Leysan Verständnis zu haben schien. Wenn sie nun diejenige ist, die mir wirklich etwas sagen kann? Anstatt in meine eigene Jak zu steigen, gehe ich zu Nataschas Maschine hinüber.

»Hör mal«, sage ich und warte, bis sie mich ansieht. »Da ist was, das ich dich schon lange fragen will.«

Sie lacht leise. »Und jetzt ist der passende Moment dafür?« Sie zeigt in den Himmel, als könnte von dort jeden Moment unser Startsignal kommen.

»Als du mich damals am Kasaner Bahnhof abgeholt hast, hattest du eine Bescheinigung dabei.« Als sie nichts sagt, füge ich hinzu: »Dass ich mich an der Akademie der Luftfahrt melden soll. Woher kam die?«

Natascha fährt sich mit dem Daumennagel über die Oberlippe. »Sascha hat sie mir gegeben. Sie wollte dich eigentlich selbst holen, aber sie konnte da nicht weg.«

»Und woher hatte Sascha die Bescheinigung?«

Natascha will etwas sagen, doch in diesem Moment erwacht der Bordfunk zum Leben.

Es knackt in der Leitung. »Tschajka 17, hier ist die Bodenkontrolle.«

Natascha meldet sich, während ich zu meiner Jak zurücklaufe und mich ins Cockpit schwinge.

»Höre, Kontrolle.«

»Die Tupolew ist an Anisowka vorbei und bereits unterwegs Richtung Stalingrad. Neuer Befehl. Holen Sie die Maschine ein und geben Sie ihr Geleitschutz.«

»Ich glaube, der will uns auf den Arm nehmen«, murmelt Natascha, ehe sie über Funk zurückgibt: »Verstanden! Katja, Abflug!«

Sie unterbricht die Verbindung, ehe jemand sie dafür rügen kann, dass sie meinen Namen benutzt hat statt des Rufzeichens »Tschajka 18«, und wir rollen auf die Startbahn.

»Heißt das, wir müssen ihn jetzt suchen?«, frage ich, als wir in der Luft sind und nach Süden schwenken.

»Wenn er den kürzesten Weg nach Stalingrad nimmt, folgt er der Wolga«, sagt sie.

Das ist die Strecke, die wir bei dem unglücklichen Nachtflug geflogen sind. Die Dächer ein paar kleinerer Ortschaften ziehen unter uns weg. Wir reizen die Geschwindigkeit unserer Jaks fast aus. Jeden Moment muss die Tupolew vor uns auftauchen.

»Noch da?«, funkt Natascha.

»Noch da«, gebe ich zurück. Der Funk reißt gern mal ab, wenn man sich in der Luft zu weit voneinander entfernt.

»Wie schnell können die geflogen sein?«, überlegt Natascha.

In diesem Moment kann ich vor uns eine Art flachen, grauen Fleck erkennen.

»Zwölf Uhr«, sage ich und runzle die Stirn. Der Fleck ist zu groß für ein einzelnes Flugzeug. Es sind drei.

Die Tupolew fliegt vorneweg, und eine Lage über ihr, leicht nach hinten versetzt, fliegen zwei LaGGs, die am weitesten verbreiteten Jagdflugzeuge der Streitkräfte. Natascha ruft sie über Funk.

Die Sonne glänzt auf den Flügeln der Maschinen vor uns. Der abgehackte Funkspruch der Tupolew erreicht uns. Natascha meldet zurück, wer wir sind. Kurz vor Kamyschin reihen wir uns in ihre Formation ein. Die LaGGs setzen sich ab und übernehmen die Vorhut.

Um wen es sich bei dem Passagier auch handelt, er ist gut geschützt.

Etwa eine halbe Stunde verbleibt bis Gumrak, dem kleineren der Stalingrader Flugfelder. Kamyschin zieht vorbei. Wir sind jetzt weiter von Anisowka entfernt als je zuvor. Ich betrachte die Landschaft rechts von mir, auf der Bergseite der Wolga. Kleine Ortschaften, hügeliges Gelände. Dazwischen breite, dunkle Striche mitten in der Steppe.

Wie riesige Gräber, denke ich. Dann begreife ich, dass es Panzergräben sind. Sie erwarten die Wehrmacht.

Wie hat es bloß so weit kommen können? Wie haben wir die Deutschen so weit ins Land gelassen? Ich sehe nach Südwesten, wo die Front sein muss. In der Zeitung ist immer die Rede davon, wie tapfer sich unsere Armee schlägt und welche Verluste sie dem Feind beibringt.

Später weiß ich nicht mehr, ob ich den Motor oder die Kugeln zuerst gehört habe. Etwas taucht jäh vor mir auf, lässt sich im Sturzflug geradezu auf eine der LaGGs herunterfallen. Unwillkürlich entringt sich mir ein kleiner Schrei, als aus der attackierten Maschine Flammen schlagen. Sie setzt sich von uns ab, geht in den Sinkflug. Der Funker der Tupolew schreit etwas, das ich nicht verstehe.

Ich sehe mich hektisch um. Wie viele sind es?

Um ein Haar stoße ich mit einem der Angreifer zusammen, der eine große Kurve geflogen ist und uns nun wieder entgegenkommt. Nur durch eine rasche Rollbewegung schaffe ich es, ihm auszuweichen.

Ein paar Sekunden lang befinde ich mich in einer Art Messerflug, der Flügel meiner Jak zeigt zu Boden. Die feindliche Maschine ist viel schneller unterwegs als ich. Der Luftzug lässt meine Jak schwanken.

Der Pilot muss genauso überrascht gewesen sein wie ich, sonst hätte er sicher auf mich geschossen. Es geht blitzschnell, doch ich habe sehen können, womit wir es zu tun haben. Ein grauer Rumpf mit einem dicken schwarz-weißen Kreuz, ein eckiges Cockpit, etwas Gelb an der Triebwerksverkleidung.

Messerschmitts.
Ich balanciere die Jak aus und sehe mich nach ihnen um. Sie scheinen nur zu zweit zu sein. Und sie haben alle Zeit der Welt, ihre nächste Attacke aus großer Höhe vorzubereiten.

Eine Sekunde lang befindet sich eine der Messerschmitts direkt über mir im Rückenflug.

Was für ein schönes Flugzeug, schießt es mir völlig unpassend durch den Kopf. Dann verschwindet sie.

Wir können nur reagieren, dürfen uns nicht in Kämpfe verwickeln lassen, die uns weg von der Tupolew führen.

Aber wie soll man die Angreifer von hier unten im Auge behalten?

»Wir landen!«, schrillt es über den Bordfunk der Tupolew. Blödsinn, denke ich aufgebracht. Wie wollen sie landen, während sie unter Beschuss sind?

»Gumrak auf neun Uhr!«, kommt es von der Tupolew.

Ich habe keine Zeit hinunterzuschauen. Die Messerschmitts sind wieder im Anflug. Schwarze Wölkchen breiten sich am Himmel aus, begleitet von dumpfen Knallgeräuschen. Das muss die Stalingrader Flak sein.

Verrückt von diesen Faschisten, uns so nah bei der Stadt anzugreifen. Sie haben weder vor uns noch vor unseren Kanonen am Boden Respekt.

Ich keuche erschreckt auf, als direkt vor mir die zweite LaGG zu Boden geht. Schwarzer Rauch quillt aus ihrem Triebwerk. Ich habe die Hand am Auslöser, und ich kann einfach gar nichts tun. Um auf die Messerschmitts zu feuern, müsste ich mich von der Tupolew lösen, und ich bin –

Ich bin die Einzige, die sie noch begleitet. Die LaGGs sind abgeschossen worden und Natascha – Wo ist Natascha?

Plötzlich kommen uns vier weitere Flugzeuge frontal entgegen. Noch mehr Faschisten, denke ich und nehme den Anführer ins Ziel. Erleichterung durchströmt mich. Es sind LaGGs, vermutlich von Gumrak aus gestartet, um uns zu Hilfe zu kommen. Die Messerschmitts haben abgedreht, entfernen sich in Richtung Westen.

Ich rufe Natascha über Funk: »Tschajka 17, kommen! Tschajka 17, kommen!«

Keine Antwort. Unruhig sehe ich mich nach allen Seiten um, ob nicht eine Jak versucht, wieder zu uns aufzuschließen.

Jemand schaltet sich auf unsere Frequenz. »Hier ist Gumrak. Identifizieren Sie sich!«

Ich horche, ob Natascha antwortet, aber es ist alles still. Die Tupolew befindet sich bereits im Anflug auf das Flugfeld unter uns. Weiter hinten erstreckt sich entlang der Wolga die Stadt, die Stalins Namen trägt, wie ein endloser grauer Streifen unter einem leeren Himmel.

»Natascha!« Ich schreie, als ob ich nur laut genug sein müsste, damit sie mich über Funk hören kann.

Doch in der Leitung bleibt es still.

Wie betäubt steuere ich meine Jak zurück nach Anisowka. Unter mir leuchtet die Wolga sattblau zwischen den gelbbraunen Feldern und Wiesen. Mir ist eiskalt am ganzen Körper, nur mein Kopf ist heiß von der Anstrengung, nicht in Tränen auszubrechen.

Die Tupolew ist sicher in Stalingrad gelandet. Der Passagier stellte sich als irgendein General heraus, die Brust voller Orden.

»Meine Kameradin ...«, war alles, was ich sagen konnte, als sie mich in den Gefechtsstand des Aerodroms von Gumrak brachten.

»Wenn sie da draußen ist, picken die Unseren sie auf«, sagte der Lejtenant, der meine Meldung aufnahm, und machte eine vage Bewegung in Richtung der Ebene vor der Stadt.

Gerede, denke ich und wische mir die Augen. Damit ich die Klappe halte und nicht anfange zu heulen. Der Horizont, an den der Offizier zeigte, hing voller graugelber Wolken. Staub. Das Leichentuch, mit dem der Feind alles dort draußen überzieht.

Kein Mensch wird nach Natascha suchen.

»Panzer in Wertjatschij«, schnappte ich aus den Gesprächen um mich herum auf. »Kalatsch vollständig ... keine Hoffnung ... Luftverteidigung ... bei Nacht ohne ...« Der General drückte

meine Schulter und sagte, ich solle stark sein. Und dann überreichte er mir einen Brief, den ich in Anisowka übergeben solle. Sein Name war komplett an mir vorbeigerauscht. Ich hatte ein Gesicht Mitte fünfzig – weißes Haar, fein geschnittene Züge und sehr dunkle Augen – gesehen und immer noch nichts kapiert. Erst als er mir den Brief gab und ich einen Blick auf das Feldpostkuvert werfen konnte, fiel der Groschen.
An: Maj. T. A. Kasarowa
Von: Gen. A. P. Kasarow
In Anisowka, hundert Kilometer die Wolga hinauf, ist alles ruhig. Ich hole mir Landeerlaubnis über Funk und ziehe in den Leerlauf, kurz bevor ich auf dem Boden aufkomme. Lasse die Jak auf das Abstellfeld rollen. Nehme die Fliegerhaube ab, taste nach dem winzigen Zopf, den Natascha mir vor dem Einsatz geflochten hat. Im Nacken hat er sich gelöst, aber auf dem Scheitel sitzt er nach wie vor stramm. Die Armaturen vor mir verschwimmen.

»Was ist los? Wo ist Natascha?« Sascha ist auf den Flügel meiner Jak geklettert und lehnt sich zu mir ins Cockpit, die Hand auf meiner Schulter. »Ist etwas mit ihrem Flugzeug?«

Ich schüttle den Kopf, fahre mit dem Ärmel des Fliegeranzugs über meine nassen Augen. »Ich weiß nicht, wo sie ist, ich hab sie verloren!« Ich klammere mich an Saschas Arm. »Es tut mir leid, sie war auf einmal –«

»Was soll das heißen?« Erst jetzt bemerke ich, dass Kasarowa neben meinem Flugzeug steht. »Ist sie etwa vom Kurs abgekommen?« Ihre Stimme klingt verächtlich. Lopatkina neben ihr schlägt die Hand vor den Mund.

»Wir wurden angegriffen.« Ich ziehe die Nase hoch. Mit Saschas Hilfe steige ich aus dem Cockpit.

»Hier?«, ruft Lopatkina.

»Kurz vor Gumrak.« Ich trete vor Kasarowa und nehme Haltung an. »Messerschmitts. Wir –«

»Der General?«

»In Sicherheit«, sage ich.

Kasarowa wendet sich ab, dreht uns den Rücken zu. Einen

langen Moment sagt niemand ein Wort. Ich greife in meinen Fliegeranzug und ziehe den Brief heraus, den der General mir gegeben hat. Sascha sieht mich fragend an.

Als Kasarowa sich wieder umwendet, ist ihre Miene so gefasst und gleichmütig wie immer. »Berichte.«

Dann fällt ihr Blick auf den Brief in meiner Hand. Sie erstarrt. Was würde ich nicht darum geben, an ihrer Stelle zu sein und einen Brief von meinem Vater zu erhalten! Als ich Kasarowa das Schreiben überreiche, verzieht sie jedoch keine Miene. Ihre Augen sind hart wie Kohlestückchen, als sie ohne ein Wort den Brief einsteckt.

»Wie lange muss ich auf diesen Bericht warten, Sokolowa?«

Ich reiße mich zusammen. »Wir haben wie befohlen in der Luft mit der Tupolew Funkkontakt hergestellt«, sprudelt es aus mir heraus. »Kurz hinter Kamyschin wurden wir von mehreren Messerschmitts angegriffen und mussten uns ihrer erwehren. Dabei haben wir den Kontakt zu Mladschij Lejtenant Lukina verloren.« Ich blinzle, kann noch immer Tränenfeuchtigkeit in den Augenwinkeln spüren.

Kasarowa zieht die Brauen zusammen. »Lukina hat sich in Kämpfe verwickeln lassen, anstatt ihren Schutzauftrag auszuführen?«

»Nein, die haben uns sofort angegriffen.« Erst jetzt bemerke ich Sejd-Ametowa, die einen Notizblock auf den Flügel meiner Jak gelegt hat und mitschreibt, was ich sage. »Lukina und ich haben die Tupolew beschützt ...«

Kasarowa betrachtet mich aus halb geschlossenen Augen. »Und vorher? Habt ihr vor euch hingeträumt beim Fliegen?«

»Sie waren plötzlich da ...«

»›Sie waren plötzlich da‹«, wiederholt Kasarowa gedehnt und tauscht einen Blick mit Sejd-Ametowa, ehe sie fortfährt: »Und ihr habt sie gar nicht kommen sehen?«

»Nein, Genosse Major. Weder wir noch die Besatzung der beiden LaGGs oder die der Tupolew.«

»Man wälzt sein eigenes Versagen nicht auf andere ab, Sokolowa.«

Stille tritt ein. Ich kämpfe gegen das Bedürfnis, von einem Fuß auf den anderen zu treten. Über uns schreit ein Raubvogel.

»Und Lukina?«, fragt Lopatkina schließlich.

Ich werfe die Hände in die Luft. »Ich erinnere mich nicht! Ich weiß nicht einmal, wie lange dieses Gefecht gedauert hat. Ich war beschäftigt mit meinem ... meinem Gegner.«

Kasarowa hebt mahnend einen elfenbeinweißen Zeigefinger. »Du weißt also nicht, was sie während der Schlacht getan hat.«

Ich sehe mich kurz nach Sascha um, auf deren Gesicht sich verhaltene Empörung abzeichnet.

»Was soll sie schon getan haben?«, sage ich zu Kasarowa.

»Gekämpft natürlich! Die waren –«

»Dafür haben wir nur dein Wort. Aus Gumrak hat uns keine Nachricht erreicht – weder über dieses angebliche Gefecht noch über eine vermisste Fliegerin.«

Unwillkürlich senke ich den Blick auf die Tasche ihrer Uniform, in der der Brief ihres Vaters verschwunden ist. Er kann das alles bestätigen.

»Genosse Major, Kalatsch ist gefallen –«

»Untersteh dich, Gerüchte zu verbreiten, Sokolowa!«

»Ich meine nur, dass sie in Stalingrad völlig andere Sorgen haben, als über eine vermisste Pilotin Meldung zu schicken.«

»Hast du versucht, Lukina anzufunken?«

»Natürlich!«, schreie ich. »Bestimmt zwanzig Mal.«

Kasarowa mustert mich eisig. »Du vergreifst dich im Ton, Sokolowa. Ich verwarne dich.«

Ich nehme ein paar tiefe Atemzüge. »Ich habe auch den Boden abgesucht, als ich in Gumrak gestartet bin. Ob da irgendwo ihr Wrack ...« Ich breche ab. »Aber Fehlanzeige.«

»Das heißt, niemand hat sie runterkommen sehen.« Sascha tritt neben mich und berührt verstohlen meine Hand zum Zeichen, dass ich nun ihr das Reden überlassen soll. »Niemand hat gesehen, dass sie getroffen wurde«, fährt sie fort. »Sie könnte verfolgt worden sein und sich dadurch von der Schlacht entfernt haben –«

»Dann gilt sie als verschollen«, sagt Kasarowa.

»Moment mal.« Sascha schüttelt den Kopf.

»Kapitan Sejd-Ametowa, schreiben Sie das so in den Bericht.«

»Genosse Major, womöglich konnte Lukina notlanden oder mit ihrem Fallschirm aussteigen«, gibt Sascha zu bedenken.

»Dann hätte man das Wrack ihrer Jak gefunden.«

»Die können nach niemandem suchen«, sage ich. »Sie kann irgendwo in der Steppe runtergekommen sein –«

»In jedem Fall wird sie wieder auftauchen, wenn sie überlebt hat«, sagt Kasarowa.

»Aber sie könnte verletzt sein!«

Sascha tritt zwischen mich und Kasarowa, als hätte sie eine Entscheidung getroffen. »Genosse Major, lassen Sie mich einen Suchtrupp zusammenstellen.«

Etwas, das wie ein ersticktes Lachen klingt, schwingt in Kasarowas Stimme mit. »Abgelehnt.«

»*Was?*«

»Du begreifst es einfach nicht«, sagt Kasarowa und sieht Sascha aus schmalen Augen an. »Egal, wie oft man es dir erklärt, es geht nicht in deinen Schädel: Du kannst nicht alles stehen und liegen lassen wegen einer einzelnen Fliegerin. Nicht mal, wenn dein komplettes Geschwader verschollen wäre, könntest du einen *Suchtrupp*«, sie speit Sascha das Wort geradezu vor die Füße, »zusammenstellen. Du hast deine Pflicht hier zu erfüllen.«

»Hier?« Sascha wird laut. »Dass ich nicht lache! Was ist denn hier, das so wichtig wäre?« Ihre Hand beschreibt einen Kreis, der Anisowka, den Fluss und das dahinterliegende Saratow einschließt. »Der Krieg findet woanders ohne uns statt!«

»Und du weißt es besser, wer wo eingesetzt werden soll, ist das deine Aussage?« Kasarowa spricht gefährlich leise.

»Unsere Kameradin ist allein da draußen – das ist meine Aussage«, erwidert Sascha fest. »Sie braucht unsere Hilfe.«

»Sie ist tot.« Kasarowa streckt das Kinn vor. »Davon müssen wir ausgehen. Du erhältst meine Erlaubnis niemals, das Leben weiterer Fliegerinnen aufs Spiel zu setzen, nur um auf gut Glück da draußen herumzufliegen und nach einer Abtrünnigen zu suchen.«

»Abtrünnig?«, wiederholt Sascha. »Das ist –«
Kasarowa redet weiter, als hätte sie nichts gehört. »Und damit du nicht in Versuchung kommst, auf eigene Faust loszufliegen, stelle ich dich hiermit unter Arrest.«
Sie gibt Sejd-Ametowa und Lopatkina ein Zeichen. Sejd-Ametowa tritt ohne Zögern vor und ergreift Saschas Arm. Lopatkina sieht unglücklich aus, doch auch sie gehorcht. Kasarowa sieht Sascha unverwandt an.
»Die Strafe für Befehlsverweigerung ist dir doch bekannt, Beljajewa?« Sie nickt Sejd-Ametowa zu. »Abführen.«
Sascha wirft mir noch einen warnenden Blick zu. Am liebsten würde ich mir das Haar raufen. Will sie denn nicht, dass ich mich für sie einsetze? Ich muss doch irgendwas unternehmen!
Kasarowa tritt einen Schritt näher und sieht mir in die Augen. »Wenn eine von euch anderen ohne meinen Befehl den Stützpunkt verlässt, stelle ich sie als Deserteurin vor ein Kriegsgericht. Wegtreten, Sokolowa.«
Ich stürze geradezu davon. Es gibt jetzt nur eine Person, die helfen kann. Jemand ruft meinen Namen, es scheint Inna zu sein, doch ich reagiere nicht. Mein Blick jagt über unseren kleinen Stützpunkt. Sie muss doch hier irgendwo sein, wenn ich sie einmal brauche, verflucht –
Da sehe ich Kulikowa aus einer der Erdhütten treten.
»Ich habe gehört, was passiert ist«, sagt sie, als ich vor ihr eine Vollbremsung mache. »Das tut mir sehr leid.«
»Sie müssen etwas für mich tun«, keuche ich.
Sie sieht mich leicht befremdet an. »Und was?«
»Ich will, dass Sie Mukijenko telegrafieren: Mladschij Lejtenant Natalja Lukina ist bei einem Einsatz bei Gumrak verschollen, vermutlich notgelandet. Er muss sie suchen lassen und sie herschaffen.« Ich halte kurz inne, ringe nach Atem. »Sagen Sie ihm: ›Ohne sie finde ich es nie heraus.‹ Er weiß, was gemeint ist.«
Aber wird es ihn interessieren? Ein kalter Stein sitzt in meinem Magen, sinkt langsam auf Grund. Ich habe seinen Plan verpatzt. Warum sollte er mir einen Gefallen tun, Ressourcen für eine meiner Freundinnen opfern?

Kulikowa sieht mich lange an, ohne sich zu rühren, ein Hauch von Neugier in ihren Augen.

Ich erwidere ihren Blick, als ich frage: »Wann habe ich schon mal um was gebeten?«

Natascha

»Spring doch nicht so, Töchterchen!« Eine Hand legt sich auf meinen Arm, Finger zart wie Vogelkrallen. »Geh langsam, sonst kommst du nie nach Stalingrad.«

Ich kneife die Augen zusammen. Der Augusthimmel über uns ist blass wie Milch. Darunter zieht sich eine lange Kolonne die staubige Straße entlang, die von Kalatsch am Don nach Stalingrad führt. Die meisten gehen zu Fuß. Einige tragen nur zerlumpte Bündel, andere schleppen ihren gesamten Hausstand mit sich. Sonnenverbrannte Kinder sitzen auf einem Traktor. Karren mit Stühlen und Bettgestellen rumpeln zwischen uns her. Weit und breit bin ich die einzige Vertreterin unserer ruhmreichen Streitkräfte.

Spring doch nicht so! Nur weil man mal einen Zahn zulegt. Dass die *babuschka* neben mir nicht schneller kann, sehe ich ja ein, aber die ganzen Jungen und Gesunden in diesem Zug? Sie sollten alles stehen und liegen lassen und zusehen, dass sie in die Stadt kommen, sonst ist die Wehrmacht noch vorher da. Ganz egal, welche Ortschaft ich erwähnte, als ich endlich auf Leute stieß – Elista, Kotelnikowo, Kalatsch –, immer hieß es nur: gefallen.

Gefallen.

Gefallen.

Die ganze Zeit kann man den Rauch riechen, immer wieder auch Granateneinschläge hören. Wahrscheinlich hat die Alte recht. Man muss die Nerven behalten und seine Kräfte einteilen. Ich versuche, langsamer zu gehen, aber es klappt nicht so recht.

Die Alte lacht meckernd. Ihr Gesicht im weißen Kopftuch ist klein und braun wie eine Nuss. »Beim letzten Mal konnte ich auch nicht abwarten. Bin gerannt wie ein junges Reh, und dann konnte ich nicht mehr weiter.«

Ich lasse mich zurückfallen, bis ich wieder auf einer Höhe mit ihr bin. »Bei welchem letzten Mal?«

Sie lacht wieder. Alle in diesem Zug sind am Ende oder kurz davor bis auf sie. »Da hieß Stalingrad noch Zarizyn.«

Während des Bürgerkriegs? Weiße gegen Rote? Ich schüttle den Kopf. Genauso gut könnte sie mir was von der Kiewer Rus erzählen.

»Ich muss zu meinem Regiment zurück, und zwar zack, zack«, sage ich.

Ein paarmal haben wir in der Ferne Panzer gesehen, die die Steppe durchpflügten. Ab und zu zieht ein Flugzeug über uns hinweg. Keine Einheit weit und breit, bei der ich Meldung machen könnte.

»Mädchen als Soldaten!«, ruft die Alte missbilligend und schüttelt eine winzige Faust. »Zu meiner Zeit gab's das nicht.«

Also, das bezweifle ich. Aber wenn es zu meinen Lebzeiten noch einen Krieg gibt, dann werde ich wohl als altes Weib auch irgendeiner jungen Frau erzählen: *Frauen als Generäle! Zu meiner Zeit durften wir gerade mal Flugzeuge fliegen!*

Vorausgesetzt natürlich, wir gewinnen dieses Mal.

Ich drehe mich um in die Richtung, aus der wir kommen, nach dem verdunkelten Horizont im Westen, nach der gigantischen Wolkenbank aus Staub und Rauch. Staub bedeutet Panzer. Rauch bedeutet Artillerie.

Acht Tage sind seit meiner Notlandung vergangen, acht Tage atme ich beim Gehen Staub und Rauch ein. Ich habe genau mitgezählt.

Heute ist der 23. August.

Gegen Mittag passieren zwei Dinge gleichzeitig. Wir erreichen eine Ansammlung von Hütten, die als Dorf durchgeht, und hinter uns nähert sich langsam und holpernd ein Armeelaster.

Sechs oder sieben Soldaten marschieren hinter ihm her. Die Flüchtlinge mit ihren Bollerwagen schimpfen, als sie den Laster vorbeilassen müssen. Dann stoppt er plötzlich, sein Tuckern verstummt, und sie schimpfen noch mehr.

Ich setze mich in Trab, überhole die Soldaten, deren erschöpfte Gesichter sich erstaunt verziehen. Noch nie eine Frau in Uniform gesehen?, denke ich.

Dann höre ich es. Aus dem Inneren des Lasters dringt es. Ich bleibe stehen, will mir die Ohren zuhalten, zwinge mich, die Hände wieder sinken zu lassen. Wenn die im Wagen den Schmerz aushalten müssen, dann muss ich die Schreie aushalten. Und den Geruch.

Mein Gott, der Geruch.

Eine junge Frau ist ausgestiegen, ich kann die braunroten Spritzer auf ihrer ehemals weißen Schwesternuniform sehen. Sie redet auf den Fahrer ein, der Kapitan der Soldaten auf sie. Sie schüttelt immer wieder den Kopf, zeigt in die Richtung, aus der sie gekommen sind.

»Das ist ein Befehl!«, schreit er schließlich so laut, dass ich ihn verstehen kann.

Sie zuckt zusammen, salutiert. Ihre Augen fließen über. Zwei schmale, saubere Spuren ziehen sich durch den Ruß in ihrem Gesicht. Sie verschwindet wieder im Wagen.

Der Kapitan rührt sich nicht von der Stelle. Einen Moment starrt er ins Leere, sein Gesicht aschgrau, dann hebt er den Kopf. Ich höre ihn seinen Männern Anweisungen geben.

»Du!«, schreit er, als er meine Uniform erblickt. »Pack mit an!«

Ich laufe zu ihm. Er schlägt die Plane des Lasters zurück.

»Wir müssen sie abladen«, sagt er. »Da, in die Hütten.«

Sie liegen auf Holzpritschen, wie übereinandergestapelt. Einige scheinen bewusstlos, andere winden sich vor Schmerzen, stöhnen. Das Summen von Fliegen erfüllt die Luft. Die Soldaten fangen an, ihre verletzten Kameraden abzuladen. Ein sommersprossiger Junge schreit grauenvoll auf, als sie ihn zu zweit hochheben. Die Uniform über seinem Bauch ist blutgetränkt.

»Wozu soll das gut sein?«, frage ich. Hier ist nichts, hier können sie doch nicht behandelt werden.

»Kein Benzin mehr.« Der Kapitan spricht leise, als ob die Soldaten im Laster ihn nicht hören sollen. »Wir müssen zu Fuß weiter. Wir können sie nicht mitnehmen.«

Ich schüttle den Kopf. Es sind nur noch dreißig Kilometer bis Stalingrad, das können wir nicht machen!

Der Kapitan sieht mir direkt in die Augen, als er sagt: »Die nachrückenden Truppen müssen sie aufpicken.«

Ich sage nichts mehr. Es gibt keine nachrückenden Truppen. Nach uns kommen die Deutschen.

Wir gehen. So rasch wir können, so rasch, wie ich es mir vorhin gewünscht habe. Der Kapitan vorweg, die Krankenschwester und ich hinterdrein, dann die Soldaten und der Lastwagenfahrer. Dahinter die Zivilisten, die nach tagelangem Fußmarsch noch einen Zahn zulegen können.

Wir gehen. Stunde um Stunde. Die Luft ist erfüllt von unserem keuchenden Atem. Bis wir kaum mehr die Kraft haben, die Füße zu heben. Natürlich tritt genau das ein, was die Alte vorhergesagt hat. Am späten Nachmittag sinken wir erschöpft zu Boden.

»Kurze Pause!«, schreit der Kapitan.

Mein Kopf schmerzt vom Wassermangel. Ich sehe mich um. Die Reihen haben sich weiter ausgedünnt, nur die Kräftigsten konnten noch Schritt halten. Die Krankenschwester fragt mich, wie ich hierhergekommen bin. Sie macht große Augen, als ich von meiner Notlandung erzähle.

»Ich hab nicht gewusst, dass Mädchen auch Flugzeuge fliegen.«

»Gibt auch nicht so viele von uns.«

Der Kapitan sitzt neben uns, die Unterarme auf den Knien. Er deutet die Straße hinunter. »Das Flugfeld Woroponowo. Da kannst du nachher Meldung machen.«

Das lässt sich gut an. Trotzdem bin ich nervös bei dem Gedanken, die letzten acht Tage erklären zu müssen.

»Und wo ist deine Familie?«, fragt die Krankenschwester.

Ihr Anblick verschwimmt, als die Gesichter der anderen sich davorschieben: Sascha, Inna, Leysan. Katjas Gesicht neben meinem im Spiegel kurz vor unserem Abflug. Aber die Krankenschwester meint natürlich meine wirkliche Familie, meine Eltern und Geschwister.

»Ich weiß nicht.«

Das ist eine gute Antwort, denke ich, als ich sehe, wie ein milder, mitleidiger Glanz die Augen der Krankenschwester überzieht. Sie glaubt zu verstehen, aber das tut sie nicht. Vor dem Hoftor wartete ein Laster. Die Rotarmisten waren jung, bestimmt jünger als ich jetzt, wo ich selbst in der Roten Armee diene. Sie hoben uns Kinder auf die Fläche. Mein Vater stieg selbst hinauf, das schnauzbärtige Gesicht wie versteinert. Wir durften nichts mitnehmen außer dem, was wir am Leib trugen. Da hatten wir noch keine Ahnung, was uns an unserem Bestimmungsort erwartete.

Ich blinzle, versuche, mich auf das Hier und Jetzt zu konzentrieren. Es bringt nichts, solchen Erinnerungen nachzuhängen, das weiß ich selbst. Das habe ich ja auch Katja zu erklären versucht, als sie unbedingt beweisen wollte, dass ihren Eltern Unrecht geschehen war.

Meine Mutter drehte sich noch einmal um. Mit drei Fingern schlug sie das Kreuz und verneigte sich, die Dorfstraße hinunter. Aber die Kirche am Ende der Straße, die war weg. Deshalb sah es für mich so aus, als verneigte sie sich vor der Dorfgemeinschaft.

Alle waren sie angetreten. Beobachteten alles ganz genau und dachten nur eines dabei.

Besser die als wir.

»Los, weiter!«, befiehlt der Kapitan und kommt selbst als Erster vom Boden hoch. Ich hole tief Luft, als würde ich aus Wasser auftauchen, und stelle mich auf meine brennenden Füße.

Auf dem Flugfeld Woroponowo stehen Abwehrkanonen statt Flugzeugen, die Zielrohre in den westlichen Himmel gerichtet. Und dahinter, in der Ferne ...

Wer von uns die Stadt zuerst sieht, weiß ich nicht, aber schon bald durchläuft ein Flüstern den Zug, atemlos, durchsetzt von Lachen. *Da ist es. Das ist Stalingrad. Wir haben es geschafft. Wir sind gerettet.*

Die Krankenschwester umarmt mich. Die Soldaten klopfen einander auf die Schultern. Der Kapitan hat einen Streckenposten erspäht und spricht mit dem diensthabenden Offizier der Artillerie.

Ich ziehe die Nase hoch. Mache ich eben bei denen Meldung. Ich bleibe stehen, während die Zivilisten weitergehen in Richtung der Stadt, als hätte ihnen der Anblick neue Kräfte eingeflößt. *Zehn Kilometer, nein, weniger, gleich sind wir da.* Kichern und Weinen.

Nur ganz leise, fast unmerklich, dringt ein anderes Geräusch durch das aufgeregte Stimmengewirr. Sekunden vergehen, ehe ich erkenne, worum es sich handelt. Flugzeugmotoren.

Viele Flugzeuge. Sehr viele.

Mein Blick zuckt zur Stadt, zum Himmel über Gumrak, doch da ist nichts. Das Geräusch kommt von Nordwesten. Dann kann ich sie sehen.

Es sind nicht unsere.

»Luftangriff!«, schreit irgendwer. Angstschreie branden rings um mich auf. Kinder fangen an zu weinen.

Panikschürer, denke ich und rufe, so laut ich kann: »Legt euch hin! Legt euch auf den Bauch!« Zu meiner Überraschung gehorchen die meisten. Ein paar versuchen wegzulaufen, doch hier ist weit und breit nichts, wo man sich verstecken könnte. Auch ich lasse mich zu Boden fallen, behalte aber den Himmel im Auge, auf die Ellbogen gestützt.

Kleine schwarze Blumen erblühen am Himmel. Das muss Gumrak sein. Sie versuchen, die Bomber zu treffen, ehe sie ihre Fracht loswerden können. Auch hier in Woroponowo feuern die Kanonen ein paar Schüsse, doch die Bomber sind außer Reichweite.

Es sind Langstreckenbomber, schießt es mir durch den Kopf, wahrscheinlich Heinkels oder die Ju 87. Die kleineren, wendigen Maschinen um das Bomberfeld herum sind Messerschmitts. Dreißig Maschinen, vielleicht mehr.

Ein kaltes Prickeln überzieht meine Haut.

Dieses Flugzeugheer ist nicht gekommen, um irgendein vorgelagertes Flugfeld zu bombardieren, auf dem nur noch die Flak steht.

In diesem Moment ertönt ein schrilles Heulen aus Richtung der Stadt, schwillt an und ab. Eine einzelne Sirene, in deren Geräusch sehr bald weitere einfallen. Eine oder zwei sind ganz nah. Ich stelle mir vor, wie die Menschen in Stalins Stadt die Köpfe zum Himmel heben, von der Arbeit, vom Essen, von den fragenden Gesichtern ihrer Kinder aufblicken, wie sie verstehen und in heller Panik aufspringen. Ein paar laufen sicher erst ziellos umher, verschenken kostbare Sekunden – sollen sie nach Freunden oder Angehörigen suchen? –, ehe sie zu den Kellern und Luftschutzbunkern hasten.

Wir hier draußen sind wie erstarrt. Können nur zusehen. Alle sind wieder aufgestanden, auch ich. Niemand sucht Deckung.

Als ob egal wäre, was jetzt noch mit uns passiert.

Die Erschütterung ist kaum zu spüren, doch wir können sehen, wo die erste Bombe niedergegangen ist. Eine Wolke aus Schutt und Rauch schießt wie eine Fontäne zum Himmel auf. Weitere folgen fast sofort. Wir sind zu weit weg, um Einzelheiten zu erkennen, aber wir können die Sirenen der Sturzkampfbomber aufkreischen hören und den anschließenden Aufprall. Wieder und wieder.

Ein trockenes Aufschluchzen kommt von der Krankenschwester neben mir. Der Kapitan steht mit den Fäusten gegen die Stirn gepresst. Andere hocken sich auf den Boden, sinken auf die Knie beim Anblick der einschlagenden Bomben. Jemand betet.

Ich merke, dass ich drei Finger der rechten Hand aneinandergepresst halte, wie meine Mutter, wenn sie sich bekreuzigte, und löse sie rasch voneinander.

Eine Stunde, denke ich. Eine Stunde später, und wir wären da drin gewesen.

In die entfernten Geräusche der Einschläge und der Stukas mischt sich erneut lautes Brummen. Mein Blick zuckt durch den Himmel. Noch mehr Bomber. Sie kommen von Nordwesten, über Gumrak.

»Wir können hier nicht Maulaffen feilhalten!« Das ist der Kapitan. Einen nach dem anderen stößt er an, damit wir weitergehen, die militärischen Kommandos völlig außer Acht lassend.

»Zum Gefechtsstand!«, ruft er uns zu. Seine Augen treten fast aus den Höhlen. »Los, zum Gefechtsstand!« Er packt meinen Arm und zieht mich zwischen den Zivilisten heraus. »Schnell! Sie brauchen uns dort in der Stadt!«

Wir rennen über das Flugfeld, völlig ohne Deckung, den Blick abwechselnd auf die Stadt und den Himmel gerichtet. Die Soldaten an den Flugabwehrkanonen sind Frauen. Eine, die das Nachladen an ihrer Kanone beaufsichtigt, fängt meinen Blick auf, als ich vorüberhaste. Einen Moment sehen wir uns verblüfft an.

Die Einschläge scheinen näher zu kommen. Der Kapitan drängt uns zur Eile. Wir stolpern in einen abgedeckten Graben. Man kann aufrecht stehen, und das tun auch alle, die hier Schutz gesucht haben. Unter der Abdeckung beobachten sie den Himmel über Stalingrad, die Gesichter leichenblass oder rot vor Wut.

Der Kapitan salutiert gehetzt vor einem der Offiziere, macht Meldung, deutet auf mich und fügt etwas hinzu. Der Offizier hebt die Hand, zieht sich in den hinteren Teil des Unterstands zurück. Jemand löst sich aus dem Schatten.

»Mladschij Lejtenant Lukina?«

Eine NKWD-Uniform. In meinem Kopf geht alles durcheinander. *Flugzeug zerstört, unerlaubt abwesend, Feindkontakt, Deserteurin, Verräter, Verräter, Verräter...*

»Sind Sie's?«, schreit der NKWD-Offizier, um sich über den Lärm hinweg Gehör zu verschaffen.

»Na und?«, schreie ich zurück. Die letzte Silbe fällt überlaut in die plötzlich eingetretene Stille. Die Einschläge haben kurz aufgehört, die Sirenen sind verstummt, und hier im Unterstand schweigen sie. Ich spüre viele Augen auf mir. *Besser die als wir.* Der Offizier nickt, anscheinend zufrieden. »Nach Ihnen wird seit Tagen gesucht. Wir haben Befehl –«

Der Rest geht unter, weil die Soldaten neben mir alle gleichzeitig aufbrüllen und die Fäuste recken. Ich kann gerade noch die schwarze Rauchspur sehen, die ein abstürzendes Flugzeug durch den Himmel zieht. Flammen schlagen auf, als es in hohem Bogen auf die Erde stürzt. Die Flak hat einen von ihnen erwischt.

Ich schreie mit den anderen, balle die Faust. Und verstumme, schnappe nach Luft, als weiter hinten in der Stadt nacheinander vier bis fünf kurze Detonationen zu erkennen sind, gefolgt von einer riesigen Wolke aus Rauch und Flammen, als ob sich das Tor zur Hölle aufgetan hätte. Ich weiche zurück, stoße mit dem Rücken gegen den NKWD-Offizier, der eine Hand auf meine Schulter legt. Ob er mich stützen oder in Gewahrsam nehmen will, weiß ich nicht.

»Die Ölraffinerien«, murmelt er nach einer, wie es scheint, endlosen Minute. Aus dem schwarzen Qualm schlägt noch mehr Feuer, gefolgt von einer Rauchwolke, die die Stadt meinem Blick entzieht. Ich ertappe mich bei dem kindischen Gedanken, dass der Rauch ihr Schutzschild sein wird, weil die Deutschen nun nicht mehr sehen, wohin sie fliegen, und endlich aufhören werden.

Doch als ich bereits den Brandgeruch in der Nase habe und das Gesicht abwende, ist das Letzte, was ich sehe, ein neues Stuka-Geschwader, das sich auf die brennende Stadt herabfallen lässt.

SECHS

Anisowka – Moskau – Anisowka, August/September 1942

Katja

»Seht ihr das?«
Ich hebe den Kopf. Leysan hat sich im Cockpit aufgestellt, den Blick nach Süden gerichtet. Ich beschirme die Augen mit der Hand. Im Süden über dem Fluss ist der Himmel fast schwarz. Ein Gewitter, denke ich, eine dunkle Wolkenfront. Doch die Form ist so eigenartig. Die ganze Finsternis scheint aus einem einzigen, niedrigen Punkt zu quellen, irgendwo dort hinter der Flussbiegung.
Das sind keine Wolken.
Es ist Rauch. Eine riesige Rauchsäule. Ein kalter Schauer rieselt meinen Rücken hinab, obwohl die Vormittagssonne mein Cockpit aufgeheizt hat. Das Donnern, das gestern Abend über Stunden ganz schwach zu hören war, obwohl der Wind von Norden kam …
»Was ist das?« Innas Stimme ist kaum mehr als ein Flüstern.
Ich bin mir sicher, dass sie die Antwort genauso gut kennt wie ich. Es gibt nur einen Ort südlich von uns, der so brennen kann, eine Industriestadt mit Fabriken voller entflammbarer Tanks.
»Stalingrad«, höre ich mich sagen.
Sejd-Ametowa kommt aufs Flugfeld gelaufen. Wir haben sofort unsere Patrouillen zu starten, erklärt sie uns.
»Genosse Kapitan«, beginnt Inna und zeigt schließlich nur in Richtung der Stadt.
»Ich weiß.« Sejd-Ametowas Stimme ist ein Fauchen.
»Ist es denn sicher, dass sie angegriffen haben?«, frage ich.
»Genug! Major Kasarowa wird euch zu geeigneter Zeit ins Bild setzen.«
Als sie bemerkt, dass wir untereinander Blicke tauschen, sagt

sie: »Auf keinen Fall dürft ihr weiter nach Süden fliegen als sonst. Das ist kein Aufklärungsflug, habt ihr verstanden?«

Über Saratow kräuselt sich der Qualm aus den Fabrikschloten. Auf der Wolga herrscht wie gewöhnlich Schiffsverkehr. Kein feindliches Flugzeug schält sich aus dem Rauch im Süden über dem Fluss, während wir unsere Patrouille fliegen. Meine Augen hängen beinahe durchgehend an der Rauchwolke.

Was, wenn Natascha nun dort ist? Wenn sie gestern Abend in der Stadt war? Neun Tage sind vergangen seit unserer Eskortmission nach Gumrak, und wir haben immer noch kein Lebenszeichen von ihr.

Wir setzen bereits wieder zur Landung an, als ich von oben ein unbekanntes Fahrzeug auf Anisowka zuhalten sehe. Ein schwarzer Wagen holpert aus der Steppe heran und stoppt gegenüber der Bahnstation.

Die haben uns noch gefehlt. Ist das ein neuer Versuch Mukijenkos, Kasarowa zu verhaften? Hat er sich deshalb in letzter Zeit so still verhalten? Ich sehe noch drei uniformierte Personen aus dem Auto steigen, dann bin ich über der Rollbahn und konzentriere mich darauf, die Maschine aufzusetzen.

Edel springt hinzu und blockiert die Räder mit Bremsklötzen, als ich die Jak auf ihren Abstellplatz gerollt habe. Doch ich achte kaum auf sie oder auf Inna, die ihre Maschine ebenfalls geparkt hat und mir nacheilt, haste gleich hinüber auf den Appellplatz.

Es sind zwei NKWD-Leute, ein Offizier und sein Fahrer, und zwischen ihnen ...

Zwischen ihnen eine junge Frau mit schmutzig-verklebtem kastanienbraunem Haar im Fliegeranzug, auch er voller Staub.

Es ist wie eine Umkehrung von Iwakinas Verhaftung vor zehn Tagen.

»Natascha!«, schreit Inna hinter mir.

Natascha sieht uns und grinst breit, ehe sie die geballte Faust reckt. Juchzend stürzen wir uns auf sie. Ich falle ihr als Erste um den Hals.

»Uff«, macht sie und fängt mich auf. Dann hält sie mich an den Armen von sich weg, um mich anzusehen. »Gott sei Dank, alles noch dran! Ich hab mir vielleicht Sorgen gemacht!«

»Du hast dir … Was ist denn mit uns?« Inna drängelt sich an mir vorbei und umarmt Natascha ebenfalls. »Wir wussten ja überhaupt nicht, wo du bist!«

»Na, ich doch auch nicht!«, lacht Natascha.

»Was ist bei Gumrak passiert?«, frage ich. »Haben die dich getroffen? Wo bist du denn gelandet?« Aus dem Augenwinkel beobachte ich die NKWD-Offiziere, die sie hergebracht haben. Das müssen Mukijenkos Leute sein.

»Ach, ein blöder Faschist ist mir nach!« Sie winkt ab. »Die Luftversorgung war beschädigt, also musste ich schnell runter. Hat auch alles geklappt, aber dann hat der Drecksack die Jak so lange beschossen, bis sie Feuer gefangen hat.«

»Und wo warst du da?«

»Untendrunter.«

Während ich noch herauszufinden versuche, ob sie scherzt, sehe ich hinter ihr Sascha im Laufschritt über den Hof kommen. Ist sie etwa ausgebüxt? Sie hat Kasarowa doch gehört. Aber hinter ihr geht Kulikowa, leicht den Kopf schüttelnd.

»Da ist sie ja«, sagt Sascha wie zu sich selbst und drängt sich durch, um Natascha zu umarmen. »Da ist sie ja wieder.« Natascha erwidert die Umarmung, legt einen Moment den Kopf auf Saschas Schulter ab.

»Warst du dort?«, fragt Sascha, ohne näher erklären zu müssen, was mit »dort« gemeint ist.

Natascha löst sich von ihr und nickt. »Fast. Ich habe alles sehen können. Das, was da brennt, sind Raffinerien. Sagt er zumindest.« Sie deutet mit dem Kinn in Richtung des NKWD-Offiziers, der neben seinem Wagen steht und Sejd-Ametowa ein paar Papiere übergibt, ehe er Kulikowa die Hand schüttelt.

»Ich dachte schon, die wollten mich verhaften.« Nataschas Lächeln erreicht ihre Augen nicht. »Aber sie hatten wohl Anweisung, mich hierher zurückzubringen, wenn sie mich finden.«

Zum ersten Mal bedenke ich, welchen Eindruck so ein Empfang durch das NKWD auf sie gemacht haben muss.

»Ob Kasarowa vielleicht doch was gesagt hat?« Inna sieht uns fragend an.

»Unwahrscheinlich«, meint Sascha.

Ich sage nichts.

Natascha sieht in Richtung der Rauchwolke im Süden. »Die haben Loopings gedreht nach jedem Angriff«, sagt sie leise, wie in Gedanken. »Kein einziger unserer Jäger war zu sehen.«

»Pscht«, macht Sascha. Ich drehe mich um, sehe Sejd-Ametowa hinter uns stehen.

»Lukina«, sagt sie. Unmöglich zu wissen, ob sie die letzten Worte gehört hat. Sie betrachtet Natascha mit ausdrucksloser Miene. »Du bist unverletzt?«

»Ja, Genosse Kapitan.« Natascha lächelt ein bisschen.

Sejd-Ametowa nickt knapp. »Du warst fast zwei Wochen abwesend. Major Kasarowa erwartet deinen Bericht.«

Sascha tritt vor. »Genosse Kapitan, als Lukinas KomEska sollte ich dabei sein, wenn sie befragt wird.«

»Du warst bei dem Einsatz nicht beteiligt und kannst nichts dazu beitragen.« Sie schweigt einen Moment. »Sokolowa. Du warst dabei.«

Ich trete vor und nehme Haltung an. Sejd-Ametowa macht auf dem Absatz kehrt und geht zum Gefechtsstand hinüber. Ich werfe einen Blick auf den NKWD-Offizier.

Sollte Kasarowa ihn für den Bericht nicht hinzuziehen? Und ist es ein gutes oder ein schlechtes Zeichen, dass sie es nicht tut?

Der Gefechtsstand ist vollkommen dunkel bis auf die Lampe über dem Tisch, an dem wir sitzen. Sejd-Ametowa führt Protokoll. Natascha berichtet, dass sie getroffen wurde und die Maschine notlanden musste. Dass der deutsche Pilot dabei auf sie feuerte. Dass sie ausstieg und sich unter der Maschine verstecken musste, weil der Deutsche auf sie schoss. Dass er erst abdrehte, als ihre Jak Feuer fing.

»Wo hat diese angebliche Notlandung stattgefunden?«, fragt Kasarowa.
»Der Ort heißt Zëty. Habe ich zumindest so verstanden.«
»Wo soll das sein?«
»Etwa vier Stunden zu Fuß entfernt von Krasnojarski am Don.«
»Zeig es mir.« Kasarowa deutet auf die Karte an der Wand. Natascha geht zu der Karte. Sie findet Krasnojarski, aber nicht den Ort ihrer Notlandung. »Es müsste etwa hier sein.« Ihr Finger kreist um einen Punkt mitten im Nirgendwo.
Kasarowa sieht sie nur an.
»Dann ist es eben nicht eingezeichnet«, sagt Natascha ungeduldig. »Es waren nur ein paar Jurten.« Sie setzt sich wieder.
»Woher weißt du dann, wie der Ort hieß?«, schaltet Sejd-Ametowa sich ein.
»So habe ich die Leute da verstanden«, sagt Natascha achselzuckend und fährt fort, als Sejd-Ametowa sie zweifelnd betrachtet. »Die konnten kaum Russisch. Mein Kalmückisch ist auch nicht so besonders, Genosse Kapitan.«
Sejd-Ametowa errötet vor Ärger.
»Neun Tage, Lukina.« Kasarowa spricht absichtlich leise. »Unerlaubte Abwesenheit. In unmittelbarer Nähe der Deutschen. Und nun tischst du uns Lügenmärchen auf, anstatt dich zu erklären?«
»Vielleicht lügt ja auch Ihre Karte, Genosse Major«, schalte ich mich ein.
Kasarowas Kopf fährt ruckartig zu mir herum.
Trotzig erwidere ich den Blick. »Kann doch sein, dass der Maßstab nicht klein genug ist, um Zëty zu zeigen.«
Kasarowa sieht mich weiter an, wartet darauf, dass ihr Schweigen mich nervös macht. Doch das funktioniert heute nicht.
Schließlich wendet sie sich Natascha zu. »Was war dein Fehler?«
Natascha starrt sie an. »Mein Fehler, Genosse Major?«
»Dieser Faschist hätte dich nie in so eine Lage bringen dürfen. Du hättest ihn erledigen müssen.«

Wut kocht in mir hoch. Am liebsten würde ich Kasarowa fragen, wie viele Faschisten sie schon »erledigt« hat.

»Also«, sagt Kasarowa. »Du willst dich zu Fuß auf den Weg gemacht haben, bist auf irgendwelche Flüchtlinge und irgendwann auf Soldaten – angeblich sowjetische – gestoßen und mit denen zum Flugfeld Woroponowo marschiert.«

»Ja, Genosse Major«, sagt Natascha.

»Und das NKWD, das dort angeblich stand, hat in so einer Lage nichts Besseres zu tun, als mit einer vermissten Fliegerin Hunderte Kilometer spazieren zu fahren.«

»Das müssen Sie die fragen, Genosse Major.«

Jemand klopft und drückt fast sofort die Klinke herunter.

»Entschuldigen Sie die Verspätung, Genosse Major.« Mukijenko tritt ins Zimmer.

Kasarowa neigt höflich den Kopf. Ich halte Nataschas Hand unter dem Tisch und starre ihn an. Was macht er hier? Es sieht nicht aus, als hätte er eine anstrengende Reise hinter sich – glatt rasiert, in einer tadellos sitzenden Uniform. Er streift uns mit einem gleichmütigen Blick. Nichts gibt zu erkennen, dass er bei Nataschas Rückkehr die Hand im Spiel hatte.

Wird er mich verpetzen? Kasarowa darauf hinweisen, dass ich ihn gebeten habe, nach Natascha suchen zu lassen, weil sie es nicht tun wollte?

»Tee, Sokolowa«, sagt Kasarowa, als wäre sie eine degenerierte Aristokratin und ich ihr glückloses Dienstmädchen. Ich stehe auf, gehe zum Samowar hinüber. Kasarowa und Mukijenko lasse ich dabei nicht aus den Augen.

Sie hat die Sonderabteilung verständigt. Wie zuvor bei Zoja, da bin ich mir ganz sicher. Ich schenke Mukijenko ein Glas Tee ein. Er dankt mir kurz und nimmt einen Schluck, während ich mich wieder setze. Dann wirft er einen Blick auf Natascha.

»Ist das die Fliegerin, um die es geht?«, fragt er.

»Ja, das ist Mladschij Lejtenant Natalja Lukina. Unerlaubt abwesend seit dem 15. August, hat sich heute am Stützpunkt Anisowka zurückgemeldet.« Kasarowa reicht ihm Sejd-Ametowas Mitschrift.

»Ich war nicht unerlaubt abwesend«, begehrt Natascha auf. »Ich habe eine Eskortmission ausgeführt, wurde angegriffen und musste meine Maschine notlanden, weil sie getroffen war. Dann bin ich zurückgekommen, so schnell ich konnte.«

Kasarowa wendet sich an Mukijenko, als ob sie nichts gehört hätte. »Lukina behauptet, ihre Jak sei zerstört worden. Ich selbst gehe davon aus, dass sie sich nun in der Hand des Feindes befindet.«

»Nein«, sagt Natascha mühsam beherrscht. »Ich wollte die Maschine retten, deshalb habe ich nicht den Fallschirm benutzt, als das Luftversorgungssystem getroffen wurde, sondern eine Notlandung eingeleitet. Dabei haben wir uns so weit von der Schlacht entfernt, dass mein Flügelmann mich anschließend nicht finden konnte.«

Ich nicke bestätigend. Mukijenko liest konzentriert das Protokoll.

»Warum hast du nicht versucht, über Funk Kontakt aufzunehmen?«, fragt Sejd-Ametowa.

Natascha sieht sie ungläubig an. »Weil mein Flugzeug mitsamt der Sprechanlage zerstört wurde!«

»Dann hast du die Notlandung verpatzt?«

»Nein, er hat auf mich geschossen, das hab ich doch gesagt!«

Mein Blick wandert zu Mukijenko, der, den Kopf in die Hand gestützt, sodass sie seine Mundpartie verdeckt, schweigend zuhört. Warum sagt er nichts? Sollte er hier nicht das Verhör führen? Er ist allein, wie mir jetzt erst auffällt. Bei Zojas Verhaftung waren sie zu dritt, der Glatzköpfige und der kleine Schreihals waren dabei.

Mukijenko räuspert sich. »Das klingt plausibel.« Es scheint, dass er Kasarowa damit meint, doch dann sagt er: »Als abzusehen war, dass die Maschine flugtauglich werden würde, hat sie sie runtergebracht, damit sie nicht noch mehr beschädigt wird, wie es jeder Pilot tun würde, dem etwas an seinem Flugzeug liegt.«

Kasarowa blinzelt. Mukijenko hält ihren Blick gleichmütig. Sie hat sich jedoch sofort wieder in der Gewalt.

»Lukina kann keine Angaben über den genauen Frontverlauf im Gebiet ihrer Notlandung machen«, hebt sie hervor. »Es ist nicht von der Hand zu weisen, dass sie Feindkontakt gehabt haben könnte.«

Mukijenko wiegt nachdenklich den Kopf. »Was hast du getan«, fragt er Natascha, »nachdem klar war, dass die Jak zu sehr beschädigt ist, um mit ihr nach Hause zu fliegen?«

Natascha antwortet wie aus der Pistole geschossen. »Versucht herauszufinden, wo ich war, Genosse Major. Ich konnte am Stand der Sonne einschätzen, dass es fast Mittag sein musste, und so wusste ich auch, wo Osten sein muss.«

»Was war mit deinem Kompass?«, fragt Sejd-Ametowa.

»Im Flugzeug.« Natascha beißt beim Sprechen die Zähne zusammen.

Sejd-Ametowa beginnt: »Den hast du immer bei dir –«

Doch Mukijenko hebt die Hand und bedeutet Natascha fortzufahren.

Sie räuspert sich. »Ich bin bei einer Jurtensiedlung namens Zëty runtergekommen. Dann bin ich zu dem Dorf Krasnojarski marschiert. Da waren sie gerade dabei zusammenzupacken, weil die Deutschen im Anmarsch waren. Ich bin mitgegangen.« Sie zählt eine Reihe von Ortschaften auf, von denen ich noch nie gehört habe. Erst mit Karpowka kann ich wieder etwas anfangen, das kenne ich von der Karte, eine Eisenbahnstation zwischen Kalatsch und Stalingrad. »Da sind wir von Truppen überholt worden«, sagt Natascha.

»Von sowjetischen Truppen?«

»Ja. Da war ein Kapitan, der mir sagte, dass hinter ihnen noch welche von unseren kommen.«

Kasarowa stößt zu wie ein Raubvogel. »Das ist kein Beweis, dass Lukina nicht doch hinter feindlichen Linien war.« Sie wendet sich an Mukijenko. »Das Beste wäre, sie nach Saratow ins dortige NKWD-Hauptquartier zur weiteren Befragung zu bringen.«

Natascha macht eine Bewegung, als wollte sie aufspringen. Doch Mukijenko hebt lediglich amüsiert die Brauen. »Wäre es das Beste? Was könnte ich denn dort feststellen, was ich nicht auch hier herausfinden kann?«

Kasarowa stutzt.

Ich halte den Atem an. Eine verkehrte Welt. Die Vorgesetzte will Natascha verhaften lassen, und der NKWD-Offizier lässt sie damit auflaufen.

Ich sehe unauffällig von Mukijenko zu Kasarowa und wieder zurück. Beim letzten Mal mit Zoja ist er ihr zu Hilfe gekommen, aber er will das offenbar nicht zur Gewohnheit machen.

»Abgesehen davon befinden Sie sich im Irrtum, Genosse Major«, sagt er beiläufig. »Es gibt sehr wohl Zeugen für Lukinas Aussage. Die Truppen, die sie am Flugfeld Woroponowo aufgegriffen haben, gehörten zu einer Schützendivision des NKWD, deren Zeugnis über jeden Zweifel erhaben ist.«

Natascha und ich tauschen einen Blick. Auch sie scheint kaum zu atmen. Mukijenkos Leute können ebenfalls nicht mit Gewissheit sagen, was Natascha in der Zeit zwischen ihrer Notlandung und ihrem Auftauchen an der Wolga gemacht hat. Kasarowa wird sich jedoch nicht dem Zorn eines Offiziers der Sonderabteilung aussetzen wollen, indem sie widerspricht.

Sie tragen ein stummes Duell aus, Kasarowa und der Mann, den sie auf ihrer Seite wähnte. Er lächelt verhalten. Das hier macht ihm Spaß.

»Lukina«, sagt Kasarowa schließlich. »Du kannst gehen. Melde dich bei deinem Geschwader.«

Natascha und ich stehen auf.

Kasarowa würdigt keine von uns eines Blickes, ordnet stattdessen ihre Papiere. Ohne ihn anzusehen, sagt sie zu Mukijenko: »Danke für Ihr Erscheinen, Genosse.«

»Nichts zu danken, Genosse Major.«

Er erhebt sich und entbietet ihr und Sejd-Ametowa, die ihn mit zusammengekniffenen Augen mustert, einen guten Tag. Kasarowa erhebt sich ebenfalls von ihrem Stuhl, als würde das Aufstehen sie Kraft kosten. Natascha salutiert und verlässt den Raum. Als ich mich ihr anschließen will, hält Mukijenko mich unbemerkt von allen anderen am Handgelenk fest. Nur mit den Augen weist er auf Kasarowa, die soeben im angrenzenden Raum verschwindet.

Ich schließe die Augen. Das kann nicht sein Ernst sein. Ausnahmsweise kann ich Mukijenkos Gedanken lesen, als wäre er aus Glas. Kasarowa hat eine Niederlage erlitten und ist empfänglicher für Zuspruch und Unterstützung, als es sonst der Fall wäre. Also kommt er auf seinen früheren Plan zurück, dass ich ihr Vertrauen gewinnen soll – wenn es sein muss mit Informationen über meine Freundinnen. Dass es keinen ungünstigeren Zeitpunkt geben könnte, nachdem ich versucht habe, Natascha vor ihr in Schutz zu nehmen, kann er nicht wissen.

Mukijenko verlässt den Gefechtsstand, gefolgt von Sejd-Ametowa. Ich zögere einen Moment, ehe ich Kasarowa nachgehe. Der Nebenraum wird nur durch einen Vorhang abgetrennt, sodass ich nicht einmal klopfen kann. Ich hole tief Luft, um mich zu wappnen.

In dieser Hütte lebte die Baba Jaga; sie ließ niemanden zu sich und fraß die Menschen wie die Hühnchen.

Ich schiebe den Vorhang beiseite und trete ins Zimmer. Kasarowa fährt herum. Sie trägt nur eine Tunika. Ein nacktes Bein hat sie auf einen Stuhl gestellt. Eine dunkelrote Naht verläuft seitlich entlang ihres Oberschenkels. Auf der elfenbeinfarbenen Haut leuchtet sie geradezu. Und sie nässt. Kasarowa hält ein Tuch in der Hand, wohl um sie abzutupfen. Über der Rückenlehne des Stuhls hängen die Hose ihrer Uniform und ein alter Verband.

»Verzeihung, ich wollte nicht –«

»Was willst du?«

Ich deute unsicher auf ihre Verletzung. »Kann ich irgendwie –«

»Das ist nichts weiter, kümmere dich nicht darum.«

Die Verletzung ist alt. Sehr wahrscheinlich stammt sie noch aus der Zeit, bevor Kasarowa anfing, unser Regiment zu leiten. Warum sie keinen Arzt aufsucht, wenn sie damit Probleme hat, ist mir schleierhaft.

»Hast du nichts zu tun, als hier zu stehen und zu gaffen?«,

fährt sie mich an. Sie muss grässliche Schmerzen haben. Wie gut sie sich trotzdem immerzu im Griff hat.

Ich murmle eine Entschuldigung und bin zur Tür hinaus. Das Blut donnert in meinen Ohren, als ich aus dem Gefechtsstand schieße und über den Appellplatz renne.

Wir haben es immer für Feigheit gehalten, dass Kasarowa nicht fliegt, für Angst, sich mit der Jak zu blamieren, ihr fehlendes Wissen offenzulegen. Vielleicht stimmt das auch. Doch der wichtigere Grund muss diese alte Wunde sein, die sie vor aller Welt geheim hält.

Vor mir taucht das Flugfeld auf. Doch der NKWD-Wagen, der daneben parkte, ist fort. Keuchend bleibe ich stehen. Die Geräusche eines startenden Flugzeugs dringen von der Rollbahn herüber. Ich kann gerade noch sehen, wie ein Antonow-Lastensegler vom Boden abhebt.

»Genosse Mukijenko war gerade erst hier.« Kulikowa sieht missbilligend von ihrem Schreibtisch auf. »Glaubst du, er kann alles stehen und liegen lassen, nur weil du etwas von ihm willst? Und wozu musst du ihn überhaupt persönlich treffen?«

Um meine Regimentsleiterin wegen Untauglichkeit ihres Postens entheben zu lassen. Aber das denke ich natürlich nur.

»Wo ist er denn jetzt?«

»Na, wo schon? Wieder in Moskau.«

Sie weiß es auch nicht, heißt das dann wohl. Schließlich ist er ihr keine Rechenschaft schuldig. Es gibt noch andere Regimenter, für die er »zuständig« ist, wie er das immer nennt. Selbst wenn Kulikowa sich die Mühe macht, ihn anzurufen oder ihm zu telegrafieren, muss sie erst einmal herausfinden, wo sie ihn überhaupt erreichen kann.

Den Grund für meine Ungeduld kann ich ihr natürlich nicht nennen.

Bisher hat Kasarowa das Thema nicht angesprochen. Ob sie darauf vertraut, dass ich die Sache für mich behalte? Dass ich die verächtlichen Bemerkungen vergesse, die sie über Saschas Fieber und meine Verletzung im Zug gemacht hat? Wer nicht einwandfrei funktioniert, der braucht sich keine Hoffnungen zu machen, fliegen zu dürfen – das war immer die Aussage.

Dabei taugt sie selbst allenfalls noch für eine Arbeit in der Verwaltung mit einer Verletzung wie dieser.

»Ich sehe, was ich tun kann«, sagt Kulikowa schließlich. »Aber mach dir keine großen Hoffnungen«, fügt sie sofort hinzu. »Genosse Mukijenko hat wirklich Wichtigeres zu tun, so wie die Dinge in Stalingrad stehen.«

Ich folge ihrem Blick zum dunklen Horizont im Süden. Sascha sagt, es sind nur Gewitter, aber insgeheim sind wir alle überzeugt, dass es die Stalingrader Front ist, deren Grollen wir aus der Ferne hören. In der Prawda und im Roten Stern sind regelmäßig Berichte aus Stalingrad zu lesen, über den heldenhaften Widerstand der Kameraden.

Trotzdem befürchten alle, dass es nicht reichen wird. Und wenn die Front bald hier in Anisowka verläuft? Was wird Kasarowa dann tun?

Ich verabschiede mich von Kulikowa und gehe hinüber zum Flugfeld. Es ist Anfang September und um acht Uhr abends schon stockdunkel. Leysan wartet bereits, steht neben Sascha und Sejd-Ametowa über die ausgebreitete Karte auf dem Flügel ihrer Jak gebeugt.

»Es wird regnen«, erwähnt Sascha beiläufig.

Ich sehe ihr nach, als sie zu ihrer eigenen Maschine hinübergeht. Einen passenden Moment, sie zu fragen, wie sie damals an das Dokument gekommen ist, gab es noch nicht. Das ist vor allem Feigheit meinerseits. Ich kann mich nicht überwinden, wenn ich daran denke, wie Sascha das letzte Mal reagiert hat, als ich eine von uns im Verdacht hatte.

Vielleicht ist es aber auch nicht mehr nötig, mit Sascha zu reden, wenn ich Mukijenko von Kasarowas Verletzung berichte. Im Austausch für diese Information muss er mir sagen, nach wem ich suche. Bei dem Gedanken wird mir leicht flau. Einerseits will ich es unbedingt wissen. Andererseits werde ich dann eine von ihnen für immer verlieren.

Leysan startet als Erste. Ich folge ihr und schließe zu ihr

auf. Neumond. Selbst die Wolga ist nahezu unsichtbar. Sollten die Deutschen planen, Saratow heute Nacht zu bombardieren, würden sie es vielleicht gar nicht finden.

Da ich mit Leysan fliege, fallen praktisch keine Worte mehr, sobald wir in der Luft sind und unsere Positionen eingenommen haben. Nur das Dröhnen der Motoren ist zu hören.

Wir sollen natürlich auch nicht plappern. Die Route ist vorgegeben. Wir bewegen uns in Ellipsen über dem Gebiet, das wir überwachen, das erfordert keine große Abstimmung. Doch wenn Natascha oder Inna dabei wären, würden wir uns trotzdem von Zeit zu Zeit unterhalten. Schon damit keine von uns einschläft.

War da etwas? Ich starre angestrengt in die Dunkelheit. Bis auf Leysans Heckleuchte ist nichts zu erkennen. Womöglich haben meine Augen mich getäuscht. Die Wahrnehmung spielt mir hier oben gelegentlich Streiche. Doch, denke ich. Da ist etwas, noch klein in der Ferne. Ein kaum merklich hellerer Fleck am dunklen Horizont. Woher sollte bei Neumond das Licht kommen?

Ob der Fleck sich bewegt, ist nicht klar zu erkennen, auch die Größe nicht. Es könnte ein Bomber sein oder ein Aufklärer. Aber ist es nur einer oder eine Formation von dreien oder mehr?

»Hast du gesehen?« Leysans Stimme in der Leitung klingt leise und angespannt, als könnte jedes laute Geräusch verjagen, was sich da nur schemenhaft ankündigt.

»Ja, auf elf Uhr«, sage ich und spüre, wie mein Puls sich beschleunigt.

Dann stand Iwan Bykowitsch unter der Holunderbrücke; als es gegen Mitternacht ging, brauste das Wasser des Flusses auf, in den Eichen schrien die Adler – angeritten kam ein sechsköpfiger Tschudo-Judo.

Leysan funkt Anisowka an. »Hier Tschajka 11. Baschnja, kommen bitte.«

Die Bodenkontrolle von Anisowka meldet sich. Leysan sagt: »Potenziell feindliches Flugzeug aus Südsüdwest.«

»Negativ«, gibt Anisowka zurück.

Sollten wir uns getäuscht haben? Mit trockenen Augen starre ich in die Dunkelheit und weiß, dass Leysan dasselbe tut. Wie hoch ist die Wahrscheinlichkeit, dass sich nach all dieser Zeit doch einmal eine deutsche Maschine nach Saratow verirrt? Wir verharren in der Luft, warten. Ich halte den Atem an.

Ein silbernes Blitzen in der Ferne.

Da ist er.

»Leysan –«

»Ja, ich sehe ihn.« Sie klingt ungeduldig. »Baschnja, Sichtkontakt. Könnte es einer von unseren sein?«

Aus der Entfernung und bei diesen Lichtverhältnissen nützt es uns gar nichts, dass wir Namen und Bauart der deutschen Flugzeuge auswendig gelernt haben.

»Negativ«, kommt die Antwort der Bodenkontrolle. »Jetzt haben wir ihn auf dem Schirm.«

Ich höre Leysan leise fluchen. »Los, komm.«

Sie beschleunigt. Ich folge ihr. Ein rascher Blick auf die Uhr verrät mir, dass wir noch etwa dreißig Minuten haben, ehe nachgetankt werden muss. In Saratow schrillt der Luftalarm auf. Unwillkürlich sehe ich nach unten. Alles finster, doch von irgendwo hinter uns am Boden zuckt ein leuchtender Strahl auf, dann ein zweiter. Die Suchlichter der Flak kreisen am Himmel. Ein Frauenregiment bedient sie, unten in Saratow. Gesehen haben wir diese Kameradinnen noch nie, obwohl wir jede Nacht mit ihnen zusammenarbeiten.

Für einen Augenblick ist mein Cockpit taghell erleuchtet, als mich der Scheinwerfer erfasst. Mein Magen dreht sich jedes Mal um, wenn das passiert. Die roten Sterne auf der Unterseite meiner Flügel sind ein Schutzschild, aber was, wenn jemand da unten in Panik gerät und zu feuern beginnt? Oder wenn der Feind sich unser Suchlicht zunutze macht?

Dann würde er allerdings seine eigene Position preisgeben, und das tut dieser hier nicht. Wenn er Aufklärer ist, will er heil zurückkommen und Bericht erstatten. Wenn es sich um einen Bomber handelt, will er seine Bomben abwerfen, am besten über den Industrieanlagen von Saratow. Also unternimmt er nichts, obwohl er mich sicher gesehen hat.

Was sagt uns das?, überlege ich, während meine Augen dem Lichtstrahl folgen, der weiterwandert. Eine erfahrene Besatzung oder zumindest ein erfahrener Schütze. Nicht mehr so heiß darauf, sich die allerersten Lorbeeren zu verdienen. Das Suchlicht beschreibt Kreise am Himmel.

Ich schüttle unwillkürlich den Kopf. Selbst für mich ist vorhersagbar, wohin der Schein sich als Nächstes bewegen wird. Der deutsche Pilot müsste ziemlich dumm sein, geradewegs hineinzufliegen. Als hätte sie meine Gedanken gehört, ändert die Flaksoldatin unten in Saratow ihr Vorgehen. Der Lichtstrahl beginnt zu zucken, rasch die Richtung zu ändern. Fast wirkt es wie eine Fehlfunktion, doch als auch der zweite Flakscheinwerfer hierhin und dahin am dunklen Nachthimmel zu sausen beginnt, ist klar, dass sie den Angreifer aus dem Konzept bringen wollen.

Es fällt mir schwer, den Suchlichtern zu folgen, doch sie sind meine beste Chance, den Deutschen zu erspähen. Er muss ganz nah sein, auch wenn wir ihn noch nicht sehen können. Mit einem metallischen Schnappen schiebe ich die Schutzhülle zurück und lege den Daumen auf den Auslöser meines Maschinengewehrs.

In diesem Moment erfasst das Suchlicht den Bomber. Für eine Sekunde, vielleicht weniger, kann ich ihn sehen, dann ist er verschwunden. Weggetaucht.

Ich fluche leise. Jetzt ist er gewarnt.

»Runter«, kommandiert Leysan über Funk. »Verfolgung aufnehmen.«

Wir drehen bei. Das ist mehr als riskant. Wir werden zu spät merken, wenn wir direkt auf sein Heck zuhalten. Er muss wissen, dass wir kommen. Sein Finger liegt auf dem Auslöser, genau wie meiner.

Die Suchscheinwerfer durchkämmen den Himmel. Wenn mich einer von ihnen gerade jetzt erfasst und der Schütze mich sieht …

Doch es ist der Bomber, der stattdessen von ihrem Licht angestrahlt wird.

Feuer! Ich betätige den Auslöser, ohne nachzudenken. Halte so lange wie möglich auf ihn zu, ehe ich abdrehen muss, um ihn nicht zu rammen, achte gar nicht darauf, ob ich selbst beschossen werde.

Ich wende die Jak aus dem Steilflug heraus, indem ich das Gas wegnehme. Im Schutz der Nacht kann ich sie um hundertachtzig Grad drehen und dabei einige Sekunden bewegungslos in der Luft stehen, ohne selbst zur Zielscheibe zu werden.

Nur ist es nicht mehr vollständig dunkel. Unter mir gibt es eine Lichtquelle, die nichts mit den Flakscheinwerfern zu tun hat. Im Sinkflug nehme ich wieder Geschwindigkeit auf. Feuerschein liegt für einen Moment auf der Nase meiner Maschine, auf den Armaturen. Er ist getroffen.

»Treffer!«, schreie ich ins Funkgerät und mahne mich gleich darauf zur Ruhe. Nur weil die Maschine brennt, heißt das nicht, dass sie uns nicht mehr gefährlich werden kann. Ich folge ihr, doch etwas hält mich davon ab, noch einmal auf sie zu schießen.

Sie wird stürzen. Ich weiß es einfach.

In einer Feuerwolke schlägt der Feind auf dem Boden auf. Er hat es nicht mehr geschafft, seine Bomben abzuwerfen, da bin ich ganz sicher.

»Er ist abgestürzt!«, schreie ich über Funk. »Er hat Feuer gefangen und ist abgestürzt!«

Einen Moment ist es still in der Leitung. Als die Bodenkontrolle sie freischaltet, höre ich zunächst frenetischen Jubel im Hintergrund, dann Sejd-Ametowas Stimme: »Verstanden, Patrouille drei. Befehl erteilt zur Umkehr. Zurück ins Nest.«

»Verstanden«, höre ich Leysan mit gepresster Stimme sagen. Selbst bei diesem einen Wort höre ich, dass etwas nicht in Ordnung ist.

»Bist du verletzt?«, funke ich sie an.

Leysan antwortet nicht.

»Ihr seid die Größten!«, höre ich stattdessen Sascha über Funk. »Wer von euch hat ihn runtergeholt?«

»Beljajewa, zur Ordnung!«, bellt Sejd-Ametowa dazwischen. Ich muss lachen, sehe Sascha vor mir, die ihrer Vorgesetzten das Funkgerät aus den Händen gerissen hat, und Sejd-Ametowa, die sie aus dem Kontrollraum wirft.

Während ich Anisowka ansteuere, bewahrheitet sich Saschas Wettervorhersage. Feine sprühende Tröpfchen wie Stecknadelköpfe verteilen sich beim Landeanflug über den Windschutz. Endlich, endlich ist der Regen da, der wie ein nicht eingelöstes Versprechen wochenlang am Horizont waberte.

Leysan ist bereits unten, hat das Flugzeug ohne Hilfe verlassen, also kann auch sie nicht ernsthaft verletzt sein. Es regnet Bindfäden hier unten, deshalb kommt es mir nicht seltsam vor, dass sie sich mit dem Unterarm über das Gesicht fährt. Erst dann erkenne ich, dass sie verheult aussieht, das erste Mal, dass ich sie so sehe. Was ist los?

Ich beeile mich auszusteigen, ziehe Haube und Fliegerbrille ab und schließe rasch das Cockpit hinter mir. Doch noch ehe ich mich nach Leysan erkundigen kann, sind Sascha und Natascha da, auch sie bereits völlig durchnässt.

Kulikowa schiebt die beiden ohne viel Federlesen beiseite. »Du wunderbares Mädchen!« Sie ergreift meine Hand. »Eine Heinkel! Im Alleingang!«

»Schon gut«, wehre ich ab. »Es könnte auch Leysans Treffer gewesen sein.«

»Nein«, unterbricht mich Sascha, »Leysan hat uns gesagt, dass ihr MG Ladehemmung hatte. Das kannst nur du gewesen sein, die getroffen hat.«

Ich sehe kurz zu Leysan hinüber, sehe, wie sie sich umdreht und zu den *zemljanki* hinübergeht, ohne mich eines Blickes zu würdigen. »Das ... wäre möglich.«

Natascha fängt an zu lachen. Sascha drückt mich ebenfalls an sich.

»Und wie das möglich war! Das ist wichtig für das ganze Regiment. Ein Treffer bei Nacht! Mensch, wenn Pankratow das gesehen hätte!«

Ich lasse mich umarmen, denke daran, wie ich da oben ein

paar Sekunden dem Bomber nachgeflogen bin, ohne auf ihn zu schießen. War das nun selbstmörderisch dumm – oder war es das, wovon Pankratow gesprochen hat? Dieser Instinkt, mit dem man weiß, wie sich etwas entwickelt?
Ich schüttle den Kopf. Wohl doch eher Dummheit.

Vor dem Fenster von General Kasarows Wohnzimmer liegt die Hauptstadt der Sowjetunion in Finsternis gehüllt. Es ist ein unwirkliches Gefühl, nach alldem wieder in Moskau zu sein. Doch hier drinnen ist alles hell erleuchtet, und der festlich angerichtete Tisch biegt sich unter den Speisen. Soljanka mit Sauerrahm, gefüllte Eier, Hering im Pelz, Blini mit Lachs, eingelegte Gurken und Paprika, dunkles Brot mit Butter, Napoleontorte, echter Tee mit Marmelade.

Sehr kommunistisch ist das nicht, während der Rest Moskaus mit Hagebuttenaufguss und Löwenzahnsuppe vorliebnehmen muss. Leysan hätte einiges zu diesem Büfett zu sagen. Einer der Flieger, die wie ich heute Vormittag im Kreml für ihre Verdienste ausgezeichnet wurden, zwinkert mir zu und häuft uns beiden noch einen Löffel Heringssalat auf den Teller. Gestrecktes Brot und Grütze werden früh genug wieder auf unserem Speiseplan stehen.

»Ach, nein«, sage ich, als ein Kapitan der WWS mein Glas wieder auffüllen will. »Für mich nichts mehr, ich bin das nicht gewohnt.«

»Daran könnte man sich doch aber gewöhnen«, schlägt er vor. Ich lasse ihn gewähren. Vielleicht ist es der Alkohol – und ich musste bereits mit ziemlich vielen Leuten anstoßen –, aber wäre da nicht der Orden an meiner Uniform, würde ich wohl alles, was heute passiert ist, für einen Traum halten.

An Mladschij Lejtenant Jekaterina Sokolowa verliehen für außerordentliche Verdienste im Kampf um die Befreiung des Vaterlandes ... In Dankbarkeit. I. W. Stalin.

Ich wiederhole es immer wieder in meinem Kopf.
In Dankbarkeit.
Unglaublich.

Natürlich glitzert es hier nur so vor Orden. Mein bescheidener kleiner Rotbannerorden kann nicht anstrahlen gegen die der versammelten Würdenträger, die General Kasarow zum Empfang geladen hat. Fast alle sind Männer und Militärangehörige, viele davon Vertreter der Luftstreitkräfte, alle möglichen Ränge. Einige bekannte Namen haben im Lauf des Abends ein Gesicht bekommen, doch es ist unmöglich, sie sich alle zu merken. Und noch immer kommen Leute herein. General Kasarows Wohnung ist groß genug. Vier, wenn nicht fünf Familien hätten hier Platz.

»Und Ihre Kameradin?«, hat er mich gefragt, als wir uns im Kreml begegnet sind.

Ich war fast ein wenig überrascht, dass er sich an die Eskorte nach Stalingrad erinnert hat.

»Sie lebt.«

»Gute Nachrichten.« Er nickt. »Eine Seltenheit heutzutage.«

Ich betrachte ihn, wie er umhergeht, Gäste begrüßt, nicht wenige davon in ähnlich hohem Rang stehend wie er selbst. Ob er wohl von der Verletzung seiner Tochter weiß? Von ihrem Betrug? Womöglich hat er ja einen Arzt aufgetrieben, der sie für tauglich erklärt hat. Wenn ich Kasarowa auffliegen lasse, mache ich mir sehr wahrscheinlich auch den General zum Feind.

Durch die Flügeltür zu Kasarows Wohnzimmer kommen noch zwei Männer herein. Während Kasarow dem kräftigeren der beiden die Hand schüttelt, erkenne ich in dem anderen – kühl und geschniegelt wie gewöhnlich – Anatoli Sergejewitsch Mukijenko.

Nachdem ich ewig und drei Tage lang nichts von ihm gehört hatte, bin ich davon ausgegangen, dass man ihn nach Stalingrad versetzt hat. Das zumindest hätte ich als Entschuldigung akzeptiert. Sich auf Empfängen herumzutreiben, dazu hat er also Zeit, aber nicht, um auf meine Nachricht zu reagieren? Ich stelle meinen Teller beiseite. Na warte.

Mit einem Freudenschrei, als wäre er mein lang verschollener Lieblingsonkel, falle ich ihm um den Hals. Soll er mal sehen, wie er das irgendwem erklärt.

»Ich muss unbedingt mit Ihnen sprechen«, zische ich ihm mit strahlendem Lächeln ins Ohr.
»Ich weiß, ich wäre schon noch auf dich zugekommen«, knurrt er zurück und schließt mich in die Arme.
»Wann denn?« Am liebsten würde ich ihm mit einem meiner neuen Armeestiefel ans Schienbein treten. »Wenn der Krieg aus ist?«
Er hält meine Hände fest, als ich mich von ihm löse. Es ist laut um uns herum, die Musik und das Gerede übertönen unser leises Gespräch.
Ich strahle zu ihm auf. »Seit Wochen versuche ich, Ihnen etwas sehr Wichtiges mitzuteilen, und Sie sind wie vom Erdboden verschluckt.«
Mukijenko erwidert mein Lächeln mit aller Liebenswürdigkeit. Nur seine Augen verraten, dass er mich am liebsten übers Knie legen würde.
Ich habe Mühe, nicht mit einem Lachen herauszuplatzen. Zu gern würde ich die Gesichter der Umstehenden betrachten, doch ich kann nur einen Blick auf den Mann hinter Mukijenko werfen, der uns, wie ich feststelle, amüsiert betrachtet.
Er ist etwa so groß wie Mukijenko, aber sicher anderthalbmal so schwer. Sein Vorgesetzter? Die Abzeichen auf seinen Schultern verraten den Rang eines Stellvertretenden Volkskommissars für Innere Angelegenheiten. Dunkles Haar, kräftig gezeichnete Augenbrauen, die eine etwas höher als die andere. Mich durchfährt der Gedanke, dass ich mir den Namen dieses Mannes gut merken sollte. Er besitzt ohne jeden Zweifel die Macht, meine Eltern zu befreien.
Mukijenko bemerkt, dass ich abgelenkt bin, und dreht sich um.
»Wiktor Semjonowitsch«, spricht er den Großen an, neben dem Kasarow steht. »Darf ich Ihnen Mladschij Lejtenant Jekaterina Sokolowa vorstellen?«
Ich kann nicht umhin, ihm einen giftigen Blick zuzuwerfen. Über meine Beförderung ist er also auch auf dem Laufenden.
»Katja«, wendet Mukijenko sich an mich, »das ist der Stell-

vertretende Volkskommissar des Inneren und Leiter der Sonderabteilung, Wiktor Abakumow.«

Abakumow sieht mich an. Die breiten, glatten Flächen seines Gesichts, in dem sich Feines und Derbes auf sehr attraktive Weise mischen, machen es schwer, sein Alter zu schätzen. Doch ich habe den Eindruck, dass er deutlich jünger ist als Mukijenko. Ich spüre, wie ich rot werde. Fast erwarte ich, dass er so etwas sagen wird wie: *Ach, du bist das, sein Spitzel im 586.*

»Jekaterina Pawlowna dient im Jagdfliegerregiment meiner Tochter«, erläutert Kasarow. »Ihr Einsatz hat vorige Woche die Produktionsanlagen in Saratow vor der Bombardierung bewahrt.«

Diese Darstellung der Ereignisse trägt nicht gerade dazu bei, dass das Glühen aus meinem Gesicht weicht.

Abakumow lächelt mich an, ehe er sich Kasarow zuwendet. »Auf Tatjana Alexandrownas Regiment«, sagt er und hebt sein Glas. Die anderen tun es ihm gleich. Er sieht mich an. »Und auf die erste Heldin, die es hervorgebracht hat.«

Ich schüttle den Kopf, finde endlich meine Stimme. »Die Flak hat diesen Bomber im richtigen Moment angestrahlt. Ich brauchte nur noch das MG draufzuhalten.«

Die Männer lachen.

»Eine bescheidene Heldin.« Abakumow lächelt, doch seine Augen bleiben kalt.

Wir trinken, dann zieht Kasarow Mukijenko und dessen Vorgesetzten weiter zu anderen Gästen. Ich sehe ihnen nach. All diese Leute, Kasarow eingeschlossen, würden mich wahrscheinlich auf der Stelle hinauswerfen lassen, wenn sie von der Verhaftung meiner Eltern wüssten.

Ich trete ans Fenster. Hier drinnen kann man vielleicht verdrängen, dass Krieg ist, aber auf dem Platz vor dem Haus stehen Flak und Artillerie. Am anderen Ufer ist der Kreml zu sehen, die roten Sterne auf seinen Turmspitzen wie erloschen. Die roten Mauern mit den weißen Zinnen und die goldenen Kuppeln verbergen sich unter Tarnnetzen.

»Die Aussicht kann sich sehen lassen, oder?« Mukijenko ist

neben mich getreten und hält mir ein Glas hin. Das wievielte ist das eigentlich? Nicht, dass es jemanden kümmern würde, ob ich mich betrinke. Die anderen sind auch ziemlich gut dabei. Die gestiegene Lautstärke im Zimmer beweist es.

»Ich weiß noch, wie das hier gebaut wurde«, sage ich und sehe zur Decke, wie um das ganze Haus miteinzuschließen. Jeder weiß, dass hier nur verdienstvolle Kremlbeamte und Militärs wohnen. Im Augenblick sind die meisten jedoch in der Evakuierung.

Mukijenko deutet in die Dunkelheit links von uns. »Da drüben stand bis vor ein paar Jahren die Christ-Erlöser-Kathedrale. Nach dem Sieg werden sie dort den Palast der Sowjets errichten.«

Nach dem Sieg. Durch den dünnen weißen Vorhangstoff sieht es aus, als ob Schnee läge. Mit leichter Gänsehaut denke ich daran, wie das alles dort draußen hätte ausgelöscht werden können. Und das könnte immer noch passieren.

Zwischen halb geöffneten Lippen ziehe ich die Luft ein. »Ich wünschte ...«

»Was?«, fragt er, als ich nicht weiterspreche. »Stalingrad?«

Offenbar kann er inzwischen wirklich meine Gedanken lesen.

»Ja.«

Das ist der Kampf, den ich führen will. Nicht dieses Herumspitzeln, dieses Kriechen vor irgendwelchen Leuten, damit sie meine Eltern aus dem Lager befreien. Wenn wir verlieren, dann werden wir uns alle in einem einzigen großen Lager wiederfinden.

Und die meisten der heute Abend Anwesenden würde man wohl ganz einfach erschießen. Ich sehe über die Schulter zu Mukijenko hin, doch sein Blick ist auf die Wand neben uns gerichtet. Er löst sich vom Fenster und geht hinüber, um die gerahmten Dokumente dort zu betrachten. Die ganze Wand ist voll davon. Zeugnisse des Werdegangs von General Kasarows Tochter. Belobigungen zur Ausbildung. Beförderung zum Kapitan. Beförderung zum Major. Sogar eine Handvoll Schülerurkunden. Erster Platz der Abschlussklasse in Deutsch.

»Ziemlich selbstbewusst, gerade das hier so aufzuhängen, oder?«, meint Mukijenko.
Mein Blick schweift durch die Wohnung. War hinter einer dieser Türen Kasarowas Zimmer, bevor sie zur Armee gegangen ist? Doch sie kann unmöglich hier aufgewachsen sein, das Gebäude ist zu neu.
Auf einem der Sofas sitzen zwei alte Leutchen, eine Frau mit Dutt und ein Mann mit schmalen, leninhaften Augen und einem dünnen Spitzbärtchen, der lebhaft gestikulierend etwas erzählt. Daneben hat sich Abakumow auf einem Stuhl zusammengefaltet. Jetzt erreicht das Lächeln seine Augen, das kann ich selbst von hier aus erkennen.
»Nikolaj Podwojski«, flüstert Mukijenko mir ins Ohr. »1917 hat er den Sturm auf das Winterpalais angeführt.«
Ein Schauer läuft mir über den Rücken. »Was hier für Leute sind ...«
Mukijenkos leises Lachen verrät mir, dass ich den Gedanken ausgesprochen habe. Wenn ich nur einen der Anwesenden davon überzeugen könnte, dass der Fall meiner Eltern neu untersucht werden muss ... Aber es ist zu früh. Der Orden ist ein wichtiger Etappensieg, aber noch kann ich es nicht wagen.
»Es wird spät«, meint Mukijenko geschäftsmäßig. »Gehen wir.«
»Wohin?«
»Du wolltest mir doch etwas ›ungeheuer Wichtiges‹ mitteilen. Suchen wir uns ein ruhiges Plätzchen.«
»Ich bin in der Kaserne am Chodynka-Flugfeld untergebracht«, gebe ich zu bedenken.
Seine Mundwinkel heben sich. »Ich nicht.«
Auf dem Flur kommen uns mehrere Männer entgegen, die vor Mukijenko salutieren. Die hohe Dichte von NKWD-Mitarbeitern verrät, von wem das Gebäude derzeit vorwiegend genutzt wird.
»Und wenn das nun jemand Ihrem Abakumow hinterträgt?«, frage ich Mukijenko. »Dass Sie eine Frau mit in die Wohnung nehmen?«

»Das würde ihn aufs Äußerste schockieren«, sagt Mukijenko trocken.

Ich schmunzle. »Was würden Sie denn sagen, wenn er Sie darauf anspricht?«

»Wahrscheinlich, dass ich ein langjähriger Freund der Familie bin. Und dass deine Eltern mich ausdrücklich gebeten haben, Sorge für dich zu tragen, solange sie ... abwesend sind.«

Schlagartig lässt die Wirkung des Alkohols nach. »Sie sind so ein –«

»Hier geht's lang.« Er weist auf einen Aufzug der Machart Sardinenbüchse. Wir stehen so eng beieinander auf dem Weg nach oben, dass ich den Zigarettengeruch in seinen Kleidern riechen kann und darunter noch etwas anderes, nicht unangenehm, ein bisschen wie warmes Holz.

Seine Wohnung ist deutlich kleiner als die des Generals, und auf den ersten Blick wirkt sie fast leer. Er kann noch nicht lange hier wohnen, denke ich mit Blick auf die weißen Wände und die wenigen Möbel. Kein einziges Bild, keine Fotografien an den Wänden. Gibt es keine Genossin Mukijenko? Kinder? Wäre doch seltsam, wenn ein Mann seines Alters keine Familie hätte.

»Was ist nun so wichtig, dass sich morgen der halbe Kreml über mich das Maul zerreißt?«, unterbricht Mukijenko meine Inspektion. Meinen Auftritt auf dem Empfang hat er mir noch nicht verziehen. Doch er hört aufmerksam zu, während ich berichte, was ich über Kasarowa herausgefunden habe.

»Und euch ist nie etwas aufgefallen?«, fragt er schließlich.

»Ihnen vielleicht?«

»Wie schafft man es bitte, nicht zu humpeln, mit solch einer Verletzung?«

Ich zucke die Achseln. »Spritzen?«

»Spritzen«, wiederholt er mit einem genüsslichen Funkeln in den Augen.

Ich hebe die Hand, um seine Begeisterung etwas zu bremsen. »Das ist nur eine Vermutung. Ich glaube nicht, dass unsere Ärztin von der Verletzung weiß.« Mitrewskaja, dieser Schnapsdrossel, würde Kasarowa sich wohl kaum anvertrauen.

»Wer weiß überhaupt davon?«, fragt er schließlich.

»Ich glaube, niemand.« Iwakina wusste vielleicht Bescheid, aber ich werde mich hüten, sie und damit meinen verpatzten Auftrag ins Spiel zu bringen. »Wenn die Mädchen es wüssten, würden sie es sofort melden, also …«

»Gut«, sagt er. »Es muss weiterhin geheim bleiben. Du darfst es niemandem erzählen. Nicht mal Kulikowa.«

Ich nicke. Es muss ein Schock für alle sein, wenn er es enthüllt, damit Kasarowa wirklich von ihrem Posten gejagt wird. Wer wohl in Zukunft das Regiment leiten wird? Wenn Sascha bloß in der Partei wäre …

Mukijenko hängt seinen Gedanken nach, die Zigarette, die er fertig gedreht hat, klemmt vergessen zwischen seinen Fingern. Auch dass ich hier bin, hat er vergessen. Aber wir sind noch nicht fertig. Ich betrachte sein in Gedanken versunkenes Gesicht, wie man die Oberfläche eines Teichs betrachten würde, ehe man einen Stein hineinwirft.

»Wer hat meine Eltern angezeigt?«, frage ich.

Sein Blick zuckt zu mir herüber, hell und auf der Hut. Er hat hoffentlich nicht gedacht, die Information über Kasarowa gäbe es umsonst.

»Das sage ich dir nicht.«

Mein ganzer Körper spannt sich an wie in Erwartung einer körperlichen Auseinandersetzung.

»Aber ich kann dir sagen, wo deine Eltern sich aufhalten.«

Ein Teil meiner Wut verpufft. Wissen, wo sie sind – endlich! Vielleicht sogar dorthin reisen können …

»Dann sagen Sie es mir.«

Wortlos ergreift er meine Hand und zieht mich zum Schreibtisch hinüber. Darauf steht ein Globus. Mukijenko dreht den Globus und legt die Spitze meines Zeigefingers darauf. Im Rücken spüre ich seine Wärme. Als der Globus zum Stehen kommt, korrigiert er die Position meiner Fingerspitze, bis sie auf einen Punkt deutlich rechts der Mitte des Landes zeigt.

»Kirow«, lese ich, als Mukijenko mit meinem Finger um die Stadt eine Linie beschreibt, die offenbar den Grenzen der

Region folgt. Das ist sogar noch auf unserer Seite des Urals. Das Gebirge erstreckt sich quer durch Sibirien, von Nord nach Süd, als wollte es das Schlimmste von der Stadt Kirow und ihrer Umgebung abhalten.

»Und der Name des Lagers?«, frage ich.

Er zögert.

Nein. So billig kommt er mir nicht davon.

»Sie hat mich gesehen«, erinnere ich ihn. »Sie weiß, dass ich es weiß. Der Name des Lagers.«

»Es ist sowieso auf keiner Karte eingezeichnet.«

»Der *Name*.«

Er lässt meine Hand los. »Wjatlag.«

Ich drehe den Globus, um Moskau zu finden. Mit Daumen und Zeigefinger messe ich die Luftlinie nach. Die Strecke Moskau–Kirow würde mehrere Zwischenlandungen erfordern, um zu tanken, aber es wäre in einem Tag zu schaffen.

Auf einmal fühle ich mich fast leicht. Was rege ich mich auf über Mukijenko? Ich war im Herzen des Herzens meines Landes, und man hat mir applaudiert und mir einen Orden überreicht. *In Dankbarkeit.* Meine Eltern befinden sich diesseits des Urals, zusammen mit Hunderttausenden Evakuierten. Vielleicht leisten sie wichtige Arbeit und schmieden selbst Pläne, wie sie zurückkommen können. Ganz sicher tun sie das.

Und ich tue derweil hier, was ich kann.

Mukijenko berührt mein Haar. Nur die Spitzen davon, die den Uniformkragen erreichen, als wollte er nicht, dass ich es bemerke. Doch ich spüre das leise Ziepen an der Kopfhaut. Mein Haar fasziniert ihn aus irgendeinem Grund, das habe ich schon gemerkt.

Der Ausdruck auf seinem Gesicht, als ich mich zu ihm umdrehe, ist nicht zu entschlüsseln, doch noch während unsere Blicke sich treffen, schiebt sich wieder die vertraute, unbekümmerte, unerschütterliche Maske des Majors der Sonderabteilung darüber. Unangreifbar wie der unsterbliche Koschtschej im Märchen.

Was ich als Nächstes tue, gibt mir vielleicht der Alkohol ein.

Vielleicht ist es auch der alte Wunsch, ihn einmal, ein einziges Mal nur, so richtig aus dem Tritt zu bringen. Ich muss mich nicht einmal sehr strecken, um seine Lippen mit meinen zu berühren.

Er fährt zusammen. Eine Woge von Triumph überschwemmt mich. *Ja, damit hast du nicht gerechnet.* Wer hätte gedacht, dass er so leicht zu überrumpeln sein würde? Ich hätte das schon viel früher probieren sollen.

Nur einen Augenblick lang kann ich ihn schmecken – Zigaretten und der Alkohol, den wir früher am Abend getrunken haben, darunter etwas Herbes, Nussartiges. Dann reißt er den Kopf zurück und sieht aus fast geschlossenen Augen auf mich herunter.

Seine Hände halten meine an den Gelenken gepackt. Grob, aber nicht unangenehm. Der Champagner perlt in meinem Blut. Brutal war er bisher nie. Auch jetzt habe ich keine Angst, obwohl ich die Aggression in ihm spüren kann. Vielleicht geht ihm mein kleines Manöver auf dem Empfang noch nach. Ein leises Lachen flattert in meiner Kehle bei dem Gedanken.

Bis sich andere Bilder dazwischendrängen. Bilder von dem Empfang, das Glitzern der Orden, das raue Lachen der Männer, jeder einzelne von ihnen mit der Macht ausgestattet, mich ins Gefängnis werfen zu lassen, wenn ihm danach ist.

Mukijenko in unserer Wohnung in der Kleinen Kutschergasse, wie er das Bild des Feuervogels an der Wand betrachtet, während meine Mutter abgeführt wird. Zojas Verhaftung.

Wjatlag.

Es ist kein Ortsname. Sondern ein zusammengesetztes Wort. Wjat-Lag. Lag steht für »Lager«.

»Mir wird schlecht.« Ich weiche zurück, den Handrücken vor den Mund gepresst. Als die Welle von Übelkeit ein wenig abflaut, füge ich hinzu: »Zu viel Heringssalat.«

»Bestimmt.« Er klingt wieder völlig gefasst.

Mein Magen hebt sich wie die unruhige See.

»Das Bad ist da.« Er öffnet mir die Tür.

Harte Kacheln unter meinen Knien und ein widerlich saurer Geschmack im Mund. Seine Fingerspitzen streifen kaum spürbar meine Stirn, als er mir die Haare aus dem Gesicht hält. Mich durchzuckt der Gedanke, dass er nicht zum ersten Mal in solch einer Situation ist. Einem Mädchen, das zu viel getrunken hat, zu assistieren. Einer wie er verfügt über ein sogenanntes »Vorleben«, das geht überhaupt nicht anders.

Mein Magen beruhigt sich. Ich spüle mir den Mund am Waschbecken aus. Er führt mich ins Schlafzimmer, schlägt die Decke zurück und hilft mir, mich hinzulegen. Dann deckt er mich zu und löscht das Licht, ehe er den Raum verlässt. Die Laken verströmen den Geruch von warmem Holz.

Ich rolle auf den Rücken. In dieser Wohnung lebt niemand sonst. Er wirkt allein auf mich, vollkommen allein, ganz genauso wie ich. Ich weiß, warum ich allein bin, aber warum ist er es?

Wo ist eigentlich dein Tod, unsterblicher Koschtschej?

Die Zimmerdecke schwankt ganz leicht. Die Gedanken wirbeln davon, ehe ich sie richtig fassen kann.

Bleierne Müdigkeit steckt mir in allen Knochen, als ich nach einer achtstündigen Reise wieder in Anisowka eintreffe.

Als ich unsere *zemljanka* erreiche, tritt Natascha aus der Tür. Sie lacht, als sie mich sieht, und umarmt mich. »He, Fliegerass, schon wieder zurück? Intschik, Katja ist da«, wirft sie über die Schulter.

Inna drängt sich sofort an ihr vorbei, auch sie schließt die Arme um mich. »Hast du den Orden? Wie war es, hat Kalinin ihn dir gegeben? Wie war Moskau? Gab es mehr zu essen als hier?«

»Lass sie doch erst mal ausruhen.« Natascha schnappt sich meinen Rucksack. »Los, komm mit rein.«

Mit einem Lächeln lasse ich mich vorwärtsziehen. Ausruhen klingt himmlisch.

»Wohin willst du?« Kasarowa steht unvermittelt hinter mir, ich habe sie nicht kommen sehen oder hören. Ich bin überrascht, sie hier bei unseren Unterkünften zu sehen. »Denkst du, nur weil man dir einen Orden angesteckt hat, kannst du dich hier nun auf die faule Haut legen?«

»Nein, Genosse Major. Ich bin gerade zurückgekommen, da dachte ich –«
»Los, melde dich bei Sejd-Ametowa zur Nachtpatrouille.«
»Jetzt?« Ich bin nicht sicher, ob ich recht gehört habe.
»Wann denn sonst? Du kommst ohnehin später als erwartet. Mitkommen.«
»Genosse Major«, mischt Natascha sich ein. »Beljajewa und Mansurowa fliegen heute Nacht.«
»Der Dienstplan wurde geändert.«
»Kapitan Sejd-Ametowa hat mir nichts davon gesagt«, wende ich ein.
Kasarowa wendet sich heftig zu mir um. »Was Kapitan Sejd-Ametowa zu sagen hat, ist wohl wichtiger, als was ich sage?«
»Nein, Genosse Major.«
Ich verabschiede mich von Inna und Natascha mit einem Achselzucken. Sie sehen uns mit zusammengekniffenen Augen nach. Natascha hat sich meinen Rucksack über die Schulter gehängt. Ich sehe noch, wie Inna sich reckt, um Natascha etwas ins Ohr zu flüstern, und dann eilends in Richtung des Hauptgebäudes verschwindet.
Kasarowa geht voran, ohne sich umzusehen, ob ich hinterherkomme. Es ist ungewöhnlich, dass sie mit aufs Flugfeld kommt, doch ich bin zu müde, mir darüber Gedanken zu machen.
Sascha steht neben ihrer Maschine und bespricht etwas mit ihrer Mechanikerin, die Fliegerbrille wie eine Halskette umgelegt. Sie lächelt überrascht, als sie mich näher kommen sieht. »Ich wusste nicht, dass du schon zurück bist.« Sie legt einen Arm um mich und zieht mich kurz an sich.
»Gerade eingetroffen.«
Sie lacht und lässt mich los. »Und da kommst du als Erstes hierher?«
Kasarowa tritt dazu. »Beljajewa, du ruhst dich aus heute Nacht. Sokolowa fliegt die Patrouille an deiner statt, mit Mansurowa als Flügelmann.«

Leysan steht in voller Montur neben ihrer Jak und macht keinerlei Anstalten, mich zu begrüßen.

Sascha tritt zwischen Kasarowa und mich. »Genosse Major, Sokolowa ist diejenige, die sich ausruhen muss. Nach der langen Reise kann sie doch nicht sofort Patrouille fliegen.«

»Danke, Beljajewa. Wegtreten.«

»Hat Genossin Mitrewskaja sie untersucht?« Sascha weicht nicht vom Fleck. »Nach Abwesenheit muss ein Arzt die Flugtauglichkeit –«

»Hast du nicht gehört, was ich gesagt habe?« Kasarowas Ton wird schärfer.

Doch Sascha lässt nicht locker. »Genosse Major, überlegen Sie sich das bitte. Sie schläft ja fast im Stehen ein!«

Kasarowa wirft mir einen regelrecht angewiderten Blick zu und seufzt dann. »Dann leg dich eben hin, bis die Maschine so weit ist. Da, im Graben. Wegtreten, Beljajewa.«

Saschas Blick flackert zwischen der Jak, dem Erdgraben neben dem Flugfeld und mir hin und her. Dann legt sie mir rasch die Hand auf die Schulter und flüstert: »Ich hole Mitrewskaja.« Sie stürzt förmlich davon.

Ich reibe mir mit dem Handrücken die Augen. Wenn ich nur nicht so müde wäre. Dann wäre selbst ein Nachtflug kein Problem für mich.

Ich klettere in den Graben und bette den schweren Kopf auf die Arme. Hier schlafen die Mechanikerinnen normalerweise, immer ein paar Stunden am Stück, während sie darauf warten, dass wir von einer Patrouille zurückkommen. Ein hartes Leben. Wie soll man auf diesem Untergrund ein Auge zutun?, frage ich mich.

»Bereit zum Start!«

Ich schrecke auf, springe aus dem Graben. Ich muss eingeschlafen sein, doch es kann nicht lange gedauert haben. Wenn überhaupt, fühle ich mich noch erschöpfter als zuvor. Zweimal falle ich beinahe hin, als ich zu meiner Jak hinübergehe, doch irgendwie schaffe ich es ins Cockpit. Der Motor läuft bereits, ich muss sie nur noch auf die Startbahn bringen und hinunterrollen ... Das Flugfeld ist abgedunkelt bis auf wenige Lichter, und auch diese sind eigenartig verschwommen.

Ich blinzle ein paarmal. Muss das Ende der Rollbahn nicht bald kommen? Schneller, denke ich. Dann ist die Entscheidungsgeschwindigkeit erreicht, und wir heben ab. Der Ruck drückt mich gegen den Sitz so wie immer, doch statt an Höhe zu gewinnen, verliere ich sie fast sofort wieder. Es geht zu schnell, als dass ich überhaupt merke, was geschieht. Sascha ... Sascha hat mir etwas gesagt unten auf dem Flugfeld, sie wollte –

Etwas fährt durch diesen Gedanken, ehe ich ihn beenden kann, dumpf und dunkel. Und dennoch leuchtend wie ein Blitz.

Schritte auf dem Flur, verhaltene Stimmen von Ärzten und Krankenschwestern. Ein sauberes Kissen. Ein Tischchen. Darauf ein leeres Teeglas. Ich bin auf der Krankenstation des Stützpunkts Engels. Die ersten Tage war ich in einem großen Schlafsaal mit verwundeten Frontsoldaten untergebracht, aber nun hat man mich in dieses winzige Zimmerchen überstellt.

Aufstehen darf ich nicht. Drei angeknackste Rippen, ein gebrochenes Schlüsselbein und eine Gehirnerschütterung. Das ist die Bilanz meines letzten Fluges. Marina Raskowa war hier, um sich zu überzeugen, dass nicht mehr passiert ist. Von den Umständen meines »Unfalls«, wie sie hier sagen, weiß sie nichts, und ich habe auch nichts erzählt.

Die Geräusche auf dem Flur werden lauter. Die Tür fliegt auf. Sascha tritt ins Zimmer, Inna und Natascha drängen hinterher. Leysan folgt ihnen etwas langsamer.

»Wie geht's dir?«, fragt Natascha leicht schroff, die Augen jedoch voller Sorge.

Sie setzt sich auf den Stuhl, Inna auf mein Bett, Sascha stellt sich ans Fußende. Leysan bleibt an der Tür stehen und lehnt sich mit dem Rücken dagegen, die Hände verschränkt, als wüsste sie nicht recht, was sie mit ihnen machen soll.

»Das wird schon wieder«, sage ich. Selbst das Atmen schmerzt.

»Wir wollten früher kommen«, sagt Sascha, »aber Kasarowa hat die Erlaubnis verweigert.«

Natascha dreht sich nach ihr um. »Das kam daher, dass du sie ständig gefragt hast, wieso sie Katja gleich für einen Nachtflug eingeteilt hat.«

»Ein Mal.« Sascha verschränkt die Arme vor der Brust. »Ich habe sie das ein Mal gefragt ...«

»Aber lautstark.«

»... und es kam sowieso nichts zurück, außer dass ich ihre Entscheidungen nicht infrage zu stellen habe. Als ob nicht völlig klar wäre, wem du diesen Absturz verdankst.«

»Was meinst du?«, frage ich, obwohl ich eine nur zu gute Vorstellung habe, worauf sie hinauswill.

Sascha sieht mich finster an. »Sobald eine von uns krank wird oder sich verletzt, droht Kasarowa ihr damit, dass sie nicht mehr fliegen darf – und dann übersieht sie irgendwie die einfachste und wichtigste Regel, die jeder Anfänger kennt? Nicht übermüdet zu fliegen?«

Ich muss husten. Die Rippen pieken. »Eigentlich hätte mich ja auch ein Arzt untersuchen müssen nach der Rückkehr zum Regiment, ob ich überhaupt flugtauglich bin.«

Raskowa hat mir Vorwürfe gemacht, dass ich mich nicht vor meinem Dienst darum gekümmert habe.

»Ich bin noch zu Mitrewskaja gerannt«, sagt Sascha, »Inna genauso, aber sie war mal wieder ...«

»... in die Flasche gefallen«, beendet Inna den Satz grob.

Sascha verzieht das Gesicht und fährt fort: »In jedem Fall hat Kasarowa den Oberbefehl über das Regiment, also trägt sie letztlich die Verantwortung für das, was dir passiert ist. Und deshalb«, sie zieht aus ihrer Jacke ein Blatt Papier hervor, »haben wir ein Schreiben an die zuständigen Stellen aufgesetzt.«

Sie lässt es durch die Luft zu mir herübergleiten wie einen Papierflieger. »Verehrter Genosse Stalin«, lese ich. Eine höhere Instanz war wohl gerade nicht verfügbar?

»Wir wollen ihn Raskowa geben, wenn du einverstanden bist, damit sie ihn für uns aufgibt«, sagt Sascha.

Ich überfliege das Schreiben. Darin legt Sascha dar, dass sie, die Fliegerinnen des Ersten Geschwaders des 586. Jagdfliegerregiments der Roten Armee, darum bitten, ihre Regimentsleiterin T. A. Kasarowa absetzen zu lassen, da deren mangelnde Eignung eine Gefahr für Leib und Leben ihrer Untergebenen darstelle. Als Beispiel wird meine Einteilung für den besagten Nachtflug in übermüdetem Zustand angeführt.

»Nein.«

»Katja –« beginnt Sascha.

»Du hättest tot sein können!«, ruft Natascha. »Es war reines Glück, dass nicht mehr passiert ist.«

Ich schüttle den Kopf. »Kasarowas Vater würde nie zulassen, dass ihr das Kommando entzogen wird. Wir hätten sie weiter auf dem Hals, und dann würde sie richtig unangenehm werden.«

Leysan weist auf meinen Kopfverband. »Das ist dir noch nicht unangenehm genug?«

Ich kann schlecht sagen, dass Kasarowa ohnehin bald weg sein wird, wenn Mukijenko ihre Verletzung publik macht. Nur damit können wir sie packen. Dieser Brief in meinem Namen darf jetzt nicht dazwischenfunken.

»Wenn ich mit dem Finger auf meine Regimentsleiterin zeige, werde ich als Nestbeschmutzer gelten, und bei meiner Vorgeschichte ...« Kasarowa hätte überhaupt kein Problem, den Spieß umzudrehen. Am Ende wären meine Eltern und ich es, die dafür büßen müssten. »Ihr müsst mir versprechen, dass ihr den Brief nicht abschickt. Bitte!«

Sascha betrachtet mich forschend. Sie überlegt wohl bereits, was sie tun kann, um mich doch noch zu überzeugen. Ich erwidere ihren Blick unnachgiebig.

Sie lenkt ein. »In Ordnung.«

»Tut mir leid.« Ich zerreiße den Brief in kleine Schnipsel. »Ich weiß es zu schätzen, dass ihr das für mich tun wolltet.«

Natascha streckt die Hand aus und nimmt die Reste des Briefs entgegen. Mit düsterer Miene blickt sie auf die Papierfetzen. Ich lasse den Kopf zurück gegen das Kissen sinken. Es ist nicht so, dass ich überhaupt nichts tun will, um mich zu schützen, aber es gibt nur eine Person, von der ich mir tatsächlich Hilfe verspreche.

Natascha betrachtet mich mit zusammengezogenen Brauen. »Glaubst du eigentlich, dass das nur ein Zufall war?«

»Was meinst du?«

»Du warst ziemlich frech zu ihr, weil sie mir Zëty nicht abnehmen wollte.«

»Und was warst du?« Ein Lachen entschlüpft mir, ehe ich an meine Rippen denken kann. Kurz bleibt mir der Atem weg.

»Ihr habt euch mit Kasarowa bei dieser Befragung angelegt?«, hakt Sascha nach. »Wieso höre ich davon erst jetzt?«

»Es war nichts weiter«, sage ich, flach atmend.

»Aber sauer war sie schon«, beharrt Natascha. »Vielleicht dachte sie, das ist eine gute Gelegenheit, dir zu zeigen, wo der Hammer hängt.«

Ja, sie war sauer, aber das war nicht der Grund, warum sie mich aus dem Weg räumen wollte. Ich habe ihren Groll und ihre Angst, dass ich etwas über ihre Verletzung ausplaudern könnte, unterschätzt.

Ich sehe Leysan und Inna einen Blick tauschen. Sascha betrachtet mich mit gerunzelter Stirn.

Ich schüttle den Kopf, lege alles an Überzeugungskraft, was ich aufbringen kann, in meine Stimme. »Kasarowa ist vielleicht nicht der große Wurf als Regimentsleiterin, aber sie würde nicht absichtlich ein Flugzeug abstürzen lassen.« Ein plötzlicher Gedanke. »Was ist überhaupt mit meinem Flugzeug?« Ich will so schnell wie möglich wieder hinters Steuer.

Eine Krankenschwester betritt den Raum, ohne anzuklopfen. Sie lacht schallend. »Das war das Erste, was sie gesagt hat, als sie zu sich kam: Mein Flugzeug!« Sie schüttelt den Kopf. »Ihr Mädchen.«

»Totalschaden«, sagt Sascha knapp.

Das tut weh, auch wenn ich es vermutet habe.

»So«, meint die Schwester zu mir. »Dann wollen wir mal aufstehen und zum Essen gehen. Dem Kopf geht's wieder gut. Da darf man nicht mehr den ganzen Tag im Bett liegen.«

»Hab ich gar nicht vor.« Ich setze mich auf und schwinge die Beine über die Bettkante. Ich verziehe das Gesicht. Dass ein paar gebrochene Rippen so wehtun können. »Die geben mir doch wieder eine Jak, oder?«, frage ich Sascha, als ich wieder sprechen kann.

»Ich erinnere Kasarowa täglich daran.« Sie wirkt immer noch nachdenklich, doch nun lächelt sie. »Ihr bleibt ja auch nichts anderes übrig. Du bist schließlich die Einzige von uns, die dekoriert worden ist.«

»Kann ich den Orden mal sehen?« Inna sieht mich neugierig an.

»An meiner Uniform.« Ich deute ans Ende meines Bettes, wo die Uniform über dem Pfosten hängt, und bereue es sofort, als meine Rippen sich melden. Die Hand auf den Brustverband gelegt, sehe ich zu, wie Sascha die Jacke hochnimmt. Am Revers schimmert der Rotbannerorden.

Ich bin kaum eingeschlafen, als die Lampe neben meinem Bett angeht. Geblendet setze ich mich auf.

»Bleib liegen.«

Der leichte Druck seiner Hand auf meiner Schulter. Ein Stuhl schrammt über den Zimmerboden, als er ihn näher zieht. Als ich mich an das Licht gewöhnt habe, sehe ich ihn neben mir sitzen, bleich wie ein Geist, bis auf die Schatten unter seinen Augen.

»Wieso haben die dich nicht nach Saratow ins Krankenhaus gebracht?«, fragt er.

»So schlimm ist es nicht.«

»Wenn du dich sehen könntest. Kulikowa sagt, das ist bei einem Nachtflug passiert?« Er beugt sich vor, die Ellbogen auf die Oberschenkel gestützt.

»Wissen Sie«, sage ich und muss ein wenig lächeln, weil er sicher der einzige Mann ist, den ich je küssen und hinterher immer noch siezen werde, »dieser Plan, dass ich Kasarowas Vertrauen gewinnen und verstehen sollte, was sie bewegt und all das ... Ich glaube, das hat nicht funktioniert.«

Ich berichte, was geschehen ist. »Beim Start war ich einfach überhaupt nicht richtig wach. Ich bin zu schnell gleich nach dem Abheben in den Steilflug, und die Maschine fing an zu schütteln. Strömungsabriss«, füge ich hinzu, falls er mit dem Begriff etwas anfangen kann.

Er vergräbt das Gesicht in den Händen, verharrt einen Augenblick lang so, ehe er mit ihnen seine schwarzen, etwas zu langen Locken zurückstreicht. In seinen Augen ist eine Leere, auf die ich mir keinen Reim machen kann.

»Und dann?«

»Ich konnte die Jak noch runterbringen, aber sie ist wohl zu stark beschädigt worden, als dass man sie noch reparieren könnte. Es tut mir leid.«

Ein fast verzweifeltes Lachen kommt von ihm. »Ja, das ist wie immer das Allerwichtigste! Ob die verdammten Flugzeuge heil runterkommen!« Er lehnt sich im Stuhl zurück und sieht zur Decke. »Menschen haben wir schließlich genug.«

So ist es doch aber auch. Befremdet sehe ich ihn an. »Sind Sie betrunken?«, rutscht es mir heraus.

Er schnaubt. »Nein.«

Was ist dann mit ihm? Hätte es ihn etwa getroffen, wenn mir etwas zugestoßen wäre? Dann hätte er eben einen anderen Spitzel auf Kasarowa angesetzt, er hat ja noch mindestens einen weiteren im Regiment.

Mukijenko ist auf dem Stuhl zusammengesackt, starrt über das Bett hinweg ins Dunkel, als könnte er dort erkennen, was jetzt zu tun ist.

»Haben Sie weitergegeben, dass Kasarowa diese Verletzung hat?«, frage ich.

»Nein.«

»Warum nicht?«

»Ich kann die Information nicht benutzen.«

»Aber wieso nicht?« Heißt das, ich habe das alles umsonst mitgemacht? »Wenn herauskommt, dass sie untauglich ist, wird man ihr sicher das Kommando entziehen.«

»Ganz genau.« Und das genügt ihm nicht. Kalte Wut und

eine Entschlossenheit, deren Quelle ich nicht erkennen kann, schwingen in seiner Stimme mit.
»Was hat sie Ihnen getan?«, frage ich leise und zucke zusammen, als ich sein Mienenspiel betrachte. Purer Hass ist die einzige Bezeichnung, die mir dafür einfällt.
»Sie kennen sie von früher?«, rate ich.
Er blickt betont gleichgültig. »Ich kenne sie gar nicht. Habe sie erst dreimal gesehen.«
Zojas Verhör und Nataschas, überlege ich. Da war er an unserem Stützpunkt und hatte Gelegenheit, sie zu treffen. »Und wann war das erste Mal?«
»Das viele Geplapper kann wirklich nicht gut für deine Genesung sein.«
»Kasarowas Vater ist General in Stalins Stab, oder?«, frage ich. »Geht es bei dem Ganzen um ihn?«
Mukijenko lächelt mich schief an. »Zerbrich dir doch nicht meinen Kopf, wenn dein eigener schon ramponiert ist.«
»Um ein Haar hätte ich ihn nicht mehr auf dem Hals gehabt. Ich denke, da darf ich ein paar Fragen stellen.«
»Das hätte nicht passieren dürfen«, sagt er. Es ist, als hätte jemand einen Schutzfilm von seiner Haut gezogen, sodass zum ersten Mal der Mensch dahinter zum Vorschein kommt.
»Was machen wir jetzt?« frage ich und entlocke ihm ein winziges Lächeln damit. »Wenn Sie ihre Verletzung nicht zur Sprache bringen wollen, muss ich dann immerzu damit rechnen, dass Kasarowa noch einen Versuch unternimmt, mich aus dem Weg zu räumen?«
»Willst du weg aus dem Regiment?«
Es ist vollkommen still, bis auf das Ticken der Wanduhr. Das kann er mich gerade nicht gefragt haben.
Doch er korrigiert sich nicht, wartet nur auf meine Antwort. Das würde er wirklich tun? So besorgt ist er um meine Sicherheit?
»Nein«, sage ich. »Ich will nicht weg von den anderen. Die werden schon auf mich aufpassen.«
»Ganz wie du willst.« Er nickt. Vermutlich hat er gewusst,

wie ich antworten würde. »Wegen Kasarowa werde ich mir etwas einfallen lassen.« Er steht auf.

»Können Sie meinen Eltern eine Nachricht von mir zukommen lassen?« Ich beiße mir auf die Lippen, kaum dass ich gefragt habe. Aber ich musste diesen Vorstoß einfach riskieren.

Sein Gesicht liegt im Schatten. »Kein Briefverkehr, weißt du doch.«

»Aber Sie könnten jemand anderem dort schreiben oder jemanden anrufen, der es ihnen sagt. Jemand hat dort das Kommando, oder nicht?«

»Und was soll der ihnen ausrichten?«

Dass ich endlich weiß, wo sie sind. Dass ich alles tun werde, um sie zu befreien. Dass sie mich später nie fragen dürfen, was ich dafür getan habe.

»Dass es mir gut geht. Und dass ich einen Orden bekommen habe.«

Kasarowa

Der Feldpostumschlag liegt vor ihr auf dem Tisch, doch sie kann sich zunächst nicht überwinden, ihn zu öffnen. Raskowa, die ihr das Schreiben vom Generalstab überbracht hat, mustert sie mit sorgenvollem Ausdruck.

Eine Woge bitterer Wut überschwemmt sie. Keine drei Wochen sind vergangen, seit Sokolowa ihre Verletzung entdeckt hat. Tag für Tag hat sie damit gerechnet, dass jemand von Generalmajor Ossipenkos Stab in Anisowka auftaucht und Fragen zu ihrer Tauglichkeit stellt, es sei da ein Hinweis eingegangen. Doch diese Mühe macht man sich gar nicht erst. Stattdessen wird sie offenbar ohne Umschweife entlassen. Ist etwa auch ihr Vater vorab nicht informiert worden?

Raskowa, diese selbst ernannte Heilige der Fliegerinnen, muss wissen, was für ein Schreiben in diesem Umschlag steckt, sonst wäre sie wohl kaum persönlich gekommen, um es zu überbringen. Glaubt sie, Kasarowa Trost zusprechen zu müssen? Oder will sie sich an ihrer Niederlage weiden?

Sie reißt den Umschlag auf, überfliegt die erste Seite und spürt, wie die Erleichterung ihre verkrampften Schultern sinken lässt. Es ist nicht ihre Entlassung. Es ist auch keine Vorladung zur ärztlichen Untersuchung.

Es ist die Lösung all ihrer Probleme.

Raskowa legt die verschränkten Hände auf den Tisch und beugt sich vor. »Mir ist klar, dass das eine Belastung darstellt, Tatjana Alexandrowna«, sagt sie. »Aber es ist auch eine große Ehre, dass man dort ganz selbstverständlich an Ihr Regiment gedacht hat.«

Kasarowa muss ein Schnauben unterdrücken. Für jemanden, der Gerüchten zufolge ausgezeichnete Beziehungen zum NKWD unterhält, kann Raskowa manchmal sehr naiv sein. »Selbstverständlich« ist gar nichts an diesem Gesuch. Sie hat zwar nicht erwartet, dass es so schnell auf ihrem Tisch landen würde, doch wenn General Kasarow etwas anordnet, wird gehorcht.

Aber Raskowa möchte so gern glauben, dass ihre Fliegerinnen vom Generalstab ernst genommen werden, dass es sie blind für die Realität macht.

Kasarowa räuspert sich. »Ich bringe dieses Opfer gern, Marina Michailowna. Keine meiner Fliegerinnen würde sich für diesen Auftrag nicht freiwillig melden.«

Raskowas Miene hellt sich auf. »Das habe ich nicht anders erwartet.«

Wie stolz sie auf die Mädchen ist. Kasarowa verspürt nicht zum ersten Mal ihr gegenüber eine mit leiser Verwunderung gepaarte Verachtung. Mit ihren Verbindungen hätte Raskowa jeden Posten innerhalb der WWS haben können. Und welchen hat sie gewählt? Die Leitung eines Frauenregiments, das niemand braucht, auch und besonders der Genosse Stalin nicht, der wahrscheinlich nur seine Ruhe haben wollte, als er damals die Gründung dieser Regimenter genehmigt hat.

Ein wenig gleicht Raskowa damit Beljajewa, die ebenfalls längst an der Front sein könnte, wenn sie sich bei irgendeinem Männerregiment verpflichtet hätte, aber was tut sie? Bildet im Hinterland Fliegerinnen aus, die sowieso niemand je ernst nehmen wird. Es gibt solche Frauen, die meinen, anderen Frauen gegenüber unbedingt solidarisch sein zu müssen. Und das setzen sie ganz selbstverständlich auch bei allen anderen Frauen voraus. Wäre Raskowa nicht so eine Idealistin, hätte sie nicht unbedingt eine Frau für das 586. haben wollen, würde auch sie, Kasarowa, jetzt nicht hier sitzen und wäre nicht mit Beljajewa und ihrem Anhang geschlagen.

»Wie kann es sein, dass du diese Gören nicht in den Griff bekommst?«, hat ihr Vater gefragt, ungehalten, dass sie ihn zum ersten Mal in all den Jahren um Beistand gebeten hat. Sie hat ihm das Wichtigste erzählt: Sokolowa hatte gleich nach ihrer Rückkehr aus Moskau einen »Unfall«, und Beljajewa gibt ihr die Schuld dafür. Wie es zu dem Absturz kam, braucht er nicht zu wissen. Er ist nun gewarnt für den Fall, dass ihre junge KomEska den Vorfall meldet. Was lächerlich wäre, aber Beljajewa durchaus zuzutrauen.

Je schneller Kasarowa das hier hinter sich bringt, desto besser. Sie ruft nach Sejd-Ametowa und ordnet eine Vollversammlung des Regiments an.

»Wir haben seit Beginn der Kämpfe über zweihundert Flugzeuge verloren«, sagt Raskowa leise, als sie wieder allein sind. »Jetzt sind es noch knapp hundert, darunter viele, die erst wieder zusammengeflickt werden müssen.« Raskowa schüttelt den Kopf. »Und die Piloten ...« Sie macht eine Pause, ehe sie rasch und noch leiser als zuvor weiterspricht. »Wir haben so viele Verluste erlitten, manche schon beim ersten Ausrücken, weil sie die Ausbildung im Schnellverfahren absolviert haben.«

Es versteht sich von selbst, dass Informationen dieser Art nicht für das Regiment draußen bestimmt sind.

Kasarowa räuspert sich. »Das war bei meinen Fliegerinnen anders, wie Sie wissen. Kommen Sie, Marina Michailowna.« Sie steht auf, zwingt sich zu einem falschen Lächeln. »Die Mädchen sind sicher schon ganz neugierig, warum Sie uns besuchen kommen.«

Vor dem Gefechtsstand wartet ihr Stab auf sie: Lopatkina, Sejd-Ametowa und Politkommissarin Kulikowa. Das Regiment ist vollständig angetreten. Die Nachricht von der Anwesenheit ihrer geliebten Marina Raskowa hat sich wie ein Lauffeuer unter den Mädchen verbreitet. Um beim Appell zu schwatzen, sind sie inzwischen zu diszipliniert, doch ihre geradeaus gerichteten Gesichter strahlen kaum unterdrückte Freude und Neugier aus.

Sicher hoffen sie auf die Ankündigung, dass das Regiment an die Front versetzt wird. Kasarowa verzieht verächtlich die Mundwinkel. Sie sollten ihr auf Knien danken, dass das nicht passieren wird. Die Front würde den sicheren Tod für die meisten von ihnen bedeuten.

Raskowa tritt vor das versammelte Regiment und ergreift ganz selbstverständlich als Erste das Wort.

»Seit dem Angriff der Faschisten auf Stalingrad befinden sich unsere Streitkräfte in einem zähen Kampf mit ihnen. Die Lage ist ernst. Sehr ernst. Die Deutschen haben derzeit die Lufthoheit über Stalingrad. Die Stadt wird täglich bombardiert.«

Ein Windstoß fährt in die Fahne neben dem Gefechtsstand. Das Fahnenseil schlägt mit einem hohlen, metallischen Geräusch gegen die Stange. In den Gesichtern der Mädchen spiegeln sich nun andere Gefühle. Sorge, Angst, unterdrückte Wut. Aber auch Entschlossenheit.

Raskowa richtet sich noch etwas mehr auf, als sie fortfährt: »Jeder muss jetzt seinen Beitrag leisten. Wir werden die Stadt unseres geliebten Stalin nicht im Stich lassen!«

Kasarowa übernimmt. »Die 8. Luftarmee, die bei Stalingrad stationiert ist, hat dieses Regiment um Unterstützung ersucht. Wir werden fünf von euch entsenden.«

Jetzt erst lässt sie den Blick über die Mädchen schweifen, von denen die meisten den Atem anzuhalten scheinen. Sie verweilt bei den Fliegerinnen von Beljajewas Geschwader.

»Freiwillige vor!«, kommandiert sie.

Wie eine einzige Person tritt das komplette Regiment nach

vorn. Was bleibt ihnen auch anderes übrig? Wer hier zögert, würde sich nicht nur die Verachtung der Kameradinnen zuziehen, sondern als potenzielle Deserteurin in den Fokus der Sonderabteilung rücken.

Raskowa lächelt stolz. Kulikowa wirkt erleichtert, dass sie keines der Mädchen bei Mukijenko melden muss.

Kasarowa atmet innerlich auf. Jetzt muss sie nur noch Beljajewa und die anderen Tuschino-Fliegerinnen für die Entsendung auswählen. Doch das wird niemandem seltsam vorkommen – sie sind die besten Pilotinnen, über die das Regiment verfügt.

In diesem Moment fängt sie Beljajewas Blick auf. Deren seltsame Augen – mal grün, mal grau, je nachdem, wie das Licht fällt – beobachten sie mit leisem, nachdenklichem Spott. Als wüsste sie genau, was Kasarowa im Schilde führt. Doch der Augenblick geht vorbei, und Beljajewas Gesicht erscheint wieder so weiß und unbewegt wie eine Gipsmaske unter dem Barett.

Kasarowas Blick wandert die Reihe entlang. Mansurowa blickt selbstbewusst und entschlossen drein. Gelfmann, diese halbe Portion, strahlt mühsam im Zaum gehaltenen Tatendrang aus. Wenn sie eine Wette abschließen sollte, wen von den fünfen es zuerst erwischt, dann würde sie auf Gelfmann setzen.

Sokolowa hingegen wirkt noch etwas mitgenommen. Rippenbrüche brauchen lange, um zu verheilen. Aber sie fliegt wieder, bleich und klaglos. Rippenbrüche! Wie viel Glück kann man eigentlich haben? Sie hätte mit ihrer Maschine am Boden zerschellen müssen, doch irgendwie ist ihr noch im Halbschlaf die Notlandung geglückt. Immerhin, der Absturz scheint Sokolowa ausreichend eingeschüchtert zu haben, damit sie über Kasarowas Verletzung den Mund hält. Sonst würde längst der ganze Stützpunkt sich darüber das Maul zerreißen.

Lukina steht neben Sokolowa und ist fast genauso blass. Sie ist überhaupt stiller geworden seit ihrem Verhör. Nur eine Idiotin hätte verkannt, wie nahe sie daran war, verhaftet zu werden. Doch vielleicht gibt es noch einen anderen Grund für ihre neue Zurückhaltung.

Stalingrad ist eine Hölle. Ein feuriges Inferno, das jeden Tag

Flugzeuge und Piloten verschlingt. Lukina weiß das als Einzige von den fünfen, denn sie hat den Angriff auf die Stadt erlebt. Doch selbst wenn sie Beljajewa und den anderen davon erzählt hat, selbst wenn diese eine Ahnung davon haben, was diese Entsendung bedeutet, spielt das keine Rolle mehr. Sie wollten in den Krieg, nun ziehen sie in den Krieg.

Und sehr wahrscheinlich kommt keine von ihnen lebend da heraus.

SIEBEN

Anisowka – Srednjaja Achtuba, September 1942

Katja

Edel hievt einen Seesack über ihre Schulter, unter dem sie fast zusammenbricht, und nickt mir kurz zu, ehe sie damit zu der Iljuschin hinübergeht, die unsere Mechanikerinnen nach Stalingrad bringen soll.
»Sie stand auf der Liste für den Pilotenlehrgang«, sagt Sascha. »Sie wollte, dass ich sie wieder runternehme.«
Ich sehe sie überrascht an. Edel? Dass sie fliegen will, hat sie mir nie erzählt.
Sascha nickt. »Kasarowa war nicht begeistert, weil ich sie erst wochenlang belagert hatte, sie aufzunehmen.«
»Und warum hat sie es sich anders überlegt?«
Ein schiefes Lächeln von Sascha. »Sie will dich wohl nicht allein nach Stalingrad lassen.«
Während wir in unsere Jaks klettern, versuche ich, meine Gefühle zu ordnen. Angst ist dabei, Erleichterung, hier wegzukommen, aber vor allem Aufregung.
Wir reisen zum Fluss Smorodina, zur Holunderbrücke; ich habe gehört, dass dort mehr als ein Tschudo-Judo haust ...
Werchnjaja Achtuba heißt das Flugfeld nordöstlich von Stalingrad, auf dem wir uns zum Dienst melden sollen – benannt nach dem Fluss Achtuba, einem Seitenstrang der Wolga. In weniger als einer Stunde haben wir es erreicht.
Achtuba, hat Leysan uns gesagt, bedeutet Weißer Hügel, doch vom Ursprung dieses Namens ist nichts zu erkennen. Die Luft ist schwarz von Rauch. Erst auf den zweiten Blick sehe ich die Gräben und Granatenlöcher. Kann das wirklich der Ort sein, an dem wir uns zu melden haben?
»Leysan, sieh mal nach, was los ist«, sagt Sascha, als wir unten zum Stehen kommen.

Leysan ist kaum losgegangen, als ein einzelner Soldat auf sie zurennt und mit den Armen wedelt. Sie sprechen kurz miteinander, dann macht sie kehrt und kommt im Laufschritt zu uns zurück.

»Hier ist niemand mehr!«, schreit Leysan und hält ein paar Haarsträhnen fest, die sich aus ihrer Fliegerhaube gelöst haben und im Wind flattern. »Wir sollen weiter nach Srednjaja Achtuba.«

In diesem Moment hören wir auch, warum. Offenbar sind die Deutschen seit gestern noch weiter vorgerückt. Es klingt wie ein Schrei, wenn ihre Raketenwerfer eine Salve abfeuern.

»Schnell«, treibt uns Sascha zur Eile an.

Die Einschläge kommen näher. In fieberhafter Hast starten wir unsere Maschinen neu und sind wieder in der Luft.

Wir folgen dem Lauf der Achtuba. Hinter einer kleinen Flussschleife taucht ein Dorf auf, als ich erneut Sascha über Funk höre.

»Sie sind hinter uns.«

Mehr sagt sie nicht. Gleich darauf haben sechs deutsche Flugzeuge zu uns aufgeschlossen. Ich erkenne zwei Heinkel und vier Messerschmitts.

Sascha befiehlt ein Ausweichmanöver. Wir müssen die Deutschen vorbeilassen und uns dann an sie heften, um sie von hinten unter Beschuss zu nehmen. Ich sinke tiefer und reiße den Kopf herum, um zu sehen, wo sie sind. Sie fliegen einen Angriff auf das Flugfeld von Srednjaja Achtuba. Wir feuern, doch wir sind zu weit hinter ihnen. Auch die Flak unten in Srednjaja Achtuba feuert. Ich kann sehen, wie die Heinkels ihre Bomben abwerfen und dann abdrehen.

Wir erreichen die Landezone des Flugfelds praktisch im Schlepptau des Feindes. Ich ziehe die Luft zwischen den Zähnen ein, als mir klar wird, wie gefährlich das ist. Durch den Rauch der Bomben können sie nicht gut sehen von da unten. Sie könnten uns für Angreifer halten und …

Ich warte darauf, dass Sascha ihre Bodenkontrolle anfunkt und uns als Mitglieder der sowjetischen Streitkräfte ausweist, doch nichts passiert. Natascha geht auf Sendung. »Tschajka 3? Tschajka 3, melde dich!«

Keine Antwort von Sascha.

Auch Srednjaja Achtuba meldet sich nicht. Womöglich ist die Funkstation geräumt oder getroffen worden.

Soldaten kommen angerannt, kaum dass wir gelandet sind. Wie angewurzelt bleiben sie stehen bei unserem Anblick. Beim Aussteigen sehe ich mich hastig um. Sascha ist nicht da. Ich schaue zum Himmel. Ich kann nichts sehen, doch das Geräusch von Motoren erfüllt die Luft. Inna ist nicht ausgestiegen, ruft über Funk weiter nach Sascha.

»Los, Mädchen, steht nicht rum!« Einer der Soldaten packt mich am Arm und zieht mich mit sich. »Sie können jeden Augenblick wiederkommen.«

»Dann müssen wir zurück in die Luft!« Ich versuche, mich loszureißen. Inna müssen sie förmlich aus dem Cockpit ihrer Jak zerren.

»Seid ihr verrückt geworden? Die machen Hackfleisch aus euch.« Der Mann zieht mich hinüber zu ein paar Erdgräben, ähnlich denen in Anisowka.

Ich weiß nicht, ob ich lachen oder weinen soll. Was denken sie, warum wir hier sind? Um uns in einem Graben zu verstecken? Ich drehe mich nach den anderen um, doch Inna ist die Einzige, die ich sehen kann.

»Eine von uns fehlt!«, schreit sie. Das Geräusch der Motoren wird lauter. Jagdflieger im Tiefflug. Gerade als die ersten Kugeln pfeifen, schubst der Soldat mich in den Graben und wirft sich förmlich über mich, um mich zu schützen. Inna landet neben mir. Mein Knie prallt gegen etwas Hartes, doch ich spüre den Schmerz kaum. Unsere Flugzeuge, denke ich. Sie werden unsere Flugzeuge zerstören.

Ich stütze mich auf die Handflächen, recke den Kopf aus dem Graben heraus und ziehe in Panik die Luft ein. Der fremde Soldat schimpft mit mir, aber das ist mir gleichgültig. Da stehen unsere Jaks, hübsch glänzend, nebeneinander aufgereiht wie Zielscheiben für die Deutschen. Ich hebe den Blick zum Himmel.

Da kam ein zehnköpfiger Tschudo-Judo herangeritten ...
Eine Heinkel, begleitet von vier Messerschmitts. Sie hält direkt auf die Gräben zu, aber ich kann einfach nicht wegsehen und mich wieder in die Erde ducken. Wenn sie auf unsere Grube eine Bombe fallen lassen, ist es so oder so zu Ende.

Da schießt eine sowjetische Maschine in mein Blickfeld. Ein silbern glänzendes Kampfflugzeug. Eine LaGG. Ein einzelnes Flugzeug gegen vier feindliche Jäger und einen Bomber. Und der Pilot, was denkt er sich? Er fliegt ja frontal auf sie zu! Die Messerschmitts feuern.

Die LaGG zieht eine Rauschschwade hinter sich her. Sie fängt an zu trudeln und kommt runter. Der Soldat, der mit mir im Graben liegt, stößt einen unbeherrschten Fluch aus. Ich presse eine Hand vor den Mund, während die LaGG am Boden aufschlägt. Sascha nicht, sage ich mir. Sascha haben sie nicht erwischt.

»Verflucht, wir hätten gar nicht erst landen dürfen!«, zischt Inna neben mir.

»Wenn du nicht auf der Stelle ruhig bist ...«, droht ihr einer der Soldaten.

Das Geräusch eines einzelnen Motors lenkt uns ab. Oder sind es zwei, die zu einem Geräusch verschmelzen? Eine Jak nähert sich im Sinkflug. Der Pilot gibt Vollgas, hält direkt auf das Flugfeld zu.

»Will der sich umbringen?«, schreit einer der Soldaten.

Nein, denke ich. Er will die Messerschmitt abschütteln, die an ihm klebt. Die Flak kann nichts unternehmen, weil sie sonst unseren eigenen Piloten treffen würden, so dicht hängen sie aneinander. Als ob der Faschist das ganz genau wüsste, jagt er der Jak offenbar völlig sorglos nach.

Die Jak verschwindet einen Moment hinter den Gebäuden des Flugfelds. Sie folgt dem Lauf der Achtuba, begreife ich. Da ist sie wieder. Das müssen weniger als dreißig Meter zwischen ihr und der Wasseroberfläche sein. Pankratow hat uns jedes Mal angebrüllt, wenn wir das in Engels versucht haben.

Nur ist das hier nicht die Wolga, das Flussbett ist viel schmaler, und sie kennt den Verlauf nicht. Die Spitzen der Flügel können die Böschung berühren, wenn sie nur ein bisschen vom Kurs abkommt. Ich spüre den Luftzug der vorbeizischenden Maschine und ducke mich. Ihr Verfolger ist ihr dicht auf den Fersen. An beiden Ufern der Achtuba befinden sich Maschinen, Ausrüstung und Soldaten. Die Männer haben sich erst genähert, um sehen zu können, was da vor sich geht, dann springen sie erschrocken beiseite.

Wie in Tuschino, denke ich. Bevor ich selbst mitfliegen durfte bei den Flugschauen, stand ich in der Menge und habe mich geduckt so wie jetzt, wenn sie im Tiefflug direkt über uns hinwegsetzte.

»Sascha«, sage ich leise.

Der Soldat dreht sich zu mir um und brüllt: »Kennst du den?«

Ehe ich antworten kann, stiebt eine Wolke über dem Fluss auf. Rauch oder Wasser, ich bin nicht sicher. Etwas ist passiert dort hinten. Ich springe aus dem Graben, Inna ist mir dicht auf den Fersen. Doch dann sehe ich die Jak. Ich sehe, wie sie an Höhe gewinnt, in einem eleganten, großräumigen Bogen umdreht und das Flugfeld ein zweites Mal ansteuert.

Es ist die deutsche Maschine, die auf der Wasseroberfläche aufgeschlagen ist. Nun begreifen es auch die anderen.

Die Männer am gegenüberliegenden Ufer johlen und schütteln die Fäuste. Inna streckt blind die Hand nach mir aus, und ich ergreife sie.

Eines der Gebäude ist getroffen. Die Männer stürzen mit Wassereimern über das Flugfeld und versuchen zu löschen. Andere sehen nach der Artillerie, um zu überprüfen, wie viel davon noch funktioniert, oder kümmern sich um die Verwundeten.

Bis wir das Flugfeld überquert haben, hat Sascha ihre Jak bereits neben unseren abgestellt. Sie ist ausgestiegen, steht halb von uns abgewandt und sieht uns nicht kommen. In tiefen Zügen zieht sie an ihrer Zigarette. Sonst kündet nichts davon, dass sie ihre Nerven beruhigen muss. Inna reißt sie fast um.

Sascha schließt die Arme um sie, zieht dann auch uns andere zu sich.

»Der Idiot hat geglaubt, er kann sich Zeit lassen, bevor er mich abschießt«, höre ich sie sagen, ein leises Lachen in ihrer Stimme. Wir umarmen sie noch fester.

Eine Gruppe Soldaten nähert sich, angeführt von einem Major der Luftstreitkräfte. Wir sollten uns bei einem Major Schestakow zum Dienst melden. Das muss er sein. Wir lösen uns von Sascha.

»Du!«, bellt der Major Sascha an. »Wer zur Hölle bist du?« Er ist nicht besonders groß, aber breitschultrig und stämmig. Unter einem Schopf wolliger dunkelblonder Haare liegt seine Stirn in Zornesfalten.

Sascha lässt ihre Zigarette auf den Boden fallen und tritt sie aus. Sie salutiert, und wir anderen tun es ihr gleich. Ihr Brustkorb hebt und senkt sich noch rasch, doch ihre Stimme ist ganz ruhig.

»Ich bin Starschyj Lejtenant Alexandra Beljajewa. Mit vier Fliegern meines Geschwaders entsendet vom 586. Jagdfliegerregiment in Anisowka. Wir sollen uns bei Major Schestakow zum Dienst melden.«

Stille. Die Männer tauschen ungläubige Blicke. Schestakow tritt einen Schritt auf Sascha zu.

»Mach so was nie wieder, das rate ich dir! Links und rechts waren Leute von uns, bist du blind? Die hätten alle tot sein können, wenn du deinen Kurs verlassen hättest.«

Saschas Wangen sind gerötet, doch nicht etwa vor Verlegenheit. »Ich komme nicht vom Kurs ab, Genosse Major.«

Der junge Mann schüttelt den Kopf. »Das ist doch nicht zu glauben!«

»Der Fritz, Genosse Major«, sagt Inna. »Ist er tot?«

Bei ihrem Anblick weicht der Ärger völlig aus seinem Gesicht. Dann räuspert er sich, als hätte er vergessen, was er sagen wollte, und erwidert mit einem leichten Stirnrunzeln: »Nein. Wir werden ihn den Kameraden vom NKWD übergeben. Rühren«, schickt er hinterher.

Innas Miene verdüstert sich. Sascha wirkt ebenfalls unzufrieden. Aber eigentlich ist das gut. Wenn sie Informationen aus ihm herausbekommen, nutzt uns das viel mehr, als wenn er umgekommen wäre.

»Das zählt sowieso nicht als Abschuss«, sagt einer der Männer.

Ich runzle die Stirn. Weil der Deutsche noch lebt, oder weil Sascha nicht geschossen hat?

»Wie lauten unsere Befehle, Genosse Major?«, fragt Sascha.

Der junge Major stutzt. Erst jetzt scheint er vollends zu begreifen, warum wir hier sind.

»Soll das ein Witz sein?«, meint einer der Männer neben ihm.

»Wir haben Verstärkung angefordert. Männer«, betont er.

»Wo ist dieses Nisowka überhaupt?«, fragt einer der Flieger.

»Wir sind zwar hier, um zu kämpfen«, sagt Leysan, »und nicht, um eure Geografiekenntnisse aufzufrischen, aber es liegt bei Saratow.«

Die Männer fangen an zu lachen. Saratow! »Das Hinterland vom Hinterland«, spottet einer.

Schestakow lacht nicht. »Was denken die sich dabei, uns Mädchen zu schicken?«, sagt er. »Wisst ihr eigentlich, was hier los ist? Habt ihr überhaupt schon mal gekämpft?«

»Bei Gumrak, im August«, sagt Natascha.

Die Männer betrachten uns misstrauisch.

»Und sie hier hat eine Heinkel abgeschossen, Patrouille über Saratow.« Natascha deutet auf mich.

»Bei Nacht«, fügt Sascha hinzu.

Ich erwidere die Blicke, spüre, dass ich jetzt nicht ausweichen darf.

»Ein einziger Abschuss?«, meint einer von ihnen abschätzig.

Schestakow sieht einen Moment lang nachdenklich drein. Dann fällt sein Blick auf die Flugzeuge hinter uns. »Sind das eure?«, fragt er mit gefährlicher Ruhe.

Ich wappne mich innerlich gegen das unvermeidliche Gemaule darüber, dass wir Mädchen die besten und neusten Flugzeuge bekommen haben.

»Großartig«, sagt er stattdessen, wobei der Tonfall seine Worte Lügen straft. »Einfach großartig.«
Wir sehen ihn fragend an.
»Das sind Jaks«, erklärt er mit gespielter Geduld. »Das 434. fliegt mit der LaGG-3. Wir haben niemanden, der Jaks warten kann.«
»Wir aber, Genosse Major«, sagt Sascha. »Unsere Mechanikerinnen müssen jeden Moment hier eintreffen.«
»Mechanikerinnen?«, fragt einer. »Noch mehr Mädchen?«
»Noch mehr Soldaten«, sagt Leysan scharf.
»Das ändert nichts daran, dass wir keine Ersatzteile für Jaks haben.« Schestakow ist ungerührt. »Wir können euch hier nicht gebrauchen.«
Wie still es die ganze Zeit war, fällt mir erst auf, als Geschützdonner diese Stille durchbricht. Was wir seit Ende August in Saratow hören konnten, war ein sanftes Grollen, das auch von einem Gewitter hätte stammen können. Jetzt bin ich zum ersten Mal in der Lage, verschiedene Geräusche herauszuhören. Das dumpfe Dröhnen zerfällt in einzelne Schläge, als ob jemand auf gigantischen Stahlplatten herumtrommelte. Ein Rattern ist auch dabei. Maschinengewehre. Und dazwischen immer wieder etwas Schrilles, so ein Kreischen. Ich ziehe die Luft zwischen den Zähnen ein. Sekundenlang bin ich wieder in der Akademie der Luftfahrt, den Blick auf das Dachgewölbe über uns gerichtet, auf dieses Heulen lauschend.
Das sind die deutschen Sturzkampfbomber.
»Segelohr! Du hier?« Innas überraschter Ausruf durchbricht unser Schweigen.
Einer der Männer hebt mit etwas verlegener Miene die Hand zum Gruß. Seine Kameraden fangen an zu feixen, während er zwischen ihnen hervortritt. Es ist tatsächlich unser alter Stützpunktkamerad aus Engels. Der Hühnerhals und die abstehenden Ohren sind unverkennbar.
Natascha grinst. »Ist der tolle Juri etwa auch hier?«
Segelohr zögert, sein Blick schwenkt über unsere Gesichter. »Juri ist gefallen. Ist schon ein paar Tage her.«

Wir schweigen. Segelohr will noch etwas hinzufügen, doch Schestakow fährt dazwischen.

»Begreift ihr es jetzt?«, fragt er. »Ihr habt hier nichts verloren. Bis euer Marschbefehl da ist, will ich keinen Mucks von euch hören, verstanden?«

Staub auch hier, Staub, der sich wie ein Film auf Haut, Haare und Stoff, auf jede Oberfläche legt. Unsere Unterkunft befindet sich unter der Erde. Wir klettern eine Leiter hinunter, durchschreiten einen Tunnel. Die Männer, denen wir auf dem Gang begegnen, starren uns an, als hätten sie noch nie eine Frau gesehen.

Sie haben uns Mädchen in einem winzigen Raum einquartiert. Viel auszupacken haben wir nicht. Die Iljuschin mit den Mechanikerinnen und unserem Gepäck ist noch nicht eingetroffen.

»Vielleicht können wir in ein anderes Regiment wechseln«, schlage ich vor und ziehe den Vorhang zu, der unserem Quartier als Tür dient. »Irgendjemand muss hier doch mit Jaks fliegen.« Ausnahmsweise bin ich einmal nicht gewillt, Kasarowa die Schuld zu geben. Das mit dem Flugzeugtyp muss wirklich ein Versehen sein. So schnell will sie uns ja wohl kaum zurückhaben.

Leysan sieht mich kopfschüttelnd an. »Glaubst du, man kann hier einfach nach Lust und Laune von einem Regiment zum anderen wechseln? Es gibt schließlich eine Befehlskette.«

»Hallo?«, ruft eine Männerstimme. »Jemand da?«

Sascha springt vom Bett auf und zieht den Vorhang beiseite. Draußen steht ein Riese mit stoppeligem weißblondem Haar und einem gutmütigen Gesicht voller Sommersprossen und schaut prüfend auf sie herunter.

»Du bist Sascha Beljajewa, oder? Aus Tuschino?«

»Ja, wieso?«

Ein breites Lächeln tritt auf sein Gesicht. Er ergreift ihre Hand, die – obwohl nicht klein für die einer Frau – in seiner Pranke vollkommen verschwindet, und schüttelt sie. »Ich hab dich mal fliegen sehen, als ich dort war. Ist schon ein paar Jahre her. Ich bin Stepan Kalugin, Kapitan Kalugin.« Er betrachtet uns andere. »Und ihr Mädels? Alle Kunstfliegerinnen?«

»Ja.« Inna reckt die Himmelfahrtsnase noch etwas höher.

Kalugin muss den Kopf einziehen, um ins Zimmer zu treten, und lacht. »Also, das hätte ich mir ja wirklich nicht träumen lassen, dass wir ausgerechnet Frauen als Verstärkung bekommen.«

»Was stört dich daran?«, fragt Leysan.

»Nix.« Er schüttelt den Kopf. »Wenn's nach mir geht, sollen alle da raus, die ein Flugzeug starten und landen können, und wenn es achtfache Großmütter sind.«

Sascha hält ihm ihre Zigaretten wie ein Friedensangebot hin. Er murmelt ein Dankeschön und nimmt eine davon. »Nehmt es den Jungs nicht übel«, meint er, während er sich die Zigarette ansteckt. »Sie sind angetreten, um Frauen zu beschützen, da passt es ihnen nicht, dass auch Frauen kämpfen.«

Wir wechseln Blicke. Oder sie haben Angst, gegen uns den Kürzeren zu ziehen.

»Geht es nun um den Sieg über die Faschisten oder um die Befindlichkeiten irgendwelcher Männer?«, fragt Leysan.

Kalugin grinst. »Beides. Schließlich haben Männer hier das Sagen.«

»Sie brauchen uns«, sagt Sascha. »Wollen wir die Stadt halten oder nicht?«

»Was wisst ihr darüber?«

Wir sehen einander an.

»Ich meine es ernst«, sagt er. »Ich habe keine Ahnung, was sie euch da eigentlich erzählen, weit weg von der Front.«

»Dass Stalingrad nicht fallen darf, oder es ist alles aus«, sage ich.

Kalugin tritt näher. Auf Saschas Pritsche breitet er eine Landkarte aus. »So sieht das aus, momentan.« Mit Füllhalter hat er darin die Frontlinien markiert.

Die Stadt ist eingeschlossen. Deutsche Heeresgruppe dies, soundsovielte Panzerarmee das, lese ich. Nördlich der Stadt haben sie die Wolga erreicht, das waren sicher die, die uns in Werchnjaja Achtuba beschossen haben. Auch im Süden stehen sie an der Wolga. Ihre Infanterie rückt auf das Stadtzentrum vor. Kalugin hat kleine Pfeile für die Truppenbewegungen eingezeichnet. Natascha deutet auf einen Punkt hinter den feindlichen Linien und sieht mich an. »Woroponowo«, lese ich und nicke. Von dort konnte sie im August den Angriff auf die Stadt beobachten. Inzwischen sind die Deutschen dort.

Quer über das eckige Gebilde längs des Flusses, das die Stadt und ein paar Vororte einschließt, steht gekritzelt: »62. Armee«. In einer Ecke ganz klein: »64. Armee«. NKWD-Irgendwas-Irgendwas-Division, ich kann seine Schrift schwer lesen. Das sind die Unseren. Kalugin deutet darauf. »General Tschujkow und seine Leute sind praktisch allein da drüben. Die Fritzen haben seit August alles kurz und klein gebombt, und sie sind immer noch nicht fertig.«

»Ist es das, was man da ständig hört?«, frage ich und meine die Einschläge.

»Nein, das sind die Landungsstege in Krasnaja Sloboda.« Er zeigt auf die kleine Ortschaft gegenüber von Stalingrad, auf der Ostseite der Wolga. »Von hier aus liefern wir der 62. Armee Nachschub. Die Boote der Wolgaflottille überqueren bei Tag und Nacht den Fluss, mit Soldaten, Waffen, Munition, aber zu viele werden von den Fritzen versenkt.«

Sascha verschränkt die Arme. »Und warum hindern wir sie nicht daran?«

»Weil sie uns vier zu eins überlegen sind mit ihren gottverdammten Messerschmitts. Wenn die Boote mit den Zivilisten und Verwundeten zurückkommen, legen sie hier wieder an.« Er zeigt auf Krasnaja Sloboda. »Wenn sie durchkommen.«

Es dauert einen Moment, bis das einsinkt.

»Feiglinge«, zischt Leysan.

»Diese Verbrecher«, sagt Sascha.

»Von denen kann man auch nichts anderes erwarten!« Innas Augen blitzen.

Natascha hingegen betrachtet die Karte und ist still. Ich kann mir denken, was sie beschäftigt. Drei Wochen Bombardements, und die Leute sind immer noch nicht evakuiert worden.

»Diesen Booten Deckung zu geben, ist das der Auftrag des Regiments?«, fragt Sascha.

»Einer davon.« Kalugin nimmt einen Zug von seiner Zigarette. »Es gibt mehrere Objekte, die wir zu schützen haben. Die Landungsstege links und rechts der Wolga. Die Station Kotluban.« Er zeigt auf einen kleinen Bahnhof nordwestlich der Stadt. »Die Industrieanlagen im Norden der Stadt.« Er fährt mit dem Finger über den nördlichen Zipfel von Stalingrad, entlang der Wolga.

»Wir fliegen ausschließlich Abfangmissionen?«, fragt Sascha.

Kalugin nickt. »Von Obliwskaja brauchen die deutschen Bomber keine halbe Stunde hierher«, sagt er. »Sie sollten keins dieser Ziele erreichen, aber ... sie abzufangen gelingt uns nicht immer.« Ein fast ironischer Unterton liegt in seiner Stimme. Als wollten sie seine Worte bekräftigen, heulen in diesem Moment ein paar Stuka-Sirenen auf.

»Euer Major muss uns fliegen lassen«, sagt Sascha und sieht Kalugin eindringlich an. »Wir sind vorbereitet, glaub mir das. Wir hatten sehr viel besseres und längeres Training als die meisten Männer, die hier mitmischen.«

»Wie das?«

Sascha erzählt davon, wie Kasarowa uns monatelang in Engels festgehalten hat, wie wir wieder und wieder Schießübungen und Manöver machen mussten. »Das ist auch der einzige Grund, warum wir erst einen Abschuss haben. Wir waren nicht an der Front. Aber wenn wir erst mit Männern fliegen können, die schon länger dabei sind –«

»Kannst du dir vorstellen, wie das für die Jungs wäre, wenn eine von euch umkommt, wenn er sie in die Schlacht gezogen hat?«

Ich würde mich eher sorgen, dass ich meinen angreifenden Kameraden nicht richtig schützen kann, denke ich. Diese Flüge zu zweit haben wir trainiert, aber bei Gumrak hat es Natascha und mir nicht viel genutzt. Und das war ein Scharmützel, keine richtige Luftschlacht ...

»Das ist mir ganz egal.« Sascha verschränkt die Arme. »Ich hab's satt, mir immerzu erzählen zu lassen, dass wir nicht kämpfen dürfen. Wir haben genauso ein Recht darauf, die Heimat zu verteidigen, wie die Männer – wir haben die Pflicht dazu!«

»Ja, die sollen sich nicht so anstellen«, sagt Inna.

Kalugin sieht sie ernst an. »Weißt du, wie viele Piloten wir hier jede Woche verlieren? Zwischen dreißig und vierzig. Manchmal zwanzig Leute an einem Tag oder in einer Nacht. Bei einem einzigen Einsatz. Ohne einen einzigen Abschuss, und das Flugzeug ist in der Regel auch noch hin. Sie kommen einfach nicht wieder ...«

»Wenn wir dabei sind, vielleicht doch.« Inna bleibt stur.

»Und wenn ihr nicht wiederkommt?«

»Irgendwann sind wir vielleicht alles, was noch bleibt, das letzte Aufgebot«, sagt Sascha. »Hat euer Schestakow daran schon mal gedacht?«

Eine gewagte Bemerkung, aber Kalugin hat ja selbst von hohen Verlusten gesprochen.

»So sieht er das noch nicht«, sagt Kalugin.

»Dann muss es ihm jemand begreiflich machen«, sage ich und sehe ihn vielsagend an.

»Er wird es schon begreifen.« Kalugin steht auf.

Ein Stoß geht durch die Erdwälle, die uns umgeben, gefolgt von einem dumpfen Aufschlag in der Ferne. Erde rieselt herab.

»Ich spreche mit Schestakow«, sagt Kalugin. »Er wird einlenken.«

In den folgenden Tagen gerät unser Flugfeld noch zweimal unter Beschuss. »Die Deutschen wollen uns zeigen, dass sie uns jederzeit überall erwischen können«, erklären uns die Männer. Sie geben uns Tarnnetze für unsere Flugzeuge, aber fliegen lassen wollen sie uns weiterhin nicht.

Ich kann nicht sagen, ob Kalugin bereits mit Schestakow über uns gesprochen hat oder ob er vielleicht einen günstigen

Moment abwarten will. Schestakow ist jedenfalls zu einem Entschluss gelangt.

Es ist nur nicht der, auf den wir gehofft hatten.

»Das hättest du nicht erlauben dürfen!«, schreit Inna, krebsrot im Gesicht.

»Ich kann ihm das nicht verbieten!«, schreit Sascha zurück. »Verstehst du das nicht? Die Jaks gehören nicht uns, sie gehören der Roten Armee, und er hat das Kommando hier.«

»Ja, und nun schustert er sie seinen kostbaren Männern zu!«

Sascha schüttelt den Kopf. »Mir gefällt das genauso wenig wie euch, aber egal, wie Schestakow weiter mit uns verfahren wird, es macht keinen Sinn, dass die Jaks ungenutzt herumstehen, während wir jeden Tag Flugzeuge verlieren.«

»Und wenn eine beschädigt wird?«, fragt Natascha. »Dann muss eine von uns zurück zu Kasarowa.«

Stille. Dann stürzen wir gleichzeitig auf den Ausgang zu, von Beschützerinstinkt gegenüber unseren Flugzeugen getrieben. Sascha stellt sich in die Tür und weigert sich, uns nach draußen zu lassen, ehe wir uns nicht beruhigt haben. Ich täusche Ruhe vor, deshalb darf ich durch.

»Die haben Angst vor uns!«, höre ich Inna noch ausrufen. »Die wollen die Lorbeeren für sich allein, und hinterher heißt es dann: Seht, die tapferen Männer, war ja klar, dass die das viel besser können!«

Die tapferen Männer sitzen beim Essen, als ich aus dem Unterstand klettere. Auf dem Tisch liegt eine riesige, frisch geschlachtete Wassermelone. Die Bauern von Srednjaja Achtuba schenken uns regelmäßig welche.

Weiter hinten macht sich Edel mit einer Zange bewaffnet am Propeller meiner Jak zu schaffen. Als sie mich sieht, deutet sie auf die Jak, dann auf die Jungs und breitet in einer verständnislosen Geste die Arme aus. Ich zucke übertrieben mit den Schultern. Glaubt sie, das Ganze war meine Idee?

Ich gehe zu den Männern hinüber.

»Na, wie fliegt es sich denn mit unseren Jaks?«, frage ich.

Es zeigt die gewünschte Wirkung. Sie halten sofort inne beim Essen und sehen mich schuldbewusst an.

»Wir sind ja noch gar nicht mit ihnen geflogen«, murmelt Segelohr.

Ehe ich etwas darauf erwidern kann, unterbricht uns ein schwer atmender Meldegänger, der neben uns auftaucht. Die Post ist bereits verteilt worden, doch er hält ein Schreiben in der Hand. Keuchend stützt er sich auf die Oberschenkel. »Lejtenant Mansurow?«

»Mansurow*a*!«, fahre ich ihn an. »Da drinnen!« Ich zeige in Richtung unseres Unterstands. Der Meldegänger verschwindet im Eingang zu unserer *zemljanka*.

»Sollen wir die Maschinen vielleicht verrotten lassen?«, fragt einer der Jungs. »Wenn das so weitergeht, haben wir bald überhaupt keine Flugzeuge mehr – und was dann?«

»Ihr denkt, ihr könnt eine Jak mal eben ein bisschen einfliegen und dann ab in die Schlacht?«, gebe ich hitzig zurück. »Ihr werdet sie höchstens kaputt machen, und was dann? Wir haben sechs Monate mit ihr trainiert, bevor wir erste Einsätze fliegen durften.«

»Eure läppischen Patrouillen da in Saratow?«, meint er und winkt ab.

»Dass ihr so lange gebraucht habt, wundert mich nicht«, sagt ein anderer und spuckt eine Reihe Melonenkerne aus wie ein kleines Maschinengewehr. »Sie hätten Männern die Jaks geben sollen.«

»Warum sollen nur Männer ihren Beitrag zum Sieg leisten dürfen?«, fahre ich auf. »Was genau macht euch denn besser? Ich habe mit fünfzehn angefangen zu fliegen, wer bist du denn eigentlich?«

»Du kannst doch deinen Beitrag leisten, ohne zu fliegen, zum Beispiel« – sag's nicht, denke ich noch – »als Sanitäterin. Das passt besser zu einer Frau. Kampfeinsätze sind einfach zu gefährlich für euch.«

Ich zähle innerlich langsam bis zehn. Ist er wirklich so dumm, das zu glauben? Oder hält er mich für so dumm, dass ich Geringschätzung nicht bemerke, die sich als Fürsorge tarnt?

»Sanitäterin, was für eine ausgezeichnete Idee«, sage ich schließlich und lege den Kopf schief. »Da kann ich unter Feuer Kameraden aus der Schusslinie ziehen und mir selbst einen Kopfschuss einfangen. Das passt besser zu einer Frau, nicht wahr?«

Die Jungs sehen mich mit großen Augen an, halten inne beim Kauen, lassen ihre Melonenstücke sinken.

»Oder ich werde Funkerin. Lasse mich mit dem Fallschirm hinter feindlichen Linien absetzen, und dann wollen wir doch mal sehen, ob das nicht Frauenarbeit ist – erwischt, gefoltert und vergewaltigt zu werden.«

Die Jungs sind blass geworden. Keiner kaut mehr.

»Nein, jetzt hab ich's«, sage ich. »Ich gehe zur Flak. Da werden Frauen gern genommen. Die brauchen auch welche, weil im August drei Bataillone komplett von den Deutschen ausradiert wurden. Wenn das keine Frauenarbeit ist, dann weiß ich auch nicht!«

Inzwischen will keiner mehr meinem Blick begegnen. Ich habe genug, drehe mich um und gehe ohne ein weiteres Wort zurück zu den Unterständen. Als ich die Leiter hinunterklettere, fällt mein Blick auf das Plakat, das an der Wand gegenüber hängt. Eine aus Stalins Banner ausgeschnittene Seite, die ein gefesseltes, weinendes Mädchen zeigt. Darunter steht: »Der Faschist wird sie vergewaltigen und unter einen Panzer werfen! Vorwärts, Soldat! Erschieß den Feind! Lass ihn dein Mädchen nicht vergewaltigen!«

Kalugin hat da schon den Nagel auf den Kopf getroffen, denke ich. Sie wollen uns beschützen, so hat man es ihnen beigebracht. Dass wir selbst kämpfen wollen, daran knabbern sie erst mal.

In unserem Zimmer ist es dunkel und so still, dass ich im ersten Moment denke, niemand sei da. Doch dann höre ich Inna. Sie weint. Wegen unserer Jaks?, denke ich. Aber dann sehe ich Sascha. Sie sitzt an der Wand und hält Leysan gegen sich gedrückt, die nicht weint, sich überhaupt nicht regt. Ihre Hand liegt reglos in ihrem Schoß wie die Kralle eines toten Vogels.

Sascha wiegt sie vorsichtig hin und her wie ein kleines Kind. Natascha fängt meinen Blick auf und deutet mit dem Kinn auf ihre Pritsche. Dort liegt ein geöffneter Brief. Ich hebe ihn auf.

»Liebes Fräulein Mansurowa«. Die Handschrift und die altmodische Anrede verraten einen älteren Absender. Ich überfliege den weiteren Text. »Ich habe die traurige Pflicht, Ihnen mitzuteilen ... Ihr Vater und Ihre Mutter ... bei der Verteidigung unseres geliebten Sewastopols ... durch einen Luftangriff ... mit allen, die sich sonst noch in dem Haus befanden ...«

Ich werfe einen Blick auf das Datum. Der Brief ist sechs Wochen alt. Sewastopol ist im Juli gefallen, jemand muss ihn anschließend aufgegeben haben, jemand, der es noch rausgeschafft hat. Im Gegensatz zu Leysans Eltern und all denen, die dort gefangen genommen wurden.

Ich sehe Sascha an. Auch ihre Augen glänzen. Ich lege den Brief zurück. Leysan setzt sich auf. Ihr sonst so ordentliches Haar ist zerrauft an der Seite, die sie an Saschas Schulter gelehnt hatte.

Ich gehe aus dem Zimmer, ohne das Wort an sie zu richten, mache die ersten Schritte rückwärts. Leysans Familie war gar nicht im besetzten Teil der Krim. Sie müssen nach Sewastopol geflohen sein, als die Deutschen kamen.

Mit einem durch und durch selbstsüchtigen Aufwallen von Dankbarkeit denke ich an meine eigenen Eltern, die zwar weit fort sind – und sicher ist es in so einem Lager nicht angenehm –, aber sie kommen nicht einmal in die Nähe irgendwelcher Bomben. Das zumindest wird ihnen erspart bleiben. Jetzt müssen wir nur noch dafür sorgen, dass die Deutschen niemals weiterkommen als bis hierher.

Als ich über die Leiter aus der *zemljanka* klettere, kann ich die Motoren der Flugzeuge hören, die von ihrem Einsatz zurückkommen. Ich vermeide jeden Blick auf das Plakat mit dem gefesselten Mädchen, als ich hinaufsteige. Auch wir haben

Gründe zu kämpfen, nicht nur die Männer. Und unsere Gründe sind nicht schlechter.

Ich gehe hinüber zum Flugfeld. Die Melonenversammlung hat sich aufgelöst. Der Flieger, der mir riet, Sanitäterin zu werden, kommt mir entgegen.

»Wer ist es?«, frage ich, als ich sein Gesicht sehe.

»Kalugin.«

Mechanisch lasse ich den Blick über die gelandeten Maschinen schweifen, in der naiven Hoffnung, ihn doch noch aus einer davon klettern zu sehen.

Schestakow ist kalkweiß, als er aus seiner LaGG steigt. Er lehnt beide Arme auf den Flügel, als müsste er sich an der Maschine festhalten. Einer der Techniker nimmt ihm den Fallschirm ab. Schestakow tritt aus den Gurten mit einem Gesichtsausdruck, als würde er nichts davon richtig mitbekommen.

»Was ist passiert?«, frage ich den neben mir stehen gebliebenen Flieger leise.

»Die anderen sagen, er ist mit Schestakow geflogen«, sagt er. »Er hat ihn beschützt.«

Schestakow löst sich von der LaGG und geht mit schweren Schritten über das Flugfeld, weg von den Unterständen. Er will allein sein.

Ich sehe ihm nach, ein Stechen in den Augen. Was muss noch passieren, ehe er nachgibt?

Mukijenko

Der rötliche Widerschein der brennenden Stadt ist die einzige Lichtquelle auf der Ostseite der Wolga, doch das genügt vollauf. Sein Fahrer braucht keine Scheinwerfer, um den Weg zum Fronthauptquartier zu finden.

Der Wagen hält, er steigt aus, klappt den Kragen seines Uniformmantels hoch. Die Nächte sind bereits empfindlich kühl hier draußen, aber noch kann man keinen Schnee riechen. Stattdessen trägt der Wind den Geruch von schmelzendem Eisen herüber. Brennendes Öl treibt auf der Wolga. Wenn jemals eine Stadt trübe Aussichten hatte, einem feindlichen Angriff zu Lande zu widerstehen, dann diese, schmal wie sie ist, wie ein Band, das sich am Fluss entlangschlängelt.

Er ist erst achtundvierzig Stunden hier, doch es kommt ihm vor wie zwanzig Jahre.

Beim Eintreten salutiert er. Er ist der Letzte und der einzige Vertreter des NKWD. Natürlich ist er minimal zu spät, er hat ein Verhör führen müssen. Gefangene feindliche Flieger sind selten. Der Messerschmittpilot, der ihnen ins Netz gegangen ist, stellt einen echten Glücksfall dar. Ein Major, der die Strategie und Taktiken der deutschen Luftwaffe in- und auswendig kennt. Das NKWD hat seine Methoden, Leute zum Sprechen zu bewegen. Doch da fangen die Schwierigkeiten an. Der Gefangene soll ja kein Geständnis unterschreiben, sondern hinterher noch in der Lage sein, ihnen ausführliche Auskünfte über die Luftwaffe zu geben.

General Zhukow unterbricht Mukijenkos Gedanken, macht ihm ein Zeichen, dass er sich zu ihnen an den Tisch setzen soll. Sie – das sind neben Zhukow selbst General Kasarow und Genosse Malenkow, der Sekretär des Zentralkomitees. Alle sind sie eigens aus Moskau angereist, um den Luftstreitkräften auf den Zahn zu fühlen. In Reih und Glied stehen Generalmajor Chrjukin, der Leiter der 8. Luftarmee, und seine ranghöchsten Offiziere, deren Regimenter hier in Stalingrad kämpfen. Auf den ersten Blick ist zu erkennen, dass sie keine Ahnung haben, weshalb man sie hat kommen lassen. Er runzelt die Stirn. Können sie wirklich so naiv sein? Rechnen sie am Ende gar mit Orden?

Er nimmt neben Kasarow Platz, der ihm kurz zunickt. Mukijenko erwidert den Gruß beherrscht. Kulikowa hat ihn kurz vor seinem Aufbruch benachrichtigt, dass auch Katja und ihre Freundinnen nach Stalingrad entsendet wurden. Voller Stolz. Als wäre das ein Anlass zur Freude. Dieser Befehl kann nur auf

Kasarowas Mist gewachsen sein, und Papa General hat ihr wahrscheinlich geholfen. Sie hat es nicht nur geschafft, seine wichtigsten Spitzel loszuwerden, sondern womöglich auch einen Weg gefunden, Katja zu vernichten, ohne dass sie sich selbst die Hände schmutzig machen muss. So groß ist ihre Angst, dass ihre eigene Untauglichkeit ans Licht kommen könnte. Vielleicht auch die Angst vor ihrem Vater.

»Major Stalin!«, donnert Malenkow anstelle einer Begrüßung. Der kleine Stalin, Sohn des großen Stalin, tritt mit selbstbewusst gerecktem Kinn nach vorn. »Die Kampfleistung Ihrer Flieger ist empörend. Während des letzten Gefechts hat kein einziger Ihrer vierundzwanzig Jäger auch nur einen Deutschen abgeschossen! Was ist der Grund? Ist Ihnen entfallen, wie man kämpft?«

Wassili Stalin steht wie vom Donner gerührt da. Auch über die Gesichter der anderen huscht Verwirrung, gefolgt von Scham und Angst. Ein oder zwei sehen nervös zu Mukijenko hinüber.

Kasarow schaltet sich ein, wendet sich Chrjukin zu. »Generalmajor, neue Flugzeuge sind auf dem Weg nach Stalingrad, aber was nutzt das, wenn sie von unfähigen Piloten bei ihrem ersten Ausrücken zerstört werden?« Dass die Flieger ihr Training zumeist im Schnellverfahren absolvieren mussten, davon sagt er natürlich nichts. Auch Chrjukin erwähnt es nicht, was würde das schon nutzen?

»Wie sollen wir diese Abschusszahlen verstehen?«, fragt Kasarow. »Bei Tag sind Ihre Flieger praktisch nicht zu sehen! Die Deutschen haben die Lufthoheit, und Sie versuchen nicht einmal, sie ihnen streitig zu machen. Erst wenn es dunkel wird, trauen Sie sich vielleicht einmal nach draußen, vielleicht aber auch nicht. Mukijenko!«

Die Gesichter weiter geradeaus gerichtet, schwenken die Blicke von Chrjukin und seinen Männern gleichzeitig in seine Richtung. Sie alle wissen, wer er ist und was er verkörpert.

Er steht auf. »In den letzten beiden Tagen habe ich mich davon überzeugen müssen, dass die Leistungen insbesondere der Jagdflieger völlig unzureichend sind. Sobald eine Messerschmitt auftaucht, dreht sich das Karussell! Kreisformation! Völlig ungeeignet für Angriffe!«

Wenn Katja hier wäre, würde sie spätestens jetzt fragen, wie er beurteilen möchte, was geeignet ist. Er ist schließlich kein Flieger. Doch die Männer wissen, wann sie zu schweigen haben.

»Ihre Flieger ziehen den Schwanz ein«, bescheidet er Chrjukin. »Sogar, wenn sie in Überzahl sind. Das sollen Stalins Falken sein? Es ist beschämend. Über die niedrigen Abschusszahlen wundere ich mich nicht mehr. Einzig die Flak leistet gute Arbeit.«

Darf man so lügen?, denkt er im Stillen. Im Vergleich zu ihm sind sie Helden, diese jungen Männer. Heldinnen, die jungen Frauen. Nicht so wie er, der die Kampfkraft der eigenen Truppe unterminiert, weil er seinen Hass und seine Rachegelüste nicht loslassen kann, weil er nicht Manns genug ist, das Miststück einfach zu erschießen wie eine räudige Hündin.

»Und wenn sie unsere Bomber eskortieren sollen, ist es sogar noch schlimmer«, fährt er fort. »Sie gehen jedem Kampf aus dem Weg und lassen es zu, dass die eigenen Bomber abgeschossen werden. Sie klinken sich einfach aus und kehren zu ihrem Flugfeld zurück. Flucht scheint neuerdings die wichtigste Taktik eines sowjetischen Piloten zu sein.«

Zhukow hält die Hand hoch, um ihm zu bedeuten, dass es nun reicht. Er setzt sich wieder. Zhukow wendet sich an die versammelten WWS-Offiziere. »General Tschujkow und die 62. Armee sind in diesem Moment in Stalingrad auf sich allein gestellt. Niemand weiß, wie lange sie das Gebiet um den Mamajew Kurgan noch halten können. Jedes Mal, wenn ich Tschujkow in der Leitung habe, will er nur eins von mir wissen: Wann werden die Bombardements aufhören? Wann werden unsere Flieger den Deutschen die Lufthoheit abnehmen?« Zhukow hebt die Stimme: »*Was soll ich ihm sagen?* Dass Stalins Falken leider der Mumm dafür fehlt?«

Kein Laut ist im Raum zu vernehmen. Mukijenko kann seinen eigenen Atem hören.

Zhukow lehnt sich in seinem Stuhl zurück. »Die 13. Gardeschützendivision unter General Rodimzew ist im Begriff, den Fluss zu überqueren. Die Landestege zu beiden Seiten der Wolga haben während der nächsten achtundvierzig Stunden oberste Priorität. Major Schestakow!« Zhukow fasst einen stämmigen jungen Mann ins Auge, der mit zusammengebissenen Zähnen salutiert. »Das 434. Jagdfliegerregiment wird Rodimzews Leuten Deckung geben. Sie sollten besser verhindern, dass auch nur eine einzige deutsche Bombe auf diese Männer fällt.«

Schestakow, die Hand noch immer an die Stirn gelegt, antwortet: »Jawohl, Genosse General!«

Neugierig betrachtet ihn Mukijenko. Der da leitet also das 434., in das Katja und ihre Freundinnen entsendet wurden. Wolliges dunkelblondes Haar, eine sympathische Visage. Es war sein Regiment, das dem NKWD den abgeschossenen Deutschen überstellt hat. Wobei er nicht abgeschossen wurde, wie es heißt. Irgendein nervenstarker Mensch soll ihn so lange im Tiefstflug hinter sich hergezogen haben, bis er auf der Oberfläche der Achtuba aufschlug. Der sowjetische Pilot hat sich offenbar keinen Kratzer geholt. Das könnte Schestakow jetzt als Beispiel anführen, dass seine Leute sehr wohl wissen, was sie tun. Aber er schweigt und steckt die Prügel mannhaft ein. Seine feuerroten Ohren sind das Einzige, das verrät, wie demütigend das hier für ihn sein muss.

Wie jung sie alle sind, diese Majore. Vierundzwanzig, fünfundzwanzig – halbe Kinder noch aus Mukijenkos Sicht. Der Deutsche ist ebenfalls in diesem Alter und auch schon Major. Spricht sogar ein paar Brocken Russisch. Leider hat er sie bisher nur dazu benutzt, kundzutun, dass er auf keinen Fall Informationen über die deutsche Luftwaffe preisgeben wird – und eine ungewöhnliche Bitte verlauten lassen.

Malenkow hebt die Versammlung auf, und die WWS-Offiziere schleichen sich aus dem Hauptquartier wie geprügelte Hunde. Der Pilot, von dem der Deutsche gesprochen hat, muss sich in Schestakows Regiment befinden, überlegt

Mukijenko, während er dem jungen Major nachgeht, um ihn beiseitezunehmen.

Inna

»Du musst nicht mitkommen«, sagt Sascha.
»Doch«, krächze ich. Bevor wir hineingehen, schnäuze ich mich noch einmal und fahre vorsichtshalber mit der Hand über meine Augen. Was wir auf dem Acker hinter dem Flugfeld gesehen haben, war so schlimm, dass es mir nicht einmal peinlich ist.
Schestakow blickt kurz auf, als wir hereinkommen und salutieren, und wendet sich dann wieder seiner Zeitungslektüre zu.
»Genosse Major«, sagt Sascha, »hinter dem Flugfeld sind Verwundete.«
»Ich weiß.« Er klingt kühl.
Sascha muss sich zur Ruhe zwingen, ich höre es in ihrer Stimme. »Das ganze Feld ist voll von ihnen. Man hat sie einfach dort abgelegt. Was soll mit ihnen geschehen?«
»Woher soll ich das wissen?«
Schestakow ist ein Hübscher, das ist mir gleich als Erstes aufgefallen, aber davon kann man sich auch nichts kaufen, wenn er so was von sich gibt. Was ist mit ihm?, denke ich und starre ihn an. Er muss was unternehmen, das geht doch so nicht. Er starrt auf die Armeezeitung, aber er liest nicht, seine Augen bewegen sich nicht mit den Zeilen. Wahrscheinlich denkt er, das fällt niemandem auf.
»Das meinen Sie nicht ernst«, sagt Sascha. »Als ich über die Achtuba geflogen bin, da haben Sie gesagt, ich hätte einen der Soldaten verletzen können. Und jetzt –«
»Das wäre ja auch zu dumm gewesen, wenn wegen deiner Kunststückchen Männer gestorben wären«, unterbricht er sie.

Saschas Gesicht verhärtet sich. »Was ist mit denen da draußen? Wer wird sich um sie kümmern?«

»Wenn ihr was für sie tun wollt, hört auf zu träumen und geht zu den Sanitätstruppen. Dort brauchen sie Krankenschwestern. Das ist jedenfalls besser, als hier auf einen Einsatz zu warten, der sowieso nie kommt.«

Er spricht uns beide an, aber wie üblich würdigt er mich keines Blickes. Du Arsch mit Ohren, denke ich, jeden Tag kommen neue Einsätze, nur wir sind nicht dabei, weil du es verbietest. »Schwächung der Kampfkraft« nennt man das. Dafür kriegst du früher oder später eins auf die Mütze, und ich werde danebenstehen und lachen, wenn es so weit ist.

»Genosse Major, darf ich offen sprechen?«, fragt Sascha.

»Hast du schon mal was anderes gemacht?«, fragt er zurück.

»Jetzt ist nicht der Augenblick für Piloten, aufs Krankenfach umzusatteln«, sagt Sascha. »Haben Sie mal durchgezählt, wie viele noch übrig sind?«

Ich schiele neugierig zu Schestakow hinüber, ob er darauf eingehen wird. Er kann nicht abstreiten, dass wir ziemlich Prügel beziehen.

»Eben«, sagt er, den Blick stur auf Sascha gerichtet. Was ich wohl machen müsste, damit er mich auch mal zur Kenntnis nimmt? In Ohnmacht fallen vielleicht?

Er sagt: »Die Deutschen werden denken, wir haben keine Piloten mehr, wenn wir jetzt schon Frauen in den Kampf schicken müssen.«

»Ist das Ihre größte Sorge, was die Deutschen denken?«, fragt Sascha, und ich glaube schon, Schestakow wird gleich explodieren, aber ihm scheint etwas anderes im Kopf herumzugehen.

»Der Faschist, der in der Achtuba baden gegangen ist ...«, beginnt er dann in einem Ton, der bereits verrät, dass er keine guten Neuigkeiten hat.

Er hat sich erschossen, denke ich, ist geflohen, hat noch eine Batterie Handgranaten mitgehen lassen. Die Unseren haben ihn in der Dunkelheit verloren, jetzt rennt er in der Steppe herum und hat bereits drei Dörfer in Brand gesteckt ...

»Klaus von Hardenbach ... Der Name sagt dir was?«, fragt Schestakow, als Sascha nicht antwortet.

Sie schüttelt den Kopf.

Schestakow schüttelt ebenfalls den Kopf, seine Augen zu Schlitzen verengt. »Ihr habt wirklich von gar nichts eine Ahnung, oder?«

Sascha verliert die Geduld. »Was ist mit diesem Menschen?«

Schestakow fährt sich mit der Hand durchs Haar. »Er weigert sich, irgendwas zu sagen, wenn er nicht zuerst mit dem Jak-Piloten sprechen darf, der an seinem Absturz beteiligt war.«

Ich stoße ein ungläubiges Lachen aus, verschlucke mich fast daran. Es ist unfassbar. Diese Möchtegern-Herrenmenschen meinen wirklich, sie können selbst hier noch den Takt klopfen, nach dem alles tanzt.

»Die Sonderabteilung hat doch wohl Möglichkeiten für so was?«, fragt Sascha, ihr Gesicht eine abweisende Maske.

»Ja«, sagt Schestakow, »natürlich, aber ein Klumpen Fleisch kann nicht mehr viel sagen, selbst wenn er wollte. Sie wollen es erst mal so probieren –«

»Sie? Wohl eher ich.«

Warum eigentlich nicht?, denke ich plötzlich. Warum soll der Faschist nicht wissen, dass eine sowjetische Frau besser fliegt als er?

Schestakow sieht Sascha verärgert an. »Ist dir nicht klar, wie dringend wir Informationen über die Strategie der Luftwaffe und über ihre Flugzeuge brauchen? Er ist die Messerschmitt geflogen! Wenn das der einzige Weg ist, dass er den Mund aufmacht ...«

»Wir brauchen ihn nicht, Genosse Major«, sagt Sascha. »Lassen Sie die Messerschmitt aus dem Fluss heben, dann erfahren wir alles, was wir wissen müssen.«

»Wie stellst du dir das vor? Die steckt im Schlamm fest. Soll ich vielleicht ...« Schestakow bricht ab, als er merkt, dass er dabei ist, sich zu rechtfertigen. »Es handelt sich hier um deine Pflicht als Soldatin der Roten Armee.«

»Jawohl, Genosse Major. Lassen Sie mich meine Pflicht tun.«
Sascha steht kerzengerade, den Blick auf die Wand hinter ihm
gerichtet, und fügt wie beiläufig hinzu: »Dort, wo ich am meisten von Nutzen sein kann.«

Schestakow löst mit ungläubigem Gesichtsausdruck den
Kopf von der Faust, gegen die er ihn gestützt hatte. »Versuchst
du gerade zu verhandeln? Du gehst zu dem Verhör, wenn ich
euch erlaube zu fliegen?«

Was für ein genialer Einfall! Darauf bin ich überhaupt nicht
gekommen. Deswegen ist Sascha eben Geschwaderkommandantin, denke ich mit einem warmen Glühen in der Brust.

Schestakow brüllt sie an: »Was glaubst du, wo du hier bist?«

»An der Front, und ich erwarte die Befehle meines vorgesetzten Offiziers, Genosse Major.«

»Selbst wenn ihr fliegt wie die Männer, selbst wenn ihr besser
fliegt als sie, kann ich euch niemals mit ihnen fliegen lassen.
Männer drehen durch, wenn weibliche Kameraden in Gefahr
geraten. Euch zu retten wird wichtiger für sie sein als alles andere, wichtiger als ihr Auftrag, verstehst du jetzt?«

»Nein, Genosse Major«, sagt Sascha, ich höre das Lächeln
in ihrer Stimme, »wenn es nur das ist, das Problem lässt sich
lösen. Die Mädchen fliegen einfach miteinander. Gelfmann mit
Mansurowa, Sokolowa mit Lukina, und ich ...« Sie sieht ihn
an, als wäre ihr das eben erst eingefallen. »Ich könnte doch mit
Ihnen fliegen.«

Schestakow verzieht keine Miene. Schweigen senkt sich über
den Raum. Ich bin mucksmäuschenstill, halte fast den Atem
an, ausnahmsweise dankbar dafür, dass er nie Notiz von mir
nimmt.

»Mal sehen«, sagt er schließlich voller Unwillen, »mal sehen,
was ihr könnt. Ihr werdet Testflüge mit den Männern machen,
morgen früh, aber das heißt noch lange nicht —«

»Testflüge?«, platze ich heraus. Sind wir hier im Kindergarten? Doch Sascha bedeutet mir, still zu sein.

»Sie werden es nicht bereuen, Genosse Major«, versichert
sie.

Schestakow schüttelt nur den Kopf, als könnte er das alles nicht glauben.
»Aber ihr vielleicht«, sagt er.

Hardenbach, so erklärt uns Segelohr, als er uns dahin bringt, wo das NKWD sich mit Gefangenen beschäftigt, ist nicht nur Messerschmittpilot, sondern Major der deutschen Luftwaffe und Geschwaderkommandant. »Er hat über hundert Abschüsse«, sagt Segelohr.

Das Grinsen rutscht mir aus dem Gesicht.
»Wer behauptet das?«, fragt Sascha argwöhnisch. »Die Deutschen?«
»Die lügen doch«, sage ich.
»Nein, tun sie nicht«, erwidert Segelohr. »Diese feinen Herrchen, Richthofen und wie sie alle heißen, die werden schon als Kinder für den Krieg ausgebildet auf ihren Militärinternaten. Die machen nichts anderes den ganzen Tag. Und Hardenbach ist ein Graf«, fügt er hinzu, als ob damit alles gesagt wäre.

Ich stoße Sascha an. Sie hat einen echten Adligen zu Fall gebracht.

Der Herr Graf sitzt an einem Tischchen in dem Unterstand, wo er von den NKWD-Leuten befragt wird, darunter der lange Lulatsch mit den schwarzen Locken, der schon ein paarmal bei uns in Engels und Anisowka war. Nicht zu fassen, dass ich freiwillig mitgekommen bin. Um diese Leute macht man besser einen Bogen, das weiß jeder, aber meine Neugierde ist einfach zu groß.

Hardenbach hat nicht mit Frauen gerechnet, so viel ist klar. Milde Überraschung liegt in seinem Blick, den ich ungeniert erwidere. Zum ersten Mal sehe ich einen von ihnen aus der Nähe, aber was so Besonderes an ihnen sein soll, kann ich nicht erkennen. Blondes Haar im Seitenscheitel, helle Augen in einem sonnengebräunten Gesicht. Er ist schmutzig, sieht aber wohlgenährt aus. Am liebsten würde ich ihn packen und ihn hinter das Flugfeld zu den Verletzten zerren. *Schau dir an, was ihr gemacht habt, schau!*

Seine Augen werden ganz schmal, als Sascha sich auf dem Stuhl ihm gegenüber niederlässt.

»Du wolltest mich sehen«, sagt sie kalt.

Einer der NKWD-Leute übersetzt. Jetzt kapiert Hardenbach endlich, warum sie hier ist. Er gibt sich keine Mühe, seine Zweifel zu verhehlen. Lacht sogar, kein fröhliches, sondern ein verächtliches Lachen. Er hält das für einen Scherz. Er hält *uns* für einen Scherz, unsere Frauen, unsere Armee, unsere Toten, unser verbranntes Land. Ich weiß nicht, wie Sascha es schafft, ihm nicht ins Gesicht zu schlagen.

»Er glaubt es nicht«, sagt der Übersetzer unnötigerweise. Sie haben Überschläge mit ihren Messerschmitts vollführt, während unter ihnen die Stadt brannte, hat Natascha erzählt. Ich bekomme den Gedanken an die Pistole, die ich bei mir trage, nicht aus dem Kopf.

Sascha beugt sich vor, sieht Hardenbach in die Augen. »Ich bin die sowjetische Pilotin, die besser tieffliegt als du«, sagt sie. »Ich habe dich in eine Falle gelockt. Ich werde dir jetzt erzählen, wie ich das gemacht habe.«

Der NKWD-Mensch übersetzt. Hardenbach beherrscht seinerseits ein Kauderwelsch aus Polnisch und ein paar russischen Einsprengseln. Wo er nicht mehr weiterweiß, benutzt er das deutsche Wort und lässt übersetzen. Sascha nimmt ihre Hände zu Hilfe, um ihm genau zu schildern, wie sie geflogen ist und er hinter ihr her. Wie sie dem Flussverlauf folgten und dabei dem Wasser der Achtuba immer näher kamen. Er fragt nach, sie antwortet. Er gibt keine Ruhe, fragt weiter. Es ist, als ob sie aufeinander feuerten.

Sie wartet die Übersetzung nicht mehr ab, schildert seinen Aufprall auf dem Wasser und legt dabei den Kopf schief. »Das war nicht so gut«, sagt sie höhnisch.

Der Schwarzgelockte, der auf einem Stuhl an der Wand Platz genommen und alles ganz genau verfolgt hat, kann sich ein Lächeln nicht verkneifen, und Hardenbach – ja, jetzt endlich glaubt er es.

Er ist lange still, lange genug, dass ich voller Stolz auf Sascha denken kann, dass ich von dem hier noch meinen Enkelkindern erzählen werde. Dann stellt er ihr eine Frage auf Deutsch.

»Können Sie mich verstehen?«, fragt der Übersetzer.

Sascha erstarrt, dann dreht sie sich rasch zu ihm um. »Natürlich verstehe ich Sie, Genosse Kapitan.«

Einen Moment lang bin ich verwirrt. Ich dachte, er hätte die Frage von Hardenbach übersetzt. Ob sie ihn versteht? Wie kommt dieser Deutsche auf die Idee, dass Sascha seine Sprache versteht? Der Übersetzer öffnet den Mund, um weiterzureden, doch Sascha lehnt sich im Stuhl zurück und wendet sich dem schwarz gelockten NKWD-Menschen zu.

»Genügt das, Genosse Major?«, fragt sie.

Der Angesprochene zieht die Brauen hoch, signalisiert ihr dann jedoch, dass das in Ordnung geht. Sascha erhebt sich, Hardenbach ebenfalls. Sofort flankieren ihn zwei der NKWD-Leute, aber er unternimmt nichts weiter. Ein Herr Graf bleibt wohl einfach nicht sitzen, wenn eine Frau aufsteht, auch dann nicht, wenn sie in einer sowjetischen Uniform steckt. Er sagt kein Wort, aber seine Augen hängen an Sascha, als sie zu mir herüberkommt, als wir uns mit einem militärischen Gruß verabschieden von Mukijenko – jetzt fällt es mir ein, so heißt der Schwarzhaarige.

Draußen steckt sich Sascha als Erstes eine an, während sie neben mir her zurück zum Flugfeld geht, schweigend. Unauffällig wedle ich den Rauch weg, der zu mir herübertreibt.

»Intschik?«, fragt Sascha plötzlich, als wir das Flugfeld fast erreicht haben, vorsichtig, behutsam, als ob sie eine Sprengladung anfasste.

»Was denn?«

Sie lässt sich Zeit mit der Antwort, zieht an ihrer Fluppe. »Ich will, dass du deinen Pass hierlässt, wenn wir anfangen, Einsätze zu fliegen.«

Ich habe wohl nicht richtig gehört. »Meinen Pass?«

»Und deinen Komsomolausweis. Alles, worauf dein Name steht.«

»Ich kann doch mein Parteibuch nicht hierlassen! Wenn irgendwas passiert und die erwischen mich ohne, weißt du, was dann los ist?« Ich fuchtele mit den Armen herum.

Sie ist stehen geblieben, sieht mich an und sagt: »Wenn irgendwas passiert, sind die Unseren dein geringstes Problem. Hast du nicht gemerkt, wie der geschaut hat bei deinem Namen?«

Ich habe mir schon gedacht, dass so was kommt. Alles, worauf mein Name steht, schon klar. Ich schüttle den Kopf. So gut sie mich kennt, manche Dinge kann sie einfach nicht verstehen, also sage ich: »Der hat geschaut, weil wir Frauen sind. Damit hat er nicht gerechnet, das ist alles.«

Es stimmt schon, am Anfang hat mir das Angst gemacht, wenn in der Zeitung stand: ›Erschießungen von Juden, bei Charkow, bei Kiew ...‹ Aber noch schlimmer war, dass alle denken könnten, nur deshalb sind die Deutschen hier, nur wegen uns ist der Krieg hierhergekommen, weil sie uns hassen. Aber das hat aufgehört, sogar Erenburg schreibt jetzt nichts mehr davon. Das kann nur heißen, sie behandeln alle anderen so schlecht wie uns, oder sie behandeln uns wie alle anderen. Ich weiß nicht, ob Sascha das versteht, aber das ist es, was ich immer wollte: kein Unterschied zwischen uns und allen anderen. Viele Nationalitäten, aber zusammen sind wir das sowjetische Volk, und wir verteidigen die Heimat zusammen.

Ich rede zu viel, aber ich will ihr das erklären, denn dann hat es wenigstens etwas Gutes bewirkt. Ich lache – das haben die sicher nicht beabsichtigt, dass wir umso mehr zusammenhalten. Sogar Katja. Manchmal habe ich schon befürchtet, dass sie mich verdächtigen würde, schließlich bin ich ja nachgerückt, als sie damals gehen musste. Aber wenn sie das je gedacht hat, ist es nicht mehr wichtig, auch nicht, ob sie Leysan noch verdächtigt. Es spielt keine Rolle mehr. Ich bin unter Genossen.

»Und wo immer mein Vater jetzt ist, auch er ist unter Genossen«, sage ich zu Sascha, »unter den anderen sowjetischen Soldaten, die mit ihm bei der Schlacht um Smolensk gefangen genommen wurden.« Und wenn doch jemand davon spricht, dass auch in der Oblast Stalingrad Juden lebten, bis die Deutschen kamen, wenn von Lkws die Rede ist, die auf einer Brücke über den Tschir hielten, und dass sie alle aussteigen mussten, dann höre ich nicht hin. »Ich höre einfach nicht hin«, sage ich ihr, »denn wozu soll das gut sein?« So erkläre ich ihr das.

Im Grunde weiß ich, dass sie recht hat, ich weiß, wie es weiterging. Aber dass die Unseren sich auf mich verlassen können, ist doch viel, viel wichtiger, als ob irgendwelche Faschisten sich für jüdische Nachnamen interessieren. Sie hat es selbst gesagt: Wen interessiert schon, was die Deutschen denken? Also behalte ich sie bei mir – meinen Pass, mein Parteibuch, meinen Militärausweis – und hoffe einfach, dass Sascha das versteht.

Katja

Es knackt in der Leitung. »Kampf entschieden«, höre ich Schestakow. »Landung einleiten.«

Mit einem atemlosen Lachen lasse ich mich im Sitz zurücksinken. Ich war die Letzte, die zum Testflug antreten musste. Stolz durchströmt mich. Ich habe die anderen nicht im Stich gelassen. Segelohr winkt mir zu und deutet nach unten. Er überlässt mir den Vortritt bei der Landung. Im Landeanflug kann ich die anderen unten sehen. Natascha applaudiert mit den Händen über dem Kopf.

In diesem Moment ertönt die Sirene.

Luftalarm. Fast zeitgleich kann ich über Funk die Bodenkontrolle hören: »Angriff auf Krasnaja Sloboda! Wiederhole: Angriff auf Krasnaja Sloboda!«

Ohne zu überlegen, ziehe ich die Landeklappen ein und starte durch.

»Feindliche Flugzeuge von West-Nordwest!«, tönt es über Funk. »Code Weiß!« Die Stimme der Funkerin überschlägt sich fast. »CODE WEISS!«

Es sind die Landungsstege am Ostufer, die bombardiert werden. Ich ziehe das Fahrwerk ein, als ich an Höhe gewinne.

»Einsatzbereit machen!«, brüllt Schestakow, als der Kanal wieder frei ist. »Geschwader Eins zu mir! Geschwader Zwei zu Lejtenant Lawrow!«

Wer ist bitte Lejtenant Lawrow?, denke ich verwirrt, ehe mir einfällt, dass Lawrow Segelohrs richtiger Name ist. Unten sehe ich die anderen Mädchen in ihre Jaks klettern.

»Geschwader Eins – Kampfformation!«, gibt Schestakow durch. Das sind die Jungs, die mit uns die Testkämpfe geflogen sind. Das zweite Geschwader muss sich erst startbereit machen.

Was ist mit uns? Ich werfe einen Blick auf die Anzeige. Der Kraftstoff reicht für mehr als eine Stunde. Ich umklammere die Steuerung, während ich auf Schestakows nächsten Funkspruch warte. Der Großteil seiner Flieger befindet sich am Boden, aber ich bin bereits in der Luft, und die Flugzeuge der anderen Mädchen sind startklar.

Er hat keine Wahl.

So stur kann er doch nicht sein.

»Beljajewa zu mir!«, schreit er. »Sokolowa zieht Lukina! Gelfmann zieht Mansurowa!«

Ich nehme alles zurück, er hat sich sogar Gedanken darüber gemacht, wer mit wem fliegen soll. Eine nach der anderen rollen die Jaks auf die Startbahn und heben ab.

»Natascha!«, rufe ich über Funk. Rufzeichen haben wir noch keine bekommen, aber das ist jetzt nicht zu ändern.

Wir brauchen keine Minute, um die Wolga zu erreichen.

Zuerst sehe ich die Stadt, ein langes Band aus Rauch und Flammen entlang des Flussufers. Die mehrstöckigen Häuser, bloße Gerippe, rot glühend, als ob sie jeden Moment schmelzen würden. Unter ihnen die Böschung mit den Landestegen. Stahligel. Ausgebrannte Fahrzeuge.

Selbst die Wasseroberfläche scheint zu leuchten, obwohl sie nur den Feuerschein widerspiegelt. Die Boote darauf winzig und schutzlos, und über dem Wasser ...

Der Schwarm.

Der Himmel ist verfinstert von ihnen. Der Lärm der Geschütze, die Explosionen am Himmel, das Heulen der Stukas, die sich auf die Wolga hinunterfallen lassen, all das übertönt sogar mein Triebwerk. Und es brechen immer neue Feinde über uns herein, als ob der Rauch über der Stadt sie hervorbrächte wie ein böser Zauber.

Was flatterst du, Rabengefieder?
Was sträubst du dich, Hundefell?
Glaubt ihr etwa, dass Iwan Bykowitsch hier ist?
Er ist noch nicht geboren, der tapfere Jüngling ...
Kreuze. Kreuze, wohin ich auch sehe, schwarz auf weißem Grund. Ich gebe die Richtung vor. Natascha muss folgen und mir Deckung geben. Doch ich kann nicht erkennen, was zu tun ist. Ich habe den Finger am Abzug, aber in diesem Gewimmel ist es unmöglich zu zielen.

Das Kreischen der Stukas gellt ohrenbetäubend aus dieser Nähe, wenn sie in den Sturzflug übergehen, aber ich kann sie nicht einmal rechtzeitig sehen, geschweige denn angreifen, denn da sind noch ihre Begleiter. Auch die Messerschmitts verschwimmen fast miteinander, so viele sind es. Immer wieder dieses wespenhafte Aufzüngeln von Gelb. Jeden Moment kann sich eine von ihnen auf uns einschießen.

Ich erhasche einen Blick auf die Boote, begreife wieder, wo oben und unten ist. Eines von ihnen verschwindet. Eine riesige Wasserfontäne schießt empor. Das kreischende Geräusch verstummt, als der Stuka abdreht.

Wir sind direkt über dem Wasser. Viel zu nah und viel zu tief. Keine tausend Meter, bei Weitem nicht. Die Messerschmitts halten uns hier unten in Schach, sodass wir gar nicht erst in eine Höhe kommen, in der wir den Stukas gefährlich werden könnten.

Wir müssen hier raus.
Feigheit vor dem Feind ...
Aber es geht nicht anders!
Eine vermeintliche Lücke erweist sich als das genaue Gegenteil. Gleich zwei kommen mir entgegen. Feuern. Ich drehe die Jak um neunzig Grad, sodass die Flügelspitzen zum Himmel

und zur Erde zeigen. Natascha! Hoffentlich kann sie ausweichen.

Unwillkürlich ducke ich mich in den Sitz, wende das Gesicht leicht ab. Ich bin zwischen ihnen durch, habe noch mehr Höhe verloren. Die Wasseroberfläche ist ganz nah. Ich rase über ein Boot hinweg, auf dem die Menschen dicht an dicht stehen. Für einen Moment sehen auch sie zu mir auf, die Augen aufgerissen. Eine Frau hat die Hand vor den Mund gelegt. Als hätten sie alle für einen Moment die tödliche Gefahr vergessen, in der sie schweben, weil sie Angst haben. Angst um mich.

Ich balanciere die Maschine aus. Es kann nicht länger als zwei Sekunden gedauert haben. Vor mir spritzt Wasser auf, zerfließt auf meiner Frontscheibe.

Zum ersten Mal, seit wir in die Schlacht geflogen sind, wird es still in meinem Kopf.

Wenn ich sie nicht schütze, dann sterben sie.

»Natasch', Kurve!«, rufe ich.

Wir steigen. Voller Schub. Das Blut sackt mir in die Beine. Die g-Kräfte zerren in der Steilkurve an mir. Ich behalte den Höhenmesser im Auge. Zweieinhalbtausend Meter, immer noch viel zu niedrig, um den Stukas irgendwie gefährlich werden zu können.

Ich verrenke mir fast den Hals, als ich zu allen Seiten Ausschau nach unseren Gegnern halte. Das Kreischen eines der Stukas gellt mir in den Ohren. Er muss ganz nah sein.

Und dann hört es auf.

Wasser steigt zum Himmel in einer gigantischen Fontäne. Der Qualm hat sich etwas gelichtet. Die Wasseroberfläche ist übersät mit zersplittertem Holz, brennenden Ölpfützen und – anderem. Von dem Boot ist nichts mehr zu sehen.

Einen Moment bin ich wie betäubt. Dann fangen meine Gedanken an zu rasen.

Irgendwann hat Pankratow uns erklärt, dass man Stukas in dem Moment angreifen sollte, wenn sie in den Sturzflug übergehen. Eine völlig nutzlose Anweisung. Sie fliegen in viel zu großer Höhe, als dass wir an sie herankämen.

Aber im Abfangflug, nachdem so ein Stuka seine Bomben abgeworfen hat, ist er nicht nur niedrig, sondern auch langsam. Ich gehe zum Angriff über, rufe Natascha über Funk: »Natascha, drei – neun!« Das sind die Angriffspositionen für den Falkenschlag. Wir müssen uns aufteilen.

Kurzer Anflug. Wir sind nicht sehr hoch über ihm, das könnte zum Problem werden. Er hat uns bemerkt. Mit dumpfem Knallen breiten sich winzige schwarze Wölkchen vor mir in der Luft aus. Sein Bordschütze feuert auf uns.

Ich halte weiter auf ihn zu, den Daumen am Abzug, bis ich bis auf hundert Meter heran und direkt über ihm bin. Aus dem Augenwinkel nehme ich ein Blitzen wahr. Das muss Natascha sein, die feuert. Zu weit weg, denke ich noch, sie kann ihn so nicht treffen.

Doch ich war zu schnell, bin an dem Stuka vorbeigeschossen, ohne auch nur einen Schuss abgeben zu können. Der vielleicht letzte Fehler meines Lebens.

Ich bin in seiner Schusslinie.

Ohne nachzudenken, rolle ich nach rechts, wie ich es vorhin beim Testflug getan habe. Durch die Glaskuppel kann ich den Rumpfschützen sehen, der sein Maschinengewehr ausrichtet und versucht, mich zu erwischen. Ich vollende die Rolle.

Mein Daumen liegt noch auf dem Abzug, als der Stuka in meinem Fadenkreuz auftaucht.

Feuer!

Der Rauch, der aus dem getroffenen Triebwerk aufsteigt, ist weiß. Jemand feuert ebenfalls darauf, das muss Natascha sein.

Der Stuka gerät ins Trudeln und verliert an Höhe. Schrecken packt mich. Daran hätte ich denken müssen. Im Abstürzen kann er immer noch eines der Boote treffen. Ich muss den Kurs wechseln und kann nicht weiter beobachten, was passiert.

»Salto«, ertönt es über Funk. Einen Moment bin ich verwirrt, ehe mir einfällt, dass dies das Codewort für den Rückzug ist. »Ich wiederhole: Salto.«

Schestakow klingt völlig gelassen über Funk, ganz im Gegensatz zu vorhin.

Ich verliere keine Zeit dabei, dem Befehl zu folgen. Die Böschung des Ostufers taucht unter mir auf. Einer der Landungsstege steht in Flammen. Unsere sind bereits mit Löschen beschäftigt.

In diesem Moment sehe ich es schließlich.

Unter den Bäumen am Ufer lagern Soldaten. Viele Soldaten, mehrere Bataillone. Die silbrig dunklen Blätter der Pappeln verbergen sie notdürftig. Ein Aufklärer im Tiefflug würde sehen, was ich jetzt auch entdeckt habe.

Das ist »Code Weiß«. Das ist der Grund, warum Krasnaja Sloboda auf keinen Fall bombardiert werden soll. Nicht die Leute auf den Booten, die Flüchtlinge. Die Deutschen sollen die Reservetruppen nicht entdecken. Sonst würden sie diese Einheiten mit Sicherheit bombardieren, ehe sie auch nur einen Fuß ans Westufer setzen können.

Wir fliegen darüber hinweg. Das müssen Tausende sein. Eine Division. Bereit, die Wolga zu überqueren.

Ich riskiere es, nach der Uhr zu schielen.

Sechzehn Minuten.

Seit unserem Anflug sind gerade mal sechzehn Minuten vergangen.

Siedend heiß durchfährt es mich. Wo ist Natascha? Ich kann sie nirgends sehen. Sie hat auf den Stuka gefeuert, das weiß ich noch. Gleich darauf kam der Befehl zum Rückzug, aber wo war sie da?

»Natascha«, funke ich. »Natascha, bist du da?«

Keine Antwort. Das muss nichts bedeuten, mache ich mir klar. Der Funk ist alles andere als zuverlässig, das hat er oft genug bewiesen.

Aus allen möglichen Richtungen finden sich Schestakows Flieger über dem Flugfeld ein. Zwei Jaks sind dabei, aber sitzt in einer von ihnen Natascha? Einmal ganz abgesehen davon, dass es vier sein müssten …

Ich ziehe in den Leerlauf und setze auf dem Rollfeld auf, beobachte den Himmel, bis die Maschine steht.

Verflucht, schon wieder habe ich sie verloren! Mir zittern die Hände, als ich meine Sitzgurte öffne und heftig die Cockpitabdeckung nach hinten schiebe. Soll das jetzt jedes Mal so sein, wenn wir einen Einsatz fliegen?

Ein durchdringender Pfiff lässt mich den Kopf heben, ein Bein über der Bande des Cockpits. Nataschas Jak steht in einiger Entfernung von meiner. Sie ist ausgestiegen und winkt mir zu. Blass und ganz ohne ihr übliches Grinsen.

Ich klettere aus dem Flugzeug. Ohne den Fallschirm abzunehmen oder mich um irgendwelche Befehle zu kümmern, renne ich los.

Natascha kommt mir entgegen und schlingt die Arme um mich, auch sie immer noch heftig atmend. Keine Worte. Ich kralle die Hände in ihren Rücken.

Ich wollte auf sie aufpassen, aber ich musste einfach handeln und hoffen, dass sie folgt. Diese ersten Minuten der totalen Orientierungslosigkeit … Es war reines Glück, dass wir nicht sofort abgeschossen wurden. Und auch später, als wir den Stuka angegriffen haben. Ich habe auf nichts anderes achten können, allenfalls noch auf den Heckschützen, aber nicht auf irgendwelche Jäger. Glück, nichts weiter. Meine Knie wackeln, aber ich kann mich hier nicht setzen, umgeben von den Männern, die uns beobachten.

»Das nächste Mal weniger Geplapper«, höre ich Schestakow trocken hinter mir. »Die haben schon begriffen, was ›Kurve‹ auf Deutsch heißt.«

Noch ein Fehler. Ich weiß nicht, wie wir da heil rausgekommen sind. Natascha birgt kichernd ihr Gesicht an meiner Schulter, ehe wir uns gerade hinstellen und vor Schestakow salutieren. Wenn er hier ist, wo ist dann Sascha? Ich sehe mich auf dem Platz um. Wo sind alle? Haben wir Verluste?

»Eure jüdische Freundin, dieses halbe Hemd …«, sagt einer der Jungs langsam.

Kälte durchströmt mich. Nein …

Seine Stimme nimmt einen leicht fassungslosen Unterton an: »Hat zwei Messerschmitts innerhalb von ein paar Minuten runtergeholt. Ich würd's nicht glauben, wenn ich nicht dabei gewesen wäre.«

Nataschas Mund klappt auf, nur um sich dann zu einem breiten Grinsen zu verziehen. »Die hat doch einfach auf jedes Kreuz gehalten, das ihr in die Quere kam«, sagt sie zu mir.

Jetzt sehe ich Inna. Sie ist aus ihrer Jak ausgestiegen und kommt auf uns zu, doch ohne von uns Notiz zu nehmen. Mit verzerrtem Gesicht redet sie auf Segelohr ein, der neben ihr geht, schlägt dann plötzlich die Hand vor den Mund, die Augen auf den Himmel über uns gerichtet.

Es ist Leysans Maschine, die sich im Sinkflug nähert und kurz darauf irgendwo im Gras aufsetzt. Als sie ausrollt und schließlich stehen bleibt, kann ich Leysan im Cockpit sehen, über dem Steuer zusammengesunken.

Mit einem Aufschluchzen stürzt Inna ihr entgegen. Natascha und ich laufen ihr nach. Jetzt sehe ich auch Sascha auf dem Flügel der Jak, wie sie gegen die Scheibe klopft und Leysans Namen ruft. Keine Reaktion. Der Rumpf der Jak ist regelrecht durchsiebt. Ein Einschuss neben dem anderen in gerader Linie. Leysan allein weiß, wie sie es hierhergeschafft hat.

Sascha dreht sich um. »Wir müssen sie rausholen.«

»Lass das mal unsere Jungs machen«, ruft einer der Sanitäter, »die tun es nicht zum ersten Mal! Beiseite!«

Sascha springt vom Flügel. Zwei Sanitäter klettern nach oben und öffnen das Cockpit von außen. Ich sehe, wie einer nach Leysans Hals tastet. »Puls ist da, aber sehr schwach«, höre ich ihn sagen.

Wir sehen zu, wie sie Leysan vorsichtig aus der Kapsel holen. Es scheint eine Ewigkeit zu dauern, bis sie sie auf eine Trage legen können. Ihr Fliegeranzug ist so mit Blut getränkt, dass ich nicht sehen kann, wie viele Verletzungen sie hat und wo. Einer der Sanitäter nimmt ihr die Fliegerbrille ab. Ihr Gesicht ist blass wie Milch.

»Was geschieht jetzt mit ihr?«, frage ich.

»Sie kommt ins Lazarett, was denn sonst? Abmarsch!«, schreit er seinem Kollegen zu, und sie heben die Trage an.

»Welches Lazarett?«, fragt Sascha. »Doch nicht die Halde da hinten?« Ihre Stimme hat einen ungewohnt panischen Unterton.

»Keine Bange, sie kommt in ein richtiges Lazarett. Die werden sie schon wieder zusammenflicken.«

Sascha läuft neben der Trage her. »Ihre Familie ist tot! Ein Luftangriff! Ihr müsst sie unbedingt retten, sie ist die Letzte!«

Sie antworten ihr nicht, verladen Leysan in den Sanitäts-Lkw und fahren rasch weg. Inna sieht ihnen mit verheultem Gesicht nach. Schestakow drückt ihre Schulter.

Er könnte jetzt sagen, dass das dazugehört, dass wir doch so lange gebettelt haben. Jetzt haben wir, was wir wollten. Und manchmal geht es eben schlecht aus, er hat uns ja gewarnt.

Aber er sagt nichts davon.

ACHT

Stalingrad – Zhitkur – Zëty – Kotelnikowo,
Oktober bis Dezember 1942

Mukijenko

Motorenlärm ertönt direkt über ihnen, als der Wagen die Bahnstation erreicht. Beim Aussteigen sieht er eine Anzahl Jagdflugzeuge in Kampfformation die Wolga überqueren. Es ist ein klarer Tag. Wie geschaffen für Bombardements. Ein Güterzug steht auf dem Gleis. Ein paar hundert junge Soldaten klettern aus den Waggons, blass und großäugig. Sie sehen das Inferno am anderen Ufer der Wolga zum ersten Mal. Man treibt sie zum Fluss hinunter, zu den Booten. Schnell, bevor die Ersten vor Angst zu kotzen beginnen. Der Zug füllt sich wieder, mit Verletzten und Gefangenen.
 Mukijenko weist seine Männer an, den Flieger zu holen. Hardenbach lässt sich wortlos aus dem Wagen ziehen und in Richtung der Bahnstation schubsen. Er hinkt kaum merklich. Ein paar schmutzige Haarsträhnen fallen ihm in die Stirn. Grüngelbe Blutergüsse zieren sein Gesicht.
 Doch auch sein Blick hängt sofort an der brennenden Stadt. Als ob er niemals etwas Aufregenderes gesehen hätte, denkt Mukijenko. Wenn er nicht dumm ist, weiß er, wie es steht. Dass all ihre Versuche, die Deutschen zurückzudrängen, bisher gescheitert sind. Sie hätten ihn niemals so lange bearbeitet, wenn sich das Blatt gewendet hätte.
 Soldaten der Roten Armee kämpfen um jedes Haus, jeden Quadratmeter Grund. Dennoch schrumpft ihr Territorium, ein schmaler Streifen entlang der Wolga. Die deutsche Luftwaffe bombardiert sie von Sonnenaufgang bis Sonnenuntergang, und die sowjetischen Flieger haben es bislang nicht geschafft, das zu unterbinden.
 Einer von Mukijenkos Leuten versetzt dem Gefangenen einen leichten Schlag auf den Hinterkopf, damit er die Augen

geradeaus richtet. Nicht wenige waren dafür, ihn zu erschießen, als er ums Verrecken keine Informationen über seine geliebte Luftwaffe preisgeben wollte. Deutsche Gefangene sind rar, aber die meisten sind auch redselig. Der gemeine Wehrmachtssoldat hat Angst vor dem Winter, Angst vor den Kommunisten, Angst vor der Gefangenschaft, er hat vor allem Angst.

Nur der Flieger zeigt keine. Überhaupt keine.

Ein paar Fragen hat er bereitwillig beantwortet: Natürlich war er in der Hitlerjugend, natürlich ist er in der NSDAP, natürlich hasst er die Kommunisten. Er glaubt wirklich, dass seine Wehrmacht Stalingrad einnehmen und alsdann die ganze Sowjetunion erobern wird. Ob Mukijenko wirklich der Meinung sei, dem besseren System zu dienen, hat Hardenbach ihn während des Verhörs gefragt. Ihre Bauern lebten wie Gefangene, ob ihm klar sei, wie viele die Deutschen als Befreier begrüßt hätten?

Oja, von euch können sie sich bestimmt Besseres erwarten, dachte Mukijenko ironisch. Noch einen draufzusetzen, nach allem, was dieses Volk bereits erlebt hat, hätten wohl nicht viele geschafft. Die Deutschen schon.

Mukijenko denkt an die Massengräber in der Ukraine, die verbrannten Dörfer Weißrusslands, die Tausende, die als Zwangsarbeiter ins Reich verschleppt worden sind – und dieser Hitlerjunge glaubt, das sei die Neuordnung, nach der sich die Völker der Sowjetunion sehnen?

Dennoch, ihn zu töten, wäre dumm. Von seinem kostbaren Wissen über die Luftwaffe einmal abgesehen, ist Hardenbach von Adel, sein Vater ein Generalmajor, alle seine Brüder dienen in der Wehrmacht. Solche Dinge zählen für die Deutschen. Wenn sie irgendwann jemanden auslösen wollen, dann am ehesten einen wie ihn.

Sie hören die deutschen Bomber vor den ersten Einschlägen am Westufer. Alle – Bewacher und Bewachter – heben gleichzeitig die Köpfe und bleiben stehen, als sie Schuttwolken über dem Traktorenwerk aufsteigen sehen. Der Himmel ist klar. Man kann die deutschen Bomber auf fünf-, sechstausend Meter Höhe erkennen. Massige dunkle Silhouetten und die kleineren, sich schneller bewegenden Messerschmitts.

Doch sie sind nicht allein dort oben. Eine kleine Anzahl sowjetischer Maschinen hat die Bomber und ihre Eskorten in Gefechte verwickelt. Hornissen, die es mit einem Wolf aufnehmen. Auf eine sowjetische Maschine kommen drei deutsche.

Und wenn schon, denkt Mukijenko und ballt die Faust. Ihr seid Stalins Falken! Zeigt es ihnen!

Einer der Bomber hat einen Treffer abbekommen. Weißer Rauch steigt aus einem seiner Triebwerke, doch er fliegt weiter. Er hat es nicht geschafft, seine Bomben über dem Traktorenwerk abzuwerfen, aber er kehrt auch nicht um. Zwei sowjetische Jäger verfolgen ihn.

Die Wolgaflottille hat die Rekruten am Ostufer zurückbehalten. Nur eines der Boote hat abgelegt. Mukijenkos Blick zuckt von dem Boot zu dem einzelnen näher kommenden Bomber, sieht gerade noch die Bomben fallen.

Fontänen schießen von der Wasseroberfläche auf. Die Bomben haben ihr Ziel verfehlt. Das überfüllte Boot schwankt gefährlich. Er kann die Männer – winzig klein aus der Entfernung – darauf herumlaufen oder sich ducken sehen. Einer von ihnen fuchtelt mit einer Pistole herum, als ob er die anderen davon abhalten wollte, in Panik ins Wasser zu springen.

Maschinengewehrfeuer knattert bis zu ihnen herüber. Eine Messerschmitt rast im Tiefflug über das Boot mit den Rekruten hinweg und feuert auf das Deck. Mukijenko kann die Kugeln einschlagen sehen. Ein paar der Männer stürzen getroffen ins Wasser.

Egal, wie oft er das schon gesehen hat, es ruft immer noch ein heißes Gefühl in seiner Brust hervor. Deutsche Kampfflieger bei ihrer Lieblingsbeschäftigung.

Russen töten.

Die Messerschmitt dreht ab, geradewegs in die Flugbahn einer sowjetischen Maschine. Einen Moment sieht es so aus, als würden die beiden Jagdflugzeuge frontal zusammenstoßen. Wenn zwei Jäger auf exakt einer Höhe sind, können sie die

Tragflächen des anderen oft nicht sehen und bemerken einander zu spät. Doch dann taucht die sowjetische Maschine unter der Messerschmitt durch, während diese in Flammen aufgeht und abstürzt.

Mukijenko lässt den Atem entweichen. Er hat die kleinen roten Punkte, von denen er weiß, dass es Sterne sind, auf den Flügeln ausmachen können, aber es sind verschiedene Flugzeugtypen am Himmel, und er kann nicht mit Sicherheit sagen, um was für einen es sich handelt ...

»Auch das – Mädchen?«, erkundigt sich Hardenbach neben ihm in seinem holprigen Russisch, seine Stimme leicht heiser.

Das ist in der Tat die Frage. Aber mit dem Gefangenen wird er das nicht diskutieren. Mukijenko hebt die Hand, um ihm einen Stoß zu versetzen, damit er weitergeht.

Er kommt nicht mehr dazu.

Er schlägt hart auf. Etwas bohrt sich in seinen Rücken. Die Luft weicht mit einem dumpfen Laut aus seinen Lungen. Sein Kopf schmerzt, als ob eine große Faust ihn zu Boden gestreckt hätte.

Er rollt herum. Neuer Schmerz durchzuckt seinen Schädel wie ein riesiges Messer. Er blinzelt. Nur allmählich klärt sich sein Blickfeld.

In knapper Distanz liegt sein Fahrer. Der Mann – Mukijenko weiß nicht einmal, wie er heißt – bewegt sich nicht. Auf dem Bauch liegend robbt Mukijenko näher heran. Im Grunde weiß er es, doch er streckt die Hand aus und tastet unter dem blutbesudelten Kragen nach dem Puls. Nichts.

Da ist ein hohes Pfeifen in seinen Ohren. Er schüttelt den Kopf, um es loszuwerden, schreit auf, weil er vergessen hat, wie sein Kopf schmerzt. Jetzt hört er auch die anderen.

Stöhnen und Wimmern.

Lautes Brüllen, es kommt von einem Soldaten, der in einiger Entfernung auf dem Rücken liegt. Aus dem Stumpf seines abgetrennten Beines läuft Blut, Schwall um Schwall, im Rhythmus seines Herzschlags. Dann ist er still.

Der Übersetzer Berjosow wankt über das Feld der Verwüstung, hält sich den Kopf, die Augen blicklos, als wüsste er gar nicht, was passiert ist. Tiefe Wunden, aus denen das Blut strömt, sind in eine Hälfte seines Gesichts gerissen.

Bomber?, denkt Mukijenko verschwommen. Ein Luftangriff? Der Himmel ist leer. Deutsche Artillerie vom Westufer ... Er springt auf die Füße, zieht seine Pistole.

Sein Gefangener ist fort. Er verschwendet keine Zeit damit, unter den Toten und Verletzten nach Hardenbach zu suchen. Er lädt die Waffe durch, hält sie mit beiden Händen, zielt auf das gepeitschte Wasser der Wolga und feuert. Es ist nichts zu erkennen, keine Gestalt unter der Oberfläche, keine Andeutung, dass jemand im Fluss schwimmt, versucht, auf die andere Seite zu gelangen.

Er feuert und feuert, bis sein Magazin leer ist. Das Wasser muss sich jeden Moment rot färben. Er starrt auf die graugrünen Wellen, sieht hinüber nach Stalingrad. Vor einem Monat wäre eine solche Flucht witzlos gewesen. Aber jetzt stehen die Deutschen an mehreren Stellen am Westufer ...

Das trübe Wasser gibt nichts preis. Er hätte Hardenbach doch flügellahm schlagen sollen, als er die Möglichkeit dazu hatte. Aus irgendeinem Grund sind es nicht Abakumow oder die STAWKA, bei denen er sich wird rechtfertigen müssen, die ihm als Erstes in den Sinn kommen, sondern Katjas Freundinnen. Beljajewa und die kleine Gelfmann. Vor allem Beljajewa, die Erinnerung an ihre Wut ist wie ein Echo seiner eigenen. Er hört seinen keuchenden Atem, seinen galoppierenden Herzschlag und dann ...

Noch etwas. Er kennt es gut. Aus Moskau, aus der Don-Ebene, von allen Orten, an denen er während des Krieges war, mit Ausnahme von Saratow. Ein Angreifer im Sturzflug. Nein, nicht nur einer. Er dreht den Kopf und weiß sofort, dass es zu spät ist.

Hardenbachs Kameraden sind hier.

Er stolpert, als er sich umblickt, vielleicht über einen Toten. Er stürzt, landet auf dem Rücken, richtet sich halb auf, seine leere Pistole nutzlos gen Himmel gerichtet.

Lena fällt ihm ein, als ob ihm jemand ihr Foto vors Gesicht gehalten hätte. Zu spät. Er hat sie ein zweites Mal im Stich gelassen. Er hatte die Möglichkeit, sie zu rächen, und hat sie vertan. Aus Feigheit. Sein eigenes Leben war ihm zu kostbar. An diesem Gedanken bleibt er hängen, nur eine Sekunde oder zwei. Was war das nun, sein Leben? Diese Abfolge von Verhörkellern, Auszeichnungen, Intrigen.
Was war kostbar daran?
Die Bomber sind direkt über ihm.

Katja

Das letzte Tageslicht schwindet. Das Lazarett ist ein ähnlicher Unterstand wie der, in dem wir schlafen, aber halb offen und mit Zeltplanen notdürftig abgedeckt. Nachts wird es bereits recht kalt.
»Hast du ein Glück, Mädchen«, sagt eine ältere Krankenschwester mit rot geädertem Gesicht, als sie mich untersucht. »Nur gestreift. Ein halber Zentimeter tiefer, und der Krieg wär für dich vorbei.«
Desinfektionsmittel gibt es nicht. Die Schwester hält die Nadel in eine Kerzenflamme, bevor sie sich damit an mir zu schaffen macht. Die Geräusche ringsum vermischen sich zu einem einzigen Stöhnen und Schreien. Hier am Eingang versammeln sich die leichten Fälle, die keinen Arzt brauchen, so wie ich.
Die Zähne zusammenbeißend, gebe ich keinen Laut von mir. Ich kann noch immer die Böschung hinter dem Traktorenwerk vor mir sehen. Übersät mit Soldaten, die bei Kämpfen in der Stadt verwundet wurden. Sie liegen noch immer dort. Sie kriechen durch den Sand der Böschung auf das Wasser zu, in der Hoffnung, es auf eines der Schiffe zu schaffen.
Einer der deutschen Bomber ist nach einem Volltreffer abgestürzt. Mitten in der Stadt, geradewegs über einem Batail-

lon Soldaten, das sich dort in einem Graben verschanzt hatte. Die Explosion am Boden war blendend hell, dann vernebelte schwarzer Rauch alles.

Wut packt mich von Neuem, als ob statt Blut eine heiße, bittere Flüssigkeit durch meine Adern strömte. Ganz egal, was wir tun, es ist unser Land, in dem gekämpft wird, und es sind unsere Leute, die dabei sterben.

Die Krankenschwester hastet weiter, sobald sie bei mir fertig ist. Ich sehe Natascha an, schüttle ganz leicht den Kopf. Die Naht ziept bei der Bewegung. Das ist das erste und letzte Mal, dass ich wegen eines Kratzers hierherkomme.

Zwei Männer stolpern herein. Der eine stützt den anderen, dessen linke Gesichtshälfte eine einzige Blutlache zeigt. Tiefe Krater entstellen sie.

»Arzt!«, schreit der Unverletzte, der sich den Arm seines Kameraden über die Schultern gelegt hat. Seine eisblauen Augen sind weit aufgerissen, als er sich umblickt, doch ansonsten wirkt er vollkommen gefasst. Ich dagegen bin bei seinem Anblick wie erstarrt. Ich habe geglaubt, hier meine Ruhe zu haben, doch natürlich sind auch sie hier. Die NKWD-Truppen sollen sogar besonders tapfer kämpfen.

Auch der Verletzte trägt die Uniform des NKWD. Mukijenko hilft ihm, sich auf den Boden zu setzen.

»Arzt!«, schreit er noch einmal. Dann fällt sein Blick auf uns. »Was macht ihr denn hier?«

»Das sollten wir eher Sie fragen«, sagt Natascha.

Einen Moment lang bin ich irritiert, ehe mir einfällt, dass sie Mukijenko von ihrem Verhör in Anisowka kennt.

Er sieht mich mit zusammengekniffenen Augen an. »Was hast du?« Er deutet auf meine Verletzung.

Ich schüttle den Kopf. »Nichts. Das ist bald wieder in Ordnung.« Tatsächlich schmerzt es deutlich mehr, nachdem jemand darin herumgestochert hat.

Mukijenko beugt sich zu seinem Kameraden hinunter und inspiziert die blutige Trümmerlandschaft seines Gesichts. »Das wird schon wieder.«

»Frauen ... mögen das ... nicht«, bringt der Schwerverletzte mühsam hervor. »Wollen ... glatt rasiert.« Beim Sprechen bilden sich Blutbläschen auf seinen Lippen. Seine Augen sind glasig, als könnte er jeden Moment das Bewusstsein verlieren.

»Kriegernarben kommen nie aus der Mode.« Mukijenko schiebt sich die Haare aus der Stirn, ohne auf die Mischung aus Blut und Staub zu achten, die an seiner Hand klebt.

»Ich wollte schon immer wissen, was Männer bewegt, die dem Tod ins Auge geblickt haben«, sagt Natascha zu mir.

Mukijenko erwidert nichts darauf, doch ich kann sehen, dass seine Mundwinkel sich verziehen. Auch der Verletzte lässt ein keuchendes Lachen hören, ehe sein Kopf gegen die Wand zurücksinkt. Mukijenko packt eine vorbeieilende Ärztin am Arm und beginnt, in herrischem Ton auf sie einzureden. Ihr Blick huscht zu den NKWD-Abzeichen auf seinen Schultern.

Ich mache Natascha ein Zeichen. Wir gehen in den hinteren Trakt des Lazaretts, wo die Patienten auf schmalen Pritschen übereinander untergebracht sind. Die meisten schlafen oder dämmern vor sich hin. Einige sehen uns aus erschreckend ausdruckslosen Augen an. Der Geruch nach Blut und Eiter ist überwältigend. Ich habe Mühe, nicht zu würgen.

Leysan liegt auf einer der unteren Pritschen. Sie haben ihr das Haar geschnitten, wohl aus Hygienegründen. Ihre Haut ist wächsern, als ob man alles Blut aus ihr abgelassen hätte. Bei dem Anblick muss ich an eine aufgebahrte Tote denken. Unsere gefallenen Flieger bahren wir normalerweise nicht auf. Es ist nichts übrig, was man zeigen könnte. Aber Leysan hat es schwer verletzt zurück zum Flugfeld geschafft. Das muss doch für etwas gut gewesen sein. Ich greife nach ihrer Hand und merke, dass ich fast nur Knochen halte.

Sie öffnet die Augen. »Bist du's, Katja?«

»Ja, Natascha ist auch hier.« Ich setze mich auf den Rand ihrer Pritsche.

Leysan lächelt ein wenig. Sie ist kein bisschen feindselig. Und auch ich spüre keine Feindseligkeit in mir.

»Wie geht's dir?«, fragt Natascha.

»Ganz gut.« Leysans Stimme ist kaum mehr als ein Flüstern. »Mir ist nur sehr langweilig. Man kann ... hier eigentlich gar nichts tun, wisst ihr? Nicht einmal ...«

»... lesen«, beende ich den Satz für sie. Ich hätte ihr das Märchenbuch mitbringen sollen. Oder ... das andere Buch, denke ich voll schlechtem Gewissen.

Ihr Tagebuch. Es klemmte zwischen ihrer Pritsche und der Wand unseres Zimmerchens in der *zemljanka*. Ich habe es an mich genommen. Noch ein paar Tage widerstanden. Und dann doch hineingeschaut.

Es waren tatsächlich private Aufzeichnungen, kein Register verfänglicher Bemerkungen ihrer Kameradinnen. Mehr noch, ich habe verschiedene Gespräche wiedererkannt, die wir in der Gruppe geführt haben – die entschärfte Version jeweils, wenn es um Kasarowa oder den Frontverlauf ging. Oder um Dinge aus der Vergangenheit, die uns noch immer beschäftigen.

»Das alles wäre viel leichter«, hat sie eine knappe Woche nach unserer Auseinandersetzung geschrieben, »wenn ich nicht so sicher wäre, dass etwas dran ist an Katjas Beschuldigung.«

Auch sie glaubt, wie ich dort nachlesen konnte, dass eine aus der Gruppe etwas mit der Verhaftung meiner Eltern zu tun hatte. Auch ihr kam es merkwürdig vor, dass keine von ihnen zum Verhör geholt, dass nicht einmal sie als Komsomolzin befragt wurde.

Und dann folgte dieser Satz, mehrfach durchgestrichen, aber als ich das Papier ins Licht hielt, konnte ich die ursprüngliche Schrift durchschimmern sehen.

»Ich kann es drehen und wenden, wie ich will, Inna hat am meisten von Katjas Ausscheiden profitiert.«

Etwas von dem Misstrauen, das ich damals im Zug nach Engels verspürt habe, ist wieder da, seit ich diese Zeilen gelesen habe. Trotzdem – ich kann mir Inna als Schuldige nicht vorstellen. Von dem Moment an, als sie im Zug ihre Pirogge mit mir geteilt hat, habe ich von ihr nie etwas anderes als Unterstützung und Kameradschaft erfahren.

Nach wie vor wäre Sascha diejenige, mit der ich reden müsste.

Aber soll ich ausgerechnet jetzt, wo alles auf der Kippe steht, mit dieser Sache von früher ankommen ...?

Leysans Augen sind zugefallen, als ob sie unser kurzes Gespräch vollkommen erschöpft hätte. Natascha fängt meinen Blick auf und lenkt ihn auf die Decke, auf den Brustverband, der darunter hervorragt. Etwas bewegt sich zwischen den Falten, klein und schwarz.

Läuse.

Auf dem Verband sind Läuse.

Ich versuche, nicht zurückzuzucken. Behutsam lasse ich ihre Hand los, doch Leysan verstärkt sofort ihren Griff um meine Finger und schlägt die Augen auf.

»Ich will in meiner Komsomol-Uniform begraben werden, denk bitte daran.«

Ihre Augen schließen sich wieder. Ich habe einen Stein im Magen, als ich versuche, in ihrem ausgezehrten Gesicht zu lesen. Sind es die Anfänge von Typhus? Die Läuse übertragen welches, das ist bekannt. Ich fasse nach ihrer Stirn. Kühl. Ich sehe mich im Lazarett um. Es ist völlig abwegig, hier mit einem Arzt sprechen zu können, der uns sagt, wie es um sie steht.

»Ich bin gleich wieder da«, flüstere ich Natascha zu und gehe zum Ausgang zurück. Die Ärztin von vorhin verarztet Mukijenkos Kameraden persönlich hinter einem Vorhang. Mukijenko selbst ist nirgends zu sehen. Ich stürze nach draußen.

Er steht mit dem Rücken zum Lazarett. Sein langer Ledermantel flattert im Wind. Dünner, bläulicher Qualm treibt in der Luft.

»Was für ein Loch«, murmelt er. »Wie kann man hier nur an Leuten herumschneiden, die noch lebendig sind?«

Um ein Haar nehme ich die Zigarette, die er mir hinhält, doch dann schüttle ich den Kopf. »Wird Ihr Kamerad hierbleiben?«, frage ich.

»Auf keinen Fall«, schnaubt er. »Er kommt so schnell wie möglich in ein NKWD-Krankenhaus im Hinterland, dafür werde ich sorgen.«

Mein Herz schlägt schneller bei diesen Worten. »Leysan ist auch verwundet worden«, sage ich. »Bei einem Luftkampf. Sie hat erfahren, dass ihre Eltern tot sind, und ist in der Schlacht getroffen worden. Vor zwei Wochen.« Ich drehe den Kopf, um ihn anzusehen. Die Linie seines Kinns, die langen, weißen Finger, zwischen denen die Zigarette klemmt. »Dieses Krankenhaus, in das Ihr Kamerad kommt ... Dürfen da eigentlich nur NKWD-Leute hin?«

Er lässt sich Zeit, nimmt einen weiteren Zug. »In welchem Lazarett ist sie?«

Ich sage nichts.

»Hier etwa?« Er starrt mich an. »Seit zwei Wochen?«

Will er mir deshalb jetzt Vorwürfe machen? Hat er noch nicht gemerkt, dass das ganz normale Zustände an dieser Front sind, dass andere einfach mitten in die Landschaft gekippt werden, dass niemand etwas Besseres zu erhoffen hat, der hier verwundet wird, außer vielleicht ein paar verwöhnten NKWD-Offizierchen? Doch das zu sagen, ist wohl nicht die beste Strategie, wenn ich etwas von ihm will.

»Werden Sie sich darum kümmern, dass Leysan auch dorthin kommt?«

Er sieht mich an. Ich warte auf das Gegengesuch. Doch was könnte er von mir verlangen, hier an der Front? Dass ich die anderen Flieger bespitzle? Schestakows Männer, die getreulich ihren Dienst tun, sich jeden Tag mit uns einer deutschen Übermacht entgegenstellen, ohne zu wissen, wer von ihnen wiederkommt?

Langsam wendet er sich ab. Sein Blick schweift über das Ostufer. Die Unterstände und Baracken, die Trümmer des letzten Luftangriffs. Er war dort, begreife ich plötzlich. Er hat dieses Bombardement erlebt, seinen Kameraden aus dem Feuer gezogen.

»Ja«, sagt er. »Ich kümmere mich.«

Ich lasse meinen angehaltenen Atem entweichen. Ein Gefallen ohne Gegenleistung. So weit hat ihn Stalingrad gebracht.

»Weggebracht wohin? Wer hat das veranlasst?« Sascha hält mitten im Überziehen ihrer *gimnastjorka* inne. Das Kleidungsstück bedeckt ihre Arme, am Oberkörper trägt sie nur ein zerschlissenes Unterhemd, wohl noch aus dem Vorkriegsmoskau. Der Fundus der Roten Armee schließt noch immer keine Frauenunterwäsche mit ein.

Ich hebe die Achseln. »Das ist alles, was sie mir gesagt haben. In ein Krankenhaus im Hinterland.« Ich kann schlecht erklären, dass ich einen NKWD-Major, den ich zufällig kenne, um Hilfe gebeten habe.

Saschas Gesicht spiegelt eine Mischung aus Sorge und Misstrauen wider. »Die würden uns doch nicht anlügen?«

»Als ich wegen meiner Verletzung dort war, schien es ihr besser zu gehen«, sage ich schnell.

Sascha zieht ihre *gimnastjorka* über und sieht mich ungläubig an. »Wie hätte es ihr besser gehen können in diesem Dreckloch?«

Ich weiche ihrem Blick aus, betrachte die neue Uniform, die sie zur Feier des Tages erhält. Bei drei Abschüssen gibt es einen Orden.

»Dass Schestakow auch nichts Genaues weiß, finde ich schon ziemlich eigenartig.« Sascha schließt die Knöpfe ihrer *gimnastjorka*, legt sich den Gürtel um die Taille und zieht ihn fest. Sie setzt ihr Barett auf und sieht mich an. »Geht das so?«

Ich nicke. »Sieht gut aus.«

»Das passt mir heute überhaupt nicht«, murmelt sie.

Ich muss lachen.

Sascha verschränkt die Arme vor der Brust. »Ich meine, Leysan ist verschwunden, und niemand weiß, wohin. Und ich soll ...« Sie bricht ab, als ein entfernter Granateneinschlag unseren Unterstand erzittern lässt.

»Hörst du?«, fragt sie. »Alle fünf Minuten knallt es! Wir haben Einsätze zu fliegen, was denken die sich dabei?«

Ich zucke die Achseln. »Wahrscheinlich, dass es die Moral hebt oder so.«

»Sag mal, weißt du was über Leysan?« Sascha fasst mich scharf ins Auge.

»Was? Natürlich nicht.«

»Dir scheint es überhaupt keine Sorgen zu machen, dass sie einfach so verschwindet«, sagt Sascha.

»Wo bleibt ihr denn so lange?« Inna steckt den Kopf ins Zimmer. Auch sie hat eine neue Uniform bekommen. An den Armen ist sie ihr etwas zu lang. »Meinst du, die dürfen wir behalten?«, fragt sie in Saschas Richtung.

Wir klettern die schmale Holzleiter nach oben. Die Luft im Freien ist geschwängert von unangenehmen Brandgerüchen, aber immer noch frischer als unter der Erde.

Schestakow lässt das Regiment antreten. Ein kleiner Zug von Personenfahrzeugen ruckelt bereits heran. Wir stehen in Reih und Glied, während Schestakow General Kasarow und dessen Stab begrüßt. Kasarow ruft der Reihe nach acht Flieger auf, die ausgezeichnet werden. Rotbannerorden werden verliehen, Orden des Vaterländischen Krieges – und ein Goldstern. Das Regiment scheint den Atem anzuhalten, als Schestakow ihn entgegennimmt.

Wir dienen jetzt unter einem Helden der Sowjetunion. Er steht im Matsch auf einem behelfsmäßigen Flugfeld, in dessen Hintergrund eine Stadt brennt, als er seine Auszeichnung entgegennimmt, begleitet von Kanonendonner. Noch als er an seinen Platz zurücktritt, sieht er sich wieder nach der Stadt am anderen Ufer der Wolga um. Flugzeuge sind im Augenblick keine zu sehen, aber das kann sich jederzeit ändern.

Natascha neben mir betrachtet ebenfalls den dunklen Himmel über der Stadt. »Da braut sich was zusammen«, sagt sie wie ein hartgesottener Feldgeneral. »Jetzt, wo es mit unserer Offensive Essig ist, werden die wieder eine starten. Das geht jetzt immer so weiter, bis entweder die sich verpfeifen oder die Unseren in der Wolga sitzen.«

Dass die sich so einfach verpfeifen, kann ich mir nicht vorstellen. Warum sollten sie? Es ist nur noch ein schmaler Streifen am Ufer der Wolga, den sie einnehmen müssen, und dann …

Der Ural. Alle sagen, das wird die nächste Trennlinie, wenn Stalingrad fällt.

Natascha wirft einen missmutigen Blick auf Kasarow und seinen Stab. »Hoffentlich haben die einen Plan.«

Bis zu meinem nächsten Einsatz dauert es noch, doch ich verdrücke mich in Richtung Abstellfeld, kaum dass der offizielle Teil vorbei ist. Edel sitzt im Cockpit meiner Jak, die Hände um Steuerknüppel und Leistungshebel gelegt, und beobachtet die Welt draußen durch das Fadenkreuz. Sie schießt aus dem Sitz und salutiert, als sie mich bemerkt. Leichte Röte liegt auf ihren Wangen. Ich unterdrücke ein Lächeln, als wir die Plätze tauschen.

Im offenen Cockpit der Jak mischt sich der beißende Brandgeruch, der hier über allem liegt, mit dem von Metall, Motoröl und Leder, wie er so typisch für Flugzeuge ist. Während Edel zu ihrem Unterstand geht, lehne ich mich im Sitz zurück. Ob meine Eltern über die Berge evakuiert werden, falls wir versagen und tatsächlich im Ural gekämpft wird? Oder wird man sich sagen, diese Volksfeinde haben nichts anderes verdient, als den Faschisten in die Hände zu fallen?

»Sie schlagen sich gut, Genosse General.«

Ich hebe den Kopf. Schestakow. Neben Kasarow geht er die Reihe der stehenden Flugzeuge entlang.

»Zwei von ihnen haben drei, die anderen zwei Abschüsse, und es gibt keinen Grund, warum es nicht noch mehr geben sollte.«

Ich grinse vor mich hin. Wenn man ihn hört, könnte man meinen, er wäre immer dafür gewesen, dass wir fliegen. Aber natürlich weiß er, dass wir unter General Kasarows Tochter gedient haben.

Dieser blickt zufrieden drein. »Material für das Neunte, also?«, fragt er, ohne Schestakow anzusehen.

Schestakows Gesichtszüge entgleisen für einen Moment. Welches Neunte?, denke ich.

Keiner von beiden bemerkt mich, während sie an meiner Maschine vorbeigehen. Technisch gesehen müsste ich aufstehen und salutieren, aber dann würden sie leiser sprechen oder mich wegschicken. Wir erfahren nur so wenig darüber, was wirklich vor sich geht.

Kasarow bleibt etwa zehn Schritte von meiner Jak entfernt stehen, sodass Schestakow ebenfalls stehen bleiben muss.

»Wir setzen unser ganzes Vertrauen in Sie, Schestakow«, höre ich Kasarow sagen. »Enttäuschen Sie uns nicht.«

Schestakow steht stramm. »Das werde ich nicht, Genosse General«, sagt er. »Und wenn ich offen sprechen darf – ich begrüße die Entscheidung, eine Eliteeinheit aufzustellen, über alle Maßen.«

»Wenn wir damit Hardenbach und seiner Himmelhunde Herr werden ...«, sagt Kasarow. Trotz der saloppen Wortwahl spüre ich seine Anspannung.

Hardenbach. Ich kneife die Augen zusammen. Hieß so nicht auch der Faschist, zu dessen Verhör Sascha dazukommen sollte? Ob dieser Hardenbach der kleine Bruder des anderen Hardenbach ist? Schestakow und Kasarow machen kehrt und kommen erneut an mir vorbei. Ich rutsche tiefer in den Sitz und senke den Blick auf meine Armaturen, bin aber ganz Ohr.

»Dass die Politischen auch nicht –« Ein startender Motor übertönt den Rest von Schestakows Satz.

»Es waren nicht die Politischen, sondern das NKWD«, erwidert Kasarow. »Aber ich gebe Ihnen recht, das hätte nicht passieren dürfen.«

Ein kalter Schauer überrieselt mich beim Gedanken an die »Methoden« des NKWD. Was hätte nicht passieren dürfen? Haben sie ihn totgeschlagen, bevor er ihnen etwas Nützliches verraten konnte?

Kasarow spricht leise, doch er geht genau an der Nase meiner Jak vorbei, sodass ich jedes Wort verstehe: »Wir hätten ihn erschießen sollen, als wir die Möglichkeit dazu hatten.«

Eine Hitzewelle löst das kalte Gefühl ab. Das klingt fast, als ob ...

Ist dieser Hardenbach etwa entkommen? Ich bin unsicher, was ich da gehört habe. Oder meint Kasarow, man hätte ihn nicht so einfach in ein Gefangenenlager schicken sollen, bevor er alles sagen konnte, was er weiß ...?

Stimmengewirr reißt mich aus meinen Überlegungen. Plötzlich ist das Abstellfeld voller Menschen. Kasarows Adjutant führt die Flieger und eine Gruppe Männer in Zivil mit Schreibutensilien heran. Einer trägt eine Kamera, ein anderer ein Stativ. Sie machen Bilder von den Flugzeugen, von Schestakow, wie Kasarow ihm die Hand schüttelt, und befragen ihn für die Armeezeitung. Zwei von ihnen sprechen mit Sascha und Inna. Sascha zieht Inna am Ärmel nach vorn und duckt sich lachend hinter ihr weg.

»Du kannst so was doch viel besser als ich«, sagt sie.

»Spinnst du«, fährt Inna auf, »was soll ich denen denn erzählen?«

Während ich im Gedränge unbemerkt aus meiner Jak klettern kann, betrachte ich die beiden mit einem flauen Gefühl. Inna wird völlig ausrasten, wenn sie erfährt, dass dieser Deutsche möglicherweise auf und davon ist. Und Sascha – das mag ich mir gar nicht ausmalen. Ich muss sichergehen, dass es stimmt, bevor ich ihnen davon erzähle. Schestakow danach zu fragen, scheidet aus. Patzer des NKWD diskutiert man nicht mit seinen Untergebenen.

Er unterhält sich gerade mit Inna. Ein paar Strähnen ihres Haars haben sich aus dem winzigen Knoten in ihrem Nacken befreit. Sie lächelt. Schestakow schaut nirgendwo anders hin. Segelohr beobachtet die beiden ebenfalls. Als er meinen Blick auffängt, lächelt er schief und hebt die Schultern, als ob er sagen wollte: Was will man machen?

Genau in diesem Moment kommt der Blitz. Schestakow blickt auf, fast ein wenig erschrocken.

»Das bringt Unglück, wenn man vor einem Einsatz fotografiert wird«, brummt einer der Männer.

»Ach, so was Dummes«, entfährt es mir. Unsere Jungs können abergläubischer sein als alte Frauen.

»Sie können uns fotografieren«, schlägt Natascha dem Fotografen gut gelaunt vor und nimmt die Fliegerhaube ab. »Aber das muss dann auch wirklich in die Zeitung kommen.« Sie droht ihm spielerisch mit dem Zeigefinger.

Die Arme umeinandergelegt, stellen wir vier uns in einer Reihe auf und sehen in die Kamera.

»Schaut sie euch an«, murmelt Sascha, nachdem der Fotograf mehrmals auf den Auslöser gedrückt hat, und weist auf die düsteren Mienen der Männer. »Sie denken, dass wir alle sterben werden.«
Ein kalter Windstoß fährt uns ins Gesicht.
Plötzlich wäre es mir lieber, sie hätte das nicht gesagt.

Eisregen fällt auf dem Weg zum Lazarett von Zhitkur, einem kleinen Dorf fast hundert Kilometer östlich von Stalingrad.
Seit fünf Wochen sind wir hier mit Schestakows neuer Eliteeinheit stationiert. Während die Männer lernen, mit ihren neuen Jaks umzugehen, fliegen wir vier am Rand der kalmückischen Steppe Patrouille. Deutsche Aufklärer stoßen nur selten so weit vor, doch bei einem dieser Kämpfe wurde Sascha verwundet.
Stürmischer Beifall begrüßt mich, als ich durch den mit einer Plane abgedeckten Eingang zum Lazarett schlüpfe. Verwirrt sehe ich mich um. Pritschen mit Verwundeten stapeln sich übereinander, Männer, die mit trüben Augen aufschauen, als ich den Raum betrete, und den Blick sofort desinteressiert wieder sinken lassen. Jetzt kann ich das Radio sehen, ein schwarzer, tellerförmiger Lautsprecher an der Wand.
»Die Hitler'schen Schurken«, erklingt eine vertraute Stimme, »haben es sich zur Regel gemacht, die Sowjetkriegsgefangenen zu martern, sie zu Hunderten zu morden, Tausende von ihnen eines qualvollen Hungertodes sterben zu lassen.«
Genosse Stalin.
Es ist genau ein Jahr her, dass ich zuletzt seine Stimme gehört habe, am Jahrestag der Revolution.
»Sie haben es sich zum Ziel gesetzt, die Bevölkerung der besetzten Gebiete zu versklaven oder auszurotten«, fährt Stalin fort.
Sascha ist leicht zu entdecken. Sie liegt auf einem Tisch in der Mitte des Raumes, die Beine ausgestreckt, die Ellbogen aufgestützt, ein ehemals weißes Laken notdürftig über ihre entblößte Hüfte gebreitet. Als hätte jemand angefangen, den Verband zu wechseln, und sei dann zu einem Notfall geeilt.

»Sie haben Europa in ein Völkergefängnis verwandelt. Und das nennen sie die Neuordnung Europas.«

Langsam durchquere ich den Raum. Beinstümpfe, Armstümpfe. Verbrannte Haut, entstellte Gesichter. Das hier sind nicht die schwersten Fälle, sonst hätten sie den Transport von Stalingrad ins Hinterland gar nicht überlebt. Doch für die meisten hier ist der Krieg wohl vorbei. Was hat es zu bedeuten, dass man Sascha hier bei den Invaliden einquartiert hat?

»Diese Henker sollen wissen, dass sie der Verantwortung für ihre Verbrechen nicht entgehen und der strafenden Hand der gequälten Völker nicht entrinnen werden.«

Sascha bemerkt mich und lächelt mir zu.

»Genossen!«, ruft Stalin. »Wir führen einen Großen Befreiungskrieg. Er bringt uns den Sieg über die niederträchtigen Feinde der Menschheit, über die faschistischen deutschen Imperialisten.«

Ich trete zu Sascha an den Tisch.

»Es lebe die Befreiung der Völker Europas von der Hitlertyrannei!« Beifall.

»Alle gesund?«, fragt Sascha leise. Sie lächelt, doch es ist offensichtlich, dass sie Schmerzen hat.

»Es lebe die Freiheit und Unabhängigkeit unserer ruhmreichen Sowjetheimat!« Beifall.

Ich nicke. Es hat keinen Sinn, mit der Nachricht noch zu warten. »Die Jungs sind fertig mit ihrem Training. Wir werden versetzt.«

Das Lächeln weicht abrupt aus ihren Zügen.

»Fluch und Tod den faschistischen deutschen Okkupanten!« Beifall.

Für einen Moment spiegelt Saschas Gesicht auf unheimliche Weise die Mischung aus Verzweiflung und Resignation der Männer ringsum wider. Es ist durch nichts gesichert, dass sie vollständig ausheilen wird. Der Gedanke an Kasarowa lässt sich nicht länger unterdrücken. Sie konnte nicht einmal mehr in ein Cockpit steigen.

»Ruhm und Ehre unserer Roten Armee!« Stürmischer Beifall.

Dann endet die Übertragung.

»Es tut mir so leid!« Ich lasse die Schultern sinken. Sascha sieht mich überrascht an. »Ich wünschte, ich wäre dabei gewesen. Vielleicht wäre dann nichts passiert.«

Wenn der Motor meiner Jak angesprungen wäre, als wir diese Aufklärer entdeckten. Wenn ich von selbst an die Druckluft gedacht hätte. Wenn Edel nicht mit den Flugzeugen der Jungs beschäftigt gewesen wäre …

Sie drückt meinen Arm. »Unsinn. Ich hätte nicht so stur sein sollen und allein losfliegen. Das war ganz allein mein eigener Fehler.«

»Was genau ist passiert?«

»Einen habe ich sofort erwischt«, sagt sie fast verträumt. »Dann hat mich der andere verfolgt, über den Salzsee. Prima, hab ich gedacht, Wasser.« Sie wirft mir ein unfrohes Grinsen zu. »Mal schauen, ob das ein zweites Mal klappt.«

Aber das hat es nicht. Ich sehe sie an.

Sie runzelt die Stirn. »Es war, als ob er genau wüsste, was ich vorhabe. Und auch seine Signatur, das kam mir fast so vor …« Sie zieht die Brauen zusammen. »Na ja, das muss ich mir eingebildet haben. Oder die haben alle dieselbe Flugschule besucht, was weiß ich?«

Ohne sie aus den Augen zu lassen, schüttle ich den Kopf.

»Die haben sich darüber unterhalten«, sage ich. »Schestakow und Kasarow. Bei der Ordensverleihung. Offenbar ist er entkommen, ich weiß nicht, wie.«

Obwohl ich absichtlich leise spreche, haben wir nun die Aufmerksamkeit des gesamten Lazaretts.

Sascha starrt mich an. »Warum hast du mir das denn nicht erzählt?«, fragt sie.

»Ich war nicht sicher, dass ich es richtig verstanden habe, aber wenn du sagst …«

Unbehaglich sehe ich mich um. Die Männer auf den umliegenden Pritschen folgen unserer Unterhaltung ganz genau. Aus einigen Augen strahlt nicht mehr die schwarze Verzweiflung von vorher, sondern Wut.

Sascha nickt. »Also fliegt er wieder. Wie schön für ihn.« Dann verfällt sie in Schweigen, als ob vor ihrem inneren Auge noch einmal der Kampf über dem Salzsee abliefe.

»Ein Faschist, den du abgeschossen hast, ist geflohen?«, fragt einer der Männer ungläubig.

Na, großartig. Morgen weiß es die gesamte Rote Armee.

»Wie heißt die Kacknase?«, erkundigt sich ein anderer.

»Sind die denn zu blöd, einen einzelnen Faschisten zu bewachen?«, wendet sich ein dritter an das versammelte Publikum. »Das Mädel bringt sich fast um, und die lassen ihn entkommen!«

Sascha sagt immer noch kein Wort. Ihr Blick bewegt sich durch den Raum, kommt schließlich auf der offenen Verletzung zum Stehen. Abrupt schlägt sie mit der Hand neben ihrer verletzten Hüfte auf den Tisch.

»Warum geht's nicht weiter?«, schreit sie. »Könnt ihr das hier mal fertig machen? Ich hab zu tun!«

Ein blasses Mädchen in Krankenschwesternuniform erscheint neben ihr. Bläuliche Schatten liegen unter ihren Augen. »Was plärrst du denn so?«, fragt sie und wirft einen Blick auf Saschas Verletzung. »Damit musst du sowieso noch mindestens einen Monat aussetzen.«

Kollektive Buhrufe von den Pritschen.

»Das versucht mal«, droht Sascha mit stiller Wut.

Die Krankenschwester öffnet den Mund, doch einer der Männer schneidet ihr das Wort ab: »Ein Faschist, den sie abgeschossen hat, ist aus der Gefangenschaft entkommen und fliegt da draußen weiter rum! Ihr müsst sie so schnell es geht entlassen!«

»Kein Gedanke«, erwidert die Krankenschwester, die kaum achtzehn sein kann. »Der Genosse Arzt –«

Sascha fährt wütend dazwischen: »Der Genosse Arzt wird mich für tauglich befinden, wenn er weiß, was besser für ihn ist.«

»Ganz genau!«, ruft einer der Männer. »Das wollen wir in der Zeitung lesen!« Er fuchtelt mit der aufgerollten Prawda auf und ab, als wollte er jemanden verdreschen. »Wie Lejtenant – wie heißt du, mein Täubchen?«, wendet er sich an Sascha. Da sein »Täubchen« ihn nur ungläubig anstarrt, nenne ich mit einem unterdrückten Lachen ihren Namen und korrekten Rang.

»Genau«, sagt er, »wie Starschyj Lejtenant Beljajewa den Faschistenhund zweimal abgeschossen hat!«

»Starschyj Lejtenant Beljajewa schießt niemanden mehr ab, wenn das hier nicht ordentlich ausheilt«, hält die Krankenschwester dagegen und deutet auf die Verletzung.

»Ich war selbst Sanitäterin«, unterbricht Sascha. »An einem Hüftschuss ist ja wohl noch niemand gestorben ...«

Zu Ende bringt sie den Satz nicht, da aus dem Gesicht der Krankenschwester der letzte Rest Farbe weicht. Sie wird doch nicht ...?, denke ich noch, als sie bereits mit einem überrascht klingenden Seufzer zu Boden sinkt.

Rasch bücke ich mich zu ihr und nehme ihre Hand. »Hallo?«, rufe ich. »Kannst du mich hören?«

Einer der Ärzte stürzt hinzu und geht neben uns in die Hocke.

»Tonja!«, ruft er. »Tonjetschka!« Er klopft ihr auf die Wange.

Ich stehe auf, während er die junge Frau, deren bläuliche Lider allmählich anfangen zu flattern, vom Boden aufhebt und zu einem Stuhl führt.

»Sie schenken sich nichts«, sagt Sascha leise zu mir. »Spenden zweimal am Tag Blut.«

Und sie macht ihnen noch Vorwürfe. Ich sehe sie tadelnd an.

»Na, wenn schon«, sagt sie. »Das habe ich auch gemacht, als ich Sanitäterin war.« Etwas schuldbewusst blickt sie dennoch drein. Stille senkt sich über uns.

»Passt bloß auf euch auf«, sagt Sascha, den Blick auf den blutgetränkten Stoff auf ihrer Hüfte gerichtet. »Schlimm genug, dass Leysan ...« Sie führt den Satz nicht zu Ende.

Auf solch einen Moment habe ich gewartet. Wir sind allein, können uns in Ruhe unterhalten. Sie wird mir nicht gleich an die Kehle gehen, wenn ich das Thema vorsichtig genug anschneide.

»Ich will wenigstens einmal in meinem Leben mit euch allen vieren eine Flugschau veranstalten«, sagt sie.

Möglicherweise wird sie es mir gar nicht übel nehmen, wenn ich sie jetzt frage, woher sie das Dokument mit Mukijenkos Unterschrift hatte.

»Ich wollte immer dieses perfekte Dreieck haben, wenn wir unsere Vorführung eröffnen.« Sascha legt die Fingerspitzen aneinander, sodass ihre Hände die Anordnung unserer fünf Flugzeuge nachbilden. »So habe ich Inna das damals versprochen, aber dann kam es nie zustande.«

Inna hätte wohl kaum einen zusätzlichen Anreiz gebraucht, um mit ihr zu fliegen, will ich gerade einwenden, als mir der Sinn ihrer Worte klar wird.

»Inna sollte in die Staffel kommen, damit wir diese Formation fliegen können? Zu fünft?«

Sascha nickt. »Das sieht nur in ungerader Zahl wirklich gut aus und auch nur in einer größeren Gruppe.«

»Das hab ich damals gar nicht mitbekommen«, sage ich mit leisem Argwohn. »Dass die Staffel vergrößert werden sollte.«

Inna hat mich nicht ersetzen sollen. Im Gegenteil. Für ein perfektes Dreieck hätten wir fünf sein müssen.

Und nachdem ich weg war ...

»Gab es eine Fünfte? Damit ihr diese Formation fliegen konntet?«

Sascha seufzt. »Die Klubleitung hat das immer wieder vorgeschlagen, aber ich dachte, vielleicht klärt sich die Sache mit deinen Eltern doch noch, oder sie lassen dich wenigstens irgendwann wieder fliegen.«

Für einen Moment verschwimmt alles vor meinen Augen. Halb blind trete ich näher an den Tisch und lege die Arme um Sascha, das Kinn auf ihre Schulter. Als ich wieder klar sehen kann, fällt mein Blick auf die Wanduhr.

»Ich muss zurück«, sage ich mit einem Ziehen in der Kehle.

»Ich komme bald nach«, verspricht Sascha, ehe sie sich von mir löst. »Sag das den anderen.«

Draußen peitscht mir der Steppenwind wässrige Schneeflocken ins Gesicht. Ich öffne die oberen Knöpfe meiner Jacke, um den Schal, den Inna mir aus Fallschirmseide genäht hat, bis unters Kinn zu ziehen.

Erst da fällt mir auf, dass ich Sascha gar nicht nach Mukijenkos Dokument gefragt habe.

Ausgebrannte Flugzeugwracks, Flakgeschütze, Ölpfützen. Aus großer Höhe gleicht das Flugfeld Pitomnik einem dunklen Schmutzfleck im makellosen Weiß der verschneiten Hügel vor Stalingrad. Jedes Mal habe ich das Bedürfnis, ihn einfach wegzuwischen.

»ANGRIFF!«

Das bloße Wort ist Musik in unseren Ohren nach den langen Monaten, in denen wir Abfangmissionen gegen die deutschen Bomber geflogen sind. Umso mehr, als wir Flieger unseren Bodentruppen während der viertägigen »Operation Uran« Ende November überhaupt keine Hilfe waren. Eisregen und heftige Stürme hielten uns am Boden fest, wo wir die Offensive über das Radio verfolgten, den Zusammenschluss unserer Panzertruppen und die Einkesselung der 6. Armee – mit Tränen in den Augen, was von den Jungs hinterher natürlich keiner zugeben wollte.

Inzwischen herrscht wieder erstklassiges Flugwetter, was die Faschisten nutzen, um ihre 6. Armee aus der Luft zu versorgen. Hier in Pitomnik landen die Transporter mit Munition und Lebensmitteln. Hier werden die Verwundeten eingeladen und ausgeflogen.

Hier nehmen wir sie unter Beschuss.

Im Sinkflug rasen wir über die verschneiten Landebahnen. Vor mir laufen deutsche Soldaten auseinander. Zwei lassen eine Trage los, auf der ein Verwundeter liegt, sodass er zu Boden fällt. Seine Schreie höre ich nicht.

Die Transportmaschine im Hintergrund taucht in meinem Fadenkreuz auf. Eine Leiter führt zu ihrem geöffneten Bauch. Zwei Männer sehen uns kommen und rennen die Leiter hinunter.

Ich betätige den Auslöser. Natascha feuert bereits.

Einer der Männer wirft sich in den Matsch, der andere bricht zusammen. Blut schießt aus seiner Halsschlagader. Der Transporter fängt Feuer, als sein Tank explodiert.

»Denkt an die Boote«, sagt Schestakow immer, und meistens schaut er dabei zu uns Mädchen. »Wenn es euch schwerfällt, Bodenziele anzugreifen, dann denkt an die Boote auf der Wolga und daran, was die Deutschen mit ihnen gemacht haben.«

In meiner Erinnerung kann ich die Landungsstege vor mir sehen. Die zersplitterten Holzbalken, die auf dem Wasser trieben. Das brennende Öl, die brennenden Menschen.

Die Deutschen haben uns nicht einmal erlaubt zu fliehen, unseren Verwundeten, unseren Alten, unseren Kindern. Sie verdienen genau das, was sie jetzt bekommen. Ich sage es mir jeden Abend vor dem Einschlafen.

Aber dann, am anderen Tag, bin ich diejenige, die zielen und feuern muss. Während ich wieder an Höhe gewinne, werfe ich einen Blick zurück. Den Transporter gibt es nicht mehr. Nur brennende Trümmer und ein rauchendes schwarzes Loch im Boden. Mit ihm sind die Verwundeten an Bord in Flammen aufgegangen. Und neue Verwundete kriechen am Boden.

Ich kann machen, was ich will – diese Bilder bleiben bei mir, wenn ich abdrehe und zurückfliege.

Nach uns kommen die Panzer. Manchmal geht eine der Luken auf, wenn wir über sie hinwegsetzen. Jemand streckt den Kopf heraus, jubelt uns zu und reckt die geballte Faust.

So auch jetzt. Ich bewege die Flügel auf und ab, um zurückzugrüßen. Die Soldaten am Boden tragen noch immer die Hauptlast des Krieges. Es gibt kein größeres Lob als ihres.

In Bolschije Tschapurniki wartet bereits meine Ablösung. Wir haben so viele Maschinen verloren, dass ich meine Jak bei jeder Landung einem anderen Piloten übergeben muss.

»Irgendwas Besonderes?«, fragt Sascha, ehe sie über den Flügel einsteigt. Ich schüttle den Kopf, beobachte genau, was sie tut.

Sie war schneller zurück, als irgendjemand es für möglich

gehalten hätte. Und wahrscheinlich auch schneller, als gut für sie war. Es ist ihr am Gesicht abzulesen, welche Schmerzen sie durch die ständige Belastung ihrer Hüfte hat.

Edel ruft den Tankwagen herüber. Sie ist zum Serzhanten befördert worden, dank der guten Arbeit, die sie bei der Umschulung des Regiments auf Jaks geleistet hat.

Sascha schlägt mit der flachen Hand gegen die Außenwand der Jak und deutet, als ich zu ihr hinschaue, mit dem Kinn geradeaus. Ein paar unserer Soldaten treiben mit Gewehren eine kleine Gruppe Faschisten vor sich her. Seit sie in Stalingrad eingekesselt sind, haben wir so viele von ihnen gefangen genommen, dass wir fast schon an ihren Anblick gewöhnt sind.

»Weißt du, was die angeblich gesagt haben?«, will Sascha wissen. »Sie wollten gar nicht in den Krieg. Ach ja, und sie haben eigentlich nichts gegen die Sowjetunion.«

Ich schnaube. »Davon habe ich aber nichts gemerkt, solange sie die Oberhand hatten.«

»Kein sowjetischer Soldat würde so winseln«, sagt Sascha voller Verachtung. »Edel!«, ruft sie dann.

Edel blickt von ihrer Arbeit auf. Sascha deutet zum Himmel, der sich zugezogen hat. Sie schüttelt den Kopf. Als ich zum Gefechtsstand zur Berichterstattung gehe, rieseln die ersten Schneeflocken herunter, und es werden schnell mehr.

Schestakow war heute nicht im Einsatz, weil wir einen Schwung neuer Flieger bekommen haben. Alles Jungs. Sie stehen auf den Flügeln zweier Jaks und werfen uns neugierige Blicke zu, während ein Techniker ihnen die Anzeigen erklärt. Wenn sie sich wundern, behalten sie es besser für sich, denke ich und erwidere die Blicke. Keiner der männlichen Kameraden zweifelt noch an unseren Fähigkeiten oder unserem Recht, hier zu sein. Diese Frischlinge sollten es lieber auch nicht tun.

Die Luft im Gefechtsstand ist zum Schneiden. Ich kann Schestakow hören, bevor ich ihn sehe. »... schneller gehen. Das sind schließlich keine Anfänger.«

Ich bleibe in der Tür stehen und nehme Haltung an. Schestakow steht hinter seinem Schreibtisch und gestikuliert verärgert.

»Das sind ausgebildete Flieger, sie müssen nur lernen, mit der Jak umzugehen. Wie lange kann so was dauern?«

»Es dauert so lange, wie es dauert, Genosse Major«, sagt der Mann, der vor seinem Schreibtisch steht. Er schiebt die Mütze nach hinten und reibt sich mit einem scharrenden Geräusch mit der Hand den Stoppelbart. Selbst von hinten erkenne ich Pankratow sofort.

Schestakow kocht. »Und ich sage Ihnen, wir müssen so schnell wie möglich mit den neuen Piloten ins Gefecht. Jeden Tag kann unser Marschbefehl eintreffen. Rühren, Sokolowa«, wirft er beiläufig in meine Richtung.

Pankratow sieht überrascht über die Schulter und nickt dann. »Hab gehört, dass ein paar von euch hier sind.« Er mustert mich von Kopf bis Fuß, als wollte er mich auf meine Funktionstüchtigkeit überprüfen.

»Ihr kennt euch?«, fragt Schestakow.

»Kapitan Pankratow war unser Ausbilder in Engels.«

Gott sei Dank ist ihm nichts passiert. Zum letzten Mal habe ich ihn gesehen, als er mir die Mappe mit den Belobigungen übergab, mit denen ich dann Kasarowa eine Falle zu stellen versucht habe. Das scheint eine Ewigkeit her, dabei ist kaum mehr als ein halbes Jahr vergangen.

»Wie ist es Ihnen ergangen in der Zwischenzeit?«, erkundige ich mich vorsichtig, als wir nach meiner Meldung nach draußen gehen.

»Für Zhukows Offensive haben die im Hinterland von Stalingrad alles zusammengekratzt, was da war«, sagt er. »Auch die Ausbilder. Ich bin seit September auf allen möglichen Flugfeldern unterwegs, um den Leuten zu zeigen, wie man Jaks fliegt. Sind eure noch in einem Stück?«

Anstatt nach den anderen Mädchen fragt er zuerst nach den Flugzeugen.

»Ich zeige sie Ihnen«, sage ich. Bei diesem Wetter kann Sascha kaum gestartet sein.

Ich führe ihn auf das Flugfeld. Zwei der Jungs kommen uns entgegen. Aufgeregt vergleichen sie ihre Trefferzahlen. Deut-

sche Transporter abschießen ist der neue Sport. Pankratow blickt ihnen hinterher, ein Hauch Missbilligung in seiner Miene.
Ich ärgere mich darüber. »Die deutschen Flieger haben Überschläge vollführt, während Stalingrad unter ihnen brannte«, sage ich hitzig. »Sie haben gefeiert. Jetzt macht es keinen Spaß mehr, also wollen sie nach Hause. Das könnte ihnen so passen.«
Er sieht mich an, als würde er etwas bedauern. Trotzig erwidere ich den Blick. Wir müssen darüber reden, als wäre es ein Fußballspiel, begreift er das denn nicht? Wenn so ein Transporter in Flammen aufgeht, dann töte ich nicht nur die Piloten und den Schützen. Ich töte die Verwundeten im Laderaum. Ich töte die Sanitäter. Ich töte die, die darauf warten, dass der Transporter zurückkommt und sie holt.
Ich töte.
»Zwei habe ich allein abgeschossen«, sage ich absichtlich kalt. »Eine Heinkel noch in Saratow. Eine Messer im Oktober über Stalingrad. Und vier weitere zusammen mit Natascha.«
Pankratow schweigt einen langen Moment, ehe er sagt: »Tüchtig.«
Ich beiße mir auf die Lippen. Ein merkwürdiges Wiedersehen ist das. Seite an Seite schreiten wir die Reihen der Flugzeuge entlang. Die meisten von ihnen sind bemalt. Hammer und Sichel. Rote Sterne um das Cockpitfenster, einen für jeden Abschuss. Die Namen von Städten und Fabriken, wo ihre Piloten vor dem Krieg gewohnt und gearbeitet haben, manchmal auch die Namen gefallener Kameraden.
Ich bleibe vor meiner Jak stehen. Sascha ist nirgends zu sehen. Edel und die anderen Mechaniker haben sich in ihren halb offenen Unterstand neben dem Flugfeld zurückgezogen. Sie winkt mir zu durch das Schneetreiben.
Pankratow betrachtet die Außenverkleidung meiner Jak. »Das ist unverwechselbar«, gibt er zu bedenken, doch ich habe ein flüchtiges Lächeln gesehen.
Die Federn des Feuervogels zieren mein Heck. Natascha hat sie gemalt; im Gegensatz zu mir ist sie gut in so was. Nicht in dem Goldorange wie in meinem Märchenbuch, denn eine solche

Farbe haben wir hier nicht. Aber jeder, der die Geschichte kennt, weiß sofort, was die geschwungenen, am Ende verdickten roten Linien darstellen sollen.

»Der Rote Baron wurde auch runtergeholt wegen seiner Farbe.«

»Der war ja auch Deutscher«, sage ich nicht besonders logisch. »Und ein wenig bekannter als ich.«

»Kommt Zeit, kommt Rat«, murmelt Pankratow.

Er ist nicht wegen denen besorgt, denke ich, sondern wegen uns. Er denkt, es macht etwas mit uns, wenn wir Transporter mit Verwundeten in Brand setzen, wenn wir davon sprechen wie von einem Zeitvertreib.

Und so ist es ja auch. Wir haben nur keine Wahl.

»Ohne Sie hätten wir das hier nie überlebt«, sage ich. »Wir waren viel besser ausgebildet als die Jungs.«

»Verletzungen?«, fragt er nur.

Ich nicke. »Leysan wurde gleich zu Anfang verwundet und ins Hinterland gebracht. Es geht ihr aber gut. Sie schreibt. Sascha wurde bei Zhitkur angeschossen, aber sie ist wieder einsatzfähig.«

»Beljajewa ist hier?«, fragt Pankratow unerwartet scharf.

»Wo soll sie sonst sein?«

»Kurz nachdem ihr aus Engels weg seid, hat's geheißen, dass eine eurer Kommandantinnen verhaftet wurde.«

»Aber wieso hätte das denn Sascha sein sollen?«, frage ich verwirrt.

Er winkt ab, sieht zu den aufgereihten Jaks hinüber, wohl um mir zu signalisieren, dass er das Thema wechseln will. Aber ich will das nicht. Etwas steigt empor, eine Erinnerung. Irgendein Interesse hat er an ihr, das ich nie richtig einordnen konnte.

»Warum haben Sie mich damals eigentlich gefragt, ob sie schon immer Beljajewa hieß?«, frage ich.

Er sieht unbehaglich drein. »Nicht so wichtig«, meint er betont beiläufig. »Ich hab nur gedacht, sie ist vielleicht verheiratet und hatte früher einen anderen Namen.«

»Warum? Kennen Sie sie von früher?«

»Nein. So, ich muss mich wieder um die Neuen kümmern.«
Nicht bei Schneefall, das ist Unsinn. Ich rühre mich nicht vom Fleck. »Das muss ja dann gewesen sein, bevor sie geheiratet hat«, überlege ich laut. Sascha ist verheiratet, seitdem ich sie kenne. Keine Ahnung, wie ihr Mädchenname war. »Als Kind, oder was?«

Angestrengt stößt er den Atem aus. »In Engels war früher ein Mädchen, das ihr ähnelte, aber das kann sie nicht sein.«

»Und wieso nicht?«

»Die Tochter von –«

Ein aufheulender Motor übertönt seine Worte. »Die Tochter von wem?«, schreie ich.

»Von einer Familie da im Kolchos!«, schreit er zurück. Der Motor wird leiser und mit ihm Pankratows Stimme. »Die Mutter war tot, und irgendwann starb auch noch der Vater. Dann war die Tochter eines Tages auch weg, nach Moskau, hieß es.«

Einen Kolchos hat Sascha nie erwähnt. Auch Engels nicht. Aber dass sie an der Wolga geboren wurde und erst später nach Moskau kam, stimmt. Es stand in ihrer Akte.

Irgendetwas hält mich jedoch davon ab, es zu bestätigen.

»Das war verboten«, erklärt Pankratow, als er mein nachdenkliches Gesicht sieht. »Hatte ja auch niemand einen Pass.«
Er bricht ab.

Danach werde ich Sascha nie fragen, beschließe ich. Aber vielleicht hat sie deshalb immer so viel Verständnis für meine Situation gezeigt. Stand nicht in ihrer Akte, ihre Eltern seien Arbeiter? Wenn sie in Wahrheit Kolchosbauern waren, dann erklärt das wohl ihre Begabung als Wetterfrosch.

»Und eure Sascha – wenn sie die ist, die ich meine –«, nimmt Pankratow den Faden wieder auf, »war ja schon vor dem Krieg berühmt als Kunstfliegerin. Wenn man sieht, wie alles gekommen ist, wollen die sicher keinen Aufstand deswegen. Gibt ja auch keinen Grund anzunehmen, dass sie nicht genauso loyal sein kann wie jede Russin an ihrer Stelle. Ich würde das auch nicht an die große Glocke hängen.«

Ein Windstoß fährt mir ins Gesicht, fegt eine dünne Schicht

Schnee von meinem Flugzeug. »Was meinen Sie?«, frage ich. »Nicht loyal? Weil sie niemandem erzählt hat, dass sie im Kolchos war?«

Für einen Moment scheint er zu versteinern. »Stimmt, ja«, murmelt er dann und sieht zu Boden. »Ihr habt das alles nicht mitbekommen. Die haben sie weggebracht, ein paar Wochen bevor ihr angekommen seid.«

»Wen haben sie weggebracht?«

»Die Deutschen.« Er spricht sehr sanft. Seine Augen suchen immer noch nach einem Zeichen in meinem Gesicht, dass ich begreife. »In der Gegend von Engels gab's vor dem Krieg mehr Deutsche als Russen. Die Republik der Wolgadeutschen, noch nie davon gehört?«

Gleich wird er anfangen zu lachen. Gleich wird er mir sagen, dass das alles ein Scherz ist. Stattdessen seufzt er, als hätte er etwas zu bedauern. »Die haben sich Sorgen gemacht, dass die mit Hitler zusammenarbeiten, als der Krieg ausbrach. Was habt ihr denn gedacht, warum die ganzen Häuser leer standen, als die Flüchtlinge kamen? Oder was die ganzen streunenden Hunde da gemacht haben? Die gehörten den Deutschen. In meiner Kindheit hab ich Tür an Tür mit Lindemanns gewohnt, mit dem Vater von Sascha. Wenn sie's ist.«

Der Wind flaut ab, doch noch immer rieselt Schnee die Seitenwand meines Flugzeugs herunter, eine zarte Lawine.

»Nein«, höre ich mich sagen. Meine Hände sind eiskalt trotz der Handschuhe. »Sascha ist aus Moskau. Sie irren sich.«

Er seufzt. »Ich hätte dir das nicht erzählen sollen.«

Ich drehe mich heftig zu ihm um. »Und wenn es stimmt? Wieso haben Sie nicht schon früher –«

»Du hast sicher recht. Ich irre mich.«

Das glaubt er doch selbst nicht. Er hat gedacht, sie sei verhaftet worden, einfach nur – deswegen.

Und das würden sie auch tun. Es bliebe ihnen gar nichts anderes übrig. Der innere Deutsche ... bei den eigenen Streitkräften, in vorderster Front.

»So verrückt wäre ja wohl niemand«, meint Pankratow beschwichtigend, als ob seine Gedanken einen ähnlichen Verlauf genommen hätten.»Als Wolgadeutsche zur Roten Armee. Und dann auch noch Geschwaderkommandantin.«

Nein, das würde man nicht tun. Meine Gedanken beginnen sich zu drehen.

Es sei denn, jemand schützt einen.

»Von jetzt an ist das Wort ›Deutscher‹ für uns der allerschlimmste Fluch ...«

Die Worte des Dichters Erenburg, Inna hat sie uns erst vor ein paar Tagen vorgelesen. Ich spüre noch immer den Widerhall dieses Satzes, die Wahrheit in diesen Worten. Und ich war überzeugt, dass wir alle das Gleiche dabei empfanden. Sascha war dort und hat ihn gehört, diesen Satz und alle anderen, die den Deutschen Tod und Verderben prophezeit haben ...

Ich gehe im Korridor des Unterstands auf und ab. Unser Zimmerchen zu betreten, kann ich mich nicht überwinden. Die ganze Zeit, alles, was wir zusammen durchgestanden haben ...

Wenn sie Deutsche ist, was kann sie dann noch alles sein?

Die Erdwälle scheinen auf mich zuzukommen. Wenn sie uns das verschwiegen hat, welche Geheimnisse hat sie noch vor uns?

Wie hat sie es angestellt, als Deutsche in der Roten Armee dienen zu dürfen? Hatte sie schon vorher Kontakt zum NKWD? Schützt Mukijenko sie? Weil sie schon immer sein Spitzel war, schon in Tuschino? Ich weiß schließlich aus erster Hand, wie diese Tauschgeschäfte funktionieren. Pankratow sagte was von einem Kolchos. Damit hätten sie ihr drohen können: Entweder du arbeitest für uns, oder wir schicken dich zurück.

Ich zwinge mich zu einem tiefen Atemzug, dann zu noch einem. Schließlich reicht es, um Sascha gegenüberzutreten.

Wie durch ein Wunder ist sie allein in unserem Zimmer. Sie sitzt auf ihrer Pritsche, ihre Stiefel ordentlich danebengestellt, die Fußlappen zum Trocknen über den Radiator gehängt. Über das Kopfende ihrer Pritsche hat sie einen Zeitungsausschnitt geheftet. Ein Artikel über Wassili Sajzews Scharfschützen, die sie so sehr bewundert.

»Warst du es?«

Sascha starrt mich an, aber wie soll man eine solche Frage anders stellen?

»Warst du es? Hast du meine Eltern angezeigt?«

Sascha reißt die Augen auf. »Nein, natürlich nicht.«

Ich betrachte sie, als ob ich sie noch nie gesehen hätte: ihr Gesicht mit den kräftigen Brauen und dem schmalen Nasenrücken, ihr leuchtend goldenes Haar, die olivgrüne Winteruniform, die kleinen roten Sterne am Kragen.

Ich versuche, mich zu beruhigen, meine Gedanken etwas zu ordnen. »Woher hattest du den Bescheid, dass ich ins Regiment kommen sollte?«

»Von Marina Raskowa.«

»Woher hatte sie den Bescheid?«

»Ich nehme an, direkt vom NKWD. Kannst du mir mal sagen, was das hier soll?«

Ich gehe im Zimmer auf und ab. Damals in der Akademie der Luftfahrt hat Raskowa mich ganz selbstverständlich zu Mukijenko geschickt. Ihr kam das weder ungewöhnlich noch besorgniserregend vor. Alles Teil des Systems. Ich lache, aber es klingt in meinen eigenen Ohren wie ein Schluchzen. »Gibt es eigentlich irgendjemanden, der nicht für das NKWD arbeitet?«

»Ich«, sagt Sascha schlicht. »Abgesehen davon tun die auch nur ihre Arbeit.«

Ich stoße den Atem aus, fahre mit einer Hand über mein Gesicht, als könnte ich so meine Gedanken ordnen oder die überflüssigen wegwischen.

»Du bist immer so duldsam«, sage ich. »Trägst keinem etwas nach. Nicht einmal Kasarowa.«

Sascha sitzt vollkommen regungslos. »Es gibt eine Menge Leute, denen ich was nachtrage. Die sind nur nicht auf dieser Seite der Front.« Sie steht auf. »Ich habe es dir schon mal gesagt: Wenn wir anfangen, uns gegenseitig zu misstrauen, dann sind wir geliefert.«

Ich höre kaum zu. »Du hast mir gesagt, wenn ich das hier gut mache, dann ... dann interessiert sich niemand mehr für meine Herkunft. So war das doch, oder?«

Ich habe damals natürlich gedacht, das sei auf meine Eltern und mich gemünzt, aber hat sie am Ende über sich selbst gesprochen? Woher hatte Sascha überhaupt die Idee, dass man sich durch Dienst an der Waffe rehabilitieren könnte? Sie muss darüber nachgedacht haben. Einige von uns haben es nötiger, Flagge zu zeigen, als andere, so viel ist klar. Wenn sie eine Wolgadeutsche ist, dann weiß sie das, genauso wie ich es weiß, die Tochter von Saboteuren.

Sie ist etwas ruhiger geworden, runzelt jedoch immer noch die Stirn. »So war es doch auch. Oder hat wieder jemand damit angefangen? Macht dir irgendwer Schwierigkeiten?«

Die Familie, höre ich Mukijenko sagen. Sie ist der Quell allen Übels. Habe ich die Bedeutung endlich entschlüsselt? Ist wirklich Abstammung damit gemeint, Nationalität?

Ich öffne den Mund, um Sascha zu sagen, dass ich Bescheid weiß, um sie zu fragen, was sie sonst noch vor mir verheimlicht hat –

»Was ist denn los?«

Ich fahre herum. Inna und Natascha stehen in der Tür. Innas hellblaue Augen huschen von Sascha zu mir und wieder zurück. Natascha runzelt die Stirn. Niemand antwortet. Sascha und ich blicken aneinander vorbei.

Deshalb das Fieber, geht es mir durch den Kopf, an unserem ersten Tag in Engels. Es muss ein Schock für sie gewesen sein, dass alle fort waren. Vielleicht hat sie erst da begriffen, was es für sie bedeuten würde, wenn ihre Herkunft ans Licht käme. Vielleicht hat sie gar nicht lügen wollen ...

»Unser Marschbefehl ist da«, höre ich Natascha sagen. Sie klingt ganz aufgeregt. »Jetzt ratet mal, wohin die uns schicken!« Sie tänzelt geradezu in die Mitte des Zimmers.

Sascha ringt sich ein Lächeln ab. »Wohin?«

Und deshalb die vielen Spaziergänge allein, überlege ich. In Engels, in Anisowka. Oder doch, um sich mit Mukijenko zu treffen?

»Nach Zëty!«, ruft Natascha in einem so begeisterten Tonfall wie: Nach Paris!, und breitet die Arme aus.

»Müsste ich das kennen?« Saschas Aufmerksamkeit wandert. Ihr Blick schwenkt zu mir herüber. Sie hat es abgestritten, dass sie etwas mit meinen Eltern zu tun hatte, aber kann es wirklich ein Zufall sein, dass eine aus unserer Gruppe ein solches Geheimnis hat?

Es läuft alles auf die Frage hinaus: Vertraue ich Sascha oder nicht?

Nein, selbst das spielt keine Rolle. Ich muss das so oder so für mich behalten.

Natascha strahlt. »Kasarowa, die alte Hexe, wollte mich damals verhaften lassen, weil ich das blöde Kaff nicht auf der Karte finden konnte. Aber ich hab's ja immer gesagt – Zëty gibt es!«

Nataschas Zëty hat sich als völlig zerstörtes Kalmückendorf mitten in der Steppe herausgestellt. Kein Wunder, dass es auf keiner Karte zu finden war. Die Bewohner sind verschwunden bis auf ein paar alte Frauen und Kinder in einer einzigen Jurte, die in erbarmungswürdigem Schmutz hausen. Wir haben versucht, herauszufinden, was passiert ist, aber sie sprechen kein Russisch.

Es ist auch nicht nötig. Die Deutschen sind hier durchgekommen. So einfach ist das.

Ob es wohl noch mehr von ihnen in der Roten Armee gibt? Deutsche mit russischen Namen? Oder ist Sascha die einzige?

Es heißt, die deutschen Minderheiten hätten überall mit der Wehrmacht zusammengearbeitet – in Polen, in Tschechien. Das zumindest glaube ich in Saschas Fall keine Sekunde lang.

Aber alle anderen würden das denken.

Stalingrad, ihre Luftsiege, ihre Auszeichnungen – das alles wäre bedeutungslos, sobald irgendwer in der Hierarchie Wind von ihrer Abstammung bekäme. Nicht einmal das NKWD könnte sie dann schützen. Und wir anderen wären auch alle dran. Es würde heißen, wir hätten Bescheid gewusst.

Im Eingang zur *zemljanka* steht ein Wassereimer, in den ich meine Trinkflasche tauche. Das Wasser ist so kalt, dass ich mich fast verschlucke, doch ich trinke weiter. Ein bisschen davon läuft mir übers Kinn.

Jemand packt mich unversehens am Arm. Natascha steht neben mir, die Stirn in Falten gelegt. »Was ist mit dir? Du fliegst wie eine Irre. Bist du so scharf drauf, schon ins Gras zu beißen? Dann lass mich wenigstens da raus!«

Ich setze die Wasserflasche ab und wische mir über den Mund.

Das größte Problem ist jetzt Pankratow. Er kann nicht einfach zulassen, dass eine Deutsche so nah am Feind Dienst tut. Wenn er mit den Frischlingen hier eintrifft, muss ich als Erstes mit ihm sprechen.

Andererseits, wenn Pankratow Sascha verraten wollte, hätte er es längst getan.

»Erst fliegst du der Ju fast ins Heck, und dann rennst du mich noch über den Haufen«, sagt Natascha.

Aber was, wenn er es doch dem NKWD meldet? Immerhin dachte er ja, sie sei bereits festgenommen worden.

»Kannst du *taran* nicht irgendwie anders trainieren? Ramm doch lieber die Deutschen und nicht mich.«

Was würden sie mit Sascha machen? Sie als deutsche Spionin verhaften? Sie dahin schicken, wo die anderen Wolgadeutschen sind?

»Hörst du mir zu?«, fragt Natascha.

»Ja.« Ich blinzle. »Tut mir leid.«

Sie hat ja recht. Ich habe sie nicht gesehen, nur das Krachen gehört, als unsere Flügelspitzen sich berührt haben. Hoffentlich erzählt das niemand Pankratow. So viel zum Thema die ganze Schlacht sehen, alter Mann, denke ich.

Natascha verzieht das Gesicht. »Na, schönen Dank auch.«

Wie kann Sascha das Ganze eigentlich immerzu ausblenden? Diesen Betrug? Die Furcht, entdeckt zu werden, muss wie ein Damoklesschwert über ihr hängen.

»Ist noch etwas?«, frage ich, als ich merke, dass Natascha mich noch immer unverwandt ansieht.

Ihr Blick flackert. »Ich sag's dir später.«
»Nein, sag's mir jetzt.«
»Diese Ju, die du abgeschossen hast ...«
»Was ist damit?«
»Sie wissen jetzt, was drin war.«
Sie, das sind die Bodentruppen, die solche Wracks in Augenschein nehmen, wenn sie auf unserem Territorium runterkommen. Und sie haben es gleich an uns gefunkt?
Ich spüre meine Schultern ein wenig absacken. »Verwundete?«
Sie schüttelt den Kopf, holt tief Luft. »Krankenschwestern.«
Ich lasse die Wasserflasche sinken. Es sind Frauen im Kessel. Bis zu diesem Moment war mir das nicht klar. Und jetzt werden sie rausgebracht, damit sie nicht in Gefangenschaft geraten.
»Wie viele?«, höre ich mich fragen.
»Vielleicht ... vielleicht zwanzig.«
Da kam Iwan Bykowitsch ihnen zuvor und schlug kreuzweise über die Äpfel – nur Blut spritzte hervor! Die Frauen der Tschudo-Judos gingen so zugrunde ...
Die Wand des Unterstands kommt auf mich zu. Ich stütze mich mit dem Ellbogen dagegen. Jemand atmet rasch und tief wie eine Ertrinkende, hyperventiliert geradezu. Sekunden verstreichen, ehe ich merke, dass ich das bin.
Natascha hilft mir, mich hinzusetzen. Ich rutsche mit dem Rücken die Wand entlang. Das macht keinen Unterschied, sage ich mir. Jeder, der in den Krieg zieht, weiß, dass er darin umkommen kann. Die Faschisten haben unsere Frauen auch getötet mit ihren Bombenangriffen, mit ihren Panzern.
Unsere Frauen auch, unsere Frauen auch, unsere Frauen auch.
Ich umklammere Nataschas Hand. »Gott, was machen sie auch hier? Sie sind selbst schuld!«
»Ich weiß.« Natascha streicht mir übers Haar.
»Warum sind sie auch nicht zu Haus geblieben?« Es kommen keine Tränen, trotz des würgenden Gefühls in der Kehle. Irgendwann ebbt es ab, dieses Gefühl, von innen gesprengt zu werden.

»Sie könnten sich doch einfach ergeben! Sie wissen doch, dass es keinen Sinn mehr hat! Aber nein, sie müssen weitermachen, weiter auf uns schießen, sie ...«

Sascha steht in der Tür. Ich verstumme, starre sie an, überzeugt, dass sie mich wegen der deutschen Krankenschwestern zur Rede stellen wird. Doch sie sagt nichts. So rasch ich kann, komme ich auf die Füße.

Das Brummen näher kommender Flugzeuge füllt die Luft. Ohne aufzuschauen, weiß ich, dass sie zur Landung ansetzen, als das Geräusch sich verändert.

»Die Frischlinge sind da«, sagt Natascha und geht in Richtung Landebahn davon.

Sascha stellt sich mir in den Weg, als ich ihr folgen will.

»Du rennst jetzt nicht weg«, sagt sie. Ihr Ton ist kalt. »Katja, wieso hast du mich gefragt, ob ich deine Eltern angezeigt habe?«

»Es war ein Missverständnis.« Ich versuche, mich an ihr vorbeizuwinden.

Sie packt mich am Arm. »Das war es nicht. Ich weiß, was du denkst: Eine von uns muss es gewesen sein, weil wir hinterher nicht auch verhaftet und verhört wurden. So ist es doch, oder?«

»Ist es das, was du denkst?«

Sie geht nicht darauf ein. »Warum kommst du jetzt damit, nach all dieser Zeit?«

Ihr Gesicht ist verhärtet, in diesem Moment kommt sie mir vor wie ein fremdes Wesen. Ich muss an die Ju mit den deutschen Krankenschwestern denken. Haben sie so ausgesehen wie sie, diese Deutschen?

»Ich sage doch: Ich habe mich geirrt.«

Ihre Hand legt sich um meinen Arm, als ich mich zum Gehen wende. »Nur für den Fall«, sagt sie langsam, »dass irgendwer dir das gesagt hat. Dass eine von uns daran schuld ist. Hast du dir mal überlegt, was derjenige vielleicht damit bezwecken will?«

Mukijenkos eisfarbene Augen tauchen vor mir auf. Ja, das habe ich mich allerdings mehr als einmal gefragt. Aber Mukijenko spielt hier keine Rolle.

Sie ist diejenige, die uns angelogen hat. Sie ist diejenige, die etwas zu verbergen hat.

»Sascha!«, ruft eine Männerstimme hinter uns.

Als ich über die Schulter blicke, sehe ich Segelohr angerannt kommen, so schnell es der Schneematsch um uns herum erlaubt.

Er stoppt neben uns und fragt: »Ist Schestakow da unten, habt ihr ihn gesehen?«

Sascha verneint. »Was ist los?«, fragt sie.

Jetzt kann ich aufgeregte Stimmen hören, die von der Landebahn herüberschallen.

»Messerschmitts haben sie angegriffen, als sie gerade aufbrechen wollten. Tschapurniki ist bombardiert worden.« Er fährt sich mit einer Hand durchs Haar. »Sie hören nicht auf, diese Schweine!«

»Verluste?«, unterbricht ihn Sascha.

»Zwei der Neuen mussten sie in Tschapurniki zurücklassen, verwundet. Und der Ausbilder, der sie herbringen sollte ...«

»Was ist mit ihm?«, frage ich.

Segelohr schüttelt den Kopf. »Der hat's nicht geschafft. War als Erster in der Luft, und da waren sechs von ihnen ...« Segelohr macht eine entschuldigende Geste, ehe er weiterhastet, um Schestakow zu suchen.

Sascha und ich sehen uns wortlos an.

In der letzten Nacht des alten Jahres befreien wir Kotelnikowo. Bei klirrender Kälte rücken unsere Bodentruppen in den Ort vor. Wir landen auf einem verschneiten Flugfeld, über das sich noch die Tarnnetze und Unterstände der deutschen Flugzeuge verteilen.

Unser Atem gefriert fast in der Luft. Aber in den leeren Unterkünften der deutschen Flieger ist es überraschend warm. Keine Erdlöcher für Hardenbachs Kameraden, registriere ich gereizt, sondern Bauernhäuser. Was mit den Bewohnern passiert ist, kann ich nur erahnen. *Sie haben ihnen die Kleider abgenommen, sie ohne Schuhe in den Schnee hinausgejagt.* Da stehen noch die Pritschen der Deutschen, ihre Tische, darauf Karten, Geschirr, Rasierzeug.

Natascha hält die Fingerspitzen an eine der Blechtassen. »Noch warm«, sagt sie.

Wir tauschen Blicke. Sie müssen völlig überstürzt aufgebrochen sein.

Segelohr hält uns mit ausgestrecktem Arm vom Weitergehen ab. »Wer weiß, ob sie nicht ...«

Die Hütten vermint haben? Dafür hatten sie wohl kaum die Zeit, doch ich folge ihm und Natascha nach draußen.

Die Dunkelheit kann nicht verbergen, dass Kotelnikowo in einem ähnlichen Zustand zurückgelassen wurde wie Zëty. Die Menschen geflohen, ihre Häuser zerstört. Das ehemals weiße Bahnhofsgebäude flammengeschwärzt und halb eingestürzt. Verkohlte Baumstümpfe, wo einmal Gärten standen.

Warum nur brennt jemand Obstbäume nieder? Hassen sie uns so sehr? Wird es überall so sein, in jeder Stadt, die wir befreien?

»Keine Tränen!« Sascha legt einen Arm um Inna, den anderen um Natascha und zieht sie fest an sich. »Es wird nicht geflennt.« Inna legt den Kopf auf ihre Schulter, kämpft immer noch mit den Tränen.

Ich weine nicht. Ich habe nicht einmal wegen Pankratow geweint. Wahrscheinlich würden Tränen sowieso nur gefrieren. Meine Wangen sind fast taub vor Kälte, trotz der Ohrenklappen aus Pelz.

Ein Zischen ertönt, gefolgt von einem hellen Lichtstrahl, einem rötlichen Schein, der sich über den Ruinen von Kotelnikowo ausbreitet. Leuchtmunition. Für ein paar Sekunden ist es taghell, und wir können die ganze Zerstörung noch besser sehen.

Schestakow steht in einiger Entfernung mit seiner Pistole. Ich runzle die Stirn, frage mich, wem dieses Signal gelten soll. Dann verstehe ich. Es ist Mitternacht.

Um uns herum brechen die Soldaten in Jubelrufe aus, umarmen einander. Jemand lässt Wodka in einer Trinkflasche herumgehen. Weitere Schüsse ertönen überall in der Dunkelheit.

Schestakow hält sich abseits, feuert noch eine Leuchtkugel in den nachtschwarzen Himmel.

»1943!«, schreit er. »1943 wird das Grab des Faschismus!«

Wir sehen zu dem behelfsmäßigen Feuerwerk hinauf. Mein Blick huscht zu Sascha. Ihr Gesicht, von dem blassroten Widerschein erleuchtet, spiegelt nichts als Zutrauen und Entschlossenheit wider.

Dann verschluckt es die Dunkelheit.

NEUN

Kotelnikowo – Stalingrad – Kotelnikowo – Pridatscha,
Februar/März 1943

Katja

»Fertig?«, frage ich. Der Mechaniker grunzt eine Antwort. Ich schneide eine Grimasse und schwinge mich ins Cockpit. Edel fehlt mir. Sie müsste jeden Tag von ihrem Lehrgang zurückkommen, doch dann wird sie endlich selbst fliegen, nicht mehr meine Jak warten. Ich betrachte meine Anzeigen. Falls Edel überhaupt wieder hierherkommt und nicht gleich zurück ins 586. geschickt wird.

Unsere Tage im Neunten sind gezählt.

Von der Befreiung Stalingrads und der Kapitulation der 6. Armee haben wir über das Radio erfahren. Die letzten Wochen hat unser Regiment immer weiter westlich liegende Ziele angegriffen. Doch auch bei uns kamen Gefangenenzüge durch. Wir stellten uns an den Wegrand, weil wir die geschlagenen Feinde sehen wollten. Es waren Deutsche und Rumänen in völlig zerlumpten Uniformen. Sie hatten Erfrierungen im Gesicht und an den Händen und trugen Schals über ihren Köpfen.

»Ich dachte immer, bei den Faschisten kämpfen keine Frauen. Da hat man uns wohl etwas Falsches erzählt«, bemerkte Natascha bei dem Anblick der »Kopftücher«.

Es gibt weiter viel zu tun. Erst vor zwei Tagen hat das Neunte bei der Befreiung von Rostow am Don die Bodentruppen unterstützt. Als Nächstes werden wir wohl Richtung Charkow vorrücken.

Das heißt, die Männer werden vorrücken. Uns schiebt man zu Kasarowa ab, kaum dass die größte Gefahr gebannt ist. Ich weiß, wir haben kein Recht, uns zu beklagen. Ein Soldat geht dahin, wo man ihn hinschickt, und tut dort seine Pflicht, ohne zu diskutieren. Aber trotzdem ...

Im Cockpit überprüfe ich die Anzeigen und die Landeklappen. Schestakow ist auch keine Hilfe. Das Neunte sei nicht das einzige Regiment, das gute Piloten brauche, erklärte er uns. Ihm seien die Hände gebunden.

Als ich in Richtung Heck schiele, um das Höhenruder zu testen, werde ich Zeugin einer eigenartigen Szene. Inna steht mit einer kleinen Gruppe von Leuten zusammen, unter ein paar Birken, die im Schnee ringsum kaum zu sehen sind. Es muss kalt sein, doch niemand von ihnen bewegt die Füße oder behaucht seine Hände. Sie stehen wie erstarrt. Ab und zu sagt jemand etwas.

Eine von ihnen dreht den Kopf in meine Richtung. Es ist Edel.

Obwohl mein Nacken schmerzt von der verdrehten Haltung, halte ich den Kopf über die Schulter gewandt und winke ihr zu, will nach ihr rufen. Doch sie scheint mich nicht zu sehen. Ich zucke zusammen, als ich Politkommissar Martynow durch den Schnee näher kommen sehe. Aufgrund der Entfernung und des Motorengeräusches kann ich seine Schritte nicht hören und auch seine Stimme nicht, als er vor ihnen stehen bleibt.

»Mitkommen!«, lese ich von seinen Lippen ab. »Alle.«

Alle, das sind neben Inna und Edel der kleine Grossmann vom Zweiten Geschwader und der Waffentechniker Rabinowitsch. Ich sehe sie Blicke tauschen, ehe sie sich in Gang setzen und Martynow in Richtung Gefechtsstand folgen.

Ich drehe mich im Cockpit um und sehe ihnen über die andere Schulter nach, als sie davongehen. Was hat das zu bedeuten? Was will der Politkommissar von ihnen?

Der Motor ist warmgelaufen. Nach kurzem Zögern lasse ich die Jak auf die Startbahn rollen.

Aus der Luft ähnelt die befreite Stadt einem Mund, aus dem eine riesige Faust fast alle Zähne geschlagen hat. Ein Lkw bringt mich vom Flugfeld Gumrak ins Zentrum.

Hier zu sein, fühlt sich an wie ein Fiebertraum. Der Schutt liegt meterhoch in den Straßen. Ausgebrannte Ruinen ragen zum Himmel wie riesige verkohlte Streichhölzer. Von einigen

Häusern stehen noch die Außenwände mit Fensterrahmen wie leere Augenhöhlen.

Und dennoch wimmelt es von Menschen. Soldaten vor allem. Ich weiß nicht, wo sie in diesen Trümmern schlafen, im Schnee. Ich frage nach der Adresse, zu der man mich bestellt hat, ernte misstrauische Blicke aus schmalen Augen.

Überall wird aufgeräumt, die Stalingrader müssen damit angefangen haben, kaum dass die letzten Schüsse verklungen waren.

Die Adresse, die man mir genannt hat, ist jedoch in einem verhältnismäßig guten Zustand. Einschusslöcher und abgebröckelter Putz an der Fassade, doch das Dach wird bereits ausgebessert.

Und vor dem Haus hat sich eine Schlange gebildet. Frauen in Kopftüchern, einige halten Päckchen an sich gedrückt. Die Schlange endet an einem kleinen Schalter in einem der Fenster. Das Bild scheint an einen anderen Ort und in eine andere Zeit zu gehören. Ich gehe langsamer.

In solchen Schlangen habe ich nach der Verhaftung meiner Eltern gestanden.

»Lejtnant Sokolowa«, sage ich zu der ersten Uniform, die mir im Eingangsbereich des NKWD-Hauptquartiers begegnet. Zum ersten Mal stelle ich mich mit meinem neuen Rang vor. »Ich soll mich bei Major Mukijenko melden.«

Der NKWD-Offizier hat eisgraues Haar und eine alte Verletzung im Gesicht. Narben entstellen die komplette linke Hälfte. Überrascht starre ich ihn an. Sein Haar war dunkel, als ich ihn mit Mukijenko im Lazarett von Srednjaja Achtuba gesehen habe.

»Drinnen«, sagt er schließlich. Er scheint mich nicht erkannt zu haben. »Erster Stock«, fügt er hinzu.

Seinen Namen habe ich nie erfahren. Ob ich ihn nach Leysan fragen kann? Der letzte Brief von ihr ist lange her. Sie müssen im selben Krankenhaus gewesen sein.

Da saßen wir noch alle in einem Boot, aber nun ist die Stadt befreit und das NKWD-Hauptquartier das erste Gebäude, das man instand setzt. Ich spüre, dass er mir nachsieht, als ich das Gebäude betrete.

Die Treppe ist halb zerschossen, doch sie trägt. Oben gehe ich einen düsteren Flur entlang. Strom gibt es noch keinen. Das einzige Licht, das den Korridor erhellt, fällt durch fehlende Türen, die in Seitenzimmer führen, die keine Fensterscheiben mehr haben. Es zieht wie Hechtsuppe. Überall verteilen sich Papiere auf dem Boden.

Das habe ich schon einmal gesehen. Papierregen, Feuer in einer Tonne ... Am Tag vor meiner Abreise aus dem belagerten Moskau. Damals wollten sie ihre Dokumente vernichten, jetzt sammeln sie sie wieder ein.

Durch eine der Türen sehe ich zwei Männer die Köpfe über einem aufgeschlagenen Aktenordner zusammenstecken, den einer von ihnen in Händen hält. Als sie mich bemerken, verstummen sie. Ich senke den Blick, mache einen Schritt zurück und stoße gegen ein Hindernis. Eine Hand schließt sich um meinen Oberarm.

»Das ging schnell.«

Mukijenko. Ich drehe mich um. Was hat er erwartet? Dass ich diesen Besuch vor mir herschiebe? Er ist schmal im Gesicht. Die Epauletten an seinen Schultern sind die eines Starschyj Major. Ist er schon wieder die Leiter raufgefallen?

»Warte einen Moment hier, Katja, ich komme gleich zu dir«, sagt er, als wären wir an der Pädagogischen Hochschule und ich käme zur Sprechstunde bei einem meiner Professoren. Damals dachte ich noch, ich würde später Literatur unterrichten, und Stalingrad war einfach nur der Name einer Stadt irgendwo im Süden.

Mukijenko verschwindet in einem der angrenzenden Räume. Ich trete an das Fenster gegenüber seiner Tür. Im Rahmen stecken noch Glassplitter. Über den Hof bewegt sich langsam eine Gruppe von Leuten – Männer, nehme ich an. Doch es ist beim besten Willen nicht mit Bestimmtheit zu sagen. Sie sind abgemagert, nur in Lumpen gekleidet. Ein paar sind in Decken gehüllt. Sie haben keine Haare mehr.

Ich spüre, dass er neben mir steht.

»Sind das deutsche Gefangene?«, flüstere ich.

»Deutsche? Nein.« Er deutet mit dem Kinn auf die Skelette. »Im Vergleich zu denen da stehen die Deutschen gut im Futter. Das sind frühere Russen.«

Frühere …? »Was soll das heißen?«

Mukijenko zieht die Brauen hoch. »Wir können nicht auf Treu und Glauben jeden wieder aufnehmen, ohne zu wissen, was er in Gefangenschaft getan hat.«

Er wendet sich vom Fenster ab, geht zurück ins Zimmer, ohne abzuwarten, ob ich ihm folge.

»Aber was sollen sie denn getan haben?«, frage ich, während Mukijenko die Tür hinter uns zuzieht.

»Du bist so naiv«, sagt er. »Immer noch. Weil du keine Ahnung hast, was ein Sieg wie dieser erfordert. Du denkst, unsere Soldaten müssen nur tapfer kämpfen, dann werden wir die Faschisten schon aus dem Land jagen.«

»Es war doch aber nicht ihre Schuld, dass sie gefangen wurden.«

Er setzt sich hinter seinen Schreibtisch. »Meinst du?«

Ein unbehagliches Schweigen tritt ein.

»Weißt du, welche Schwierigkeiten wir hatten, die Stadt zu halten?« Er schüttelt den Kopf. »Ganze Bataillone haben versucht überzulaufen, nur weil ihnen ein paar Kugeln um die Ohren flogen.«

Mit einem ungutem Gefühl betrachte ich seine angespannten Kiefer. Und was hat er dann getan? Wofür hat man ihn befördert?

Er bedeutet mir, mich zu setzen. »Bis zum Ende der Kämpfe lebten Sowjetbürger auf dem Territorium, das die Deutschen hielten. Längst nicht alle haben die Stadt verlassen, die die Möglichkeit dazu hatten.«

Ich greife mir einen der Holzstühle, die im Zimmer herumstehen. Ihnen wurde doch aber nicht erlaubt zu gehen, denke ich. Als der Evakuierungsbefehl kam, standen die Deutschen schon fast im Stadtzentrum.

»Mehr denn je«, fährt Mukijenko fort, »kommt es jetzt darauf an, dass wir uns nicht von Spionen und Saboteuren zersetzen lassen. Der Feind in den eigenen Reihen wird uns nicht daran hindern, die Faschisten endgültig aus dem Land zu jagen.«

Es überläuft mich kalt bei diesen Worten. Der Feind in den eigenen Reihen – ist es Zufall, dass er das so betont? Er kann nicht wissen, was ich in der Zwischenzeit herausgefunden habe. Aber vermutet er etwas? Sollte Pankratow vor seinem Tod doch etwas gesagt haben? Doch dann wäre Sascha längst verhaftet worden.

Er lächelt. »Und wie geht es dir?«

»Gut.« Ich antworte wie aus der Pistole geschossen.

Sein Lächeln vertieft sich. »Was gibt es Neues?«

Der aufgesetzte Plauderton soll mich wohl in Sicherheit wiegen.

»Dass wir zurück ins 586. verlegt werden sollen, wissen Sie sicher schon.«

Er nickt.

»Wir würden lieber bei Schestakow bleiben«, sage ich, entnervt, dass er nicht von selbst darauf kommt. Er hätte womöglich die Macht, das zu arrangieren. »Hier können wir mehr tun.«

»Das sehe ich anders.«

Wir sehen uns an. Also geht alles von vorn los. Kein Muskel bewegt sich in seinem Gesicht. Meine Fingernägel bohren sich in meine Handflächen. Ich bin dankbar, dass er das unter dem Tisch nicht sehen kann.

Er nickt mir zu. »Berichte.«

»Über was?« Das einzige Regiment, über das ich berichten könnte ...

Nein. Ich lehne mich zurück und verschränke die Arme vor der Brust. »Ich habe Ihnen nichts zu sagen über das Neunte.«

Er überlässt mich der Stille.

Ärger macht sich in mir breit. »Was soll ich denn berichten?«, frage ich. »Wir haben gekämpft, was denn sonst? Soll ich Ihnen jetzt was über unsere Luftkämpfe erzählen, oder interessiert Sie, was es zu essen gab?«

»Luftkämpfe wären doch ein Anfang.« Er verzieht keine Miene. »Du sollst dich ja neuerdings fürs Rammen interessieren.«

Ich starre ihn an. Diesen Zwischenfall meint er, als ich Nataschas Jak am Flügel gestreift habe? Das liegt Monate zurück.

»Wer hat Ihnen das erzählt?«, frage ich und kenne im selben Moment die Antwort. Natascha. Sie war dabei und weiß natürlich, was genau passiert ist. Etwas Kaltes, Schweres breitet sich in meinem Magen aus.

Mukijenko sagt nichts, beobachtet mich nur ruhig. Ich erwidere den Blick, während meine Gedanken rasen. Auch Edel wusste Bescheid, sie hat die Maschine repariert.

Sascha hat es ebenfalls mitbekommen. Sie kam dazu, als ich mich mit Natascha drüber unterhalten habe. Später haben es dann wohl auch Inna und andere im Regiment erfahren, sicher auch Politkommissar Martynow.

Aber Natascha ist die Einzige, die es miterlebt hat. Die Einzige, die das Wort *taran* gebraucht hat für das, was bei Zëty passiert ist.

Doch darüber kann ich mir später Gedanken machen.

Ich werfe leicht den Kopf in den Nacken. »Es war ein Versehen. Im Einsatz kann eine Menge schiefgehen, da passiert auch so was mal. Das wüssten Sie, wenn Sie selbst schon welche geflogen wären.«

Mit einem Mal durchströmt mich Selbstsicherheit. Er fliegt nicht. Er wird nie wissen, wie es ist, wenn man im Kugelgewitter einer Luftschlacht frontal auf einen Gegner zuhält. Ich sitze breitbeinig auf dem Stuhl, als wäre es das Cockpit meiner Jak und meine Füße stünden auf den Pedalen.

Ein Hauch von Überraschung, vielleicht auch Belustigung ist in seine Augen getreten. »Wie geht es den anderen?«, wechselt er scheinbar das Thema.

»Gut«, sage ich abwägend. »Sie freuen sich nicht gerade auf Kasarowa, aber sie sind stolz auf den Sieg.«

Er schweigt lange. »Und du?«, fragt er schließlich.

»Ob ich stolz bin? Natürlich bin ich das.« Was unterstellt er mir da?

»Du verhältst dich nicht so.«

Ich weiß nicht, was ich darauf sagen soll. Woher will er wissen, wie ich mich verhalte? Er hat mich seit Monaten nicht gesehen. Da begreife ich.

Mein dritter Treffer, für den ich befördert worden bin. Die deutschen Krankenschwestern. Jemand hat ihm auch berichtet, wie ich darauf reagiert habe. Sascha und Natascha haben das hautnah mitbekommen ...

»Es gab da wohl eine Auseinandersetzung mit deiner Geschwaderkommandantin«, sagt er langsam.

»Mein Geschwaderkommandant heißt Lawrow«, sage ich mit einem Hauch von Spott, »und ich hatte noch nie eine Auseinandersetzung mit ihm.«

»Stell dich jetzt nicht dümmer, als du bist«, sagt er gespielt nachsichtig.

Ich beiße die Zähne zusammen. Was will er von mir? Warum hat er mich hier antreten lassen? Ich dachte, dass er Anweisungen bezüglich Kasarowa hat, aber er stochert nach etwas anderem.

»Hast du sie gefunden?« Seine Stimme ist fast ein Flüstern.

Ich zucke zusammen. »Wen?«

»Die Person, die deine Eltern angezeigt hat.«

Es macht Sinn, dass er das vermutet. Er ist nah an der Wahrheit damit. Er glaubt, ich verdächtige Sascha. War sie diejenige, die ihm von dem Streit erzählt hat?

Mukijenko stützt die verschränkten Ellbogen vor sich auf den Tisch, beugt sich zu mir herüber. »Willst du mir nicht sagen, wer es ist? Damit wir herausfinden, ob dein Verdacht stimmt?«

Ich schlucke mit trockenem Mund. »Wenn ich einen Verdacht hätte, wäre ich damit sofort zu Ihnen gekommen.«

Er betrachtet mich nachdenklich. »Worum ging es bei dem Streit mit Beljajewa?«

Inna und Natascha kamen beide herein, als ich mit Sascha gesprochen habe. Hat eine von ihnen die Auseinandersetzung mitbekommen, aber nicht, worum es dabei ging?

Wenn es nicht Sascha selbst war, die ihm alles berichtet hat. Wenn sie nicht von Anfang an mit dem NKWD zusammengearbeitet hat, um ihre eigene Haut zu retten. Dann ist Mukijenko natürlich auch im Bilde über ihr Geheimnis, und ich erzähle ihm damit nichts Neues.

Aber wenn er es noch nicht weiß ... Dann liefere ich Sascha ans Messer. Das Risiko ist zu groß.

»Bei welchem denn?« Ich verdrehe die Augen. »Wir haben ständig Streit wegen allem Möglichen. Sascha muss immer noch die Geschwaderkommandantin raushängen lassen, obwohl sie das seit Monaten nicht mehr ist. Auf ihren höheren Rang und den einen Treffer, den sie mir voraushat, bildet sie sich sonst was ein. Sie können die anderen fragen, denen geht das genauso auf die Nerven. Vielleicht habe ich Glück und werde ihr nicht mehr unterstellt, wenn wir zurück im 586. sind ...«

Ich habe übertrieben. Mukijenko lehnt sich in seinem Stuhl zurück. Seine Züge haben sich verhärtet. »Ich warne dich, Katja. Wenn ich raten müsste, worum es ging, wäre das für niemanden gut.«

Ich spüre, wie bei diesen Worten meine Hand zu zittern beginnt, doch ich zwinge mich, seinem Blick nicht auszuweichen.

»Mehr habe ich nicht zu sagen, Genosse Starschyj Major.«

So. Nun kann er mich verhaften lassen. Der Atem, den ich angehalten habe, ohne es zu merken, durchströmt meine Lungen. Mukijenko betrachtet mich unzufrieden.

»Du willst dich mit deiner Geschwaderkommandantin ausgerechnet über Führungsfragen gestritten haben, wo du ihr gegenüber sonst immer so ...« Er bricht ab, schaut plötzlich durch mich hindurch. »... loyal bist«, beendet er dann seinen Satz mit nachdenklicher Stimme, die in völligem Gegensatz zu dem herrischen Ton davor steht.

»In Ordnung«, sagt er abrupt. »Du kannst gehen.«

Eine Sekunde des Zögerns verstreicht. Dann springe ich auf, salutiere. Ich kann den Raum gar nicht schnell genug verlassen.

»Moment«, sagt er da, als ob ihm jetzt doch wieder einfiele, weshalb er mich hat kommen lassen. »Du weißt, was du zu tun hast, wenn du wieder unter Kasarowa dienst.«

Es ist keine Frage, trotzdem nicke ich. So unangenehm dieser

Auftrag ist, im Vergleich zu Saschas Geheimnis handelt es sich um sicheres Terrain. Mein Herzschlag beruhigt sich ein wenig.

Er sagt: »Achte auf jede Unregelmäßigkeit, die dir auffällt. Wen bevorzugt sie, wer fühlt sich übergangen? Mit wem hat sie Kontakt außerhalb des Regiments?« Er ist ebenfalls aufgestanden. »Denk an das, was ich gesagt habe: Dringlicher denn je müssen wir den Feind in den eigenen Reihen aufspüren und ausmerzen. Wenn du auch nur die Spur eines Verdachtes hast, meldest du mir das. Egal, um wen es sich handelt.« Er behält mich genau im Auge bei diesen Worten. »Hast du mich verstanden?«

»Jawohl, Genosse Starschyj Major.«

Draußen lehne ich mich mit dem Rücken gegen die Tür, ohne die Hand vom Knauf zu nehmen. Unter der Winteruniform steht mir der Schweiß auf der Haut. Er weiß nichts. Aber es war knapp. Wenn Saschas Herkunft irgendwann bekannt wird, wie kann er dann denken, dass ich nichts davon gewusst habe?

Das ist genau die Art von Information, nach der er sucht, und der Himmel weiß, was er damit anstellen würde. Vielleicht Kasarowa beschuldigen, sie habe die ganze Zeit gewusst, dass eine Deutsche in ihrem Regiment ist? Würde das für seine Zwecke genügen?

An der Wand links von mir hängt ein Plakat, das ich schon oft gesehen habe. Eine Frau, die ein rotes Kopftuch im Nacken geknotet trägt und mit gerunzelter Stirn den Finger an die Lippen legt.

»Schwatz nicht!«, steht darüber.

Ich stoße mich von der Tür ab und mache mich auf den Rückweg durch die zerstörte Stadt, vorbei an zu Schutthaufen zerbombten Wohnhäusern und den Überresten eines Kinderkarussells.

Natascha passt mich ab, noch bevor ich einen Schritt in unsere *izba* setzen kann.

»Stimmt was nicht?«

»Das kannst du laut sagen.« Sie winkt mich etwas beiseite und wirft einen Blick auf die Tür zur *izba*.

»Was ist los? Geht es um Martynow?«, frage ich.

Natascha zieht die Stirn kraus. »Du weißt es schon?«

Ich schüttle den Kopf. Im Grunde weiß ich nichts. »Ich hab ihn vorhin mit Inna und Edel gesehen. Was hat er denn gewollt?«

Natascha geht ein Stückchen von der Hütte weg und winkt mir, ihr zu folgen. »Unsere haben ein Massengrab gefunden«, sagt sie, »in der Nähe von Rostow.«

Es ist nicht die erste Meldung dieser Art, die uns erreicht, trotzdem habe ich einen Stein im Magen. »Soldaten?«, frage ich.

Natascha schüttelt den Kopf. »Zivilisten aus Rostow. Es sind Tausende, die haben noch gar nicht alle ausgegraben. Edel hat es von einem Bekannten gehört und es Inna und den anderen Juden im Regiment erzählt, als sie gestern ankam. Martynow hat sie alle antreten lassen und ihnen verboten, darüber zu sprechen.« Sie schnaubt. »Jetzt kann er wirklich sicher sein, dass es im ganzen Regiment rum ist.«

»Aber wenn es stimmt, warum sollen es nicht alle erfahren? Spätestens, wenn es in die Zeitung kommt –«

Sie macht einen Schritt auf mich zu. »Kapierst du's nicht? Alle mit Stern.« Sie beschreibt mit dem Zeigefinger ein zackiges Gebilde auf dem Stoff ihrer Uniform in Brusthöhe. »Martynow hat ihnen gesagt, das war ein Massaker an sowjetischen Bürgern, und wenn sie was anderes behaupten …«

Sie unterbricht sich, als wäre ihr etwas eingefallen. »Weißt du noch, die Toten, die sie in Nizhnaja Tschirskaja gefunden haben, nachdem es befreit war? Es war genau dasselbe, sagt Edel. Fast alles Juden, Kinder dabei, aber in der Zeitung stand nur, dass die Deutschen dort ein Massaker an der sowjetischen Bevölkerung begangen haben, und nichts weiter.«

Ich erinnere mich.

»Und in der Schlangenschlucht – so heißt der Ort«, unterbricht Natascha sich und deutet über die Schulter Richtung Rostow. »Edel hat gesagt, die haben dort eine Grube ausgehoben, eine tiefe Grube mitten in der Schlucht. Sie lagen übereinander. Sie mussten sich an den Rand stellen –«

»Sei still«, sage ich. Ich mache ein paar Schritte von ihr weg.
Der Abend bricht herein. Durch die kahlen Äste der Bäume schimmert das letzte Rot. Der Schnee knirscht leise unter unseren Füßen. Sonst ist nichts zu hören. Auch aus unserer *izba* nicht.

»Wie kann man bloß so etwas Wahnsinniges tun?«, fragt Natascha. »Das hat doch mit Kriegführen nichts zu tun.«

Ich schüttle den Kopf. »In Stalingrad haben sie Kinder von Schornsteinen gehängt, was hat das mit Kriegführen zu tun?« Mit der Zunge fahre ich über meine aufgesprungenen Lippen. »Was ist?«, sage ich dann zu Natascha. »Kommst du mit rein?«

Sie schüttelt den Kopf. »Ich muss mit Segelohr zur Abendpatrouille.«

In der *izba* ist es dunkel bis auf das Flackerlicht einer Öllampe. Der Docht blakt, aber das scheinen weder Sascha noch Inna zu bemerken.

»Die haben mir leidgetan«, sagt Inna bei meinem Eintreten gerade. Sie sitzt auf dem Boden, die Arme um die Beine geschlungen. »Wie sie da auf die Transporter gewartet haben, im Schnee. Verwundet.«

Sie spricht von den Deutschen. Von unseren Angriffen auf die Flugfelder Gumrak und Pitomnik. Ich schließe die Tür hinter mir. Inna blickt nicht auf.

Ich verstehe sie. Als Natascha sich über die »Kopftücher« der gefangenen Faschisten lustig gemacht hat, hat mich das gestört. Wir hatten gewonnen, ich fand es nicht angebracht, Menschen, die gehungert hatten und fast erfroren waren, zu verspotten, auch wenn es Feinde waren.

Zum Glück habe ich das nicht laut gesagt. Ein heißes Gefühl durchströmt mich bei dem Gedanken daran.

Sie sind in unser Land eingefallen. Sie haben Tausende von Kilometern zurückgelegt, um die Kinder von Stalingrad zu erhängen, um die Kinder von Rostow zu erschießen und sie zu verscharren.

Sie verdienen noch ganz andere Dinge. Wie habe ich das nur eine Sekunde vergessen können?

Ich sehe zu Sascha hinüber. Normalerweise wäre sie jetzt diejenige, die tröstet und aufmunternde Worte findet – oder in diesem Fall wohl zornige Worte, Worte, die anspornen. Aber sie sagt nichts. Ich weiß nicht, ob Inna das überhaupt auffällt, aber Sascha sagt kein Wort.

Sie steht mit dem Rücken zu uns, sodass ich ihr Gesicht nicht sehen kann. Sie hat versucht, die Eisschicht am Fenster zu bearbeiten, damit sie hinaussehen kann. Nun hat sie damit aufgehört. Ihre Fingerspitzen liegen auf dem von innen vereisten Glas wie festgefroren. Ich muss den Impuls unterdrücken, ihre Hand von der Scheibe wegzuziehen.

»Du konntest es nicht wissen«, sage ich zu Inna. Denn wer könnte auf so einen Gedanken kommen?

»Aber ich hab's gewusst«, widerspricht sie. »Eine Zeit lang wurde darüber ja geschrieben. Dass alle Juden in den besetzten Gebieten einen Stern tragen müssen. Dass die Deutschen sie in Ghettos sperren. Dass sie ganze Dörfer in Weißrussland ...« Ihre Stimme bricht. »Es ist alles wahr. Ich hab's nur nicht wissen wollen.«

Sascha dreht sich um. Kommt zu uns herüber. Und einen Moment denke ich, dass sie nun alles sagen wird.

Inna senkt den Blick. Sie hält etwas in der Hand, etwas Kleines, Eckiges in einer Lederhülle. Sie stellt es hochkant auf ihr Knie, dreht es in der Hand, stellt es wieder ab.

»Mein Vater war Kommunist«, sagt sie. »Er hätte vielleicht seinen Pass weggeworfen, bevor er gefangen genommen wurde, aber niemals sein Parteibuch.« Sie sieht uns an, lächelt. »Niemals.«

Eine einzelne Träne löst sich von ihren Wimpern. Inna sieht ihr nach, als sie in ihren Schoß fällt.

Ich brauche einen Moment, um zu verstehen. Im Parteibuch steht der Name. Und was für ein Name »Gelfmann« ist, darauf kann man kommen.

Sascha setzt sich neben sie, ich mich auf ihre andere Seite, mit dem Rücken zur Wand. Sascha wird nichts sagen. Im Gegenteil. Das ist jetzt vollkommen unmöglich. Sie kann Inna bei alldem nicht mit so einem Geständnis in den Rücken fallen.

Inna nimmt die beiden Kärtchen und hält sie Sascha hin, die sie nach kurzem Zögern entgegennimmt. Ihr Pass und ihr Komsomolausweis.

Sie sollen nicht bei ihr gefunden werden, begreife ich, falls sie doch einmal hinter feindliche Linien gerät, falls die Deutschen sie gefangen nehmen. Die Faschisten sollen nicht erfahren, dass sie einen jüdischen Namen trägt.

Mein Blick wandert zu Sascha. Und wem gibt Inna ihre Papiere? Natürlich der Freundin, der sie am meisten vertraut. Ich lasse den Kopf gegen die Holzwand hinter uns sinken.

Inna umarmt wieder ihre Beine. »Edel hat gesagt, dass sie die Männer zuerst erschossen haben. Weil die ganz unten in der Grube lagen. Die Frauen und Kinder lagen weiter oben.«

Die Lampe beginnt erneut zu flackern. Der Geruch von Rauch erfüllt die Luft.

»Das sind keine Menschen, die so was tun«, sagt Inna. »Es sind keine.«

Feiner Nebel hängt über dem Fluss Woronezh, der die gleichnamige Stadt von unserem neuen Flugfeld Pridatscha trennt. Feuchte Kälte kriecht in unsere Kleidung, als wir aussteigen und über das Flugfeld gehen. Eine Frau in der Uniform eines Kapitans der WWS erwartet uns vor dem Hauptgebäude.

»Das war leichtsinnig, bei dieser Witterung zu landen«, sagt Sejd-Ametowa statt einer Begrüßung.

Wir salutieren. Sascha übergibt unseren Transferschein. Sejd-Ametowa studiert das Blatt mit einer Miene, als hätte sie den Mund voll Essig, und bedeutet uns, ihr zu folgen.

Ein scharfes »Herein!« antwortet auf Sejd-Ametowas Klopfen an einer Tür im Seitenkorridor. In Kasarowas Büro ist es düster wie in einer Höhle. Alle Fensterblenden sind geschlossen. Trotzdem sehe ich genug, um bei ihrem Anblick zusammenzuzucken.

Mukijenko dürfte sie in Ruhe gelassen haben, nachdem er auf meine Dienste verzichten musste. Doch wenn man Kasarowa sieht, sollte man das nicht vermuten. Sie wirkt regelrecht verhärmt. Ob es die alte Verletzung ist, die ihr zu schaffen macht?

»Ich bin überaus stolz«, sagt sie tonlos, »auf den Beitrag, den ihr zum Sieg über die faschistischen Okkupanten in Stalingrad geleistet habt.«

Unsere Blicke begegnen sich. Warum tut sie sich und uns das an? Warum muss sie mit ihrer Beeinträchtigung ein Regiment leiten? Sie war sogar bereit, dafür zu töten.

Kasarowas Stimme ist völlig frei von Emotionen, als sie sagt: »Ihr wisst bereits von Major Raskowas Tod in Stalingrad, nehme ich an.«

Ich spüre, wie sich Inna neben mir verkrampft. Wir haben es kurz nach Neujahr erfahren. In der Zeitung stand nur, Raskowa habe ihr Leben für die Sowjetunion geopfert.

»Ja, Genosse Major.« Sascha antwortet für uns alle. »Wissen Sie Genaueres darüber?«

Kasarowa sieht zu uns auf, die unteren Augenlider leicht hochgezogen, was ihrem Blick etwas Maliziöses gibt. »Sie hat die Kontrolle über ihr Flugzeug verloren und ist in die Bergseite der Wolga gekracht, noch ehe sie Stalingrad erreicht hatte.«

Der Anflug von Mitgefühl, den ich angesichts von Kasarowas schlechter Verfassung verspürt habe, löst sich in Luft auf.

»Beljajewa«, wendet Kasarowa sich an Sascha. »Du übernimmst mit sofortiger Wirkung das Erste Geschwader.« Einen Moment lang habe ich den Eindruck, dass ihr Augenlid bei diesen Worten zuckt. Doch es könnten die ungünstigen Lichtverhältnisse sein.

»Danke, Genosse Major.« Sascha salutiert.

»Setz dich«, sagt Kasarowa. »Kapitan Sejd-Ametowa und ich werden dich über die Situation an diesem Frontabschnitt ins Bild setzen. Die anderen – wegtreten!«

»Wessen Idee war das eigentlich, uns wieder hierherzuschicken?«, murmelt Natascha, als wir draußen sind.

»Ihre schon mal nicht«, sagt Inna. »Könnte sie nicht wenigstens so tun, als ob sie Raskowas Tod bedauert?«

Ich sehe mich um. Überall hängen Landkarten der näheren Umgebung. Eine Wandzeitung voller Zeitungsausschnitte und selbst gemachten Zeichnungen. Jemand steht davor, eine schmale, dunkelhaarige Gestalt in *gimnastjorka*, beide Hände in den Rücken gestützt.

Inna reagiert als Erste. »Leysan!«

Sie stürzt vorwärts.

Leysan dreht sich um. In ihrem Gesicht zeichnen sich die Knochen ab, die Haut spannt darüber. Doch sie lächelt, als sie uns begrüßt.

Die Bilder der Wandzeitung hinter ihr ziehen meinen Blick an, sodass ich kaum höre, was die anderen sagen. Für die meisten der Mädchen, die aus Anisowka hierhergekommen sind, muss das zerstörte Woronezh auf der anderen Seite des Flusses die erste von den Deutschen befreite Stadt sein, die sie zu sehen bekommen.

»Für unsere Mütter, für unsere Schwestern!«, steht in Handschrift über einem Zeitungsartikel.

»Sie haben sie aus Woronezh verschleppt, zu Tausenden«, höre ich Leysan sagen. »Als Arbeitskräfte ins Deutsche Reich. Dunja Grinkowas Mutter und ihre Schwester waren dabei. Sie war so glücklich, als es hieß, dass wir hierher versetzt werden. Seit fast einem Jahr hat sie nichts von ihnen gehört. Ihre Schwester ist erst zwölf.«

Es gibt nichts, was ich darauf antworten könnte.

»Die letzten Wochen habe ich oft gedacht, dass ich besser in eins der Bomberregimenter gegangen wäre«, sagt Leysan. »Es muss sehr befriedigend sein, Bomben auf die Deutschen zu werfen.«

»Jemand muss die Bomber der Faschisten abschießen«, sage ich, obwohl ich mich bei demselben Gedanken ertappt habe.

»Habt ihr von Leningrad gehört, von der Blockade?«, fragt Leysan leise, doch noch bevor ihre Worte die Gespenster der Hungertoten vollends heraufbeschwören können, kommen die anderen Mädchen herein, Kulikowa an der Spitze. Lachend breitet sie die Arme aus und zieht Inna als Erste an sich.

»Ihr Heldinnen!«, ruft sie. »Da seid ihr ja wieder!«

»Ständig wird jemand verhaftet«, sagt Leysan unvermittelt, als wir zu fünft in Woronezh eine Lieferung für das Regiment abholen. Hier können wir freier sprechen als auf dem Stützpunkt, wo Sejd-Ametowa mehr denn je vor allem damit beschäftigt scheint, alles und jeden auszuhorchen. Trotzdem werfe ich rasch einen Blick in die Runde, ob jemand mithören kann.

»Wie meinst du das?«, fragt Sascha, die auf dem Lkw steht und entgegennimmt, was wir ihr hinaufreichen. »Verhaftet weswegen? – Das ist zu schwer für dich«, fügt sie hinzu und deutet auf den Kartoffelsack, den Leysan eher über den Boden zieht, als dass sie ihn heben könnte. Inna nimmt ihn ihr ab.

»Spionage«, sagt Leysan, leicht außer Atem.

»Und was heißt ›ständig‹?«, fragt Natascha. Wir wuchten die letzte Kiste mit Konserven auf die Ladefläche.

Als wir neben den Vorräten sitzen, klopft Leysan gegen die Rückseite des Fahrerhäuschens. »Kann losgehen!«, ruft sie.

Der Fahrer startet den Wagen.

Erst dann beantwortet sie Nataschas Frage. »Es genügt jetzt schon, wenn sie Grund zu der Annahme haben, dass jemand die feindlichen Linien übertreten hat. Das haben natürlich viele getan, die an vorderster Front gekämpft haben. Und dann die ganzen sowjetischen Bürger, die unter deutscher Besatzung gelebt haben. Überall sehen sie deutsche Spione.«

Ich sehe zu Sascha und sofort wieder weg. Leichter als jeder anderen von uns könnten sie ihr etwas anhängen.

»Nun mach schon eine auf!«, sagt Natascha zu mir, offenbar auf einen Themenwechsel erpicht, und deutet mit dem Kinn auf eine Kiste voll kleiner Blechdosen. »Ich will wissen, was drin ist.«

Die lateinische Schrift kann ich nicht lesen, doch es gibt einen Haken, an dem man den Deckel abziehen kann. Der Inhalt stellt sich als eine unglaublich fette, leicht süßlich schmeckende Art Milch heraus. Verzückte Ausrufe ringsum, als wir sie herumgehen lassen. Wir öffnen eine zweite Dose.

»Nicht zu viel«, mahnt Sascha. »Sonst wird euch schlecht. Die amerikanischen Verbündeten würden nicht wollen, dass wir ihre Kondensmilch auskotzen.«

Natascha grinst und imitiert eine empörte Amerikanerin in einer Konservenfabrik irgendwo auf der anderen Seite des Atlantiks. »Wie diese Russen mit unseren Lebensmitteln umgehen! Dafür rackert man sich nun ab!«

»Die Genossen Verbündeten könnten sich ruhig etwas mehr abrackern«, sagt Inna. »Wann wird die zweite Front denn nun eröffnet?«

Sie blickt von Leysan zu Sascha, als müsste wenigstens eine der beiden eine Antwort parat haben. Doch wir alle verfallen in Schweigen, weil der Lastwagen soeben auf die Brücke über den Woronezh rumpelt.

Das Eis des Flusses taut bereits und gibt die Leichen gefallener Soldaten frei, deutscher und sowjetischer. Es müssen Hunderte sein, nur noch anhand ihrer Uniformen voneinander zu unterscheiden.

In Pridatscha hält der Lkw hinter dem Hauptgebäude. Wir laden rasch ab. Ich schnappe mir eine Kiste mit Verbandsmaterial und Jodtinktur und schaffe sie hinüber zum Lazarett, das einen kompletten Flügel des Hauptgebäudes einnimmt. Soldaten aus der gesamten Region werden hierhergebracht.

»Wo ist der Rest?«, fragt die Feldscherin, als ich ihr die Lieferung in den Arm drücke. »Wir sollten Lachgas bekommen, waren keine Gasflaschen dabei? Sieh noch mal nach!«

Sie verschwindet im Eingang zum Lazarett. Gasflaschen habe ich keine gesehen. Hoffentlich sind sie in einer der verschlossenen Kisten, womit soll hier sonst operiert werden?

Das Geräusch schwerer Stiefel auf Steinfußboden ertönt. Eine Gruppe Uniformierter kommt durch den Haupteingang. Im Laufschritt erklimmen sie die niedrige Treppe zum Foyer und rauschen an mir vorbei. Sie scheinen ganz genau zu wissen, wohin sie gehen. Ein paar tragen Kartons mit Aktenordnern. Sonderabteilung. Dazu muss ich nicht erst ihre Schulterabzeichen sehen.

Mukijenko bleibt stehen, als er mich sieht, die Hände in den Taschen seines Ledermantels.

»Ah«, sagt er und zieht eine Braue hoch. »Prima. Du kannst mir sicher sagen, wo Mladschij Lejtenant Lukina sich aufhält.« Nicht zur Tür sehen, denke ich. Nicht in Richtung des Lkws schauen, der draußen parkt. Natascha ist in der Küche, Vorräte abgeben, jeden Augenblick kann sie zurück sein. Es war reines Glück, dass sie ihm nicht in die Arme gelaufen ist. Was kann er von ihr wollen?

»Komm, es hat keinen Sinn mehr«, sagt er ungeduldig. »Du weißt genau, worum es geht. Eigentlich müsste ich dich festnehmen, weil du mir nicht schon in Stalingrad davon erzählt hast.«

Ich starre ihn sprachlos an. Er weiß es? Woher? Und warum sucht er dann Natascha, wenn es eigentlich um Saschas Herkunft geht?

»Raus mit der Sprache! Wo ist Lukina? Dann vergesse ich vielleicht, dass meine eigene Mitarbeiterin eine Verräterin gedeckt hat.«

Ich sehe mich um. Kann er das nicht noch etwas lauter durchs Haus schreien? Im Keller hat man ihn wahrscheinlich nicht gehört.

»Ich verstehe überhaupt nichts. Was wollen Sie von Natascha?«

Ein höhnisches Lachen entweicht ihm. »Du erinnerst dich vielleicht noch an ihre unerlaubte Abwesenheit letzten Sommer?«, fragt er.

Ich blinzle verwirrt. Wieso kommt er wieder damit an? Erleichterung darüber, dass er auf dem falschen Dampfer ist, weicht purem Grauen, als er fortfährt: »Es gibt einen Zeugen dafür, dass sie Kontakt zu den Deutschen hatte.«

Was ist das jetzt für ein Blödsinn?

»Wer soll das sein?« Hat Kasarowa etwa …?

»Du«, sagt er und macht einen Schritt auf mich zu, »hast hier überhaupt keine Fragen zu stellen! Hast du schon in Anisowka von ihrem Verrat gewusst oder es erst später erfahren?«

Ich stecke die Hände in die Taschen meiner Uniformjacke, um zu verbergen, wie sehr sie zittern. »Ich weiß von gar nichts, das ist doch auch alles nicht wahr! Sie haben damals selbst mit ihr gesprochen –«

»Ja, das muss ich zugeben«, schnaubt er. »Ihr beiden habt mich erfolgreich getäuscht.« Er bedeutet mir, ihm zu folgen. »Los, komm mit. Du wirst ebenfalls erneut aussagen müssen – auch darüber, wie du mir in Stalingrad ins Gesicht gelogen hast. Dachtest du wirklich, dass du das vor mir geheim halten kannst? Ich wusste gleich, dass da etwas nicht stimmt.«

Ich laufe ihm nach. Etwas Hartes sitzt in meiner Kehle. »Nein, darum ging es nicht! Sie haben das völlig falsch –«
»Gib dir keine Mühe, es ist zu spät.«

Er öffnet eine Tür in einem der Seitenkorridore, so selbstverständlich, als wäre er hier zu Hause. Das Zimmerchen ist leer. Ich stolpere hinein. Mukijenko schließt die Tür hinter uns. Milchiges Licht dringt durch ein einziges Fenster herein. Darunter steht ein Tisch, hinter den Mukijenko tritt.

»Die Verräterin Lukina wird die Rote Armee nicht länger schädigen. Du allerdings …« Mit dem Fenster in seinem Rücken kann ich seine Züge nur schemenhaft ausmachen. »Über dein Verhalten wird getrennt befunden. Du hast nicht nur die Rote Armee, sondern auch die Organe geschädigt. Du bist eine zweifache Verräterin. Du wirst verurteilt werden. Ich hoffe für dich, dass du an ein Jenseits glaubst, denn deine Eltern wirst du allerhöchstens dort wiedersehen.«

Ich sinke auf den Stuhl vor seinem Schreibtisch, atme durch den Mund, als könnte ich es so besser aushalten. Wie hat er nur dermaßen auf einer falschen Fährte landen können? Wie kann ich ihn davon überzeugen, dass er einen Fehler macht?

»Doch eins nach dem anderen«, höre ich Mukijenko sagen. Er lässt seine Aktentasche aufschnappen und nimmt ein Blatt Papier aus einer Mappe. »Haftbefehl«, lese ich. Er schraubt den Deckel von einem Füllfederhalter und legt das Dokument vor sich auf den Tisch.

»Lukina«, murmelt er beim Schreiben. »Natalja Wassiljewna.«

Mein ganzer Körper versteift sich, sprungbereit. Wenn ich losrenne, wäre ich noch vor ihm bei ihr? Könnte ich sie warnen?

Ich wende mich zur Tür.
Ein leises Klicken ertönt hinter mir. Ich kann es sofort zuordnen. Eine Luger. Ich habe auch so eine, im Cockpit meiner Jak. Der Lauf der Pistole zielt auf mich, als ich mich wieder umdrehe.
»Wir wollen uns doch zivilisiert verhalten, nicht wahr?«
Ist er verrückt geworden? Derart bedroht hat er mich noch nie. Ich setze mich wieder. Selbst wenn ich Natascha warnen könnte, was sollte sie damit anfangen? Fliehen? Wohin denn?
Er hält die Waffe in der linken Hand, während er mit der rechten wieder nach dem Füllfederhalter greift.
»Es ging doch niemals um Natascha!« Ich beuge mich vor. »Sie haben das alles falsch verstanden!«
»Ach so«, sagt er spöttisch und lehnt sich im Stuhl zurück. »Dann lass mal hören.« Er nickt mir zu. »Was für ein Märchen willst du mir auftischen?«
Ich kann nicht. Ich sehe Saschas Gesicht vor mir, das von Natascha. Die Gesichter meiner Eltern. Wie eine Hand um meinen Hals hindern sie mich am Weitersprechen.
»Nein?« Er zuckt die Achseln, beugt sich über das Blatt und beginnt zu unterzeichnen.
Wenn Sascha sein Spitzel ist, dann erzähle ich ihm nichts Neues. Ich öffne den Mund, atme ein und aus, die Worte wollen nicht kommen, doch das ist nur gestohlene Zeit.
»Es ging um Pankratow, unseren alten Ausbilder«, sage ich, die Hände in meinem Schoß aneinandergepresst.
Mukijenko blickt auf. »Kommt noch was, oder muss ich mir den Rest denken?« Er hat aufgehört zu schreiben, doch den Füller legt er nicht aus der Hand.
»Er hat mir etwas erzählt, in Stalingrad …«
Mukijenko betrachtet mich unendlich gelangweilt.
»Er sagte, dass er eine von uns kennt.« Ich reibe die Hände gegeneinander. »Von früher, als er noch in Engels lebte, aber er war sich nicht ganz sicher, weil …«
»Weil?« Seine Stimme ist beinahe ein Flüstern.
»Weil das Mädchen, das er meinte, Deutsche war.«

»Augenblick.« Mukijenko legt den Füller beiseite. »Pankratow meinte, eine im Regiment sei eine Deutsche aus Engels? Eine Wolgadeutsche?«

Ich nicke.

»Wer?«

»Hat er nicht gesagt.«

Seine Hand schießt über die Tischplatte hinweg auf mich zu und umfasst mein Kinn. »Wer?«, fragt er. Nur dieses eine Wort, hinter dem die Schwere von tausend Tonnen Flugzeugen liegt.

Ich schüttle heftig den Kopf, entwinde mich seinem Griff. »Das müssen Sie selbst herausfinden.«

Er hält meinen Blick einen Moment lang, schnappt sich dann den Füller und unterschreibt Nataschas Haftbefehl.

»Nein!« Ich versuche, nach dem Papier zu greifen. Er richtet erneut die Waffe auf mich und steht auf.

»Lukina befindet sich wohl auf dem Stützpunkt?« Mit dem Kinn weist er zur Tür. »Dann mal los.«

Ich springe ebenfalls auf. »Das können Sie nicht machen!«

»Auf die Art wird sie immerhin erfahren, wer sie ans Messer geliefert hat.«

»Sie können sie nicht verhaften!«, schreie ich ihn an. »Sie hat nichts getan!«

»Wer dann?«

Im Schoß reibe ich die Hände aneinander. Im Grunde habe ich es bereits gesagt. Saschas Geburtsort steht in ihrer Akte. Er braucht bloß reinzuschauen.

»Sprich!«, donnert er.

»Sascha.«

Er lässt mich los. Sieht an mir vorbei, blicklos, als hätte er vergessen, dass ich überhaupt da bin. Mein Mund fühlt sich an wie mit bitterer Asche gefüllt. Er hätte längst erraten müssen, von wem die Rede ist, wenn Sascha wirklich für ihn arbeiten würde. Er hört zum ersten Mal davon.

Sie ist nicht sein Spitzel. Sie hat nichts mit dem NKWD zu schaffen. Und sie hat meine Eltern nicht angezeigt.

»Wie sicher ist diese Information?«, fragt er schließlich.

»Nun, überhaupt nicht sicher«, sage ich rasch. »Sie sieht wohl jemandem ähnlich, den er mal gekannt hat, aber er ist tot, wie gesagt, und außer seinem Wort gibt es rein gar nichts –«
»Beljajewa ist von da unten.«
»Aus Saratow«, sage ich schnell. »Das Mädchen, das Pankratow meinte, war aber aus Engels.«
Das ist egal, begreife ich. Nichts, was ich noch sagen könnte, nichts, was den Verdacht gegen Sascha entkräften könnte, hatte noch Bedeutung, sobald das Wort »Deutsche« gefallen war.
Mukijenko dreht den Haftbefehl um und setzt den Füller zu Papier. »Und der Familienname?«

Mukijenko

»Genosse Starschyj Major?«
Ihr Ton ist fragend, noch während sie salutiert. Er bedeutet ihr, die Tür zu schließen, und betrachtet sie, während die Zigarette zwischen seinen Fingern langsam zu Asche verglüht.
Sie ist bildschön, diese Deutsche, die sich für eine von ihnen hält. Zum ersten Mal kann er sie sich in Ruhe ansehen.
Goldenes Haar, kräftige Brauen in einem etwas dunkleren Ton, grüne Augen, ein schmaler, gerader Nasenrücken. Nach alldem – nach Stalingrad, nach den Aufmärschen, den Gefechten, den *zemljanki* – schimmert ihre Haut wie Perlmutt im gedämpften Licht des Zimmers.
Unverwandt sieht sie ihm in die Augen. Ahnt sie wirklich nicht, weswegen sie hierhergerufen wurde? Die meisten sind nervös, wenn sie hier antreten müssen, und haben nicht halb so viel auf dem Kerbholz.
»Grazhdanka Lindemann.«
Der Schreck breitet sich auf ihren Zügen aus, als ob sie etwas ins Gesicht getroffen hätte. Eine Sekunde nur, dann gewinnt sie die Kontrolle zurück.

Er deutet auf den Stuhl auf der anderen Seite des Tisches.
Ihre Augen sind schmal, als sie Platz nimmt, wachsam. Bemerkenswert kaltes Blut.
Doch das war zu erwarten. Sie hat zuvor Nervenstärke bewiesen. Sie war es, die Hardenbach über der Achtuba zum Absturz gebracht hat. Als er Hardenbachs Bitte erfüllt hat, hat er zwei Deutsche miteinander an einen Tisch gesetzt. Fast muss er darüber lachen. Besser für ihn, wenn sich das nicht herumspricht.
»Deine Papiere.«
Nach kurzem Zögern zieht sie den Brustbeutel aus ihrer Uniform und fischt ihren Inlandspass und den Militärausweis heraus. Er wirft einen Blick in beides. Unter »Nationalität« steht: »russisch«. Natürlich.
»Beljajew ist der Name deines Mannes?«
»Ja, Genosse Starschyj Major.«
»Weiß er, mit wem er da verheiratet ist?«
Ein Aufblitzen von Furcht, das sofort wieder hinter ihrer starren Maske verschwindet.
»Grazhdanka Lindemann«, sagt er nochmals und betont den Namen genüsslich, nur um zu sehen, wie jeder Muskel ihres Körpers sich anspannt. »Weißt du, was in diesem Augenblick vor sich geht, an den Fronten und im Hinterland? Was die Einheiten der Sonderabteilung über die gesamte Länge der Front sicherstellen müssen? Was die Voraussetzung ist, damit wir die faschistischen Okkupanten aus unserem Land vertreiben? Wir suchen und finden die Agenten der deutschen Abwehr. Russen – und andere Nationalitäten –, die ihr sowjetisches Vaterland verraten haben, die von den Deutschen angeworben worden sind, unsere Militärgeheimnisse auszuspähen und weiterzugeben. Diese Verräter zu finden und unschädlich zu machen, hat oberste Priorität. Und hier – in diesem Frauenregiment, das der Genosse Stalin persönlich bewilligt hat – versteckt sich eine Deutsche hinter einem russischen Namen ... Das dürfte in der Roten Armee ein einzigartiger Fall sein.«
»Ich habe nichts zu tun mit Spionage!«, bricht es aus ihr heraus. »Ich bin eine Soldatin wie alle anderen auch.«

Er hebt die Augenbrauen. »Nein, das bist du sicher nicht. Seit zwei Jahren bist du in diesem Regiment, und du hast es nie für nötig gehalten, irgendwem von deiner Herkunft zu erzählen, obwohl dir klar gewesen sein muss, wie überaus wichtig das ist.« Er sieht sie durchdringend an, als wäre ihm der Gedanke soeben erst gekommen. »Oder wissen deine Freundinnen etwa davon?«

»Nein, natürlich nicht!«

Diese Mädchen. Auch bei ihr ist das ein Druckpunkt – die Angst, ihre Freundinnen in etwas hineinzuziehen.

»Wer soll euch das glauben? Warum soll ich dir noch irgend*etwas* glauben? Ich muss davon ausgehen, dass sie deine Komplizinnen sind – dass ihr alle im Sold der Deutschen steht.«

Beljajewa ist weiß wie ein Leichentuch. Doch nun kann er etwas von der Frau sehen, die am Himmel in Sekundenschnelle reagieren muss, weil alles andere ihren Tod bedeutet. Als sie spricht, hört er die Kraft in ihrer Stimme: »Ich nicht und sie nicht. Niemand von uns steht im Sold der Deutschen.«

»Dafür habe ich nur dein Wort – das Wort einer Deutschen, die den Staat getäuscht hat.« Die Sache beginnt, ihm Spaß zu machen. Es ist so langweilig, wenn sie sich nicht wehren. »Wenn du keine deutsche Agentin bist, warum dann dieses Versteckspiel? Warum steht in deinem Pass als Nationalität ›russisch‹?«

Sie nimmt einen tiefen Atemzug. »Ich habe den Pass bekommen, als ich geheiratet habe. Das wurde einfach so eingetragen. Mann Russe, Frau Russin.«

»Und du hast es nicht für nötig befunden, die Behörde darauf hinzuweisen, dass es eine Lüge ist?«

»Ich wollte –«

»Ich nehme an, du merkst selbst, wie unwahrscheinlich diese Geschichte ist.«

»Es war ja damals nicht wichtig …«

»Nicht wichtig? Wir befinden uns im Krieg mit einem skrupellosen Feind. Du bist Offizierin der Roten Armee und erzählst mir, es sei nicht wichtig, ob man den Staat belügt?«

Sie weicht vor ihm zurück, bis es nicht mehr geht. Ihr Rücken presst sich gegen die Stuhllehne.

Er schüttelt den Kopf, als wäre er zutiefst empört. »Ich begreife nicht, wie man so denken kann. Der sowjetische Staat hat dir alles gegeben: eine Ausbildung, einen Platz in der Armee, Ruhm und Ehre, einen Beruf, für den andere alles geben würden. Und nun stellt sich heraus, dass du uns jahrelang getäuscht hast. Wie sollen wir dir nach alldem noch vertrauen?« Er gibt seinem Ton etwas Kummervolles.

»Zählen Sie die Toten.« Zum ersten Mal ist so etwas wie Aufbegehren in ihrer Stimme zu hören. »Zählen Sie die Deutschen, die ich getötet habe.«

Er macht eine wegwerfende Handbewegung. »Was besagt das schon? Musstest du etwa nicht deine Tarnung aufrechterhalten? Und wer sagt uns denn, dass du dem deutschen Volk gegenüber aufrichtiger bist als gegenüber dem sowjetischen? Leute wie du, die gewohnheitsmäßig lügen, haben selten echte Überzeugungen.«

»Ich habe für dieses Land gekämpft!«, bricht es da aus ihr heraus. »Ich bin fast hundert Einsätze geflogen, ich habe mein Leben riskiert, damit wir –«

»Wir?«, unterbricht er sie. »Es gibt kein ›Wir‹.«

Ihre Schultern sinken ein kleines bisschen, kaum wahrnehmbar. Wirklich, denkt er mit leisem Erstaunen, während er sie betrachtet, es ist nicht zu erkennen, wenn man es nicht weiß. Da ist nicht die Spur eines Akzents, wenn sie spricht. Wie hat Hardenbach es erraten? Denn das hat er, das ist Mukijenko jetzt klar.

»Deutsch ist deine Muttersprache?«

Sie zögert einen Moment, dann nickt sie.

»Deutschen Funksprüchen könntest du also folgen?«

»Ich denke schon, Genosse Starschyj Major.« Es ist etwas Abwägendes in ihrer Stimme. Genau das hat er beabsichtigt, sie soll sich an den Hoffnungsschimmer klammern.

»Gut.« Er beugt sich vor. »Ich will dir nicht verhehlen, dass es düster für dich aussieht. Ich gehe selbst ein hohes Risiko ein, wenn ich dich nicht sofort verhafte.« Er macht eine effektvolle Pause. »Aber vielleicht ... gibt es eine Möglichkeit für dich, dich zu bewähren.«

Katja

Noch vor Sonnenaufgang treten wir auf dem Appellplatz an. Vollzählig. Niemand wurde verhaftet. Saschas Blick begegnet meinem flüchtig, und ich weiß sofort, dass Mukijenko mich nicht verraten hat. Sie weiß nicht, dass er die Information über ihre Herkunft von mir hatte.

In letzter Sekunde kommt er dazu. Kasarowa scheint einen Moment zu stocken, als sie ihn sieht. Doch die Sonderabteilung braucht keine Erlaubnis, einer Versammlung beizuwohnen. Kasarowa fährt fort mit dem morgendlichen Prozedere. Dass ich nicht einfach strammstehe, sondern wie gelähmt bin, fällt beim Appell nicht weiter auf.

»Genosse Major, bitte um Erlaubnis, Meldung machen zu dürfen.«

Ich fahre zusammen. Saschas Stimme klingt so fest wie immer, doch als ich den Kopf in ihre Richtung drehe, kann ich den raschen Puls an ihrem Hals sehen.

»Gewährt«, sagt Kasarowa.

Sascha tritt vor. »Vor zwei Tagen, kurz nach dreiundzwanzig Uhr, habe ich auf einen Nachteinsatz gewartet und dabei vorschriftsmäßig mein Funkgerät überprüft. Aus Versehen habe ich die Frequenz verstellt und so einen Funkspruch des Feindes mitangehört.«

Ein Raunen geht durch das Regiment.

»Ruhe!«, ordert Kasarowa. »Das hätte nicht passieren dürfen«, sagt sie zu Sascha. »Du wirst darüber –«

»Ein russischer Name fiel«, sagt Sascha schnell. »Das hat mich stutzig gemacht, und ich habe weiter zugehört. Wie sich herausstellte, handelte es sich um einen Austausch von Funksprüchen, eine Unterhaltung mit jemandem auf unserer Seite.« Einen Herzschlag bevor sie es ausspricht, weiß ich, was kommen wird. »Und die andere Stimme, die jemandem von uns gehört hat, das war Ihre.«

Bleierne Stille senkt sich über die Versammlung. Die Mädchen schauen von Sascha zu Kasarowa und wieder zurück. Diese scheint vor Überraschung wie gelähmt und widerspricht der absurden Behauptung mit keinem Wort.

»Das ist eine überaus schwerwiegende Anschuldigung«, lässt sich Mukijenko schließlich vernehmen.

»Dessen bin ich mir bewusst, Genosse Starschyj Major.«

»Das ist vollkommen lächerlich«, sagt Lopatkina.

Wo sie recht hat, hat sie recht, denke ich mit Blick auf Mukijenko. Wenn ein Deutscher mit Kasarowa über Funk gemeinsame Sache macht, würde er da vielleicht ihren echten Namen benutzen? Aber das scheint außer mir niemandem aufzufallen.

»Wie willst du das gehört haben?«, fährt Sejd-Ametowa Sascha an.

»Über Funk, wie ich schon sagte«, erwidert diese. »Vor zwei Tagen, kurz nach dreiundzwanzig Uhr, als ich auf dem Flugfeld auf meinen Nachteinsatz gewartet habe.«

»Und warum hörst du dem deutschen Funkverkehr zu?«, fragt Lopatkina.

»Es war nicht der deutsche Funkverkehr, es war Major Kasarowa, die einen Kanal benutzte, auf dem ich durch Zufall gelandet bin.«

Sejd-Ametowa fährt auf. »Was versprichst du dir davon? Meinst du, man wird dich zur Regimentsleiterin machen, hast du es darauf abgesehen, du Karrieristin?«

Ich sehe ein paar von den Mädchen abschätzige Blicke auf Sascha werfen, als überlegten sie tatsächlich, ob das ihr wahrer Beweggrund sein könnte.

Sejd-Ametowa zeigt mit dem Finger auf Sascha und schreit Mukijenko an: »Sie hat immer schon gegen Major Kasarowa gearbeitet, von Anfang an! Jeder weiß das!«

»Ich tue hier nur meine Pflicht.« Sascha ist durch nichts zu erschüttern.

»Augenblick mal«, schaltet sich Kulikowa ein. »In welcher Sprache haben der Deutsche und die Person, die du für Major Kasarowa hältst, sich unterhalten?«

»Auf Deutsch«, sagt Sascha.

»Aber wie kannst du dann …« Kulikowa wirft Mukijenko einen verwirrten Blick zu, ehe sie sich wieder Sascha zuwendet. »Wie hättest du das denn verstehen wollen?«

»Ich verstehe Deutsch.«

Leysan und Inna drehen gleichzeitig den Kopf in Saschas Richtung.

»Was für ein Unsinn!«, schnaubt Sejd-Ametowa. »Genosse Starschyj Major«, wendet sie sich an Mukijenko, »Beljajewa hat nicht einmal die Mittelschule abgeschlossen.«

»Das hab ich auch nie behauptet«, sagt Sascha mechanisch. »Deutsch ist meine Muttersprache.«

Nein. Ich schnappe nach Luft. Das kann sie doch nicht preisgeben!

»Was redest du denn da?«, platzt Natascha neben mir heraus und macht einen Schritt aus der Reihe, um Sascha sehen zu können. »Was soll das heißen?«

»Dass meine Eltern Deutsche waren, Deutsche von der Wolga. Deshalb verstehe ich Deutsch, und deshalb war ich in der Lage, den Funkspruch zwischen Major Kasarowa und dem Deutschen zu verstehen.« Was sie bei diesen Worten empfindet, ist ihr nicht anzumerken. Da ist nichts, bis auf – vielleicht – ein winziges Zittern beim Atemholen. »Um also Ihre Frage zu beantworten, Kapitan Sejd-Ametowa: Nein, ich glaube nicht, dass man mich anstelle von Major Kasarowa zur Regimentsleiterin machen wird. Ich habe hier nur zu verlieren, aber nichts zu gewinnen.« Sie dreht den Kopf in Mukijenkos Richtung. »Es ist die Wahrheit. Ich würde so etwas wohl kaum über mich erzählen, wenn es nicht stimmen würde, was ich sage.«

Er sieht sie lange an, als ob er versuchte, in ihrem Gesicht zu lesen. Dann nickt er schließlich.

Ich lasse meinen angehaltenen Atem entweichen. Was für ein Schauspieler er ist. Und sie erst! Deshalb also hat er sie nicht gleich festgenommen. Das haben sie alles verabredet. Ein hysterisches Lachen vibriert in meinem Bauch.

Jetzt hat er es geschafft. Jetzt hat er den perfekten Vorwand, Kasarowa zu verhaften. Spionage für die Deutschen. Aus solch einer Grube kann man sich nicht herausschaufeln.

Mukijenko dreht den Kopf leicht zu seinen hinter ihm stehenden Männern um. »Festnehmen.«

Einen furchtbaren Moment lang denke ich, dass er Sascha meint, doch es ist natürlich Kasarowa, die sie ergreifen. Gegen den Befehl eines NKWD-Offiziers wagen auch Lopatkina und Sejd-Ametowa nicht mehr zu protestieren.

Kasarowa versteift sich jäh im Griff der Männer, als ob ihr erst jetzt bewusst würde, was passiert. Doch sie sagt nichts. Ihr Gesicht ist kreideweiß.

Sascha sieht ihr nach, wie sie abgeführt wird, bis Inna sich zu ihr durchdrängt, das Gesicht verzerrt. »Das ist doch nicht wahr«, ruft sie, »warum sagst du so was?«

»Doch, es ist wahr.« Saschas Blick schweift über den Platz, ohne sich an etwas festzumachen, als wollte sie keinem von uns in die Augen sehen. »Was ich über Kasarowa gesagt habe – und alles andere auch.«

Wenn ich eine Handgranate auf unsere Gruppe geworfen hätte, ich hätte nicht mehr Schaden anrichten können. Ich spüre Nataschas Blick, aber ich reagiere nicht darauf. Mukijenko verlässt ebenfalls den Appellplatz. Er folgt den Männern, die Kasarowa festgenommen haben. Ein leichter Wind bläht seinen offenen Ledermantel.

Was für ein irres Theater hat er da aufgeführt? Soll das der Kampf gegen den inneren Feind sein, von dem er mir in Stalingrad erzählt hat? Erpressung, Lüge, Schauspielerei?

Die unzähligen Verhaftungen unter unseren Soldaten, die frenetische Suche nach deutschen Spionen, die befreiten Kriegsgefangenen, denen nicht geglaubt wird ... All das fügt sich plötzlich zu einem Bild.

Jemand muss schuld sein, wenn etwas schiefgeht, und der Staat ist es nie.
Zoja.
Iwakina.
Meine Eltern.
Durch das Chaos in meinem Kopf dröhnt ein einzelner Gedanke, der schwindelerregend scheint und neu, obwohl er über einen langen Zeitraum gekeimt sein muss.
Es gibt keine Verräter.
Wie könnte jemand zum Verräter werden, solange die Deutschen Kinder an Schornsteinen aufhängen, solange sie Zwölfjährige als Arbeitssklaven verschleppen, solange sie ganze jüdische Gemeinden ermorden?
Es gibt keinen inneren Feind.
Sie reden es uns ein. So wie Mukijenko mir eingeredet hat, dass eine meiner Freundinnen für die Verhaftung meiner Eltern verantwortlich war.
Mukijenko verschwindet im Hauptgebäude. Drinnen flammt das Licht auf. Dass es eine Verräterin in unserer Gruppe gibt, dass eine von uns für das NKWD arbeitet, dass sie meine Eltern angezeigt hat, dafür hatte ich die ganze Zeit nur sein Wort.
Aber Inna war es nicht, denn ihr Wechsel in die Staffel war beschlossene Sache.
Leysan war es nicht, das beweisen ihre eigenen Aufzeichnungen.
Natascha war es nicht, denn Mukijenko hat ohne Zögern einen Haftbefehl für sie ausgestellt.
Und Sascha war es auch nicht. Mukijenko wusste nichts von ihrer Herkunft, und sie wäre nicht erpressbar für ihn gewesen.
Jemand anders muss meine Eltern beschuldigt haben. Oder es gab nie eine Beschuldigung, und Mukijenko hat auf eigene Faust gehandelt.
Die ganze Zeit habe ich eine Verräterin in den eigenen Reihen gesucht, die nie da war.
Und nun hat Sascha eine Verräterin in den eigenen Reihen bezichtigt, die es ebenfalls nicht gibt.

Es gibt keine Verräter.
Ich fange an zu lachen. Schlage die Hände vor den Mund, um mein Lachen zu ersticken. So ganz stimmt das nicht. Eine von uns hat eine andere verraten. Das immerhin kann ich beschwören.
Der innere Feind, das bin ich selbst.

Kasarowa

»Haben Sie den Verstand verloren?«, fährt sie ihn an, sobald er durch die Tür tritt. Blanke Wut hat den ersten Schock abgelöst. Was glaubt er, wer er ist, so mit ihr umspringen zu können? Sie wie ein Tier hier einzusperren, im Keller des Hauptgebäudes, Wachen vor der Tür aufzustellen? Sie von jeder Möglichkeit abzuschneiden, sich mit ihrem Vorgesetzten, Mukijenkos Vorgesetztem oder ihrem Vater in Verbindung zu setzen?
»Was glauben Sie, was Sie da tun?«
Sie geht ein paar Schritte auf ihn zu, obwohl bei jeder Bewegung Schmerz aufflammt. Sie wird nicht humpeln, nicht vor ihm. Wenn ihr etwas das Genick brechen könnte, dann diese alte Verletzung, hat sie immer geglaubt. Wer hätte ahnen können, dass Beljajewa eine solche Intrige spinnen würde?
Mukijenko lächelt bei ihrer Frage, als hätte sie einen Scherz gemacht.
»Ganz einfach«, sagt er. »Ich habe seit geraumer Zeit vermutet, dass in diesem Regiment etwas im Argen liegt. Sabotagefälle, die Zusammenarbeit der Stabschefin mit dem Feind. Meist stinkt der Fisch vom Kopf her. Das hat sich nun bestätigt.«
»Aufgrund der Aussage einer … einer Deutschen?« Ihre Stimme überschlägt sich fast. »In die Richtung sollten Sie besser ermitteln, Mukijenko! Was hat eine Deutsche hier verloren? Und was will sie erreichen?«
Mit einer Handbewegung wischt er ihren Einwand vom

Tisch. »Im Gegensatz zu Ihrem ist der Leumund der Stalingradkämpferin Beljajewa über jeden Zweifel erhaben.«

»Mein Leumund?«, fährt sie auf. »Das ist absurd! Ich bin Mitglied der Partei! Wissen Sie, wer mein Vater ist?«

»Oja.« Er klingt gelangweilt. »Ich weiß es nur zu gut.«

»Dann haben Sie wahrhaftig den Verstand verloren.« Trotz der Schmerzen tritt sie noch einen Schritt auf ihn zu, ballt unwillkürlich die Fäuste. »Wissen Sie, was in Moskau mit Ihnen passieren wird?«

»Moskau?«, fragt er mit leisem Spott. »Sie denken, dass Sie nach Moskau überstellt werden?«

Es überläuft sie kalt. Sie hat von solchen Fällen gehört. Verdächtige, die sofort in ein Lager gebracht oder erschossen wurden. Parteimitglieder. Angehörige der Nomenklatura. Aber das war 1937. Das waren Verräter.

Sie schluckt. Ihre Kehle ist trocken. »Ich bin Mitglied der Streitkräfte.« Sie verabscheut den gehetzten Ton, der sich in ihre eigene Stimme eingeschlichen hat. »Ich habe ein Recht auf eine Anhörung. Diese ganze Beschuldigung ist lachhaft. Ich bin keine Landesverräterin, ich bin keine Spionin!«

»Das weiß ich.« Er betrachtet seine Fingernägel.

»Sie ... wissen es?« Einen Moment bringt er sie damit aus der Fassung, doch dann lodert ihr Zorn umso heftiger. »Dann sind Sie der Verräter, Mukijenko! Werden Sie von den Deutschen bezahlt, solche Lügen in die Welt zu setzen? Die Kampfkraft unserer Armee zu schwächen?«

Er lacht herzhaft. »Nein. Und die Kampfkraft unserer Armee wird eher gestärkt dadurch, dass man eine inkompetente Regimentsleitung ihres Postens enthebt. Die sich nur durch Protektion ihres Vaters dort halten konnte. Die selbst nicht fliegt und das auch nie wieder tun wird, weil sie zu schwer verletzt ist.«

Das wiederum kann er nur von Sokolowa haben. »Was ist es dann, was wollen Sie?«

Geht es gar nicht um sie? Ist ihr Vater das wahre Ziel dieser Verschwörung? Im Grunde kann sie sich nicht vorstellen, dass

Mukijenko mit den Deutschen gemeinsame Sache macht. Doch mit wem dann? Wer sind Ihre Auftraggeber?, will sie ihn fragen, doch die Worte bleiben ihr im Hals stecken.

Er hat aufgehört zu lachen. Sein Blick ist nicht länger amüsiert oder spöttisch. Er ist einfach nur kalt.

»Was ich schon immer wollte, seit ich zum ersten Mal von dir gehört habe. Deinen Tod.«

Die vertrauliche Anrede müsste sie empören, doch sie ist wie betäubt von dem Gehörten.

»Unglücklicherweise«, fährt er fort, fast im Plauderton, »warst du immer zu gut geschützt, als dass ich es auf dem herkömmlichen Wege hätte erledigen können.«

Sie verhaften und zum Tode verurteilen lassen, das will er damit sagen. Doch wessen verdächtigt er sie? Welches Verbrechen soll sie begangen haben? Es ist immer noch ein Starschyj Major der Sonderabteilung, der ihr gegenübersteht.

»Ich warte schon sehr lange auf den Tag deiner Hinrichtung«, sagt er beinahe versonnen. »Vielleicht wird es ja sogar der 18. Mai, wäre das nicht passend?« Er scheint zu überlegen. »Andererseits sind das noch fast zwei Monate«, sagt er wie zu sich selbst. »So lange sollten wir nicht warten.«

Dieser Mann ist verrückt, begreift sie. Hinter seinen Augen, die die Farbe von übereinanderliegenden Eisschichten haben, lauert der Wahnsinn. Sie ist einem Irren in die Hände gefallen. Wie das hat passieren können, weiß sie nicht.

Voller Verachtung betrachtet er sie. »Du hast überhaupt keine Ahnung, wovon ich rede, nicht wahr? Dann will ich deinem Gedächtnis mal auf die Sprünge helfen. Am 18. Mai 1936 hat sich an der Militärflugschule von Katscha etwas ereignet.«

Es muss Jahre her sein, seit sie zuletzt an den kleinen Ort auf der Krim gedacht hat. Nicht die beste Zeit in ihrem Leben. Die einzige Frau an der Militärakademie, mit Auszeichnung bestanden und dann abkommandiert, um kleine Mädchen auszubilden. Mädchen! Eine Frau ist gerade gut genug als Kommandantin anderer Frauen, das war die deutliche Botschaft, die später noch einmal bekräftigt wurde, als man ihr dieses Regiment gegeben hat.

»Ich weiß, warum du dich nicht erinnerst.« Seine Augen sind kalt. »Für dich war das ein Tag fast wie jeder andere. Außer dass ein Flugzeug repariert werden musste, das während einer Notlandung Schaden genommen hatte. Zum Glück nichts Ernstes!«, ruft er mit höhnischer Begeisterung aus. »Hast du das gedacht? Die Pilotin – das kann man verschmerzen. Menschen haben wir doch genug! Hauptsache, die Maschine ist gerettet worden. Das hätte ein schlechtes Licht auf dich geworfen, wie? Wenn eine deiner Schülerinnen ein Flugzeug zerstört hätte.«

»Smirnowa«, sagt sie. Ein Allerweltsname, seltsam, dass er ihr plötzlich einfällt.

»Ja, Elena Smirnowa.«

Sie erinnert sich an ein blasses Gesicht. An rotes Haar, ein wenig wie Sokolowas.

»Sie ... sie hat sich erschossen«, würgt sie hervor. »Diese feige, kleine –«

Der Schlag kommt so schnell, sie hat keine Zeit zu reagieren. Schmerz in ihrem Kopf, Schmerz, der durch ihr Knie zuckt, als sie zu Boden geht. Es war keine bloße Ohrfeige. Er hat die Faust benutzt.

»Sie hat sich erschossen, ja«, hört sie ihn sagen. »Weil du ihr so lange eingeredet hast, dass das Flugzeug wertvoller ist als ihr Leben, bis sie es geglaubt hat. Und als die Maschine bei der Notlandung beschädigt wurde – die man, nebenbei bemerkt, hätte reparieren können –, da sah sie keinen anderen Ausweg, als ihre Pistole zu ziehen.«

Deswegen sind sie hier? Ihre Gedanken fließen zäh wie Motoröl. Mit der Zunge kann sie fühlen, dass einer ihrer Backenzähne locker sitzt.

»Was schert Sie das?«, fragt sie.

Aufstehen ist unmöglich. Die alte Verletzung in ihrem Bein pocht unerträglich. Es würde sie nicht wundern, wenn sie unter dem Verband wieder angefangen hätte zu bluten.

Er lacht auf. »Was schert es mich, dass du eine Sechzehnjährige in den Tod getrieben hast?«
Warum will ein Mann den Tod einer Frau rächen? Doch wohl nur aus einem Grund. Aber ...
»Das ist absurd.« Ekel steigt in ihr auf. »Sie war sechzehn ... praktisch ein Kind.«
»SIE WAR *MEIN* KIND!«, schreit er sie an.
Seine Tochter. Ein anderer Name. Offenbar hat er es nicht für nötig befunden, ihre Mutter zu heiraten. Kasarowa starrt ihn an. Endlich. Endlich ist alles fortgewischt: das Tänzelnde, Spielerische, das ihn immer umgeben hat, die Professionalität, die Kühle, das Ausweichen. Geblieben ist nur rohes Fleisch. Sie wird plötzlich ganz ruhig. Endlich versteht sie. Wer die ganze Zeit gegen sie gearbeitet hat und warum. Es gibt also keinen Auftraggeber.
Gut. Was ist jetzt zu tun? Sie muss Zugang zu einem Telefon oder einem Funkgerät bekommen. Ein Telegramm in Auftrag zu geben, wäre ebenfalls eine Möglichkeit. Ihr Vater ist in Moskau. Er wird die Sache klären. Nicht die Sache in Katscha, das ist absurd. Zu denken, dass sie wegen einer kleinen Heulsuse in dieser Lage ist ...
Sie spuckt das Blut aus, das sich in ihrem Rachen gesammelt hat. Rote Schlieren bleiben auf dem Betonboden zurück. Sie blickt zur Seite und spürt augenblicklich seine Hand in ihrem Nacken, der grobe Griff seiner langen Finger. Er dreht ihren Kopf so, dass sie das Blut ansehen muss.
»Sieh hin. Das ist nur der Anfang.«

Katja

Essenszeit ist lange vorbei, doch niemand scheint Hunger zu verspüren. Wir sitzen in der Kantine vor leeren Tischen und warten. Ich wünschte, Natascha wäre hier, doch die Geschwaderkommandantinnen und ihre Stellvertreterinnen haben sich mit Kasarowas Stab zur Beratung zurückgezogen.

»Was bequatschen die da eigentlich stundenlang?« Eine der Fliegerinnen vom Zweiten Geschwader steht so heftig auf, dass ihr Stuhl umfällt.

»Es geht sicher darum, wer das Regiment leiten soll, bis ein neuer Kommandant eintrifft«, sage ich. »Kasarowa sehen wir wohl so bald nicht wieder.«

Unglückliche Blicke ringsum. Vierundzwanzig Stunden zuvor wären wir uns bei solch einer Ankündigung jubelnd in die Arme gefallen – und hätten sehr wahrscheinlich auf Sascha als neue Regimentsleiterin gehofft.

»Sascha!« Leysan ist aufgestanden.

Zusammen mit Natascha und Olga, der Kommandantin des Zweiten Geschwaders, betritt Sascha die Kantine. Während ihr Gesicht dem einer Statue gleicht und nichts über ihre Gefühle verrät, blickt Natascha finster, aber auch entschlossen drein.

Olga holt Luft, um etwas zu sagen, doch ehe sie dazu kommt, ergreift Sascha ganz selbstverständlich das Wort. »Lopatkina ist zum Major befördert worden und übernimmt die kommissarische Leitung des Regiments.«

Obwohl sie nicht laut spricht, wenden sich wie aufs Stichwort alle ihr zu. Ich werfe einen flüchtigen Blick auf Olga, die den Mund schließt, ohne ein Wort zu sagen, zornige Röte auf den Wangen.

»Um achtzehn Uhr ist eine Vollversammlung des Regiments auf dem Appellplatz angesetzt«, sagt Sascha.

»Und Kasarowa?«, fragt eine der Fliegerinnen.

»Wir wissen noch nichts«, sagt Sascha. »Ich nehme an, sie wird gerade verhört.«

»Und warum wirst du nicht verhört?«, ruft eine andere. »Das wäre ja wohl das Mindeste, wenn du solche Behauptungen aufstellst.«

»Ich bin bereits verhört worden.«

»Also ändert sich nichts?« Eine der Waffentechnikerinnen steht hinter ihrem Stuhl, dessen Lehne sie mit beiden Händen gepackt hält. »Das war's? Du bist immer noch Starschyj Lejtenant und immer noch KomEska?«

»Selbstverständlich.«

Ungläubiges Gemurmel schwappt durch den Saal.

»Bin ich seit heute eine schlechtere Pilotin?«, fragt Sascha. Stille senkt sich über den Raum. »Schieße ich schlechter, fliege ich schlechter? Sind die Faschisten, die ich abgeschossen habe, weniger tot?« Sie sieht sich im Raum um. »Warum sollte man mir das Kommando entziehen?«

»Musst du das ernsthaft fragen, Beljajewa?« Dunja Grinkowa ist aufgestanden. »Wir sind im Krieg mit Deutschland, und du sagst, du bist Deutsche.«

Das Wort peitscht durch den Raum. Sascha antwortet nicht. Eine der Mechanikerinnen beugt sich auf ihrem Stuhl vor. »Oder stimmt es nicht?«

Es tut weh, den Hoffnungsschimmer in fünfzig Augenpaaren auf einmal zu sehen, denn ich weiß bereits, wie Sascha antworten wird.

»Es stimmt.«

»Also hast du uns die ganze Zeit etwas vorgemacht«, sagt Dunja.

Dunja, fällt mir plötzlich ein, hat das Erste Geschwader geleitet, während Sascha mit uns anderen in Stalingrad war.

Sascha schüttelt den Kopf. »Ich bin eine sowjetische Bürgerin und eine Soldatin der Roten Armee. Nach meiner Abstammung hat mich nie jemand gefragt.« Dunja will etwas erwidern, doch Sascha schneidet ihr das Wort ab, indem sie mit dem Finger auf sie zeigt. »Ich habe dich auch nie nach deiner Herkunft gefragt – oder sonst jemanden im Regiment. Weil das vollkommen egal ist, solange wir alle denselben Eid geschworen haben.«

»Es ist nicht egal, ob du derselben Nation angehörst wie der Feind!«, ruft Olga dazwischen. Sie sucht mit den Augen nach jemandem und richtet schließlich das Wort an eine kleine Gestalt in der Menge. »Gelfmann, sag auch mal was! Oder geht das für dich in Ordnung, Seite an Seite mit einer Deutschen zu dienen, wenn sie überall deine Leute umbringen?«

Inna sieht sie kurz an. Sie sitzt reglos auf ihrem Platz, hat kein Wort gesprochen, seitdem wir hierhergekommen sind. Das ist schlimm. Viel schlimmer, als wenn sie Sascha anschreien würde. Sascha scheint mit sich zu ringen, ob sie zu ihr hinübergehen soll, entscheidet sich dann jedoch dagegen.

»Inna muss überhaupt nichts sagen«, sage ich. »Was ihr hier aufführt, ist lächerlich.«

Leysan springt mir bei. Sie zeigt mit dem Finger auf Sascha. »Wenn ihre Herkunft ein Makel ist, dann hat sie ihn doppelt und dreifach beseitigt mit allem, was sie in diesem Krieg geleistet hat. Abstammung interessiert Hitler und sein Mörderpack, aber nicht uns Sowjetmenschen.«

»Aber sie hat uns nicht die Wahrheit gesagt!«, beharrt Olga. »Wie sollen wir ihr noch vertrauen?«

Ich kann es ihnen nicht einmal vorwerfen. Wenn eine Kameradin, mit der man gegen die Deutschen gekämpft hat, auf einmal selbst Deutsche ist, dann kann jeder alles sein.

Leysan schlägt ärgerlich mit der Hand auf den Tisch. »Ist euch denn nicht klar, was es bedeutet, dass unsere Regimentsleiterin eine Spionin ist? Sie hätte uns alle an die Faschisten verkauft! Wir können heilfroh sein, dass eine von uns mit Deutschkenntnissen diesen Funkspruch mitgehört hat. Anstatt Sascha Vorwürfe zu machen –«

»Aber sie hat nicht einfach Deutschkenntnisse!«, ruft Dunja und deutet auf Sascha. »Sie ist eine von ihnen!«

»Das ist sie nicht«, sagt Natascha. »Sie hat in Stalingrad gegen sie gekämpft. Sie wurde verwundet. Was hast *du* bisher gegen die Faschisten getan? Außer das Maul aufzureißen, meine ich.«

Es folgt ein kurzer Austausch von Beschimpfungen, unterbrochen von empörten Zwischenrufen. Erst als Sascha erneut das Wort ergreift, kehrt Ruhe ein.

»Ich bin in Russland geboren«, sagt sie. »Meine Eltern sind in Russland geboren und ihre Eltern. Ich habe kein anderes Vaterland als die Sowjetunion. In meinem ganzen Leben habe ich noch nie etwas getan, was diesem Vaterland hätte schaden können.«

Einen Moment lang ist nichts zu hören, dann fragt eine: »Aber deinen Pass hast du gefälscht, oder?«

»Nein, warum hätte ich das denn tun sollen?«

»Na, wenn da als Nationalität ›deutsch‹ drinsteht, hätten es doch alle gewusst.«

»Es steht ›russisch‹ drin«, sagt Sascha. »Ich habe geheiratet und am selben Tag meinen Pass bekommen. Weil mein Mann Russe ist, sind sie bei mir auch davon ausgegangen.«

»Aber du hast das auch nicht korrigiert«, hakt Olga nach.

Sascha schüttelt den Kopf. »Ich war damals noch nicht lange in Moskau und dachte, es gibt vielleicht Probleme mit meiner Registrierung, wenn ich darauf aufmerksam mache, dass ein Fehler passiert ist. Dass sich jemals wieder jemand dafür interessiert, konnte ich ja nicht wissen.«

»Das nehme ich dir nicht ab«, sagt Olga. »Und selbst wenn es stimmt, ist eine Deutsche als KomEska untragbar.«

Ich stehe auf. »Jetzt auf einmal ist sie untragbar? Sie hat wieder und wieder bewiesen, dass wir uns auf sie verlassen können. Warst du in Stalingrad dabei?« Ich warte die Antwort nicht ab. »Aber ich war es.«

Dunja springt auf. Tränen stehen in ihren Augen. »Meine Mutter und meine Schwester sind in diesem Augenblick im Reich, versklavt von den Deutschen!« Ihre Stimme klingt schrill. »Und ich soll Befehle von einer Deutschen entgegennehmen? Das kann niemand von mir verlangen!«

»Es ist eine Schande!«, ruft Olga über das aufbrandende Gemurmel hinweg. »Was soll man von diesem Regiment denken, wenn sich das herumspricht? Ich werde Beschwerde dagegen einlegen, dass Beljajewa auf ihrem Posten als KomEska verbleibt.«

Sie sieht sich nach Zustimmung um. Zu meinem Entsetzen nicken einige beifällig.

»Tu, was du nicht lassen kannst.« Sascha verschränkt die Arme vor der Brust. »Nur eins noch. Ich bin die einzige Kommandantin in diesem Regiment mit Schlachterfahrung. Das hier ist nicht Anisowka, wir sind hier an der Front. Es wird Schlachten geben. Und wenn es Schlachten gibt, gibt es Tote. Bei jeder von uns, die abgeschossen wird, kannst du dich fragen, ob ich das hätte verhindern können, wenn ich hier gewesen wäre.«

Einige wechseln Blicke bei diesen Worten. Dunja schießen erneut Tränen in die Augen. Olga ist starr vor Wut, doch an diesem Hindernis kommt sie nicht vorbei. Stalingrad umgibt Sascha wie ein düsterer Glorienschein, gegen den auch Olga nichts ausrichten kann.

Die Versammlung löst sich auf. Ein paar der Mädchen berühren Saschas Arm oder ihre Schulter beim Hinausgehen. Sie gibt durch nichts zu erkennen, dass sie diese winzigen Loyalitätsbekundungen wahrnimmt. Inna geht mit durchgestrecktem Rücken hinaus, ohne ihr einen Blick zuzuwerfen. Wieder scheint Sascha den Impuls zu unterdrücken, ihr nachzulaufen.

Was habe ich getan?, denke ich mit erneut aufwallender Verzweiflung. Das ist alles meine Schuld.

Natascha reicht Sascha eine fertig gedrehte Zigarette. Sascha murmelt ein Danke, hält die Zigarette zwischen den Fingern, zündet sie aber nicht an. Mit den Gedanken scheint sie ganz woanders zu sein. Die Abendsonne liegt auf ihren Zügen. Sie sieht direkt hinein. In das Licht, das von Westen kommt.

Kulikowa stolpert während der Politschulung zweimal über das Wort »deutsch«. Durch das Fenster des Schulungsraums kann ich das Abstellfeld sehen, die glänzenden Propeller unserer aufgereihten Maschinen. Ich sehne mich nach dem Himmel, nach dem Cockpit meiner Jak. Und ich will jetzt wirklich nichts hören über verschärfte Wachsamkeit gegenüber deutschen Spionen.

Als wir nach der Schulung mit den anderen über den Appellplatz gehen, halte ich Natascha am Arm zurück. Ich muss mit jemandem darüber reden, was passiert ist. Dass sie um ein Haar verhaftet worden wäre, muss ich ihr ja nicht erzählen.

»Eigentlich sollten wir feiern«, sagt Natascha und schaut den anderen hinterher. »Ihr trüben Tassen.«

»Wieso denn feiern?«

Sie sieht mich ungläubig an. »Na, dass wir Kasarowa los sind. Ich hoffe, Sascha bekommt einen Orden dafür. Sozialistische Wachsamkeit und so.«

Saschas Herkunft scheint Natascha nicht im Geringsten zu bekümmern.

»Glaubst du es?«, frage ich.

»Was?«

»Dass Kasarowa gemeinsame Sache mit dem Feind macht.«

»Wenn Sascha es doch sagt. Ich kann mir eher vorstellen, dass Kasarowa für die Deutschen arbeitet, als dass Sascha sich so eine Geschichte aus den Fingern saugt.«

»Es gibt genug, die denken, sie will Regimentsleiterin werden, deshalb will sie Kasarowa aus dem Weg haben.«

Natascha verzieht das Gesicht. »So dumm kann eigentlich niemand sein. Die werden niemals einer Deutschen ein Regiment geben.« Etwas Schweres schleicht sich in ihre Bewegungen ein bei diesen Worten. »Die werden niemals …«

Sie bricht ab, doch ich kann den Satz selbst beenden.

Die werden niemals eine Deutsche in der Roten Armee dulden.

»Was hat sie jetzt bloß vor? Sie spricht ja nicht mit uns«, murmelt Natascha. »Inna redet nicht, und Sascha sagt auch nichts mehr. Trotzdem – sie war richtig gut heute, oder?«

»Ja, das war sie.«

Jetzt, wo ich beichten, es endlich loswerden könnte, ist es seltsam schwer, den Mund aufzumachen. Ein kleiner Stein ist in meinem Stiefel. Ich trete mit jedem Schritt darauf.

»Und Leysan auch.« Natascha lächelt. »Hätte ich ihr so gar nicht zugetraut, aber sie ist eine gute Freundin.«

Ja, das ist sie. Die Worte lösen einen kleinen Erdrutsch in meiner Brust aus. Eine gute Freundin. Ich dagegen …

Ich bleibe stehen, schlage die Hände vors Gesicht. Ich wünschte, das alles wäre nie passiert. Ich wünschte, ich hätte Mukijenko nie ein Wort geglaubt.

»Was denn, Katja?« Natascha ist ebenfalls stehen geblieben, streicht mir mit der Hand über den Rücken.

Ich richte mich auf. Niemand hat etwas davon, wenn ich zu heulen anfange. Aber ich muss das jetzt einfach loswerden. Muss hören, dass ich nicht anders handeln konnte.

»Ich glaube, dass das über Kasarowa eine Lüge ist«, sage ich schließlich. »Und dass der von der Sonderabteilung sie sich ausgedacht hat.«

»Mukijenko?«

»Ja.«

»Wie kommst du darauf? Und wieso sollte Sascha bei so was mitmachen?«

Ich lache traurig auf. »Weil er sie dazu zwingt, was sonst?«

Natascha überlegt einen Moment. »Dazu hätte er das mit ihrer Herkunft aber erst mal wissen müssen«, kombiniert sie ganz richtig.

Ich hole tief Luft. Hier kommt es. »Er nicht, aber ich. Er hat's von mir.«

Natascha sieht mich einen Moment völlig verständnislos an. Dann verzerrt sich ihr Gesicht. »Warum hast du das gemacht?«, ruft sie.

»Das musste ich tun!«

»Ach, verdammt, hör doch auf! Deine beste Freundin! So was behält man für sich.«

»Das konnte ich nicht.«

Du bist meine beste Freundin, will ich sagen, ich habe das nur deinetwegen getan. Natascha weiß nicht, dass ihr Haftbefehl schon unterschrieben war.

»Wieso, um Gottes willen?« Ihre Stimme ist ein Stöhnen. »Hast du gedacht, das wäre deine Pflicht? Du kannst doch nicht ernsthaft glauben, Sascha würde uns verraten.«

»N-nein.«

»Was dann? Wolltest du befördert werden oder rehabilitiert, oder was?« Nataschas Blick zuckt zwischen meinen Augen hin und her. Begreifen zeichnet sich auf ihrem Gesicht ab. »Es geht um deine Eltern, ja? Er hat dir versprochen, sie dafür freizulassen, wenn du Sascha verrätst, war es so?«

»Nein, er hat –«

Sie macht ein paar Schritte von mir weg, wendet mir den Rücken zu. »Ich kann das nicht glauben«, sagt sie wie zu sich selbst. Sie fährt sich mit der Hand übers Gesicht. »Nach all dieser Zeit versuchst du immer noch –«

»Er hat gesagt –«

Natascha fährt zu mir herum. Ihr Schrei gellt über den Platz: »*SIE SIND TOT!*«

Um mich wird die Luft zu Watte.

»Sie sind längst tot!« Sie kommt näher, stolpert, eine aus dem Tritt gebrachte Tänzerin.

Ich höre, was sie sagt, aber es erreicht mich nicht.

Nataschas Gesicht ist verzogen, als ob sie weinen würde, aber ihre Augen sind trocken. »Das bedeutet ›ohne das Recht auf Briefverkehr‹. Wenn das in der Akte steht, wenn … wenn sie das den Angehörigen sagen, dann heißt das, dass sie sofort nach der Verhaftung erschossen wurden.«

Mein Blick schweift über den Platz, ich sehe, ohne etwas zu sehen.

Nataschas Stimme ist rau, als sie fortfährt: »Den Familien sagen sie das nur, damit die nicht versuchen herauszufinden, was mit ihren Verwandten ist, weil sie dann sagen müssten, dass sie tot sind, und das wollen sie aus irgendeinem Grund nie zugeben …« Sie plappert, verhaspelt sich. Als trüge sie das alles schon viel zu lange mit sich herum, als müsste sie es unbedingt einmal aussprechen …

»Woher weißt du das?« Ich sehe sie an, ihr vertrautes, rundes Gesicht mit den Leberflecken, die Kornblumenaugen.

Die Wahrheit ist ein Gefühl.

Das Geräusch stampfender Stiefel nähert sich. Das Regiment marschiert zur Abendversammlung.

»Du also?«

Ihr Gesicht ist grau. Ich bin nicht sicher, ob sie mich hören kann. Sie kommen heran. Drängen an uns vorbei, rempeln uns von allen Seiten an. Wie ein grauer Strom, der uns umspült.

ZEHN

Pridatscha – Kastornoje – Pridatscha, März 1943

Katja

»Ich habe jetzt wirklich keine Zeit«, sagt er, als er mich sieht, seine Hände unter dem Wasserhahn.

»Sie haben mich angelogen.« Ich verspüre Seitenstechen, da ich den ganzen Weg ins Hauptgebäude gerannt bin. Dort habe ich ihn im Keller in einer Art Waschraum gefunden.

Wassertropfen spritzen von seinen Fingern, als er sie ausschüttelt. Spuren von Rot heben sich gegen die weiße Emaille des Waschbeckens ab.

»Meine Eltern sind tot«, sage ich, ein Würgen in meiner Kehle, als ich es zum ersten Mal ausspreche. »Und Sie haben das die ganze Zeit gewusst.«

»Woher weißt du das?« Mukijenko stellt mir dieselbe Frage wie ich zuvor Natascha. Mit dem Unterschied, dass er dabei völlig gelassen bleibt.

»Ihr anderer Spitzel hat's mir gesagt.«

»Was gesagt?«

»Was ›ohne Recht auf Briefverkehr‹ bedeutet.«

Mukijenko betrachtet die aufgeplatzten Knöchel seiner rechten Hand. Er streckt die Finger, ballt sie zur Faust und öffnet sie wieder, als ob er ihre Funktionstüchtigkeit prüfen wollte.

»Sicher bist du enttäuscht«, sagt er, ohne mich anzusehen, »aber das Persönliche muss nun einmal hinter dem Gemeinwohl zurückstehen.«

»Enttäuscht? Haben Sie gerade gesagt, *enttäuscht*?«

»Wenn es dir irgendwie hilft: Ich bin sicher, es missfiel ihr, das für sich behalten zu müssen.« Er sieht mich mit einem beinahe väterlichen Gesichtsausdruck an. »Mir ist es auch nicht ganz leichtgefallen.«

»Nicht ganz leicht? *Sie* haben meine Eltern verhaftet! WER SAGT MIR DENN, DASS *SIE* ES NICHT WAREN, DER SIE AUCH ERSCHOSSEN HAT?«

Mukijenko legt den Kopf schief. »Ist es nicht vollkommen egal, was ich darauf antworte? Wir tun hier alle nur unsere Pflicht –«

»Hier geht es nicht um Pflicht!«

Er dreht sich zu mir um. »Doch, genau darum geht es. Es wäre fatal, wenn ich in deine Beurteilung schreiben müsste, dass du offensichtlich nur für deine Eltern und nicht für den Sieg des Sozialismus arbeitest.«

Für einen Moment ist alles rot. Seine Züge, der Raum, die Waschbecken an der Wand. Als ob mir jemand eine getönte Brille aufgesetzt hätte.

»Für wen oder was arbeiten Sie denn?« Die gekachelten Wände des Waschraums verstärken meine Stimme, doch es ist mir ganz egal, wer mich durch die geschlossene Tür hört. »Wollen Sie mir erzählen, dass Sie im Auftrag der Sonderabteilung handeln? Sie hassen Kasarowa, darum geht es hier.« Ich balle die Fäuste. »Weiß Ihr Abakumow auch nur die Hälfte von dem, was Sie hier veranstalten?«

Ein winziges Zucken seines Augenlids verrät ihn, so kurz, dass ich es mir auch eingebildet haben könnte.

»Du hast eine Deutsche gedeckt«, sagt er leise, »glaub nicht, dass ich das vergessen habe. Und du meinst, mir drohen zu können? Ein Wort von mir, und du landest dort, wo deine Eltern sind.«

Die veränderte Bedeutung dieser Worte raubt mir einen Moment lang den Atem.

Den Blick in den Spiegel gerichtet, streicht er sich die wirren Locken aus der Stirn. »Ich kann auch zu Protokoll geben, dass wir dank deiner Mithilfe Kasarowa als deutsche Spionin entlarvt haben und dass ich deine vollständige Rehabilitation befürworte. Das hängt jetzt ganz von dir ab.«

Ein einzelnes Bild dringt durch den Nebel in meinem Kopf: meine Pistole hinter dem Sitz im Cockpit meines Flugzeugs.

Ich warte nicht auf seine Anweisung zum Wegtreten, sondern packe den Türgriff und will die Tür aufreißen. Sie bewegt sich keinen Millimeter. Ich reiße erneut daran.
Ich höre Mukijenko hinter mir.
»Einfach gegendrücken.«

Mukijenko

Durch die geöffnete Autotür sieht er sie näher kommen.
»Wie ist es gelaufen?«, fragt er, als sie neben ihm auf der Rückbank Platz nimmt und die Tür zuzieht.
»Wie erwartet«, sagt sie. »Die meisten sind auf meiner Seite, aber sie sind natürlich«, sie sucht nach einem Wort, »verwirrt und nicht begeistert von alldem.«
»Na, ausgezeichnet.«
Beljajewa hält den Blick auf die Rückenlehne des Vordersitzes gerichtet. Jede andere wäre eingeknickt, denkt er mit widerwilligem Respekt. Hätte das Handtuch geworfen. Wäre freiwillig aus dem Regiment ausgeschieden.
Ist ihr Verantwortungsgefühl so stark, oder glaubt sie wirklich, dass die Sache gut für sie ausgehen kann?
»Was geschieht jetzt?«, fragt sie und sieht ihn an. Es entgeht ihm nicht, dass sie seinen Rang weglässt. »Ich habe getan, was Sie wollten, deshalb bin ich in dieser Lage. Kann ich im Regiment bleiben?«
»Du hast doch gesagt, dass die Mädchen dich akzeptieren«, erwidert er leichthin.
»Darüber entscheiden nicht die Mädchen, sondern Sie.«
»Genau genommen entscheidet darüber der Generalstab der WWS.«
Er legt sich auf nichts fest, macht ihr keine Zusicherung. Er kann in ihren Augen sehen, wie belastend das für sie ist. Wie viel davon kann sie wohl noch ertragen?

»Und Kasarowa?«, fragt sie plötzlich.
Er zuckt die Achseln. »Nach allem, was man hört, ist sie sicher kein Verlust für das Regiment.«
Die graugrünen Augen sind auf einmal hart wie Stein. »Haben Sie Dienst an der Waffe getan?«, fragt sie. »Wissen Leute wie Sie *irgendwas* darüber, wie es ist, im Kampf sein Leben einzusetzen?«
»Weiß es Kasarowa deiner Meinung nach?«
»Wenn Sie so mit ihr umspringen können, dann auch mit jedem anderen in der Armee. Wir sind im Krieg, und Sie hetzen uns noch aufeinander. Aber hinterher werden Sie dann allen erzählen, wie Sie und Ihre Leute Hitler besiegt haben.«
Von einer Deutschen soll er sich das sagen lassen? Mukijenko lacht leise, um zu überspielen, dass sie einen wunden Punkt getroffen hat. Er fragt: »Warum bist du nach dem Überfall eigentlich nicht zu den Deutschen gegangen?«
Sie zuckt zurück.
Er macht eine Kopfbewegung in Richtung nach draußen. »Hast du nicht irgendeine Kreuzung zu bewachen?«
Einen Moment sitzt sie wie erstarrt. Dann stößt sie sich geradezu von der Rückbank ab.
»Lass sie offen«, sagt er, als sie die Wagentür schließen will – sie zuknallen, trifft es wohl eher. Ihre Augen leuchten vor Verachtung, doch ihre Haltung ist formvollendet, als sie salutiert und seinem Befehl zum Wegtreten gehorcht.
Es ist seltsam, denkt er, während er ihr nachsieht, dass sie nicht versucht hat überzulaufen. Mit einem Flugzeug wäre das ein Kinderspiel. Die Fritzen würden sich vor Freude bepissen, eine Jak studieren zu können. Es wäre nicht einmal gefährlich. Sie könnte sich auf Deutsch vorstellen. Sagen: Hier bin ich, eure lang verschollene – wie nennen die Faschisten das noch? – Volksgenossin? So menschenverachtend sie mit Juden und Slawen umgehen, so sentimental sind die Deutschen gegenüber ihresgleichen.
Und dennoch überrascht es ihn kein bisschen, dass sie noch hier ist und hofft. Plötzlich muss er an die zu Verhaftenden

während des Großen Terrors von 1937 und 1938 denken: Auch sie hätten fliehen können, aber sie saßen da wie die Kaninchen vor der Schlange. Fast muss er über sich selbst lachen, dass er eine Zeit lang plante, Beljajewa einen Aufstand gegen Kasarowa anführen zu lassen. Niemals hätte diese Frau gegen eine Vorgesetzte gemeutert.

Aus der Akte in seinem Schoß zieht er ein einzelnes Dokument heraus. Es ist ein unterzeichneter und abgestempelter Haftbefehl, ausgestellt auf den Namen Alexandra Georgijewna Beljajewa. Er wird das einem seiner Männer übergeben.

Und dann wird er sich noch ein wenig mit Kasarowa beschäftigen. Gestanden hat sie ihre Verbrechen bislang nicht – abgesehen von dem, das sie überhaupt erst in diese Lage gebracht hat, dem Mord an seiner Tochter. Aber sie haben ja auch kaum angefangen. Und diese alte Verletzung, die ihr offenbar immer noch so sehr zu schaffen macht, dass sie deswegen ihre Pflichten als Regimentsleiterin vernachlässigt hat, ist ein paar gezielte Tritte wert.

Auf der Fahrerseite des Wagens öffnet sich die Vordertür. Jemand steigt ein. Auf den ersten Blick erkennt er die Mondkraterlandschaft, die Berjosows linke Gesichtshälfte darstellt.

Auf den zweiten bemerkt er den Pistolenlauf, den Berjosow auf ihn richtet.

Sascha

Heute werde ich verhaftet.

Oder wenigstens unter Arrest gestellt, bis man entschieden hat, wie mit mir verfahren werden soll. Der Mensch von der Sonderabteilung hat nur deshalb noch nichts unternommen, weil er fürs Erste mit Kasarowa beschäftigt ist.

Die Mechanikerinnen, die meine Jak startbereit machen, beobachten mich. Auch sie wissen inzwischen, was ich bin. Alle wissen es. Argwohn schlägt mir förmlich entgegen, aber keine muckt auf. Ich stehe im Rang über ihnen. Doch die Technikerin, die mir mit dem Fallschirm hilft, hat zwei Augen wie schwarze Schilde voller Ablehnung.

Keine Bange, würde ich am liebsten sagen und ziehe die Gurte des Fallschirms fest, ehe ich ins Cockpit klettere. Wenn die mich überhaupt noch einmal starten lassen, wird es das letzte Mal sein.

Ich bin nur froh, dass Marina Raskowa das Ganze nicht mehr erlebt hat. Und auch Polina Ossipenko nicht, ihre Freundin und Begleiterin auf dem Rekordflug nach Fernost. Polja, die mich bei den Schultern fasste, nachdem ich mit ihrem Gleiter hatte fliegen dürfen, und sagte: »Mädchen, wenn du nicht zur Pilotin ausgebildet wirst, ist das eine Sünde!«

Da war ich fünfzehn. Wir durften eine Flugvorführung hinter dem Fabrikgelände ansehen. Anschließend fragte man uns, wer es versuchen wollte. Keiner von den Jungs hat sich getraut, nur ich. Vielleicht lag es daran, dass Polja eine Frau war.

Wenn Fliegerinnen einander Familie sind, macht das Raskowa zu meiner Tante, Inna zu deren Großnichte. Wen immer Inna selbst mal ausbildet, sie wird meine Enkelin sein. Ganz egal, wo ich dann bin. Sie braucht es ja niemandem zu sagen, dass die Familie einen Schandfleck hat.

Für den Fall, dass ich später nicht mehr dazu komme, habe ich Innas Pass und ihren Komsomolausweis unter die Decke ihrer Pritsche gelegt. Sie hat noch gar nicht daran gedacht, die beiden zurückzuverlangen. Außerdem habe ich dort ein Blatt Papier hinterlassen, beide Seiten eng beschriftet. Wolkenbilder, Wolkenfarben, Wind, Niederschlag, Insektenflug. Alles, was ich weiß über das Wetter und wie es sich ändert.

Ich hätte heute mit Inna Patrouille fliegen sollen, doch ich habe Leysan dafür eingeteilt. Gestern habe ich die beiden über das Flugfeld gehen sehen. Leysan, die auf Inna einredete. Was sie gesagt hat, weiß ich nicht. Dass wir Angehörige ethnischer Minderheiten doch alle zusammenhalten müssen vielleicht? Als ob es so einfach wäre.

Nur eine von uns gehört einer Nationalität an, die man wegen Unzuverlässigkeit kollektiv nach Sibirien deportiert hat.

»Und du?«, habe ich Leysan gefragt. »Warum machst du mir keine Vorwürfe?«

Sie schwieg so lange, dass ich schon dachte, sie werde nicht antworten.

»Weil ich Angst habe«, sagte sie dann.

Ich musste nicht fragen, wie das gemeint war. Ihr eigenes Volk, die Krimtataren, ist wirklich unter die Herrschaft der Deutschen geraten. Wird es heißen, sie hätten mit der Wehrmacht gemeinsame Sache gemacht? So wie man es von den Wolgadeutschen befürchtet hat, der friedlichsten und frömmsten Volksgruppe, die man sich vorstellen kann? Kann es wahr sein, dass meine Leute mit dem Feind zusammengearbeitet haben? Selbst wenn es nur ein paar waren?

Die anderen verstehen das nicht. Wenn sie »Deutsche« hören, stellen sie sich bis an die Zähne bewaffnete Wehrmachtssoldaten vor, und wer könnte es ihnen verdenken?

Doch wir, die sowjetischen Deutschen, sind keine Kämpfer. Nicht einmal, als wir fast verhungert sind, haben wir revoltiert.

Das mit dem Essen war natürlich nicht nur bei uns ein Problem. Wenn man weiß, worauf man achten muss, erkennt man gleich, wer damals auf dem Land gelebt hat. Mit Nataschas Essverhalten stimmt auch irgendwas nicht. Inna, Katja und Leysan haben nie Mühe, das Brot, das wir morgens bekommen, bis nachmittags aufzuheben oder sogar mit ihren Mechanikerinnen zu teilen. Natascha und ich haben das nie geschafft.

Ob sie wohl auch in einem Kolchos war? Abgehauen ist, so wie meine Vettern und ich? Wir waren nicht einmal zwei Wochen in Moskau, als sie aufgegriffen und zurückgeschickt wurden. Dem Aussehen nach waren wir von den Russen nicht zu unterscheiden. Aber wenn die Jungs Russisch sprachen, dann konnte ich den Unterschied hören, und die Russen konnten es auch. Nur bei mir nicht. Mein Russisch klang wie das der Russen.

Abrupt fällt mir die Stille um mich herum auf. Der Mangel

an Geplapper ist untypisch für Fliegerinnen auf Bereitschaft. Ich hebe den Blick von meinen Anzeigen, sehe aus dem Cockpit. Katja sitzt in der Jak links von mir, Natascha rechts. Beide sehen stumm geradeaus. Haben die jetzt etwa auch noch Streit? Wie ich ihn liebe, meinen Kindergarten. Und jetzt werde ich ihn verlassen müssen. Mukijenko wird mich nicht schützen, hat es wohl auch nie vorgehabt. Erneut werfe ich einen Blick in die Runde, ob nicht schon jemand über das Flugfeld kommt, um mich zu verhaften.

Es knackt in der Leitung. »Hier Tschajka 7, kommen!« Ich richte mich unwillkürlich auf. Etwas ist auf dieser Patrouille nicht in Ordnung, das höre ich sofort in Innas Stimme.

»Hier Lesok«, ertönt die Bodenkontrolle gleich darauf.

»Feindsichtung«, sagt Inna atemlos. »Ein Feld von dreißig oder mehr Bombern hat die Frontlinien überquert. Erwarten Anweisungen, kommen!«

»Wohin sind die Bomber unterwegs, kommen?«

»Wir nehmen an, zur Schienenkreuzung in Kastornoje. Wir sind nur zu zweit, erwarten Anweisungen, kommen!«

Über Funk bleibt es still. Ich recke mich halb aus meinem Sitz, sehe zum Gefechtsstand hinüber. Warum meldet sich die Bodenkontrolle nicht?

»Erwarten Anweisungen, kommen!«

Keine Antwort. Die neue Regimentsleitung muss im Gefechtsstand sein. Ist ihr Funkgerät ausgefallen? Sie muss Inna und Leysan den Befehl zum Angriff geben und den Rest von uns zur Verstärkung hinschicken.

»Lesok, was sollen wir tun?«

Angriff, na los! Wenn ich Inna hören kann, muss es die Bodenkontrolle doch auch. Eiseskälte durchströmt mich. Oder hält Inna versehentlich den Sendeknopf gedrückt und blockiert den Kanal? Dann kann Pridatscha nicht antworten.

»*Sascha!*«, höre ich Inna über Funk, just in der Sekunde, als ich eine Entscheidung treffe.

»Angriff!«, schreie ich in den Sender. »Beide Geschwader – starten!«

Sie haben mich gehört. Der Kanal kann also nicht blockiert gewesen sein. Die Mechanikerinnen springen von ihren Plätzen und legen letzte Hand an die Flugzeuge. Die Mädchen lassen die Motoren ihrer Maschinen an.

»Bereit«, höre ich Natascha über Funk sagen, dann Katja, dann eine nach der anderen.

»Inna«, wende ich mich über Funk an Intschik, während ich bereits auf die Startbahn rolle. »Ihr müsst sie so lange hinhalten, bis wir dort sind, schafft ihr das?«

»Ja, Sascha.« Innas Stimme ist leise.

Zwei Jäger gegen vierzig Bomber, jeder mit einem MG-Schützen an Bord. Das ist ein Selbstmordkommando.

»Geschätzte Ankunftszeit sind achtzehn Minuten. Wir sind unterwegs zu euch.« Der Schub des Triebwerks presst mich in den Sitz meiner Jak, als das Fahrwerk von der Rollbahn abhebt.

Sie haben mich tatsächlich starten lassen.

Es dauert nicht lange, bis alle Flugzeuge in der Luft sind. Zum Glück ist bereits März. Noch vor ein paar Wochen wären die Motoren nicht so schnell warm gelaufen.

»Angriffsformation!«, befehle ich. »Kurs auf Kastornoje!«

»Beljajewa! Hier spricht Major Tatjana Kasarowa.«

Ich starre das Radio an. Sicher habe ich mich verhört.

»Hier Beljajewa«, melde ich mich und bin mir bewusst, dass das gesamte Regiment mithören kann.

»Du stehst unter Arrest. Du wirst auf der Stelle beide Geschwader zurück zum Stützpunkt bringen.«

Ich gehe auf Sendung. »Genosse Major, ein Verband von vierzig Bombern hält auf die Schienenkreuzung Kastornoje zu. Zwei unserer Fliegerinnen sind allein da draußen –«

»Das ist ein Befehl, Beljajewa, und er kommt nicht von mir.«

Das kann ich mir schon denken.

»Verstanden, Genosse Major. Sowie die Schlacht geschlagen ist, werde ich dem Befehl Folge leisten.«

Ehe Kasarowa noch etwas sagen kann, unterbreche ich den Kontakt zu Pridatscha. Ich halte einfach den Sendeknopf gedrückt, sodass niemand mehr den Kanal benutzen kann, und lasse ihn erst los, als wir bereits Kastornoje überfliegen.

Olga geht auf Sendung, ehe ich Gelegenheit habe, Inna und Leysan anzufunken.

»Das kann nicht dein Ernst sein! Hast du nicht gehört, dass die dich verhaften wollen? Wir müssen umkehren!«

»Nicht, solange vierzig Bomber auf ein Ziel zusteuern, das wir zu schützen haben. Außerdem sind zwei von uns allein da draußen. Für den Arrest ist später immer noch Zeit.«

»Du bist ja verrückt geworden!«

»Ruhe!«

Wir sind fast am Ziel.

Ein wenig flau ist mir. Habe ich den Mädchen gerade ein Tribunal eingebrockt? Ich sehe über die Schulter. Perfekte Formation. Keine hat abgedreht. Wahrscheinlich ist ihnen nicht einmal selbst klar, wie sehr sie mir vertrauen.

Aber ein komplettes Regiment werden sie doch wohl kaum zur Verantwortung ziehen. Nicht, wenn sie alles auf mich schieben können.

»Achtung!«, höre ich Natascha über Funk. »Feind auf ein Uhr!«

Zunächst sind es nur Punkte, die sich gegen einen blassen Himmel abheben. Doch sie werden schnell größer. Eine Formation zeichnet sich ab. Drei, nein vier Lagen übereinander. Wenn nur eine dieser Maschinen einen Volltreffer auf Kastornoje landet …

Plötzlich sehe ich Inna, vielleicht auch Leysan – eine Jak, die sich aus der Höhe auf einen der Bomber herabfallen lässt. Flammen, die aus seinem Triebwerk schlagen. Dann sehe ich die zweite Jak, lächle.

»Bereit machen zum Angriff!«, gebe ich über Funk durch.

Doch noch während wir auf das Bomberfeld zuhalten, neigt sich mein Kopf wie von selbst zum Seitenfenster. *Sieh es dir noch einmal an*, denke ich mit Blick auf die dunklen Äcker, die Wiesen, die Schneereste im Schatten von Wäldchen, während das Land unter mir entschwindet.

Nein. Ich richte den Blick geradeaus. Nicht das Land, ich bin es, die verschwinden wird. Auf die eine oder andere Weise.

Katja

Ihre Stimmen haben sich in meinem Kopf eingenistet. Nataschas Worte, Mukijenkos Worte. Und dahinter ein lauter werdendes Dröhnen wie vom Motor eines sich nähernden Flugzeugs. Gemeinsam haben sie den Tod meiner Eltern verschuldet – sie, indem sie sie angezeigt, er, indem er sie verhaftet hat. Und was ist zu tun mit denen, die unsere Familien töten? Es steht auf jedem zweiten Propagandaplakat.

Tötet sie. Rächt eure Angehörigen.

Das ist in meinem Fall nicht anders, nur weil es nicht die Faschisten sind, die meine Eltern ermordet haben.

Der Gedanke schüttelt mich wie ein Fieber. Unten in Pridatscha, auf einem Stützpunkt voller Waffen, konnte ich gegen Mukijenko nichts unternehmen. Hätte ich auf ihn geschossen, wäre das meine letzte Tat gewesen.

Aber mit Natascha ist es etwas anderes. Wo sterben Piloten schließlich häufiger als in einer Luftschlacht? Hinterher wird niemand mehr sagen können, wie es passiert ist.

Schweiß steht auf meiner Haut. Ich muss ein paar Atemzüge durch den Mund tun, um mich zu beruhigen. Wir sind an Kastornoje vorbei, und die feindliche Bomberformation schält sich aus dem gräulich blauen Morgenhimmel. Inna hat nicht übertrieben. Es sind vierzig oder mehr.

Sie haben nicht mal Eskorten. Es sind Langstreckenbomber, die ihre Geschosse aus großer Höhe abwerfen. Sie fliegen mit stoischer Ruhe, als ob sie in der Luft stünden und das Einzige, was sich bewegt, zwei kleine dunkelgrüne Maschinen sind, die um sie herumkreisen und feuern.

»Inna, Leysan? Alles in Ordnung?«

Das ist Sascha. Wie ruhig sie klingt. Nur ein Hauch von Besorgnis liegt in ihrer Stimme. Sorge um Inna und Leysan, nicht etwa um sich selbst. Habe ich ihr je gesagt, wie sehr ich ihre Nervenstärke bewundere? Nein. Das bedeutet, sie wird es nie hören. Denn ganz egal, wie das hier ausgeht, Sascha ist verloren. Sie werden sie festnehmen, sobald sie den Boden berührt.

Und das ist meine Schuld, aber es ist auch die von Natascha. Denkt sie daran, dass Sascha ohne sie nicht in dieser Lage wäre? Wenn Natascha nicht gelogen hätte, wäre es nie so weit gekommen. Ich habe für sie Sascha verraten. Dabei war Natascha zu keinem Zeitpunkt wirklich in Gefahr. Mukijenko hätte sie niemals verhaftet, das ist mir jetzt klar.

Ich höre Sascha Anweisung an Leysan und Inna geben, sich in unsere Formation einzureihen. Sie teilt uns auf. Je zwei Züge greifen von den Seiten an. Der Pulk des Regiments kommt von oben. Darunter ich und die Mörderin meiner Eltern.

Denn das ist sie, so sicher, als ob sie selbst Hand angelegt hätte.

Wir haben die Bomber fast erreicht. Dumpfes Knallen ertönt, als sie die ersten Kugeln auf uns abgeben. Schwarze Schlieren am Himmel. Wir sind zu hoch oben, als dass sie uns treffen könnten. Dann sind wir über sie hinweg.

Sascha gibt den Befehl zum Richtungswechsel. Wir nähern uns nun dem Feld von hinten, eine viel bessere Schussposition. Mein Plan hat einen Haken, geht es mir durch den Kopf, während ich den Schnapper vom Auslöser meines Maschinengewehrs schiebe. Ich bin diejenige, die zieht. Ich fliege voraneweg. Nataschas Aufgabe ist es, mich zu schützen, während ich angreife. Ich werde mit ihr die Positionen tauschen müssen.

Wir geben die ersten Salven auf die Bomber ab. Ich halte den Auslöser des MGs lange gedrückt, doch ich kümmere mich nicht darum, ob meine Kugeln tatsächlich Schaden anrichten.

Natascha folgt mir. Rasch zieht sie über dem Bomberfeld vorbei. Ich steige ein wenig, nehme das Gas raus. Das ist riskant. Geschwindigkeit ist der wichtigste Vorteil, den wir gegenüber den Bombern und ihren beweglichen Bordschützen haben. Doch ich unterdrücke mein ungutes Gefühl.

Ich bin nun direkt hinter Natascha. Wenn sie sich darüber wundert, wenn sie überhaupt schon gemerkt hat, dass wir die Plätze getauscht haben, dann hält sie es nicht für nötig, sich über Funk zu erkundigen, ob alles in Ordnung ist. Sehen kann sie mich nicht. Ich bin auf sechs Uhr.

Ich beobachte sie durch mein Fadenkreuz. Mein Daumen berührt den Auslöser. Um uns her wird geschossen. Niemand wird mich verdächtigen ...

Ein jäher Warnruf über Funk lässt mich zusammenzucken. Etwas rast auf mich zu.

Um ein Haar wäre ich mit einer anderen Maschine zusammengestoßen. Erschrocken sehe ich mich um. Das ist niemand von uns, und es ist keiner der Bomber, so schnell, wie er sich bewegt. Aus dem Augenwinkel sehe ich etwas Gelbes aufzüngeln.

Messerschmitts.

Ich feuere auf das nächste Kreuz, das vor mir auftaucht. Beinahe mechanisch. Lasse mich ein wenig zurückfallen, steige ganz leicht. Unter mir verschwindet Natascha für einen Moment hinter einer Wolke. Da ist sie wieder. Nun bin ich diejenige, die ihr folgt.

Jetzt, denke ich. Es ist vielleicht meine einzige Möglichkeit.

Das Fadenkreuz findet sie erneut.

Ich höre Leysan über Funk: »Tschajka 7 ist ausgefallen, melde: Tschajka 7 ist ausgefallen!«

Unwillkürlich sehe ich mich um. Etwas segelt durch die Luft wie eine riesige Vogelschwinge. Es ist eine abgetrennte Tragfläche.

Eine schwarze Rauchsäule zieht sich fast senkrecht durch den Himmel. Sie folgt der Spur des abstürzenden Flugzeugs. Durch die fehlende Tragfläche fällt es wie ein Stein.

»Inna!« Sascha so schreien zu hören, hat etwas Unwirkliches. »*Inna!*«

Ich sehe nicht hin, als es passiert. Kurz bevor Innas Jak am Boden ist, wende ich den Blick ab. Natascha ist immer noch in meinem Fadenkreuz.

Ich lasse den Trigger los, heftig atmend. Schweiß bricht mir aus allen Poren. Habe ich das wirklich fast getan?

Kugeln pfeifen. Eine Salve schlägt der Länge nach durch die Außenwand von Nataschas Jak.

Ein deutscher Jäger ist über uns. Sofort legt er noch einmal nach. Kein Feuer steigt von Nataschas Maschine auf, nur etwas weißer Rauch, der sich jäh schwarz verfärbt.

»Natascha!«

Ich versuche, zu ihr aufzuschließen, doch sie sinkt bereits. Sie antwortet nicht. Notlandung aus sechstausend Metern. Das ist nicht zu schaffen. Selbst hier nicht, wo sich Wiesen und Felder mit nur wenigen Bäumen erstrecken.

Eine Messerschmitt direkt vor mir. Ist es die, die Natascha abgeschossen hat? Ich halte auf sie und feuere. Sie weicht aus. Die Hand an meinem Steuerknüppel zittert. Da war ein Funkspruch von Sascha, den ich nicht mitbekommen habe. Wo ist Leysan? Wir beide sind jetzt allein, ohne Flügelmann.

»Tschajka 11, Tschajka 11!«, gehe ich auf Funk. »Hier ist Tschajka 18 – zu mir!«

Leysan schwenkt sofort hinter mir ein. Ich suche mir das nächste Ziel, fliege dicht an den Bomber heran, als ich die Schüsse abgebe. So dicht wie Natascha es während unseres Trainings in Engels immer getan hat, was Kasarowa so gefährlich fand und Schestakow uns später ausdrücklich anwies zu tun.

Wir sind zu schnell, als dass der Bordschütze des Bombers uns erwischen könnte. Ich feuere aus kurzer Distanz, drehe erst ab, als ich schon befürchten muss, seinen Flügel zu streifen.

Jetzt kann ich Leysan sehen. Sie hat den Bomber von der anderen Seite angegriffen. Unter unser beider Feuer bricht er förmlich auseinander.

Wie Innas Jak.

Ich balle die Faust um die Steuerung meines Flugzeugs, tue, was sie getan hat, in dieser allerersten Schlacht über der Wolga, feuere auf jedes Kreuz, das ich sehe. Auf die grün-gelben, wespenhaften Messerschmitts, doch wichtiger sind die Bomber, die unerschütterlich ihren Kurs halten. Wie viel Zeit haben wir noch, ehe sie am Ziel sind?

Ich warte, bis das Triebwerk des Bombers direkt vor mir im Fadenkreuz auftaucht, und drücke den Auslöser.

Das Geräusch des feuernden Maschinengewehrs bleibt aus. Es ertönt nur ein schrecklich hohles Klacken.

Keine Munition mehr.

Kugeln durchschlagen eine meiner Tragflächen. Ich gebe Vollgas, gewinne wieder an Höhe, ausgebremst durch die Steigbewegung.

»Hier Tschajka 18«, funke ich. »Munition alle!«

»Verstanden, Tschajka 18«, höre ich Sascha sagen. »Zieh dich zurück!«

Sie meint, dass ich nach Pridatscha zurückkehren soll. In Richtung Südosten ist alles frei. Doch ich bleibe. Von hier oben kann ich das Bomberfeld genau sehen. Und noch etwas anderes, in östlicher Richtung am Horizont. Ein Flecken mitten in den Feldern, die Andeutung von Gebäuden, eine Straße, die darauf zuführt.

Kastornoje ist in Sicht.

Ich fluche, die Hand in die Steuerung gekrallt. Am Ende waren sie doch zu viele und wir zu wenige. Ich kann nur zusehen von hier oben. Eine V-Formation, leicht ausgedünnt, aber unverdrossen auf Kurs. Sie folgt dem Anführer an ihrer Spitze. Ich bin direkt über ihm. Ich habe freies Schussfeld und kann nichts tun.

Bis auf eins.

Es kann auf zwei Arten ausgehen, hat Sascha gesagt. Ich sehe ihre Hände vor mir, die Kanten, die einander schneiden. Der Flügel einer Maschine, der den einer anderen zerhaut. Das Mindeste, das Einzige, was ich tun kann, bevor die Lichter ausgehen.

Wenn es mir gelingt, so den Anführer zu erledigen, werden die verbleibenden Bomber vielleicht abdrehen. Ich stelle es mir vor, schätze den Winkel ab, in dem ich ihn rammen muss. Einen Vorhalt für mich selbst habe ich noch berechnet. Aber das ist auch nichts anderes als bei einem Geschoss.

Dabei streife ich mir die Fliegerhaube vom Kopf, fahre mit den Fingern durch mein Haar. Es fühlt sich seidig an. Sterben fürs Vaterland meinetwegen, höre ich Natascha sagen, von einer hässlichen Frisur war nicht die Rede.

Aus irgendeinem Grund ist das wichtig, dass die Faschisten wissen, dass ich eine Frau bin, falls sie mich noch sehen können. Dass ich die Tochter von irgendjemandem bin.

Dann mal los, denke ich und streiche das Haar hinter die Ohren. Ich nehme Geschwindigkeit auf.

Der Anführer fliegt an der Spitze des Feldes. Ganz ruhig hält er auf das Ziel zu – die Schienenkreuzung, ein unauffälliger Punkt im Nirgendwo, an dem sich die Lebenslinien zweier Fronten treffen.

Der Falkenschlag, der Blitzangriff aus großer Höhe, ist die einzige Möglichkeit, die mir bleibt. Ich bin auf neun Uhr.

Es könnte schiefgehen, natürlich.

Die Jak könnte nach unten wegbrechen, ehe sie den Bomber rammt. Sie könnte mich mit nach unten reißen. Eine der Messerschmitts könnte mich unter Beschuss nehmen.

Aber es wird nicht schiefgehen.

Die Besatzung hat mich bemerkt, aber meine Absicht erahnen sie nicht. Vielleicht wundern sie sich, dass ich nicht auf ihre Maschine feure, einfach nur von oben rasch näher komme, gefährlich nahe, ohne Rücksicht darauf, ob der Maschinengewehrschütze mich unter Beschuss nehmen wird.

Was er auch tut, einen Moment später. Ich halte meinen Kurs. Vielleicht ahnt er nun doch etwas. Er muss davon gehört haben. Die deutschen Piloten erzählen sich das sicher mit Kopfschütteln.

Diese verrückten Russen, manchmal tun sie das.

Ein Klirren. Ein Sprung zieht sich durch meine Frontscheibe. Ein scharfer Luftzug erfüllt das Cockpit. Ich ziehe die Brille über meine Augen. Eine Kugel schlägt direkt über meiner Schulter ein, trifft die Verkleidung hinter meinem Sitz.

In diesem Moment passiert es.

Ich spüre das andere Flugzeug kommen, ehe ich es sehe.

Ich weiß, wo ich bin, wo der Bomber ist, als ob ich die Luft um uns spüren könnte. Ich sehe das ganze Bild und wie es sich verändern wird.

Eine Jak schießt mit Vollgas an mir vorbei und feuert auf den Bomber. Der Schütze ist getroffen, bricht hinter seinem Gewehr zusammen. Die Jak zieht hoch in eine Steilkurve. Ich habe den Eindruck, dass es Sascha war.

Ich bin auf Kurs. Der Winkel stimmt, die Entfernung zum Ziel. Meine liebe geflügelte Jak, mein Feuervogel ... Von hier aus schafft sie es allein.

Meine Ohren sind dicht von dem raschen Sinkflug. Mein Herz hämmert in dumpfen Schlägen gegen meinen Brustkorb. Der Bomber kommt näher. Ich kann das Gesicht des Piloten erkennen, der sich hektisch immer wieder nach mir umschaut.

Ja. Jetzt hat er verstanden.

Ich löse meine Sitzgurte. Viel Sinn hat es nicht, das weiß ich selbst. Bei diesem Eintrittswinkel könnte ich abspringen und direkt auf der feindlichen Maschine landen. Sie kommt näher. Ich öffne das Kabinendach. Der Luftstrom reißt es sofort aus seinen Halterungen. Ich stelle mich auf den Sitz, richte mich auf.

Fliehkräfte packen mich wie eine riesige Faust, die mich an sich reißt. Etwas flackert auf unter mir, hell wie eine Flamme. Ich meine, geradewegs hineinzustürzen.

Ich ziehe die Reißleine des Fallschirms.

Schwarze Felder, wie mit nasser Asche bestreut, kahle Sträucher. Vereinzelte weiße Streifen in deren Windschatten. Schneewehen. Der Himmel ist so leer wie die Landschaft, die mich umgibt.

Müdigkeit überlagert jede Angst, in die falsche Richtung zu gehen. Der Boden scheint mich anzusaugen, jeden meiner Schritte macht er schwer und schmerzhaft. Die meiste Zeit ist da kein Weg. Schlammige Rinnsale ziehen sich durch die Erde, wenn es leicht bergab geht. *Rasputiza* nennt man diese Jahreszeit, diese Witterung. Nicht mehr wirklich Winter, aber auch noch nicht Frühling.

Es muss später Nachmittag sein, als ich zwischen den aschenen Feldern ein Dorf erkennen kann. Zehn, fünfzehn Häuser, die Läden der Fenster geschlossen oder in den Angeln hängend. Strohdächer, halb abgedeckt. Balken, die in die Wohnstuben herunterragen.

Wo sind sie? Die Menschen, die hier gewohnt haben?

Hinter den Häusern entlang der Dorfstraße ziehen sich Obstgärten. Das Ufer eines Flusses. Spätwinter. Kahle Bäume. Ein unwirkliches Gefühl durchströmt mich. Als wäre ich schon einmal hier gewesen.

Am Ende des Dorfes steht eine kleine Kirche, früher einmal weiß getüncht, doch nun haben riesige dunkle Spuren sich in den Putz gefressen. Als ob Flammen an ihr geleckt hätten. Flammen, die aus ihrem Inneren schlugen.

Sie haben sie alle zusammengetrieben, höre ich in meiner Erinnerung, *und in der Dorfkirche eingesperrt ...*

Wie erstarrt betrachte ich die geschlossene hölzerne Flügeltür. Was werde ich finden, wenn ich hineingehe? *Dann haben sie Feuer an die Kirche gelegt, niemand kam mehr raus.*

Und ich schaffe es nicht, diese Tür zu öffnen. Ich schaffe es nicht hinzusehen. Wie bei meinen Eltern. Ich hätte hinsehen müssen.

Ich beiße mir auf die Lippen. Nein. Wenn ich einmal anfange zu weinen, höre ich nie wieder auf.

Die Türklinke gibt ganz leicht nach, doch die Tür selbst ist schwer. Ich halte den Atem an, als ich über die Schwelle trete. Der Boden ist sauber, die Wände sind weiß. Die Kirche ist vollkommen leer.

Es ist nicht hier passiert. Es war nicht dieses Dorf.

Ich schließe die Tür hinter mir. Ich war mein Leben lang in Kirchen, in Palästen. Nur dass sie inzwischen Ämter, Behörden, Schulen und Sporthallen waren.

Diese kleine Dorfkirche ist noch immer eine Kirche, nach allen, die hier durchgezogen sind – die Weißen, die Roten, die Faschisten. An der Stirnseite gibt es einen Altar, dahinter den Altarraum. Und Ikonen, müsste es nicht Ikonen geben? Vielleicht haben die Dorfbewohner sie mitgenommen. Vielleicht haben die Deutschen sie gestohlen.

Geblieben sind nur die Malereien an den Wänden. Ich trete näher an eines der Bilder, verblasst im Laufe der Zeit.

Ein Vogel, der aus einer Flamme emporsteigt. Schwanzfedern, die sich am Ende verdicken, gelb-orange. Phönix aus der Asche. Das muss ich Natascha erzählen, denke ich, ehe mir einfällt, was mit Natascha passiert ist.

Ich betrachte das Bild. Mein Feuervogel wird sich nie wieder aus seinen eigenen Trümmern heben. Das Wertvollste, was man euch je anvertrauen wird, hat Marina Raskowa damals über unsere Flugzeuge gesagt.

Es ist trocken hier drin, windgeschützt. Ich setze mich unter das Wandgemälde, die Pistole in der Hand auf dem Boden. Ich lehne die Stirn gegen die Knie, schließe die Augen und habe sofort das Gefühl, den Motor meines Flugzeugs zu spüren. Ob die anderen es mitbekommen haben? Wo sind sie? Sind Leysan und Sascha heil zurückgekehrt? Inna ...

Raskowa hat sich getäuscht. Das Wertvollste, das mir je anvertraut wurde, war das Leben meiner Kameradinnen.

Diese Jak, die plötzlich hinter mir auftauchte, und mir Feuerschutz gab. Das muss Sascha gewesen sein. Aber Natascha ... Ihr Tank war getroffen. Da war so ein Streifen, als ihre Maschine nach unten ging. Sie hat es einmal geschafft, aus so einer Situation herauszukommen, fast ohne einen Kratzer am Leib ...

Minen, schießt es mir plötzlich in den Sinn. Ich habe nicht auf Minen geachtet, als ich hier hereingekommen bin. Dunkelheit hüllt mich ein. Wirre Träume von einem Flussbett voller Asche, von goldrotem Feuer, in das ich zu stürzen drohe.

Irgendwann dringen Geräusche durch. Rufe von draußen. Das absterbende Tuckern eines Motors. Schritte.

Eine Männerstimme sagt: »Sie schläft.«

Als Erstes wollen sie natürlich meine Papiere sehen. Der Lejtenant der Roten Armee, dessen Männer mich gefunden haben, studiert meinen Ausweis, während er mich befragt.

Hatte ich Feindkontakt? Nein.
Habe ich Feindbewegung gesehen? Nein.
Habe ich zu irgendeinem Zeitpunkt die feindlichen Linien übertreten? Nein. – Glaube ich zumindest.
»Ist Kastornoje bombardiert worden?«, stelle ich schließlich selbst eine Frage.
»Nichts gehört«, sagt der Lejtenant.
Ich beiße mir auf die Lippen. Wenn es doch so wäre, wüsste diese kleine Einheit wahrscheinlich von nichts.
Viermal muss ich insgesamt erzählen, wer ich bin, zu welchem Regiment ich gehöre, wo es stationiert ist und welcher Einsatz, welche Umstände mich in dieses Dorf gebracht haben, von dem keiner zu wissen scheint, wie es heißt.
Und das eigentliche Verhör kommt erst noch. Ob Mukijenko es selbst führen wird? Ob Sascha schon verhaftet ist? Wie viele der Mädchen sind überhaupt zurückgekehrt?
Ein Armeelaster bringt mich zurück nach Woronezh. Ich überquere das Flugfeld Pridatscha zu Fuß, ohne zu wissen, bei wem ich nun eigentlich Meldung machen muss. Kasarowa war kurz vor dem Einsatz über Funk zu hören. Leitet sie nun wieder das Regiment? Ich stelle fest, dass es mich nicht wirklich interessiert.
Die Mädchen sitzen vor unseren Baracken. Eine von ihnen bemerkt mich und macht die anderen aufmerksam.
Leysan steht auf. Ihre offensichtliche Anspannung bröckelt ein wenig, als sie mich sieht. Sie tritt rasch auf mich zu und nimmt mich in die Arme. Das ist, soweit ich mich erinnere, noch niemals vorgekommen. Ich lasse mich ein wenig in die Umarmung sinken.
»Kastornoje ist gerettet«, sagt Leysan. »Nachdem du den Anführer gerammt hast, konnten wir den Rest von ihnen aufmischen. Sie haben umgedreht.«
»Ist Inna …?« Ich spüre Leysans Nicken und lasse sie los.
»Sascha?« Ich frage absichtlich leise.
»Sascha wird vermisst«, sagt Leysan.
Unwillkürlich werfe ich einen Blick in die Runde. Dunja

und Olga sehen mich aus schmalen Augen an. Vermisst in dem Moment, als sie verhaftet werden sollte, was bedeutet das? Ich weiß nicht, was ich ihr wünschen soll: dass es für sie vorbei ist oder dass sie auf dem Weg hierher zurück ist und sich dem NKWD stellen muss.

»Natascha ist im Lazarett«, sagt Leysan. »Sie hat mehrere Splitterverletzungen, aber anscheinend ist kein Organ getroffen. Sie packt es.«

Ich sehe sie ungläubig an. Natascha ist nicht tot? Notlandung aus sechstausend Metern, und es gelingt ihr? Sie muss wirklich noch einen anderen Schutzengel haben als das NKWD.

Leysan zögert einen Moment, dann sagt sie: »Dein Abschuss wurde bestätigt. Und der zweite Treffer auch – der durch *taran*.«

Jäh werde ich mir des Schweigens um uns herum bewusst, der Blicke. *Taran*. Noch nie hat eine von uns ein feindliches Flugzeug gerammt. Da oben kurz vor Kastornoje erschien mir das der einzige Ausweg, aber jetzt kommt es mir selbstherrlich und anmaßend vor.

Leysan sieht mich auffordernd an. »Du weißt schon«, sagt sie und fügt hinzu, als sie merkt, dass das Gegenteil der Fall ist: »Du bist ein Ass.«

Ich erstarre. Fünf Treffer.

Ein heiseres Lachen bricht aus mir heraus. Ich presse die Hand auf den Mund. Das hätte Inna sein müssen. Sie hätte es sein müssen, die es als Erste schafft. Mein Lachen geht in ein Wimmern über. Wir werden niemals zu fünft über Tuschino in Formation fliegen, wie Sascha ihr das versprochen hatte.

Leysan nimmt mich erneut in den Arm, streicht mir mit der einen Hand übers Haar, doch der Griff ihrer anderen um mein Handgelenk ist wie ein Schraubstock.

»Der ganze Stützpunkt ist voll von ihnen«, wispert sie mir ins Ohr, so leise, dass ich es fast nicht verstehen kann. »Sonderabteilung, hohe Ränge. Du musst vorsichtig sein.« Sie lässt mich los. »Willst du nach Natascha sehen?«

Ja. Zu meiner eigenen Überraschung möchte ich das. Ich wische mir die Tränen ab.

»Wir sehen uns später«, sage ich zu Leysan und ziehe die Nase hoch.

Als ich durch die Tür des Hauptgebäudes gehe, rechne ich halb damit, dass mich die Sonderabteilung abpassen wird, doch es ist niemand zu sehen. Wird man mir glauben, dass ich die feindlichen Linien nicht übertreten habe? Auf Mukijenko werde ich in dieser Situation nicht zählen können. Er hat jetzt keine Verwendung mehr für mich. Im Gegenteil. Ich bin ein Risiko für ihn. Ich könnte auffliegen lassen, dass er Kasarowa fälschlicherweise der Spionage hat überführen lassen.

Ich sehe Natascha sofort, als ich den Lazarettsaal betrete, doch zu ihr zu kommen, erweist sich als schwierig. Sanitäter stellen sich mir in den Weg, wollen wissen, wo ich verletzt bin. Ich muss zum Fürchten aussehen.

»Weg!«, sage ich und hebe warnend die Arme.

Ihre Hände ziehen sich zurück. Ich achte nur auf Natascha. Bandagen am Arm und auf der Brust. Sie schläft oder ist ohnmächtig von den Schmerzen. Ohne mich darum zu kümmern, setze ich mich neben sie auf den Boden und strecke die Beine unter dem Bett aus. Ich lege einen Arm um ihre Mitte, den Kopf auf den Strohsack und schließe die Augen.

»Aufstehen! Steht auf!«

Meine Augenlider sind wie aus Blei. Jemand reißt mich hoch. Ich erkenne das Lazarett um mich herum, Natascha auf dem Bett vor mir, ihr verwirrter Blick.

»Zum Verhör!«, bellt einer der Männer in NKWD-Uniform, die um Nataschas Bett herumstehen. Ein anderer schlägt die Decke zurück. »Vorwärts!«

»Sie kann nirgendwohin gehen«, sage ich. »Sehen Sie das denn nicht?« Ich bin ganz benommen, nachdem ich tief, aber nicht ausreichend lange geschlafen habe.

»Ruhe!«, kommandiert er.

Ich kenne ihn nicht, seinen Kameraden ebenso wenig. Wo ist Mukijenko?, denke ich. Warum lässt er diese Leute auf uns los? Doch es ist nur ein blasses Echo meiner früheren Wut auf ihn.

Ein Arzt hat sich neben dem Bett aufgebaut, redet auf die NKWD-Leute ein. »Achtzehn Splitter«, höre ich, »Verwundungen auf der Brust, Infektion wahrscheinlich, Schulterluxation.«

»Wenn sie bewegt wird, dann nur auf Ihre Verantwortung!«, sagt der Arzt voller Wut und richtet die Schlinge an Nataschas Arm.

Mit dem unverletzten stützt sie sich schwer auf mich, als wir den Lazarettflügel verlassen und durch das Foyer gehen. Langsam, damit ihre genähten Wunden nicht gleich wieder aufreißen. Ich kann ihr Fieber spüren. Wir setzen einen Fuß vor den anderen.

Mein Kopf nähert sich der Funktionstüchtigkeit. Es wird Ärger geben wegen des Flugzeugs, das ist mir klar. Andererseits konnte durch mein *taran* ein strategisches Ziel geschützt werden. Ich bin zwar ausgeschieden aus der Schlacht, aber erst, nachdem alle Mittel ausgeschöpft waren. So kann ich mich rechtfertigen. Falls es überhaupt jemanden interessiert, was ich sage.

Schweißgebadet erreichen wir Kasarowas Büro. Die Tür fällt hinter uns ins Schloss. Leysan erwartet uns bereits. Ihr Mund formt sich zu einem kleinen, runden O, als sie Natascha sieht. Ich helfe Natascha auf einen Stuhl und setze mich daneben. Bis auf ihren rasselnden Atem ist nur das Gluckern irgendeiner Wasserleitung zu hören.

Seltsam, dass sie uns nicht getrennt voneinander verhören wollen. Was wollen sie überhaupt von den beiden?, denke ich mit leiser Beunruhigung, den Blick auf das Stalinbild an der Wand vor uns gerichtet. Sie haben sich völlig korrekt verhalten, waren zu keinem Zeitpunkt vermisst im Gegensatz zu mir und –

»Ich halte den Gedanken nicht aus, dass sie jetzt irgendwo dort draußen liegt«, flüstert Leysan, ohne mich anzusehen.

»Inna?«, frage ich nach kurzem Zögern.

Leysans Kopf fährt zu mir herum. Doch da öffnet sich bereits die Tür. Der Kommandant des Stützpunktes Pridatscha betritt den Raum, gefolgt von einem hageren Mann mit eisgrauem Haar und NKWD-Uniform. Noch während wir salutieren, erkenne ich die Spuren des Schrapnells in seiner linken Wange. Warum ist er hier und nicht Mukijenko?

Die Dielen knarzen, während die beiden den Raum durchqueren. Der Stützpunktkommandant setzt sich auf einen Stuhl in der Ecke. Der Eisgraue von der Sonderabteilung nimmt uns gegenüber am Tisch Platz.

»Was glaubt ihr, warum ihr hier seid?«, fragt er.

Wir geben keinen Mucks von uns. Ein winziger Luftzug ist zu spüren, als sich die Tür hinter uns öffnet und wieder schließt. Mukijenko, denke ich mit einer Mischung aus Wut und Erleichterung. Ich werde ihm nicht den Gefallen tun, mich hilfesuchend nach ihm umzudrehen.

»Keine Ahnung von nichts, ist es so?«, herrscht uns der Eisgraue an. »Dann will ich euch mal auf die Sprünge helfen. Euer Regiment hat eine Deutsche beherbergt. Sie hat Lügen über eure Regimentsleiterin erzählt und sich an einem Komplott zu deren Absetzung beteiligt. Und nun ist sie offenbar übergelaufen! In einem unserer Flugzeuge!«

»Übergelaufen?«, stoße ich aus. Schweiß bildet sich auf meinen Handflächen.

»Wollt ihr mir erzählen, ihr hättet von alldem nichts gewusst?«, donnert der Eisgraue.

»Wer sagt, dass Sascha übergelaufen ist?«, fragt Natascha. Sie kann kaum aufrecht sitzen, aber ihre Stimme klingt trotzig.

Der Eisgraue schlägt mit der flachen Hand auf den Tisch. »Sie verschwindet in dem Moment, als sie verhaftet werden soll? Wo soll sie sein, wenn nicht auf der anderen Seite?«

»Sie könnte noch da draußen sein«, wende ich ein. »Tot oder verwundet! Vielleicht musste sie irgendwo notlanden oder mit dem Fallschirm abspringen und ist jetzt auf dem Weg zu uns ...« Ich beiße mir auf die Zunge, ehe ich sagen kann, dass ich selbst ja auch mit Verspätung am Stützpunkt eingetrudelt bin.

Leysan beugt sich vor. »Sokolowa hat recht. Beljajewa ist Starschyj Lejtenant der Roten Armee und eine vorbildliche Soldatin.«

Meine Kehle wird eng. Ich weiß nicht, wie ich jemals auf den

Gedanken verfallen bin, Leysan könnte ein Spitzel sein und meine Eltern denunziert haben. Sie muss wissen, dass sie eine potenzielle Deserteurin nicht verteidigen darf – ganz gleich, wie unsinnig der Vorwurf ist. Doch Leysan tut das Gegenteil.
»Als Komsomolorganisatorin des Regiments sage ich Ihnen, dieser Verdacht ist absurd.«
»Von wegen Verdacht! Eure Freundin ist zu den Deutschen geflohen, das ist erwiesen«, bescheidet uns der Eisgraue. Dann verändert sich sein Tonfall. »Aber sprechen wir erst mal über euch«, sagt er mit kalten Augen und aufgesetzter Freundlichkeit, ehe er uns anherrscht: »Ihr habt euch dem ausdrücklichen Befehl eurer Regimentsleiterin widersetzt! Ihr seid dieser Verräterin in die Schlacht gefolgt, einer Deutschen!«
»Major Kasarowa war zu dem Zeitpunkt nicht mehr unsere Regimentsleiterin«, wende ich ein. »Niemand hat uns etwas anderes gesagt.«
Mein Blick huscht zum Stützpunktkommandanten hinüber. Ist schon einmal ein komplettes Fliegerregiment wegen Verrats angeklagt worden? Oder soll an uns dreien ein Exempel statuiert werden? Dieser Mann kennt uns nicht, geht es mir durch den Kopf. Es ist ihm völlig egal, was mit uns geschieht.
»Ausreden!«, ruft der Eisgraue. »Eure deutsche Freundin hatte das eingefädelt, um unsere Kampfkraft zu schwächen! Und ihr seid ihr auf den Leim gegangen! Was seid ihr? Dumm oder ihre Komplizinnen?« Er beugt sich vor. »War das der Plan, dass das gesamte Regiment überlaufen sollte? Oder wolltet nur ihr drei sie zu den Fritzen begleiten?«
Ich lege eine Hand auf die Tischkante vor mir, als könnte ich mich so an etwas festhalten.
»Nichts davon ist wahr!«, ruft Leysan neben mir. Sie hat sich ebenfalls vorgebeugt. »Es gab keinen solchen Plan! Niemand hatte vor überzulaufen, wir alle dienen der Sowjetunion!«
»Wir haben einen Eid abgelegt«, sagt Natascha. »Wir waren in Stalingrad, verflucht noch mal!«
»Ruhe!«, fährt sie der Eisgraue an.
»Wir sind keine Verräter«, sage ich in etwas gemäßigterem

Ton. »Wir haben uns nichts zuschulden kommen lassen und stets mit den Organen zusammengearbeitet.« Wenn das mal nicht die reine Wahrheit ist, soweit es Natascha und mich angeht. »Fragen Sie Starschyj Major Mukijenko, wenn Sie uns nicht glauben«, füge ich hinzu, als wüsste ich nicht, dass er hinter uns steht. Oder ist er die treibende Kraft bei alldem? Will er seine Mitwisser loswerden? Ein Komplott zu Kasarowas Absetzung, hat der Eisgraue gesagt. Womöglich will Mukijenko alles uns in die Schuhe schieben.

Hinter uns antwortet jemand: »Anatoli Mukijenko wurde vor zwei Tagen festgenommen.« Eine Männerstimme, allerdings nicht die, mit der ich gerechnet habe. Jemand tritt in mein Blickfeld: ein schwerer, dunkelhaariger Mann in der Uniform eines NKWD-Kommissars, an dem alles ein wenig größer und massiger scheint als an anderen Männern.

Mit offenem Mund sehe ich ihn an.

»Genosse Abakumow.«

Kein Titel. Und keine von uns salutiert, obwohl auch Leysan und Natascha seine Schulterabzeichen bemerkt haben müssen. Ich muss die beiden nicht ansehen, um die Schockwellen zu spüren, die von ihnen ausgehen. Leysan hat nicht übertrieben, als sie von »hohen Rängen« gesprochen hat.

Der Eisgraue verlässt den Platz hinter dem Schreibtisch und stellt sich daneben, das Kreuz durchgedrückt. Wir sehen zu, wie Wiktor Abakumow, Stellvertretender Volkskommissar und Leiter der Sonderabteilung des NKWD, mit großer Ruhe seinen Uniformmantel über die Stuhllehne hängt und seine Offiziersmütze auf dem Tisch ablegt, ehe er sich setzt. Er lehnt sich im Stuhl zurück. Eine seiner Pranken umfasst die Armlehne.

»Mukijenko wurde als Vaterlandsverräter enttarnt«, sagt er ruhig.

Ich starre ihn an. Was ist das nun wieder für ein Unsinn? Mukijenko und die Deutschen? Erwartet er, dass ich ihm das abnehme? Mein Herz beginnt zu rasen. Und wofür hält er dann mich? Abakumow weiß, dass ich für Mukijenko gearbeitet habe.

»Als wir ihm auf die Schliche gekommen sind, hat er noch versucht, eure Regimentsleiterin zu belasten, um von sich abzulenken«, fährt Abakumow fort. »In Wirklichkeit war er der Verräter.«

Einen Moment lang glaube ich ihm. Einen Moment lang bin ich baff, dass er die ganze Zeit über Mukijenkos Privatfehde im Bilde war. Dann fällt der Groschen. So will er das jetzt darstellen? Sodass die geringstmögliche Peinlichkeit für die Organe dabei herauskommt? Immerhin hat einer seiner Leute die Macht des NKWD missbraucht, um eine alte Rechnung zu begleichen. Vielleicht musste Abakumow Mukijenko sogar selbst festnehmen. Wenn es so ist, scheint ihm das keine Magenschmerzen zu bereiten.

Abakumow spricht weiter. »Dabei hatte er Hilfe von dieser Deutschen, mit der er offenbar seit geraumer Zeit gemeinsame Sache machte. Eine …«, Abakumow wirft einen Blick in die Akte, »… Alexandra Beljajewa. Desertiert.« Bei dem Wort sieht er uns an.

»Welchen Beweis gibt es dafür, dass Beljajewa desertiert ist, Genosse Volkskommissar?«, höre ich mich fragen. »Hat überhaupt jemand nach ihr gesucht?«

»Überflüssig.« Abakumow stützt die Ellbogen auf den Tisch – eine entspannte Position, doch sie unterstreicht auf sehr wirksame Weise die Kraft in seinen Armen. »Beljajewa hat kurz vor ihrem Verschwinden noch einen Funkspruch abgesetzt.«

Ich sehe ihn an, unsicher, was ich zu erwarten habe. Er greift nach einem Blatt Papier, das vor ihm auf dem Tisch liegt, und schiebt es zu mir herüber. Ein paar Zeilen auf Deutsch und darunter die russische Übersetzung.

Major von Hardenbach, kommen! Mein Name ist Alexandra Lindemann, Oberleutnant der Luftstreitkräfte der Roten Armee. Ich nähere mich Orël von Südwesten. Major Klaus von Hardenbach, kommen!

Wie aus weiter Ferne höre ich Abakumows Stimme. »Die Bodenkontrolle hört regelmäßig mit, wenn die Deutschen sich austauschen, und Beljajewa benutzte eine dieser Frequenzen«, erläutert er. »Der Name Hardenbach ist euch doch ein Begriff, oder?«

»So hieß der Deutsche, der bei einem Kampf mit Sascha – Starschyj Lejtenant Beljajewa, meine ich – bei Stalingrad abgestürzt ist«, sagt Natascha.

Wie schwach sie klingt. Sind es ihre Verletzungen, die ihr zu schaffen machen? Oder ist es dieselbe Erschöpfung, die auch mich befallen hat?

»Genosse Volkskommissar, darf ich sprechen?«, mischt Leysan sich ein.

Abakumow nickt ihr zu.

»Sollte Kapitan Nurdzhan Sejd-Ametowa die Quelle für diesen angeblichen Funkspruch sein, ist Vorsicht angebracht. Sie hat Beljajewa gehasst. Das kann jede im Regiment bezeugen. Gut möglich, dass sie ihr Andenken beschmutzen will. Ich nehme doch an, es gibt keine Aufzeichnung des angeblichen Funkspruchs?«

Mein Blick zuckt zu Abakumow, der keine Reaktion auf das Gehörte zeigt. Die Bodenkontrolle schneidet keine Funksprüche mit. Leysans Kaltblütigkeit nötigt mir Bewunderung ab. Ich verstehe, was sie zu erreichen versucht.

Es gibt nur ein Problem dabei. Sejd-Ametowa kennt Hardenbach nicht. Woher sollte sie den Namen haben und gerade mit Sascha in Verbindung bringen?

Der Funkspruch ist echt. Wenn es Sascha war, die den deutschen Bordschützen erledigt hat, kurz vor meinem *taran*, dann ist sie anschließend frontal über das Bomberfeld hinweggeflogen. In Richtung Westen. Der Kolchos, fällt es mir plötzlich ein. Sie hat schon einmal alle Brücken hinter sich abgebrochen.

Das Zimmer scheint zu schwanken. Abrupt wird mir klar, was der Sinn dieses Verhörs ist, warum wir drei hier sitzen und nur wir drei.

Diese Geschichte ist kein Ruhmesblatt für die Sonderabteilung. Einer der Ihren als Vaterlandsverräter festgenommen, die vermeintliche deutsche Spionin entkommen in einem sowjetischen Flugzeug … Alles, was ihnen bleibt, sind wir. Die

Komplizinnen. Die Freundinnen dieser Deutschen. Vier Verhaftungen machen sich besser als eine. Ein Spionagenest ausgehoben, wird Abakumow sagen können.

Die Mitschrift des Funkspruchs verschwimmt vor meinen Augen. Und wird dann wieder gestochen scharf, als mir aufgeht, was dieser Funkspruch eigentlich besagt.

»Das macht keinen Sinn, was hier steht«, sage ich langsam, als müsste ich erst noch selbst begreifen, was mich stört, ohne den Blick von dem Papier zu heben.

»Dieser Hardenbach«, ich sehe von Abakumow rasch zu Natascha und wieder zurück, »wurde in Stalingrad gefangen genommen. Vom NKWD. Also, wie kann er in Orël oder sonst wo sein?«

Ich mache eine Pause.

Abakumows Miene verrät nichts. Der Stützpunktkommandant wirft ihm einen neugierigen Blick zu. Ich habe absichtlich betont, dass das NKWD Hardenbach zuletzt in Gewahrsam hatte.

»Sascha wusste auch, dass er Gefangener der Roten Armee war«, beharre ich. »Wenn sie hätte überlaufen wollen, hätte sie wohl kaum gerade ihn angefunkt.«

Großer Gott, natürlich hätte sie das. Meine Gedanken überschlagen sich. Er ist der einzige Deutsche, den sie kennt. Und ich habe ihr noch gesagt, dass er entkommen ist …

Aber das werde ich Abakumow nicht auf die Nase binden.

Ich sehe ihn an, ohne zu blinzeln. Wenn er Sascha und uns dreien einen Strick aus diesem Funkspruch drehen will, dann muss er zugeben, dass Hardenbach seiner Sonderabteilung entkommen ist.

Kein Muskel in seinem Gesicht bewegt sich. Der Eisgraue tritt unbehaglich von einem Bein aufs andere. Treffer, denke ich. Es spielt keine Rolle, wie es wirklich war. Es zählt nur die Geschichte, die sie erzählen werden. Hardenbach kann frei sein oder ein Gefangener der Sowjetunion. Sascha kann eine Verräterin sein oder eine gefallene Heldin.

In mein Triumphgefühl mischt sich etwas Bitteres. Wenn

sie jetzt über Saschas wahren Verbleib lügen müssen, geschieht ihnen das nur recht. Sie haben sie schließlich so weit getrieben, dass sie zu den Deutschen gegangen ist – Mukijenko, Kasarowa, der ganze Apparat. Sie haben ihr doch keine andere Wahl gelassen.

»Es spielt keine Rolle, wie Beljajewa ihren Seitenwechsel letztlich eingefädelt hat«, sagt Abakumow langsam. »Hier geht es um euch.« Ein Stoß geht durch meinen Körper. »Ihr habt dem Befehl von Major Kasarowa zuwidergehandelt.«

Wie lächerlich von mir zu denken, wenn auch nur für eine Sekunde, ich könnte ihre eigenen Waffen gegen diese Leute richten. Ein Fingerschnippen von ihm, und wir sind tot. Übelkeit steigt in mir auf. Abakumow braucht uns nur der Militärgerichtsbarkeit zu übergeben. Und wenn er uns nicht erledigt, wird Kasarowa es tun. Die gefährlichsten Einsätze, in Unterzahl, bei Schlafentzug ... Die Liste an Möglichkeiten, uns in den sicheren Tod zu schicken, ist praktisch endlos. Sie hat zuvor bewiesen, wozu sie fähig ist.

»Mir ist außerdem zu Ohren gekommen, dass das nicht der erste Konflikt mit eurer Regimentsleiterin war und sich euer Verhältnis wohl als ›schwierig‹ bezeichnen lässt.«

Ich will mir gar nicht vorstellen, was Kasarowa ihm über uns erzählt hat. Endlich wird sie uns alle für immer los sein: Mukijenko, seine Spitzel, diese aufsässigen Tuschino-Fliegerinnen. Sie hat auf ganzer Linie gesiegt.

Abakumow streckt die Hand aus, ohne den Blick von uns abzuwenden. Der Stützpunktkommandant reicht ihm ein Dokument.

»Ein Major Schestakow vom 9. Garderegiment hat wiederholt ein Gesuch eingereicht, dass ihr zurück an ihn überstellt werdet. Dem wurde kürzlich stattgegeben.«

Abakumow hält das Schreiben vor uns. Ich starre darauf, ohne richtig zu verstehen, was ich höre.

»Wie ihr seht, ist da die Rede von vier Fliegerinnen. Da wir ihm Beljajewa und Gelfmann nicht mehr schicken können, werden wir stattdessen Mladschij Lejtenant Mansurowa entsenden.« Abakumow sieht Leysan an, dann Natascha, dann mich. »Ich nehme an, das ist auch in eurem Interesse.«

Keine von uns sagt ein Wort. Irgendwann streckt Natascha eine wachsweiße Hand aus und legt sie auf das Blatt. Auch ich berühre das Dokument vorsichtig. Schließlich fasst auch Leysan danach.

Sie muss sich keine Sorgen machen. Eine von zwei Fliegerinnen, die gemeinsam ein Feld von vierzig deutschen Bombern in Schach gehalten haben, wird Schestakow interessieren. Und wo wir gerade dabei sind ...

»Edel Shapiro«, sage ich und werfe dem Stützpunktkommandanten einen Blick zu. »Falls Sie vier Fliegerinnen schicken wollen, würde ich sie empfehlen. Sie hat den Pilotenlehrgang mit sehr guten Ergebnissen abgeschlossen und ... Alles weitere kann sie vor Ort lernen.«

Abakumow tauscht einen Blick mit dem Stützpunktkommandanten und nickt. »Gut«, sagt er zu uns. »Das wäre dann alles. Wegtreten.«

Leysan hilft Natascha auf, bevor ich mich rühren kann. Der Eisgraue und der Stützpunktkommandant gehen voraus, Natascha, auf Leysan gestützt, hinterher. Überrascht, dass meine Beine mich nach alldem tragen, gehe ich zur Tür.

»Sokolowa, einen Moment noch.«

Mit jäh eiskalten Händen drehe ich mich um. Abakumow bedeutet mir, die Tür zu schließen.

»Gut gekämpft«, sagt er. »Flieger sollen ja sehr reaktionsschnell sein.« Ein winziges Lächeln in seinem Mundwinkel verrät, dass er nicht übers Fliegen spricht. Er hält mir noch ein Blatt hin. »Deine Beförderung. Es macht dir doch nichts aus, wenn ich sie überbringe.«

Mechanisch greife ich nach der Urkunde.

»Glückwunsch, Starschyj Lejtenant.« Abakumow streckt mir die Hand entgegen.

Ich reiche ihm meine, vorsichtig, als würde ich sie in ein Löwenmaul legen. »Ich diene der Sowjetunion«, flüstere ich.

»Ich weiß«, erwidert er hintergründig und lässt meine Hand

los. Sein Blick ist durchdringend und neugierig, als er fragt: »Willst du damit weitermachen?«

Ich sehe ihn fragend an.

»In Mukijenkos Unterlagen taucht dein Name nicht auf, aber es ist von einem Informanten in Kasarowas Regiment die Rede, den er ›Feuervogel‹ nennt.« Abakumow lässt den Blick über mein Haar gleiten.

Ich halte das nicht mehr aus. Ich weiß nicht, wie ich es je ausgehalten habe. Nein, ich will nicht damit weitermachen. Aber wenn er will, kann er mich immer noch wegen meiner Verbindung zu Mukijenko festnehmen.

»Ich kenne deine Akte«, sagt er. »Dich zu rehabilitieren, ist doch nach wie vor dein Ziel, oder? Dann wirst du beweisen müssen, dass deine Loyalität nicht Einzelpersonen gilt, sondern dem Staat und der Behörde, die ihn schützt.«

Meine Kehle ist so zugeschnürt, dass ich kein Wort herausbringe. Ich kann es nicht riskieren, sein Missfallen auf mich zu ziehen.

»Deine Freundinnen und du, ihr seid heute haarscharf an einer Verhaftung vorbeigeschrammt. Das sollte in Zukunft vermieden werden, du verstehst mich doch?«

Ich nicke.

Abakumow wirft sich seinen Mantel über. »Sehr gut. Schestakows Politkommissar wird die Verbindung zu SMERSch herstellen.«

»Zur Sonderabteilung?«

Bereits im Gehen sieht Abakumow mich über die Schulter hinweg an. »Seit diesem Monat heißt es ›Hauptverwaltung der Spionageabwehr‹«, erklärt er mit einem angedeuteten Lächeln. »Der Genosse Stalin nennt sie allerdings nur: Tod den Spionen.«

Dunkelheit umgibt uns. Die angelehnte Tür sperrt das Licht aus. Schritte und Stimmen dringen vom Gang herein, doch wir flüstern. Um die anderen im Lazarettsaal nicht zu stören, aber auch, um nicht gehört zu werden. Es ist spät. Oder früh, je nach Betrachtung.

Natascha hat den ganzen Tag geschlafen und ist erst in der Nacht aufgewacht. Ihr Fieber ist gesunken, aber sie wird noch hierbleiben müssen, während wir anderen uns morgen auf den Weg nach Südwesten machen. Heute ist vielleicht meine einzige Gelegenheit zu erfahren, warum das alles passiert ist.

»Das war meine Aufgabe«, wispert Natascha. »Deshalb bin ich überhaupt nur nach Tuschino gekommen. Oder nach Moskau, eigentlich.«

»Uns auszuspionieren? Für das NKWD?«

»Bei euch gab's ja nichts zu berichten.«

»Aber bei meinen Eltern schon?«

Sie schweigt. Auf die Füße gezerrt und verhört worden zu sein, hat ihr nicht gutgetan. Sie riecht nach ihren Wunden, nach Fieberschweiß. Als ich schon nicht mehr damit rechne, beginnt sie wieder zu sprechen.

»Weißt du noch, in dem Sommer, als du ganz neu in Tuschino warst? Da war diese Baustelle in Richtung Moskau, über die wir immer geflogen sind. Die war fast so groß wie unser Flugfeld, erinnerst du dich?«

Ich runzle die Stirn. Den Moskwa-Wolga-Kanal meint sie? Seltsam, wie ich sofort den Anblick der Baustelle vor mir habe: eine tiefe dunkle Wunde in der Erde.

»Es war eigenartig, das mal von oben zu sehen«, murmelt Natascha wie zu sich selbst.

»Du redest wirres Zeug, ich versteh dich nicht«, sage ich. Hat sie doch noch Fieber? Ich taste nach ihrer Stirn, die feucht ist, aber kühl.

»Dass dein Vater dort gearbeitet hat, hast du nie erwähnt«, fährt Natascha fort, als ob sie nichts gehört hätte. »Das kam erst an dem Abend raus.«

»An welchem Abend?«

»Auf der Datscha.«

Ich sehe sie scharf an. »Warum sagst du, es ›kam heraus‹? Ich habe daraus nie ein Geheimnis gemacht.«

»Das wäre vielleicht besser gewesen.« Wieder verfällt sie in Schweigen, die Stirn gerunzelt. »In so einem Haus bin ich aufgewachsen«, sagt sie schließlich. »Wie eure Datscha eins war. Holzdielen, Apfelbäume im Garten. Nicht in Moskau, auf dem Land.«

Moldino. Der Name des Dorfes steigt aus meiner Erinnerung auf wie der eines Zauberreiches. Der Ort, den ich nicht auf der Landkarte finden konnte.

»Als ich zwölf war, kamen sie eines Tages an und sagten ...«

»Was?«

»Alles Mögliche, wir seien reiche Blutsauger, Ausbeuter und Parasiten, und das Haus würde uns nicht länger gehören, stattdessen sollten wir arbeiten für das Gemeinwohl, so könnten wir unsere Verbrechen sühnen.«

Kulaken, denke ich. Aber das sage ich nicht laut. Das ist er, der Quell allen Übels.

Ich räuspere mich. »In deiner Akte stand nichts davon.«

»In deiner steht auch nichts über deine Eltern.« Es scheint sie nicht zu überraschen, dass ich ihre Akte gelesen habe. »Mukijenko wollte uns ja auch vor Kasarowa geheim halten, also hat er alles streichen lassen, was irgendwie Verdacht erregen könnte.«

Ich zucke zusammen bei der beiläufigen Erwähnung seines Namens, doch Natascha spricht bereits weiter. »Sie setzten uns in einen Zug, meine Eltern, meine kleinen Brüder und mich. Wir durften nichts mitnehmen außer ein paar Kleidern. Es war Winter. Wir waren mehrere Tage unterwegs nach Norden, mit anderen Familien, allen möglichen Leuten von überallher in Nordrussland. Mein kleinster Bruder starb auf der Reise. Wir kamen in etwas, das sich ›Sondersiedlung‹ nannte, aber eigentlich keine Siedlung war. Da war überhaupt nichts. Es war irgendwo bei Medwezhegorsk, so genau haben sie uns das nie gesagt. Es war auch nicht wichtig, denn man konnte nirgendwohin von da. Unsere Hütte mussten wir selbst bauen. Es gab kaum was zu essen. Ich wurde krank. Mein Vater musste dort arbeiten. Zur Besserung, so haben sie das genannt. Und um zu zeigen, dass der Sowjetunion etwas gelingt, was wir unter dem Zaren nicht geschafft haben. Der Weißmeer-Ostsee-Kanal.«

Ihre Stimme ist wie mit Nadeln gespickt. Der Kanal, der Stalins Namen trägt. Von dem immer nur voller Stolz gesprochen wird. Nataschas Stimme ist voller Hass, aber darunter liegt noch etwas anderes, eine Art Staunen, als könnte sie immer noch nicht fassen, was ihr da passiert ist.
»Es gab keine Maschinen. Warum, weiß ich nicht. Die Häftlinge mussten mit ihren Händen graben oder mit Spitzhacken. Wenn jemand bei der Arbeit gestorben ist, haben sie ihn in den Kanal geworfen und weitergemacht. Viele sind gestorben. Sie bekamen einfach zu wenig zu essen. Aber es kamen immer Neue an. Die Arbeiter gingen nicht aus. Sie trieben sie an, sie mussten in ganz kurzer Zeit fertig werden. Haben sie auch geschafft. Es kam in die Zeitung. Die Parteielite war da zur Besichtigung.«

Als Natascha mich ansieht, kann ich in ihren Augen Tränen schimmern sehen. »Auf dem Kanal kann man gar nicht richtig fahren, wusstest du das? Mukijenko hat mir später erzählt, dass die Ingenieure jeder zehn Jahre extra bekommen haben, weil er am Ende nicht tief genug war.«

Ich merke, dass ich bereits die ganze Zeit den Kopf schüttle, während sie erzählt. Spätestens jetzt müsste ich ihr ins Gesicht sagen, dass das Lügen sind, nur Verleumdungen der Sowjetmacht sein können, dass nur eine Kulakentochter solche Märchen in die Welt setzen würde.

Stattdessen frage ich: »Woher kanntest du Mukijenko?«
»Von dort. Er hat in der Verwaltung gearbeitet. Nicht lange, nur für ein paar Monate. Er hat Leute verpflichtet.«
»So wie dich.«
»So wie mich. Gegen Essen habe ich ihm erzählt, was meine Eltern reden, was in der Siedlung so geredet wird.« Ihr Blick ist verschwommen, als ob sie die Bilder aus der Vergangenheit in diesem Moment deutlicher sähe als mich. »Er wollte natürlich zurück nach Moskau, daraus hat er keinen Hehl gemacht. Er hatte wohl irgendwas verbockt, und der Posten war seine Bestrafung.«

Ich weiß es auch nicht. Dass er am Weißmeer-Kanal war, höre ich zum ersten Mal.

»Wir kamen gut miteinander aus«, sagt Natascha. »Er hat versprochen, etwas für mich zu tun. So ganz geglaubt hab ich ihm nicht. Er war ja dann auch bald wieder weg. Aber ein paar Monate später kam der Bescheid, dass ich einen Arbeitsplatz in Moskau in einer Transistorenfabrik hatte – und einen Platz in der Fabrikschule.«

»Und seit damals hast du ... wo immer du warst ...«

»Du kennst das doch, Katja. Diese Berichte, du weißt doch, wie das ist.«

»Ja, deinetwegen weiß ich es«, sage ich scharf.

Ich erzähle ihr nichts von Abakumow, sage ihr nicht, dass ich da wohl auch nie wieder rauskommen werde. Meine Gedanken kehren zu Mukijenko zurück.

»Wart ihr ...«

Natascha vervollständigt den Satz für sich. »Manchmal«, sagt sie.

Ich denke an ihre angeblichen Männerbekanntschaften, wie sie sich davonmachte, um sich mit irgendwelchen Verehrern zu treffen, dann an Moskau, die schöne, fast leere Wohnung in dem Haus am Ufer der Moskwa, Mukijenkos Finger um meine Handgelenke.

Natascha scheint etwas davon in meinem Gesicht zu lesen. Ihre Augen weiten sich leicht. »Wart *ihr*?«

Ich schüttle den Kopf. Aber womöglich wäre es noch dazu gekommen. Und die ganze Zeit hätte er gewusst ...

»Und deine Familie?«, frage ich.

Sie zuckt die Achseln, vergisst, wie übel sie zugerichtet ist, und stößt einen Schmerzenslaut aus. Im Halbdunkel kann ich den Schweiß sehen, der auf ihrer Stirn perlt. Mit einem Zipfel des Betttuchs tupfe ich ihn ab.

Ich warte, bis sie sich etwas erholt hat. »Hast du nie versucht herauszufinden, wo sie sind?«

»Was würde das schon bringen?«

Du wärst nicht so allein gewesen, denke ich.

»Das einzig Schöne dort, woran ich mich erinnere, ist das Flugzeug«, murmelt Natascha. »Einmal flog ein Flugzeug über die Baustelle. Zuerst konnte man es nur hören. Alle schauten nach oben. Aber ich hab's als Erste gesehen. Später, in Moskau, kam mir das alles manchmal vor wie ein wirrer Traum. Als wäre das in Moskau schon immer mein Leben gewesen, das Fliegen.« Sie sieht zur Decke über ihrem Bett, lächelt.

Das Bespitzeln, denke ich, das Denunzieren. Doch die Wut, die ich empfinden müsste, stellt sich nicht ein. Ich bin eher benommen.

»Dann fingen sie an zu bauen«, sagt sie mit veränderter Stimme. »In meinem Tuschino. Gleich neben unserem Flugfeld. Ich habe zugesehen, wie die Baustelle immer größer wurde, wie immer mehr Menschen dort ankamen. Dein Vater war so stolz darauf, dort zu arbeiten. Weißt du noch? An dem Abend hat er von den Errungenschaften der Sowjetunion gesprochen, auch von den beiden Kanälen. Das Persönliche müsse hinter dem Gemeinwohl zurückstehen, hat er gesagt. Spätestens da wusste ich Bescheid. Das haben sie uns auch immer erzählt, dort im Norden.«

Eine dieser Phrasen. *Ihr Gewicht in Gold. Menschen haben wir genug.*

»Er glaubte daran«, sage ich. »Er war Kommunist. Kein Saboteur. Mein Vater war unschuldig.«

»Und was, denkst du, war meiner?« Natascha hebt den Kopf vom Kissen. Ihre Augen bohren sich in meine. Ohne ihre Stirn zu fühlen, weiß ich, dass das Fieber zurück ist.

»Dein Vater war Ingenieur«, flüstert sie, »er wusste, wie sein Kanal gebaut wurde. Es ist unmöglich, auf so einer Baustelle zu arbeiten und nicht jeden Tag zu sehen, wie sie sterben. Und ich habe es ihm auch angemerkt. Er wusste von den Toten auf dem Grund und dass die Arbeiter nicht freiwillig dort waren. Dass sie fast nichts bekommen, auf allen diesen Baustellen. Vierhundert Gramm Brot am Tag. Aber nur, wenn sie gut arbeiten. Sie müssen arbeiten, sonst bekommen sie noch weniger, und je weniger sie bekommen, desto weniger können sie arbeiten.« Und so leise, dass ich es kaum höre, fügt sie hinzu: »Wie mein Vater.«

Ich unterdrücke den Wunsch, mir die Ohren zuzuhalten. Ihr Vater ist verhungert? Will sie das damit sagen? Dass ihr Vater auf dem Grund des Weißmeer-Kanals liegt?
Und meine Eltern? Sind sie auch so gestorben? Oder haben sie Moskau nie verlassen? Sind sie erschossen oder totgeschlagen worden? War es Mukijenko? War er dabei? Ich werde es nie erfahren, denn Mukijenko ist nun selbst an einem solchen Ort. *Vierhundert Gramm.*
»Und was ist eigentlich mit dir, mit euch allen?«, fragt Natascha. »In Tuschino sind wir jeden Tag darüber geflogen. Vom Flugzeug aus konnte man sie sehen, winzig klein. Wie sie gearbeitet haben. Es war genauso wie dort im Norden.«
Sie lässt den Kopf zurück aufs Kissen sinken, dreht ihn weg von mir. Schweißgetränkte Haarsträhnen kleben an ihrer Schläfe.
»Das ganze Land ist so.«

Ich taumle fast vor Müdigkeit, als ich den Lazarettsaal verlasse. Gleichzeitig habe ich das Gefühl, nie wieder schlafen zu können nach dem, was ich gehört habe.
Der Morgen ist fast da. Auf dem Flur stehen die Tragen der frisch Operierten, der neu Angekommenen. Ich bin hier nur im Weg. Der Gestank von Blut und verbranntem Fleisch ist überwältigend. Trotzdem, vielleicht auch genau deshalb, bekomme ich das Bild der ausgemergelten Toten nicht aus dem Kopf, die in das Kanalbett geworfen wurden.
Auf einer der Tragen liegt eine Soldatin, die jünger sein muss als ich. Kurzes schwarzes Haar umrahmt ein kalkweißes Gesicht. Rasselnde Atemzüge heben und senken ihre Brust unter einer blutgetränkten Uniform. Auch das Laken, auf dem sie liegt, ist voller Blut. Im Vorbeigehen kann ich die Quelle sehen. Eines ihrer Beine endet auf Mitte des Oberschenkels. Gleich zwei Ärzte beugen sich darüber.
Sie muss entsetzliche Schmerzen haben, doch sie lächelt.
»Jetzt werden sie mir vertrauen.«
Ich gehe den Korridor entlang und trete auf den windum-

tosten Platz vor dem Lazarett. Ich lehne mich mit dem Rücken an die Wand neben der Tür.

Ich habe richtig gehört. Es ist überhaupt kein Zweifel möglich, was damit gemeint ist.

Dichte Wolken halten die Nacht über dem Stützpunkt fest. Gleichzeitig ist auf einmal alles um mich herum von einer brillanten Schärfe, als wäre ein Sehfehler korrigiert worden.

Wie viele von uns gibt es noch? Menschen, von denen der Staat behauptet, dass sie etwas wiedergutzumachen hätten? Für Dinge, für die sie überhaupt nichts können.

Natascha. Ich. Und auch Sascha. Sie hatte nie eine Chance. Das begreife ich jetzt.

Sie werden uns nie vertrauen.

Auch nicht, wenn wir alles opfern. Auch nicht, wenn wir sterben. Wir werden doch nie gut genug sein. Der Gedanke spendet seltsamerweise so etwas wie Trost. Endlich habe ich verstanden.

Meine Beförderungen, meine Orden – sie können mich nicht schützen. Eines Tages, vielleicht noch bevor dieser Krieg vorbei ist, wird jemandem einfallen, dass ich nach einer Schlacht vermisst wurde, wird man mich wieder spüren lassen, was ich bin. Eine Tochter von Volksfeinden. Das ist es, was der Staat sieht.

Aber die Menschen sehen etwas anderes. Die Stalingrader auf dem Boot, die Angst um mich hatten, obwohl niemand in größerer Gefahr war als sie. Die Panzerfahrer, die mich mit gereckter Faust grüßten, wenn ich ihnen voran in die Schlacht flog. Die Rotarmisten, die in einer verbrannten Kirche nach ermordeten Landsleuten suchten, aber ein schlafendes Mädchen fanden.

Sie alle sehen einfach nur die Tochter von irgendjemandem.

Zwei Frauen in Uniform kommen über den Appellplatz auf mich zu. Ihre Gesichter kann ich von hier aus nicht erkennen, aber Edels schlaksige Figur mit den langen Zöpfen und Leysans kleinere, sehr aufrechte, sind nicht zu verwechseln.

Edel sieht mich als Erste, und als sie mir zuwinkt, bemerkt mich auch Leysan. *Menschen haben wir schließlich genug.* Wer das zuerst gesagt hat, weiß ich nicht mehr. Mukijenko? Kasarow? Genosse Stalin? Irgendwer jedenfalls, der die Bedeutung seiner eigenen Worte nicht richtig erfasste.

Ich stoße mich von der Wand ab und gehe meinen Kameradinnen entgegen. Irgendwo im Dunkel hinter den beiden ist die Front, ist Schestakow. Wir werden ihm sagen müssen, dass Inna tot und Sascha verschollen ist. Irgendwo dort hinten, unerreichbar weit weg, ist vielleicht auch sie.

Wassilissa Prekrasnaja ging die ganze Nacht und den ganzen Tag hindurch ...

Im Osten hat sich ein breiter Spalt am Himmel aufgetan. Eine feurige Horizontale zwischen zwei Wolkenbänken. Noch verstrahlt die Sonne keine Wärme, aber wenn sie mit jedem neuen Tag an Kraft gewinnt, wird sie das stehende Wasser auf den Feldern verdunsten und die Erde trocknen lassen.

Unsere Panzer werden auf festem Grund fahren, wir Flieger ihnen von oben Deckung geben. Dann werden sie sich auf den Weg machen, die Vertriebenen aus dem Dorf, dessen Namen ich immer noch nicht kenne, und die aus allen anderen Dörfern. Auch sie werden festen Boden unter ihren Füßen haben auf dem Weg nach Hause.

Meine Eltern können nicht nach Hause kommen. Nataschas Familie ebenfalls nicht. Inna und all die anderen Toten dieses Krieges nicht, aber *sie* können es.

In der Nacht hat es geregnet. Die nassen Flächen und Kanten unserer Flugzeuge funkeln nur so im Licht der aufgehenden Sonne. Eines von ihnen ist meins, eine neue Jak-1b, die mich zurück ins 9. Garderegiment begleiten wird, mit der Sonne im Rücken, in die Farben des Feuervogels gehüllt.

Eine Glut, die mich im Cockpit fast versengt, während wir die Front nach Westen verschieben, Stück um Stück um Stück.

Ich wünsche mir einen Sommer aus Feuer.

REALE PERSONEN

Abakumow, Wiktor Semjonowitsch (1908–1954) – hochrangiger Funktionär des NKWD, Leiter der sowjetischen Spionageabwehr, nach dem Krieg Minister für Staatssicherheit

Berija, Lawrenti Pawlowitsch (1899–1953) – sowjetischer Politiker, ab 1938 Chef des NKWD

Berschanskaja, Jewdokija Dawidowna (1913–1982) – Leiterin des 46. Garde-Nachtbombenfliegerregiments, der sog. »Nachthexen«

Chrjukin, Timofej Timofejewitsch (1910–1953) – zweifacher Held der Sowjetunion, als Kommandant der 8. Luftarmee mit der Verteidigung Stalingrads aus der Luft betraut

Chruschtschow, Nikita Sergejewitsch (1894–1971) – sowjetischer Politiker, der nach Stalins Tod Regierungschef wurde

Erenburg, Ilja Grigorjewitsch (1891–1967) – sowjetischer Schriftsteller und Propagandist der Roten Armee während des Großen Vaterländischen Krieges

Kalinin, Michail Iwanowitsch (1875–1946) – Politiker und offizielles Staatsoberhaupt der Sowjetunion

Majakowski, Wladimir Wladimirowitsch (1893–1930) – sowjetischer futuristischer Dichter

Malenkow, Georgi Maximilianowitsch (1902–1988) – sowjetischer Politiker und Mitglied des Staatlichen Verteidigungsrates

Nowikow, Alexander Alexandrowitsch (1900–1976) – General und Oberbefehlshaber der sowjetischen Luftstreitkräfte von 1942 bis 1946

Ossipenko, Alexander Stepanowitsch (1910–1991) – General, Divisionskommandant an der Südfront während des Krieges; verheiratet mit Polina Ossipenko bis zu ihrem Tod durch einen Flugzeugabsturz

Ossipenko, Polina Denissowa (1907–1939) – Fliegerin, Heldin der Sowjetunion

Raskowa, Marina Michailowna (1912–1943) – sowjetische Fliegerin und Navigatorin, Heldin der Sowjetunion (1938) und Major der Luftstreitkräfte (1941). Ihrer Initiative war die Gründung der drei rein weiblich besetzten Fliegerregimenter im Herbst 1941 zu verdanken. Bis zu ihrem Tod bei Stalingrad leitete sie das 587. Bombenfliegerregiment.

Stalin, Wassili Iossifowitsch (1921–1962) – sowjetischer Flieger und General, Sohn des Diktators der Sowjetunion

Tschujkow, Wassili Iwanowitsch (1900–1982) – Oberbefehlshaber der 62. Armee in Stalingrad, später Marschall der Sowjetunion

Zhukow, Georgi Konstantinowitsch (1896–1974) – Generalstabschef der Roten Armee während des Großen Vaterländischen Krieges und ab 1943 Marschall der Sowjetunion

GLOSSAR

Hinweis zur Transkription der ursprünglich kyrillischen Begriffe und Eigennamen: Verwendet wurde die Duden-Umschrift für Russisch, teilweise in abgewandelter Form für die Buchstaben ë (jo/ë), ж (zh) und з (s/z).

ASSR (russ.) – eigtl. »*awtonomnaja sowjetskaja sozjalistitscheskaja respublika*«: »Autonome Sozialistische Sowjetrepublik«. Die Tatarische ASSR bestand von 1920 bis 1990.

Baba Jaga – russische Märchengestalt, eine Mischung zwischen Hexe und weiser Frau. Neuere Deutungen halten auch eine Idenitifkation mit Mutter Erde für möglich.

Babuschka (russ.) – Großmutter

Baschnja (russ.) – Turm, hier das Rufzeichen eines Stützpunktes

Falkenschlag – Luftkampfmanöver, bei dem sich der Pilot aus großer Höhe von neun Uhr im Blitzangriff auf einen Gegner fallen lässt und anschließend sofort nach drei Uhr abdreht

Gimnastjorka – sowjetische Feldbluse

Grazhdanka (russ.) – Bürgerin

IAP – eigtl. »*istrebitelnyj awiazionnyj polk*«: Bezeichnung für die Jagdfliegerregimenter der Roten Armee

Iwan Bykowitsch – russische Märchengestalt, Held

Izba (russ.) – Hütte

Kapitan – Rang eines Hauptmanns in der Roten Armee

Kascha (russ.) – Brei

Kiewer Rus – mittelalterliches Großfürstenreich, das von Ende des 9. bis Mitte des 13. Jhs. Bestand hatte und als Vorläufer des heutigen Russlands, Weißrusslands und der Ukraine gilt

Kolchos – eigtl. »*kollektivnoje chosjajstvo*«: landwirtschaftlicher Großbetrieb in kollektiver Selbstverwaltung, dem vom Staat ein Produktionssoll auferlegt war; in der Praxis eine Art kaum bezahlter Zwangsarbeit

KomEska – eigtl. »*komandir eskadrili*«: Geschwaderkommandant, eine Funktionsbezeichnung innerhalb der sowjetischen Luftstreitkräfte

Kommunalka – eigtl. »*kommunalnaja kwartira*«: Gemeinschaftswohnung, in der sich mehrere Parteien Bad und Küche teilen

Komsomol – eigtl. »*kommunistitscheskij sojus molodëzhy*«: Jugendorganisation der Kommunistischen Partei der Sowjetunion. Die Mitgliedschaft war weder verpflichtend noch selbstverständlich, sondern ein Privileg, das man auch wieder verlieren konnte.

KomsOrg – eigtl. »*komsomolskij organizator*«: Komsomolorganisator/in, der oder die Komsomolbeauftragte innerhalb einer Einheit der Roten Armee

Koschtschej – genannt »der Unsterbliche«, russische Märchengestalt, Zauberer

Kulak (russ.) – Faust; seit dem 19. Jh. gebräuchlich als Begriff für wohlhabende Bauern, unter Stalin auch für alle, die sich der Kollektivierung der Landwirtschaft widersetzten. Als Kulak zu gelten, bedeutete in der Regel Enteignung und Deportation, wenn nicht Erschießung.

LaGG – eigtl. »*Lawotschkin-Gorbunow-Gudkow*«: einsitziges sowjetisches Jagdflugzeug

Lejtenant – Rang eines Leutnants in der Roten Armee; *Mladschij* und *Starschyj Lejtenant* sind dementsprechend Unter- und Oberleutnant.

Lesok (russ.) – Wäldchen, hier das Rufzeichen eines Stützpunktes

Lubjanka – zentrales Gefängnis und Sitz der Staatssicherheitsorgane in Moskau

Mamajew Kurgan – nach dem Emir der Goldenen Horse Mamai benannte Erhebung nordöstlich des Stadtzentrums von Stalingrad, während der Schlacht von Stalingrad besonders umkämpft. Heute befindet sich dort eine große Gedenkstätte.

Moskwa-Wolga-Kanal – eines der wichtigsten Bauprojekte des zweiten Fünfjahresplans der Sowjetunion. Für seine Erbauung von 1933 bis 1937 wurde DmitLag, das damals größte Zwangsarbeitslager der Sowjetunion, eingerichtet.

Muzhik (russ.) – eigtl. Bezeichnung für einen Bauern, umgangssprachlich auch: »Kerl, Bursche«

NKDW – eigtl. *»narodnyj kommissariat wnutrennych djel«*: das Volkskommissariat für Innere Angelegenheiten, aus dessen sog. Sonderabteilung sich später das KGB entwickeln sollte

Pojechali! (russ.) – in etwa: »Auf geht's!«

Rasputiza (russ.) – Schlammwetter, Wegelosigkeit. Durch die Schneeschmelze im Frühjahr und die Regenfälle im Herbst weicht im europäischen Teil Russlands zweimal im Jahr der Boden stark auf.

Renversement – Kunstflugfigur, bei der das Flugzeug aus der Horizontalen um 180 Grad gewendet wird und dabei kurzzeitig fast zum Stillstand kommt

Serzhant – Rang eines Feldwebels in der Roten Armee

SMERSch – Abkürzung für *»smert' schpionam«*, eigtl. *»glawnoje upravlenije kontrraswjedki«* (GUKR): »Hauptverwaltung der Gegenaufklärung«, Spionageabwehr der Sowjetunion 1943–46

Starschina – Rang eines Stabsfeldwebels in der Roten Armee

Starschyj Major – wörtl. »Obermajor«: Rang, der auf den eines Majors folgt und den es nur in den russischen bzw. sowjetischen Streitkräften gab

STAWKA – eigtl. *»stawka werchownogo glawnokomandu-*

juschtschewo«: »Hauptquartier des Kommandos des Obersten Befehlshabers«, die oberste Führungsebene der Roten Armee

Taran – von russ. »*taranit*« (rammen): Luftkampfmanöver, bei dem der angreifende Pilot die gegnerische Maschine entweder durch das Gewicht seines eigenen Flugzeugs zu Fall bringt oder sie flugunfähig macht, indem er ihre Flügel oder Propeller mit seinen beschädigt

Tepluschka – mit einem Ofen beheizbarer Eisenbahnwaggon

Tschajka (russ.) – Möwe

Tschekist – Selbstbezeichnung von Mitarbeitern sowjetischer Geheimdienste, in Anlehnung an die von Felix Dzerzhinski 1917 gegründete erste Staatssicherheit, die bis 1922 »TscheKa« genannt wurde

Tschudo-Judo – russische Märchengestalt, eine Art Monster mit Zauberkräften

Wassilissa Prekrasnaja – russische Märchengestalt, eine entwurzelte junge Frau, die von der Baba Jaga aufgenommen, letztendlich aber von ihr fortgejagt wird

Weißmeer-Ostsee-Kanal – Bauprojekt des ersten Fünfjahresplans der Sowjetunion, zwischen Oktober 1931 und August 1933 errichtet, mehrheitlich von Zwangsarbeitern

Wojenno-Wozduschnyje Sily SSSR – kurz: WWS, Luftstreitkräfte der UdSSR

Zemljanka – Pl. »*zemljanki*«: Unterstand, Erdgraben, Schützengraben

ANMERKUNGEN ZUR
HISTORISCHEN GENAUIGKEIT

Die Charaktere in meinem Roman sind bis auf wenige Ausnahmen fiktiv. Die historischen Gegebenheiten, unter denen sich die Handlung entspinnt, sind es nicht.

Im Oktober 1941, knapp vier Monate nach dem Überfall der deutschen Wehrmacht auf die Sowjetunion, erhielt Major Marina Raskowa von Stalin die Erlaubnis, drei Fliegerregimenter zu gründen, in denen von der Pilotin bis zur Mechanikerin ausschließlich Frauen dienen sollten. Der Andrang war groß. Fliegen und Fallschirmspringen waren vor dem Krieg in der Sowjetunion außerordentlich populär gewesen, auch unter Frauen und weiblichen Teenagern.

Nach einem strengen Auswahlverfahren wurden im Winter 1941/42 in der südrussischen Stadt Engels zwei Bomberregimenter ausgebildet – eines davon das Nachtbomberregiment, das später unter dem Namen »Nachthexen« berühmt werden sollte – sowie ein Jagdfliegerregiment. Die drei Regimenter umfassten am Ende fast 1.000 Soldatinnen.

Das 586. Jagdfliegerregiment wurde von Major Tamara Kazarinowa geleitet, einer der wenigen Berufspilotinnen, die es damals gab. Sie war in der Militärflugschule von Katscha auf der Krim ausgebildet worden. Dass sie von einer alten Verletzung geplagt wurde und deshalb selbst nicht flog, war offenbar Allgemeinwissen im Regiment und angeblich – gepaart mit Kazarinowas eher unnahbarem Charakter – der Grund für zahlreiche Auseinandersetzungen mit ihren Fliegerinnen.

Die fiktive Figur der Regimentsleiterin Tatjana Kasarowa in meinem Roman ist zwar unübersehbar an Kazarinowa angelehnt, jedoch nicht mit ihr identisch. Die historische Kazarinowa hatte zum Beispiel keinen Vater, der in Stalins Generalstab diente. Sie blieb auch nicht lange Kommandantin des Regiments. Im Oktober 1942 wurde sie ihres Postens enthoben.

Vorausgegangen war der tödliche Absturz von Valerija Chomjakowa, der ersten Pilotin des Regiments, die einen Treffer bei Nacht erzielt hatte. Als Chomjakowa zwei Wochen später von der Ordensverleihung in Moskau zurückkehrte, teilte Kazarinowa ihre völlig übermüdete Fliegerin für eine Nachtpatrouille ein, von der Chomjakowa nicht lebend zurückkehren sollte.

Diese Ereignisse greife ich in abgeänderter Form in meinem Roman auf, wobei ich den Zeitpunkt ein paar Wochen vorverlegt habe, um ihn in die Zeitleiste bis zum Aufbruch nach Stalingrad zu integrieren. In der Realität wurden im September 1942 acht Fliegerinnen, auf zwei Gruppen verteilt, dem 434. und 437. Luftregiment in Stalingrad zugeteilt. Von diesen acht Pilotinnen kamen bis zum Sommer 1943 fünf ums Leben, darunter die weltweit ersten weiblichen Fliegerasse Lidija Litwjak und Jekaterina Budanowa. An diesen beiden und einigen anderen sowjetischen Fliegerinnen orientieren sich die Biografien und militärischen Werdegänge meiner Romanfiguren.

Die eigentliche Handlung des Romans ist frei erfunden. Außerdem habe ich ein paar historische Details bewusst verändert:

Der Nachtflug bei Engels im Frühling 1942, bei dem es aufgrund von plötzlich einsetzendem Schneefall Tote gab, hat tatsächlich stattgefunden. Jedoch wurde er nicht vom 586. Jagdfliegerregiment durchgeführt, sondern von einer Gruppe Fliegerinnen aus dem 588. Nachtbombenfliegerregiment (später 46. Garde-Nachtbombenfliegerregiment) unter Führung von Nadjezhda Popowa, die als Einzige überlebte.

Der Vorfall mit den zurückgelassenen Verwundeten auf dem Rückzug Richtung Stalingrad entstammt den Erinnerungen von Olga Golubjewa-Teres, wie sie in Ljuba Winogradowas Buch nacherzählt werden, das auf Englisch unter dem Titel »Defending the Motherland« erschienen ist. Er trug sich jedoch nicht am 23. August bei Woroponowo zu, sondern ein paar Wochen zuvor auf dem Rückzug von Rostow am Don.

Antony Beevor berichtet, dass bis Dezember 1942 deutsche

Krankenschwestern im Kessel von Stalingrad Dienst taten, ehe sie ausgeflogen wurden. Getötet wurde dabei meines Wissens keine von ihnen.

Tamara Pamjatnych und Raisa Surnatschewskaja waren die Pilotinnen des 586. Jagdfliegerregiments, die am 21. März 1943 bei Kastornoje zu zweit ein deutsches Bomberfeld aufmischten und letztendlich zur Umkehr zwangen. SMERSch wurde hingegen erst am 14. April 1943 gegründet. Die Reihenfolge dieser beiden Begebenheiten habe ich vertauscht.

Die letzte Szene des Romans (»Jetzt werden sie mir vertrauen«) entspringt einer Passage in Swetlana Alexijewitschs »Der Krieg hat kein weibliches Gesicht«. FantasyleserInnen entdecken vielleicht die Mini-Hommage an den Lieblingsautor meiner Teenagerzeit Tad Williams im letzten Kapitel.

Wer sich für die Quellen interessiert, die ich benutzt habe, wird auf meiner Homepage fündig: https://www.jeanette-limbeck.de/quellen

DANKSAGUNG

Dieser Roman hatte eine Inkubationszeit von fast zwanzig Jahren – und ich hätte ihn noch weitere zwanzig Jahre mit mir herumtragen können, wären nicht das Interesse, die Ermutigung und das geteilte Wissen einer ganzen Reihe von Leuten gewesen, denen ich hiermit meinen Dank ausdrücken möchte.
Lange bevor die Romanidee zum Manuskript wurde, haben **Claudia Bauer** und **Bettina Hampl** meine ersten Gehversuche in Sachen Dramaturgie und Storyboard begleitet. **Stefan Strehler** las im Rahmen der von ihm veranstalteten Literaturklasse die ersten Seiten, bei denen ich mich frage, ob er sie hier noch wiedererkennen wird – so oft ist der Anfang überarbeitet worden. **Beate Schäfer** danke ich für das Korrektorat der ersten 50 Seiten, für ihr Feedback zum Plot, vor allem aber für den Satz: »Dieser Roman könnte so, wie er ist, bei einem Verlag liegen.«
Größeren Anteil als alle anderen am Entstehungsprozess des Romans hatten meine Berliner Autorenkolleginnen **Angelika Adner, Johanna Gardtner, Elisabeth Möllmann** und **Petra Symosek**. Über einen Zeitraum von vier Jahren haben wir uns regelmäßig getroffen, um nicht nur fertige Texte, sondern auch Plotideen und Figurenentwürfe zu teilen und einander bei offenen Fragen beizustehen. Ohne diese Gruppe, zu der im Laufe der Zeit noch zwei weitere Berliner Autorinnen gestoßen sind, würde es dieses Buch nicht geben.
Dank geht auch an **Prof. Dr. Sascha Feuchert** von der Arbeitsstelle Holocaustliteratur der Universität Gießen sowie an **Wilhelm Friesen** und **Dr. Katharina Neufeld** vom Museum für Russlanddeutsche Kulturgeschichte in Detmold. Außerdem danke ich **Irina Wodynina** von der Moskauer Schule 1056 in Tuschino, die mir Kopien der Originallogbücher des 586. Jagdfliegerregiments zeigte und mich Lidija Litwjaks altes Physikbuch halten ließ.

Besonderen Dank schulde ich **Thomas Starigk** vom Hangar 10 in Zirchow auf Usedom, der mir an einem Oktobertag 2019 fünf Stunden lang alle meine Fragen zu historischen Flugzeugen aus dem Zweiten Weltkrieg beantwortete und später meine Flugszenen gegenlas.

Dank all dieser Menschen habe ich das beste Buch geschrieben, das mir möglich war und das die tollkühnen Sowjet-Mädchen in ihren fliegenden Kisten verdienen. Doch der Roman wäre heute nicht hier ohne die Mitwirkung meiner Agentinnen **Anne-Katrin Weise** und **Beate Riess**, meiner Lektorin **Marion Heister** sowie von **Daria Gaberdan-Koprowski** und dem ganzen Team bei Emons und dem Grafit-Verlag.

Und zum Schluss bedanke ich mich bei **Sebastian Heimann**, der von Anfang an an diesen Roman geglaubt hat, und vor allem bei **meinen Eltern**, für die Worte, für die Bücher.

Berlin, September 2021

Lust auf weitere Lektüre?

Martin Calsow
Kill Katzelmacher!
ISBN 978-3-89425-675-3
Auch als E-Book erhältlich

Ein jüdischer US-Offizier. Ein ehemaliger Wehrmachtssoldat. Sie müssen kooperieren. Nur dann haben sie eine Chance.

1948: München liegt in Trümmern, die Bevölkerung soll unter amerikanischer Besatzung zur Normalität zurückfinden. Ein perfider Serienmörder weiß das zu unterbinden: Er häutet seine Opfer bei lebendigem Leib und stellt sie zur Schau. Die Toten waren ehemalige SS-Soldaten. Handelt es sich um Rachemorde Holocaust-Überlebender? Der jüdische US-Offizier Marcus Feinstein soll den Fall rasch lösen. Doch das geht nur mit der Unterstützung seines deutschen Kollegen. Und Steinmüller, ehemaliger Wehrmachtssoldat, zeigt sich gegenüber der amerikanischen Besatzungsführung alles andere als kooperativ ...

»*Genial verwobenes Geflecht aus Macht, Intrigen, Verrat und Liebe. Martin Calsow führt seinen Lesern die menschlichen Abgründe in schmerzhafter Deutlichkeit vor Augen.*«
Ines Wagner, KulturVision aktuell

Abrechnung am Fjord

Frank Dommel
Gott aus Stroh
ISBN 978-3-89425-682-1
Auch als E-Book erhältlich

Zwei Väter. Zwei Mörder.
Zwei Männer. Zwei Schicksale.
Ein Leben für ein Leben.
Ein Spiel, das keinen Gewinner kennt.

Nach einem traumatischen Vorfall im Dienst nimmt sich der deutsche Kommissar Falk Sebastiani eine Auszeit in Norwegen. Doch die Ruhe in der Abgeschiedenheit der Finnmark ist trügerisch: Die Gegend ist Teil der »Arktisroute«, über die Geflüchtete illegal ins Land geschleust werden – mit zum Teil dramatischen Folgen. Zudem verdichten sich die Hinweise, dass Falks Tochter Hannah, die in Oslo lebt und die er seit Jahren nicht mehr gesehen hat, in einen Mordfall verwickelt ist. Die Suche nach ihr bringt Falk an die Grenzen des Erträglichen. In der unbarmherzigen Wildnis sieht er sich mit einem Gegner konfrontiert, der für Hannahs Taten den ultimativen Preis verlangt: ein Leben für ein Leben …

Nordic Crime trifft auf Country noir. Gnadenlos, kraftvoll, aufwühlend.